W0390383

BASTEI
LÜBBE

Von Harry Bingham sind bei BASTEI LÜBBE TASCHENBÜCHER außerdem folgende Titel lieferbar:

14 885-1 Risiko
15 362-6 Blutsbande

Über den Autor:

Harry Bingham, geboren 1967, arbeitete nach seinem Studium in Oxford als Investment-Banker in London, bevor er sich der Schriftstellerei widmete. Bereits sein erster Roman wurde in England mehrfach ausgezeichnet. Heute lebt der Autor mit seiner Frau in der Nähe von Oxford.

HARRY
BINGHAM

HIMMELS STÜRMER

ROMAN

Ins Deutsche übertragen
von Rolf Tatje

BASTEI LÜBBE

BASTEI LÜBBE TASCHENBUCH
Band 15 643

1. Auflage: März 2007

Vollständige Taschenbuchausgabe

Bastei Lübbe Taschenbücher in der Verlagsgruppe Lübbe

Deutsche Erstausgabe
Titel der Originalausgabe: *Gloryboys*
© 2005 by Harry Bingham
First published in Great Britain in 2005 by Harper Collins
© 2007 für die deutschsprachige Ausgabe by
Verlagsgruppe Lübbe GmbH & Co. KG, Bergisch Gladbach
Lektorat: Anke Stockdreher/Jan Wielpütz
Titelillustration: getty-images/Topical Press Agency, Corbis und
Minnesota Historical Society/Corbis
Umschlaggestaltung: Gisela Kullowatz
Satz: SatzKonzept, Düsseldorf
Druck und Verarbeitung: Ebner & Spiegel, Ulm
Printed in Germany
ISBN: 978-3-404-15643-6

Sie finden uns im Internet unter
www.luebbe.de

Der Preis dieses Bandes versteht sich einschließlich
der gesetzlichen Mehrwertsteuer.

VORWORT

Am Anfang sah es nach nichts aus. Eine Kerbe im Horizont. Ein Punkt, der sich bewegte. Ein weißroter Fleck vor dem dunstigen Himmel Georgias.

Herb Johnson, der auf seinem Karren aufgesprungen war, folgte ihm mit den Augen. Das kleine Flugzeug flog niedrig auf einem unruhigen Kurs zwischen den wogenden Hügeln. Ab und zu stieg es scharf in die Höhe, bevor es sich im Gleitflug langsam wieder der Erde näherte.

Der Ort konnte sich vierer Kriegshelden rühmen, aber Herb Johnson war der einzige, der die Front in Frankreich kennen gelernt hatte. Folglich war er auch der einzige Mann im Ort, der schon einmal ein Flugzeug gesehen hatte. Er wollte es weiter allein betrachten, wollte der Einzige sein, der es sah. Er beobachtete es eine Weile, ließ sich dann auf das Sitzbrett seines Karrens nieder und setzte seinen Hut wieder auf.

»Guter Gott am Morgen!«, brüllte er. »Flugzeug! Flugzeug! Flugzeug!«

* * *

Irgendetwas war nicht in Ordnung.

So viel war offensichtlich. Das Flugzeug, das jetzt direkt über ihnen war, rang nach Luft. Der Motor arbeitete ein paar Takte lang ordnungsgemäß, stotterte, lief, setzte dann völlig aus und erwachte vorübergehend wieder zum Leben.

»Der Typ sollte lieber nicht da oben bleiben«, bemerkte Jeb Holling und spuckte nachdenklich eine Mischung aus Speichel und

Kautabak auf den Boden. »Die Maschine macht's nicht mehr lange.«

Das Flugzeug war ein Doppeldecker mit roten Flügeln, einer roten Nase und einem sauberen, weißen Rumpf, der in der Sonne stark glänzte. Als das Flugzeug eine leichte Kurve flog, konnten sie den Piloten sehen, nicht mehr als einen Kopf mit Lederhelm und Schultern. Einige Kinder winkten, aber der Pilot musste ein ruppiger Typ sein, weil er nicht zurückwinken wollte, nicht einmal um einem Haufen Kinder »Hi« zu sagen, die noch nie ein Flugzeug gesehen hatten, geschweige denn eines, das über ihrem Ort schwebte wie eine riesige Libelle.

»Ist nicht so einfach«, entgegnete Johnson, der sich rasch und mit Befriedigung als der Flugexperte des Ortes etabliert hatte. »Diese Flieger brauchen ein Ae-ro-drom, einen Flugplatz. In Frankreich...«

Das Flugzeug kam zurück, noch niedriger diesmal. Sie konnten das Gesicht des Piloten besser sehen. Sie konnten sehen, dass sich seine Lippen bewegten, und diesmal winkte er und gestikulierte mit einer Hand im Lederhandschuh aus dem Cockpit, allerdings irgendwie auf wütende Art und Weise, kaum, um den Kindern zuzuwinken. Der Motor lief immer noch schlecht, und als er aussetzte, konnte man beinahe sehen, wie die blitzenden Propellerflügel langsamer wurden.

»Würde gern mal sehen, wie er bei mir runterkommt«, sagte einer der Farmer aus der Umgebung des Ortes. »Auf terrassierten Feldern wie meinen wäre das, als ob man auf einer Treppe landet.«

»Da sind die Wälder in der Gegend von Williams Point«, sagte ein anderer Mann. »Das wäre der richtige Ort. Wenn er in den Bäumen landet...« Seine Worte verstummten, als ihm klar wurde, dass seine Vorstellung von Flugzeugen, die sich wie Vögel auf den Baumwipfeln niederließen, wohl nicht nur ein kleines Stückchen von den tatsächlichen Gegebenheiten entfernt war.

Es war ein Kind, das als erstes die Wahrheit erkannte. Brad Lundmark, ein rothaariger Junge, der ein paar Jahre jünger als die fünfzehn aussah, die er alt war, schrie sie hinaus. »Er will hier landen. Er will genau hier runterkommen!«

Der Junge hatte Recht. Der Pilot kreuzte über ihren Köpfen und winkte. Das Flugzeug hüpfte weiter wie verrückt durch die Luft, stieg hoch, wenn die Maschine rund lief, und driftete abwärts, wenn sie stotterte. Und wenn man es recht betrachtete, war die Main Street in Independence tatsächlich mehr oder weniger der einzige harte und ebene Platz im Umkreis von Meilen. Wenn man die Orte ausschloss, die übersät waren mit Kühen oder Entwässerungsgräben oder Bäumen oder Häusern, müsste man wahrscheinlich bis nach Anderson County hinüberfliegen, bevor man einen besseren Landeplatz fand.

»Schnell«, sagte Johnson, der darauf bedacht war, seine schwindende Führerschaft zurückzugewinnen. »Los, macht Platz.«

Alle schoben und drängelten, bis sie einen Kreis von etwa vierzig bis fünfzig Fuß Durchmesser frei gemacht hatten. Herb Johnson winkte dem Piloten zu und forderte ihn so zur Landung auf. Wieder war es der Junge, der zuerst begriff.

»Er braucht die Straße«, schrie Lundmark. »Er braucht die ganze Straße.«

Im Nu wurde die Straße geräumt. Pferde wurden in Seitenstraßen geführt. Ein paar Pferdekutschen wurden mühsam an den Straßenrand geschoben. Es gab nur fünf Automobile am Ort, aber dasjenige, das Gibson Hennessey gehörte, dem Eigentümer des Gemischtwarenladens, startete in der Hitze des Tages nur mit Mühe, und so wurde beschlossen, sie alle stehen zu lassen. Männer, Frauen und Kinder liefen in die Häuser, um von innen zuzusehen, oder standen im Schatten der Veranden, bis der ganze Ort sich in zwei langen Reihen aufgestellt hatte, die erwartungsvoll erschauerten.

Das Flugzeug mit den roten Flügeln legte sich zum letzten Mal in die Kurve. Direkt über ihnen erwachte der Motor dröhnend zum Leben und setzte dann aus. Es gab einen angstvollen und zugleich faszinierenden Augenblick, als es sicher schien, dass das Flugzeug abstürzen musste. Doch der Motor lief erneut an, stark genug, dass der Pilot seine Maschine für die Landung unter Kontrolle bringen konnte. Für einen Moment oder zwei verschwand das Flugzeug am Ortsrand hinter dem zweistöckigen Lagerhaus, das zur Agricultural-Mercantile Bank gehörte. Die Leute reckten die Hälse und versuchten verzweifelt, es wiederzusehen.

Dann, als sie es sahen, sprangen sie zu Tode erschreckt zurück. Das Flugzeug flog genau auf sie zu und tauchte unmittelbar vor ihnen auf die Straße herab. Der Propeller war eine blitzende Metallscheibe. Die Nase des Flugzeugs war ein dickes, rotes Geschoss, das direkt auf den Ort zielte.

Jemand schrie auf. Das Flugzeug fiel herab wie ein Stein. Räder gruben sich tief in den Boden.

Dann passierte alles zugleich. Das Flugzeug raste die Straße entlang. Ein paar Augenblicke lang sah es so aus, als ob die unmögliche Landung ohne Unfall ablaufen würde. Dann blieb der Schwanzsporn in einem Schlagloch hängen. Die Bewegung des Flugzeugs änderte sich plötzlich und drastisch. Der Rumpf schleuderte heftig herum. Eine Achse oder Strebe an einem Rad brach. Eine der Flügelspitzen berührte den Boden und splitterte. Das Flugzeug schlitterte so schnell über den Boden, dass einem schlecht werden konnte, und zermahlte dabei das Ende des unteren Flügels. Als es zum Stehen kam, befand sich die Nase vier Fuß vor dem Fenster des Herrenfriseurs, als ob sie gleich auf eine Rasur vorbeischauen wollte.

Das Cockpit des Piloten war in dem Staub verschwunden, den er aufgewirbelt hatte. Der Motor war verstummt. Die Propellerflügel rotierten immer langsamer. Irgendwo zerbrach mit lautem Krachen ein Stück Holz. Das Flugzeug sackte ein Stück in sich zusammen.

Für einen Augenblick, nur für einen Augenblick, wurde es still.

ERSTER TEIL

ANFANG

Hinterher setzen sich die Leute gerne hin und stellen sich vor, wie alles angefangen hat.

Meistens reden die Leute über die Bruchlandung, den heißen Tag im Mai 1926, als ein Flugzeug direkt vom Himmel gefallen war. Aber es gab auch andere, die ein wenig weiter zurückblickten. Sie reden darüber, wann die Probleme im Ort begonnen hatten. Sie reden über den Volstead Act, jenes Gesetz, das überall in Amerika den Verkauf von Alkohol verbot. Sie reden über Politik und die gute alte Zeit und den allgemeinen Verfall der Moral.

Aber wenn man richtig darüber nachdenkt, dann erkennt man, dass es keinen Anfang gibt. Nicht wirklich. Wenn es den Weltkrieg nicht gegeben hätte, dann hätte es auch die Prohibition nicht gegeben. Wenn es die Gebrüder Wright nicht gegeben hätte und Santos-Dumont in Frankreich und Otto Lilienthal und all die anderen Kerle, die ihr Leben damit verbracht hatten, Holzteile und Metall zusammenzuschustern, um sich in die Luft zu erheben und zu fliegen, dann hätte es keine Flugzeuge gegeben, und in dieser Geschichte hat alles mit Flugzeugen zu tun.

Aber wenn man über die Anfänge reden will, dann muss man zum Anfang zurückgehen. Ganz bis zum Anfang. Und das waren nicht Santos-Dumont oder die Gebrüder Wright und nicht einmal Langley und seine zum Scheitern verurteilten Experimente über dem düsteren Wasser des Mississippi. Der Anfang war ein Engländer namens Sir George Cayley.

Cayley wurde 1773 geboren, als George Washington noch ein britischer Staatsbürger war und die guten Leute von Boston ihren Hafen mit dreihundertzweiundvierzig Kisten besten Bohea-Tees vollschütte-

ten. Cayley war auch einer dieser Männer, die eigentlich mit Federn hätten geboren werden müssen. Er wollte fliegen. Er verbrachte sein ganzes Leben damit, an diesem Projekt zu arbeiten. Aber im Gegensatz zu all jenen, die es vorher versucht hatten, machte Cayley eine Menge Dinge ziemlich richtig.

Bis zu Sir George hatte jeder, der eine Flugmaschine konstruiert hatte, an Vögel gedacht. Vögel schlagen mit ihren Flügeln, und das ist schon alles. Sie bekommen ihren Auftrieb durch die Flügel. Sie bekommen ihren Schub durch die Flügel. Das meiste von dem, was die Vögel davor bewahrt, in der Luft herumzutrudeln wie Korken in einem Wasserfall, ist ebenfalls auf die Flügel zurückzuführen. Auftrieb, Schub und Kontrolle. Alles auf das eine, raffiniert einfache Instrument.

Aber es sind eben Vögel. Sir Georges besonderer Geniestreich war die Erkenntnis, dass das, was bei Vögeln funktionierte, bei Menschen nie funktionieren würde. Also teilte er die drei Probleme auf und ging jedes einzeln an. Er führte sorgfältige wissenschaftliche Experimente zu Auftrieb, Luftwiderstand und Stromlinienform durch. Er beschäftigte sich mit den Problemen von Stabilität und Neigungskontrolle und dem Entwurf von Fluggeräten. Er stellte eine Menge schwieriger mathematischer Berechnungen an und erledigte solide wissenschaftliche Arbeit.

Und er schaffte es. Er entwarf ein Flugzeug. Für den Auftrieb wählte er ein Paar feststehender Flügel, die wie ein Tragflügel geformt waren. Für den Schub entschied er sich für eine Luftschraube – die wir heute Propeller nennen. Und um seine Flugmaschine zu kontrollieren, entwarf er eine Heckflosse und ein Ruder, die sich nicht sehr von dem unterschieden, was man heute am hinteren Ende von Flugzeugen sieht.

Wenn Sie die allererste Zeichnung eines funktionierenden Flugzeugs sehen möchten, so werden Sie sie in den Notizbüchern des guten alten Sir George finden. Natürlich standen dem edlen Ritter nur Dampfmaschinen zur Verfügung. Es war unmöglich, dass eine Dampfmaschine genug Pferdestärken entwickeln konnte, um gleichzeitig sich selbst, ein Flugzeug und einen Menschen in die Luft zu heben. Aber Sir George baute Gleitflieger, gute Gleitflieger. Sie möchten wissen, wann das erste bemannte Flugzeug der Geschichte geflogen ist? Antwort: 1853, als Sir George seinen Kutscher von seiner Kutsche absteigen und in einen Gleitflieger einsteigen ließ. Der Gleiter stieg fröhlich auf, flog knapp fünfhundert Yards über ein Tal in Yorkshire und machte dann eine holprige Landung. Der Kutscher, bereits der erste Flugzeugpilot der Welt, war nicht besonders scharf darauf, das erste Flugzeugopfer der Welt zu werden, und reichte seine Kündigung ein. Cayley, der inzwischen ein alter Mann geworden war, baute keine weiteren Gleiter und starb fast fünfzig Jahre, bevor die Gebrüder Wright bei Kitty Hawk die Erde unter sich ließen.

Aber wenn man einen Anfang haben will, dann war er dort.

Auftrieb, Schub, Kontrolle. Drei Probleme. Drei Lösungen. Der Anfang von allem.

1

Der Pilot nahm seine Brille und den Helm ab, alles in einer einzigen Bewegung. Er ließ beides zu Boden fallen. Die Luft war noch von Staub erfüllt, und seine Augen brannten.

Routiniert überprüfte er seine Schalter (alle auf Aus) und die Treibstoffleitungen im Cockpit (alle dicht). Er schnüffelte, um eventuell austretenden Treibstoff zu entdecken. Die Luft stank nach Benzin, aber der Pilot war noch nie in eine Bruchlandung geraten, wo die Luft anders gerochen hatte. Er streckte sein linkes Bein, dann sein rechtes Bein, dann beide Arme und fuhr sich mit den Händen über Rücken, Hals und Kopf. Sein linker Fuß schmerzte, wo die Ruderstange ihn erwischt hatte, aber davon abgesehen schien er unverletzt davongekommen zu sein. Sanft klopfte er mit der linken Hand auf das Armaturenbrett.

»Tut mir leid, Sweetheart«, murmelte er.

Er zog sich aus dem Cockpit hoch und glitt auf den Boden. Die Bewegung sorgte dafür, dass er das Gesicht verzog. Nicht wegen der Schmerzen in seinem Fuß, sondern weil das Fahrwerk den Rumpf eigentlich deutlich über den Boden heben sollte. Aber das Flugzeug hatte kein nennenswertes Fahrwerk mehr, und der Rumpf lag auf dem Boden wie ein gestrandetes Meerestier.

Der Pilot zog seine Fliegerjacke aus, wischte sich mit dem Unterarm die Stirn ab und trat blinzelnd aus dem Staub und vom Flugzeugwrack weg in das gleißende Sonnenlicht.

* * *

So bekamen sie ihn zum ersten Mal zu Gesicht. Und noch lange danach würden sich die meisten von ihnen auch noch so an ihn erinnern. Ein Mann nicht ganz mittelgroß. Kein kräftiger Körperbau, sondern leichtfüßig. Souverän. Ein Gefühl von lange zurückgehaltener Sportlichkeit. Sehr kurz geschnittenes, blondes Haar. Tief gebräunte Haut. Erstaunlich blaue Augen. Ein faltiges, aber immer noch irgendwie junges Gesicht. Oder eigentlich nicht jung, aber hellwach, aufmerksam. Und lächelnd. So bekamen sie ihn zum ersten Mal zu Gesicht.

Lächelnd.

* * *

Der Pilot war es gewohnt, angestarrt zu werden, aber selbst für ihn war dies etwas Neues. Independence, Georgia, rühmte sich einer Einwohnerzahl von 1.386, und in diesem Augenblick bekam der Pilot die Gelegenheit, beinahe jeden einzelnen Bewohner zu sehen.

Wieder wischte er sich über die Stirn. In sechstausend Fuß Höhe bei einem Wind von achtzig Meilen in der Stunde war lederne Flugbekleidung sinnvoll. In der Sekunde, in der man den Boden berührte, viel weniger. Er streifte seine Jacke ab und kam ein paar Schritte näher. Die Einwohner hatten sich in einem Halbkreis um ihn versammelt und starrten ihn an, als ob er ein Geschöpf aus der Bibel wäre.

»Hi, Leute«, sagte er. »Man hat schon bessere Landungen gesehen, oder?«

Er lachte. Niemand sonst bewegte sich. Sie starrten ihn immer noch an, waren immer noch beeindruckt.

»Schönen Dank, dass ihr mir einen Weg freigemacht habt. Es wurde langsam ein bisschen ungemütlich da oben.«

Unter den Einwohnern gab es ein Gedränge und Fußgescharre, und einer von ihnen wurde nach vorn geschoben.

»Guten Tag, Sir«, sagte er. »Mein Name ist Herbert Isiah Johnson, und im Namen von Independence und Okinochee County und im Namen von ... von ... von allen heißen wir Sie in Georgia herzlich willkommen.«

Johnsons Gestammel brach das Eis. Die Leute strömten nach vorn.

»Heiliger Strohsack, Ma, hast du gesehen, wie der Flügel zerbrochen ist ...?«

»Die Zündkerzen, oder? Ich hab das mal bei einem Model T gesehen. Lausige Funken ...«

»Sind Sie okay, Mann? Sie sollten nicht laufen, nicht nachdem ...«

»Er hat keine Linkskurve gemacht. Wenn man an der Ag-Merc vorbeikommt, muss man ein bisschen nach links steuern ...«

»Ich habe doch gesagt, dass die Dinger nicht sicher sind. Wenn der Herr gewollt hätte ...«

Aber inmitten der Menschenmenge war niemand entschlossener als Brad Lundmark, der rothaarige Junge, der als Erster verstanden hatte, dass der Pilot notlanden musste. Innerhalb von Sekunden, nachdem er den Pilot heil aus dem Wrack aussteigen sah, rannte Lundmark los. Zuerst lief er ganz schnell um eine Ecke in ein einfaches zweistöckiges Haus in der Second Street. Er blieb etwa zwanzig Sekunden lang drinnen, dann kam er im Laufschritt wieder heraus. Er lief den Weg zurück, den er gekommen war, und spurtete dann mitten in die dicht gedrängte Menge. Beharrlich kämpfte er sich nach vorn durch.

»Entschuldigen Sie mich, Sir. Bitte, Sir, Entschuldigung. Sir, bitte ...«

Lundmarks Zielstrebigkeit hatte etwas an sich, das die anderen Leute verstummen ließ, bis er merkte, dass er ins Leere sprach.

»Entschuldigung. Entschuldigung. Es ist nur ...« Er hielt die Dinge vor sich, die er aus dem Haus geholt hatte. Es war ein abgekauter Stift und ein Foto. Die Fotografie war sauber aus den Seiten eines Jugendmagazins ausgeschnitten worden. Es war eindeutig ein Bild des Piloten, der darauf ein paar Jahre jünger und steif in eine Militäruniform gekleidet zu sehen war. »Captain Rockwell, Sir, darf ich Sie um ein Autogramm bitten?«

2

»Oh, um Gottes willen!«

Willard Thornton, einem umwerfend gut aussehenden Schauspieler in den Zwanzigern, wurde übel.

Es war nicht das Flugzeug, eine hübsche, kleine Gallaudet, das ihn nervös machte, sondern der Startplatz. Die Gallaudet war mit einer Seilwinde vorsichtig auf das Dach des Corin Tower gewinscht worden, fünfundzwanzig Stockwerke über der Erde. Das mit Teerpappe gedeckte Dach war flach und maß rund hundert Fuß von Ecke zu Ecke. Um den äußeren Rand verlief eine niedrige Brüstung, aber diese war für die Filmaufnahmen entfernt worden. Die Stellen, wo die Steinblöcke weggerissen worden waren, hoben sich weiß vom Teer ab. Ein Kamerateam, das für den Wind, der von den Bergen böig herüberwehte, zu dünn angezogen war, stand missmutig herum. Der Kameramann deutete mit einem Finger auf den Himmel.

»Wir müssten jetzt anfangen. Wir verlieren das Licht. Aber was interessiert mich das? Es ist dein Film, Kumpel.«

Willard machte wieder ein mürrisches Gesicht. Der Kameramann hatte Recht. Dies war sein Film. Er war Schauspieler, Drehbuchautor, Regisseur, Produzent und Geldgeber – und genau jetzt musste er eine Entscheidung treffen. Er dachte an den Stunt, den er gleich ausführen würde, und ihm wurde wieder übel.

»Okay, okay«, kommentierte er. »Jesus Christus!«

»Stimmt, Jesus Christus könnte es hinbekommen, Darling«,

sagte Daphne O'Hara, nahm dem Kameramann die Zigarette aus dem Mund und rauchte sie auf, bis nur noch der Stummel übrig war. O'Hara (oder Brunhilde Schulz, um den Namen zu nennen, mit dem sie geboren war) trug ein silbernes Abendkleid mit genug Glasdiamanten, um eine Herzogin darin zu begraben. Der Wind wickelte ihr das Kleid eng um die Beine, und ihre sorgfältig gesteckte Frisur begann, sich aufzulösen.

»Das Licht«, wiederholte der Kameramann.

»Vergiss das Licht. Es geht um mein Haar, Schätzchen.«

»Ach, zum Teufel! Tun wir's.«

Willard war wütend und hatte das Gefühl, die Kontrolle zu verlieren. Die Schauspieler und die Mannschaft drehten bereits in der dreizehnten Woche ihren Film *Die der Himmel liebt*. Sie hatten bereits genug Rollen in der Dose, um einen sechsstündigen Film daraus zu machen. Aber Willard war Realist. Er hatte die Rohkopien gesehen. Und die waren schlecht. Schlecht gemacht, schlecht aufgenommen und langweilig. Todlangweilig. Das Drehbuch war hastig überarbeitet worden. In einem verzweifelten Versuch, die Story aufzupeppen, waren Stunts eingeschoben worden. Inzwischen war Willard so weit, dass ihm jede Erwähnung des Budgets zuwider war.

Und jetzt das. Die Gallaudet stand in einer Ecke des Daches, die Nase gegen den Wind ausgerichtet. Sie hatten das Flugzeug wegen seiner geringen Startgeschwindigkeit ausgewählt, aber selbst dann, so nahm Willard an, würden sie nicht vollständig von der Luft getragen, wenn sie den Rand erreichten. Würde er genug Auftrieb und Schubgeschwindigkeit haben, um das Heck in der Luft zu halten, wenn er das Dach verließ? Er wusste es nicht. Und wenn das Heck sich verfing: Würde es ihn nach unten stürzen lassen oder ihm nur einen Mordsschreck einjagen? Er wusste es nicht, aber wenn er daran dachte, wurde ihm schlecht. In der Vergangenheit hatte er es vorgezogen, die harten Stunts professionellen Stuntmännern zu überlassen, aber seine letzten Stuntmänner hatten ihn nach

Streitigkeiten um Geld verlassen. Wie auch immer, es ging nur ums Fliegen, oder etwa nicht?

»Okay. Fertig?«

Das Kamerateam ging in Position. Die Leute von der Produktion waren in heller Aufregung wegen des Flugzeugs. Dann stürzten Willard und O'Hara aus der Stahltür auf das Dach. Willard zeigte dramatisch auf die Gallaudet, dann liefen die beiden Schauspieler hastig auf sie zu.

O'Hara machte neben dem Cockpit eine Pose, die »Nein! Mit Sicherheit nicht!« bedeutete. Willard streckte das Kinn vor und sah wild entschlossen aus. »Aber wir müssen!« Willard trat hinter O'Hara, um ihr hineinzuhelfen. »Nimm deine dreckigen Finger von meinem Arsch«, sagte sie.

Die beiden Schauspieler kletterten hinein. Es war die Art von Bewegung, die Willard schwierig fand. Er hasste den Gedanken, vor der Kamera schlecht auszusehen, bekam aber nie ganz den Dreh heraus, eine unbeholfene Bewegung, wie etwa das Bein über den Rand des Cockpits zu schwingen, so auszuführen, dass sie ihn gut aussehen ließ. Verärgert schüttelte er kurz den Kopf und sagte: »Noch mal!«

Sie stiegen aus und wieder ein. Willards zweiter Versuch war schlechter als sein erster, und zu allem Unglück schürfte er sich dabei auch noch die Hand auf. Willard wollte es noch einmal machen, war sich aber bewusst, dass O'Hara hinter ihm wie eine Dampflok rauchte und düster in ihrer deutschen Muttersprache fluchte.

»Das wird schon reichen«, sagte er missmutig.

Das Kamerateam machte noch ein paar Aufnahmen von den beiden im Cockpit. Der Wind frischte auf. Willard wusste, dass er die Aufnahme eigentlich abbrechen und warten sollte, bis die Bedingungen besser wurden. Aber O'Hara wurde von United Artists umworben – Douglas Fairbanks selbst hatte mit ihr zu Mittag gegessen –, und Willard wusste, dass es nur eine Frage der Zeit war, bis sie gehen würde. Es kam eine weitere, stärkere Böe. Zehn Knoten bis hin zu zwölf oder dreizehn. Wind war gut, denn wichtig beim Start war die Geschwindigkeit des Windes, nicht die des Flugzeugs am Boden. Aber zu viel Wind war schlecht, denn dann bestand die Gefahr, dass das Flugzeug direkt gegen die Wand des Gebäudes gedrückt wurde. Willards Übelkeit kehrte zurück, noch stärker.

Der wichtigste der Produktionsleute sagte milde lächelnd: »Thornton, ich denke ...«

»Ja! Startet sie. Du lieber Himmel!«

Mit einem Schwung setzte das Produktionsteam den Propeller in Bewegung. Die Maschine sprang dröhnend an. Der Propeller verschwamm zu einer blitzenden Scheibe. Die Kameramänner nahmen ihre Positionen ein. O'Hara hörte auf zu rauchen und zu fluchen und zeigte den Kameras ein strahlendes Lächeln. Willard konnte spüren, wie die hölzernen Bremsklötze unter den Rädern weggezogen wurden. Die Schramme auf seiner Hand leuchtete rot. Er hoffte, dass sie im Film nicht zu sehen sein würde.

Er schob den Gashebel nach vorn. Das Maschinengeräusch wurde zu einem lauten Brüllen. Das kleine Flugzeug begann, vorwärts zu rollen. Der Rand des Gebäudes rauschte auf sie zu. Die Räder der Gallaudet erreichten den Rand. Ihr Heck wurde angehoben, aber der Rumpf war noch weit davon entfernt, genug Auftrieb zu haben. Schon kippte sie über den Rand und war verschwunden.

3

Die Wand am Ende der Scheune war solide, aber aus senkrechten Holzlatten gebaut, um den Eintritt von Licht und Luft zu ermöglichen. Der goldene Abendsonnenschein strömte herein und legte sich in Streifen über den Boden. In der Mitte, zwischen Strohresten und verstreuten Getreidekörnern, stand das Flugzeug. Es sah auf seltsame Weise aus, als ob es dorthin gehörte, wie ein vergessenes landwirtschaftliches Gerät oder vielleicht wie ein Tier, das sich dorthin gelegt hatte, um auszuruhen. Es war ein friedlicher Anblick, aber irgendwie traurig. Das Flugzeug sah aus, als sei es dort weggeschlossen worden, um zu sterben.

Zum ersten Mal seit seiner unkonventionellen Ankunft war Captain Abraham »Abe« Rockwell mit seinem Flugzeug einen Augenblick allein. Er ging langsam um die geschundene Maschine herum. Der Rumpf war voll Schrammen, und es gab Stellen, wo das Sperrholz vollständig weggerissen worden war. Außerdem war einer der Propellerflügel beschädigt, ebenso die Unterseite der linken Flügelspitze, und das Fahrwerk war total zerstört. Aber Abes Verhalten war nicht nur das Verhalten eines Ausrüstungsbesitzers, der versucht, den Schaden abzuschätzen. Er tastete das Flugzeug nicht einfach ab, er streichelte es. Er ließ seine Hand auf dem ledernen Rand des Cockpits entlanggleiten und wischte einige Spinnweben fort, die dort bereits gespannt worden waren. Als er zur Nase des Flugzeugs kam, zog er den Ärmel über die Hand und reinigte die Buchstaben des Namens: »Sweet Kentucky Poll«. Unzufrieden ging er zum Motor, fummelte an einer Benzinleitung herum, zog sie heraus und ließ ein wenig Treibstoff auf einen Putzlappen tröpfeln. Dann befestigte er die Leitung wieder an ihrem Platz und schrubbte mit dem benzingetränkten Lappen auf dem Namen herum. Diesmal wurde der Name so glänzend, wie er es gewollt hatte, und er richtete sich auf.

Richtete sich auf und hielt inne. Er drehte sich um und sprach direkt zu dem Haufen Stroh, der das gegenüberliegende Ende der Scheune füllte.

»Es ist unhöflich zu starren.«

Als er sah, dass das Stroh nicht antwortete, hob Abe einen Axtstiel auf und warf ihn oben auf den Haufen.

»Aua!«

Das Stroh bewegte sich, und ein roter Kopf kam zum Vorschein.

»Ich sagte, es ist unhöflich.«

»Tut mir leid, Sir. Ich . . .«

»Ja?«

»Nichts.«

Abe wartete einen Augenblick, dann zuckte er mit den Achseln. »Wenn nichts ist, wird es dir ja nichts ausmachen zu gehen.«

»Nein, Sir.«

Der rote Kopf gehörte zu einem mageren Jungen, der den Strohhaufen hinunterrutschte und mit einem dumpfen Geräusch landete. »Tut mir leid, Sir.« Der Junge, den Abe als den Autogrammjäger erkannte, blickte quer durch die Scheune in eine Ecke, bürstete sich mit den Händen ab und wollte gehen. Abe folgte seinem Blick. Ein Eimer mit warmem Wasser stand dort, mit Seifenschaum und noch dampfend, und auf der Oberfläche trieb ein Badeschwamm.

»Warte.«

Der Junge blieb stehen.

»Du bist hierher gekommen, um sie zu waschen?«

Der Junge nickte. »Ist nicht wichtig, Sir. Ich kann es später machen. Tut mir leid.«

Abe schüttelte den Kopf, um zu sagen: Geh noch nicht.

»Hast du einen Namen?«

»Lundmark, Sir.«

»Haben deine Ma und dein Pa daran gedacht, dir auch noch einen Vornamen zu geben?«

»Ja, Sir. Bradley, Brad.«

»Macht es dir etwas aus, wenn ich dich so nenne?«

»Nein, Sir.«

»Okay, Brad, ich bin nicht besonders scharf darauf, dauernd mit ›Sir‹ angeredet zu werden. Ich bin nicht in der Army und will es auch gar nicht. Wenn du mich irgendwie anreden willst, bin ich völlig zufrieden, wenn du mich einfach Abe nennst. Wenn dir das zu viel ist, kannst du mich Captain nennen. Verstanden?«

»Ja. Ja, Captain.«

»Gut.«

Es gab eine kleine Pause. Das Abendlicht, das durch die Bretterritzen fiel, wanderte langsam, brachte bestimmte Teile des Flugzeugs in Sicht und verbarg wieder andere. Abe fand eine Spinnwebe, die er vorher übersehen hatte, und wischte sie in Gedanken versunken ab.

»Wir fangen bei der Nase an.«

Abe trug den Eimer zum Flugzeug, und die beiden wuschen es ab, von der Nase bis zum Heck. Sie entfernten den Staub und die abblätternde Farbe und das eingebrannte Öl und das Stroh und die Insekten. Ungefähr fünfzig Minuten lang arbeiteten sie zumeist schweigend und wechselten an einer Pumpe draußen im Hof das Wasser. Dann, als das Licht langsam verblasste, warf Abe seinen Schwamm auf den Boden.

»Zum Teufel«, sagte er, »das ist gar nicht so schlecht. Einen Moment hatte ich gedacht, dass die Landung ziemlich rau würde.«

Der Junge, der immer noch seinen Schwamm umklammerte, sah Abe an. »Sie hatten schon schlimmere Bruchlandungen als die?«

»O ja, sehr viel schlimmere.«

Die Augen des Jungen, die schon vorher groß gewesen waren, wurden rund und groß wie der Mond. Abe, der sich über sich selbst ärgerte, fügte scharf hinzu: »Jeder, der oft genug fliegt, wird ein paar Mal böse auf die Erde krachen. Die meisten Maschinen klappen ziemlich leicht zusammen. Die Unfälle sehen meist schlimmer aus, als sie sind.«

»Ja, Sir.«

»Captain.«

»Ja, Captain.«

»Bist du jemals mit einem Flugzeug geflogen?«

Brad Lundmark schüttelte den Kopf, so wie er ihn vielleicht

geschüttelt hätte, wenn der Erzengel Gabriel ihn gefragt hätte, ob ihm das Paradies vertraut wäre.

»Wenn du die nächsten ein, zwei Wochen ein bisschen Zeit hast, mir hier zu helfen, lass ich dich mal mitfliegen. Was meinst du?«

»O ja! Klar, Captain! O Mann! Ich verspreche, ich werde ...«

»Hey, hey, ist schon gut. Es ist nur ein Flug. Wenn ich noch Geld übrig habe, nachdem ich sie wieder zusammengeflickt habe, kriegst du auch noch ein paar Mäuse pro Tag, aber das kann ich dir nicht versprechen.«

Abe kramte im hinteren Cockpit herum und holte einen pelzgefütterten Schlafsack heraus, den er unter dem Flügel ausrollte. Lundmark blickte schockiert.

»Captain, nur einen Block die Straße runter gibt es eine Pension. Sie können doch nicht ...«

Abe zog sein Hemd aus, nahm den Schwamm und den Wassereimer und schrubbte sich überall gründlich ab. Er ließ Wasser durch sein kurz geschnittenes, weißblondes Haar laufen, bis es stachelig in die Höhe stand, und rubbelte kräftig seinen Hals ab, wo sich ein Rand aus Schweiß und Schmutz gebildet hatte.

»Das ist besser.«

Abe suchte in seinem Gepäck nach einem sauberen Hemd, welches er anzog. Lundmark bemerkte, dass die Manschetten und der Kragen alt und verschlissen waren.

»Brad?«

»Ja, Captain.«

»Ich muss etwas zu essen haben. Und Poll braucht Treibstoff. Und es werden ein paar ziemlich hohe Krankenhausrechnungen für sie zu bezahlen sein. Wenn es etwas gibt, wofür ich kein Geld ausgeben kann, dann ist es ein Bett.«

Lundmark schüttelte den Kopf. »Das stimmt nicht. Wenn Sie Mr. Houghton im Hotel erklären würden, wer Sie sind, also dann bin ich sicher, dass er ...«

»Dass er mir sagen würde, dass ich genauso für mein Bett bezahlen müsste wie jeder andere. Brad, ich werde unter dem Flügel meines Flugzeugs liegen. Kannst du dir einen besseren Schlafplatz vorstellen?«

Lundmark schüttelte den Kopf.

»Nein, Captain. Sagen Sie ...«

Aber was Brad sagen wollte, würde Abe nie erfahren. Draußen auf dem Hof wurde es unruhig. Irgendwo bellte wütend ein kleiner Hund. Dann erschienen vor dem lilafarbenen Himmel vier Männer im Scheunentor. Sie waren in dunkle Anzüge und Krawatten gekleidet, die sie mit sonntäglicher Steifheit trugen. Einer der Männer – mehr als sechs Fuß groß, Mitte fünfzig, schlank, mit intelligentem Gesichtsausdruck und Schnurrbart – sprach.

»Guten Abend, Captain Rockwell. Ich bin Gibson Hennessey, Besitzer des Gemischtwarenladens hier am Ort. Im Namen der Stadt würde ich mich gerne dafür entschuldigen, dass wir so unaufmerksam waren. Erst als dieser Junge da uns darüber informiert hat, wer Sie sind, ist uns klar geworden, dass wir einen Helden der Vereinigten Staaten in unserer Mitte haben.«

Abes blaue Augen verrieten nichts, aber sein Mund wurde vielleicht ein wenig schmaler, bevor er antwortete. »Ich habe keine Respektlosigkeit bemerkt, Mr. Hennessey. Ich habe Ihnen ja meine Ankunft nicht gerade angekündigt.«

»Nein, in der Tat.«

»Und ich bin mit dieser Scheune hier vollkommen zufrieden.«

Der zweite der Männer legte seine Hand auf das Herz. Er war ein plumper Mann, dick und ölig. »Wenn Sie mir erlauben, mich Ihnen vorzustellen. Mein Name ist Ted Houghton, Eigentümer des Independence Hotel and Bar, nur dass es im Moment keine Bar gibt. Es wäre mir eine große Ehre, Ihnen für die Dauer Ihres Aufenthaltes meine Gastfreundschaft anbieten zu dürfen.«

»Richtig, und jede Unterstützung, die wir Ihnen geben können, um Ihr Flugzeug zu reparieren; Sie müssen es nur sagen.«

Ein oder zwei Minuten lang fochten die beiden Seiten einen sanften Kampf miteinander aus. Abe wollte keine Umstände machen. Er wollte einfach nur sein Flugzeug reparieren und weiterfliegen. Aber es gab kein Entrinnen. Von den vier Würdenträgern eingekreist wurde Abe zur Mitte des Ortes eskortiert, wobei er sich wie ein Gefangener auf dem Weg zum Gefängnis fühlte.

»Die Leute hier wollen Ihnen ihre Wertschätzung zeigen ...«, murmelte Hennessey, während eine Menge von zweihundert Menschen dort Abes Ankunft bejubelte. Eine Gruppe von Schulkindern gab eine Aufführung von »The Star-Spangled Banner« zum Besten. Ein Mann, dessen Namen Abe nicht mitbekommen hatte, hielt eine wahrlich klägliche Willkommensrede. Alle erwarteten von Abe eine ausführliche Antwort, aber er stand einfach nur auf den Stufen des Hotels und sagte: »Ich bin euch allen mächtig dankbar. Vielen Dank.«

Wieder erhob sich Applaus. Die Hälfte der Schulkinder dachte, dass eine zweite Runde der Nationalhymne in Ordnung wäre, aber zum Glück verlief der Ansatz rasch im Sande. Abe wurde in das Hotel geschoben, wo er der Ehrengast eines Fünf-Gänge-Menüs war, das mit einem Biskuit endete, das ungefähr die Form eines Flugzeugs hatte.

* * *

Gegen elf Uhr war Abe endlich in sein Zimmer entkommen.

Er suchte in seinen Taschen nach einer zerknautschten Packung Pall Mall, streckte sich dann auf dem Bett aus und zündete sich eine Zigarette an. Beim Licht der heruntergedrehten Petroleumlampe lag er auf dem Rücken und blies den Rauch an die Decke. Sein Gesicht sah müde aus, und er schien wirklich zum Schlafen bereit zu sein.

Zehn Minuten lang lag er so da und rauchte. Dann fiel sein Blick auf einige runde Markierungen an der Wand hoch oben über dem

Kleiderschrank. Leichtfüßig schwang er die Beine auf den Boden, zog einen Stuhl zum Kleiderschrank herüber und untersuchte sie.

Die Markierungen waren direkt durch den Putz bis in das angrenzende Zimmer gebohrt. Auf dem Schrank unterhalb der Löcher lag noch ein wenig weißer Staub, was bezeugte, dass dort oben nicht sehr oft Staub gewischt wurde oder dass die Löcher relativ neu waren.

Captain Abe Rockwell hatte sich seinen Rang als Jagdflieger in der United States Army verdient. Vor dem Krieg war er zunächst Automechaniker und dann Rennfahrer gewesen. Als der Krieg ausbrach, hatte er beschlossen, die Branche zu wechseln. Er hatte seinen Job als Rennfahrer an den Nagel gehängt. Seinen Weg nach Frankreich hatte er sich als Mechaniker bei einer von Amerikas neu formierten Fliegerstaffeln verschafft. Tagsüber hatte er Flugzeuge repariert, und abends hatte er sich mehr oder weniger selbst das Fliegen beigebracht. Obwohl er schon die Altersgrenze überschritten und weder einen Offiziersdienstgrad noch eine höhere Schulbildung vorzuweisen hatte, überzeugte er dennoch die Autoritäten, ihm eine Chance im Cockpit zu geben. Er hatte ihr Vertrauen nicht enttäuscht. Seinen ersten Sieg über eine deutsche Maschine hatte er innerhalb von zwei Wochen davongetragen. Nach weiteren drei Monaten hatte er sich bereits fünf Siege erkämpft – und seine offizielle Anerkennung als eines von Amerikas neuen Kämpfer-Assen. Bis zum Ende des Krieges war er zum Captain befördert worden, hatte das Kommando über eine Fliegerstaffel und neunzehn offiziell bestätigte Siege vorzuweisen. Von den amerikanischen Piloten, die den Krieg überlebt hatten, hatte nur Ed Rickenbacker mehr feindliche Flugzeuge abgeschossen.

Abe war ein Militärmensch, der eine Menge Kämpfe erlebt hatte, eine Menge Aktion. Er wusste, wie Schusslöcher aussahen, und dies waren Schusslöcher.

4

Willard bekam keine Kopfschmerzen. Er bekam sie nicht von der Hitze. Er bekam sie nicht vom Lärm. Er bekam sie nicht einmal nach einem ganzen Krug Martini, wenn alle anderen so weiß und zerbrechlich aussahen wie eine Teetasse aus Porzellan. Aber jetzt hatte er welche.

Er ging hinein. Die Jalousien waren geschlossen, und drinnen war es kühl und schummrig. An der Decke zitterten Lichtreflexe vom Schwimmbecken draußen. Willard schloss die Tür, und die Stimmen klangen leise und weit entfernt. Er hatte einen Brief in der Hand gehalten, den er auf den Teppich fallen ließ. Der Brief kam von seinem Buchhalter. Ein Stunt-Flugzeug, das sie benutzt, aber nicht versichert hatten, war gerade zu Schrott verwandelt worden. Weitere achtzehntausend Dollar waren nutzlos den Bach hinuntergegangen.

Er ließ sich in einen tiefen Sessel fallen und sank dort beinahe regungslos in sich zusammen.

* * *

Willard fühlte sich lausig, obwohl er die ganze Zeit wusste, dass er glücklich und zufrieden sein sollte. Schließlich war er ein glücklicher Mann, der in eine glückliche Familie hineingeboren worden war.

Sein Urgroßvater hatte mit allem angefangen. Er hatte Handfeuerwaffen und Gewehre zum Verkauf an der wilden Grenze des Landes hergestellt. Das Geschäft florierte. Der Bürgerkrieg hatte Thornton Ordnance zu einem der größten Gewinner gemacht, einen von internationaler Bedeutung. Das neunzehnte Jahrhundert war ein gutes Jahrhundert für Kriege gewesen, und die Firma hatte von jedem profitiert. Als 1914 in Europa der Krieg ausgebrochen war, begann für Thornton Ordnance seine profitabelste Phase.

Junius Thornton – Willards Vater – machte es ebenso. Bei Amerikas Kriegseintritt hatten sich die Gewinne verdoppelt und verdoppelten sich dann noch einmal.

Aber es war nicht nur Willards Familie, die magisch berührt worden war. Auch er selbst war es. Willard war Student in Princeton gewesen, als Deutschland in einem Anfall von Wahnsinn den uneingeschränkten Krieg gegen Amerikas Schifffahrt aufnahm und Amerika so in den Krieg hineintrieb. Willards Studium war eigentlich nicht schlecht gelaufen, aber auch nicht gerade gut. Zufällig lernte Willard einen britischen Piloten kennen und sah, wie dieser Mann seine Kriegsgeschichten dazu benutzte, jedes Mädchen zu bekommen, das er wollte.

Und so war Willard an einem sonnigen Herbsttag und nahezu ohne vorherige Überlegung ins kalte Wasser gesprungen. Er hatte sich freiwillig gemeldet. Er strebte eine Pilotenstelle an, und er bekam sie. Innerhalb von drei Monaten nach jenem sonnigen Oktobertag war er in Frankreich, ein Lieutenant im U. S. Army Flying Corps.

Er war dort noch keine Woche, als er es schon bereute.

Auf seinem ersten Flug über die feindlichen Linien wurde er beinahe getötet. Auf seinem zweiten Flug kehrte er mit Einschusslöchern zurück, die seinen oberen Steuerbordflügel und die Heckaufbauten spickten. Innerhalb von drei Wochen konnte Willard vier Flüge zählen, bei denen er nur mit viel Glück davongekommen war – und keine einzige Gelegenheit, bei der er auch nur einen Schuss auf den Feind abgefeuert hatte.

Das musste sich ändern, und das tat es auch.

Durch einen Zufall wurde Willard zur Einundneunzigsten Staffel unter dem Kommando von Captain Abraham »Abe« Rockwell versetzt. Bevor er seinen neuen Rekruten auf Patrouille ließ, befahl Rockwell Thornton, zwanzig Meilen hinter die Linien zu fliegen und an einem Übungsflug und -luftkampf teilzunehmen. Willard dachte, dass er seine Sache gut gemacht hatte, aber Rockwell hatte

Willards Kampfflug in der Luft zerrissen. Im Verlauf der nächsten beiden Wochen setzte er ihn von Grund auf wieder zusammen.

Als Willard wieder in die Luft durfte, erzielte er gleich auf seinem ersten Patrouillenflug seinen ersten Abschuss. Er war nicht der beste Pilot am Himmel, aber er war kein gefährlicher Neuling mehr. Bis Oktober 1918 hatte er drei deutsche Maschinen vom Himmel geholt – nur zwei weniger als die magische Anzahl, die ihn von einem guten Piloten in ein offiziell anerkanntes Flieger-Ass verwandelte.

Rockwell hatte das Verlangen in den Augen des jungen Mannes gesehen, und in der ersten Novemberwoche gab er ihm den Auftrag, gegen die feindlichen *Drachen* zu fliegen – mit Gas gefüllte Beobachtungsballons, die eine Meile hinter der zusammenbrechenden deutschen Front an Stahlseilen aufstiegen. Der Auftrag war einfach und gefährlich. Einfach, weil nichts einfacher war, als auf einen riesigen, brennbaren Ballon zu schießen. Gefährlich, weil die Deutschen ihre wertvollen Ballons mit intensivem Flugabwehrfeuer schützten. Ernst nahm Willard seinen Auftrag an. Vor jedem Flug hatte er solche Angst, dass er sich heimlich in der Toilette des Hangars übergab. Aber er hatte seine Ziele getroffen und war selbst nicht getroffen worden. Am 8. November, drei Tage bevor der Waffenstillstand erklärt wurde, holte Willard seinen zweiten *Drachen* vom Himmel. Ein *Drache* zählte genauso viel wie ein Flugzeug. Als schließlich der Frieden ausbrach, war Willard Thornton ein Flieger-Ass. Er kehrte nach Amerika zurück und war ein Held.

Er war nicht der tapferste Pilot gewesen, oder der beste. Er hatte nicht annähernd so viele Abschüsse gemacht wie Rockwell oder Rickenbacker. Aber nichts davon war wichtig. Er war ein Ass – und er sah umwerfend gut aus. Von nah, von fern, sorgfältig inszeniert oder aufregend informell: Es gab einfach keinen Blickwinkel, aus dem er schlecht aussah. Blonde Haare, blaue Augen, energisches Kinn, kräftiger Körperbau. Sein Lächeln war verführerisch, sein

Blick verlockend, sein Mund voll und zum Küssen. Es war atemberaubend, ihn anzusehen, und er wusste es.

Hollywood erkannte das Potential und reagierte schnell. Die Studios kämpften darum, seine Unterschrift unter einen Filmvertrag zu bekommen. Eines der Studios ließ ihm buchstäblich rund um die Uhr einen Mann mit einem Blankovertrag hinterherlaufen. Willard schluckte den Köder und unterschrieb.

Sein erster Film hatte ihn als »Willard T. Thornton, Amerikas *Lieblings*-Ass« angekündigt. Ein kinoverrücktes Publikum, das immer noch von seinen Kriegshelden verzaubert war, strömte zusammen, um ihn zu sehen. Ein paar kurze Wochen lang war Willards Gesicht eines der bekanntesten in ganz Amerika gewesen. Der zweite Film hatte sich gut verkauft. Die nächsten beiden waren noch ordentlich gelaufen. Die letzten beiden waren durchgefallen, gefloppt, untergegangen.

Aber Willard war ein wenig gewachsen. Er hatte genug gelernt, um einen eigenen Film zu produzieren – »*Die der Himmel liebt,* ein Film mit Format«. Er hatte seinen Vater um finanzielle Hilfe gebeten. Der hatte ihn mit Ted Powell, einem Banker von der Wall Street zusammengebracht. Willard hatte sein Projekt vorgestellt – und Powell hatte es geschluckt. Und obwohl der Film den Zeitplan überschritten hatte, obwohl Daphne O'Hara sich gerade mitten in den Aufnahmen abgesetzt hatte, obwohl die Kosten außer Kontrolle geraten waren und sein wertvolles Stunt-Flugzeug gerade abgestürzt war, blieb Willard das Glück noch treu.

Ted Powell glaubte weiter an ihn, gab weiter Geld. Das ursprüngliche Darlehen von sechzigtausend Dollar war in die Höhe geschossen. Zuerst achtzigtausend, dann hundert, dann hundertzwanzig, dann wurde es eine »unlimitierte Darlehensoption« – Bankersprache für »Fragen Sie lieber nicht«.

Willard war er ein glücklicher Mann, der in eine glückliche Familie hineingeboren worden war.

5

Der Lundmark-Junge tauchte um Punkt sieben mit einer Kanne Kaffee und ein paar Brötchen auf.

»Du sollst mich wohl füttern, was?«

Abe war bei Sonnenaufgang aufgestanden und fand im Hotel noch niemanden, der schon wach war. Da er früher auf war als alle anderen, war er direkt zur Scheune gegangen. Er hatte sich rasiert und das Wasser dafür in einer Kanne auf einem Primuskocher heiß gemacht, sich dann bis zur Taille entkleidet und an der Pumpe im Hof gewaschen. Jetzt hatte er sich auf einem Ballen Stroh ausgestreckt, rieb weiches Wachs in seine Fliegerstiefel und flickte einen kleinen Riss in seiner Jacke.

»Ich habe nur gedacht ... Wenn Sie ihn nicht möchten, kann ich ...«

»Doch, Brad, ich möchte ihn. Da drin sind ein paar Becher«, sagte Abe und nickte zum hinteren Cockpit des beschädigten Flugzeugs. »In der grünen Segeltuchtasche.«

Lundmark näherte sich dem Flugzeug, als ob es heilig wäre, und kam mit einem einzelnen Becher zurück.

»Trinkst du keinen Kaffee? Du kommst zu kurz.«

Abe nippte am Kaffee und biss von seinem Brötchen ab.

»Wir sollten mit der Arbeit anfangen, okay? Wir werden einen neuen Propellerflügel bestellen müssen.« Abe zeigte auf den verbogenen Propeller. »Davon abgesehen, habe ich nichts gesehen, was wir nicht selbst reparieren können, wenn wir etwas Holz und eine Schmiede finden.«

»Wirklich? Wow! Sie kriegen es wieder in Gang, Captain?«

»Vorsicht, Brad. Sie ist eine Lady.«

»Hä? Oh. Ich meine *sie*. Tschuldigung.«

»Ich denke, das schaffen wir. Als Erstes müssen wir meinen Freunden bei Curtiss ein Telegramm schicken. Da kriege ich einen Propellerflügel. Gibt es ein Postamt in der Stadt?«

»Sicher, Captain ...« Lundmarks Antwort war nicht besonders zuversichtlich.

Abe schwieg eine Minute. Er war über den Ort hinweggeflogen und hatte nach Landemöglichkeiten gesucht. Er rief sich den Anblick vor Augen. Es gab eine endlose Zahl von Hindernissen, die ein Flugzeug zertrümmern konnten. Eine Kuh. Ein Graben. Ein wackeliger Zaun mit nur einem Draht. Ein Felsblock. Ein Schlagloch. Ein Baumstumpf.

Oder Telegrafendraht. Während des Krieges war einer von Abes Freunden in einem Luftgefecht über den feindlichen Linien angeschossen worden, sodass das Flugzeug praktisch nach Hause stolperte. Bei der mühsamen Landung, bei der das Flugzeug beinahe die Baumwipfel berührte, hatte es eine Telegrafenleitung gestreift. Die Räder hatten sich verfangen. Die Nase war nach unten gerissen worden. Pilot und Flugzeug hatten sich mit siebzig Meilen in der Stunde in den Boden gebohrt.

Abe dachte wieder an seine Luftansicht des Ortes. Keine Leitungen. »Hier gibt es keinen Telegrafen, stimmt's? Wo müssen wir hin? Nach Brunswick?«

Ein winziges Zögern. Dann: »Ja, Brunswick. Joe Borden fährt seinen Wagen am Dienstag dahin. Ich denke, wir können ihn fragen.«

»Gut.«

Abe machte eine Pause. Er hatte vom Himmel aus noch etwas anderes gesehen; etwas, was ihn schon da verwirrt hatte und ihn jetzt sogar noch mehr verwirrte. »Eine Meile südlich von hier«, sagte er. »Da ist noch ein Ort.«

»M-hm.« Der Junge reagierte unverbindlich und ausweichend. Er fing an, unsichtbaren Schmutz von einer Seite des Flugzeugs zu entfernen, was es ihm ermöglichte, seinen Gesichtsausdruck zu verbergen.

»Auf meiner Karte ist kein anderer Ort eingezeichnet. Es ist eine Karte von Rand McNally von 1921. Ich habe noch nie erlebt, dass die falsch waren. Jedenfalls nicht so falsch.«

»Der Ort heißt Marion. Er ist ziemlich neu. Ist in den letzten paar Jahren ziemlich gewachsen.«

»Aber wirklich sehr schnell.«

»Kann man sagen.«

Der Junge wollte offensichtlich nicht reden, und obwohl Abes intensiv blaue Augen den Jungen noch eine Weile fixierten, ließ Abe das Thema fallen. Aber es war wirklich ein Rätsel. Nicht nur, dass Rand McNally den Ort nicht erwähnt hatte. Sondern wo der Ort lag und was er war.

Vor allen Dingen, was er war. Aus der Luft hatte Abe große weiße Häuser gesehen, große Gärten, Automobile, sogar einige Swimmingpools. Der Kontrast zu den in der Sonne verblichenen Holzlatten und den staubigen Straßen von Independence war sogar noch stärker, wenn die Dunkelheit einbrach. Während Independence sich einer einzigen Glühbirne rühmen konnte, war die Stadt darunter ein einziger Lichtschein. Das dumpfe Geräusch der Dieselgeneratoren hatte leise durch die Nacht gewummert.

Und dann noch, wo der Ort lag. Independence stand auf einer niedrigen Hügelkette am Rand der Okefenokee-Sümpfe. Zwischen Independence und Jacksonville gab es Salzwiesen, Mangrovensümpfe, ein Labyrinth von Wasserläufen, die zum Ozean flossen. Independence war mit dem Rest der Welt nur durch eine einspurige, ungepflasterte Straße verbunden, plus der Eisenbahn, die direkt hinter der Küste verlief.

Warum um alles in der Welt war ein Stück des grellen, neuen Amerika ausgerechnet in diesem Sumpfland am Ende der Welt gelandet? Woher kam das Geld, um diese neuen Häuser, die großen Wagen zu bezahlen? Und warum log der Lundmark-Junge ihn an, wenn er vorgab, dass man nach Brunswick fahren müsste, um einen Telegrafen zu finden?

Abe konnte sich ganz genau an den Blick vom Himmel erinnern. Marion, Independence' geheimnisvolle neue Nachbarschaft, hatte eine Telegrafenleitung, die von Süden direkt zum Ort führte.

Wenn Abe ein Telegramm abschicken wollte, so brauchte er nur gemütlich eine Meile den Hügel hinabzugehen.

6

Der Zigarrenrauch hing blaugrau im Lichtstrahl des Projektors. Das Ende der ersten Filmrolle schlug um die Spule des Projektors, und die Leinwand füllte sich mit Licht. Willard sprang auf, um die Rolle zu wechseln.

»Diese Dame da«, bemerkte Ted Powell, während er mit seiner Zigarre in die Luft stach und ganz wie der Wall-Street-Banker aussah, der er war. »Soll das dieselbe sein wie die erste?«

»Brunhilde Schulz? O'Hara?«

»Na, Blondie von eben. Die, die gerade von den Bankräubern gekidnappt wurde.«

»O'Hara hat uns sitzen lassen. Mitten in den Filmarbeiten. Vertragsbruch. Wir haben ein Mädchen gefunden, die aus der Entfernung als Double okay ist, aber alle Nahaufnahmen sind von O'Hara.«

»Sind die Hintergründe deswegen so komisch?«

»So komisch sind die gar nicht.« Willard fummelte herum, bis er das spröde Zelluloid um die kleinen Rollen gewickelt hatte und die zweite Rolle richtig eingelegt war. Die Birne im Inneren des Projektors war brennend heiß, und der ganze Apparat war zu aufgeheizt, um ihn zu berühren. »Aua! So. Der nächste Teil wird Ihnen gefallen.«

Der nächste Teil war die Szene auf dem Wolkenkratzer.

»Das in dem Flugzeug bin ich. Ich habe diesen Stunt selbst gemacht.«

»Ein merkwürdiger Ort, um ein Flugzeug zu parken.«

Willard und das Mädchen, das wirklich O'Hara war, stürzten auf das Dach hinaus. Sie sahen dramatisch aus, tragisch, entschlossen. Dann stiegen sie rasch in das Flugzeug. In der nächsten Aufnahme wirbelte der Propeller, und Willard bis die Zähne zusammen, sodass die Muskeln in seinen Wangen zuckten.

»Das Flugzeug startet von selbst«, kommentierte Powell. »Hübsch.«

»Es ist nur eine Gallaudet, und sie ist nicht von selbst gestartet. Wir machen hier alles billig, Powell. So günstig, wie wir können, ohne ... ohne ...«

»Ich habe nur einen Witz gemacht, Will. Und nennen Sie mich Ted.«

Das Flugzeug rollte zum Rand des Gebäudes, dann verschwand es aus dem Blickfeld. Die nächste Aufnahme, die von einem benachbarten Dach gemacht worden war, zeigte, wie die kleine Gallaudet mit der Nase zuerst abtauchte. Nachdem sie zehn oder zwölf Stockwerke weit gefallen war, hob sich die Nase und kam in die Waagerechte. Es folgte eine weitere Nahaufnahme des Helden: entschlossen, triumphierend, herausfordernd. Dann eine Aufnahme der Gallaudet, wie sie davonfliegt und schließlich verschwindet, während eine Gruppe von Ganoven auf das Dach stürzt und die Fäuste gegen den Himmel schüttelt.

»Du lieber Himmel!«, sagte Powell.

»Ein ziemlich guter Stunt, oder?«

»Sieht aus, als ob Sie einfach nur über die Kante gekippt sind.«

»Wir *sind* gekippt.«

»War irgendetwas mit dem Flugzeug nicht in Ordnung?«

»Nein. Es ist nur eine Frage der Fluggeschwindigkeit. Man muss Geschwindigkeit aufbauen, bevor man steigen kann. Und es war ein Sturzflug, kein Fall. Wenn man ›Fall‹ sagt, klingt das irgendwie schlecht.«

»Ich habe kürzlich einen Film gesehen, wo sie so einen Stunt gemacht haben.«

»*Flug zur Freiheit.* Das war in *Flug zur Freiheit.*«

«Ja, kann sein. Nur da ist das Flugzeug geflogen, es ist nicht nur heruntergefallen. Sind Sie sicher, dass das Flugzeug in Ordnung war?«

»Die hatten ein Katapult. Wir haben auch überlegt, ob wir ein Katapult benutzen sollen, nur hätte das wenig realistisch ausgesehen.«

»Realistisch ...?«

Die beiden Männer sahen schweigend bis zum Ende der Rolle zu. Sie sahen zu, wie das Mädchen noch zwei Mal von den Ganoven entführt und beide Male wieder befreit wurde. Der beste Stunt zeigte, wie das Mädchen von einem Flugzeug aus einem Wagen heraus geschnappt wurde, der sehr schnell fuhr. Das Mädchen ähnelte O'Hara nicht besonders, und der Pilot ähnelte Willard nicht besonders, aber trotzdem war es ein guter Stunt.

Die zweite Rolle war zu Ende. Willard stand wieder auf, wobei er die Manschetten seines Hemdes aus den Jackenärmeln zog, sodass sie besser zu sehen waren. Er hatte gerade vierhundert Mäuse für ein paar silberne Manschettenknöpfe ausgegeben, und es ärgerte ihn, wenn sie nicht sichtbar waren. Powell stand auf, um seinen Rücken zu strecken. Dichter Zigarrenrauch erfüllte den Raum.

»Wie läuft der Vertrieb? Wenn ich darauf herumreiten wollte, würde ich Sie daran erinnern, dass Ihre erste Rückzahlung letzte Woche fällig war.«

»Vertrieb?«, fragte Willard. »Wollen Sie nicht die dritte Rolle sehen?«

»Ach, da ist noch mehr? Aber sicher ...«

Die Rolle lief in hässlichem Schweigen durch. Willard sah sie mit neuen Augen und stellte fest, dass er jedes einzelne Bild hasste. Ein Film mit Format, in der Tat! Dieser Film war erbärmlich, wirklich erbärmlich.

Er schuldete Ted Powell einhundertvierundneunzigtausend Dollar.

7

Es gab jede Menge zu tun.

Als Erstes musste der ruinierte Stoff weggeschnitten und der Schaden am hölzernen Unterbau darunter abgeschätzt werden. Mit Messern, die sie mit etwas Maschinenöl an der steinernen Stufe der Scheune schärften, schnitten Abe und Lundmark den zerrissenen Baumwollstoff ab und schichteten ihn im Hof auf, um ihn später zu verbrennen.

Als der Rahmen sichtbar wurde, sah Abe mit Erleichterung, dass die Hauptstreben der Flügel verschrammt und angebrochen, aber im Wesentlichen intakt waren. Das Flugzeug sah nun mehr wie ein Skelett aus, aber trotz dieses Anblicks hatte es etwas Schnelles und Hungriges an sich. Abe schnitzte Splinte für die angebrochenen Holme und schraubte sie sorgfältig fest, wobei er zur zusätzlichen Verstärkung Schnüre um die Verbindungsstellen wickelte.

Dann nahm Abe den Motor auseinander, damit er ihn reinigen, ölen und wieder zusammenbauen konnte. Wie er bereits vorher wusste, war es ein fehlerhaftes Ventil in der Benzinleitung gewesen, das eine Blockade in der Treibstoffzufuhr verursacht hatte. Es hatte gerade einmal fünf Minuten gedauert, das Problem zu lokalisieren und das Ventil zu reparieren. Die meisten Motorprobleme waren so. Winzige Kleinigkeiten, die einen manchmal umbrachten und manchmal nicht.

Während die erste Woche in die zweite Woche überging, nahm das Fahrwerk langsam Form an. Abe hatte die Idee, eine Art Haube um den Radstand zu bauen, um den Luftwiderstand zu reduzieren. Indem er den Baumwollstoff straff über ein Arrangement aus Ringen und Leisten zog, gelang es ihm, seinen Plan in die Praxis umzusetzen. Die arme, alte Poll sah aus, als ob sie Winterstrümpfe anhätte, aber er versprach ihr, dass es ihr gefallen würde, wenn sie erst einmal in der Luft war.

Als alle Arbeiten am Gerüst erledigt waren, wanden er und

Lundmark Bahnen aus Baumwollstoff um den nackten Rahmen und zogen ihn so fest, dass das Gewebe hart und gespannt war. Dann strichen sie sie: rot und weiß, die Farben, die Abe immer benutzt hatte, seitdem er sich für die Fliegerei begeisterte. Um die Farbe und den Stoff zu schützen, strich Abe alles noch einmal mit Zellonlack, einer Art Firnis für Flugzeuge.

Das geschundene Flugzeug begann, wieder wie es selbst auszusehen, vielleicht sogar besser.

* * *

Normalerweise arbeitete Abe allein – er machte eigentlich so ungefähr alles allein –, aber er arbeitete gerne mit dem Jungen zusammen. Die Begeisterung des Jungen war unheimlich. Seine Geschicklichkeit auch. Immer wieder erinnerte Lundmark Abe daran, wie er selbst in dem Alter gewesen war. Es war beinahe so, als ob er mit einer Version von sich selbst arbeitete, die aus der Vergangenheit von vor zwanzig Jahren stammte.

Während die Tage vergingen, zählte Abe weitere dreiundzwanzig Einschusslöcher in den Gebäuden in und um Independence. Die glänzende Boomstadt unten am Hügel schien unsichtbar zu sein. Es gab immer noch keine Erklärung dafür, warum Independence die einzige Stadt in Amerika war, die Ex-Army-Piloten wie vom Himmel herabgestiegene Halbgötter behandelte. Abe hielt die Augen offen und den Mund geschlossen.

* * *

Am Abend des zehnten Tages saß Abe allein im Speisesaal des Hotels und aß kalte Pastete und Kartoffeln. Dann, als er gerade fertig war, kam Gibson Hennessey, der große Ladenbesitzer, herein. Die beiden Männer nickten sich zur Begrüßung zu.

»Kümmert sich Ed Houghton gut um Sie?«

Abe dachte an die Berge von Pudding und Fleischpasteten, die ihm vorgesetzt wurden – alles nur ›ihm zu Ehren‹.

»Ja. Manchmal sogar mehr als gut«, bemerkte er.

»Ted kann sehr gastfreundlich sein, wenn er will, besonders in der Abteilung Pudding-Herstellung.« Ein humorvolles Zucken umspielte den Mund des Ladenbesitzers, bevor sich seine Stimme wieder änderte. »Ich hoffe, Sie fassen es nicht falsch auf, aber wenn Sie Whisky trinken würden, hätte ich hier welchen.«

»Von Zeit zu Zeit.«

Der Eigentümer des Gemischtwarenladens ging zu den Regalen hinüber, wo die Gläser aufbewahrt wurden. Er bediente sich und nahm zwei und ging dann auf der Treppe voraus, da er offensichtlich genau wusste, welches Zimmer man Abe gegeben hatte. An der Tür trat er höflich einen Schritt zur Seite und ließ Abe aufschließen.

Das Zimmer war das beste im Hotel, aber dennoch recht einfach. Es gab ein tiefes und gemütliches Bett, einen Toilettentisch mit Stuhl, einen Kleiderschrank und einen kleinen grünen Sessel, der kleine Staubwolken ausstieß, wenn sich jemand darauf setzte. Es gab ein paar kleine Petroleumlampen, die verrußt waren, weil ihre Dochte dringend getrimmt werden mussten. Ein dünner Vorhang wehte träge vor dem offenen Fenster.

»Ist das für Sie in Ordnung?«, fragte Hennessey und sah sich um. »Ich hätte drüben bei mir ein besseres Zimmer, wenn Sie wollen; ich habe mir nur vorgestellt, dass Sie glücklicher wären, wenn nicht die ganze Zeit eine Truppe kleiner Hennesseys lärmt und schreit.«

»Das haben Sie sich richtig vorgestellt.«

»*Ich* wäre wahrscheinlich auch glücklicher, um ehrlich zu sein.«

Abe zog die Stiefel aus und streckte sich auf dem Bett aus. Mit seinem ersten Versuch, es sich gemütlich zu machen, war er nicht zufrieden und schüttelte und knuffte seine Kissen zurecht, bevor er sich mit einem Seufzer zurücklehnte. Hennessey stellte die beiden Gläser auf den Tisch und holte eine kleine Flasche, die in braunes

Packpapier gewickelt war, aus seiner Manteltasche. Er goss den Whisky ein und reichte Abe ein Glas.

»Schwarz Gebrannter hier vom Ort. Wurde hier schon lange vor Volstead gemacht und wird auch lange Zeit danach noch gemacht. Der hat in Independence schon immer ziemlich viele Liebhaber gehabt.«

Abe nippte am Glas. Der Whisky war gut, und er nahm noch einen Schluck. Sie hatten heute wieder gefirnisst, und wenn Abe den Geruch auch mochte, so wurde ihm davon doch immer schwindelig. Der Whisky half dagegen.

»Macht es Ihnen etwas aus, wenn ich rauche?« Hennessey holte eine Schachtel aus der Tasche und bot sie Abe an. Der Pilot schüttelte den Kopf, sagte Hennessey jedoch, dass er sich keinen Zwang antun solle. Eine Weile schwiegen die beiden Männer. Hennessey stand rauchend am Fenster, Abe lag mit halb geschlossenen Augen auf dem Bett. Schließlich brach der Ladenbesitzer das Schweigen.

»Ich nehme an, Sie ernten viel Aufmerksamkeit, wo Sie so ein berühmter Mann sind, oder? Selbst wenn Sie Ihre Gegenwart nicht dadurch ankündigen, dass Sie Ihre Maschine mitten auf der Main Street landen.«

An Abes Verhalten änderte sich nichts, außer dass die Augen unter seine Lidern aufmerksamer wurden.

»Ganz ehrlich, Hennessey? Ich bin seit fünf Jahren nicht mehr so empfangen worden.«

Der Ladenbesitzer lächelte. »Kein Mangel an Patriotismus in Independence. Das ist das Problem mit diesem Land, sehen Sie? Kurzes Gedächtnis. Die Leute sollten sich an mehr erinnern.« Er nahm die letzten Züge, schnipste den glühenden Stummel in einem weiten Bogen durch das offene Fenster auf die schmutzige Straße hinaus und sah ihm hinterher.

»Das ist das Problem mit Amerika, ja?«, sagte Abe leise. »Und was ist mit Independence?«

Der große Ladenbesitzer am Fenster drehte sich um. »Was lässt Sie denken, dass etwas nicht stimmt?«

Abe schloss die Augen und stellte das Glas auf seiner Brust ab. »Nur alles, was ich seit meiner Ankunft gesehen habe. Sonst nichts.«

Hennessey nickte. Ein wenig von seinem Vergnügen an ihrem Zusammentreffen wich aus seinem Gesicht. Es wurde durch etwas Traurigeres und Älteres ersetzt.

»Was mit Independence nicht stimmt?«, wiederholte er. »Nichts stimmt. Nichts außer dem Whisky.«

8

»Zweihunderttausend Dollar? Genau zweihunderttausend?«

Junius Thornton, Willards Vater, nannte die Zahl. Man musste reich sein, um eine solche Summe einfach so zu nennen und außer einer geschäftsmäßigen Sorge um die arithmetische Genauigkeit keine Gefühle zu zeigen.

»Hundertvierundneunzig. Ich habe es aufgerundet.«

»Hundertvierundneunzig, ich verstehe.« Der ältere Mann nickte. Er hatte das ausdrucksstarke Gesicht und die breiten Wangenknochen seines Sohnes, aber während Willard gut aussah, wirkten Junius' Züge grob. Er sah aus wie ein Boxer, den man aus dem Ring geholt und dem man fünftausend Dollar gegeben hatte, um sie bei Brooks Brothers für teure Klamotten auszugeben. »Ich hatte keine Ahnung, dass Filme so teuer sind.«

»Es sind ja nicht nur die Schauspieler. Man braucht die Kameramänner und die Leute, die die Stunts machen. Wir haben eine Menge Flugzeuge gebraucht und ... es läppert sich eben.«

»Ja, das verstehe ich. Ich habe noch nie darüber nachgedacht.«

Es entstand eine Pause. Willard zupfte leicht gereizt an seinem Hosenbein herum. Wer auch immer sie zuletzt gebügelt hatte, hatte die Bügelfalte an der falschen Stelle gemacht, sodass die alte

Falte noch wie ein Schatten der neuen sichtbar war. Willard wünschte, er hätte es bemerkt, bevor er sich an diesem Morgen angezogen hatte. Die Stille zog sich.

»Nun ja, wie auch immer«, sagte Willard schließlich, »Ted hat mich nach seinem Geld gefragt. Ich muss zugeben, dass ich deswegen ein bisschen sauer bin. Das war nicht besonders höflich. Ich meine, er kann doch unmöglich glauben, dass das ein Problem ist, oder?«

»Das weiß ich nicht. Ich weiß nicht, was ihr abgemacht habt«, entgegnete sein Vater.

»Es war natürlich ein Darlehen. Aber ich wollte sagen, dass es immer klar war ...«

»Ja?«

»Na ja, er hat nie etwas gesagt, dass er mich bedrängen würde wie irgendein Mieteintreiber von der Lenox Avenue.«

»Aber vielleicht hast du ihm nie gesagt, dass du ihm das Geld nicht zurückzahlen kannst.«

»Ach, um Himmels willen! Ergreif doch nicht seine Seite. So ist es doch auch nicht.«

Es entstand eine weitere Pause, eine noch längere diesmal. Manchmal teilt man das Schweigen. Es gehört beiden an der Unterhaltung beteiligten Personen gleichermaßen. Aber nicht immer. Dieses Schweigen nicht. Dieses gehörte ausschließlich dem älteren Mann. Willards Kopfhaut spannte sich. Die Geräusche von der Straße dröhnten. Schließlich hob der ältere Mann den Blick.

»Du hast nicht sehr deutlich gemacht, warum du mit mir sprechen wolltest. Aber wenn ich es richtig sehe, bittest du mich, deine Schulden bei Ted zu begleichen.«

»Ja. Ja, das tue ich.« Willard hatte vorgehabt, ihn um ein wenig zusätzliches Geld zu bitten. Es war schon lange her, dass er irgendwelche Einnahmen gehabt hatte, und nachdem er seine Villa in Hollywood verkauft und seine anderen Schulden bezahlt hatte, waren ihm insgesamt nur noch etwa fünfundzwanzigtausend Dollar geblieben. Für fünfundneunzig Prozent aller Amerikaner wären fünfundzwanzigtausend Dollar ein unglaubliches Vermögen gewesen. Für Willard war es wie das Existenzminimum.

»Du scheinst außerdem zuversichtlich zu sein, dass ich einverstanden bin.«

»Und das sollte ich auch hoffen dürfen! Gott, es ist ja nicht so, als ob ich jemals zuvor um Geld gebeten hätte.«

»Nein. Nein, das ist wahr.«

Sein Vater öffnete eine Schublade und nahm ein flaches, mit schwarzem Leder bezogenes Kästchen heraus. Darin, das wusste Willard, befand sich ein Scheckbuch der Morgan Bank; Amerikas renommiertesten Bankhauses – eines Bankhauses, das seine Dienste nur den sehr, sehr Wohlhabenden bot. Junius nahm den Füllfederhalter von seinem Schreibtisch, schraubte ihn auf, betrachtete die Schreibfeder, trocknete sie sorgfältig auf dem rosafarbenen Löschpapier und schrieb dann zwei Schecks aus. Wieder untersuchte er die Schreibfeder, bevor er die Kappe auf den Federhalter schraubte. Er legte das Scheckbuch in die Schublade zurück und schloss sie.

Während der ganzen Zeit war Willard still und verdrossen. Aber wenn er ehrlich zu sich selbst war, war es nicht allzu schlimm gewesen. Sein Vater war schwierig gewesen, aber bei weitem nicht so schwierig, wie er hätte sein können. Damals im College hatte er ein paar Kumpel gekannt, die die wildesten Streitereien wegen Geld gehabt hatten. Alles in allem war er gut davongekommen. Seine Kopfschmerzen hämmerten immer noch, wurden aber nicht schlimmer.

Sein Vater nahm ein trockenes Blatt Löschpapier, legte es über die Schecks und strich mit seinem dicken Zeigefinger von einem Ende zum anderen über sie hinweg. Er sagte nicht, warum er zwei geschrieben hatte. Er sagte kein Wort, über welche Summen er die Schecks ausgestellt hatte. Sie blieben unsichtbar unter dem Löschpapier.

»Willard, in gewisser Weise freut es mich, dass wir beide dieses Gespräch miteinander geführt haben.«

»Ja, Vater«, antwortete sein Sohn, ohne dass ihm ganz klar war, was für ein Gespräch sie gerade führten.

»Ich bin siebenundfünfzig, wie du weißt. Ich erwarte, dass ich noch weitere dreizehn Jahre in der Firma haben werde. Vielleicht weniger. Ich werde nicht versuchen, mich selbst anzutreiben, wenn meine Gesundheit nachlässt.«

»Nein. Du hast völlig Recht. Das wäre das Schlimmste, was du tun könntest. Hast du jemals den Vater vom armen, alten Noggy Edwards kennen gelernt? Er ...«

Junius hielt einen Zeigefinger hoch. »Deine Sorge um meine Gesundheit ist ehrenwert, aber das ist es nicht, was ich mit dir besprechen will.«

»Nein. Ganz richtig. Entschuldigung.«

»Ich habe immer erwartet, dass du mir nachfolgen würdest. Gehofft, sollte ich sagen. Gehofft.«

»Na ja, natürlich! Ich meine, immerhin ...«

Der Ältere unterbrach ihn nicht wirklich, sondern fuhr einfach fort und erstickte so, was auch immer Willard hatte sagen wollen. »Aber die Firma ist ein sehr anspruchsvoller Organismus. Sie erwirtschaftet Profit, weil ich sie dazu zwinge, Profit zu erwirtschaften. Geld zu machen bedeutet niemals einfach nur, den Hut hinzuhalten.«

Willard schüttelte den Kopf. Seine Kopfschmerzen waren jetzt wieder da und pochten wie eine entzündete Wunde. Er saß da und presste die Hand an die Schläfe.

»Es ist mir noch nicht klar, ob du die ...« Der Geschäftsmann suchte nach dem richtigen Wort. Er fand es nicht und schüttelte den Kopf. »Ob du hast, was dafür nötig ist. Grips. Mumm. Verlangen. Ehrgeiz. Alles, was nötig ist, um ein Mann zu sein.«

Willard öffnete den Mund und schloss ihn wieder. »Mein Gott, Vater, ich bin gerade erst fünfundzwanzig geworden. Ich würde sagen, ich habe schon eine ganze Menge geschafft. Nicht nur während des Krieges, sondern auch in Hollywood ...«

»Deine Zeit in Kalifornien war eine einzige Katastrophe.« Junius hielt einen der beiden Schecks hoch. »Hier habe ich den Beweis dafür. Du hast dich ziemlich gut als Pilot geschlagen, auch wenn du dich, wie ich mich erinnere, ziemlich genau zur selben Zeit dafür entschieden hast, deinem Land zu dienen, als Princeton sich fragte, ob es ein Fehler war, dich zum Studium zuzulassen.«

»Du lieber Himmel! Mr. Roonie und seine Kegelschnitte! Ich ...« Willards Hand fiel von der Schläfe. Er schob das Kinn vor. Sein Verhalten war aufmüpfig, aber auch feige. Er widersprach nicht.

»Ich will deine Leistungen nicht schmälern. Du bist mein Sohn, und ich habe auch weiterhin Vertrauen in dich. Ich schlage vor, dass wir die Vergangenheit Vergangenheit sein lassen und stattdessen in die Zukunft blicken.«

Willard nickte zustimmend. »O ja. Gib mir nur eine halbe Chance, und ich ...«

Sein Vater unterbrach ihn. »Ich habe immer angenommen, vielleicht fälschlicherweise, dass du zu gegebener Zeit den Wunsch haben würdest, die Firma zu leiten. Ich habe gedacht, dass du es dir wünschen würdest, weil ich nicht in der Lage war, mir vorzustellen, dass ein Sohn von mir sich etwas anderes wünschen könnte. Aber das ist eine Entscheidung, die du allein treffen musst. Ist es dein Wunsch, die Firma zu leiten? Ja oder nein?«

Ein oder zwei Sekunden lang stotterte Willard. Er stotterte, weil er nicht mit dieser Frage gerechnet hatte und weil er sich in Gegenwart seines Vaters nie ganz wohl fühlte. Sein Vater hasste Leute, die murmelten oder sich wiederholten oder ihre Sätze nicht beendeten. Willard neigte dazu, all das zu tun, und unter dem Blick seines Vaters wurden seine schlechten Angewohnheiten schlimmer.

Aber an der Antwort selbst bestand kein Zweifel. Natürlich wurde von ihm erwartet, die Firma zu leiten. Willard war ein Thornton, der einzige Sohn, der natürliche und rechtmäßige Erbe des Familienthrons. Natürlich würde er eines Tages die Firma leiten.

»Gott, ja, Pa. Tatsächlich wollte ich gerade fragen, ob es nicht langsam Zeit für mich ist, damit anzufangen. Ich meine, das Filmgeschäft ist eines, aber es ist kaum ... Ich würde gerne anfangen, Pa. Ich glaube, ich bin dazu bereit.«

Als er den Raum betrat, hatte Willard keinerlei Absicht gehabt, in der Firma anzufangen. Aber nun, da sein Vater das Thema angeschnitten hatte, erschien ihm die Antwort offensichtlich. Am Filmgeschäft verlor er langsam die Lust. Es war Zeit, dass er in die Firma einstieg. Er war der gesalbte Thronfolger. Er war bereit, die Krone aufzusetzen.

Sein Vater nickte nachdrücklich.

»Gut. Ich hätte mir nicht gewünscht, dass deine Antwort anders ausfällt.«

Willard spürte eine Welle der Erleichterung. Sein Vater würde nie wollen, dass er seine Arbeit mit zweihunderttausend Dollar Schulden am Hals antrat. Sein Vater konnte die Schulden begleichen, ihm eine Stellung verschaffen, ihm Starthilfe geben. Willard nahm an, dass er mit schwerer Arbeit fertig werden müsste, aber trotz seiner Playboy-Vergangenheit hatte er vor schwerer Arbeit keine Angst.

»Das ist wunderbar, Papa, ich ...«

Der Geschäftsmann hob einen Finger und stoppte seinen Sohn mitten im Wort. Er legte die beiden Schecks mit der Vorderseite nach oben auf das Löschpapier und schob es über den Schreibtisch, sodass Willard sie beide deutlich sehen konnte.

Der erste war auf fünfundzwanzigtausend Dollar ausgestellt, und mit einem kurzen, irritierten Zucken blickte Willard zur Seite. Der zweite Scheck war besser. Viel besser. »Genau eine Million Dollar.« Es waren so viele Zahlen, dass der alte Mann Schwierigkeiten gehabt hatte, sie alle in dem vorgegebenen Platz unterzubringen. Willard verspürte ein beinahe überwältigendes Drängen, die Hand auszustrecken und das Geld zu nehmen.

Aber zunächst war da eine Frage. Er hob die Augen.

»Vater?«

»Du kannst den Scheck nehmen, den du willst. Du kannst die Million nehmen. Du kannst Ted auszahlen. Du kannst Filme drehen. Du kannst tun, was immer du zu tun wünschst. Aber du wirst nichts mit der Firma zu tun haben. Es gibt heutzutage erfahrene Manager, die die Firma erstklassig leiten werden. Was die Zukunft betrifft, so werde ich dich behandeln, wie ich vorschlage, die Mädchen zu behandeln. Ich werde jeder bei ihrer Heirat eine große Mitgift geben. In deinem Fall ist es das hier.« Er klopfte auf den Eine-Million-Dollar-Scheck, der vor ihm lag. »Danach wird es für dich nichts mehr geben, solange ich lebe. Wenn deine Mutter und ich sterben, werden du und die Mädchen alles zu gleichen Teilen erben, jeder ein Fünftel.«

»Oder?«, fragte Willard mit Flüsterstimme.

»Oder du nimmst den kleineren Scheck. Du hast dich verschuldet. Nun musst du dich selbst aus den Schulden befreien. Wenn dir das gelingt, dann glaube ich, dass du das Zeug dazu hast, ein ehrenwerter Leiter der Firma zu werden.«

»Aber zweihunderttausend Dollar, Pa. Ich ...«

Der Gesichtsausdruck des Geschäftsmannes wurde um keinen Deut weicher.

»Du kannst dich mit Ted Powell einigen, wie immer es möglich ist. Ich würde nicht von ihm erwarten, dass er dir irgendwelche Sonderkonditionen einräumt, weil du mein Sohn bist. Aber er ist ein guter Finanzmann. Er wird vernünftig sein.«

Willard starrte noch einmal die Schecks an. Den großen und den kleinen. Beide, jeder auf seine Art, stellten eine Art lebenslange Strafe dar. Willards Kopfschmerzen donnerten in seinen Schläfen. Er fühlte sich wie ein kleiner Junge, von dem verlangt wurde, die Arbeit eines Mannes zu tun.

»Wie ich sagte«, bemerkte der alte Mann, »du hast die Wahl.«

9

Hennessey hörte auf zu reden.

Es war bereits nach Mitternacht. Draußen heulten einige Hunde, und die Brise erzeugte ein leichtes Murmeln, das von Baumkrone zu Baumkrone sprang. Abes blaue Augen, das hellste in dem schummrigen Raum, hatten sich in den vergangenen anderthalb Stunden auf seinen Gast gerichtet. Hennessey hatte zwölf Zigaretten geraucht, Abe nur eine. Obwohl die Halbliterflasche Whisky von beiden Männern leicht zu erreichen war, war sie immer noch beinahe voll. Abe hatte noch nicht einmal sein erstes Glas ausgetrunken.

Es entstand eine lange Stille, die sich von den Männern bis in die wispernde Nacht draußen ausdehnte.

»Das ist eine höllische Geschichte, Hennessey.«

»Sie können mich Hen nennen. Das tun alle.«

Es war seine Geschichte.

Vier oder fünf Jahre zuvor war Independence ein Ort wie alle anderen in Amerika gewesen. Er war nicht besonders gut, er war nicht besonders schlecht. Er war nicht zu reich, er war nicht zu arm. Der Sheriff bekam von Zeit zu Zeit etwas zu tun, aber der Priester ebenso. Die Leute machten Geld, sie machten Liebe, sie heirateten, sie bissen ins Gras.

Dann, in den ersten Tagen des Jahres 1921, begannen sich die Dinge zu ändern. Zuerst war es nichts Außergewöhnliches. Ein großes Stück Land unten im Flusstal wurde an Auswärtige verkauft. Oben auf dem Hügel in Independence lachten die Leute. Das Land unten am Fluss war morastig und Überflutungen ausgesetzt, für die Landwirtschaft so gut wie nutzlos. Es wurden Witze gemacht über Kühe, die schwimmen lernten, über Mais, der vom Ruderboot aus geerntet wurde.

Aber das Lachen verging. Baumannschaften wurden herbeigeschafft. Das Land wurde trocken gelegt. Der Fluss wurde mit Betonmauern eingedämmt. Häuser und Villen wurden errichtet: geräumige, großzügig ausgestattete Gebäude mit Elektrogeneratoren, elektrischem Licht, Klimaanlagen, Toiletten im Haus, eine für jedes Schlafzimmer. Dieser Teil war aufregend – beunruhigend vielleicht, aber aufregend.

Dann kamen die Menschen an. Die Häuser wurden bewohnt, die Villen füllten sich.

»Da unten wird Glücksspiel betrieben«, sagte Hennessey. »Blackjack, Poker, Würfelspiele, Roulette, die ganze Palette. Und Alkohol gibt es natürlich auch.«

»Glücksspiel? Das ist da unten ja wohl kaum Palm Beach, Hen.«

»Andere Kunden. Palm Beach ist für Reiche, die Urlaub machen. Sie schwimmen eine Runde, sie genießen die gute Luft, sie gehen in ein Casino. Independence ist nicht so. Das ist für ernsthafte Spieler. Leute, die es mögen, wenn keine Cops in Hörweite sind. Die Stadt wird von Ganoven betrieben, das ist sicher, aber ich würde sagen, ihre Kunden sind genauso raue Typen.«

Abe dachte wieder an den Blick auf Marion aus der Luft. Es gab eine eingleisige Schienenverbindung der Stadt mit der Expresslinie an der Küste und eine einspurige, unbefestigte Straße, die nach Brunswick führte. Keine der Verbindungen sah aus, als ob auf ihr viel Verkehr stattfände.

»Marion ist ziemlich schlecht zu erreichen, oder?«

Der Ladenbesitzer nickte. »Sie betreiben eine Art Kutschenservice zur Eisenbahn und zurück. Aber schlechte Erreichbarkeit ist Teil ihres Konzepts. Sie ziehen Leute an, die nichts mit den Cops zu tun haben wollen.«

»Und sie waren nicht gerade die besten Nachbarn, richtig?«

Bei dieser Frage griff Hennessey nach einer weiteren Zigarette, die er anzündete, bevor er antwortete. »Ich denke, wir haben keinen guten ersten Eindruck hinterlassen. Bestimmte Kreise hier in Independence hegen starke Sympathien für den guten John Barleycorn und die ganze Sache mit der Prohibition. Diese Leute haben die Cops gerufen, die Bezirksregierung des County, die Gazette des County und haben ganz allgemein einigen Lärm gemacht.«

»Und?«

»Die Cops sind gekommen, haben einen Blick auf alles geworfen und gesagt, dass Marion, so weit es sie betraf, voller gesetzestreuer Bürger wäre, die ihren gesetzestreuen Geschäften nachgingen. Sie sagten uns, dass wir den Mund halten sollten.«

»Und?«

»Und in derselben Nacht sind ein paar Wagen voller Schlägertypen und Waffen von Marion heraufgekommen. Sie haben herumgeballert. Sie wollten niemanden wirklich umbringen, sondern uns nur wissen lassen, wie sie die Dinge sahen. Wir hatten vier Verletzte und einiges an Sachbeschädigung. Also haben dann eine Reihe von Leuten eine Beschwerde eingereicht, nicht einfach beim County, sondern gleich beim Bundesstaat Atlanta.« Der Ladenbesitzer zog an der Zigarette, bis die Spitze ein ganzes Stück weit rot glühte. Er starrte sie an, als ob sie die Lösung für alle Probleme der Welt enthielte. »Die Cops sind nie gekommen. Die Briefe wurden nie beantwortet. Aber den Leuten, die diese Briefe unterschrieben hatten, wurden die Häuser abgefackelt. Es wurde auf sie geschossen, ihr Vieh auf der Weide abgeknallt, die Ernte verbrannt. Zwei Männer wurden so schlimm zusammengeschlagen, dass sie kaum noch sehen konnten.«

Abe blickte den Ladenbesitzer aufmerksam an. »Das Haus hinter dem Laden hat eine neue Vorderfront, Hen.«

»Ja, ich hatte Glück. Ich konnte das Feuer löschen, bevor es allzu viel Schaden anrichtete. Die Prohibition ist mir scheißegal. Ich sehe nicht, warum sich die Bundesregierung in County-Angelegenheiten einmischen sollte. Aber andererseits gefällt mir auch nicht die Idee, dass irgendwelche Gauner sich die Gesetze kaufen konnten, die sie wollten. Es gefällt mir nicht, wie sie beim ersten Anzeichen von Schwierigkeiten ihre Gewehre hervorholen.«

»Und jetzt?«

»Sie wollen, dass wir gehen. Klingt das nicht verrückt? Aber es ist wahr. Sie wollen uns einfach nicht als Nachbarn haben. Natürlich haben sie da unten Arbeit. Arbeit für arme Leute. Das wäre Arbeit für Schwarze, nur hatten wir hier in der Gegend nie besonders viele Schwarze. Putzen, Straßen reparieren, solche Sachen eben. Aber davon abgesehen wollen sie, dass wir gehen. Es sind nur Kleinigkeiten, aber sie passieren andauernd. Ein Bauer wacht auf und stellt fest, dass jemand seine Heuhaufen abgebrannt hat. Houghton wird ungefähr einmal im Jahr der Laden zerlegt. Auch ich habe meine Probleme. Wenn jemand auch nur etwas von Widerstand flüstert, dauert es nicht lange, bis man über ihn herfällt und ihn zu Brei schlägt. Wir haben einen, der erblindet ist, sechs, die so schwer verletzt wurden, dass sie ohne Hilfe nicht mehr laufen können, und einen sehr mutigen Mann, der umgebracht wurde. Und die Leute ziehen weg. Es gibt Orte, wo man leichter leben kann, wo man sein Geld leichter verdienen kann. Sie wollen, dass wir verschwinden, Captain. Sie bringen die Stadt um.«

Schweigen erfüllte den Raum. Die Brise draußen hatte sich fast ganz gelegt, und man konnte das Wummern der Generatoren unten in Marion hören.

»Das ist eine wahnsinnige Geschichte, Hen.«

Der ältere Mann nickte, griff nach der Zigarettenschachtel und stellte fest, dass sie leer war. »Zum Teufel damit«, sagte er und warf die Schachtel fort.

»Klingt so, als ob Sie nicht vorhaben abzuhauen.«

Hennessey machte eine Handbewegung, die alles Mögliche bedeuten konnte. »Ich habe eine Stahlplatte auf meiner Tür und Riegel vor meinen Fenstern. Ich habe eine Waffe in meinem Laden und eine weitere neben meinem Bett. Ich bin geblieben, weil ich es nicht mag abzuhauen, aber nicht jeder denkt so. Warum sollten sie auch?«

Abe atmete laut aus. »Du lieber Himmel, Hen ... Hören Sie, erzählen Sie mir mehr von der Trinkerei.«

»Was gibt es da zu sagen? Wenn man einen Drink will, dann würde ich sagen, dass die Bars in Marion ziemlich gut versorgt sind.«

»Das meine ich nicht. So, wie Sie die Geschichte erzählen, kam erst das Glücksspiel und dann der Alkohol. Ich stelle mir das anders vor.«

»Ich kann Ihnen nicht folgen.«

»Denken Sie mal darüber nach. Wenn Sie Geld mit Glücksspiel verdienen wollen, gibt es eine Menge Orte, die Sie auswählen können. Und Marion sieht nicht unbedingt wie die erste Wahl aus. Andererseits, wenn Sie daran denken, Geld mit Alkohol zu verdienen, dann sieht Marion wie ein Hauptgewinn im Lotto aus. Es ist durch wenige Meilen Flussfahrt mit dem Meer verbunden. Die Küste ist ruhig und offen. Es liegt so dicht bei Bimini und den anderen Inseln, wie man es sich nur wünschen kann. Die lokale Küstenwache hat alle Hände voll zu tun, den Alkohol von Miami und Jacksonville fernzuhalten. Wie viel Zeit werden sie wohl dafür erübrigen, ihn von Marion fernzuhalten?«

Hennessey nickte. »Ja, sie schaffen ihn mit Sicherheit hierher. Sie haben einen großen Lagerschuppen am Fluss. Aber trotzdem, wie viel kann ein Haufen Gauner und Spieler trinken?«

»Es gibt eine Eisenbahnstrecke. Ein Gleis, das direkt zum Küstenexpress geht.«

»Ja. Vor zwanzig, dreißig Jahren haben einige Leute aus dem Norden flussaufwärts von hier Kaolin gefunden. Sie haben eine Eisenbahnstrecke gebaut, dann war das Kaolin ausgebeutet, und die Firma hat dichtgemacht. Aber die Bahnstrecke ist noch da.«

»Ich glaube nicht, dass in Marion der ganze Alkohol getrunken wird, den sie ins Land bringen.«

»Sie glauben, sie verladen ihn auf die Bahn? Könnte sein. Ich würde es nicht verneinen. Zum Teufel, wer kann schon wissen, was im Kopf von solch einem Gangster vorgeht?«

Darauf antwortete Abe nicht. Er lag immer noch auf dem Bett, von Kopf bis Fuß ausgestreckt wie eine Katze. Dann drehte er sich um, griff nach seinem Whiskyglas und schluckte den Rest in einem Zug herunter.

»Ich frage mich«, sagte er, »was im Kopf eines Ladenbesitzers vorgeht. Und besonders, warum sich ein Ladenbesitzer einem Haufen Schwierigkeiten aussetzen sollte, um einem müden alten Piloten eine Menge Sachen zu erzählen, die ihn nichts angehen.«

Hennessey nahm die Whiskyflasche, dachte daran, sich noch ein Glas einzugießen, überlegte es sich dann jedoch anders und stellte sie wieder auf den Tisch. Plötzlich sah er alt, müde und unrasiert aus. Als er sprach, hatte seine Stimme nichts mehr von ihrer früheren Arglist oder Feinfühligkeit.

»Wir brauchen Ihre Hilfe«, sagte er. »Wir brauchen Sie, um uns zu retten. Sie sind alles, was uns noch bleibt.«

10

Ted Powell war einsachtzig groß, ein athletischer Mittfünfziger mit einem Gesicht, das beinahe ununterbrochen lächelte. Das Lächeln täuschte. Daran zu denken war etwas, was Willard noch lernen würde. Ignorier das Lächeln. Blick in die Augen. Das Lächeln sah nett aus und bedeutete gar nichts.

»Willkommen bei Powell Lambert«, sagte Powell, während sie zu seinem Eckbüro gingen. »Sie sind zum ersten Mal in der Wall Street, nehme ich an. Sind Sie gut hergekommen? Keine Probleme beim Parken?«

»Beim Parken? Ich bin mit dem Taxi gekommen.«

»Oh! Mit dem Taxi?«

»Sicher. Ich ...«

»Und ich hatte gedacht, dass Sie mit dem Flugzeug kommen! Was? Unser Dach ist nicht gut genug für Sie?«

»Ich – äh ...«

Willard grinste verlegen, aber Powell lachte sich bereits über seinen eigenen Witz schief. »Es ist ein gutes Dach. Schön flach. Oder haben Sie sich entschlossen, nicht mehr von Wolkenkratzern zu fallen? Ha, ha, ha! Das war ein toller Stunt.« Er ließ seine Hand senkrecht abwärts gleiten wie ein Stein. »Amerikas Lieblings-Ass! Ha, ha, ha!«

»Ich denke, wir hätten doch das Katapult finanzieren sollen.«

»Das war wirklich ein verdammt harter Brocken, dieser Scheiß-Film, oder, Will? Ein harter Brocken.« Powells Gesichtsausdruck änderte sich nicht, als er dies sagte. Er wurde immer noch von Lächeln und Tabakrauch zugedeckt.

»Na ja, wissen Sie, ich würde nicht unbedingt sagen ...«

»Wollen Sie wissen, was meine Lieblingsstelle ist? Das war die Szene, als Blondie von dem Uhrturm springen muss, und Sie sind direkt darunter in einem Flugzeug. Wissen Sie ...« Powell beugte sich vor. Sein Gesicht wurde ernst, und er hob den Zeigefinger, um seinen Worten Nachdruck zu verleihen. »Wissen Sie, ich glaube, Sie hatten Recht mit dem Katapult. Ich meine nur, das wäre nicht realistisch gewesen.«

Willard lehnte sich zurück. Er rühmte sich, Sinn für Humor zu haben, aber Powell trieb es zu weit. »Es tut mir leid, dass Ihnen der Film nicht gefallen hat«, bemerkte er steif.

»Ha, ha, ha! Ich habe nicht gesagt, dass er mir nicht gefallen hat. Ich sagte, es war ein verdammt harter Brocken. Er *hat* mir gefallen. Mann! Und ob er mir gefallen hat.« Er prustete vor Lachen, ein schallendes Gelächter, dass in Kichern überging und dann in Stille. »Also ... Sie sind sechs Wochen über den Termin für die erste Rate hinaus. Die zweite ist in zweieinhalb Wochen fällig.«

»Ja. Deswegen wollte ich herkommen und mit Ihnen sprechen.«

Powells Zigarre hatte irgendein Problem, und er zündete ein Streichholz an und paffte, bis sie wieder ordentlich glühte. »Hmm? Wie? Oh, das hätten Sie nicht zu tun brauchen, Will. War nicht nötig.«

»Also, offensichtlich sind unsere Einnahmen nicht ganz so hoch ausgefallen, wie wir es erhofft hatten.«

Powell schüttelte den Kopf. Es war nicht klar, ob sich das auf Willards Worte oder auf den Ungehorsam seiner Zigarre bezog. »Nein, nein ... Nicht *unsere* Einnahmen. *Ihre* Einnahmen.«

»Ja, gut, wenn Sie es vorziehen. Jedenfalls ...«

Powell war mit seiner Zigarre fertig. Er winkte damit in Willards Richtung. »Ich habe Ihnen ein Darlehen gegeben. Wenn ich dumm genug gewesen wäre, mich irgendwie an dem Film zu beteiligen, dann könnten Sie *unsere* Einnahmen sagen. Das ist das Schöne am Geldverleihen. Es ist mir egal, ob der Film Klasse oder Mist ist, Sie zahlen mir in jedem Fall das Darlehen zurück.«

»Und das ist auch völlig meine Absicht.«

»Richtig. Andernfalls gehen Sie nämlich pleite.« Powell lächelte immer noch.

»Ich glaube kaum, dass Sie mir gegenüber solche Worte benutzen müssen.«

»Ich werde das Darlehen aufkündigen. Das gesamte Darlehen. Fällig in zweieinhalb Wochen. Meine Sekretärin Margaret wird Ihnen die schriftliche Benachrichtigung aushändigen, bevor Sie gehen.«

»Aber ich habe acht Monate. Wir hatten uns geeinigt. Ich sollte wenigstens acht Monate Zeit haben.«

Powell winkte mit dem Finger. »Sie sind in Zahlungsverzug. Die Regeln ändern sich. Lesen Sie den Vertrag.«

Wieder meldete sich die Migräne und drückte auf seine Schläfen. Irgendwann in den letzten Wochen und Monaten hatte sich seine Welt verändert. Nicht zum Besseren. Sehr viel zum Schlechteren.

»Powell, darf ich offen sein?«

»Nennen Sie mich Ted.«

»Ted, ich möchte offen zu Ihnen sein.«

»Nichts hält Sie auf.«

»Ich habe kein Geld. Das heißt, nicht im Entferntesten genug.«

»Solch unschöne Sachen sollten Sie nicht zu Ihrem Banker sagen, mein Junge.«

»Ich habe mir schon gedacht, dass Sie es wussten.«

Powell lächelte. Für einen Mann, dem jemand ohne Geld fast zweihunderttausend Dollar schuldete, war er sehr ruhig. Willard merkte dies und fühlte sich noch unwohler.

»Ich denke, Sie könnten zu Papi laufen. Nach allem, was ich höre, war es wieder ein großartiges Jahr für Waffen und Bomben.«

»Ja.«

Willard wusste, dass Powell Recht hatte. Nach einem scharfen Gewinneinbruch nach dem Ende des Krieges hatte die Firma den Wiederaufbau begonnen. »Stärke das Alte, baue das Neue« war Thorntons Parole. Bereits 1922 hatte Willards Vater stolz verkündet, dass die Firmengewinne diejenigen von 1916 erreichen würden. Seitdem war jedes Jahr besser gewesen als das vorangegangene.

»Sehen Sie, ich habe schon mit Vater gesprochen, und er hat mir angeboten, mir aus der Klemme zu helfen, wenn nötig. Sogar mit einer äußerst hübschen Summe.«

»Ausgezeichnet. In zweieinhalb Wochen also das Geld.«

Willard schüttelte den Kopf. Bis vor ein paar Wochen schien das Leben einfach zu sein. Er sah gut aus, er hatte Glück, er hatte Charme, er hatte Geld. Aber alles war kompliziert geworden, furchtbar kompliziert. Das Leben sah jetzt wie ein Puzzle mit einer Million beweglicher Teile und nur einer korrekten Lösung aus.

Er hatte das Ultimatum seines Vaters nicht einfach akzeptiert. Die Wahl zwischen den Schecks und die Bedingungen, die daran geknüpft waren, erschienen ihm demütigend und unfair. Aber alle seine Argumente waren nutzlos – und tatsächlich war es kein echtes Streitgespräch gewesen. Zu einem Streit gehören zwei, und der Geschäftsmann hatte sich nicht einmal die Mühe gemacht, die Stimme zu heben. Willard hätte ebenso gut mit Sand auf Granit werfen können, so wenig Unterschied machte es.

So hatte die Szene geendet, wie sie begonnen hatte, mit einer Wahl. Willard konnte aussteigen und seinen künftigen Thron aufgeben. Oder er konnte den kleineren Scheck nehmen, sich selbst aus der Klemme bei Powell herauswinden und seinen rechtmäßigen Platz als gesalbter Erbe neben seinem Vater einnehmen.

»Hören Sie, Ted, mein Vater hat mir angeboten, meine Schulden zu begleichen, aber ich würde die Schuld lieber selbst begleichen, wenn ich kann.«

Powell hörte auf zu paffen, hörte auf zu lächeln. Sein Gesicht war plötzlich ganz kühl, ganz still.

»Sie wollen die Schulden selbst bezahlen?«

»Ja. Ja, Ted, das will ich.«

»Ich verstehe. Und was schlagen Sie vor, wie Sie das machen wollen, wenn ich fragen darf?«

11

Abe sagte nein.

Was sonst hätte er sagen können? Ein gerissener, alter Ladenbesitzer wollte, dass Abe die Stadt vor einer Bande von Gangstern rettete. Nach allem, was Hennessey gesagt hatte, war es klar, dass die Gangster gut etabliert, gut organisiert und gut finanziert waren. Selbst, wenn man annahm, dass Abe Lust gehabt hätte, den Helden zu spielen – und die hatte Abe nicht, die hatte er wirklich nicht –, was konnte ein einzelner Mann in solch einer Situation tun? Die Cops, die County, der Staat hatten sich alle als nutzlos oder schlimmer als das erwiesen. Wie konnte ein einzelner Mann, der allein arbeitete, irgendetwas tun, um zu helfen?

Und so sagte er nein. Unmissverständlich und endgültig nein.

Hennessey hatte seine Antwort akzeptiert, oder zumindest hatte er so getan. Aber am nächsten Tag kam er zu Abe in die zur Werkstatt umgewandelte Scheune, warm und herzlich wie immer. Der vorgebliche Grund des Ladenbesitzers war die Sorge darum, die Main Street für Abes bevorstehenden Abflug vorzubereiten.

»Die Straße wird in Ordnung sein. Es müssen nur alle Platz machen«, meinte Abe.

»Da sind ein paar Schlaglöcher. Ich werde sie auffüllen lassen. Sollte bis zum Ende des Tages erledigt sein.«

»Danke sehr.«

»Und diese Bäume am Ende der Straße. Werden die nicht im Weg stehen?«

»Ich warte auf den richtigen Wind. Wenn ich die richtigen Bedingungen habe, werde ich entweder über sie hinweg oder links an ihnen vorbeifliegen.«

Hennessey schüttelte den Kopf. »Das ist nicht gut. Wir schulden Ihnen einen richtigen Abflug. Ich werde sie fällen lassen. Wenigstens einige.«

Abe war zwischen zwei Gefühlen hin- und hergerissen. Einerseits war er sehr zufrieden, dass die Main Street für den Start ordentlich vorbereitet wurde. Andererseits vermutete Abe bei Hennessey Hintergedanken, so freundlich dieser auch war.

»Haben Sie mich gestern Abend denn nicht verstanden, Hen? Ich habe nein gesagt.«

»Sicher, das habe ich gehört.«

»Hören Sie, ich weiß, wie man ein Flugzeug steuert. Ich kann einen Motor reparieren, wenn er kaputtgeht. Und wenn mein Flugzeug zufällig eine Waffe an Bord hat, bin ich ziemlich gut, wenn es darum geht, andere Flugzeuge abzuschießen. Das wär's. Das bin ich. Das ist alles.«

»Sicher, das verstehe ich. Vielleicht war es dumm von mir, Sie darum zu bitten.«

»Das wussten Sie vorher. Aber Sie sind trotzdem losgegangen und haben gefragt.«

»Ich habe es nicht getan, weil Sie ein Flugzeug haben, Captain. Sondern weil Sie es hier haben.« Der Ladenbesitzer klopfte auf sein Herz. »Und hier.« Er tippte an seine Stirn.

»Ich bin sicher, dass Sie selbst an beiden Stellen eine ganze Menge zu bieten haben.«

»Hah!« Hennessey hustete trocken. »Meine Frau hat eine Schwester in Atlanta. Wenn es hier zu schlimm wird, haben wir einen Platz, wo wir hingehen können. So wie die Dinge stehen, sehe ich nicht, dass ich für den Laden viel bekommen würde, aber«, er schwieg für einen Moment und zuckte mit den Achseln, »es gibt andere, die sehr viel mehr verloren haben.«

»Das tut mir leid. Ich würde helfen, wenn ich könnte.«

»Ich nehme an, Sie haben Recht. Wahrscheinlich hätten Sie ohnehin nichts für uns tun können.«

»Das glaube ich auch.«

»Also gut. Sie können mir nicht übel nehmen, dass ich Sie gefragt habe.«

»Keine Vorwürfe.«

Der Ladenbesitzer schüttelte den Kopf und wechselte das Thema. »Sagen Sie, bevor Sie abfliegen, wollen Sie nicht morgen Abend zu Sal Lundmark zum Essen kommen? Sie würde sich sehr freuen, wenn Sie kämen. Brad wollte Sie schon fragen, war aber zu schüchtern. Sie haben in ihm wirklich einen grenzenlosen Bewunderer.«

Abe musterte den Ladenbesitzer, dessen Gesicht ein Bild unschuldiger Freundlichkeit bot, scharf. Er hatte den Verdacht, dass dieser etwas vorhatte, aber er wusste nicht was. Auf jeden Fall hatte ihm Brad hervorragend geholfen, und Abe suchte einen Weg, wie er ihm danken konnte.

»Sicher. Er ist ein guter Junge. Ich komme gerne.«

Hennessey stand auf, um zu gehen. Das Flugzeug stand noch in der Scheune wie am ersten Tag, aber jetzt war an seiner Erscheinung nichts mehr traurig. Das Flugzeug war sauber und bereit.

Seine Maschine roch nach frischem Öl und Benzin. Der Stoff auf seinen Flügeln war hart und gespannt, eine Abfolge von glänzenden Kurven, die nur auf das Kommando zu warten schienen, sich in die Luft zu schwingen und auf ihr zu reiten.

»Ist hier noch viel zu tun, Captain?«

Abe nickte in Richtung Hof. Er hatte eine lange Dachlatte an einen Pfosten zum Anleinen von Pferden genagelt. Oben an dem Pfahl hing schlaff ein weißes Seidenband im Wind.

»Die Startbahn ist ein bisschen kurz. Es wird helfen, die Bäume zu fällen, aber ich werde trotzdem etwas Gegenwind brauchen, bevor ich starten kann. Und ich werde wahrscheinlich nicht lange nach Sonnenaufgang losfliegen, bevor die Luft zu sehr aufgeheizt ist.«

»Heiße Luft ist ein Problem?«

»Ein Flugzeug braucht Auftrieb, um zu fliegen. Kalte Luft hat mehr Auftrieb als warme.«

»Das ist also alles, worauf Sie noch warten? Südwind und ein bisschen kalte Luft?«

»M-hm. Davon abgesehen, sind wir startbereit.«

Der Ladenbesitzer war verblüfft. Er hatte gesehen, wie das Flugzeug bei der Landung heruntergekracht war. Ihm war nicht klar gewesen, dass Abe so schnell zur Abreise fertig sein könnte. Aber er beherrschte seinen Gesichtsausdruck und nickte.

»Dann sollten Sie besser schon heute Abend zu Sal Lundmark gehen. Sie würde Sie hier nicht unnötig festhalten wollen.«

»Nein, das würde sie nicht.«

»Dann sage ich ihr Bescheid.«

»Danke sehr.«

Hennessey ging zum Scheunentor und zu dem weißen Staub und der brennenden Sonne draußen. Er blickte sich zu der Scheune, dem Flugzeug und dem Piloten um. »Keine Ursache«, murmelte er. Dann ging er weiter, zurück zur Main Street und seinem Laden. Er hatte eine Zigarette zwischen den Lippen und suchte in seinen Taschen nach Streichhölzern, als er hinter sich eine

Bewegung hörte. Es war der Flieger, der einen seltsam besorgten Gesichtsausdruck hatte.

»Hen, gestern Abend haben Sie mich gebeten, etwas für Sie zu tun. Sie haben mich gebeten, Ihnen und dieser Stadt aus der Klemme zu helfen, einer wirklich schlimmen Klemme. Und ich habe nein gesagt.«

Der Ladenbesitzer, dessen Gesicht durch den Rand seines Hutes von der gleißenden Sonne abgeschirmt wurde, nickte.

»Ich habe aus zwei Gründen nein gesagt, aber ich habe Ihnen nur einen genannt. Der Grund, den ich Ihnen genannt habe, hatte mit den Schwierigkeiten zu tun, in denen Sie stecken. Es ist mir nicht klar – und tatsächlich glaube ich, dass es Ihnen auch nicht klar ist –, was ein einzelner Mann da erreichen kann. Selbst wenn ich es wollte, ich sehe nicht, dass ich irgendetwas tun könnte, um Ihnen zu helfen.«

»Aha. Und der andere Grund?« Hennessey sprach langsam, als ob die Sonne seinen Worten die Energie raubte. Die Zigarette des Ladenbesitzer hing immer noch unangezündet zwischen seinen Lippen.

»Der andere Grund bin ich. Vor dem Krieg war ich Rennfahrer. Als der Krieg kam, tat ich alles, was ich konnte, um aus Frankreich herauszukommen, weil ich glaubte, dass ich Flugzeuge fliegen und gegen sie kämpfen könnte. Und ich hatte Recht. Was das betraf, hatte ich Recht. Aber damals hatte ich etwas nicht verstanden, was ich jetzt verstehe.«

Er sprach nicht weiter. Tatsächlich verschloss er sich, sah aus, als ob er kein weiteres Wort sprechen würde. Hennessey brauchte eine oder zwei Sekunden, um zu begreifen, dass Abe nicht nur eine Pause machte, und so trat der Ladenbesitzer erst nach einigen weiteren Augenblicken an ihn heran und forderte ihn zum Sprechen auf. »Ja?« Als Abe weiterredete, war seine Antwort so leise, dass nur die backofenheiße Stille der Luft es Hennessey ermöglichte, ihn zu hören.

»Ein Mann muss den Helden spielen wollen. Und zuerst tat ich das auch, denke ich. Ich war ganz verrückt danach. Aber dann haben sie mich befördert, haben mir eine Fliegerstaffel gegeben. Und ich änderte mich, oder der Krieg hat mich verändert. Ich wollte mit all dem nichts mehr zu tun haben. Aber ich hatte keine Wahl. Ich war ein Offizier im Dienst, der Befehle auszuführen hatte. Was ich tat, tat ich, weil ich es musste. So gut ich konnte. Aber ich bin nicht der Mann, für den Sie mich halten, Hen. Es tut mir leid.«

Der Ladenbesitzer nickte. Sein Mund war leicht geöffnet, und eine dunkle Falte bildete sich zwischen seinen Augenbrauen. Er sah überrascht oder ungläubig aus. Aber dieser Blick währte nicht lange. Er nahm die immer noch nicht angezündete Zigarette in die Hand und lächelte wie ein Mann, der sich nach seiner Brille umsieht und sie auf seiner Nase entdeckt. Er zündete die Zigarette an und inhalierte.

»Ich werde Sal Lundmark sagen, dass Sie heute Abend zu ihr kommen werden. Sie werden einen Schmorbraten kriegen, nehme ich an.«

»Schmorbraten klingt gut.«

»Und Sie sollten sie fragen, ob Sie sich die Fliegerei-Sammlung von dem Jungen ansehen können. Er ist ganz verrückt danach.«

»O ja.«

Der Ladenbesitzer sah zu Abes selbst gebasteltem Luftsack hoch. Der Streifen aus weißer Seide hing immer noch herunter, als ob er sich ergäbe. Die beiden Männer nickten. Noch unausgesprochene Worte trieben dicht an ihnen vorbei, unerreichbar. Dann drehte sich der Ladenbesitzer um und ging fort, und seine Schuhe knirschten in dem glitzernden Staub.

12

Powell akzeptierte Willards Angebot.

Es war ein Angebot, dass Powell alles gab und Willard nichts.

Nach den Bedingungen des Vertrages – an Ort und Stelle vor Willards Nase aufgesetzt von Powells leitendem Anwalt – würde Willard eine Arbeit bei Powell Lambert antreten. Er würde ein untergeordneter Angestellter in der Finanzhandelsabteilung werden und hübsche fünfzehntausend Dollar pro Jahr verdienen.

Oder eigentlich nicht.

Von den fünfzehntausend Dollar Gehalt würde Powell zehntausend als Zinstilgung für das Darlehen behalten. Was die Tilgung des Darlehens selbst betraf, so wurde darüber fast nichts gesagt. Willard würde nicht einmal entfernt in der Lage sein, das Darlehen von seinem Einkommen zu bezahlen. Als er versuchte, Powell nach Gehaltserhöhungen und Beförderungen zu fragen, tat Powell das Thema mit einer brüsken Bewegung seiner Zigarre ab. Das Einzige, was Powell dann doch sagte, war: »Das hier ist die Wall Street. Man kann hier Geld verdienen. Wenn Sie die Begabung haben, werden Sie es verdienen. Wenn nicht ...« Er zuckte mit den Achseln.

Und die Bedeutung des Achselzuckens war offensichtlich. Mit dem Vertrag, wie er nun aufgesetzt war, war Willard praktisch ein Sklave. Wenn er die zweihunderttausend Dollar nicht auftrieb, wäre er gezwungen, für den Rest seines Lebens für Powell zu arbeiten. Während des Krieges hatte Willard sich fast ebenso sehr vor Gefangenschaft gefürchtet wie vor Verwundung. Aber der Stacheldraht eines deutschen Gefangenenlagers hätte kaum bedrohlicher sein können als der Vertrag, den er gerade unterschrieben hatte.

Und warum? Warum tat er, was er tat? Warum nahm er nicht die Million, beglich die Schulden, ging zurück zur Westküste, lebte weiter wie zuvor?

Zwei Gründe.

Der erste war das Geld. Eine Million Mäuse klang nach einer Menge. Aber Willard war Realist. Er schuldete Powell zweihunderttausend Riesen: Eine Million wurde so zu achthunderttausend. Und wovon würde Willard leben? In Hollywood hatte er mehr als einhunderttausend Dollar pro Jahr ausgegeben. Achthunderttausend Riesen würden ihm in sechs oder sieben Jahren durch die Finger rinnen, vielleicht schneller. Und was dann? Den meisten Menschen wäre eine Million Dollar wie das größte Vermögen der Welt vorgekommen. Für Willard bewahrte sie ihn nur um Haaresbreite vor der Armut.

Aber der zweite Grund war der wichtigere. Er wusste nicht, wie er es in Worte fassen sollte. Es hatte mit Stolz zu tun, mit Willards Selbstgefühl.

Seit seiner frühesten Kindheit hatte er wenigstens so viel verstanden: Er war der Sohn, der einzige Sohn, der natürliche Erbe des Familienimperiums. Es war immer schwierig gewesen, Außenseitern die Intensität dieses Gefühls begreiflich zu machen. Zum einen der Name. Niemand in der Familie nannte das Geschäft der Familie jemals bei seinem Namen, Thornton Ordnance. Es war einfach nur die Firma. Willards Urgroßvater hatte sie gegründet. Sein Großvater hatte sie erhalten. Sein Vater hatte sie vergrößert. Es war Willards Bestimmung, es ihnen gleichzutun, in ihre Fußstapfen zu treten, sich des Namens der Familie würdig zu erweisen.

Und das deutete auf einen noch tiefer gehenden Grund: Willards Vater. Junius Thornton mochte vielleicht reden, als ob es vollkommen Willards Entscheidung wäre, ob er der Firma beitrat oder nicht, aber beide Männer wussten, dass das eine Lüge war. Und nur darauf kam es an, absolut, völlig und ausschließlich. Wenn Willard sich entschieden hätte, nicht um seinen Platz in der Firma zu kämpfen, hätte Junius seinen Sohn nicht exkommuniziert, aber jeder Respekt ihm gegenüber wäre vollständig verschwunden. Willard wusste bereits allzu gut, wie verletzend das übellaunige, eiserne Schweigen seines Vaters sein konnte. Ein Leben lang ein solches Schweigen zu ertragen wäre zu viel gewesen.

Und so, als er den Füller in die Hand nahm, mit dem er seine Freiheit in den Wind schreiben würde, verstand Willard irgendwo in seinem tiefsten Unterbewusstsein so viel: dass er alles, was er nun tun würde, für seinen Vater tat.

13

Das Haus der Lundmarks hatte eine Doppeltür. Eine Gittertür, die die abendlichen Insekten aussperrte, und eine grün gestrichene Holztür, die sich nach innen öffnete. Der Raum dahinter wurde von einer einzigen Petroleumlampe beleuchtet. Durch das Fliegengitter und die schummrige Beleuchtung hatte Abe nicht viel vom Inneren erkennen können. Er klopfte an die Tür, jedoch nur aus Höflichkeit, um die Leute drinnen wissen zu lassen, dass er da war. Ohne zu warten, trat er ein.

Und er sah dies: den Jungen, Brad, der ihn mit diesen großen, weit aufgerissenen Augen ansah.

Und dies: die Mutter, Sal, deren Hals und Gesicht von roten Brandnarben fürchterlich entstellt waren und deren rötliches Haar nur dünn und fleckig durch die Narben auf ihrer Kopfhaut sprossen. Und ihre Augen: blass blau, hübsch und vollkommen blind.

Und schließlich dies: ein Foto auf dem Kaminsims, gerahmt und fleckenlos sauber. Es zeigte das Gesicht eines Mannes, der sympathisch und stark aussah. Brads Vater. Unter dem Foto eine Inschrift: Stanford G. Lundmark, ein Held der Unabhängigkeit, 1881 – 1923.

Abe durchschaute augenblicklich das Spiel des Ladenbesitzers – ein perfekt kalkuliertes Spiel, um Abes Meinung zu ändern, wenn das überhaupt möglich war. Dumpf murmelnd setzte Abe ein Lächeln auf und trat vor. Sal Lundmark hatte das Abendessen bereits fertig. Sie bat Abe, das Tischgebet zu sprechen, was er tat, steif und außer Übung. »Lasst uns dem Herrn danken für diese seine guten Gaben. Amen.« Abe wählte das Tischgebet, das sein Vater immer gesprochen hatte, aber als er fertig war, fragte er sich, ob Sal etwas Längeres oder Ausgeschmückteres erwartet hatte.

»Ich danke Ihnen, Captain.«

Die Unterhaltung kam zäh in Gang. Sal Lundmark hatte irgendwie die Idee, dass Abe ein wenig besser als die Königliche Familie, jedoch nicht ganz so gut wie eine Prozession von Engeln zu behandeln war. Sie fragte ihn, ob es wahr war, dass er Präsident Wilson kennen gelernt hatte – was der Fall war. Sie fragte ihn, ob der Prince of Wales im wirklichen Leben genauso gut ausgesehen hatte wie auf den Bildern – Abe sagte, dass es so war. Sie fragte, wie das Essen gewesen war, als er einmal Gast des französischen Premierministers gewesen war.

An diesem Punkt hatte Abe Messer und Gabel hingelegt.

»Ma'am, ich bin während des Krieges ein bisschen geflogen. Gleich anschließend habe ich einige Leute kennen gelernt. Mir wurden ein paar Medaillen verliehen, und es wurde um mich eine Menge Wind gemacht. Und wissen Sie was? Ich habe das gehasst. Ich mag mein Flugzeug, ich mag jeden Ort, wo es Flugzeuge gibt, und ich mag Orte, wo ich mich zu Hause fühlen kann.«

Es entstand eine Pause.

Wenn Sal ihre Hände nicht zum Essen benutzte, ließ sie sie auf der Tischkante ruhen, damit sie ihre Orientierung im Raum bewahren konnte. »Und Ihr Zuhause«, sagte sie unsicher. »Ihr Zuhause, nehme ich an ...«

»Der Ort, an dem ich aufgewachsen bin, war ein kleines Farmhaus in Kentucky.« Er sah sich in dem voll gestellten Raum um. »Ich würde sagen, es war ein bisschen kleiner als dieses, und wir hatten nicht diesen luxuriösen, angebauten Schuppen auf der Rückseite. Aber machen Sie sich keine Sorgen«, fügte er hinzu, »obwohl es hier sehr prächtig ist, sieht alles sehr gemütlich und anheimelnd aus. Es ist ein Vergnügen, hier zu sein.«

Sie lachte. Abe lachte. Brad lachte vergnügt, dass das Eis gebrochen war. Danach lief die Unterhaltung munter fort. Stanford Lundmark hatte als Zimmermann und, als es schwierig wurde, Arbeit zu bekommen, als Landarbeiter gearbeitet. Abe wusste aus seiner Kindheit eine Menge über die Farmarbeit, und sie sprachen über gute Ernten und lausige Arbeitgeber.

Nach und nach wurde Sal offener und sprach über den Tod ihres

Mannes. Er war einer der Männer gewesen, die als Erste der Polizei die Gangster von Marion gemeldet hatten. Ihr Haus wurde bis auf die Grundmauern niedergebrannt, wobei Sal erblindete und beinahe umkam. Stanford hatte das Haus wieder aufgebaut, Balken für Balken. Eine Zeit lang war alles ruhig geblieben, aber dann hatte es weitere, nicht provozierte Überfälle auf Independence gegeben. Lundmark hatte es gereicht. Er war nach Marion hinuntergeritten, um die Dinge zu regeln, ein für alle Mal. In gewisser Weise wurde sein Wunsch erfüllt. Er blieb zwei Tage lang verschwunden, bevor man ihn mit eingeschlagenem Schädel in den Maisfeldern nördlich der Stadt fand.

»Er muss ein verdammt guter Mann gewesen sein«, murmelte Abe leise.

Sal nickte. Ihre Augen konnten nicht sehen, aber sie konnten noch weinen. Es entstand eine kurze Stille.

»Sie müssen sehr stolz auf ihn gewesen sein«, sagte er.

Sie nickte. »Sehr.«

Abe ließ die Stille noch ein wenig andauern, dann wechselte er das Thema. Er fragte, ob Brad außer dem Foto von Abe noch andere Sachen zur Fliegerei gesammelt hätte. Er hätte genauso gut den Papst fragen können, ob er sich für Gebetbücher interessierte. Im Nu lief der Junge die Treppe hinauf und kam mit einer ganzen Kiste voller Fotos, Zeitungsartikel, Sammelalben, herausgerissenen Seiten aus Jugendzeitschriften und Kinoplakaten zurück.

Abe lachte. »Sal, Sie wissen schon, dass Ihr Sohn ein kleiner Besessener ist?«

Sie lächelte und wischte sich die Augen, aber Brad war für Ironie nicht empfänglich. Er hatte einen ganzen Berg an Material über Abe, mehr als Abe selbst jemals aufbewahren wollte.

»Und das ist Ihr Croix de Guerre«, sagte Brad und legte ein Foto auf den Tisch. »Und das Ihre Légion D'Honneur ...« Ein anderes Foto kam hinzu. »Und das ist Ihr Congressional, nein, warten Sie, *das* ist Ihr Distinguished Service Cross, Ihr erstes Verdienstkreuz, drei Eichenblätter, und dann müsste ich noch, ja, das Stück über die ›Ruhmreichen Jungs‹ haben. Mann! Den Artikel konnte ich praktisch mal auswendig.«

Brad legte einen Zeitungsartikel auf den Tisch. Es war der Nachdruck eines Textes, der zuerst in der *New York Times* erschienen war. Abe war gebeten worden, einem Kriegskorrespondenten ein Interview zu geben. Abe hatte es eigentlich nicht gewollt – er missbilligte die Art und Weise, wie die Presse den Krieg behandelte –, und er hatte mit dem fraglichen Journalisten nur widerwillig eine halbe Stunde lang gesprochen. Das war alles gewesen. Nach fünf Minuten hatte er das Ganze vergessen. Aber dann war der Artikel erschienen, und darüber hatte ein riesiges Foto von Abe geprangt: »Captain Rockwell von den Glory Boys«. Der Artikel war eine Sensation gewesen. Nichts darin war unwahr. Abe konnte nicht einmal behaupten, dass seine Worte verdreht oder verzerrt worden waren. Aber wenn Abe bestrebt gewesen war, jegliche Verherrlichung seiner Einheit und des Luftkrieges zu vermeiden, so hätte er nicht gründlicher scheitern können. Dieser Artikel machte Abe zum Helden unter den Helden Amerikas, seine Männer zu den mutigsten unter den mutigen. Und der Artikel war gut. So sehr Abe ihn auch verabscheute, der Artikel war ein hervorragendes Beispiel der Schreibkunst, das, wie es schien, in jeder Zeitung Amerikas nachgedruckt worden war. Und der Name für die Fliegerstaffel blieb hängen. Abe war nie mehr einfach nur Captain Rockwell, er war immer Captain Rockwell von den Glory Boys. Die Männer der Staffel waren ungeheuer stolz gewesen und hatten den Titel auf Nase und Heck jedes Flugzeugs gepinselt. Abe datierte den Beginn seines echten und dauerhaften Kriegshasses auf das Erscheinen dieses Artikels.

Brad grub weiter Stücke aus seiner Sammlung hervor. Abe rieb sich mit großem Unbehagen das Gesicht. Er tat sein Bestes, um das Thema zu wechseln.

»Ich hoffe, das ist nicht alles nur über mich.«

»Nein, ich habe alle hier. Alle. Ich meine«, fügte er hastig hinzu, »Sie waren immer mein Favorit. Sie und ...«

»Ich und Rickenbacker. Gute Wahl. Rickenbacker war der Beste.«

Jetzt, da das Interesse des Jungen auf andere Themen gelenkt war, fühlte Abe sich besser, aber ein Foto von ihm als junger Mann war immer noch oben auf dem Stapel zu sehen. Er trug die Uniform eines Lieutenant. Er war gerade erst eingesetzt worden, hatte noch kein einziges Flugzeug abgeschossen, hatte noch keine Minute Luftkampf erlebt. Das Foto war natürlich schwarzweiß, aber irgendwie konnte man das auffallende Blau in den Augen des jungen Mannes erkennen, so auffallend, als ob ein Stück Himmel herabgefallen und dort gelandet wäre. Der junge Mann blickte voller Zuversicht und Eifer, als ob er den Platz bereits kennen würde, den die Geschichte ihm zugewiesen hatte. Abe sah abrupt zur Seite, als ob er auf den Anblick allergisch reagierte. Als Brad einen Zeitungsausschnitt entfaltete und ihn zufällig auf das Foto legte und es verdeckte, verspürte Abe eine geradezu körperliche Erleichterung.

Sal stand auf, um Kaffee zu kochen. Abe wollte ihr helfen, aber sie sagte: »Sie bleiben, wo Sie sind. Ich brauche keine Hilfe, um die dumme Kaffeekanne zu finden.« Inzwischen hatte Brad etwas ausgegraben, das Abe amüsierte. Ein gefaltetes Kinoplakat pries »Amerikas Lieblings-Flieger-Ass« an, Willard Thornton.

»Also ist *er* der Favorit«, lachte Abe. »Hörst du, Brad? Amerikas Favorit! Was soll das ganze Gerede über Rockwell und Rickenbacker?«

»Ach, der! Ich weiß eigentlich nicht ... Aber sagen Sie, Captain, er war auch in der Einundneunzigsten Staffel. Sie müssen ihn gekannt ...«

»Und ob ich Willie Thornton kannte, natürlich.«

»Wow! Ich habe mal einen seiner Filme gesehen. In Jacksonville. Ich hatte Thornton eigentlich ziemlich gut leiden können, aber der Film war blöd. Er hat ungefähr achtzig Maschinen in einem einzigen Kampf abgeschossen.«

»Davon weiß ich nichts. Ich habe nie einen seiner Filme gesehen.« Er lächelte. Will Thornton war in der Staffel viel großspuriger aufgetaucht, als es seine Flugkünste erlaubten. Aber Abe hatte das Theater durchschaut. Er hatte Zeit in Thorntons Ausbildung gesteckt, und der Aufwand hatte sich ausgezahlt. Am Ende hatte Abe Thorntons Fähigkeiten in einem Luftkampf vertraut. Wenn es dem jungen Mann gelingen würde, seine instinktive Selbstsüchtigkeit unter Kontrolle zu bringen, hatte er eine große Zukunft vor sich.

»Haben Sie noch Kontakt zu ihm?«

»Nein, nicht mehr. Diese Filmschauspieler, ich bezweifle, dass die für so einen alten Flieger wie mich Zeit haben ... Aber sag mal, wenn du mich bitten wolltest, ihn zu fragen, ob er dir dieses Kinoplakat unterschreibt, dann glaube ich, würde er das sehr gerne machen.«

»Wirklich, Captain? Mannomann, ich ...« Seine Stimme verlor sich, und er war hin- und hergerissen wegen dieser Idee und seinem Wunsch sicherzugehen, dass Abe in Thornton keinen Rivalen für seine – Brads – uneingeschränkte Bewunderung sah.

Abe nahm das Poster. »Ich werde es ihm mit einer Notiz schicken. Ich kann dir nichts versprechen, aber ich denke schon, dass er dir helfen wird.« Sal brachte den Kaffee auf den Tisch. Abe lenkte das Gespräch vom Krieg fort auf die Landwirtschaft und die Maispreise. Nach zwanzig Minuten schob er den Stuhl zurück. »Sal, vielen Dank für das Abendessen. Es war wirklich gut. Es ist schön, ab und zu wieder gute Hausmannskost zu essen.«

»Sie sind jederzeit herzlich willkommen, Captain.«

»Brad, morgen werde ich die Stadt verlassen. Der Start könnte ein bisschen verzwickt werden, und ich möchte lieber keinen Passagier mitnehmen, aber ich habe gehört, dass es gleich südlich von Brunswick ein Stück Strand gibt, wo genug Platz zum Landen ist.«

»Oh, sicher, Captain. Ein wirklich guter Strand. Flach und breit. Auch nicht zu weich.«

»Gut, also, was würdest du sagen, wenn wir uns morgen da treffen? Sagen wir, gegen Mittag, wenn du dorthin kommen kannst. Dann fliegen wir ein bisschen zusammen, bevor ich mich nach Süden aufmache.«

»Oh, Junge! Mom, darf ich ...?«

»O nein, Captain, das wollen Sie doch nicht wirklich tun. Brad braucht nicht ...«

»Wissen Sie was, Ma'am? Ich glaube, er braucht es wirklich.«

Und das war es. Abe legte den Zeitpunkt fest. Poll war bereit. Inzwischen hatte Hennessey die Bäume fällen, die Straße ebnen und alle Hindernisse beiseite räumen lassen. Die Main Street, Independence, sah beinahe wie eine echte Startbahn aus. Abe ging langsam zum Hotel zurück. Auf den vier Holzstufen, die zur Veranda des Hotels hinaufführten, stand ein Mann, der nur als Schatten und eine Zigarette mit rot glühender Spitze erkennbar war.

»n'Abend, Hen«, sagte Abe.

»Ja, Ihnen auch einen schönen Abend. Sie verlassen uns morgen, nehme ich an?«

»Ja.«

»Haben Sie das Dinner genossen?«

»Sie meinen, ob Sal Lundmarks Blindheit dafür gesorgt hat, dass ich meine Meinung ändere?«

»Beides.«

»Ich habe mein Dinner genossen, Hen. Aber was meine Meinung betrifft, so habe ich es Ihnen schon erklärt.«

Der Ladenbesitzer nahm die Zigarette aus dem Mund und starrte auf die Spitze. Dann schnipste er sie noch glühend auf die Straße.

»Man muss es trotzdem versuchen.«

»Sicher.« Abe zögerte. Er mochte den Ladenbesitzer. Der Mann war couragiert und ehrlich: Charakterzüge, die Abe vor allen anderen schätzte. »Wenn alles gut läuft, werde ich ein wenig hier in der Gegend herumfliegen. Ich hoffe, etwas Geld zu verdienen, indem ich zwischen Florida und den Inseln fliege.«

»Ist damit Geld zu machen?«

»Ich weiß nicht. Nicht viel. Jedenfalls habe ich vor, das herauszufinden.«

»Na, dann viel Glück.«

»Vielleicht melde ich mich ab und zu mal. Wenn alles klappt. Also wenn Sie jemals eine Postkarte von Tantchen Poll bekommen, vergessen Sie nicht, wer sie geschickt hat.«

»Bestimmt nicht.«

»Gute Nacht, Hen.«

»Gute Nacht, Captain.«

»Und vielen Dank. Es tut mir nur leid, dass ich Ihnen nicht helfen konnte.«

ZWEITER TEIL

AUFTRIEB

Dass etwas fliegt, das schwerer als Luft ist, klingt unmöglich – und das ist es auch. Die Leute werden verwirrt, weil sie denken, dass Flugzeuge eine Menge wiegen müssen. Aber das stimmt nicht. Überhaupt nicht.

Auf dem Boden wiegen Flugzeuge natürlich etwas. Aber auf dem Boden sind es eigentlich keine Flugzeuge, es sind nur große Brocken aus Metall mit Flügeln. Der Zauber geschieht, wenn das Flugzeug vorwärts rollt und die Luft über diese Flügel streicht. Zuerst passiert nicht viel – jedenfalls nichts Sichtbares. Aber in dem Maße, wie die Geschwindigkeit steigt, erfahren die Flügel zunehmenden Auftrieb. Sie werden nach oben gezogen, heben dabei die Schwerkraft auf und machen das Flugzeug leichter.

Die Strömungsgeschwindigkeit der Luft wird größer. Noch einmal wächst der Auftrieb. Unsichtbare Fäden ziehen das Flugzeug ständig nach oben. Während die Geschwindigkeit weiter steigt, ist der Auftrieb schließlich genauso groß wie die Schwerkraft. Das Flugzeug muss nur ein, zwei Zacken schneller durch die Luft schieben, und es erhebt sich vom Boden, nicht durch irgendein Wunder der Natur, sondern weil es nicht anders kann.

Und das ist es.

Das ist, warum es niemals möglich war und niemals sein wird, dass Flugzeuge, die schwerer als die Luft sind, fliegen. Stellen Sie sich das größte, schwerste Flugzeug vor, das Sie jemals in Ihrem Leben gesehen haben. Stellen Sie es sich ein Tausendstel eines Millionstels einer Millisekunde vor dem Start vor. Das Flugzeug mag vielleicht so aussehen, als ob es auf der Erde sitzt, ein plumper Wolkenkratzer aus Metall. Aber das ist alles nur eine Illusion. Das gesamte Flugzeug – Pilot, Passagiere, alles – ist bereits schwerelos geworden.

Es ist so leicht, dass Sie es aufheben und über den Mond werfen könnten.

14

Abe flog los; er wandte Independence den Rücken zu.

An einem strahlenden und frischen Morgen, mit einem stetigen Südwind von zehn Knoten fuhr Abe Poll zum Ende der Main Street, öffnete ihr Drosselventil und röhrte in den makellosen Himmel hinauf. Er dippte die Flügel, ein Mal, zwei Mal, und dann flog er fort.

Während das rotweiße Flugzeug in Richtung Ozean davontanzte, lösten sich die Zuschauergruppen auf, und die Menschen kehrten zu ihren täglichen Geschäften oder ihrer morgendlichen Maisgrütze zurück. Der Letzte, der in die Morgensonne blinzelnd die Main Street verließ, war Hennessey Gibson. »Wirklich ein netter Bursche«, murmelte er. »Nur schade, dass er nicht bleiben wollte.«

* * *

Abe hielt seine Verabredung mit Brad Lundmark ein. Die Curtiss Jenny war als Ausbildungsflugzeug ausgelegt. Sie hatte zwei Cockpits, Front und Heck, mit allen Kontrollinstrumenten in beiden. Abe nahm den Jungen bis auf fünfzehnhundert Fuß hinauf und ließ ihn dann übernehmen. Ruder links und rechts. Steuerknüppel aufwärts, abwärts, backbord, steuerbord. Vollgas, halbe Kraft, dann wieder Vollgas. Abe gab dem Jungen zwei Flugstunden in der Luft. Sie machten ein paar Landungen, ein paar Starts. Es waren die besten zwei Stunden in Brad Lundmarks Leben.

* * *

Abe setzte den Jungen wieder auf dem Sand ab und füllte den Tank mit Benzin aus einem roten Benzinkanister.

»Bis dann, Brad.«

»Bis dann, Captain.«

»Du passt gut auf deine Mom auf, okay?«

»Sicher, Captain, mach ich.« Bei den letzten beiden Wörtern verzerrte sich seine Stimme ein wenig und stieg eine halbe Oktave an. Es war die Art von verbalem Stolpern, die wahrscheinlich nichts bedeutete. Der Junge bekam seine Stimme unverzüglich wieder unter Kontrolle und fügte noch etwas hinzu mit einer Stimme, die völlig glatt und gleichmäßig klang. Nur, dass er auch zur Seite blickte. Er hatte seinen Blick rasch auf die See gerichtet und ließ ihn dort, bis sich seine Stimme gefangen hatte.

Das Gespräch ging noch eine Weile weiter. Abe musste den leeren Benzinkanister verstauen und ein paar Steine von der Startbahn entfernen. Aber der Flieger war auf einmal schroff geworden, beinahe wütend. Sie verabschiedeten sich noch einmal und schüttelten sich die Hände. Dann startete Abe, stieg aggressiv in die Höhe. Er flog nach Süden, lange genug, um sicher zu sein, dass Brad sich schon auf den Heimweg gemacht hatte, aber in seinem Inneren befand sich der Krieger im Kriegszustand.

Auf der einen Seite standen Hennessey und Sal Lundmark, ihr toter Ehemann und die geplagte Stadt. Dort stand der rothaarige Brad, das Abbild eines von Flugzeugen besessenen Jungen, der er selbst einmal gewesen war. Und auf der anderen Seite stand Abe selbst; alles, was er jetzt war, alles, was er jemals über sich selbst erfahren hatte. Die beiden Seiten kämpften um die Herrschaft. Keine von ihnen gewann.

Wütend behandelte Abe seinen Steuerknüppel mit untypischer Grobheit. Er steuerte Poll in eine lange Kurve, die sie zur Küste zurückführte, fünf Meilen auf die See hinaus und eine Viertelmeile über dem Wasser. Dann zielte er genau zwischen die Küste bei Marion und die Sonne und kreiste. Die Mündung des Okefenokee

River einige Meilen östlich von Independence wurde durch eine Gruppe zerklüfteter, grüner Inseln und die verzweigten Arme eines kleinen Deltas markiert.

Immer noch wütend, immer noch grimmig, aber immer vorsichtig begann Abe, die See unter sich zu studieren. Auf den ersten Blick schien der Ozean von Schiffen in allen Größen übersät zu sein, die das blauviolette Wasser auf willkürlichen Schaumspuren durchpflügten. Abe beobachtete sie, bis die Formen nach und nach ein Muster bildeten. Die kleineren Schiffe waren meistens Fischerboote, die Fischschwärme verfolgten. Weiter draußen auf See kreuzten größere Schiffe parallel zur Küste. Abe blickte auf das ganze Muster der Schiffe, behielt jedoch den Okefenokee River stets im Blick.

Auf diesem Flug sah er nicht, wonach er gesucht hatte, und auch nicht während des übrigen Tages. Er war erleichtert. Der Krieg, der in ihm gewogt hatte, hatte sich auf diese Weise aufgelöst: Er hatte Hennessey und Brad und all den anderen Figuren in seinem Kopf genau vierundzwanzig Stunden gegeben. Wenn er innerhalb dieser Zeit fand, wonach er suchte, würde er weiter forschen. Aber wenn nicht ... Wellen der Erleichterung, der Freiheit durchströmten ihn bei diesem Gedanken. Abe überlegte, Poll über den Ozean zu den Inseln hinüberzufliegen. Der blaue Ozean mit seinen wechselnden Tönungen von Lila und Grün, seinen weißen Schaumkronen, dem weiten Horizont und nur dem Himmel über sich ... Abe hoffte wider jede Hoffnung, dass die See leer bleiben würde.

Als die Dunkelheit einbrach, rollte er auf einem Strand ein kleines Stück nördlich von Brunswick seinen Schlafsack aus Schaffell aus. Am nächsten Morgen wachte er eine Stunde vor Tagesanbruch auf und ging bis zur Hüfte ins Meer, wo er den Kopf eintauchte und sich wusch. Dann kehrte er an den Strand zurück, zog sich an und startete. Als die Sonne über den Horizont lugte, war er bereits in Position, unsichtbar im gleißenden Schein der Morgensonne.

Er beobachtete die Küste, beobachtete die Boote und suchte, was dort, wie er wusste, sein musste.

Er suchte, und dann, als er bereits den Mut verlor, sah er es.

Zwei Schiffe in der Größe von Barkassen lösten sich von den grün gesäumten Inseln. Es hätten Fischerboote sein können, nur waren diese Barkassen schneller, schlanker, leichter, stärker. Die beiden Boote schossen auf See hinaus, dann bogen sie nach Süden ab. Abe, der seine Position vor der Sonne hielt und in dessen Magen ein Gefühl brannte, das er nicht in Worte fassen konnte, drehte bei und folgte ihnen.

15

Es war der 31. Mai 1926.

Willard stand mit gewaschenem Gesicht und geputzten Schuhen in Ted Powells Büro im siebzehnten Stock. Der Banker war am Telefon und hielt einen Finger hoch, wodurch er Willard bedeutete, sich weder zu bewegen noch zu sprechen. Das Gespräch dauerte noch sechs Minuten, bevor Powell auflegte. Er starrte Willard an.

»Es ist halb neun«, sagte er.

»Sie hatten gesagt, dass ich als Erstes zu Ihnen kommen soll.«

»Wir fangen um acht an.«

»Oh.«

»Macht nichts. Morgen dann. Ich führe Sie herum.«

Brüsk und unfreundlich schob er seinen jüngsten Rekruten durch die Geschäftsräume. Powell klopfte nirgends an. Er stieß die Türen einfach auf und nannte dabei kurz den Namen jeder Abteilung oder Dienststelle. »Schreibpool«, »Poststelle«, »Mr. Barker und Mr. Grainger, verantwortlich für die Finanzierung von Risikoprojekten«, »Rechtsabteilung«, »Privatkreditabteilung«, »Wertpapierhandel« und so weiter. Powell Lambert belegte vier Stockwerke in seinem Gebäude. Obwohl Willard alles in zu großer Geschwindigkeit sah, um es zu behalten, bekam er doch den Eindruck eines zielstrebigen, dynamischen, engagierten Geschäftsunternehmens. Die Bereiche der Bank, in denen eher Routinearbeiten abgewickelt wurden – der Schreibpool, die Abteilung, in der die Sachbearbeiter ihrer Beschäftigung nachgingen –, waren einfach, aber zweckmäßig. Die Räume der Bank, die den Kunden zugänglich oder für das höhere Management reserviert waren, waren makellos und teuer eingerichtet: dicke Teppiche, Uhren aus der Kolonialzeit, große Schreibtische aus Mahagoni, Leuchter aus Kristallglas.

Das einzige Mal, dass Powell das Tempo drosselte, war im Investmentbüro. Das Büro war luxuriös ausgestattet. Es hätte die Atmosphäre eines ehrenwerten Clubs ausgestrahlt, nur war der Unterton einer stahlharten Entschlossenheit, Geld zu machen, dort stärker als irgendwo sonst. Die Schreibtische standen in weitem Abstand voneinander auf einem großen grünen Teppich. Junge Männer, von denen einige nicht älter waren als Willard, flüsterten in Telefone oder saßen mit ihren Kollegen am Schreibtisch und unterhielten sich ruhig. Im Gegensatz zu den weniger favorisierten Bereichen bemerkte Willard hier nicht, dass die Leute erstarrten und verstummten, wenn Powell hereinkam. Er begrüßte seine Angestellten mit dem Vornamen. Sie grüßten ihn zurück, ohne sich die Mühe zu machen, aufzustehen, ohne die Telefongespräche zu beenden, und manche grüßten ihn durch nicht mehr als einen Blick und ein Kopfnicken.

Willard spürte sofort die unterschiedliche Atmosphäre. Wenn er sich jemals vorgestellt hatte, an einem Schreibtisch zu arbeiten, dann war dies die Art von Schreibtisch, hinter dem er gerne seinen Platz einnehmen würde. Bisher hatten auf dieser Tour die Ketten seiner vertraglich vereinbarten Gefangenschaft mit jedem weiteren, deprimierenden Schritt lauter gerasselt. Hier war es anders, heller, hoffnungsvoll. Er blickte erwartungsvoll auf, und Powell schien seine erwachende Hoffnung zu bestätigen.

»Jeder Teil von Powell Lambert ist wichtig«, sagte Powell, »aber das Investmentbüro ist so viel wert wie alle anderen Bereiche in der Bank zusammen. Guten Morgen, Freddie. Haben Sie Ihre Revanche auf dem Golfplatz bekommen? Ha! Hatte ich mir schon gedacht. – Hier konzentrieren sich die Aktivitäten, die der Firma die entscheidenden Profite einbringen.« Als Powell diese Worte sprach – *»die Aktivitäten, die die entscheidenden Profite einbringen«* –, hob Powell den Blick, als ob er über etwas Heiliges spräche. Er machte eine kurze Pause, bevor er in anderem Ton hinzufügte: »Ihr Darlehen.«

»Ja?«

»Wenn Sie jemals in der Lage sein sollten, es zurückzuzahlen, dann wird das an Ihrer Fähigkeit liegen, mit Vermögenswerten, die Ihnen die Firma anvertraut, außergewöhnliche Profite zu erwirtschaften.«

»Gott, Sie würden mir eines Tages eine Chance im Investmentbüro geben?«

»Das habe ich nicht gesagt. Ihre Bilanz im Filmgeschäft ist nicht Vertrauen erweckend.«

Willard zuckte zusammen. Er spürte das erdrückende Gewicht seiner Schulden, seines Scheiterns beim Film, der Zweifel seines Vaters. Dann, als er bemerkte, dass es einen Bereich im obersten, dem zwanzigsten Stock gab, den sie noch nicht besucht hatten, versuchte er, ein wenig Selbstvertrauen zurückzugewinnen, indem er darauf hinwies.

»Was befindet sich dort, Ted? Irgendetwas Wichtiges?«

»Das kommt darauf an, was Sie für wichtig halten.«

»Ach?«

»Von dort werden die Fahrstühle betrieben. Es bedeutet, dass Sie nicht gezwungen sind, auf dem Weg zur Arbeit siebzehn Stockwerke hoch Treppen zu steigen. Erscheint Ihnen das wichtig?«

»Nein.«

Powell antwortete nicht darauf, sondern stellte nur fest: »Sie werden in der Handelskreditabteilung anfangen. Unten.«

Er ging die Treppen hinunter und führte Willard einen Korridor entlang zu einer Tür, auf der »Handelskredite« stand. Er öffnete sie. Dahinter befand sich ein größerer Raum, etwa dreißig mal zwanzig Fuß, der bis auf Hüfthöhe mit Mahagoni verkleidet und darüber in einem schmuddeligen Cremeton gestrichen war. Abgesehen von einer großen Uhr in einem dunklen Holzrahmen war der einzige Wandschmuck eine große Karte der Vereinigten Staaten. Der Raum war weniger trostlos als der fabrikartige Saal des Schreibpools, aber meilenweit entfernt vom erlesenen Luxus des Investmentbüros. Während Willard seinen neuen Arbeitsplatz betrachtete, spürte er, wie sich seine Kehle zusammenzog.

Es gab fünf Schreibtische und in der Mitte einen ringförmigen Tisch. In der Mitte des runden Tisches saß eine Sekretärin. An den Schreibtischen saßen vier junge Männer, sprachen am Telefon, waren über Schreibarbeiten gebeugt oder griffen gähnend nach einem Kaffee. Doch sobald Powells Umriss im Türrahmen sichtbar wurde, änderte sich alles. Der gähnende Mann griff nach seinem Schreibstift statt nach dem Kaffee. Die Sekretärin rollte ihren Stuhl dichter an Powell heran. Der Mann am Telefon beendete sein Gespräch. Es wurde still im Raum.

»Handelskredite«, sagte Powell. »Unser Hauptgeschäft. Das hier ist der Maschinenraum der Firma, ein wichtiger Ort. Und dies sind Ihre Kollegen.« Powell grinste, während seine Augen patrouillierten. »Hughes, McVeigh, Claverty, Ronson.« Powell nannte nacheinander ihre Namen und zeigte dabei mit dem Finger auf sie, als ob sie Ochsen auf dem Viehmarkt wären. Die Sekretärin sah er nicht an, geschweige denn nannte er ihren Namen. »Sie werden mit allen gut auskommen. Sie werden Ihnen sagen, was Sie zu tun haben. Wenn Sie Fragen haben …« Powells Stimme wurde leiser, als ob er sich bereits langweilte.

»Wenn ich Fragen habe, komme ich zu Ihnen. Sicher. Vielen Dank für die Führung, Ted.«

Powell sah Willard scharf an.

»Wenn Sie Fragen haben, werden Sie nicht einmal daran denken, mich damit zu stören. Diese Männer hier werden Ihnen helfen.«

»Sicher. Entschuldigung. Natürlich.«

»Und Sie werden mich nicht Ted nennen.«

»Es tut mir leid, Mr. Powell. Ich dachte, Sie hätten gesagt, ich soll Sie ...«

»Als ich das sagte, Thornton, waren Sie nicht mein Angestellter.«

»Ja, Mr. Powell.«

Das Schweigen dauerte ein oder zwei Sekunden länger, als es sollte.

»Und?«

»Nichts, Sir. Danke sehr.«

Willard ging zu dem leeren Tisch und setzte sich.

16

Unten im südlichen Georgia mit der Hitze seiner Sümpfe und den unbefestigten Wegen bekam ein kleiner rothaariger Junge, der völlig flugverrückt war, einen Umschlag von der Post. Der Umschlag enthielt ein Kinoplakat, unterschrieben von Willard T. Thornton. Es war nicht Lundmarks altes, abgenutztes Poster, sondern ein brandneues, groß und glänzend, mit einer extravaganten Unterschrift in breiter blauer Tinte, die das kleinere Bild von Willards Hauptdarstellerin und Co-Star beinahe verdeckte. Dem Poster beigefügt war eine kurze Nachricht in einem separaten Umschlag, der an Captain Rockwell adressiert war. Brad wusste nicht, wo er Abe finden konnte, aber er legte den Umschlag beiseite, für den Fall der Fälle.

Und das Poster?

Da hatte Brad ein Problem. Sein Hauptheld (und zwar mit Abstand) war Abe Rockwell. Als Nächster auf der Liste folgte Ed Rickenbacker. Mit sehr, sehr großem Abstand kamen einige der anderen Namen aus dem amerikanischen Luftkrieg, und definitiv auf der Liste, aber ziemlich weit unten, kam Willard Thornton. Wenn Brad das Poster einfach mitten an die Wand im Wohnzimmer aufgehängt hätte, hätte es ausgesehen, als ob er Thornton den gleichen Rang gäbe wie den Besten von ihnen. Diese Idee ließ Brads Sinn für Gerechtigkeit rebellieren. Und so schloss er am Ende einen Kompromiss. Das Plakat war zu gut, um nicht gezeigt zu werden, aber Thornton verdiente weder einen Platz im Wohnzimmer noch in Brads Zimmer unter dem Dach. Und so fand sich Thorntons gut aussehendes Gesicht im Anbau wieder. Aber die Wände des kleinen Raumes waren voller Regale, und so befestigte Brad das Poster mit Heftzwecken an der Decke, wo es kopfüber hing und es aussah, als ob der Filmstar gleich auf die Erde herabstürzen würde. Inzwischen hatte Brad die alten Tischlerwerkzeuge herausgeholt und einen Rahmen für das Foto gebaut, das Abe Minuten nach seiner abrupten Ankunft in Independence signiert hatte. Abes Foto kam auf den Kaminsims, direkt neben das Foto von Brads Vater.

Abe im Wohnzimmer, Thornton im Anbau. Brad meinte, dass er es ganz richtig gemacht hatte.

17

»Mensch, Rockwell, schön, Sie wiederzusehen. Verdammt schön. Wirklich verdammt schön.«

General Superintendent Carl Egge vom Luftpostdienst des United States Post Office plusterte sich praktisch auf, während er Abe kräftig die Hand schüttelte. Die beiden Männer hatten sich vor zwei oder drei Jahre zuvor kennen gelernt, als Egge für den Abschnitt St. Louis – Minneapolis der transkontinentalen Route verantwortlich gewesen und Abe sein Leitender Pilot gewesen war.

»Ich freue mich, Sie zu sehen, Egge.«

»Carl, bitte! Um Himmels willen! Können Sie sich irgendetwas vorstellen, was dümmer klingt als Egge? Himmel! Ich habe mal direkt neben einem Kerl gearbeitet, der auch einen komischen Namen hatte. Können Sie sich denken, wie der hieß? Na? Ich gebe Ihnen mal einen Tipp: Wir waren ein ziemlich berühmtes Paar.«

Abe kannte den Namen von Egges früherem Mitarbeiter sehr gut, denn Egge hatte ihn in der Vergangenheit bei einem Dutzend Gelegenheiten genannt.

»Keine Ahnung, Carl.«

»Jimmy Bacon. *Bacon.* Egge und Bacon, wie Eier mit Schinken. Wie finden Sie das?«

»Sehr gut.«

»Das will ich wohl meinen! Junge! Egge und Bacon! Was für ein Paar!«

Egge prustete und schnaubte, bis er sich langsam beruhigte. Sie sprachen ein wenig über Egges Pläne für den Luftpostdienst, bevor Abe das Thema anschnitt, das er mit Egge besprechen wollte.

»Sagen Sie, Carl, haben Sie jemals daran gedacht, eine internationale Route aufzumachen?«

»Huh! Junge! Sie haben aber auch immer Ideen! International? Ich würde sagen, nein.«

»Das ist der nächste Schritt.«

»Ja, aber waren Sie jemals in Kanada?« Egge beugte sich vor und flüsterte vertraulich: »Es ist irgendwie voller Schnee.« Er lehnte sich wieder zurück. »Das ist schwierig zu fliegen. Zum Teufel, es sind doch nur Briefe.«

»Kuba.«

»Kuba? Kuu-ba?«

»Es liegt nur neunzig Meilen vor der Küste. Mit der Zeit könnten Sie den Dienst bis zu den Inseln ausdehnen.«

»Kuuu-ba? Havanna, Kuuuuuu-ba? Könnte sein. Tolle Idee. Ich weiß nicht, wie viel Post es da gibt.«

»Ich würde die Route fliegen. Passagiere befördern. Ein bisschen Fracht mitnehmen. Ich brauche die Post nur, um anfangen zu können.«

»Zum Teufel, Rockwell, es gibt andere Routen, die ich für Sie finden könnte. Aber nicht Kuba.«

Abe schüttelte den Kopf. Er konnte es nicht so direkt sagen, aber ihn interessierte nur Kuba, kein anderes Ziel. Als er diesen beiden grün gestrichenen Barkassen von Marion aus nach Süden gefolgt war, waren diese die Küste Floridas entlanggefahren, hatten Bimini und Nassau und Grand Bahama buchstäblich links liegen lassen und waren direkt auf Puerto del Inglés zugesteuert, einen kleinen Hafen ein oder zwei Meilen westlich von Havanna. Abe hatte weiter beobachtet. In einer einzigen Woche hatte er fünfzehn Barkassen gezählt, die von Marion nach Havanna fuhren – und das bedeutete, dass die gleiche Anzahl im Schutz der Nacht zurückkehrte. Fünfzehn Barkassen, auf jeder hundert Kisten Alkohol und ein Gewinn von dreißig oder vierzig Dollar pro Kiste. Das musste man nur vierzig Wochen pro Jahr durchführen, und man hatte ein Millionen-Dollar-Schmuggelgeschäft, das direkt vor Gibson Hennesseys Nase stattfand.

»Kuba wäre ein guter Anfang. Sie hätten sofort Ihre erste internationale Route.«

»Nein. Keine Genehmigung. Sieht so aus, als ob der Kongress irgendwann in nächster Zukunft Luftpostrouten ausschreiben wird. Aber nur inländische. Boston – New York. Chicago – St. Louis. In der Art. Aber international? Wer weiß?«

»Sie kriegen nichts, wenn Sie nicht Druck dafür machen, Carl.«

»Nein, mein Herr, kriegen Sie nicht. Und verstehen Sie mich nicht falsch. Ich glaube, dass es eine gute Idee ist. Sie kennen mich. Ich würde am liebsten alle Briefe per Luftpost befördern. Stony Brook, North Dakota – wusch!« Seine Hand stieg vom Schreibtisch auf wie ein startendes Flugzeug. »Muddy Creek, South Dakota – wusch!« Seine Hand landete wieder. »Ihr Brief, Ma'am. U. S. Post

Office zu Ihren Diensten.« Er salutierte. »Der Kongress. Der Kongress ist das Problem. Diese Leute können nicht über die Küste hinweg denken. Sehen Sie.« Er hielt seine Hände hoch, kreuzte die Handgelenke und wackelte mit ihnen. »Meine Hände sind gebunden. Tut mir leid, Kumpel. Wir haben schlaue Leute in diesem Land, nur wissen Sie, was unser Problem ist? Wir haben die Regierung, die wir haben.«

»Die Kosten? Sind die das Problem?«

»Nur ein ganz winzig kleines Mini-Problemchen.«

Abe kämpfte wieder mit sich selbst. Die Versuchung aufzugeben war immer da, verschwand nie. Wenn Egge eine Route ablehnte, konnte Abe seine Pläne vielleicht mit gutem Gewissen aufgeben ... Aber bei Abe ruhte das Gewissen nie sehr lange.

»Ich mache es umsonst«, sagte er mit leiser Stimme.

»Wie bitte? Umsonst?«

»Ich möchte die offizielle Bestätigung, nicht die Einnahmen. Ich nehme an, dass ich einfacher ins Geschäft komme, wenn die Leute sehen, dass Uncle Sam sich freut, mit mir zu fliegen.«

Egge nickte bedächtig. Trotz all seiner Herumalberei war er ein schlauer Mann mit einer unbeugsamen Entschlossenheit, die U. S.-Luftpost auszubauen. Sein Nicken wurde langsamer und stärker.

»Umsonst? Als täglichen Dienst?«

»Ja.«

Egge dachte eine Weile nach, dann grinste er. »*Correos de los Estados Unidos*. Klingt gut, oder?«

18

Willard setzte sich. Powell verließ den Raum. Die Tür schloss sich. Nichts bewegte sich.

Dann brach einer der jungen Männer die Stille, indem er aufstand. Er war eins siebzig groß, hatte dunkles, gelocktes Haar, flinke Augen und sah leicht amüsiert aus.

»›Als ich das sagte, Thornton, waren Sie nicht mein Angestellter‹«, zitierte er. »Machen Sie sich nicht zu viele Gedanken um Powell, alter Freund. Er ist gerne ein bisschen streng.« Er streckte die Hand aus. »Ich bin übrigens Larry Ronson. Die meisten von uns hier haben tatsächlich Vornamen, auch wenn es manchmal leicht ist, das zu vergessen.«

Die anderen Männer kamen auch nach vorn.

Leonard McVeigh war ein stiernackiger Rothaariger mit festem Händedruck und militärischem Aussehen. Er nahm Willards Hand in die Mangel und grunzte: »Gut, Sie bei uns zu haben.« Eine Sekunde lang fixierte er Willards Blick, als ob er prüfen wollte, ob der Neuling eine bedrohliche Konkurrenz darstellen könnte, bevor er wieder in den Hintergrund trat und die letzten beiden Männer vortreten ließ.

»Iggy Claverty«, sagte der eine, der so groß wie Willard war, aber nicht so breit, und einen olivenfarbenen Teint hatte. »Und bevor Sie fragen wollen, Iggy steht für Ignacio. Und bevor Sie spekulieren, ja, meine Mutter ist Spanierin, aber nein, ich bin kein heimlicher Katholik; nein, ich stinke nicht nach Knoblauch; und nein, ich habe nicht dreihundert arme Verwandte, die in Spanien leben. Und schließlich, bevor Sie sich entscheiden, wie Sie mich nennen sollen, sollten Sie wissen, dass Ihnen jeglicher Gebrauch des Namens Ignacio einen Tritt in den Allerwertesten einbringt.«

»Okay, Iggy, ich werde daran denken.«

Der letzte Mann war Charlie Hughes. Gleich im selben Augenblick fiel Willard auf, dass Hughes nicht hierher zu passen schien. Die anderen Männer – Ronson, Claverty, McVeigh – waren die Art von Kumpel, mit denen er in Princeton die Bude geteilt hatte. Sie waren ziemlich klug, sahen ziemlich gut aus und waren gut angezogen. Männer wie diese waren der Lebensnerv von Princeton gewesen, der Standard für die gesellschaftliche Szene der Ostküste. Willards vier Schwestern flirteten mit Männern wie diesen. Sie fummelten mit Männern wie diesen. Eines Tages würden sie Männer wie diese heiraten.

Aber nicht Hughes.

Hughes war nicht kleiner als Ronson und nicht viel leichter. Aber während man sich bei all den anderen vorstellen konnte, wie sie Tennis oder sonst ein Ballspiel spielten oder sich in Booten und am Strand herumtrieben, war es mit Hughes anders. Er unterschied sich von den anderen. Seine Hände waren zappelig und nervös. Seine Brillengläser waren dick wie Flaschenböden und ließen ihn weltfremd wirken. Seine Kleidung war in Ordnung, aber der Schnitt war nicht ganz richtig; der Anzug war leicht aus der Mode, und nicht einmal die Krawatte des armen Jungen war richtig gebunden.

»Hughes, Charlie Hughes. Hallo. Schön, dass Sie zu uns kommen. Wirklich.«

Er nickte einmal zu oft, schüttelte Willards Hand einmal mehr, als er es hätte tun sollen.

Willard, dessen Instinkt für diese Dinge untrüglich war, ordnete Hughes augenblicklich auf dem letzten Platz in der Bande ein. Der Anführer der Truppe, nahm er an, war wahrscheinlich Larry Ronson wegen seiner Intelligenz und seiner einnehmenden Art, auch wenn Willard nicht sehen konnte, dass Leo McVeigh etwa von einem der anderen herumgeschubst würde. Blieb Iggy Claverty, Hofnarr von Prinz Ronson. Willards kolossale Schulden und sein Gehalt auf Schuhputzerniveau waren eine Katastrophe, wie auch immer er es betrachtete. Aber wenigstens war er sicher, dass er mit seinen neuen Arbeitskollegen auskommen würde. Seine Nervosität begann, sich zu legen.

»Und erlauben Sie mir, Ihnen die Sonne unseres kleinen Sonnensystems vorzustellen, die Blume in unserem Garten, die liebenswerte Miss Annabelle Hooper.«

Larry Ronson führte Willard zum runden Schreibtisch der Sekretärin hinüber. Miss Hooper errötete und stand auf, um Willards Hand zu schütteln. Sie war Mitte zwanzig, brünett, hatte hellblaue Augen, Sommersprossen und war zierlich. Sie war hübsch, aber unspektakulär, die Art von Mädchen, die man gerne küssen würde, aber nicht die Art, die man am Arm haben wollte, wenn es wichtig war.

»Einfach Annie, um Himmels willen. Hören Sie nicht auf Larry.«

»Was, niemals?«, fragte Willard. »Sie sind sehr streng.«

»O nein!«

»O ja!«, widersprach Ronson. »Powell bellt, aber Miss Hooper beißt. Und wenn sie sagt, dass sie das nicht tut, so spricht sie nicht die Wahrheit. Sehen Sie das?« Er hielt einen Aktendeckel aus brauner Pappe hoch, gut daumendick. »Das sieht vielleicht wie Büromaterial aus. Aber das ist alles Lug und Trug. Diese Akten werden Ihr Leben auffressen. Sie sind der Fluch von Powell Lambert. Mr. Claverty, wenn Sie so freundlich sein wollen ...«

Ronson reichte die Akte Iggy Claverty, der sie mit übertrieben zeremoniellem Gesichtsausdruck annahm. Er brachte sie zu Willard und hielt sie ihm mit beiden Händen entgegen, als ob die Akte eine wertvolle Gabe für einen König wäre. Er senkte den Kopf.

»Möge die Folter beginnen.«

19

Abe saß hinten in einem Café am Ufer. Auf dem Tisch vor ihm stand ein Glas brauner Rum und ein Teller Reis mit Fisch. Ein billiger Kriminalroman lag halb gelesen neben seinem Ellbogen. Draußen vor dem Café hatten sich Sonne und Meer zusammengetan, um die Luft so sauber zu schrubben, dass sie funkelte.

Abe war nun ein Postflieger. Für die Havanna-Seite seines Geschäfts hatte er ein kleines Stück landeinwärts von Puerto del Inglés ein Feld gemietet. In Miami hatte er die Stadtverwaltung überredet, Land für ihren ganz eigenen internationalen Flughafen freizugeben. Der Flugplatz in Miami war kaum weniger einfach als der in Havanna: Er umfasste ein Rechteck aus sandigem Gras, das in seiner längsten Erstreckung dreihundert Yards maß, und einen Hangar mit Stahlrahmen und Blechdach. Seit vier Wochen nun startete Abe täglich nicht lange nach Sonnenaufgang in Miami mit einer Tasche voller US-Post für Havanna. Er wusch das Flugzeug, wanderte nach Puerto del Inglés hinunter und nahm ein frühes Mittagessen zu sich, bevor er zu seinem Flugzeug zurückkehrte, in der Hoffnung, dass die kubanische Postbehörde sich nicht um mehr als ein paar Stunden verspäten würde, um ihm die Post für die USA zu bringen. Wenn sie schließlich ankam, flog Abe die Post nach Miami, und die Arbeit war getan.

Abe nippte an seinem Rum und widmete sich wieder seinem Roman. In einer Ecke der Bar war ein Haufen Alkoholschmuggler aus Marion dabei, sich zu betrinken. Und natürlich waren es tatsächlich Schmuggler. Hier im freien und leichtlebigen Kuba gab es keinen Grund, diese Tatsache zu verbergen. Sicherlich, die Holzkisten, die sie in ihren Booten verluden, trugen die Aufschrift »Maíz de Aranjuez« oder »Jamón Serrano de Cuba«. Aber ob Mais oder Serrano-Schinken, diese Aufschriften bedeuteten nichts. Oft genug waren die Kisten nicht einmal ordentlich verschlossen. Die Flaschen Johnny Walker oder Gordon's Gin lugten deutlich sichtbar heraus.

Hinter der Bar versuchte ein selbstgebasteltes Radio, einen Sender aus Miami zu empfangen. Meistens bekam der Apparat kein Signal, nur das Pfeifen und Rauschen aus dem leeren Äther. Abe las. Die Schmuggler tranken. Das Radio pfiff.

Nach etwa einer Stunde quälte sich einer der Schmuggler aus seinem Stuhl hoch und wankte an Abes Tisch vorbei. Die trüben Augen des Schmugglers richteten sich auf Abes graue Posttasche, den Lederhelm und die Flugbrille, die am Handgriff hingen. Der Mann blieb stehen, starrte – und dann kam ihm die Erleuchtung.

»He, Vogelmann!«, sagte er und imitierte mit den Armen Flugbewegungen. »Vogelmann, Vogelmann.«

Er stoppte und grinste wieder, als ob er erwartete, dass Abe erklärte, er höre diesen Witz in seinen zehn Jahren als Pilot zum ersten Mal. Es war tatsächlich so, aber Abe sagte nichts. Der Schmuggler brachte sein Gehirn auf Höchstgeschwindigkeit und produzierte etwas anderes, was genauso witzig war.

»Hey, Vögelchen. Ich will eine Postkarte schicken, hast du eine Briefmarke?«

In Erwartung von Applaus grinste der Mann zu seinen Freunden hinüber, und er bekam ihn. Abe sagte nichts, tat nichts. Der Mann suchte in der hohlen Leere seines Schädels nach etwas anderem, was lustig war, fand aber nichts. Er stand noch ein oder zwei Sekunden unschlüssig herum und ging dann davon, um Drinks zu holen.

Das war das.

Aber dann, nur drei Tage später, war Abe wieder in derselben Bar mit demselben Haufen. Das Radio hatte ausnahmsweise eine Jazzmelodie aufgeschnappt und hielt sie mit einer gewissen schwachen Entschlossenheit fest. Diesmal näherte sich ein anderer Schmuggler. Nicht betrunken diesmal, und nicht offensiv.

»Hey, Kumpel, tut mir leid wegen neulich. Die Sache mit dem Vogelmann. War nicht wirklich witzig, oder?«

»Nein, nicht besonders.«

»Sie sind nicht mehr sauer?«

»Nein.«

Der Schmuggler blickte auf Abes Posttasche hinunter. Es war eine kleine Tasche. Meistens beförderte Abe nur einige Pfund Post in jeder Richtung. Bei einem handelsüblichen Tarif von einigen Fünfcentstücken pro Pfund wäre er eine Million Meilen davon entfernt gewesen, Profit zu machen. Da er jedoch gratis flog, fehlten ihm noch eine Million und eine Meile.

»Sie befördern Post? Ist das alles?«

»Fracht, Passagiere, alles, was sich bezahlt macht.«

»Und damit kommen Sie aus?«

Abe zuckte die Schultern.

»Müssen Sie wohl, nehme ich an.«

Abe zuckte wieder die Schultern. Ein Schulterzucken war keine Feststellung, also konnte es auch keine Lüge sein. Aber es war eine Tatsache, dass Abe nicht einen einzigen Kunden gehabt hatte, seitdem er sein Geschäft aufgenommen hatte.

»Sind Sie sicher, dass Sie nicht sauer auf uns sind? Sie haben uns heute nicht geantwortet.«

»Geantwortet?«

»Wir haben Ihnen vom Boot aus ein Signal gegeben. Wir haben Sie herankommen sehen. Wir haben eine Handfeuerwaffe abgefeuert. Da-da-da-da-da-dum. Das hat nicht gewirkt, also haben wir ein Gewehr abgeschossen. Bumm, bumm.«

»Ich sitze sechs Fuß hinter einem Motor mit neunzig PS in einem Flugwind von achtzig Meilen in der Stunde.«

»Sie haben nichts gehört?«

»Benutzen Sie einen Spiegel. Wenn Sie Signale geben wollen, müssen Sie Lichtblitze machen.«

»Ah, okay.« Der Schmuggler verlegte sein Gewicht von einem Bein aufs andere. »Tut mir leid wegen neulich, okay?«

Abe zuckte die Schultern.

»Hören Sie, Kumpel, falls Sie gern mal einen heben, lassen Sie es uns einfach wissen, okay? Wir können Ihnen billig ein paar Fläschchen überlassen. Großhandel, Sie verstehen.«

»Mir fehlt nichts. Danke.«

»Ja dann.« Mit Abe zu plaudern war nicht immer einfach, nicht, wenn man erwartete, dass der Ball über das Netz zurückgespielt wurde. Der Schmuggler verlagerte wieder sein Gewicht. »Ein Spiegel, ja?«

20

Die Folter begann.

Powell Lamberts Hauptgeschäft waren die Handelskredite. Das bedeutete, dass vielleicht ein Hersteller in einem Teil Amerikas – sagen wir in St. Louis – einige Waren an einen Kunden verkaufen möchte, der sich ganz woanders befindet – zum Beispiel in Seattle. Der Käufer in Seattle würde die Waren auf Kredit kaufen wollen, aber der Hersteller in St. Louis würde sein Geld sofort verlangen. An diesem Punkt kam Powell Lambert ins Spiel. Sobald sich Käufer und Verkäufer auf einen Abschluss geeinigt hatten, würde Powell Lambert versprechen, den Mann aus St. Louis im Voraus zu bezahlen, und die fällige Summe nach angemessener Zeit in Seattle kassieren. Im Gegenzug würde Powell Lambert eine Gebühr erheben, ungefähr ein halbes Prozent.

Und das war es auch schon. Je mehr Geschäfte Powell Lambert finanzierte, umso mehr Gebühren nahmen sie ein. Jede Transaktion hatte ihre eigene Akte. Jeden Morgen kamen neue Akten auf Annie Hoopers Schreibtisch, die sie auf die fünf jungen Männer verteilte. Sie war dabei ganz freundlich. Nett und verständnisvoll. Aber unbarmherzig. Gnadenlos. Die Akten kamen pausenlos herein. Sie verteilte sie ebenso pausenlos. Es gab keine andere Möglichkeit.

Und die Akten!

Jede Transaktion klang ganz einfach, aber bei jeder gab es eine Myriade von Einzelheiten zu beachten. Es mussten Versicherungen arrangiert, Transportvereinbarungen überprüft, Gelder überwiesen und Zahlungen eingefordert werden. Jedes Mal, wenn Willard dachte, dass er eine Akte erledigt hatte, tauchte eine weitere gemeine kleine Komplikation auf und warf ihn zurück. Seine Arbeitsstunden wurden länger. Seine Wochenenden verschwanden unter dem Erdrutsch an Akten. Seine Aussichten, seine Schulden zurückzuzahlen, erschienen unbedeutend. Seine

Hoffnung, in die Fußstapfen seines Vaters zu treten, erschien lächerlich.

* * *

»Jeee-aaarg!«

Es war an einem Freitagnachmittag um halb sechs. Larry Ronsons Kopf war mit einem lang gezogenen, wässrigen Gurgeln unter seinem Schreibtisch verschwunden. Nachdem er um des Effektes willen eine Sekunde gewartet hatte, steckte er seinen Kopf um die Ecke und fragte: »Miss Hooper, wollen Sie mich heiraten?« Annie sagte: »Na, na«, wandte den Blick ab, während eine leichte Röte in ihre sommersprossigen Wangen stieg. »Schweigen wird als Zustimmung gewertet.«

»Larry, sei nicht albern.«

»Dann brenn doch mit mir durch. Wir werden in Sünde mit unseren sechzehn Kindern in irgendeinem zerfallenden mexikanischen Palast leben und unsere Zeit damit verbringen, Ted Powell unflätige Postkarten zu schicken.«

»Es ist sowieso halb sechs«, entgegnete Annie und blickte sich nach ihrem Mantel um.

»Das ist keine Antwort auf die Frage.«

»Ich gehe jetzt nach Hause, wollte ich sagen.«

»Die Frauen heutzutage! So praktisch! Was ist nur aus der Romantik geworden? Ich werde mit dir im Licht des silbernen Mondes den Broadway entlangtanzen.«

»Es regnet.«

»Straßenlaternen. Silberne Straßenlaternen.«

Annie hatte ihre Tasche und ihren Mantel genommen und setzte einen kleinen Glockenhut auf den Kopf. »Wir sehen uns Montag.«

»Okay, wie wäre es mit einem Drink? Ich will mich so besaufen, dass ich meine Füße nicht wiederfinde.«

Willard hatte erwartet, dass Annie wieder ablehnte, aber diesmal zögerte sie. »Na ja ...«

»Ausgezeichnet. Sonst noch jemand? Leo? Nein? Du kannst dich nicht losreißen, nehme ich an?« Leo McVeighs massiver roter Kopf hob sich kurz von der Schreibarbeit. McVeigh blickte Ronson an, ausdruckslos und ohne mit der Wimper zu zucken, so wie ein Schlachter einen Bullen ansieht, so wie ein Bulle jeden ansieht. Er sagte nichts, sondern steckte nur seinen Kopf wieder in die Arbeit und schrieb weiter, wobei sein schwerer schwarzer Füllfederhalter gleichmäßig über das Papier glitt. Ronson hob die Hände mit einer Geste, die ausdrückte: Was kann man von einem Football-Spieler schon erwarten? – »Ignacio, alter Junge?«

Iggy Claverty blickte kurz hoch. »Du kennst jemanden, der Ignacio heißt?«

»Iggy, du Trottel, ich habe dich gefragt, ob du mitkommen und mit einem Meer von Alkohol auf den achtzehnten Zusatzartikel zur Verfassung anstoßen willst.«

»Ich kann nicht. Ich ersaufe schon. Tut mir leid.«

Er wies mit der Hand auf den Stapel brauner Akten auf seinem Schreibtisch. Er hatte einen schlechten Tag gehabt. Willard hatte gehört, wie er über irgendeinem Transportproblem in Nord- oder Süd-Dakota geschwitzt und es verflucht hatte. Der Stapel Akten in seinem Ausgangskorb war immer noch viel kleiner als der in seinem Eingangskorb.

»Mr. Thornton?«

Willard wollte schon Clavertys Ablehnung wiederholen, und zwar aus demselben Grund, aber der Gedanke, sich an diesem Abend richtig zu betrinken, war zu verführerisch, als dass er ihm widerstehen konnte.

»Ich bin dabei«, sagte er. »Lasst mich nur schnell dieses verdammte Zeug für das Wochenende bündeln.«

Rasch schob er die Akten, die noch bearbeitet werden mussten, in seine Aktentasche – dann blickte er zuerst Hughes an, dann

Ronson. Bisher hatte Ronson alle gefragt, ob sie mitkommen wollten, alle außer dem armen Hughes, der hinter seiner Brille zur Seite blinzelte und dabei alles beobachtete. Ronson hatte offensichtlich nicht die Absicht, Hughes zu fragen. Hughes hatte ebenso offensichtlich nicht die Absicht zu fragen, ob er mitkommen durfte.

»Charlie«, sagte Willard, »wollen Sie einen Drink? Annie und Larry und ich gehen einen heben.«

»Nein, danke, ist schon in Ordnung. Ich muss hier fertig werden und dann nach Hause. Geht ruhig. Amüsiert euch!«

Willard zuckte zusammen. Hughes schaffte es jedes Mal, etwas nicht ganz richtig zu machen. Leute wie Willard benutzten keine Ausdrücke wie »Amüsiert euch!«. Er hätte nicht erklären können warum, aber die richtigen Leute sagten das nie, die falschen Leute schon. Aber Willard war froh, dass er ihn gefragt hatte. Es nervte ihn, wie Ronson Annie Hooper als seinen Privatbesitz behandelte. Annie würde Willards Höflichkeit den weniger Glücklichen gegenüber zu schätzen wissen. Sie hatte schon eine Reihe bewundernder Kommentare über Willards ruhmreiche Vergangenheit gemacht, auf die er mit sorgfältig lässig wirkender Gleichgültigkeit reagiert hatte.

»Gehen wir«, sagte er.

Und sie gingen. Zuerst zu einem Hotel, von dem Willard wusste und wo man alles bekam, was man wollte, solange es einem nichts ausmachte, dass es in einer Kaffeetasse serviert wurde. Dann zu einer geheimen Kneipe, wo die Drinks billiger waren. Um hineinzukommen, musste man einige schmuddelige, unbeleuchtete Stufen hinuntergehen zu einer verriegelten Stahltür mit einer kleinen Klappe. Direkt dahinter spähte ein Türsteher durch die Klappe, um sicherzugehen, dass die Neuankömmlinge keine Cops waren, bevor die Tür entriegelt wurde und Willard und die anderen hindurchschlüpften. Als sie drinnen waren, tranken sie Cocktails. Sie wollten harten Alkohol, und Cocktails waren eine Möglichkeit, um den Geschmack von aus Korn gebranntem Alkohol, industriellem Alkohol und zu wenig destilliertem jungen Schwarzgebrannten zu überdecken, der jede Flasche Scotch »direkt vom Schiff, bei Gott« verseuchte. Dann, als sie schließlich betrunken waren wie ein Ire am Zahltag, stolperten sie wieder auf die Straße.

»Ich muss schon sagen, Annie, du bist wirklich ein guter Sportsfreund«, lallte Willard. »Eine verdammt gute Sorte von Sportsfreund. Ha! Eine verdammt sportliche Sorte von Freund! Eine verdammt gute Sportsorte, Freundchen! Eine verdammt freundliche Sorte von Sportler ...«

»Da!«, sagte Annie und streckte den Zeigefinger aus. »Da gibt's Hamburger. *Joe's Burgers*. Verhungert ihr nicht auch schon?«

Ronson folgte ihrem unsicheren Arm mit unsicherem Blick. »Das ist nicht unbedingt eine Hamburgerbude«, wandte er ein. »Vielleicht ist das nur der Name von dem Kerl. Mr. Joe Burger. Ich könnte mir denken, dass die arme alte Pflaume ziemlich sauer auf Leute ist, die ihn aus dem Bett holen und Hamburger von ihm wollen. Armer, alter Mr. B.«

Alle drei schwankten zu dem Stand hinüber. Annie hatte nicht so viel getrunken wie die beiden Männer, aber sie war ganz genauso angeschickert. Willard und Ronson stritten sich darum, wem es erlaubt wäre, ihren Arm zu nehmen, und kamen erst zu einem Waffenstillstand, als Annie Willard ihren linken Arm reichte und Ronson den rechten.

Willard hatte den Abend genossen, aber er hatte ihn genossen wie ein Gefangener in der Todeszelle, der eine Postkarte von draußen bekommt. Selbst jetzt, so betrunken er auch war, spürte er den Verlust seiner Freiheit. Willards Nettogehalt nach Powells Zinsabzügen ließen ihm kaum mehr als Annie. Im Gegensatz zu ihr konnte er eine Firmenwohnung nutzen sowie den Teil von den fünfundzwanzigtausend Dollar seines Vaters, den er nicht schon ausgegeben hatte. Aber er war keine Annie, eine Maus, die mit Brotkrumen zufrieden war. Mit einer Art rücksichtsloser Auflehnung hatte Willard seine Ausgaben beinahe überhaupt nicht verändert. Allein in den vergangenen zwei Wochen hatte er sechshundert Dollar für Kleidung, dreizehnhundert Dollar für neue Möbel und ein paar weitere Hunderter ausgegeben, um die Sitze in seinem Packard mit hellem Kalbsleder neu polstern zu lassen. Es würde nicht mehr lange dauern, und sein Bankkonto würde so leer sein wie ein undichter Benzintank. Was er dann tun würde, wusste er nicht – er weigerte sich, daran zu denken.

Und das war nicht alles. Sechs Wochen, nachdem er zu arbeiten begonnen hatte, war er keinen Schritt vorangekommen. Sein Darlehen war um keinen Cent geschrumpft. Seine Chance, es jemals zurückzuzahlen, nicht um ein Hundertstel Prozent größer. Sein ganzes Leben lang hatte Willard gewusst, dass es zwei Arten von Menschen gab: die Reichen und die Armen, die Freien und die Unfreien. Er hatte immer zur ersten Art gehört. Hatte. Jetzt gehörte er zur zweiten. Er und seine zwei Kollegen stellten sich im leichten Juliregen am Burgerstand an, rülpsten und bereuten insgeheim den letzten Cocktail.

»Ich muss schon sagen«, sagte Ronson zu Willard, »du bist viel besser als unser letzter Kumpel.«

»Hmm?«

»Du weißt schon. Martin. Unser letzter, beklagenswerter Kollege. Geschätzt und beklagenswert.«

Selbst in seinem Zustand der Trunkenheit spitzte Willard die Ohren. Arthur Martin war vor Willards Ankunft das fünfte Mitglied in Powell Lamberts »Maschinenraum« gewesen. Willard hatte seinen Schreibtisch, seinen Papierkram und sogar sein firmeneigenes Apartment geerbt. Das Einzige, was Willard wirklich über den Mann wusste, war, dass er kurz vor Willards Eintritt in die Firma bei einem Verkehrsunfall umgekommen war.

»Also, wann war eigentlich dieser Autounfall? Wann ist der arme Kerl gestorben?«

»Eh? Das weißt du doch«, erwiderte Ronson. »Das weißt du doch.«

»Gentlemen, bitte«, sagte Annie und deutete mit dem Kinn auf eine Lücke, die sich in der Schlange vor ihnen auftat. Die beiden Männer schleppten Annie vorwärts, bis sie die Lücke geschlossen hatten.

»Ich weiß es nicht«, erklärte Willard. »Wenn ich es wüsste, würde ich nicht fragen, oder?«

»Na ja ...«

»Es war nur ...«

Annie und Ronson sprachen gleichzeitig und brachen dann ab. Dann sprach Annie weiter.

»Er starb am Donnerstag, bevor du gekommen bist. Wir dachten, dass du das wüsstest.«

Willard spürte, wie irgendetwas in ihm ein schwaches Prickeln hervorrief. Später dachte er, dass es vielleicht Furcht war oder eine erste Vorahnung, dass etwas nicht stimmte. Aber vielleicht war es nur der zu schwach destillierte Schwarzgebrannte, der sich meldete. Vielleicht war das Prickeln nur ein einfaches Erschauern im Regen. Jedenfalls kam sich Willard weniger betrunken, weniger dumm vor, als er antwortete.

»Aber das kann nicht sein. Powell hatte mir bereits gesagt, in welchem Apartment ich wohnen würde. Das hätte er nicht tun können, wenn Martin, der arme Teufel, noch dort lebte.« Er erwähnte es nicht, aber dasselbe traf auch auf den »Maschinenraum« zu. Es gab dort fünf Schreibtische, plus Annies. Der Raum hätte für einen weiteren keinen Platz geboten. Wenn für Willards Ankunft Vorbereitungen getroffen worden waren, hätte nicht irgendjemand daran gedacht, einen weiteren Schreibtisch hineinzustellen?

»Trotzdem war es so«, sagte Annie. »Am Donnerstag vor deiner Ankunft.«

»Powell muss etwas durcheinander gebracht haben. Irgendwie günstig. Du hättest nicht mit all deinen Sachen ankommen wollen und finden, dass ... Ich meine natürlich nicht, dass es günstig ist, dass der arme Kerl gestorben ist. Ich meine nur, dass es günstig ist, dass der Platz frei war.«

»Powell hat nichts durcheinandergebracht«, erwiderte Willard streitsüchtig. »Das war nicht nur er; ich meine, ich musste anrufen und mir eine Bestätigung holen und die Schlüssel und alles. Da war nicht einfach etwas durcheinandergeraten, Mister.«

»Dann muss Martin woanders hingezogen sein, oder nicht? Ihr konntet ja schlecht zusammen wohnen. Wie auch immer, Martin war ein ordentlicher Typ, wie du. Hat allerdings nicht die Vorzüge einer feinen Flasche Whisky zu schätzen gewusst ...«

Die Schlange bewegte sich wieder vorwärts, aber keiner der beiden hatte es bemerkt. Annie machte sich von ihren Armen los, stellte sich vor sie und fragte sie, was für Hamburger sie haben wollten.

»Der gute alte Joe Burger«, sagte Ronson. »Ein wahrer Prinz unter den Trotteln. Ruiniert seine Freitagabende, um den Verhungernden beizustehen.«

»Willard, was möchtest du haben?«

Annie drehte sich zu ihm um, wobei ihr braunes Haar feucht vom Regen an ihrer Wange klebte. Willard starrte sie mit ausdruckslosem Gesicht an.

»Alter Kumpel, dein Mund steht offen. Mr. B. hier wird ihn dir wahrscheinlich mit einer seiner exzellenten eingelegten Essiggurken stopfen müssen.«

Willard schüttelte den Kopf. *Wie hatte Ted Powell wissen können, dass Arthur Martins Apartment und Arthur Martins Schreibtisch rechtzeitig zu Willards Ankunft frei sein würden?* Es gab keine mögliche Antwort auf diese Frage.

»Tut mir leid«, sagte er. »Ich habe keinen Hunger.«

Er verließ sie und marschierte rasch und ohne Hut durch den prasselnden Regen Richtung Uptown.

21

Abe durchquerte den kleinen Gürtel von Turbulenzen über der Küste Floridas, wendete und ließ sich mit der Nase im Wind seitlich slippen. Dann, kurz bevor der Boden auftauchte, stellte er die Flügel waagerecht und brachte Poll mit dem Ruder auf geraden Kurs. Die Räder berührten den Boden. Während Poll ihre Geschwindigkeit im Gras verlor, ließ er das Heck absinken. Er war etwas später dran, als er erwartet hatte, zum Teil wegen des Gegenwindes, zum Teil, weil er auf seinem Weg nach Süden eine der Barkassen von Marion überflogen hatte. In den letzten Tagen hatte sich mit den Schmugglern eine Routine entwickelt. Sie schickten ihm Lichtblitze, signalisierten ihm ihre Anwesenheit, und er antwortete mit Luftakrobatik: Loopings, Rollen, Drehungen, Sturzflüge. Einmal kam er so tief über dem Wasser auf die Barkasse zu, dass einer der Schmuggler genug Angst bekam, um ins Wasser zu springen, als sein Fahrwerk schließlich über ihre Köpfe hinwegflitzte. Die Stunts wurden sehr geschätzt. In dem Café in Puerto del Inglés war Abe eine kleine Berühmtheit. Seine Drinks wurden ihm immer spendiert. Er wurde mit Geschenken überschüttet: Zigarren, Alkohol, Schokolade. Seine Kunststücke wurden ausgefeilter, komplizierter.

Im Augenblick jedoch steuerte Abe nur zum Hangar hinüber und stoppte dort. Die rasch rotierenden Propellerblätter wurden langsamer, flackerten und kamen dann zum Stehen. Abe kletterte erschöpft aus dem Cockpit, zog Helm und Fliegerbrille ab und schrubbte sich Kopf, Gesicht und Hals unter dem kalten Wasserhahn ab. Der Hangar war nicht nur ein Platz, wo Poll vor dem Wetter geschützt war, er war auch Abes Zuhause. Ebenso wie dort Platz für Poll war und für die Ausrüstung zu ihrer Instandhaltung, so hatte Abe dort ein Feldbett mit einer dünnen Matratze für sich aufgestellt. Er hatte dort auch ein Bettlaken, eine Bettdecke, einen Mantel, den er zu einem Kissen zusammengerollt hatte, einen kleinen Tisch, zwei Stühle, zwei emaillierte Becher und Teller, einen Primuskocher und eine Tasche, die seine gesamte Kleidung enthielt. Abgesehen von dem, was sich im Hangar befand oder was er am Leibe trug, besaß Abe nichts auf der Welt.

Er trocknete sich mit einem Handtuch ab. Das Hämmern des Flugzeugmotors dröhnte noch in seinen Ohren, aber das geschah nach einem langen Flug öfter einmal. Er rieb sich die Schläfen mit den Handflächen und horchte wieder. Das Dröhnen war noch da, und es klang anders als das von Poll. Es war stärker, rassiger, tiefer, sauberer. Abe sprang auf einen Ölkanister, um eine bessere Sicht zu bekommen, und dann sah er es.

Ein Flugzeug näherte sich von Süden. Es flog jetzt niedrig; stahlgrau glänzte der Rumpf in der Sonne. Es war das schönste Flugzeug, das Abe jemals gesehen hatte: ein wunderbar stromlinienförmiger Doppeldecker mit kurzem Heck und Stummelflügeln und einer Maschine, die vor Kraft brummte. Dass es ein Sportflugzeug war, war offensichtlich. Dass es in Schwierigkeiten war, noch mehr.

Der Motor hatte ein Problem. Er lief nicht rund, zündete falsch, ließ Takte aus. Und da war noch ein Problem. Abes Flugplatz war für Poll ausgelegt. Weil Poll langsam war, brauchte sie nicht viel Platz zum Landen oder Starten. Und als die Behörden von Miami die Genehmigung für einen Flugplatz erteilt hatten, hatten sie ausreichend Raum für Poll genehmigt und kein Stückchen mehr. Das kleine Sportflugzeug hatte nicht genug Platz zum Landen.

Das kleine Flugzeug heulte über seinem Kopf, und sein Motor klang völlig falsch. Abe sah hilflos zu. Die längste Strecke freies Gelände war die Diagonale, aber eine Reihe von Telegrafenmasten schloss diesen Anflug aus. Das kleine Flugzeug kam zu demselben Schluss. Es drehte brummend nach Südwesten ab, aber Abe wusste, dass der Südwesten nur wenige Möglichkeiten bot. Ein Strand war in Ordnung für Polls langsame und robuste Art. Aber ein Sportflugzeug konnte auf einem Strand leicht zerbersten. Nein. Abe korrigierte sich. Nicht konnte, würde. *Würde* zerbersten. Abe starrte noch einen Augenblick nach oben, dann lief er zu Poll. Wenn er rasch in die Luft kam, konnte er dem Piloten folgen und bei der bevorstehenden Katastrophe zur Hilfe bereit sein.

Aber er kam zu spät. Das kleine Flugzeug kam zurück. Es flog verzweifelt dicht über den Grund, streifte beinahe die Bäume, hüpfte über die Dünen. Abe atmete langsam und gleichmäßig durch den Mund. Im Stillen flehte er den Piloten an, nicht zu tun, was er zu tun vorhatte.

Vergeblich.

Das kleine Flugzeug sank tiefer. Es flug gerade noch zwanzig Fuß über dem Boden, genau auf Höhe der Telegrafenmasten, genau auf Höhe der Leitung. Es war in jedem Fall eine wahnsinnige Art zu fliegen, aber hier an der Küste, wo die turbulente Meeresbrise jedes Manöver sehr viel schwieriger machte, war es mehr als verrückt. Das Flugzeug kam immer näher. Auf die Telegrafenleitung, auf die Vernichtung zu.

Das Flugzeug kam näher – näher – näher – dann, im letztmöglichen Augenblick, ging es mit der Nase runter. Wie ein Terrier unter einem Tor schrammte das kleine Flugzeug unter der Leitung hindurch. Seine Flügelspitzen kamen den Telegrafenmasten auf beiden Seiten so nahe, dass Abe praktisch hören konnte, wie sie daran zupften. Der Pilot hielt seine vier Fuß Höhe noch einen kurzen Augenblick, dann setzte er innerhalb von wenigen Fuß hinter dem Rand des Flugplatzes auf.

Es war ein Präzisionsflug von höchster Qualität, aber die Gefahr war noch nicht vorbei.

Der Pilot hatte seine Anfluggeschwindigkeit bereits auf ein Minimum reduziert, aber das Flugzeug bewegte sich immer noch zu schnell. Es raste über den Flugplatz, wirbelte mit seinen Rädern eine Staubwolke auf und grub seinen Schwanzsporn in den Sand. Langsam – zu langsam? – verlor das Sportflugzeug an Geschwindigkeit. Der Pilot hatte den Steuerknüppel ganz nach hinten gezogen, um das Heck nach unten zu drücken und den Luftwiderstand der Flügel zu maximieren. Trotzdem schoss das kleine Flugzeug drei Viertel des

Weges über den Flugplatz – dann vier Fünftel – dann neun Zehntel – dann kam es zum Stehen, mit immer noch laufendem Motor, gerade fünfzehn Yards vor einem drei Fuß tiefen Graben.

Nach einer kurzen Pause wendete das Sportflugzeug vorsichtig und rumpelte langsam zum Hangar.

Aus der Nähe war die Maschine schön – atemberaubend. Abe erkannte, dass das Flugzeug eines aus der Serie Curtiss R6 war, die speziell für Wettflüge gebaut worden war, Gewinner aller Wettbewerbe der Jahre 1922 und 1923 und Inhaber des Geschwindigkeitsweltrekords, bevor die Europäer ihn sich zurückgeholt hatten. Das Flugzeug war Kraft und Stärke und Schönheit und Geschwindigkeit. Abe bekam vor Neid und Entzücken den Mund nicht mehr zu.

Das Flugzeug kam auf ihn zu und blieb stehen. Die Motorgeräusche verstummten.

Abe blickte den Piloten an, dessen Kopf aus einem Cockpit hervorlugte, das von einer niedrigen Windschutzscheibe abgeschirmt war. Der Pilot war in dem engen Cockpit gerade eben sichtbar, verstaubt und ölverschmiert, noch mit Helm und Brille, aber offensichtlich jung und knabenhaft. Der Blick des Piloten traf Abes Blick. Er hob die Hand, die noch im Handschuh steckte.

Abe antwortete mit einem Nicken.

Die Hand senkte sich wieder und klopfte zwei Mal auf den Rand des Cockpits. Die Geste bedeutete »Danke, altes Mädchen« oder vielleicht »Danke und sorry«. Es war eine Geste, die Abe selbst oft genug gemacht hatte. Er kannte die Gefühle des Piloten: eine Mischung aus Erleichterung, Erschöpfung, Freude, Schock – ein kochendes Gebräu, das Stunden brauchte, um abzukühlen.

Der Pilot nahm sich noch ein paar Augenblicke, um sich zu sammeln, dann verzog er das Gesicht. Die Grimasse sagte vielleicht etwas über Glück und haarscharfes Entkommen und Erleichterung, oder vielleicht war es nur, dass ihm das Herz in der Brust noch bis zum Hals schlug und er zu müde war, um irgendetwas

Vernünftiges zu sagen. Abe blieb auf Abstand und versuchte nicht, die Dinge zu beschleunigen.

Dann nahm der Pilot seine Brille ab und ließ sie ins Cockpit fallen. Er war jung, schrecklich jung, und erinnerte Abe an die Jungs, die mit ihm in Frankreich gedient hatten. Gedient hatten und in so vielen Fällen gestorben waren. Er trat beiseite, als der Pilot sich bereit machte herauszuspringen. Eine Sekunde lang – oder kürzer, vielleicht eine halbe Sekunde – zögerte er, als ob er erwartete, dass Abe vortreten und ihm die Hand reichen würde. Aber vielleicht auch nicht. Der Schock konnte auch die vertrautesten Dinge merkwürdig erscheinen lassen. Dann legte der Pilot seine Hände auf den Rand des Cockpits und sprang zur Erde. Er war ungefähr so groß wie Abe und dünn, soweit man über einen Menschen, der von Kopf bis Fuß in Schafsleder gehüllt war, etwas sagen konnte.

»Das war eine wahnsinnige Landung. Einer der besten Flüge, die ich je gesehen habe.«

Der Pilot lächelte und atmete erleichtert aus. Dann griff er mit der Hand an seinen Kopf und nahm seinen Helm ab.

Oder eigentlich nicht.

Nicht an *seinen* Kopf, *seinen* Helm. Sondern an *ihren* Kopf, *ihren* Helm. Abe starrte verblüfft, als ein hübscher, sandblonder Kopf im starken Licht von Miami auftauchte. Das Gesicht des Piloten *war* knabenhaft, aber es war knabenhaft, wie die Modebilder in den Frauenzeitschriften knabenhaft waren, mit feinen Zügen, unkompliziert, frisch und direkt. Es war ein attraktives Gesicht, die Art von Gesicht, die ein Mann von Anfang an mochte, ohne es sich später je anders zu überlegen.

Die Frau lächelte.

»Hi.«

22

Wie es so mit Problemen war, hätte dieses eigentlich nur ein kleines sein sollen.

Der Verband der Orthodoxen Synagogen erwartete eine Lieferung von »Heiligen Büchern und Sakraments-Materialien« von einer Import-Export-Firma, die ihren Sitz in Long Island hatte. Die Dokumente waren alle in Ordnung. Die Waren lagen in Long Island zur Auslieferung bereit. Die Versicherungs- und Frachtangelegenheiten waren geregelt. Aber es gab da ein Problem.

Der Kunde, der auf dem Lieferschein genannt war, war der Verband der Orthodoxen Synagogen. Aber der Nutznießer, der in den Versicherungspapieren stand, war der Verband der Synagogen von New York. War das wichtig? Vielleicht nicht. Aber wenn da jemand Mist gebaut hatte und Powell Lambert dadurch geschädigt wurde, dann würde es Willard sein, der darunter zu leiden hatte, niemand sonst.

Larry Ronson war nicht da, als Willard auf die Angelegenheit stieß. Willard mochte Leo McVeigh nicht und wollte ihn nicht fragen. Iggy Claverty und Charlie Hughes waren beide da, aber Willard nahm an, dass Claverty flapsig und oberflächlich sein würde und Hughes pingelig und nervös. Das Sonnenlicht fiel in den Raum, stach Willard in die Augen und erinnerte ihn an seine Zeit im Cockpit, wenn die Sonne, sobald er das Flugzeug herumriss, wie wild herumsprang und sich drehte ...

Er schritt durch den Raum und zog eine Jalousie herunter. Annies Blick traf sich mit seinem, und sie lächelte ihn an. Sie lächelte ihn nun mehr an als Ronson. Willard bemerkte es, und es gefiel ihm. Er ging zu seinem Schreibtisch zurück. Das Problem war immer noch da. Immer noch fiel durch ein Loch in der Jalousie Sonnenlicht herein. Der Verband der Orthodoxen Synagogen? Der Verband der Synagogen von New York? Um welchen ging es? Willard wählte eine Nummer, bekam keinen Anschluss. Zum Teufel damit.

Die Dokumente enthielten beide dieselbe Adresse, die nur einen kurzen Weg zu Fuß entfernt an der Lower East Side lag. Willard stand auf.

»Ich bin kurz weg, Annie. Dauert nicht lange.«

Sie lächelte ihn wieder an und strich sich eine hellbraune Haarsträhne hinter das Ohr. Sie war eine Herausforderung, diese Strähne: Jedes Mal löste sie sich und musste wieder zurückgesteckt werden, besonders wenn sie wusste, dass er sie ansah. Willard bildete sich nichts darauf ein, dass sie flirtete, aber er wusste, dass sie sich seiner Gegenwart sehr bewusst war.

In selten guter Laune marschierte er nach Norden, aber als er sich der Adresse näherte, verflüchtigte sich seine Stimmung. Das Viertel war arm. Es lag eine gewisse Gereiztheit in der Luft: die Gerüche von schlechten Abwasserrohren, verfallende Gemäuer, Unterhaltungen, die verstummten, als er sich näherte. Er fand die Adresse: ein schäbiger Eingang am unteren Ende einer Steintreppe. Aus einem anderen Raum dröhnte wütend das Gebrüll eines häuslichen Streites. An der Tür gab es kein Schild. Aufgeplatztes grünes Linoleum wölbte sich unter seinen Füßen – Willard fiel das besonders auf, da er gerade ein halbes Dutzend handgemachter Schuhe bekommen hatte. Ein Paar trug er jetzt, und das steife, neue Leder scheuerte an seinen Füßen und drückte. Er klingelte.

Keine Reaktion. Er klingelte noch einmal. Dann, als er gerade aufgeben und gehen wollte, kam ein Ire an die Tür, unrasiert und in Hose und Unterhemd.

»Oh ... Entschuldigen Sie bitte, ich muss mich in der Adresse geirrt haben.«

»Wen suchen Sie?«

»Soweit ich weiß, müsste hier eine jüdische religiöse Organisation ansässig sein. Wie ich sagte, ich muss mich ...«

»Hä? Judengesindel?«

Aus dem Inneren kam ein gedämpfter Ruf. »Äh ... Warten Sie mal kurz, okay?«, sagte der Mann und verschwand.

Als er zurückkam, hatte er irgendwo ein Hemd aufgetrieben, sich aber nicht die Mühe gemacht, es zuzuknöpfen.

»Sicher, Sie haben Recht. Also, die sind gerade nicht hier, aber ... Wie heißen Sie noch mal?«

»Mein Name ist Willard Thornton, und ich vertrete die Handelskreditabteilung von Powell Lambert.«

Willard gab dem Mann eine Visitenkarte. Der warf blinzelnd einen Blick darauf und steckte sie in eine schmuddelige Tasche. »Jesus!« Er sprach den Namen mit irischem Akzent aus: Jei-sus.

»Könnten Sie ihnen eine Nachricht übermitteln?«

»Kann ich, sicher. Da ist so ein Kerl mit schwarzem Mantel und so, ein Rabbi. Ich denke, der wird Sie vielleicht anrufen. Ist das alles, was Sie wollen? Okay.«

Die Tür fiel zu. Von innen schlug schallendes Gelächter gegen das schäbige Sperrholz. Plötzlich war Willard wütend. Was auch immer gerade passiert war, er hatte das Gefühl, dass man ihn zum Affen machte. Er ballte die Faust, wollte die Tür damit zerschlagen, wollte einen Kampf.

Natürlich tat er nichts dergleichen, aber als er zu Powell Lambert zurückkehrte, suchte er Ronson. Mit zorniger, beleidigter Stimme erklärte Willard ihm das Problem. Ronson sah ernst aus.

»Du glaubst, dass es mit diesem Laden ein Problem geben könnte?«

»Das war kein Ort, wo man ...« Willard verschluckte das Wort »Judengesindel« und sagte stattdessen: »... wo man Rabbis findet. Das war ein beschissenes Loch, Larry, im Ernst.«

»Du machst dir Sorgen, dass uns einer verarschen will? Ist das deine Sorge?«

»Na ja, mein Gott, irgendwas passte da nicht zusammen.«

»Vielleicht. Andererseits gibt es kein Gesetz gegen beschissene Löcher. Und die Sache mit den Versicherungspapieren, das hatte ich auch schon. Die Versicherungsangestellten schreiben einfach auf, was sie wollen. Ohne Rücksicht auf Details. Also, was ich täte, wenn ich du wäre ...«

Das Gespräch driftete in die tröstlichen Details von Schreibkram und Versicherungsformularen ab. Willard war Ronson dankbar für die Hilfe. Iggy Claverty stieß dazu und half ihm auch. Das Problem schien gelöst zu sein.

Und das war alles.

Oder fast.

Als Willard an diesem Abend nach Hause ging, ergab es sich, dass Willard mit derselben Fahrstuhlkabine abwärts fuhr wie McVeigh. Die beiden Männer wechselten ein paar Worte, dann verstummten sie. Die Kabine kam langsam voran, Leute stiegen ein, andere stiegen aus. Die Kabine war wieder leer. Willard spürte McVeighs Blick auf sich lasten. Als Willard sich umdrehte, blickte ihn der große Mann mit dem roten Haar und dem Nacken eines Footballspielers direkt an, ohne mit der Wimper zu zucken.

»Ja?«, fragte Willard.

McVeigh schüttelte den Kopf.

»Du hast mich auf der ganzen Fahrt angestarrt«, beharrte Willard.

McVeigh zögerte einen Augenblick, dann kam er einen halben Schritt näher. Sein Gesicht war zu nahe. Obwohl Willard athletische dreiundachtzig Kilo auf die Waage brachte, musste McVeigh noch wenigstens zwanzig Kilo mehr wiegen. Seine Haltung hatte etwas Bedrohliches an sich. In Willard kochte Wut hoch. Was auch immer McVeighs Problem war, Willard hatte nicht die Absicht nachzugeben.

»Vorsicht«, sagte McVeigh. »Wenn du solche Fragen stellst wie heute.«

»Wie meinst du das?«

McVeigh zuckte die Schultern.

»Was meinst du damit? Warum zum Teufel sollte ich keine Fragen stellen?«

McVeigh kam noch ein Stück näher. Er hatte kleine blaue Augen, die unter seiner breiten Stirn beinahe verschwanden. »Sei nur vorsichtig, was du fragst und wen du fragst. Du willst sicher nicht ...«

Der Fahrstuhl erreichte das Erdgeschoss. Willard schob die innere Tür auf, dann die äußere. Die beiden Männer verharrten noch einen Augenblick in ihrer beinahe aggressiven Haltung.

»Ich frage, wen ich will und was ich will, und ich glaube nicht, dass ich dafür um deine Erlaubnis bitten muss, Leo.«

»Das liegt bei dir.« McVeigh sah aus, als ob er die Situation etwas entspannen wollte, aber in seinem Kiefer zuckte weiter ein Muskel. »Mach, was du willst. Nur denk daran ... wie auch immer, gute Nacht.«

McVeigh drehte sich um und entfernte sich. Für einen so großen Mann war er leichtfüßig und schnell. Willard ertappte sich dabei, wie er dachte, *der Mann könnte gefährlich werden.* Zum zweiten Mal an diesem Tag ballte er die Faust und wollte irgendwo hineinschlagen.

23

»Ich heiße Hamilton, Pen Hamilton. Das steht für Penelope, aber so nennt mich niemand.«

Abe schüttelte ihr die Hand. »Abe Rockwell. Willkommen in Miami.«

»Abe Rockwell? Captain Rockwell? ... Oh, Himmel, was für eine Art, Sie kennen zu lernen! Mannomann! ...« Die Pilotin wurde leicht nervös, dass sie sich vor einem der zwei oder drei berühmtesten Flieger der Vereinigten Staaten wiederfand, aber Abe war an diese Reaktion gewöhnt und beachtete sie nicht weiter. »Ich kann auch normal landen, wissen Sie«, fügte sie hinzu.

»Ich wette, das können Sie.«

»Ich hatte Glück, dass der Sand weich war.«

»Sie hatten Glück, dass Sie wussten, wie Sie fliegen mussten.«

»Ich weiß nicht. Ich war mir nicht sicher, ob ich wirklich landen musste. Die Maschine hatte Aussetzer, aber sie brachte noch Leistung. Vielleicht hätte ich weiterfliegen können.«

»Es war nicht vielleicht nur, dass der Zündverteiler blockierte?«

Pen setzte eine entschuldigende Miene auf: das erste wirklich Mädchenhafte, was sie tat. Sie sagte: »Ich könnte einen Zündverteiler nicht von einem Buckelwal unterscheiden.«

»Der Verteiler blockiert an den Magnetzündern«, fuhr Abe fort. »Wenn die Maschine läuft, bildet sich auf ihnen eine Kohlenstoffschicht. Aber sie wurden doch gereinigt, bevor Sie gestartet sind, oder?«

»Es tut mir leid, Captain. Ich bin sicher, ich sollte das wissen, aber ich weiß es nicht. Man hat mir gesagt, dass die Maschine startbereit sei.«

Abe spürte einen Anflug von Verärgerung. Während des Krieges hatte er keine Zeit für Piloten gehabt, die einen Motor nicht auseinandernehmen, reinigen und wieder zusammensetzen konnten. Der Grund, warum Abes Staffel die am besten gewarteten Flugzeuge der amerikanischen Armee hatte, war, dass Abe seine Piloten für die Flugtauglichkeit ihrer Ausrüstung verantwortlich machte. Das war eine Haltung, die er als heilig betrachtete. Und nach diesem Standard war Pen Hamiltons Ignoranz schockierend, eine Beleidigung für die Fliegerei.

Und doch … Pen Hamilton war eine Frau. Sie hatte ihre Maschine mit einer seltenen Kombination aus Courage, Kraft und Feingefühl gesteuert. Sie hatte eine entsetzliche Landung beinahe einfach aussehen lassen – und benahm sich jetzt nicht draufgängerisch, sondern bescheiden. Abe ließ seinen Ärger verrauchen.

»Für mich klang es so, als ob Ihr Problem Ihre Magnetzünder sind. Wenn es so ist, dann hätten Sie weiterfliegen können, wohin auch immer Sie wollten. Ich werfe einen Blick darauf, wenn Sie wollen. Und bitte, Miss Hamilton, es ist nicht nötig …«

»O nein, nennen Sie mich Pen, bitte.«

»Dann bin ich Abe. Keine Captains hier, wenn es Ihnen nichts ausmacht.«

Sie grinsten sich an und fühlten sich plötzlich wohl.

»Sie möchten sicher hereinkommen und sich etwas frisch machen. Und vielleicht etwas essen oder trinken? Ich wollte selbst gerade etwas essen.«

Sie gingen hinein.

Abe konnte sehen, dass Pen Abes Feldbett in der Ecke des Hangars bemerkte, seine provisorische Küche, seine spärlichen Kleider, das Emblem auf Polls Rumpf: eine Posttasche ungefähr in Form eines Wappenschildes mit der Aufschrift »U. S. Mail«. Sie bemerkte auch noch etwas anderes. Über Abes Werkbank verlief in Kopfhöhe ein Regal. Auf dem Regal standen zahllose Metallteile, poliert, sauber und frei von Staub. Pen betrachtete die Sammlung mit Neugier. Die Metallteile waren Flugzeugmodelle, aber nicht unbedingt vollständig. Nur vier der Modelle hatten Nase, Rumpf, Heck und einen vollen Satz Flügel, obere und untere Flügel auf beiden Seiten. Der Rest waren nur Flugzeugteile. Ein Rumpf ohne Flügel. Ein Flügel ohne Rumpf. Eine Flugzeugnase. Eine ganze Reihe Flugzeugnasen. Sie nahm einige der Teile in die Hand, strich mit den Fingern darüber und legte sie wieder hin.

»Machen Sie die?«

»M-hm.«

»Die sind schön.«

»Ja.«

»Und ungewöhnlich. Schön und ungewöhnlich.«

Da Abe nicht gerade ein gesteigertes Mitteilungsbedürfnis zu haben schien, wandte sich Pen einem anderen Thema zu. Sie deutete auf die Posttasche auf Polls Flanke.

»Sie fliegen die Post?«

Abe nickte.

»Ich wusste nicht, dass es hier eine Route gibt ... Nach Kuba, nehme ich an?«

Abe nickte.

»Havanna?«

Abe nickte.

»Jeden Tag? Über das Wasser?« Sie nahm die Informationen wie ein professioneller Pilot auf, der die Risiken kalkulierte, die Sicherheitsspielräume, die Profite. »Manchmal müssen Sie ziemlich schlechte Wetterbedingungen haben.«

Abe wies auf Poll. »Sie ist ein starkes Mädchen. Wir kommen durch.«

»Trotzdem ...«

Pen wusch sich Gesicht und Hände. Abe bot an, den Hangar zu verlassen, sodass sie sich richtig waschen konnte, aber da die Waschgelegenheit aus einem Kaltwasserhahn und einer Metallschüssel bestand, gelang es Pen, der Versuchung zu widerstehen. Als sie fertig war, hatte Abe schon das einzige Mahl hergerichtet, das er bieten konnte: Brot, kaltes Fleisch, einige Tomaten, Wasser. Sie kam zu seinem kleinen Tisch herüber. Zuerst sagte sie, dass sie gar nichts wollte, dann, als Abe sie drängte, aß sie mit großem Appetit.

Durch das Essen wurde ein Augenblick unbehaglichen Schweigens überdeckt.

Abe hatte keine Scheu vor Frauen. Sicher, er bekam nicht viele zu Gesicht. Sicher, er hatte nie eine Beziehung gehabt, die länger als ein paar Monate gedauert hatte. Aber er war nicht schüchtern und auch nicht unerfahren. Er hatte sich mit Mädchen getroffen, mit Mädchen geschmust und gefummelt, mit Mädchen geschlafen. Der Grund, warum seine Beziehungen schnell auseinandergegangen waren, lag darin, dass er sie eigentlich nie wirklich wollte. Abe kannte seine Prioritäten, und Frauen hatten nie dazu gehört. So war er im Alter von sechsunddreißig Jahren nicht schüchtern bei Frauen, aber er hatte auch nicht viel Zeit mit ihnen verbracht.

Pen biss in eine Tomate. Sie war überreif. Die Haut platzte auf, und der Saft spritzte über den Tisch und lief an ihrem Kinn herunter.

»Entschuldigung.«

»Machen Sie sich nichts daraus.« Abe deutete auf seinen Tisch ohne Tischtuch, seine karge Unterkunft. »Tut mir leid, dass ich Ihnen nichts Besseres bieten kann.«

»Sie . . .?« Pen setzte zu der nahe liegenden Frage an, ließ sie dann jedoch verlegen fallen.

»Ja, im Moment lebe ich hier. Solange ich das Geschäft in Schwung bringe. Wenn es besser läuft, habe ich vor, ein bisschen anzubauen. Nach hinten zu erweitern.«

Abe deutete auf die Wand aus Betonblöcken hinten im Hangar. Er wusste genug über das Bauen, um etwas zustande zu bringen. Er hatte vorher noch nicht darüber nachgedacht, aber nun, da Pen ihm die Idee in den Kopf gesetzt hatte, gefiel sie ihm.

»Sie befördern nur Post?«

»Auch Passagiere. Wenn ich welche finde. Und Fracht.«

»Haben Sie viele Passagiere?«

»Nein.«

»Und Fracht?«

»Ich mache nicht viel Werbung. Ich denke, ich müsste ein bisschen mehr machen.«

Er war nicht ganz aufrichtig. Er hatte nur eine einzige Werbung für sein Geschäft gemacht. Neben der Tür zum Hangar hatte Abe einen winzigen hölzernen Schuppen errichtet, den er als sein Büro bezeichnete. In dem Büro gab es einen Stuhl, einen Tisch und – bei Sonne und Regen an die Tür gesteckt – eine Notiz, die besagte: »Transport von Passagieren und Fracht. Anfragen erwünscht.« Niemand war jemals in das Büro gekommen. Niemand hatte jemals seine Anzeige gesehen.

»Wie heißen Sie?«

»Was?«

»Das Geschäft. Es hat doch einen Namen, oder?«

Eine Sekunde lang versuchte Abe verzweifelt, sich zu erinnern, was er auf das Schild geschrieben hatte. Dann hatte er es. »Florida International Air Travel. Klingt gut, oder?«

»Haben Sie ein Büro in der Stadt oder ...« Pens Stimme verstummte. Sie begann zu verstehen. »Die Leute müssen sich hier melden, oder? Ich habe Freunde hier in der Gegend. Die sind dauernd unterwegs, die Küste hinauf oder hinunter nach Key West und zu den Inseln. Ich werde mal mit ihnen reden. Vielleicht kann ich Ihnen ein paar Passagiere vorbeischicken.«

Ihr Blick wanderte aus dem leeren Hangar zu dem staubigen Gras. Außer ihrer eigenen, schönen Maschine war dort nur Poll: plump, altmodisch, ohne Grazie. Abe konnte sehen, dass Pen sich fragte, wie er nur mit Poll und ohne Werbung überhaupt Passagiere bekommen konnte.

Irgendetwas in Abe verhärtete sich. Er wechselte das Thema.

»Ist das Ihr eigenes Flugzeug?«

Pens Augen waren immer noch auf das Tor des Hangars gerichtet. Bei Abes Worten glitt ihr Blick zu ihrer eigenen Maschine hinüber und wurde weich. Dann richtete sie die Augen auf Abe, und ihre Pupillen weiteten sich, als sie sein Gesicht betrachtete. Sie brauchte einen Moment, um zu antworten, und Abe blickte schließlich länger in ihre Augen, als er es erwartet hatte. Es war ein seltsames Gefühl. Ihre Augen waren wie seine Augen: zu blau, zu klar, das Gesicht um sie herum zu gebräunt, um sie zu halten. Nur, das war es nicht. Es war etwas in der Art, wie Pen ihn ansah. Es war nicht die Art, wie eine Frau einen Mann ansieht. Ihr Blick war direkt, freimütig, offen, ohne Verlegenheit. Er hatte nichts Kokettes an sich, war aber auch nicht bescheiden. Sie war eine Frau, aber sie musste ihre Weiblichkeit nicht in den Blick legen, den sie beide wechselten.

Sie senkte die Augen.

»Ja. Hübsch, nicht?«

Abe nickte. Er hatte für Curtiss einmal Testflüge gemacht und damit erst aufgehört, als die Dinge mit dem Mädchen, das in der Nähe wohnte, ein wenig zu weit vorangeschritten waren. Aber davon sagte er nichts, nur: »Schön. Niemand baut bessere.«

»Ich habe Glück.«

Abe betrachtete wieder das Flugzeug. Es war eine höllisch starke Maschine, ungeheuerlich schnell, eine Maschine, die von seinem Piloten Geschwindigkeit, Kraft und Entschiedenheit verlangte.

»Sie fliegen sie zum Vergnügen, oder ...?«

»Zum Vergnügen, ja. Ich nehme an Rennen teil.«

»Orientierungsflüge? Wettflüge?«

»Ich nehme überall teil, wo ich kann. Einmal der Arberry Cup. Die Burlington Medal. Der Conway Cup.«

Da war ein winziges Zucken um ihre Augen, als sie das letzte Rennen erwähnte. Das Zucken erinnerte Abe an etwas. Er verfolgte das Getratsche in Fliegerkreisen nicht besonders; doch nach dem Krieg war er selbst einige Rennen geflogen und hatte ein Interesse an den wichtigsten Ereignissen behalten. Bei ihrem Namen, Hamilton, klingelte etwas bei ihm ...

»Der Conway Cup? Moment mal, da sind Sie nicht nur mitgeflogen.«

Das Zucken verlegte sich von den Augen zum Mund, wo es zu einem Lächeln anwuchs. »Letztes Jahr. Bertie Acosta musste mit Maschinenschaden ausscheiden. Ich war in der Lage, daraus Vorteil zu ziehen.«

Abe lächelte und schüttelte den Kopf. »Nein, Pen, ein Sieg ist ein Sieg. Hat nichts mit dem Flugzeug eines anderen zu tun. Jedenfalls ist der Conway Cup der einzige, den es sich zu gewinnen lohnt, oder?«

Pen erwiderte sein Lächeln. Der Conway Cup war im September 1920 gestiftet worden. Der erste Name, der auf dem Silberpokal eingraviert war, war »Captain A. Rockwell«.

Sie lachten beide. Ihre Blicke trafen sich und bewegten sich nicht fort. Der Augenblick dauerte nicht lange, aber er dauerte lange genug, dass sie beide etwas spürten. Etwas Gemeinsames, etwas Gegenseitiges.

Abe hielt Pens Blick noch einen Augenblick länger, dann fühlte er sich plötzlich unbehaglich. Abrupt stand er auf, und plötzlich verärgert über seine spartanische Unterkunft, machte er sich daran, Kaffee zu kochen. Beinahe absichtlich machte er ihn zu stark, zu bitter. Er machte ihn so, dass er unmöglich jemandem schmecken konnte. Pen versuchte, die Unterhaltung fortzusetzen, aber Abe hatte sich verschlossen. Manche Frauen hätten jetzt ins Leere geredet, aber nicht Pen. Stille machte ihr nichts aus, und der Kaffee auch nicht. Sie schien ganz entspannt. Aber die Zeit verging. Sie würde eine Unterkunft in der Stadt finden müssen. Abe nannte ihr die Namen einiger Hotels, die nicht zu teuer waren. Pen nahm die Information so auf, als ob sie sie nicht brauchte, war aber zu höflich, es zu sagen.

»Ich werde einen Lastwagen schicken«, sagte sie.

»Was?«

»Einen Lastwagen. Für das Flugzeug.«

Abe war verwirrt. »Warum?«

»Sie sagten, dass es da ein Problem mit der Verteilung von irgendwas gibt. Die Blöcke? Ich dachte ...«

Abe ärgerte sich wieder, versuchte jedoch, es nicht zu zeigen. »Pen, die Verteiler müssen gereinigt werden, weiter nichts. Das dauert höchstens zwanzig Minuten.«

»Oh.« Es entstand eine Pause. »Ich denke, ich müsste das eigentlich wissen.«

»Ich kann es Ihnen zeigen, wenn Sie wollen.«

Sie zögerte. »Ich ...«

»Ja?«

»Captain, ich kann sie fliegen, aber ich kann sie nicht reparieren. Ich versuche es lieber gar nicht.«

Abe wusste nicht, ob er sich weiter ärgern sollte. Einerseits war ihre Einstellung etwas, was er hasste. Andererseits hatte Pen etwas erstaunlich Unkompliziertes an sich. Und sie konnte fliegen. Sie konnte ohne Zweifel fliegen.

»Hören Sie«, sagte er. »Ich habe seit einiger Zeit versucht, die Stadt dazu zu bewegen, diese verdammte Telegrafenleitung zu versetzen. Ich werde sie anrufen. Ich werde den Leuten dort sagen, dass sie hier beinahe einen tödlichen Unfall gehabt haben. Wenn sie die Leitung nicht verlegen, dann werde ich es tun. Ich fliege das Flugzeug für Sie zurück. Lassen Sie mich nur wissen, wo ich es hinbringen soll.«

»Oh, nein. Das könnte ich nicht von Ihnen verlangen. Wenn Sie mir Bescheid geben, dass die Leitung weg ist, kann ich vorbeikommen und ...«

»Pen, ich hoffe, Sie werden mich nicht daran hindern, die Maschine zu fliegen.«

»Sie wollen es?«

»Würden Sie es nicht wollen?«

Sie grinste. Wenn sie nicht lächelte, war ihr Gesicht verschlossen, ruhig, gedankenvoll. Es war die Art von Gesicht, die man leicht übersehen konnte, die man ansah und gar nicht richtig wahrnahm. Aber wenn sie lächelte, veränderte sie sich. Alles in ihrem Gesicht wurde offen. Wenn sie lächelte, wurde ihr Gesicht einladend wie ein Freudenfeuer aus Stroh an einem Herbsttag. Sie steckte die Hand in eine Jackentasche und holte eine einfache weiße Visitenkarte heraus. Sie trug ihren Namen und eine Adresse in South Carolina.

»Danke sehr«, sagte sie und ging fort.

24

Willard winkte seinen Gästen zum Abschied und sah zu, wie sie angeregt plaudernd den Flur entlanggingen. Sie hatten bei Willard einen Martini genossen, gingen nun weiter ins Algonquin zum Dinner und würden dann in einem Jazzclub in Greenwich Village landen, bevor sie schließlich in ihre Betten fielen.

Nicht so Willard.

Der Druck durch die Arbeit ließ nie nach. Willard verbrachte seine Tage damit, Ladungen nachzujagen, Frachtpapiere zu prüfen, Bestätigungen zu schicken, Überweisungen zu tätigen. Die Abende brauchte er, um die Arbeit zu erledigen, die er tagsüber nicht geschafft hatte. Jedes Mal, wenn er glaubte, dass er alles in den Griff bekam, konfrontierte Annie ihn mit einem neuen Stapel Akten, der vor Fristen und hinterhältigen Komplikationen wimmelte.

Aber es war nicht nur das. Willards Freunde tranken viel und gaben großzügig Geld aus. Sie hatten keine Ahnung von Willards drohender Armut. Willard hatte immer noch ein wenig Geld, aber dieses neigte sich bereits dem Ende zu, und er hatte sich schon zweitausend Dollar bei Lucinda geborgt, seiner ältesten Schwester. Ein Abend, den er allein mit seiner Arbeit verbrachte, war wenigstens ein günstiger Abend.

Doch das war nur ein schwacher Trost. Weil bisher, nach zwölf Wochen, all seine harte Arbeit umsonst gewesen war.

Das Darlehen wurde nicht kleiner. Wie konnte es auch? An Willards erstem Tag hatte Powell gesagt: »Wenn Sie jemals in der Lage sein werden, es zurückzuzahlen, dann wird das an Ihrer Fähigkeit liegen, mit Vermögenswerten, die Ihnen die Firma anvertraut, außergewöhnliche Profite zu erwirtschaften.« Aber die Firma vertraute ihm niemals Geld an. Nicht einen Dollar. Powell schien sich kaum daran zu erinnern, dass Willard noch existierte. Willard fühlte sich in eine Zelle eingesperrt, deren Schlüssel schon vor langer Zeit weggeworfen worden war.

Im Flur wurde es still. Willard kehrte in sein Apartment zurück.

Er nahm ein wenig kaltes Huhn aus dem Kühlschrank und aß es vor der geöffneten Tür, sodass das helle, kühle Licht wie ein Rechteck auf den weißen Fliesenboden fiel. Das Brummen des Verkehrs auf der Madison Avenue rollte die Schlucht der Sechzigsten Straße entlang und drang durch Willards Küchenfenster. Er trank etwas Milch, wusch das Glas ab und beschloss, sich unter der Dusche einen klaren Kopf zu verschaffen, bevor er seine Arbeit wieder aufnahm. Dann ging er in sein Schlafzimmer hinüber und begann, sich auszuziehen. Er saß dort und band sich gerade die Schuhbänder auf, als er das metallische Klicken eines Türriegels hörte. *Seines* Türriegels. Einen Augenblick war es still, dann war das Geräusch von Schritten zu hören, die sich ruhig über den Teppichboden bewegten.

Willard zog rasch die Schuhe aus, dann schlich er lautlos zur Schlafzimmertür. Weitere Schritte und das Geräusch eines Stuhls, der bewegt wurde. Neben seinen Füßen lag ein schweres Messinggewicht, das als Türstopper diente. Willard nahm es in die Hand und umklammerte es. Es würde eine plumpe, aber effektive Waffe sein. Er nahm den Türknauf in die Hand und riss die Tür auf.

Dort, mitten in seinem Wohnzimmer, stand der Eindringling, in flagranti erwischt.

Der Eindringling war schlank, hübsch, in ein knielanges blaues Abendkleid mit tief angesetzter Taille aus supermoderner Kunstseide gekleidet. Auf ihrem Gesicht lag ein Ausdruck totaler Überraschung. Auf Willards Gesicht ebenso.

Willard hatte sich als Erster wieder gefasst.

»Guten Abend«, sagte er.

Die Frau ließ den Stuhl los und schluckte. Ihre Augen musterten Willard rasch und nervös von oben bis unten und versuchten einzuschätzen, welche Bedrohung er darstellte. Sie musste etwas entdeckt haben, was sie ein wenig beruhigte. »Guten Abend«, antwortete sie ernst.

Willard zeigte ihr den Messing-Türstopper. »Den habe ich genommen, um Sie damit zu schlagen, falls ich muss. Glauben Sie, dass ich muss?«

Ein Lächeln umspielte kurz die Mundwinkel der Frau. »Wahrscheinlich nicht, aber es wäre klug von Ihnen, ihn griffbereit zu haben.«

Willard legte das Messingstück auf einen Beistelltisch. »Ich bin nicht ganz sicher im korrekten Umgang mit Einbrechern, also vergeben Sie mir, wenn ich etwas falsch mache – aber darf ich Ihnen etwas zu trinken anbieten?«

»Ich denke, Ihr Benehmen ist einfach perfekt. Und ja, Einbrecher haben es immer gern, wenn man ihnen etwas zu trinken anbietet.«

»Was kann ich Ihnen geben?«

Es entstand eine unbehagliche Pause. Die Unbehaglichkeit entstand nicht durch die seltsame Situation, sondern wegen der Prohibition. Beinahe jeder trank Alkohol – aber nicht absolut jeder. Es war immer noch eine illegale Substanz, und es konnte merkwürdig erscheinen, jemanden darum zu bitten, den man noch nie zuvor gesehen hatte. Willard erkannte die vertraute Verlegenheit und sagte: »Also, ich werde ein großes Glas Brandy nehmen. Wenn ich Sie doch schlagen muss, würde ich gerne gut darauf vorbereitet sein.«

»Und wenn ich geschlagen werden soll, dann hätte ich bestimmt auch gerne vorher einen Brandy.«

Willard schlug sich auf seine nackte Brust (befriedigt, dass der Eindringling die Chance hatte, sie zu sehen). »Ich wollte gerade unter die Dusche gehen, als Sie bei mir eingedrungen sind. Wenn Sie mich entschuldigen wollen ...«

Er ging in sein Schlafzimmer zurück und zog rasch Smoking und Krawatte an. Als er wieder herauskam, stand seine Einbrecherin höflich an einem Bücherregal und tat so, als ob sie sich für die Bücher interessierte. Willard schenkte die Drinks ein. Seine Einbrecherin war von mittlerer Größe, hatte dunkelblondes Haar, taubengraue Augen und ein hübsches, aufblitzendes Lächeln. Willard spürte einen raschen Schauer.

»Sagen Sie, brechen Sie berufsmäßig ein, oder ist es mehr eine Art Freizeitbeschäftigung?«

Sie machte ein entschuldigendes Gesicht. »Es tut mir wirklich furchtbar leid. Ich dachte, dass das Apartment leer sei. Da sind ein paar Dinge, die jemand zurückgelassen hat, den ich kenne. Ich kam vorbei und dachte, dass ich einfach hereinschaue und danach suche.« Sie ließ einen Schlüssel in der Luft baumeln. »Ich denke, den sollten eigentlich Sie haben.« Sie schob ihm den Schlüssel zu.

»Sie haben vor mir hier gewohnt? Ich dachte ...«

»Nicht ganz.« Sie seufzte, und Willard sah etwas anderes in ihrem Gesicht, etwas Grimmiges und Unglückliches. »Das Apartment wurde vom Verlobten meiner Schwester bewohnt, Arthur Martin. Es ist der Schlüssel meiner Schwester.«

»Es tut mir so leid. Ich weiß Ihren Namen nicht. Ich bin übrigens Willard Thornton.«

»Rosalind Sherston. Meine Schwester heißt Susan. Es wäre ein bisschen weniger peinlich gewesen, wenn sie selbst gekommen wäre, aber sie ist noch viel zu durcheinander nach allem, was passiert ist.«

»Jetzt verstehe ich. Ich arbeite natürlich auch bei Powell Lambert. Ich habe Mr. Martin nie kennen gelernt, aber ich habe eine Menge über ihn gehört. Nur Gutes natürlich.« Das war übrigens völlig unwahr. Niemand schien den Namen bei Powell Lambert je zu erwähnen. »Was für ein schrecklicher Schock muss das gewesen sein.«

»Sie haben ihn nie kennen gelernt?«

»Ich bin noch ziemlich neu. Ich bin erst seit wenigen Wochen bei der Bank.«

»Seit wenigen Wochen? Wie wenige?«

Sherstons Stimme wurde plötzlich schwach, obwohl sie Willard überhaupt nicht wie die Art von Frauen mit schwacher Stimme vorkam. Willard begriff, dass sie schockiert war, das Apartment des toten Mannes so rasch wieder bewohnt vorzufinden. Er sagte ihr, wann er in die Firma eingetreten war, verschob das Datum jedoch um zwei Wochen, sodass die Gefühllosigkeit der Firma weniger extrem erschien.

»Ich verstehe.« Sherston, die plötzlich schnell aus der Wohnung fort wollte, schluckte ihren Brandy herunter. Die Stimmung, die heiter gewesen war, hatte sich plötzlich aus einem Grund verdüstert, den Willard sich nicht erklären konnte. »Danke, dass Sie mich nicht verprügelt haben. Es wäre Ihr gutes Recht gewesen.«

Willard zuckte zögerlich mit den Schultern und deutete auf den Teppichboden, der ziemlich neu und blass cremefarben war. »Es sind nicht die Schläge, es ist die Reinigung.«

Sie stand auf, um zu gehen. »Sie waren sehr lieb.«

»Warten Sie«, sagte Willard, der wollte, dass sie noch blieb. »Die Sachen Ihrer Schwester. Mir ist nichts aufgefallen, aber wenn Sie wissen, wo sie sein könnten, dann können Sie gerne nachsehen.«

Rosalind zögerte. Der Stuhl stand noch dort, wo sie ihn abgestellt hatte. Willard erinnerte sich, wie Rosalind ihn weggezogen hatte, als er hereingeplatzt war.

»Der Schrank? Hat Ihre Schwester diesen Schrank erwähnt?«

Wieder dieses kurze Zögern. Dann ein Nicken. »Ja. Es war der Schrank, den sie erwähnt hat.«

Der fragliche Schrank war ein großes eingebautes Stück, direkt neben der Nische an der Tür. Die untere Hälfte war voller Bett- und Tischwäsche. Die obere Hälfte war gefüllt mit Willards Andenken an Fliegerei und Filmwelt. Er war überhaupt nicht unglücklich, alles zu durchstöbern, während Rosalind zusah. Er begann, Sachen herauszuholen: Filmplakate, Fotografien, eine Medaille, einen ledernen Fliegerhelm, der an der Außenseite die Schramme einer deutschen Kugel aufwies.

»Oh, Willard Thornton«, sagte sie. »Mein Gott! Sind Sie ... Natürlich sind Sie das. Ich Dummkopf. Ich nehme an, ich hätte Sie erkennen müssen.«

»Nein, nein, überhaupt nicht.«

Willard wusste mit Sicherheit, dass der Schrank leer gewesen war, als er eingezogen war, aber er freute sich, ihn unter Rosalinds Blicken auszuräumen. Sie nahm ein silbernes Nieuport-Modell in die Hand, ein Geschenk seines Vaters zu seinem ersten Luftsieg. »Sie sehen so zerbrechlich aus.«

»Eigentlich nicht«, erwiderte er mit geübter Beiläufigkeit. Ein gutes Flugzeug, die Nieuport. Die Flügelverstrebungen neigten dazu, bei einem Sturzflug auseinanderzugehen, aber das war keine Gefahr, wenn man wusste, was man tat.«

»Haben Sie etwas dagegen, wenn ich mir das alles hier ansehe?«

»Überhaupt nicht. Das ist nur Müll, wirklich. Ich sollte ihn wegwerfen.«

Sie schüttelte den Kopf. Der Schrank war offensichtlich leer; Willard fuhr mit der Hand über die Rückwand.

»Die Sachen Ihrer Schwester sind nicht hier, aber ich werde danach Ausschau halten. Wonach sollte ich suchen?«

»Ach ... Ich weiß nicht genau. Einige Papiere, denke ich. Es ist nicht wichtig. Ich hätte nicht kommen sollen. Tut mir leid.« Sie öffnete die Tür zum Apartment. »Auf Wiedersehen. Vielen Dank.«

»Warten Sie!«

Rosalind blieb stehen.

»Wenn ich etwas finde, wie kann ich Sie erreichen?«

»Oh, ja, natürlich. Sie können mich anrufen.« Sie gab ihm eine Telefonnummer in Manhattan. »Aber machen Sie sich deswegen keine Sorgen. Wirklich nicht.«

Ihr Blick wanderte im Apartment herum, zurück zu dem Schrank, dann zu dem Durcheinander auf dem Boden.

»Und jetzt habe ich Ihnen Umstände gemacht. Es tut mir so leid. Ich danke Ihnen. Auf Wiedersehen.«

25

Der Schatten von Polls oberem Flügel wanderte langsam mit der Sonne. Im Augenblick fiel der meiste Schatten auf den Boden, aber ein langer Schattenstreifen lag noch immer auf dem Rand des unteren Flügels. Abe lehnte mit einer Zigarette im Mund an dem warmen Rumpf. Der kubanische Junge, der die Posttasche für Miami brachte, kam schon wieder zu spät. Abe beschloss, dass er, mit oder ohne Tasche, losfliegen würde, sobald der Schatten des oberen Flügels den unteren vollständig verlassen hatte.

Die Sonne glitt langsam über den Himmel. Der Schatten bewegte sich weiter. Abe rauchte seine Zigarette auf und drückte sie aus.

Eine weitere Minute verging. Der Schatten hatte sich nun fast völlig verschoben. Abe stand auf und war zum Abflug bereit, als ein großer schwarzer amerikanischer Wagen vor dem Eingang zum Flugplatz anhielt. Ein Mann in dunklem Anzug stieg aus und ließ einen anderen Mann am Steuerrad und einen weiteren auf der Rückbank zurück. Der Mann, der ausstieg, hatte Hängebacken, war massig, und robust, erschien aber durchaus freundlich. Abe erkannte, dass er ein gelegentlicher Passagier der Schmuggler aus Marion war – und offensichtlich ihr Vorgesetzter. Der große Mann kam herüber.

»Sie sind Rockwell?«

Abe nickte.

»Hi. Bob Mason.« Der Mann zeigte auf seine Brust, als ob er sonst jemand anderen gemeint haben könnte.

Abe zuckte mit den Achseln.

»Sie fliegen nach Miami zurück?«

»M-hm.«

»Ich brauche einen Flug.«

Abe zuckte wieder mit den Achseln.

»Ich zahle. Wie viel verlangen Sie?«

»Ich kann nicht. Bin schon besetzt. Tut mir leid.«

»Besetzt? Mit einem Packen Briefe?« Mason schnaubte. »Sagen wir fünfzig Mäuse? Ich bin noch nie geflogen.«

»Ich dachte, Sie fahren mit dem Schiff. Wäre bequemer für Sie.«

»Die dämlichen Schiffsleute haben den Choke offen gelassen. Die Maschine ist abgesoffen. Und das bei der Hitze.«

Abe zuckte mit den Achseln. Da er selbst über Mittag zu dem Schiff hinausgeschwommen war und den Choke selbst geöffnet hatte, war die Neuigkeit keine große Überraschung. Er hatte auch die Mutter gelockert, die den Propeller hielt, sodass die Leute aus Marion innerhalb von Sekunden das Propellerblatt verlieren würden, wenn sie die Maschine doch in Gang bekamen.

»Zu dumm.«

Genau in diesem Augenblick kam ein kubanischer Junge mit der Posttasche angetrottet. Abe nahm die Tasche und stopfte sie hinter seinen Sitz in das hintere Cockpit. Der Amerikaner kam näher und hob den Kopf, um etwas zu sagen.

»Fünfzig Dollar. Das war abgemacht, richtig? Wo muss ich einsteigen? Hier?« Er machte sich daran, ins vordere Cockpit zu klettern.

»He! Raus da. Ich habe Ihnen doch gesagt, dass ich besetzt bin. Ich bin doch kein Eisenbahndienst.«

Mason stoppte, wo er war, halb im Cockpit, halb draußen. Er hielt Abes Blick stand.

»Hundert Mäuse.«

»Ich bin besetzt. Das sage ich Ihnen jetzt zum letzten Mal.« Abe überprüfte seine Instrumente, bevor er aus dem Flugzeug sprang, um die Propellerblätter zu drehen. An einem kalten Tag konnten mehrere Umdrehungen notwendig sein, um genug Flugbenzin zu den Kolben zu bringen. Aber in der Hitze konnte Abe am Geruch feststellen, dass die Kolben schon mit Benzin versorgt waren.

»Bockmist. Das ist Bockmist.«

Abe zuckte mit den Achseln. »Mein Flugzeug, meine Route.«

Er griff in sein Cockpit, legte den Zündschalter um und schob den Gashebel nur so weit vor, dass er den Motor am Laufen hielt, ohne dass Poll auf das Flugfeld hinausschlittern würde. Dann ging er zum Propeller zurück, bereit, die Propellerblätter mit einem Schwung in Fahrt zu bringen.

Mason ließ Abe an sich vorbei, dann sagte er mit derselben leisen

Stimme: »Leck mich doch.« Er nahm hundert Dollar aus seiner Brieftasche und warf sie in das hintere Cockpit. Dann ergriff er mit beiden Händen den Rand des vorderen Cockpits und schwang sich hinauf in Position. Abe stand vor dem Flugzeug und kam zurück, um den Eindringling anzuschreien. Er konnte nicht in das Cockpit hineinblicken, aber er sah am Oberkörper des Mannes, was weiter unten vor sich ging. Mason schwang seine Beine in das Cockpit hinunter. Ein schmuddeliger blauer Vorhang würde seine Sicht auf alles blockieren, was vor dem Sitz lag. Da er einen leeren Raum erwartete, bewegte er sich zu schnell und brüllte vor Schmerz laut auf, als seine Füße gegen etwas Hartes und Solides stießen. Er fluchte laut und griff dann nach dem Vorhang, um ihn beiseite zu ziehen. Dann sah er es. Sechs Kisten Alkohol, Gordon's Gin, noch in den Originalkisten, fest an Polls Rumpf aus Holz und Tuch geschnallt.

Mason starrte – starrte – und begann brüllend zu lachen.

»Besetzt! Ha! Das kann man wohl sagen. Das ist ja ein nettes kleines Geschäft, das Sie da haben.«

»Richtig! Also, wie Sie sehen, habe ich keinen Platz für Sie. Und jetzt verziehen Sie sich.«

Mason schüttelte den Kopf. Seine Augen lächelten, aber in seiner Art lag eine unbeeindruckte Vertraulichkeit, die auf eine große Zähigkeit hindeutete. »Ich mache mich klein und zwänge mich rein. Ich verspreche, nicht einen Drink auf dem Flug zu stibitzen.«

»Es geht nicht darum, sich reinzuzwängen, es geht ums Gewicht. Überladen startet das Flugzeug nicht.«

»Dann verzichten Sie auf den Alkohol.«

»Ich würde lieber auf Sie verzichten.«

Mason zögerte kurz. Er benahm sich immer noch sehr entspannt, sehr ruhig. Er blickte hinter den Vorhang und zählte die Kisten. »Sechs Kisten. Und zwanzig, fünfundzwanzig Mäuse Umsatz je Kiste. Ich habe zu wenig bezahlt. Noch ein Fünfziger.«

Er zählte weitere fünfzig Dollar ab und reichte sie Abe hinunter, der keine Anstalten machte, sie zu nehmen.

»Tut mir leid, Kumpel. Ich bin nicht im Passagiergeschäft.«

»Meine Leute laden für Sie aus.«

Mason blickte zu dem Wagen hinüber, der ihn gebracht hatte, und machte eine Handbewegung. Zwei Männer stiegen aus, die nicht gerade bedrohlich wirkten, aber auch nicht sanft. Abe sah zu, wie sie näher kamen.

»Wo lagern Sie es?«, fragte Mason.

»Wenn ich Sie diesmal mitnehme, ist es das letzte Mal, okay? Ich habe Leute, die sich auf mich verlassen.«

»Habe ich kapiert.«

»Und es kostet zweihundert.«

»Okay.«

Abe spielte sein Widerstreben noch ein oder zwei Sekunden länger, bevor er auf den kleinen verschlossenen Verschlag zeigte, wo er die Teile und Werkzeuge aufbewahrte, die er brauchte, um Poll in Schuss zu halten. »Da drinnen. Und Ihre Jungs sollten sich ein bisschen beeilen, es sei denn, Sie wollen eine Landung bei Mondschein ausprobieren.«

»Okay.«

Mason reichte weitere fünfzig Dollar herüber, gab seinen Männern kurze, präzise Anweisungen und kicherte dann in sich hinein, während der Alkohol entladen wurde. Und es stimmte: Seitdem Abe mit den Postflügen begonnen hatte, hatte er jedes Mal sechs Kisten Alkohol pro Flug transportiert, auf jedem Flug. Er kaufte den Stoff bei einem Großhändler in Havanna. Er verkaufte den Stoff an einen dummen kleinen Schmuggler in Miami namens De Freitas. Der Alkohol wurde in Holzkisten geliefert, die zugenagelt und mit dem Siegel des Herstellers versehen waren. Am Anfang hatte De Freitas nicht geglaubt, dass der Stoff ungepanscht war, aber im Laufe der Zeit hatte er seine Meinung geändert. De Freitas zahlte gute Preise. Abes Kosten, hauptsächlich Benzin, waren niedrig. Bei jeder Reise strich er ungefähr hundert Dollar Profit ein.

Mason überwachte seine Männer, aber das nützte nichts. Er sprang herum und war guter Dinge.

»Sie haben Gordon's in der Kiste. Das gefällt mir. Das ist Alkohol, auf den man sich verlassen kann.«

Abe sagte nichts.

»Machen Sie sich keine Sorgen wegen der guten Leute vom Zoll?«

Abe zeigte mit dem Daumen auf Polls Rumpf mit dem Postlogo. »Beeinträchtigung des Postverkehrs. Ist ein Bundesverbrechen. Außerdem, warum sollte Uncle Sam seine eigenen Flugzeuge anhalten wollen?«

Fasziniert von dem Anblick, starrte Mason das Logo einen Moment lang an. Dann verzog sich sein Gesicht, und er lachte schallend. »Ha! Da haben Sie sich ja was ausgedacht, Mann! Der gute alte Uncle Sam, was? Der passt auf die Seinen auf, oder?« Er lachte noch mehr und erzählte den Witz seinen beiden Kumpanen, die die letzte Kiste ausgeladen hatten. Auch sie grinsten, schwitzten jedoch zu sehr, um laut zu lachen.

»Okay, beeilen wir uns«, sagte Abe gereizt. »Wenn Sie noch mal auf den Pott müssen, dann gehen Sie jetzt, ansonsten steigen Sie ein. Hinter dem Sitz sind ein Helm und eine Schutzbrille. Setzen Sie sie auf. Und behalten Sie sie auf. Sitzen Sie still. Fassen Sie nichts an. Drei Stunden bis Miami. Alles kapiert?«

Immer noch kichernd, nickte Mason und fügte sich. Abe startete Poll und rumpelte über das Flugfeld. Dann schob er den Gashebel durch, und Poll erhob sich dröhnend in die Luft. Abe zog sie mit zweihundert Fuß pro Minute hoch, bis er in etwa siebentausend Fuß ihre Gipfelhöhe erreichte. Auf dem ganzen Weg zur Küste Floridas hielt er das Flugzeug auf dieser Höhe und stieg langsam weiter an, während sich das Gewicht des Treibstoffes verringerte. In diesen Höhen war die Luft eisig, und die Kälte verschärfte sich durch den Flugwind von hundert Meilen pro Stunde.

Als Abe Poll schließlich in Miami auf den Boden brachte, war Mason halb blau vor Kälte, seine Hände zitterten, sein Gesicht war zusammengekniffen und angespannt.

»Müssen Sie so hoch fliegen?«

»Nee.«

»Warum zum Teufel tun Sie es dann?«

»Ich betreibe ein Geschäft, aber es ist kein Passagiergeschäft. Nehmen Sie nächstes Mal das Schiff.«

Mason ging und machte sich auf zur Stadt. Er bewegte seine Finger, um sie aufzuwärmen.

Abe sah ihm hinterher. Es war sein erster, ernst zu nehmender Kontakt mit den Gangstern von Marion. Aber es war nicht zu spät aufzuhören. Er hatte sich auf nichts eingelassen, und er hatte noch weniger versprochen. Nur wenige Menschen wussten, wo er war, und keiner wusste, was er tat. Abe stand da, bis Mason schon längst nicht mehr zu sehen war. Aber das Zögern, das ihn seit dem Augenblick ergriffen hatte, als ein schlaksiger Ladenbesitzer in Independence ihn um Hilfe gebeten hatte, nagte noch an ihm. Sollte er kämpfen oder aufgeben, bleiben oder weglaufen?

Er wusste es nicht. Er hatte sich immer noch nicht entschieden.

26

An einem Freitagnachmittag hatte Willard mit dem Archiv der Bank im zwanzigsten Stock zu tun. Er hatte eine Akte deponiert, eine andere abgeholt, und wollte gerade gehen, als er durch die Glasscheibe der Tür zufällig Leo McVeigh und Charlie Hughes sah. McVeigh hatte Hughes an die Wand gedrängt. Hughes war weiß und offensichtlich verängstigt. McVeigh stand zu dicht vor ihm, sprach eindringlich, hatte seine großen Hände halb zu Fäusten geballt.

Willard starrte eine Sekunde lang, dann riss er die Tür auf. McVeigh trat zurück. Charlie Hughes hob die Hand zu seinem Gesicht, kontrollierte den Sitz seiner Krawatte, begann, ein nervöses Hallo zu stammeln. Willard konnte McVeigh schon nicht ausstehen und war wütend genug, um eine Konfrontation zu provozieren.

»Hallo, McVeigh«, sagte er eisig, bevor er sich Hughes zuwandte. »Alles in Ordnung, alter Freund? Du siehst ziemlich deprimiert aus.«

»Es geht mir gut, Will, ehrlich, mach dir bitte keine Sorgen.«

»Ich mach mir aber Sorgen. Du siehst überhaupt nicht gut aus.«

»Ich habe ein paar Probleme mit dem Bauch. Vielleicht habe ich etwas Falsches gegessen. Das wird schon wieder.«

»Hast du Wasser getrunken?«

»Wasser?« Hughes wiederholte das Wort, als ob ihm die Flüssigkeit unbekannt wäre.

»Wasser. Du solltest etwas trinken. Vielleicht gehst du besser nach Hause und legst dich hin.«

Hughes' Blick suchte McVeighs Augen. *Er bittet diesen Bastard um Erlaubnis,* dachte Willard wütend. McVeigh nickte leicht und trat beiseite.

»Ja, gute Idee«, sagte Hughes. »Ich werde was trinken. Das wird helfen.«

Er machte keine Anstalten, mit Willard mitzukommen, als ob er immer noch durch McVeighs Anwesenheit gebannt war. Der große frühere Football-Spieler stand ein oder zwei Schritte entfernt, knetete die Hände und atmete schweigend durch den Mund.

»Gut. Ich begleite dich zum Waschraum«, sagte Willard mit fester Stimme. Er legte Hughes eine Hand auf die Schulter und steuerte ihn weg. Mit absichtlich lauter Stimme – laut genug, dass McVeigh es mit Sicherheit hörte – sagte er: »Du kannst jederzeit zu mir kommen, wenn du Hilfe brauchst, ganz egal wobei.«

»Ja, natürlich. Danke Will-o.«

Willard spürte eine Abscheu vor dem Mann, den er gerade gerettet hatte, und er drehte sich um und starrte McVeigh direkt ins Gesicht. Ein oder zwei Sekunden lang trafen sich ihre Blicke. Dann holte Willard eine seiner Hollywood-Gesten hervor, verzog die Lippen, machte auf dem Absatz kehrt und ging davon. Als er später mit Ronson über den Vorfall sprach, sagte Willard: »Ich schwöre, dass er Hughes bedroht hat. Der arme Kerl war weiß wie die Wand.«

Ronson verstand. »Der ist irgendwie abscheulich, dieser McVeigh. Er hat nie auch nur versucht, sich anzupassen. Ich meine, Hughes *versucht* es wenigstens.«

»Ja ... Hör zu, wahrscheinlich hältst du es für absurd, aber glaubst du nicht auch ... Sieh mal, ich weiß nicht einmal, was *ich* glaube, aber hast du dich jemals gefragt, ob hier nicht manchmal seltsame Dinge vor sich gehen? Du erinnerst dich an dieses Geschäft mit den Orthodoxen Synagogen?«

»Irische Rabbis. Das wäre schon was.«

»McVeigh hat mir im Aufzug gedroht. Hat mir gesagt, dass ich keine Fragen stellen soll.«

»Wirklich? Das hat er gemacht? Du lieber Himmel! Hast du das sonst jemandem erzählt?«

»Nein. Ich bin mir nicht sicher, wem ich es erzählen sollte.«

»Da wäre zum Beispiel Granger, nehme ich an. Oder Baker.«

»Ja, aber was ist, wenn die auch dabei mitmachen?«

»Wobei mitmachen?«

»Ich hab keine Ahnung. Nicht die geringste.«

»Hör mal, du kennst doch Powell ein bisschen, oder? Oder wenigstens dein Pa?«

»Vater und Powell sind Jachtclub-Kameraden, so in der Art. Das Problem ist, dass ich den Mann nicht wirklich kenne, und in jedem Fall wüsste ich nicht, was ich sagen sollte.«

Ronson blickte auf seine Armbanduhr. Es war sechzehn Uhr fünfunddreißig. »Ich nehme an, dass du sicherlich vorhast, die

New Yorker Alkoholschmuggler-Gemeinschaft heute Abend ordentlich zu beschäftigen, ja?«

»Würde ich gerne, aber um die Wahrheit zu sagen, brenne ich darauf, die Stadt zu verlassen. Ich wollte das Wochenende auf dem Lande verbringen.«

»Die Freuden von Martha's Vineyard, was? Glückspilz.«

Willard lächelte. Sein Vater besaß auf der Insel ein kolossales Landhaus mit Blick nach Süden über den Ozean. Darüber hinaus würden Willards vier Schwestern an diesem Wochenende alle dort sein, mit ihren Freundinnen im Schlepptau. In der Vergangenheit hatte Willard es genossen, sich mit den Freundinnen seiner Schwestern zu vergnügen, und gegenwärtig konnte er sich nichts denken, was er lieber täte.

Willard starrte auf seinen Schreibtisch und die verabscheuten Aktendeckel aus brauner Pappe.

»Zum Teufel damit«, sagte er voller Emotionen. »Zum Teufel mit allem. Und wenn die Herren Grainger, Barker, McVeigh oder Powell etwas von mir wollen, dann sag ihnen, dass sie auch zum Teufel gehen sollen.«

Willard griff sich Hut, Mantel und Aktentasche und ging rasch zur Tür.

27

Verglichen mit der Straße draußen war der Laden dämmrig, aber andererseits, da die Straße vor weißem Staub und Luft, die so heiß war, dass sie flimmerte, praktisch glühte, war das Dämmerlicht gar nicht so schlecht.

Der Junge lungerte hinten im Laden herum und wartete, während Hennessey vorne eine alte Dame bediente. Der Junge war in der Metallwaren-Abteilung und wühlte in den Metallbehältern voller Nägel herum, wog die Hammerköpfe und Axtstiele in der

Hand. Die alte Dame verließ den Laden. Lundmark kam nach vorn.

»Tag, Mr. Hennessey.«

»Hallo, Brad. Lust auf ein Bonbon?«

Der Ladenbesitzer holte ein Glasgefäß mit Brads Lieblingsbonbons von dem Regal hinter sich. Der Junge sah verlegen aus und steckte die Hände in die Taschen.

»Oh, äh, nein, ist schon okay, ich hatte nicht vor – Ich habe kein Geld dabei …«

»Dieses Bonbon ist ein Geschenk unter Freunden. Ich hatte nicht vor, dich dafür bezahlen zu lassen.«

»Oh, Mann, danke, Mr. Hennessey.«

Der Mann und der Junge schwiegen, während sie auf den rosaweißen Bonbons herumkauten. Brad war noch im Schulalter, und die blinden Augen seiner Mutter hinderten sie daran, ihren Lebensunterhalt zu verdienen. Die beiden lebten von der Wohltätigkeit der Stadt, und je ärmer der Ort wurde, umso ärmer wurden auch die Lundmarks.

»Ist ein gutes Bonbon.«

»O ja.«

Hennessey konnte sehen, dass der Junge etwas fragen wollte, aber nicht wusste, wie er anfangen sollte. Der Mann ließ ihm Zeit. Eine Kundin kam herein und fragte nach einem Ballen Stoff, erfuhr jedoch, dass dieser noch nicht eingetroffen war. Die Kundin ging wieder.

»Sagen Sie«, setzte Brad an, der sich ein Herz gefasst hatte, »ich sage Mom immer wieder, dass es Zeit ist, mich ein bisschen Geld verdienen zu lassen. Die Schule macht mir nichts aus, aber sie bringt auch nichts ein.«

»Das ist das Problem mit der Schule«, sagte Hennessey, der hoffte, dass der Junge ihn nicht um eine Stelle bitten würde.

»Sie meint, ich sollte Zimmermann werden, wie mein Pa.«

»Er war gut mit den Händen, dein Pa.«

»Ja …«

»Und du weißt, dass solche Sachen im Blut liegen.«

»Ja …«

»Nur, wenn ich es richtig sehe, gefällt dir die Zimmerei nicht besonders.«

»Nicht so sehr.«

Hennessey war sich nun ziemlich sicher, dass der Junge ihn nach einem Job fragen würde – eine Bitte, die Hennessey unbedingt ablehnen musste –, und er versteifte sich innerlich, während er wartete.

»Aber ich denke, Sie haben Recht, dass solche Sachen im Blut liegen.«

»Ja?«

Plötzlich kühn, blickte der Junge auf. »Oh, wissen Sie, Mr. Hennessey, es ist nicht die Zimmermannsarbeit, die ich machen will, ich will Mechaniker werden. Ich *bin* gut mit meinen Händen, sogar Captain Rockwell hat das gesagt. Ich wollte schon immer nur das machen, wirklich. Es gibt jetzt schon vier Autowerkstätten in Brunswick. Ich wette, dass eine davon einen Lehrling braucht. Ich könnte jeden Sonntag nach Hause kommen. Ich würde kaum etwas zum Leben brauchen, und Ma könnte alles andere kriegen.«

Er brach abrupt ab, und der Ladenbesitzer sprach für ihn zu Ende. »Nur, dass deine Ma will, dass du zu Hause bleibst. Sie mag den Gedanken nicht, dass du nach Brunswick gehst.«

Der Junge antwortete nicht, aber das brauchte er auch nicht. Seitdem Marion den Zermürbungskrieg gegen seine Nachbarn auf dem Hügel begonnen hatte, starb die Stadt langsam. Die jungen Leute gingen fort und kamen nicht wieder zurück. Geschäfte gaben auf. Farmen gingen ein. Hennessey war in Independence geboren und aufgewachsen, aber er konnte nicht leugnen, dass es vernünftig war, was der Junge sagte. Es hatte keinen Sinn, die Jungen aufzuhalten. Sie mussten ihr eigenes Leben leben.

»Ich werde mit Sal reden«, sagte Hennessey. »Ich denke schon, dass ich sie umstimmen kann.«

»Mann, das würden Sie tun? Wow, danke sehr! Und ich verspreche ...«

Hennessey hob die Hand. »Keine Versprechen, Brad.« Er zögerte. Unter der Ladentheke bewahrte er eine Zeitung auf, die ein paar Monate alt war. Die Zeitung enthielt eine Meldung über den Jungfernflug auf der Postflugstrecke Miami-Havanna, über Captain Rockwell und seinen neuen Flugplatz im Süden.

»Autos. Das ist dein Ding, oder?«

»Ja, sicher. Sie wissen, dass Captain Rockwell als Rennwagenmechaniker angefangen hat. Eines Tages würde ich das gerne machen, aber in der Zwischenzeit ...«

»Wie wäre es mit Flugzeugen, Brad?«

»Mit Flugzeugen?«

Die Luft stand still. Die Stille wurde heilig.

Hennessey holte die Zeitung hervor. »Also, wage ja nicht, deiner Ma zu sagen, dass ich dir das gezeigt habe. Es sind keine Autos, aber wenn es dir nichts ausmacht, primitiv zu leben, dann arbeitet da unten in Miami einer, der vielleicht für jemanden wie dich einen Job hat.«

Er gab Brad die Zeitung. Der Junge las den Artikel mit leuchtenden Augen.

»Mann, Mr. Hennessey, glauben Sie wirklich, er würde ...?«

»Ich habe keine Ahnung. Am besten fragst du ihn das selbst. Und hör zu, Brad, komm ja nicht auf die Idee, ihm zu erzählen, dass ich dir gesagt habe, dass du dich an ihn wenden sollst.«

»Soll ich nicht?«

»Nein, Junge, besser nicht.«

Der Junge blickte zweifelnd auf die Zeitung. »Aber wissen Sie, Mr. Hennessey, Miami ist viel weiter weg als Brunswick ...«

Plötzlich hatte Hennessey ein schlechtes Gewissen. Er hätte nicht sagen können warum, aber er hatte das Gefühl, ein Mann zu sein, der das Vertrauen missbraucht hatte, das man ihm entgegenbrachte. Er griff sich das große Bonbonglas, schüttete ein paar Bonbons in eine braune Papiertüte und ließ die Tüte über die Theke schlittern, während er mit der freien Hand das Glas auf seinen Platz im Regal zurückstellte.

»Ich rede mit deiner Ma. Ich werde sie wegen Brunswick fragen. Ich werde nichts von Miami sagen, geschweige denn von Flugzeugen. Wenn du dich entschließt, um acht auf den Güterzug zu springen, wenn er diesseits von Williams Point abbremst, und den ganzen Weg bis Miami mitzufahren, dann würde mich das eigentlich nichts angehen, oder?«

Ein paar weitere Kunden kamen in den Gemischtwarenladen, einer davon Jeb Gibbs, ein fünfundsiebzig Jahre alter Mann, dessen milder Schwarzgebrannter ihn so lange, wie jeder denken konnte, zum wohlhabendsten Mann der Stadt gemacht hatte. Gibbs war ein Kunde, für den Hennessey eine Menge tat, um ihn bei Laune zu halten. Der Ladenbesitzer begrüßte die Neuankömmlinge und warf Lundmark einen letzten Blick zu. Der Junge hatte sich die Bonbontüte gegriffen und drückte sie wie etwas besonders Wertvolles an die Brust.

»Williams Point, ja?«

»Ich werde mit ihr reden«, entgegnete der Ladenbesitzer, »aber keine Versprechen.«

Der Junge verließ den Laden. Hennessey sah ihm den ganzen Weg durch das gleißende Licht der Straße in die tief indigoblauen Schatten auf der gegenüberliegenden Seite nach. Er hatte eigentlich nichts besonders Schlimmes getan, oder? Doch wenn er nichts getan hatte, warum fühlte er sich dann so lausig?

28

Das Wochenende war genau so, wie Willards Leben einst zu sein pflegte und nun nicht mehr war.

Obwohl er Papiere für zwölf Stunden Arbeit in seiner Aktentasche mitgebracht hatte, rührte er nichts davon an. Er beschloss, die Schwierigkeiten, die ihn hemmten, absichtlich zu ignorieren; er dachte nicht an seine Schulden, dachte nicht an Powell Lambert, dachte nicht an seine Zukunft. Stattdessen tat er all die Dinge, die er einst für selbstverständlich gehalten hatte. Er spielte Tennis, segelte und schwamm. Er war kontaktfreudig, charmant und guter Laune. Er hatte »keinen richtigen Abschuss gemacht«, wie er es seiner ältesten Schwester Lucinda gegenüber ausdrückte, aber »mit Sicherheit eine oder zwei Maschinen zum Fliegen gebracht« – sein Ausdruck für Fummeleien, die kurz vor der Schlafzimmertür endeten.

»Eine oder zwei?«, zog sie ihn auf. »Das weißt du nicht?«

»Also zwei.«

»Dann müssen es sehr langsame Maschinen gewesen sein. Langsam und hässlich.«

Er lachte. »Schnell und hübsch. Und so außergewöhnlich scharf, dass ich sie in New York anrufen soll.«

Aber allzu bald war das Wochenende vorbei. Am Sonntagabend, als das Licht schwächer wurde, fand sich Willard mit seinem Vater auf dem Bahnsteig wieder. Der Zug, der von einer in düsterem Schwarz und Purpur gestrichenen Dampflokomotive gezogen wurde, fuhr ächzend in den Bahnhof ein. Die beiden Männer, die erster Klasse reisten, fanden ein Abteil, das leer war bis auf einen weiteren Reisenden, der in seine ledergebundene Bibel vertieft war.

Willard, der sich allein mit seinem Vater immer unbehaglich fühlte, war über die Anwesenheit dieses dritten Mannes erleichtert. Die beiden Thorntons ließen sich auf gegenüberliegenden Sitzen nieder. Der ältere Mann holte einige Geschäftspapiere hervor und begann zu lesen. Willard, dem der Gedanke zuwider war, irgendeines seiner verhassten Papiere anzufassen, holte seine Tasche herunter und tat es trotzdem. Der Zug setzte sich langsam in Bewegung und fuhr ins Zwielicht hinein.

Die Stille im Abteil und die ratternde Dunkelheit draußen verschmolzen zu einer Einheit. Die Gedanken, die Willard das ganze Wochenende über im Zaum gehalten hatte, holten ihn nun wieder ein: seine Schulden, seine fehlenden Zukunftsaussichten, die Hoffnungslosigkeit seiner Situation. Er dachte auch an jene anderen Dinge: an den Mann, dessen Tod zu so passender Zeit gekommen war, an die irischen Rabbiner, an die seltsame, aber schöne Einbrecherin. Ohne lange nachzudenken, legte er seine Papiere beiseite und sagte: »Vater?«

Bei der Unterbrechung ließen Junius Thornton und der andere Reisende ihre Lektüre sinken. Dann stand der Bibelleser auf, holte seine Tasche aus dem Gepäcknetz und verließ das Abteil. Auf dem Weg hinaus warf er Willard einen Blick zu, der andeutete, dass das Sprechen an einem Sonntag nicht illegal war, es aber ohne Zweifel sein sollte. Junius Thornton versah seine Papiere mit Lesezeichen und stapelte sie aufeinander, legte sie jedoch nicht weg, als ob er andeuten wollte, dass jegliche Unterbrechung nur vorübergehend war.

»Ja?«

Willard wusste nicht, was er zu sagen beabsichtigte. Wenn er seinen ersten, impulsiven Ausruf hätte rückgängig machen können, hätte er es getan. Aber da er nun nichts zu sagen hatte, sagte er das Erste, das ihm in den Kopf kam.

»Du kennst Powell ziemlich gut, glaube ich.«

»Sicher.«

»Und du würdest ihm natürlich vertrauen? Ich meine, du glaubst nicht, dass er irgendetwas tun würde, was ein Gentleman nicht tun sollte?«

Junius Thornton starrte seinen Sohn an. Die Gesichtszüge des älteren Mannes waren selbst unter den besten Umständen schwer zu deuten; schwerer noch in dem rollenden Wagon und dem schummrigen Licht. »Ich glaube, dass Powell ein verlässlicher Mann ist, ja. Darf ich wissen, was dich zu einer solch merkwürdigen Frage veranlasst?«

»Ach, nichts!« Willard lehnte sich in seinen Sitz zurück und ärgerte sich über sich selbst, dass er gefragt hatte. »Es sind in letzter Zeit nur ein oder zwei merkwürdige Sachen passiert. Sachen, die Powell vielleicht nicht gefallen würden, wenn er davon wüsste.«

Junius Thornton sah seinen Sohn weiter prüfend an und wartete, ob noch weitere Erklärungen folgen würden. Sie folgten nicht. Der alte Mann zuckte leicht mit den Achseln. »Powell mag Geld. Er mag es sehr. Soweit ich weiß, ist es das Einzige, das er mag.«

Willard starrte mürrisch aus dem Fenster. »Na ja, dann ist es ja gut, dass er eine Bank leitet.«

»Ja«, sagte sein Vater und verstand ihn absichtlich falsch, »er macht es gut.«

»Und glaubst du ...«

Sein Vater wartete mit unbeteiligtem Gesicht darauf, dass Willard den Satz beendete. Willard machte keine Anstalten, dies zu tun, und der ältere Mann ließ seinen Blick zu den Dokumenten zurückschweifen, die er vernachlässigt hatte. Der Blick brachte Willard dazu weiterzusprechen.

»Also, ich muss sagen, ich bin mir keineswegs sicher, dass er ganz fair mit mir spielt.«

»Ach.«

»Ich meine, es war vereinbart – ganz klar – ich meine, das war der Sinn des ganzen Arrangements –, dass ich das Darlehen abarbeiten würde. Und nicht nur für den Rest meines Lebens Zinsen zahlen.«

»Ich verstehe. Du warst dir natürlich mit ihm über die Angelegenheit einig?«

»Er hat gesagt ...« Willard versuchte angestrengt, sich zu erinnern, was genau Powell gesagt hatte. Es war vage und allgemein gewesen, sicherlich, aber der Ton hatte optimistisch und beruhigend geklungen. »Er hat gesagt, das man an der Wall Street Geld machen kann. Eine Menge. Er sagte, diejenigen, die das Talent dazu hätten, würden immer Geld machen.«

»In der Tat. Diese Feststellungen erscheinen mir nur allzu wahr.«

Willard sagte nichts, lehnte sich nur zurück, verschränkte verdrossen die Arme und schob das Kinn vor. Sein Vater starrte ihn einen Augenblick an und schlug dann eine andere Richtung ein.

»Und was wurde in dem Vertrag festgelegt?«

»Oh, nichts – nichts Hilfreiches. Aber es geht nicht einfach nur um Verträge. Es geht um ... ich weiß nicht. Ich dachte, er ist ein Gentleman, das ist alles.«

Der Gesichtsausdruck des Älteren war niemals einfach zu deuten. Manchmal dachte Willard, es lag daran, dass er keinen wirklichen Gesichtsausdruck hatte. Nur weil jemand zwei Augen oder einen Mund hat, bedeutet das nicht, dass sie auch Gefühle widerspiegeln. Aber diesmal war es anders. Im Gesicht des Geschäftsmannes war etwas Lebendiges. Irgendetwas zuckte um seinen Mund, ein flüchtiger Blick seiner Augen. Aber dieser Augenblick dauerte nicht an. Der ältere Mann ließ es nicht zu. Er presste die Lippen aufeinander und nahm den wartenden Stapel Papiere wieder auf. Aber bevor er die Diskussion schloss, blickte er seinem Sohn direkt in die Augen und sagte: »Du solltest wissen, dass Powell mit dir sehr zufrieden ist. Er sagt mir, dass du gute Arbeit leistest. Gut gemacht.«

»Mein Gott! Danke, Vater.«

Willard war erstaunt, dass Powell seine Anwesenheit in der Bank registriert hatte, ganz zu schweigen davon, dass er an seiner Arbeit Gefallen fand. Aber durch das seltene Lob seines Vaters wurde sein Erstaunen noch verdoppelt. Wider alle Vernunft stieg Hoffnung in ihm auf. Willard dachte an die Firma der Familie, erneuerte seinen Wunsch, dem Familiennamen gerecht zu werden, die Familienkrone zu beanspruchen. Er fühlte sich wie in Hochstimmung und hielt das Gefühl auf dem ganzen Weg nach New York City schweigend fest.

Seine Stimmung dauerte bis zum Montagmorgen um acht Uhr

siebenundzwanzig. Als er zur Arbeit kam, fand er dort bereits alle vor bis auf Charlie Hughes. Die Atmosphäre war gedrückt und schweigsam. Willard versuchte, sie aufzuhellen. Er stand neben dem Hutständer.

»Was ist das für ein abstoßendes Objekt?«, fragte er und nahm Clavertys blassgrauen Filzhut. »Miss Hooper, bitte seien Sie so freundlich und beseitigen Sie es.« Er warf Clavertys Hut quer durch den Raum und hängte seinen eigenen an dessen Platz. Niemand lächelte, niemand lachte. Annie Hooper hob den Hut auf und kam herüber.

»Hast du es noch nicht gehört?«

»Gehört? Was?«

»Charlie Hughes. Er wurde letzte Nacht verhaftet.« Ihre Stimme zitterte. »Es scheint, dass er mit sechzehn Kisten Gin in seiner Wohnung gefunden wurde. Sie klagen ihn nach dem Volstead Act an. Oh, Willard! Er geht ins Gefängnis ...«

Tränen rannen über ihre Wangen. Willard legte den Arm um sie und spürte, wie sie sich wie ein kleiner verlorener Vogel an ihn schmiegte. Er wollte ihr seine Lippen auf den Kopf drücken, tat es aber nicht. Er hielt sie fest, während sie weinte. Charlie Hughes! Ein Alkoholschmuggler! Unmöglich.

Als Willard aufblickte, sah er, dass Leo McVeigh ihn anstarrte: düster, brutal, einschüchternd, wütend.

29

Sie wollen jemanden überprüfen? Fangen Sie aus der Luft an. Von dort oben sehen Sie alles, wie es ist: das Gute und das Schlechte.

Und Abe sah es. Aus zweitausend Fuß Höhe und bei einer Fluggeschwindigkeit von hundertfünfzig Meilen in der Stunde sah er es. Er sah Pen Hamiltons Heim: ein riesiges, weißes Haus, vielleicht zwanzig Zimmer, vielleicht vierzig. Zusätzlich standen über das

Grundstück verteilt noch eine Reihe Gästehäuser. Und stabile Blockhütten. Und Quartiere für die Dienerschaft. Und es gab Rasen und Rosengärten im englischen Stil. Und Gruppen alter Bäume. Und einen See, künstlich, aber schön. Und tausend Morgen Plantagenland, Und, natürlich, einen Landeplatz, Pens eigenes, privates Paradies.

»Du lieber Himmel!«

Abe sprach die Worte nicht wirklich aus, aber seine Lippen formten sie. Obwohl es früh war, hatte Abe beabsichtigt, das Flugzeug zu landen, zu reinigen und dann zum Haus zu gehen und »Hi« zu sagen. Aber Pläne ändern sich.

Im engen Cockpit des Flugzeugs lag ein Strauß Rosen. Die Blüten waren blassrosa und hatten in dem Blumenladen hübsch ausgesehen, nur, als er in dem Blumenladen gewesen war, hatte er noch nicht den Rosengarten von einem Morgen Größe und dahinter die glänzende Reihe von Gewächshäusern gesehen.

Sein Gesicht nahm einen schwer zu deutenden Ausdruck an. Bedauern? Unsicherheit? Einsamkeit? Sogar Furcht? Abe ließ das Flugzeug allein fliegen, ließ die perfekt abgestimmte Steuerung ihr eigenes Gleichgewicht finden und blickte auf die Rosen. Die Farben waren hübsch, aber ein offenes Cockpit ist eine harte Umgebung für Rosen. Die Blüten waren nicht mehr im besten Zustand, und auf dem Boden des Flugzeugs waren bereits einige Blütenblätter verstreut.

Abes Gesicht bewegte sich wieder: derselbe Ausdruck wie zuvor, nur entschlossener. Er nahm den Blumenstrauß und hielt ihn aus dem Cockpit. Während er dies tat, gab er Vollgas und drückte den Steuerknüppel durch. Der Hundertfünfzig-Meilen-Wind schwoll zu einem Zweihundertvierzig-Meilen-Brüllen an. Der Wind warf einen Blick auf die Rosen, dann riss er ihre hübschen rosa Köpfe ab. Die Blätter flatterten, dann wurden sie zerfetzt. Abe fing das Flugzeug ab. Die Rosen waren nun nur noch grüne Stängel mit Dornen.

Er spürte plötzliche Reue. Wenn er die letzte Minute noch einmal erleben könnte, hätte er es vielleicht nicht getan. Aber vielleicht doch. Und eine Minute kam niemals zurück. Er blickte aus dem Cockpit und warf die Stängel fort.

Manche Leute haben Geld. Manche Leute haben keines. Die beiden Arten von Menschen sehen manchmal so aus, als ob sie am selben Ort leben, aber das tun sie nicht. Sie leben in verschiedenen Ländern, auf verschiedenen Planeten.

30

Das Gefängnis roch schlecht und sah noch schlimmer aus. Die Zellen bestanden aus Eisenstangen und beherbergten je vier Gefangene. Von Stahlketten unter dem Dach hingen gleißende Leuchtkörper herab. Der lange Flur war angefüllt mit Lärm, mit Obszönität und dem Geruch von Gewalt.

Willard sah, wie Charlie Hughes aus seiner Zelle geholt wurde und zum Besucherraum marschierte. Der Raum war cremefarben gestrichen; am unteren Rand verlief eine dunkelgrüne Bordüre. Von einem Draht an der Decke hing eine einzelne Glühbirne. Hughes wurde hereingeführt und setzte sich an den Tisch. Mit ihm drang ein Geruch nach Erbrochenem herein. Willard wartete darauf, dass die Wache ging, dann begriff er, dass sie bleiben würde. Es war ihm zuwider, die Wache dabeizuhaben – sie war wie ein Diener, der anwesend war, während man ein Mädchen verführte –, aber er hatte keine Wahl.

»Himmel, Charlie, geht es dir gut?«

»Oh, Will-o, ja! Danke, dass du gekommen bist. Du hättest es nicht tun sollen, aber, Mann, wirklich, vielen Dank!«

Es entstand eine Pause. Hughes stank. Willard trug einen neuen Anzug, maßgefertigt aus leichtem, holzkohlegrauem Kammgarn, und er machte sich Sorgen, dass Hughes Geruch in den Stoff eindringen und ihn infizieren würde. Er schob seinen Stuhl langsam ein Stück zurück, und einen Augenblick lang war er zu sehr von der Schrecklichkeit des Ortes überwältigt, um zu wissen, was er sagen sollte.

»Wahrscheinlich rieche ich schlecht, stimmt's? Gestern Nacht hat ein Ire auf mich gekotzt. Es ist irgendwie nicht leicht, hier sauber zu machen. Aber du weißt schon ...« Er zuckte mit den Schultern, als ob es zu den normalen Unannehmlichkeiten des Lebens gehörte, von einem Iren angekotzt zu werden.

»Gott, Charlie! Ist das nicht furchtbar! Du hast natürlich einen Anwalt?«

»Furchtbar?« Hughes klang ehrlich überrascht. »Na ja, weißt du, ich bin jetzt da raus. Wahrscheinlich kriege ich nicht mehr als ein Jahr oder so. Und ich habe zwei Schwestern, weißt du. Es ist eigentlich eher eine Erleichterung. Es hätte schlimmer kommen können.«

»Was haben deine Schwestern damit zu tun? Wieso hätte es schlimmer kommen können?«

»Na ja, weißt du ...« Hughes machte eine vage Handbewegung, die Willard nicht zu deuten wusste. Aber plötzlich erinnerte er sich an Arthur Martin, das Unfallopfer, dessen Tod so passend gekommen zu sein schien.

»Hör zu, ich habe den Namen eines Typen, wenn du einen brauchst«, sagte Willard. »Ich kenne ihn nicht persönlich, aber ich weiß, dass er für meinen Vater arbeitet.«

»Wie bitte?«

»Ein Anwalt. Jemand, um dich hier rauszuholen. Ich glaube nicht, dass sie dir ein Jahr aufbrummen werden, nicht für dein erstes Vergehen.«

»Oh, nein! Das ist ganz in Ordnung. Ich will kein Aufhebens machen. Ich meine, es ist eigentlich ein ziemlicher Glücksfall.«

»Charlie, kann ich dich etwas fragen?«

»Natürlich, Will-o, alles.«

»Hast du wirklich Alkohol verkauft? Man sagt, du hattest sechzehn Kisten in deiner Wohnung.«

Hughes lachte. »Sechzehn Kisten! Himmel! Waren es wirklich so viele? Aber, nein, ich meine, natürlich nicht. Kannst du dir wirklich vorstellen, dass ich für meinen Lebensunterhalt heimlich diesen alten Fusel verhökere? So was ist wirklich nicht mein Ding.«

Willard verspürte das vertraute Gefühl des Widerwillens, wenn es um Hughes ging. Dieser dumme kleine Mann hatte sich erlaubt, für etwas ins Gefängnis zu gehen, dessen er unmöglich schuldig sein konnte, und es dann abgelehnt, viel Aufhebens davon zu machen. Ganz im Gegenteil. Hughes schien dankbar zu sein.

»Also, sieh mal Charlie, ich kann nicht lange bleiben. Wenn es irgendwas gibt, was ich tun kann ...«

»Oh, ich bin okay. Es wird mir gut gehen.«

»Ja.« Willard bemühte sich kaum, seine Abneigung für jemanden zu verbergen, dem es gut ging an einem Ort voll kotzender Iren.

»Wirklich ganz herzlichen Dank, dass du gekommen bist, Will-o. Du wirst vorsichtig sein, ja?«

»Was meinst du damit, vorsichtig?«

»Weißt du, am besten wäre es, wenn du die Bank verlässt. Ich meine, sie könnten dir nichts antun. Es ist nicht so, dass du zu viel weißt, und wo dein Vater ein Kumpel von Ted Powell ist und all das.«

»Was zum Teufel meinst du?«

Willards Frage war brutal offen, und Hughes blickte ein wenig schockiert. Willard konnte sehen, was er antworten wollte, aber er warf weiter kurze Blicke auf den Wachmann, der schmerzlich nahe dabeistand. Hughes beugte sich vor und flüsterte leise: »Kündige, Will-o.«

Der Wachmann trat noch näher heran, knallte mit dem Knüppel auf den Tisch. »Kein Flüstern. Setzen Sie sich zurück. Hände auf den Tisch. Und beeilen Sie sich. Sie haben noch eine Minute.«

»Ich kann nicht kündigen. Ich schulde Powell zweihunderttausend Dollar.«

»Was?«

»Du hast richtig gehört. Er hat einen Film finanziert, den ich gemacht habe. Wir hatten Probleme mit dem Vertrieb.«

»Mein Gott, Will-o! Um Himmels willen! Du hast einen ... Du ... Himmel, und ich dachte, *ich* hätte ein Problem!«

Hughes begann, nervös zu lachen. Willard stand wütend auf. Plötzlich verabscheute er diesen kleinen Mann.

»Wenn es bei Powell Lambert ein Problem gibt, dann glaube ich, du solltest mir sagen, was es ist. Wenn es keines gibt, dann mach bitte keine Andeutungen.« Er stand über Hughes gebeugt und verlangte eine Antwort. »Also?«

Hughes blickte ängstlich zu Willard, ängstlich zum Wachmann.

»Ich kann nicht, Will-o. Nicht jetzt. Nicht jetzt, wo ich raus bin. Es tut mir leid.«

Willard sagte nichts. Hughes blieb stumm. Der Wachmann bewegte sich ungeduldig. »Okay, das reicht jetzt.« Er stieß Hughes an der Schulter an. »Zeit zu gehen, Freundchen.«

Hughes stand auf und ließ sich zu seiner Zelle zurückführen: ein kleiner Mann mit dicken Brillengläsern, der einen Gestank von Körpergeruch, Erbrochenem und Angst hinter sich herzog. Willard sah zu, wie er ging. Arthur Martin: tot. Charlie Hughes: im Gefängnis. Wer würde der Nächste sein? Und warum? Das war das Schlimmste.

Willard hatte nicht den geringsten Schimmer warum.

31

Es hat immer Menschen gegeben, die gerne damit angaben, dass die Neue Welt genau so war: keine Könige, keine Aristokraten, nichts, was einen Kerl daran hindern konnte, mit nichts anzufangen und mit der Welt zu enden. Das ist eine gute Theorie. Eine in der eine Menge Wahres steckt. Aber auch mit einigen Löchern. Und Miss Penelope Marie Corinna Anne DeMontfort Hamilton war eines davon.

Ihre Familie konnte ihre Abstammung bis zu einem gewissen Sir Christopher Hamilton zurückverfolgen, einem aristokratischen Abenteurer vom Hofe Charles II. Die Familie hatte Land gekauft, hatte Sklaven gekauft, Glück gehabt, schlau gehandelt, Geld gemacht. Sie hatten gute Zeiten und schlechte Zeiten überstanden. Auf ihren Ländereien waren die Schwarzen nicht unbedingt gut behandelt worden, aber auch nicht so schlecht wie an den meisten Orten. Und zu der Zeit, als Penelope Hamilton ihr Flugzeug in Captain Rockwells Hinterhof landete, war die Familie eine der wohlhabendsten, respektiertesten und einflussreichsten im ehemaligen konföderierten Süden geworden.

Aber solche Familien bringen ihre eigenen Probleme mit sich.

Von Pen Hamilton wurde erwartet, dass sie gut tanzte, sich gut kleidete, gut ritt – und vor allen Dingen gut heiratete. Ihr Tanzen war okay. Ihr Reiten war gut. Aber nun, mit vierundzwanzig Jahren, hatte sie noch immer kein Interesse daran gezeigt, sich an einen der geeigneten jungen Männer zu hängen, die durch das herrschaftliche Haus ihrer Eltern in Charleston marschierten wie so mancher schnieke Soldat.

Als andere Mädchen sich in Männer verliebten, hatte Pen sich in Flugzeuge verliebt. Sie flog Wettflüge. Sie flog zum Vergnügen. Sie flog, weil es ihr mehr Sinn zu machen schien, allein in einem Cockpit zu sitzen, als jede andere Art zu leben. Als eine der wenigen weiblichen Piloten in Amerika und der Welt hatte sie bisher den

Höhenrekord für Frauen, den Geschwindigkeitsrekord für Frauen und einen Haufen Erstflüge über lange Strecken gesetzt. Und bisher hatte sie trotz ihrer beeindruckenden Ausbeute an Rekorden nie einen männlichen Flieger getroffen, der sie als etwas anderes als ein Kuriosum behandelte. Bestenfalls war sie eine Neuheit. Schlimmstenfalls eine Art Freak, der die Geschlechterrollen durcheinanderbrachte.

Bis sie Rockwell getroffen hatte.

Er war natürlich überrascht gewesen. Aber er hatte sie einfach als normalen Flieger behandelt. Er hatte ihre Landung bewundert und es gesagt. Er hatte ihr Flugzeug bewundert und es gesagt. Es hatte ihn nicht beeindruckt, wie wenig sie ihre Maschine kannte, und er war ziemlich nahe daran gewesen, auch das zu sagen. In der kurzen Zeit, die sie zusammen verbracht hatten, hatte sich Pen mit ihm auf eine Weise verbunden gefühlt, wie sie sich nie zuvor mit einem anderen Flieger oder überhaupt einem Mann verbunden gefühlt hatte.

Und deswegen war sie beinahe geschockt, als sie eines Morgens zu ihrem Privatflugplatz schlenderte und dort ihr Lieblingsflugzeug, den Curtiss Racer, vorfand, der träge auf dem Gras stand.

»Wie kommt es, dass der hier ist? Haben Sie einen Lastwagen geschickt? Ich dachte, ich hätte gesagt ...«

»Nein, Ma'am«, entgegnete der Mechaniker. »Ein Kerl hat ihn gebracht. Heute Morgen. Ich dachte, Sie wüssten das.«

»Ein Mann, ungefähr Ihre Größe, blaue Augen, blondes, sehr kurz geschnittenes Haar?«

»M-hm.«

»Um welche Zeit? Wann ist er wieder gegangen?«

»Er ist so um acht herum gekommen und ist dann gleich wieder los.«

»Haben Sie ihm nicht gesagt, dass er zum Haus kommen soll? Hat er nicht danach gefragt?«

»Der Kerl schien es eilig zu haben, wieder wegzukommen, Ma'am. Hat mich gefragt, wie er zum Bahnhof kommt.«

Pen blickte auf ihre Uhr. Es war jetzt nach zehn. Der Zug war um neun gefahren. Unvernünftig aufgeregt biss sie sich auf die Lippen. Sie hatte mit Abe eine Verbindung geknüpft. Dessen war sie sich sicher gewesen. Sie hatte nicht beabsichtigt, dass Abe sich in sie verliebte … aber dass er nicht einmal vorbeischaute und Hallo sagte? Dass er nicht für zehn Minuten blieb und mit ihr über seinen Flug plauderte? Das war unhöflich, einfach richtig unhöflich.

»Ma'am …«

»Ja?«

Der Mechaniker sah verlegen aus und achtete darauf, Pens Blick zu vermeiden.

»Vielleicht möchten Sie das Flugzeug durchsehen.«

»Warum? Es ist doch nichts in Unordnung damit, oder?«

»Oh, nein, nichts dergleichen. Es ist in gutem Zustand …«

Seine Stimme wurde leiser, und Pen, die ohnehin gerne allein sein wollte, verließ den Schatten am Rand des Hangars und ging über das kurz geschnittene Gras zu dem kleinen Flugzeug hinüber.

Eine Sekunde lang wusste sie nicht, warum sie dort war. Das Flugzeug war gerade von Miami herübergeflogen worden. Seine kleine, schräg nach hinten geneigte Windschutzscheibe musste gesäubert werden. Kein Zweifel, dass der große Captain Rockwell wollte, dass sie sich um den Zündverteiler kümmerte, was auch immer das war. Aber da war nichts Ungewöhnliches.

Nichts, bis sie zufällig in das Cockpit blickte, in die Ecke neben dem Steuerknüppel.

Dort lagen ein paar Rosenblätter, blassrosa, hübsch. Sie streckte die Hand aus, um sie zu berühren: Sie waren noch weich, begannen jedoch bereits zu welken.

Er war mit Rosen gekommen. Hatte das Haus gesehen. Die Rosen weggeworfen. War weggelaufen.

Plötzlich wurde Pen wütend. Am Ende hatte sich der große Kriegsheld als genauso klein wie alle anderen Männer erwiesen. Im Cockpit war er ein Held, aber in Herzensdingen ein Feigling. Männer waren Männer. Flugzeuge waren Flugzeuge. Pen wusste, was ihr besser gefiel.

32

Die Zeitung, die Willard sich ansehen wollte, war in einem hohen Schrank aus Mahagoni mit einem Dutzend Schubladen abgelegt. Vor dem Schrank stand ein großer, dünner Mann mit einem schmalen Windhund-Gesicht. Der Mann las keine Zeitung und suchte auch nach keiner. Er sah nicht so aus, als ob er lesen könnte, ohne dabei die Lippen zu bewegen.

»Entschuldigen Sie bitte«, sagte Willard.

Der Mann sagte nichts.

»Ich sagte Entschuldigung.«

Die tiefbraunen Windhund-Augen des Mannes blickten langsam hoch in Willards Augen. Dann holte der Mann ein Streichholz heraus, hielt es verschwörerisch hoch und steckte es mit übertriebener Sorgfalt in seinen Mundwinkel. Er bewegte sich zur Seite. Etwa sechzehn Inches, gerade weit genug, dass Willard die Schublade öffnen konnte.

Willard öffnete die Schublade, nahm die Zeitung heraus, ignorierte den Mann.

Der kurze Zeitungsartikel bestätigte, was er bereits aus dem Bericht des Gerichtsmediziners erfahren hatte. An dem Tag, an dem Arthur Martin gestorben war, war er allein gefahren. Es gab keine Zeugenaussagen über seine Geschwindigkeit oder seine Fahrweise. Es war allerdings klar, dass der Fahrer die Kontrolle über das Fahrzeug verloren hatte und am Straßenrand gegen einen Baum gekracht war. Der Bericht der *Times* enthielt ein Foto des Wagens am Stamm eines mächtigen Ahornbaumes. Der Kopf des Fahrers war von der Stahlstange am oberen Rand der Windschutzscheibe getroffen worden. Der Schlag war tödlich gewesen.

Willards Ängste begannen sich zu legen, aber eine Sache musste er noch überprüfen. Heimlich riss er das Foto heraus, dann fuhr er nach Connecticut in Richtung New Haven. Sein großer Packard flog die Straße entlang, seine Reifen brummten ihre eigene Melodie der Zufriedenheit. Die Vögel sangen. Die Luft war mild.

Er fand die Straße, wo der Unfall stattgefunden hatte: von Bäumen gesäumt, ländlich, ruhig. Der Baum, der Arthur Martins Leben gefordert hatte, war leicht zu finden: ein großer, alter Ahorn, den der Blitz gespalten hatte. Ein Wagen hatte den Baum gerammt. Sein Fahrer war gestorben. Die Geschichte war traurig, aber einfach.

Er begann, sich zu entspannen. Die Spannung, die sich länger, als er sich erinnern konnte, in Rücken, Beinen und Kopf aufgebaut hatte, löste sich langsam. Er holte das Foto aus der Tasche, um ein letztes Mal sein Gedächtnis zu überprüfen. Er starrte es an und wollte es gerade wegstecken, als ihn plötzlich das Entsetzen packte.

Das Zeitungsfoto zeigte Martins Studebaker, wie er gegen den Stamm des Baumes gepresst war. Aber der Baum stand etwa fünfzehn Fuß von der Straße entfernt. Angesichts des Winkels, mit dem der Wagen ihn getroffen hatte, musste Arthur Martin die Straße *im rechten Winkel* verlassen haben. Damit sein Tod ein Unfall war, hätte man glauben müssen, dass Martin seinen Wagen, ohne die Geschwindigkeit zu drosseln, um neunzig Grad herumgerissen hatte und mit höchster Beschleunigung gegen den Baumstamm gefahren war.

Willard wurde kalt. Sein Rücken wurde steif. Das Vogelgezwitscher erstarb.

Willard stieg in seinen Packard und versuchte das Manöver auf einem freien Streckenabschnitt nachzustellen. Um eine Drehung um volle neunzig Grad durchzuführen, musste Willard seinen Wagen auf gerade noch fünfzehn Meilen pro Stunde abbremsen. Bei dieser Geschwindigkeit hätte Martin seine Stoßstange beschädigen können, aber nicht viel mehr. Wenn andererseits Martin schon tot gewesen war, bevor sein Wagen irgendwo gegenfuhr, hätte jemand seine Leiche in den Wagen setzen, den Wagen auf das Feld gegenüber dem Ahorn stellen und ihn mit voller Geschwindigkeit über das Feld, über die Straße und gegen den Baum fahren können.

Und nun wusste Willard es. Arthur Martin war nicht bei einem Verkehrsunfall gestorben. Er war ermordet worden.

33

Abe schreckte aus dem Schlaf auf.

Er lag unter einer einfachen Decke auf dem Feldbett im Hangar. Irgendetwas hatte ihn geweckt, aber er wusste nicht was. Er horchte in die Dunkelheit. Das Blechdach und die Blechwände um ihn herum machten bei jeder Art von Wind Lärm, aber die Luft draußen war still, und abgesehen von gelegentlichem Krächzen und Quietschen war der Hangar ruhig. Er schnüffelte. Er konnte Benzin und Rizinusöl riechen, Zellonlack und Farbe, den Schinkenspeck von gestern und den Kaffee von heute.

Vielleicht war nichts gewesen. In seinen Träumen hatte Abe wieder Pens Haus überflogen. Sie musste stark sein, um solch ein Flugzeug zu fliegen. Aber im Traum war die ganze Episode durcheinandergeraten. Die Rosen, das Flugzeug, das Mädchen, das Haus. Abe hatte das Gefühl gehabt, nach etwas zu suchen und es nicht zu finden.

Er wollte sich gerade wieder hinlegen, als er ein Geräusch von draußen hörte. Etwas Metallisches, vielleicht das Klicken einer Autotür. Abe tastete nach seinen Stiefeln und der Fliegerjacke und zog sie über. Er fand eine Taschenlampe und steckte sie in eine Tasche. Dann tastete er an seiner Werkbank entlang und fand eine Brechstange, etwa vier Fuß lang, mit klauenförmigem Ende und schwer. Er nahm sie hoch und kroch um Polls ausgebreitete Flügel herum zur Hangartür.

Eine andere Wagentür öffnete und schloss sich. Leise murmelnde Stimmen waren zu hören. Dort, wo die Blechwände sich nicht richtig überlappten, erspähte Abe das Licht von Taschenlampen. Direkt auf der anderen Seite der Tür sammelten sich die Stimmen und verharrten dort.

»Klopfen wir erst an?«

Eine zweite Stimme erwiderte: »Brauchen wir nicht. Wir sind doch Freunde, oder?«

Die Tür öffnete sich. Abe hielt seine Stange nach hinten, bereit zuzuschlagen. Draußen waren zwei Taschenlampen, die über den Boden streiften. Abe sah Beine: zwei oder drei Paar, dunkle Schuhe, dunkle Hosen. Die Tür zum Hangar war direkt in die Wand geschnitten worden. Der vordere Bogen des Hangars wurde durch einen soliden Stahlträger am Boden verstärkt. Im Zentrum des Bogens machte es eine sanft ansteigende Rampe für Poll leicht, hinein- und hinauszufahren, aber hier an der Seite bildete der Träger eine gut fünf Inches hohe Hürde. Einer der Männer bewegte sich vorwärts, blieb mit dem Fuß hängen und stolperte. Abe trat fest gegen das Paar noch stehender Beine, griff nach einem Stück Mantel und zog daran. Der zweite Mann stürzte auf den ersten. Abe hob seine Brechstange hoch und schaltete seine Taschenlampe ein.

Das erste Gesicht, das er beleuchtete, gehörte Bob Manson, der unter dem Körper des zweiten Mannes eingezwängt auf dem Boden lag. Jeder verfluchte den anderen. Abe ließ seine Stange sinken.

»n'Abend, Mason. Sie hätten mir sagen sollen, dass Sie kommen.«

Er schaltete das elektrische Licht ein. Es gab vier Birnen im Hangar, von denen keine abgeschirmt war. Doch der Raum war groß, sodass das Licht schummrig war und viele Schatten warf.

»Himmel, Rockwell. Ist das eine Art, einen Kumpel zu behandeln?«

Abe zuckte mit den Schultern. Er drehte seinen Besuchern den Rücken zu und ging zu dem kleinen Holztisch neben seinem Bett. Er holte eine Flasche Whisky und zwei Gläser. Dann goss er eines für Mason und eines für sich selbst ein.

»Nette Wohnung«, sagte Mason und holte eine Zigarette heraus.

Abe wartete, bis Mason seine Zigarette angesteckt hatte, dann nahm er sie ihm aus dem Mund, ließ sie auf den Boden fallen und trat sie aus. Er zeigte mit dem Daumen auf das Flugzeug und die Benzin- und Ölfässer.

»Nicht hier.«

Mason nahm sein Whiskyglas und drehte sich zu den beiden Männern um, die schweigend hinter ihm standen.

»Was trinkt ihr beide?«

Die Gauner breiteten die Hände aus und sahen wegen der ungewohnten Schwierigkeit der Frage gequält drein.

»Die trinken hier nichts«, sagte Abe.

Mason verzog das Gesicht, lehnte sich vor und sagte in vertraulichem Ton: »Okay, ich will offen sein. Das ist ein Scheiß-Loch, was Sie hier haben. Ein Scheiß-Loch, aber ein nettes Geschäft.«

»Falsch. Nicht *ein* nettes Geschäft. *Mein* nettes Geschäft.«

»Ich habe ein paar Freunde, die daran interessiert sind.«

»Mason, hat Ihre Mutter Ihnen nicht das Wort ›nein‹ beigebracht?«

»Sehr interessiert. Ich hätte sehr interessiert sagen sollen.«

»Diese Typen da?«, fragte Abe und zeigte auf die Gauner. »Die sind daran interessiert?«

»Genau genommen nicht die.«

»Dann können sie hier abhauen.«

Mason zögerte. Abe öffnete seine Jacke. Keine Waffe.

»Okay.« Mason wandte sich an die Gauner. »Raus.«

»In den Wagen«, sagte Abe.

Mason nickte. Die Gauner verschwanden.

Als die Hangartür sich schloss, sagte Abe: »Mir ist egal, in welchem Geschäft Sie sind. Ich habe ein Geschäft, mit dem ich glücklich bin. Ich will keine Partner. Ich will kein Geld. Ich will keine Hilfe. Ich will Sie nicht.«

Mason schüttelte den Kopf und ließ den Whisky in seinem Glas kreisen. »Vielleicht haben wir Sachen, die Sie brauchen. Vielleicht Sachen, von denen Sie gar nicht wissen, dass Sie sie brauchen.«

»Ja. Vielleicht. Ist aber nicht so.«

»Sie verkaufen Ihren Sprit an einen Typen namens De Freitas. Lieferant für die geheimen Kneipen im Norden der Stadt.«

Abe zuckte die Schultern. Es stimmte. Na und?

»Ich frage mich, wie viel Sie über De Freitas Geschäfte wissen. Er muss natürlich Schmiergeld an die Cops zahlen. Aber das sind nicht die Zahlungen, auf die es ankommt.« Mason wartete auf eine Antwort, bekam jedoch keine. Er redete trotzdem weiter. »Er muss für seinen Bezirk zahlen. Er zahlt an uns. An meine Freunde und mich. Auf die Weise hat De Freitas den ganzen Ärger mit dem Verkauf des Alkohols. Den Ärger und die gelegentlichen Unannehmlichkeiten, wenn die Cops vergessen, was für ein netter Junge er ist. In der Zwischenzeit genießen meine Freunde und ich den Profit.«

Abe rieb sich mit der Hand über das Gesicht. Selbst bei der elektrischen Beleuchtung war das Licht zu dämmrig, um Masons Gesicht richtig zu erkennen. Abe holte eine alte Petroleumlampe heraus und zündete sie an. Mason lächelte.

»Vielleicht rauche ich jetzt doch eine Zigarette. Wenn ich verspreche, sie nicht auf Ihr hübsches, glänzendes Flugzeug fallen zu lassen.«

Er zündete sie an und beobachte ein oder zwei Sekunden lang Abes Gesicht. Abe hörte zu.

»Also, nehmen Sie einfach mal an, dass wir es satt haben, für De

Freitas Platz zu machen. Dann hätten Sie nicht mehr viel von Ihrem Geschäft, oder?«

»Er ist nicht der einzige Whiskyhändler in Amerika.«

»Nein, aber wie ich das sehe, verstehen Sie eine Menge vom Fliegen. Wahrscheinlich wissen Sie nicht viel darüber, wie in unserem feinen Land Alkohol verkauft wird. Es gibt viele Männer wie De Freitas, aber nicht viele, die die Freiheit haben, sich ihre Lieferanten auszusuchen.«

Einen Augenblick lang herrschte Stille.

Die beiden Männer starrten sich an. Mason zog an seiner Zigarette und hielt sie dann hoch, damit Abe sie inspizieren konnte. Die Zigarette war erst zu einem Viertel abgebrannt. Mason zog noch einmal daran, sodass die Spitze orangefarben glühte, dann schnippte er sie mit voller Absicht in Richtung Flugzeug. Abe stand auf, trat den Stummel aus und kehrte zum Tisch zurück.

»Amerika ist größer als Sie, Mason. Ich kenne Leute, die überfliegen die mexikanische Grenze. Es gibt eine ewig lange Grenze mit Kanada. Und jeder Fuß davon kann überflogen werden.«

Mason stieß Luft aus wie in einer taubstummen Imitation eines Gelächters. »Mexiko? Zu heiß, und vom Essen kriegen Sie Dünnpfiff. Kanada? Zu kalt, und Sie müssen *God Save the King* singen.«

»Ich lasse mir nicht drohen.«

»Wer droht Ihnen denn, Captain? Ich drohe Ihnen nicht, ich trinke einen mit Ihnen.« Mason winkte mit dem Glas. »Ich habe Ihnen gesagt, dass meinen Freunden und mir Ihr Geschäft gefällt. Wir würden gerne sehen, ob wir zusammen etwas aufziehen können. Denken Sie daran wie an eine Partnerschaft.«

Es entstand eine lange Stille. Keinen Ort füllt die Stille so wie einen Flugzeughangar, ganz egal, wie sehr das Dach krächzen und quietschen mag. Schließlich beugte Abe sich vor und schob Masons Jackett zur Seite. In einem Halfter unter seiner Achsel steckte eine Waffe, schwarz und gedrungen. Mason zog sie mit

Daumen und Zeigefinger heraus und legte sie in gleichem Abstand zwischen sich und Abe auf den Tisch. »Ich meine es wirklich. Eine Partnerschaft.«

Dann, und erst dann, entspannte sich Abe.

»Ich verspreche Ihnen nichts«, sagte er, »aber ich werde mir anhören, was Sie zu sagen haben.«

34

Montagabend, sechs Uhr, und Willard hatte bereits die Arbeit verlassen, weswegen er sich rücksichtslos fühlte. Durch die rasch verblassende Sonne marschierte er zügig nordwärts bis zum Rand des Central Park. Als er an einem Drugstore vorbeikam, ging er hinein. Er fragte nach dem Telefon, und ein traurig dreinblickender Italiener deutete mit einem Kopfnicken auf eine dunkle Kabine in der Ecke, die mit schmuddeligem roten Baumwollstoff ausgekleidet war. Willard ging hinein und bat den Vermittler um eine Nummer im Ort. Während der kurzen Wartezeit konnte Willard hören, wie der Vermittler sich im Hintergrund beklagte. Plötzlich hatte er Zweifel.

Zu spät.

Das Gespräch kam zustande, und schon redete Willard.

»Guten Abend. Mein Name ist Thornton, Willard Thornton. Ich hatte gehofft, mit Miss Rosalind Sherston sprechen zu können.«

Willard blieb am Apparat, während Miss Sherston geholt wurde. Seine Zweifel wurden stärker, und nur der unzerstörbare Kodex der Ostküsten-Höflichkeit hielt ihn bei der Stange. Dann eine Frauenstimme: »Rosalind Sherston.«

»Rosalind? Willard Thornton. Ich bin der Gentleman, den Sie kürzlich zu berauben versucht haben.«

»Ja. ich weiß, wer Sie sind.« Sie klang verlegen. »Vielen Dank, dass Sie anrufen. Haben Sie etwas gefunden?«

»Die Sachen Ihrer Schwester? Nein, leider nicht. Die müssen abgeholt worden sein, bevor ich eingezogen bin.«

»Ja, das müssen sie wohl. Jedenfalls vielen Dank, dass Sie mir Bescheid gesagt haben.«

»Hören Sie, ich habe mich gefragt, ob Sie vielleicht einmal Zeit hätten.«

»Zeit ...?«

»Ja. Um irgendwo hinzugehen. Ich dachte, wir könnten die Park Avenue entlangschlendern und sehen, ob wir irgendwie in eine von diesen großen, modernen Maisonette-Wohnungen reinkommen könnten. Sie könnten sich den Juwelen widmen, ich würde mich um die Kunstwerke und Antiquitäten kümmern. Bei Bargeld und Wertpapieren könnten wir halbe-halbe machen.«

»Ich nehme an, Ihnen ist bewusst, dass Sie sich ein bisschen merkwürdig anhören. Und ich meine nicht nur das Unterhaltungsprogramm, das Sie vorschlagen.«

»Tu ich das? Tatsächlich fühle ich mich ein wenig benommen. Man sollte mich nicht so früh aus dem Büro lassen.«

»Haben Sie getrunken?«

»Nein. Den ganzen Tag nur Kaffee und Wasser. In der Hinsicht bin ich eher ein Mönch.«

Es entstand eine lange Pause. Willard glaubte fast, dass die Verbindung unterbrochen war, aber das Rauschen und Knistern war noch da. Schließlich sprach Rosalind wieder.

»Hören Sie, Willard, ich glaube, dass Sie wahrscheinlich ein sehr netter Mann sind, aber ich denke, dass es vielleicht besser wäre, wenn wir uns nicht treffen. Ich mag Ihren Arbeitgeber nicht besonders.«

»Also, dann wäre es vielleicht besser, wenn wir uns doch treffen. Ich bin mir selbst nicht sicher, ob ich meinen Arbeitgeber besonders mag.«

Es entstand eine weitere, lange Pause, nur war sich Willard diesmal sehr sicher, dass Rosalind noch da war, noch zuhörte. Er sprach nun absichtlich sehr leise und fügte hinzu: »Ich habe kürzlich eine

t

Fahrt aufs Land gemacht. Nach New Haven. Ich habe eine lange, gerade Straße gefunden. Sie sah mir sehr sicher aus.«

Rosalinds Stimme wurde langsam. »Ja. Es war eine sichere Straße, glaube ich.«

»Rosalind, ich habe keine Ahnung, was mit dem Verlobten Ihrer Schwester passiert ist, oder warum. Ich habe auch keine Ahnung, was mit einem ehemaligen Kollegen von mir passiert ist, der zurzeit wegen einer falschen Anklage wegen Schwarzbrennerei im Gefängnis sitzt. Es geht mich eigentlich wirklich nichts an, außer dass ich nicht superscharf darauf bin, in die Fußstapfen der beiden zu treten. Und vor allem ...« Er unterbrach sich. Er wollte von seinen Schulden erzählen, von seinem Wunsch, in die Firma der Familie einzutreten, von dem Leben, das ihm, wie er glaubte, zustand, und dem Leben, das er tatsächlich hatte.

»Vor allem?«, hakte sie nach, und durch die Leitung ging nichts von dem sanften, weichen Ton ihrer Stimme verloren.

»Vor allem würde ich Sie gerne zum Dinner ausführen.«

Manchmal kann man einen Gesichtsausdruck hören. Ein Lächeln. Einen traurigen Blick. Einen Hauch von Anziehung. Das alles hörte Willard jetzt.

»Wie schnell können Sie hier sein?«

»Wie schnell können Sie herunterkommen?«

35

An jenem Nachmittag grub Abe einen rechteckigen Graben in den sandigen Boden. Er mischte in der Sonnenhitze von Hand Zement an und füllte den Graben damit. Die zähe, graue Masse, die bereits zu trocknen begann, würde das Fundament seines neuen Hauses bilden. Die nächste Aufgabe war, einen Fußboden zu gießen, und Abe begann mit der Arbeit am Rahmen, um für den nächsten Tag vorbereitet zu sein.

Die Sonne flirtete gerade am westlichen Himmel mit den Baumwipfeln, als ein schmutziger Lastwagen mit Seitenverkleidungen aus blauem Segeltuch von der geteerten Küstenstraße auf den Flugplatz rumpelte. Auf den Segeltuchplanen stand: »Peterson's Pasteten – Himmel, wie delikat!« Abe ließ seine Handsäge fallen und wischte sich den Schweiß von den Händen, jedoch nicht die grauen Zementspritzer. An der Rückwand des Hangars gab es einen Wasserhahn, und Abe trank mit großem Durst, bevor er um den Hangar herum zu seinen Besuchern ging. Das abfallende Metalldach fing die Hitze ein und strahlte sie wieder ab, sodass die warme Luft in seinem Schatten glühte wie ein Ofen.

»He, Vogelmann!«

Der Mann, der sich aus dem Fenster auf der Beifahrerseite lehnte, war Bob Mason, im Mund eine nicht angezündete Zigarette und in der Hand eine Streichholzschachtel.

»Mason.« Abe nickte.

Mason stieg aus dem Führerhaus aus und zündete seine Zigarette an. Er streckte Abe eine Hand hin, aber dieser lehnte den Handschlag ab und deutete zur Begründung auf den Matsch an seinen Händen.

»Sie haben gearbeitet?«

»Gebaut. Poll wird langsam zu alt, um das Schlafzimmer mit ihr zu teilen.«

»Brauchen Sie Bauarbeiter? Ich kenne einige Leute.«

»Ich baue gerne selbst.«

»Dann bauen Sie. Meinetwegen bauen Sie den Eiffelturm – das *ist* doch ein Gebäude, oder?«

»Kann man sagen. Seine Wände sind nicht besonders gut, und soweit ich mich erinnere, hat er nicht viel Dach.«

»Das klingt nicht sehr nach einem Gebäude.«

»Er sieht hübsch aus.«

»Wozu dient er?«

»Zum hübsch Aussehen.«

»Das funktioniert dann ja wohl ganz gut, denke ich.«

Während sie dieses belanglose Gespräch führten, ging Mason in den Hangar, ohne Abe um Erlaubnis zu bitten oder sie zu bekommen. Abe hielt Schritt. Kurz dahinter folgte ihnen der LKW-Fahrer, ein riesiger, schweigsamer Mann in blauem Overall. In der dunkelsten Ecke des Hangars, außer Sicht von Polls Flügeln, war unter einem dreckigen Baumwolltuch ein Stapel Kisten aufgebaut. Mason zog das Tuch beiseite und zählte die Kisten: beinahe vierzig Kisten Alkohol. Es war die Ausbeute einer Flugwoche.

Abes Flüge, Masons Alkohol.

Denn Abe hatte es gemacht. Er hatte den Handel abgeschlossen, das Geschäft getätigt. Er transportierte Alkohol, und nicht nur das. Schmuggel war Schmuggel, so oder so, und Abe wurden die wertvollsten Dinge anvertraut, die durch Masons Pipeline kamen: Wertpapiere, Juwelen, Gold, Bargeld, sogar Schachteln mit Damenkleidung, die den ganzen, weiten Weg von Paris her kam. Im Gegenzug hatte Abe ein ruhiges Leben, plus vierhundert Dollar pro Woche in bar.

Das Geld war willkommen. Außer während einer kurzen Zeit auf der Rennbahn hatte Abe nie besonders viel verdient. Das Einkommen, das er durch den Alkohol erzielte – zunächst von De Freitas, nun von Mason –, war das beste, das er jemals gehabt hatte. Das meiste davon schickte er seinen Eltern, deren Farm in Kentucky unaufhaltsam in die Hände der Bank geraten war. Sie von dem Schuldenberg zu befreien war der beste Weg, das Geld auszugeben.

Und doch verschaffte ihm die ganze Sache Unbehagen. Er nahm Masons Geld. Er ließ sich mit einer Organisation ein, für die Drangsalierungen, Schlägereien und Mord zum täglichen Geschäft gehörten. Dennoch wäre es in Ordnung, wenn Abe sicher sein könnte, dass er wirklich alles tat, was er konnte, um Marion zu zerschlagen und Independence zu retten. Aber das war er nicht.

Er war es vorher nicht gewesen, als er sich am Strand bei Brunswick von Brad Lundmark verabschiedet hatte. Und er war es jetzt nicht, da er schon halb in die Organisation eingedrungen war. Der größte Teil von ihm wollte immer noch weggehen. Ein kleiner, aber hartnäckiger Teil von ihm weigerte sich, das Bild von Brad Lundmarks gesammelten Flugsouvenirs loszulassen und das Bild der Mutter, verbrannt, erblindet und verwitwet. Im Stillen, und nicht zum ersten Mal, verfluchte Abe die Klugheit und Hartnäckigkeit des Ladenbesitzers.

Mason inspizierte die Alkoholkisten und nickte dann zustimmend. Er übergab Abe vierhundert Dollar und grummelte in Richtung Fahrer: »Aufladen.« Dann schlenderte er zu Abes kleinem Wohnbereich hinüber, um sich ein Glas Wasser zu holen. Auf dem kleinen Holztisch, der Abe als Esstisch diente, lag ein Kartenspiel.

»Spielen Sie Karten?«, fragte er strahlend, als ob er hoffte, bei dem Flieger einen normalen, menschlichen Zug entdeckt zu haben.

»Eigentlich nicht.«

Abe nahm das Kartenspiel, fächerte es auf, zog das Pik-Ass heraus. Er hielt die Karte hoch, machte dann eine schnelle Handbewegung und ließ die Karte verschwinden. Sie tauchte wieder auf, verschwand dann, erschien in der anderen Hand, und dann, gerade als Mason sicher war, dass er gesehen hatte, wie die Karte in Abes rechte Hand verschoben wurde, erschien das Ass oben auf dem Stapel.

»Jesus!«

»Das ist alles Hokuspokus«, erklärte Abe, steckte das Ass in den Stapel zurück und mischte. »Ich wusste schon als Kind, dass ich mit Maschinen arbeiten wollte. Ich machte mir Sorgen, dass ich zu ungeschickt sein könnte, und so habe ich mir ein Buch mit Kartentricks gekauft und so lange geübt, bis ich glaubte, genug Fingerfertigkeit zu haben.«

»Himmel, Sie nehmen das Leben aber ziemlich ernst, Kumpel.«

Abe zuckte mit den Schultern. Er fächerte den Stapel auf und hielt die Karten Mason offen hin. Der Gangster sah hin, dann erstarrte er. Er nahm den Stapel und ging ihn Karte für Karte durch. Das Pik-Ass war verschwunden.

»Wo ist es hin?«

Abe ignorierte ihn. »Später entdeckte ich, dass Kartentricks keine schlechte Methode waren, um den Luftkrieg zu verstehen. Trickserei, Irreführung, Verdeckung, Täuschung. Das waren alles übertragbare Techniken. Es gab andere Commander, die meinten, dass so etwas nicht ganz ›sportlich‹ ist.« Abe sprach das Wort mit britischem Akzent aus. »Ich weiß nicht. Solche Sportarten habe ich nie betrieben.«

»Irreführung?«, fragte Mason nach.

»Hören Sie, ich habe etwas für Sie.«

Abe ging zum Büro an der Seite des Hangars. Die wenig benutzte Tür hatte begonnen zu klemmen und sich zu verziehen. Er trat dagegen, öffnete sie und nahm eine Zeitung vom Schreibtisch. Eine Kolonie von Spinnen mit braunen Beinen hatte sich von einem abgelaufenen kubanischen Kalender bis zur Lampenfassung ausgebreitet. Abe ignorierte die Spinnen, kam wieder heraus und gab Mason die Zeitung.

»Die Army Air Service Gazette? Glauben Sie, Sie könnten es noch mal in der Army versuchen?«

Abe zuckte mit den Achseln. »Sie schicken sie immer noch.« Er tippte auf einen kleinen Bericht unten auf der Seite, der blau eingekreist war. Es war ein kurzer Bericht, der ankündigte, dass die Army in Kürze einige ihre überflüssigen Jagdbomber aus dem Krieg verkaufen würde. »DH-4. Gutes Flugzeug. Wir würden es billig bekommen.«

»Eine DH-4. Die denken sich wirklich tolle Namen aus.«

»Es ist eine De Havilland. Ein britisches Flugzeug, das hier in Lizenz gebaut wird. Es ist ein Bomber. Sechstausendvierhundert Kilo Ladekapazität.«

»Ein Bomber, ja? Wenn wir jemals auf irgendjemanden Bomben abwerfen wollen, wäre das eine wirklich gute Idee.«

»Wenn ich mein Gewicht und das Gewicht des Treibstoffs berücksichtige, könnten wir fünfunddreißig Kisten Alkohol pro Tag befördern. Das wäre nahezu sechs Mal so viel wie heute.«

»Alkohol?« Mason sah Abe mit weit geöffneten Augen und Unschuldsmiene an. »Alkohol? Hier gibt es keinen Alkohol, hoffe ich doch.«

»Sie haben von Partnerschaft gesprochen. Ich bin nicht besonders versessen darauf, wie ein Junior-Angestellter behandelt zu werden.«

»Junior, Kumpel? Auf keinen Fall. Glauben Sie mir, wir schätzen Sie sehr. Wir hatten noch nie ein echtes, lebendiges Flieger-Ass, das für uns arbeitet.«

»Das Flugzeug, Mason. Was sagen Sie dazu?«

»Sagen? Wozu sagen?« Mason hob die Augenbrauen. Der Lasterfahrer hatte die Alkoholkisten aufgeladen und saß im Führerhaus, während der Motor lärmend im Leerlauf drehte.

»Wir kaufen ein Flugzeug. Wir beladen es mit Alkohol. Ich fliege es über die Grenze.«

»Alkohol, Sie reden andauernd von Alkohol.« Der Fahrer hatte den Lastwagen beladen, der Motor lief im Leerlauf. Mason stieg ein, nahm eine der Fleischpasteten und biss ein riesiges Stück ab. »Peterson's Pasteten«, murmelte er mit vollem Mund. »Oh, Himmel, wie delikat!«

Der Fahrer hatte den Gang eingelegt und die Kupplung durchgetreten. Der Motor musste unbedingt neu eingestellt werden, denn er lief zu schnell und schwer.

»Ablenkung«, sagte Abe. »Das ist die Kunst, jemanden in die eine Richtung blicken zu lassen, wenn er eigentlich in die andere blicken sollte.«

»Ha! Wir sind wieder bei den Tricks, richtig?«

Abe antwortete nicht direkt, sondern klopfte auf die Hemdtasche über seinem Herzen. Mason verstand nicht sofort, dann aber begriff er es. Sein Blick senkte sich auf seine eigene Jackentasche. »Oh, Scheiße«, sagte er und zog eine Spielkarte heraus: das Pik-Ass. Er reichte es Abe aus dem Fenster des Führerhauses und kicherte noch, als der Lastwagen Staub aufwirbelnd davonrumpelte.

36

Der Spiegel zeigte einen Mann mit sandblonden Haaren, energischem Kiefer, sehr gut aussehend, sehr sorgfältig in einen makellosen Abendanzug gekleidet; eine Frau mit dunkelblondem Bubikopf, ein aquamarinblaues Kleid, das kaum bis unter das Knie reichte, und im Hintergrund ein einzelner, schwarzer Jazzsänger mit einem geschundenen Bluesgesicht des Südens, mit halb geschlossenen Augen, der sich hypnotisch zu der melodischen Unordnung der Vierer-Combo hinter ihm bewegte. Willard genoss den Anblick, und wenn sein Blick drei Mal auf sein Gesicht zurückkehrte, so blieb er nur zwei Mal bei Rosalind hängen.

»Die besten Cocktails in Midtown«, murmelte er und starrte immer noch in den Spiegel. »Die Musik ist auch gut, wissen Sie. Machen Sie sich keine Sorgen, wenn Sie sie zuerst nicht mögen. Das ist die Art von Dingen ...«

»Oh, ich liebe Jazz. Ich höre ihn, wann immer ich kann. Haben Sie letzte Woche Mo Johnson im Alabama Club gehört? Ich dachte ...«

Rosalinds Begeisterung brachte Willard rasch von dem Thema ab.

»Ihr Mantel«, sagte er.

Er gab ihn an der Garderobe ab und dirigierte sie zu einem Tisch in dem schummrigen Raum. Er mochte moderne Dinge, und wie viel besser konnte es noch werden? Er selbst: wirklich gut aussehend, eine schöne Frau an seiner Seite, der Nervenkitzel einer

Flüsterkneipe, der illegale Geschmack von Alkohol, der fremdartige, schlagende Rhythmus des Jazz. Sie setzten sich. Während Willard sich damit beschäftigte, genau richtig zu sitzen – er hasste es, wenn die Stuhllehne den richtigen Fall seines Jacketts störte –, setzte sich Rosalind einfach hin und richtete ihren Kopf auf die Musik. Willard bekam alles so arrangiert, wie er es wollte, bestellte Cocktails und gab vor, ebenfalls zuzuhören.

Kalifornien war grell und aufdringlich gewesen, beschloss er. Die Mädchen dort hatten keine Klasse. Zu viel Sonnenschein, zu wenig Kultiviertheit. Rosalind hingegen hatte Kultur. Sie hatte Klasse. Sie wusste, wie man sich kleidete, wie man trank, wie man sich unterhielt, wie man sich benahm, wie man sich bewegte ...

Halb tagträumend hatte er das gedacht, bevor er bemerkte, dass sie sich ihm zugewendet hatte. Vorher, beim Abendessen, hatten sie eine Unterhaltung begonnen, sie aber nicht beendet. Er hatte ihr von Charlie Hughes erzählt und sie gebeten, ihm zu sagen, was sie über Arthur Martin wusste.

»Ich fürchte, das ist nicht viel«, hatte sie geantwortet. »Susan sagt, dass Arthur ungefähr einen Monat vor seinem Tod anfing, sich merkwürdig zu verhalten. Schreckhaft wurde. Nervös war. Einmal hat er ihr gesagt, dass Powell Lambert nichts Gutes im Schilde führte. Er schien auf die Firma sauer zu sein.«

»Nichts Gutes? Was genau?«

»Ich weiß nicht. Das wollte er nicht sagen. Kurz bevor er starb, hat er Susan gesagt, dass er bestimmte Dokumente sammeln würde. Belastende Dokumente, hat er gesagt. Er schien auf ein Verbrechen gefasst zu sein. Hat es beinahe erwartet. Dann das Autowrack. Das war kein Unfall. Es war beinahe eine Beleidigung, so plump, wie sie es arrangiert haben.«

»Und die Dokumente?«

»Die konnten wir nicht finden. Wir haben all seine persönlichen Besitztümer durchsucht. Deswegen bin ich zu dem Apartment zurückgekehrt. Um zu sehen, ob ich sie dort finde.«

»Ich habe alles wirklich gründlich durchsucht. Die Wohnung wurde gereinigt, bevor ich angekommen bin.«

Dabei hatten sie es belassen, aber sie wussten beide, dass das Gespräch noch nicht beendet war. Ein schwarzer Kellner, der mit der Jazzmusik mitnickte, brachte ihnen Cocktails und eine Schale mit gerösteten Nüssen. Das Lied war zu Ende. Rosalind begann, anerkennend zu klatschen. Der Kellner, der zu Rosalind sprach, nicht zu Willard, sagte: »Die sind wirklich gut, diese Jungs.« Immer noch klatschend strahlte Rosalind ihn an.

»Ausgezeichnet«, sagte Willard und applaudierte kräftig. »Ausgezeichnet.«

Der Kellner ging. Rosalind wandte sich wieder dem Tisch zu.

»Sie werden kündigen, nehme ich an?«

»Ich möchte, ja.«

»Sie *möchten?*«

»Ich kann nicht. Bevor ich Hollywood verlassen habe, habe ich dort einen Film gemacht. Sie wissen schon: geschrieben, gespielt, Regie geführt, produziert. Ted Powell hat ihn finanziert. Der Film ist nicht so gelaufen, wie alle es erwartet haben. Das ist ein schwieriges Geschäft, wissen Sie. Es gibt eine Menge Fußangeln. Es reicht nicht, einen guten Film zu drehen; die Vertriebsfirmen sind wie Haie, wirklich.«

»Sie schulden Powell Geld?«

»Zweihunderttausend Dollar.«

»Ach, du lieber Himmel!« Rosalinds Hände flogen zu ihrem Mund und blieben dort eine Weile, während ihre grauen Augen über sein Gesicht flackerten. »Sie nehmen sich aber in Acht?«

Willard machte eine hilflose Geste. »Ja, aber wovor? Im Krieg wusste ich wenigstens, gegen wen ich kämpfe.«

»Was werden Sie tun?«

»Was immer ich kann. Als Erstes muss ich den Feind ausmachen.«

»Ganz allein?«

»Ich hoffe nicht.«

»Mit wem denn dann?« Ihre Stimme versiegte, als sie Willards Gedankengang begriff. Die Jazzband hatte wieder zu spielen begonnen, eine schnellere Nummer als die vorherige, aber weder Willard noch Rosalind hörten nun zu.

»Und?«, fragte er. »Sind Sie dabei?«

Rosalind schluckte heftig. Die Frage war nicht unbedeutend. Ein Mann war gestorben, ein anderer ins Gefängnis gekommen. Nun bat sie ein dritter Mann, sich dem Kampf anzuschließen. Ein Mann, den sie kaum kannte. Ein Mann, dessen Gegenwart nur Gefahr bedeuten konnte. Sie griff unwillkürlich zu ihrem Cocktail, trank aber nicht. Ihr Blick blieb an Willards schönem Gesicht hängen, an seinen blauen Augen, seinem starken, männlichen Kinn. Er schien Vertrauenswürdigkeit zu versprechen. Entschlossenheit. Verlässlichkeit.

»O Gott. Ja, okay, ich bin dabei.«

Und das war es. Ein positives Ende des Abends, in jeder Hinsicht.

Bis auf eines.

Als sie gingen, ein wenig angetrunken, ein wenig aufgeregt, holte Willard Rosalinds Pelz von der Garderobe. Er legte einen Vierteldollar auf den kleinen Teller des Garderobenmädchens; nach seinen Maßstäben ein knauseriges Trinkgeld, aber er wurde sich immer mehr seines Not leidenden Bankkontos bewusst. Während er dies tat, spürte er einen stechenden Blick in seinem Nacken und wirbelte herum.

Und da war er. Der Mann mit dem langnasigen Windhund-Gesicht aus der öffentlichen Bibliothek. Es starrte ihn an. Leere, aber herausfordernde Augen. Nichts wurde gesagt. Dann lächelte das Windhund-Gesicht feige, der Mann steckte sich ein Streichholz in den Mund und ging.

Ein Zufall? Vielleicht.

Aber ein Zufall, der unsicher machte? Ganz bestimmt.

37

Gibson Hennessey saß auf seiner Veranda und rauchte.

Er genoss es, wie die Sonne Georgias in einer rotgoldenen Wolke versank. Er mochte den Schatten seiner Veranda und wie er dort hören konnte, wie die Nachtvögel und die Grillen die Geräusche des Tages ablösten. Er mochte es, aus dem Haus zu sein, während seine Frau seine Kinder ausschimpfte, damit sie sich endlich wuschen. Und er mochte den Tabak. Nirgendwo wächst besserer Tabak als in Georgia, und Hennessey bekam seinen von einer Farm, die diese wertvollen goldenen Blätter ein wenig verzauberte.

Er inhalierte, entspannte sich und dachte nach. Eine Woche zuvor hatte der Lundmark-Junge schließlich die Erlaubnis seiner Mutter bekommen, in Brunswick eine Lehre anzutreten. Stattdessen war der Junge mit einem Güterzug nach Miami gefahren und war dort zum Flugplatz gegangen.

Der Junge war früh angekommen, aber zu spät für Abe. Kein Problem. Der Junge machte sich nützlich. Er hatte Abes Werkzeuge geschärft, Meißel geschliffen, bis ihre Schneiden silbern blitzten, Sägespäne auf Ölflecken gestreut und danach alles zusammengefegt. Mit einem Fußtritt öffnete er die Tür zu dem angebauten Büro und machte dort von oben bis unten sauber. Bei dem langen Regal mit Gussteilen über der Werkbank verharrte er. Jedes Modell von der Größe eines Brotlaibs war perfekt gegossen, makellos, aber offensichtlich nutzlos. Wozu sollte jemand dreißig oder vierzig Modellflugzeuge brauchen? Die meisten nicht einmal komplette Flugzeuge, sondern nur Flugzeugteile. Der Junge wusste es nicht, hielt sich aber nicht lange auf. Er hatte den Brief an Abe gebracht, den Thornton mit dem Filmplakat mitgeschickt hatte. Brad lehnte den Brief an Abes Kaffeekanne.

Dann war nur noch ein letzter Job zu erledigen gewesen. In der dunkelsten Ecke des Hangars, unter einer Glühbirne, die durchgebrannt und nicht ersetzt worden war, war ein schmutziges Baumwolltuch über einen Stapel Kisten gezogen worden. Brad zog das Tuch zur Seite und sah, was sich darunter befand. Kisten mit Alkohol.

Abe Rockwell, ein Alkoholschmuggler. Es war unmöglich, es zu glauben, und unmöglich, es nicht zu glauben.

Mit tränenerfüllten Augen blickte der Junge auf den riesigen illegalen Stapel. Zwanzig Minuten lang trieb er sich in dem leeren Hangar herum, sah den Staub in der Sonne tanzen und kaute Erdnussstücke von einem Riegel, der in seiner Tasche aufgeweicht war. Was gab es da zu sagen? Was sollte er denken?

Als im südlichen Himmel eine sich nähernde Maschine zu brummen begann, warf der Junge einen letzten Blick auf das Heim seines Helden. Dann lief er fort. Fort von dem Hangar, mehr als fünfzig Yards über den pockennarbigen Sand zu einer Reihe von Büschen, dann durch die Büsche und immer weiter, ohne anzuhalten, bis er die hellen Lichter der Stadt erreicht hatte. Am nächsten Tag war er in Brunswick gewesen und hatte sich nach Arbeit umgesehen. Am Sonntag zu Hause erzählte er seiner Mutter nichts und Hennessey alles.

Abe Rockwell, ein Alkoholschmuggler.

Das war es, worüber der alte Ladenbesitzer nachdachte, während er rauchte und die untergehende Sonne beobachtete.

38

Abe sah die Veränderungen.

Der Ort war sauberer, aufgeräumter, glänzender. Fußböden waren gefegt worden, Gegenstände abgestaubt. Abe ging langsam herum und überprüfte seinen Besitz. Er betrachtete seine Werkbänke, seine Modelle, seinen Schlafbereich, sein geheimes Alkohollager. Er drückte die Tür zu dem kleinen Büro auf und fand den Raum gereinigt vor, wirklich sauber, nirgendwo waren mehr kleine braune Spinnen zu sehen. Abe fuhr fort, alles zu überprüfen, aber langsam. Den kleinen Metalltisch. Den Fußboden. Die Stellen im Dach, wo sich die Bleche überlappten und für jeden, der zu schnell aufstand, ein scharfkantiges Unfallrisiko darstellten. Abes Augen wurden schmal. Er streckte die Hand zum unteren Rand aus und fand zwei Haare, die sich in einer Ritze verfangen hatten. Die Haare waren kurz. Und rot. Als ob sie vom kleinen Brad Lundmark stammten, dem rothaarigen Jungen aus Independence.

Abes Gesicht spannte sich einen Moment, und seine Miene wurde hart. Dann, als ob er das Gefühl abschütteln wollte, rieb er sich über das Gesicht, wusch sich und machte sich sein Abendessen, das aus einem Laib Brot, einer Dose Fleisch und einer Mango bestand. Erst als er sich Kaffee kochen wollte, fand er den Brief, den Lundmark zurückgelassen hatte. Der Brief kam von Willard Thornton. Er war nur ein paar Zeilen lang und der Versuch einer kuriosen Mischung aus Wärme und Unabhängigkeit, Prahlerei und Bescheidenheit. Abes ehemaliger Leutnant, so schien es, hatte das Filmgeschäft zugunsten der Wall Street aufgegeben, »Handelsfinanz, Sie würden es nicht glauben!«. Der Brief endete mit einer überaus vagen Einladung, ihn zu besuchen, sollte Abe jemals in New York sein. Abe las den Brief ein paar Mal, lächelte und legte ihn dann beiseite. Er hatte nicht vor, irgendwann in der näheren Zukunft nach New York zu fahren. Und selbst wenn, war er sich nicht allzu sicher, ob Willard glücklich sein würde, seinen alten Commander wiederzusehen. Aber es freute ihn, dass der Junge mit seinem Leben vorankam. Die Finanzen sahen eher nach einer Karriere für ihn aus als das Filmgeschäft.

In der Zwischenzeit hatte Abe an andere Dinge zu denken. Er zog dunkle, unauffällige Stadtkleidung an und verließ den Flugplatz. Er ging in die Stadt und fand ein anonymes Café, das die ganze Nacht geöffnet war und eine Telefonzelle hatte.

»Ihr Teilnehmer, bitte«, sagte die Vermittlerin brüsk, als ob sie etwas Besseres zu tun hätte, als Anrufer abzufertigen. Abe gab ihr die Nummer. Ein paar Sekunden lang war nur ein schwaches Stimmengewirr in der Leitung zu hören. Dann eine Männerstimme, die laut und nahe klang. »U. S. Küstenwache.«

»Guten Abend. Ich habe ein paar Informationen für Sie.«

»Wer spricht, bitte?«

»Am Montag zwischen Mitternacht und zwei Uhr morgens werden zwei Barkassen, vierzig Fuß lang, grün gestrichen, mit siebenundzwanzig Knoten Höchstgeschwindigkeit in den Okefenokee River in Okinochee County, Georgia, einfahren. Jedes der Schiffe wird einhundertfünfzig Kisten hochprozentigen Alkohol transportieren.«

Die Männerstimme am anderen Ende der Leitung veränderte sich. Sie wurde hart und direkt. »Bitte. Wer spricht? Sie müssen sich identifizieren.«

»Jedes Schiff ist mit zwei Mann besetzt, die mit Handfeuerwaffen und Gewehren bewaffnet sind. Auf jedem Schiff gibt es einen beweglichen montierten Suchscheinwerfer. Es gibt keine Automatikwaffen.«

»Wer, bitte, liefert diese Informationen?«

»Sie werden jetzt sicherlich einen guten Abend haben«, entgegnete Abe und hängte ein.

Ein weiterer Schritt war gemacht. Ein weiterer Schritt in eine Richtung, die er nicht nehmen wollte.

39

Draußen vor der Tür ertönte ein Läuten.

Buchstäblich. Kein Klopfen oder das Klingeln einer elektrischen Türklingel, sondern ein starkes, klares Läuten. Willard sollte sich um diese Zeit mit Rosalind treffen – aber die Glocke, was zum Teufel hatte das zu bedeuten?

Willard schlich sich zur Tür und horchte. Die Glocke verklang, aber er konnte Atmen und das Knarren einer Diele unter dem Gewicht einer Person hören. Willard bewahrte jetzt in der Schublade seines Nachttisches eine Waffe auf. Er dachte daran, sie zu holen, entschied sich dann jedoch dagegen. Ständig fühlte er sich nun unter Stress. Da war der Druck der Arbeit, der Druck seines fast leeren Bankkontos, der Druck seiner verschwundenen Zukunft. Und nun auch noch der Druck der Gefahr, rot und mit Drachenzähnen.

Er schob seine Furcht und sein Selbstmitleid beiseite und öffnete die Tür. Draußen stand eine Frau, die mit einem schwarzen Mantel bekleidet war und einen schwarzen Hut und eine breite scharlachrote Schärpe trug, auf der in weiß *»Armee der Abstinenz«* gestickt war. Als Rosalind Willard erblickte, grinste sie, nahm den Hut ab, zog die Haarnadel heraus und ließ ihr dunkelblondes Haar über ihren Nacken fallen.

»Armee der Abstinenz«, sagte sie mit rauer Stimme. »Wir haben Berichte, dass unter dieser Adresse schreckliche Sünden begangen werden.«

Willard war gleichzeitig wütend und erleichtert, achtete jedoch darauf, nur die Erleichterung zu zeigen. »Gott, Sie sind es. Kommen Sie herein. Ich glaube, es stand gerade eine Sünde bevor.« Er führte sie hinein und direkt zu einem Krug eisgekühlten Martini. »Und? Wie sind Sie vorangekommen?«

»Ich bin mir nicht sicher«, antwortete sie, während sie Mantel und Schärpe ablegte. »Das erste Problem war, wie man in dem Viertel Zeit verbringt, ohne als Fremde aufzufallen. Ich dachte daran, eines der Kleider meines Dienstmädchens auszuborgen, aber mit welcher Begründung sollte ich dann den ganzen Tag an einer Kreuzung in der Lower East Side herumhängen? Dann hatte ich es. Wenn ich schon nicht da hinpassen würde, dann konnte ich genauso gut *wirklich* nicht da hinpassen. Also habe ich mich bei der Armee der Abstinenz angemeldet und ihnen gesagt, dass ich Sünder bekehren möchte. Ich war zwei Tage da, habe meine Glocke geläutet und mich heiser geschrien. Niemand hat mich auch nur eines zweiten Blickes gewürdigt. Ein paar Leute hatten Mitleid mit mir und haben ein paar von meinen Broschüren genommen; Gott segne sie.«

»Und?«

»Nicht ein einziger Rabbi zu sehen. Nicht einmal Juden, wirklich, mit Sicherheit nicht die streng gläubigen Typen. Ich wette darauf, dass es in der Gegend nirgendwo eine jüdische Organisation gibt.«

Willard nickte langsam. »Aber Powell Lambert finanziert alles, was diese Organisation braucht. Heilige Bücher, Gewänder für den Gottesdienst, Einrichtungen für die Synagogen. Alles. Allein im letzten Jahr Material im Wert von neunundzwanzigtausend Dollar.«

»Alles an die Adresse?«

»Ja.«

»Vielleicht ein Versehen?«

»Nein. Das ist nicht nur ein einzelnes Blatt Papier, verstehen Sie? Da sind die Versicherung, Transportpapiere, Garantieurkunden, Rechnungen, alles Mögliche. Das ist ein erstaunlich kompliziertes Geschäft, dieses Handelsfinanzspiel.«

»Ja, ich verstehe.« Rosalind nippte gedankenvoll an ihrem Martini. Sie machte das auf eine merkwürdige Weise: Sie senkte den Mund bis zum Glas, bevor sie es neigte, wie ein Kirchgänger beim heiligen Abendmahl.

»Lager?«, fragte Willard plötzlich.

»Wie bitte?«

»Lager? Gab es da irgendwo einen Platz, wo man Waren lagern kann, wenn wirklich welche ankommen? Ein Lagerhaus oder so etwas?«

»Kein Lagerhaus, aber dahinter war eine Garage. Mit großen Doppeltüren, immer abgeschlossen. Ich konnte nicht hineingehen oder -sehen.«

»Hmm.« Willard schluckte seinen Martini und stellte das Glas ab. In der Vergangenheit hatte er sich nie für besonders intelligent gehalten. Tatsächlich hielt Willard Intelligenz, die über einen bestimmten Punkt hinausging, für gesellschaftliches Versagen: Wie wenn man zum Beispiel nicht ordentlich trinken konnte oder nicht gut im Sport war. Aber die Zeiten hatten sich geändert. Willard sah sich einer neuen Art von Feind gegenüber, und nur Denken konnte helfen. Er runzelte die Stirn. »Es ist eine Schande, dass wir die Dokumente, die Arthur Martin gesammelt hat, nicht sehen können.«

»Ja.«

»Aber wissen Sie, wenn ich Arthur wäre und mir Sorgen machen würde, dass mir jemand ans Leder will, dann glaube ich nicht, dass ich irgendetwas Wichtiges einfach so herumliegen ließe. Ganz besonders nicht hier in der Wohnung.«

»Das sehe ich auch so.« Irgendetwas in Rosalinds Stimme sorgte dafür, dass Willard sie scharf ansah.

»Sie denken das auch? Sie dachten das auch schon, als Sie gekommen sind, um bei mir einzubrechen?«

»Ja. Tut mir leid.«

»Warum haben Sie das nicht gesagt?«

»Das ist ein ganz neues Spiel. Ich weiß nicht genau, wie die Regeln sind.«

Willard, der über Rosalinds Zurückhaltung nicht glücklich war, biss sich auf die Lippe. Es gab Zeiten, wo sie sehr warm und freundlich erschien, und andere, wo er sich beinahe bevormundet vorkam. »Na ja, ich meine jedenfalls, dass Sie etwas hätten sagen können«, murmelte er mürrisch. »Ich meine, entweder sitzen wir hier im selben Boot oder nicht.«

»Tut mir leid.« Sie ließ den Kopf hängen wie ein reumütiges Kind.

»Aber trotzdem, der Schrank . . .«

Willard öffnete den Schrank, der wie zuvor in der unteren Hälfte

Bettwäsche und darüber Andenken aus dem Krieg und seiner Zeit beim Film enthielt. Willard holte die Sachen heraus, während Rosalind sie auf dem Boden aufstapelte.

»Sie sind der erste lebende Kriegsheld, dem ich begegnet bin«. sagte sie nach einer Pause. »Die meisten Männer, die ich kennen gelernt habe, sind entweder nach Frankreich gegangen, oder sie reden eine Menge darüber, und es stellt sich heraus, dass sie nie über ein Ausbildungslager hinausgekommen sind oder in der Woche vor dem Waffenstillstand fünf Tage an der Front waren.«

»Ich bin eigentlich kein wirklicher Held. Ich kenne Männer, die es waren, habe sogar unter einem gedient. Captain Rockwell.«

»Captain Rockwell? Wie der ...?«

»Von den *Glory Boys*. Ja.« Willard zog den Originalartikel der *Times* aus dem Stapel vor Rosalind und faltete ihn auseinander. Das Hauptfoto zeigte Rockwell selbst, aber es gab noch ein weiteres Foto, das alle Piloten der Staffel zeigte, einschließlich eines sehr jungen Willard. Er betrachtete das Bild mit gemischten Gefühlen. Die *Glory Boys*. Er war ungeheuer stolz darauf gewesen, zu dieser ausgewählten Gemeinschaft zu gehören, aber nun war da neben dem Stolz noch etwas anderes, ein gewisser Impuls zur Ehrlichkeit, der darum kämpfte herauszukommen. »Wir waren eine sehr gute Einheit, vielleicht sogar die beste. Aber wir hatten nicht, was Rockwell hatte. Er war ... einzigartig. Man brauchte etwas Besonderes, um so gut zu kämpfen, aber wir hatten das nicht. Ich habe gut gekämpft. Aber das war alles. Ein Held war ich nicht.«

Rosalind starrte ihn an. Sie hatte einen erbeuteten deutschen Fliegerhelm in der Hand, den sie hielt, wie man vielleicht einen verletzten Vogel hält. »Das ist das erste Mal, dass ich Sie so reden höre. Normalerweise versuchen Sie, bescheiden zu klingen, aber Sie sehen dabei aus, als ob Sie sterben würden, wenn jemand Sie ernst nähme.«

»Nun, natürlich schießt nicht jeder fünf feindliche Flugzeuge ab. Es ist nicht so, als ob ich nichts erlebt hätte.« Willard sprach rasch, um seine Ehrlichkeit von eben zu überdecken, und wusste gar nicht mehr, warum er es gesagt hatte. Er faltete den Artikel zusammen und räumte den Schrank dann mit doppelter Geschwindigkeit, bis er leer war. »So!«

»Und jetzt?«

Willard wusste es nicht. Er hatte keinen Plan gehabt; es war nur ein Impuls gewesen. Er klopfte gegen die Rückwand des Schranks, rüttelte am Rahmen, fuhr mit der Hand über jede Oberfläche. Er fand nichts. »Es war dieser Schrank? Sind Sie sicher?«

»Der eingebaute Schrank links von der Tür. Er muss es sein.«

Willard rüttelte noch einmal am Rahmen: nichts. Rosalind hinter ihm bewegte sich. Wahrscheinlich hatte die Bewegung nichts zu bedeuten. Vielleicht hatte sie einen Krampf im Bein. Aber Willard war sensibel. Er mochte den gelegentlichen Eindruck nicht, dass Rosalind nicht vollkommen von Ehrfurcht vor ihm erfüllt sein könnte.

»Warten Sie.«

Er verließ das Apartment und lief die Treppen hinab ins Erdgeschoss zum Geräteschrank des Hausmeisters, wo er eine Werkzeugkiste suchte. Er nahm die Kiste und ging wieder nach oben.

Mit Hammer und Schraubenzieher begann er, gegen die Rückseite und die Seitenwand des Schrankes zu schlagen. Links und rechts stieß er sofort auf Mauerwerk. An der Rückseite federte die Spitze des Schraubenziehers an solider Pappe zurück, die mit Schrankpapier beklebt worden war. Willard zog den Kopf heraus, stieß dabei gegen den Schrank, fluchte und rieb sich den Schädel. Während er dies tat, fiel ihm etwas auf: ein Stück des Schrankpapiers in der linken oberen Ecke, das ein Eselsohr bildete. In der anderen Ecke war es ebenso.

»Ha!«

Unter den Eselsohren auf beiden Seiten befand sich jeweils ein Schraubenkopf, weiß angemalt, kaum sichtbar. Willard schraubte sie beide ab, sah weiter nach unten, entdeckte zwei weitere Schrauben und drehte auch diese heraus. Als die letzte Schraube aus ihrem Loch kam, löste sich die gesamte Rückwand des Schranks von der Mauer. Um die Lücke zwischen Schrank und Mauer auszustopfen, war Zeitungspapier benutzt worden. Und an die Rückseite der Pappwand war eine flache Stofftasche geklebt, die prall mit Dokumenten gefüllt war.

40

Draußen auf dem Meer bahnte sich ein Tropensturm seinen Weg nordwärts. Riesige Wellen donnerten auf den Strand. Der Sturm zerrte an den Kokospalmen. Poll befand sich sicher im Hangar, aber selbst dort schaukelte und ächzte ihr hölzernes Skelett in einem wirbelnden Luftzug.

Die Cops nutzten den Wind.

Der Lärm ermöglichte es ihnen, bis zum Hangar zu fahren und in ihn einzudringen, ohne dass Abe etwas hörte. Das Erste, was er bemerkte, war das Licht einer Taschenlampe auf seinem Gesicht, eine Schusswaffe an seiner Schläfe und das kalte, metallische Zuschnappen von Handschellen. Sobald er in Handschellen war, schalteten die Polizisten das elektrische Licht ein. Einer der Cops schlenderte langsam an Abes Werkbänken entlang und fegte mit wiederholten Armbewegungen all die Werkzeuge, gegossenen Teile und Modelle auf den Boden. »Ups. Verdammt. Oh, es ist schon wieder passiert.« Ein anderer Cop betrachtete Poll und verpasste ihr einen Tritt gegen den Schwanzsporn, der die Tuchbespannung zerriss. Drüben in der Ecke unter der durchgebrannten Glühbirne zog ein dritter Cop das Tuch von den Alkoholkisten. »He, Captain, das ist doch nicht legal, oder?«

Sie brachten Abe in die Stadt.

Sie durchsuchten ihn, fotografierten ihn, warfen ihn in eine winzige, fensterlose Zelle, in der sich ein eisernes Bett ohne Matratze befand und eine Toilette, aus der Wasser und Urin über den Betonboden sickerte. Es gab weder Essen noch Wasser. Ein Telefongespräch wurde ihm gestattet, das er mit einem Anwalt führte, dessen Namen er aus dem Telefonbuch herausgesucht hatte. Das Telefon klingelte acht Mal ohne Antwort. »Das ist ziemliche Scheiße«, sagte der Cop. »Das war dann dein Anruf.«

Um ein Uhr nachts wurde er in einen anderen Raum gebracht, in dem es einen Metalltisch und zwei Stühle gab. Abe stand, während sich zwei Cops auf den Stühlen lümmelten und ihn verhörten.

Gab er zu, die Post der Vereinigten Staaten zum Alkoholtransport benutzt zu haben? Gehörten ihm die Alkoholkisten, die in seinem Hangar gefunden worden waren? Wenn nein, wem gehörten sie dann, und warum waren sie da? Wie lange hatte er schon Alkohol transportiert? Wer kaufte ihn? Für wie viel verkaufte er ihn? Wie viel Geld hatte er mit dem Geschäft schon verdient?

Aber abgesehen davon, dass er seinen Namen und seine Anschrift bestätigte, antwortete Abe auf nichts. Irgendwann begann einer der Cops, sich zu langweilen. Er stand von seinem Stuhl auf, ging um den Tisch herum und schlug Abe so heftig, wie er konnte, in den Magen.

Der Schlag war erschreckend hart. Abe spürte seine vernichtende Kraft, spürte, wie der Raum um ihn sich plötzlich in die Höhe hob, spürte einen scharfen Schmerz, als sein fallender Kopf auf dem Betonboden aufschlug. Ein oder zwei Sekunden lang war der Schmerz so stark, dass Abe nicht einmal wusste, welcher Teil von ihm getroffen worden war. Es fühlte sich an, als ob jemand einfach die Wand genommen und ihn damit geschlagen hätte. Sein Bauch zog sich zusammen, und er würgte zwei- oder drei Mal trocken und säuerlich, sodass er nach Luft schnappen musste. Der Cop, der ihn geschlagen hatte, stand noch einige Sekunden über ihm, dann ging er zu seinem ursprünglichen Platz zurück. Abe hörte auf zu würgen, kam mühsam auf die Knie, stand dann auf und blickte leicht schwankend nach vorn.

»Willst du reden?«

Abe schüttelte den Kopf.

Der Cop wechselte ein blasses Grinsen mit seinem Kollegen, als ob er gerade die Antwort bekommen hätte, die er hören wollte. Das Verhör wurde fortgesetzt.

Abe musste von ein Uhr nachts bis vier Uhr morgens stehen. Dann wurde er vierzig Minuten allein gelassen, bis kurz vor fünf das nächste Verhör begann. Diesmal kam ein neues Paar Bullen, härtere Männer als die ersten beiden. Man schleuderte ihm eine Tasse heißen Kaffee ins Gesicht. Er wurde geschlagen und getreten. Die Bullen waren kreativ und athletisch zugleich. Sie hatten Ideen, auf die Abe niemals gekommen wäre, wie zum Beispiel, ihn auf dem Fußboden auszustrecken, sodass einer von ihnen kräftig auf Abes Fußknöchel stampfen konnte, während der andere ihm hart gegen sein Kniegelenk trat. Abes Bein schwoll an, sodass er kaum stehen konnte, aber wenn er es nicht tat, wurde er nur noch mehr geschlagen und getreten. Es wurde ihm nicht erlaubt, zu sitzen oder zu liegen. Es wurde ihm nicht erlaubt, zu essen oder zu trinken.

Nach vier Stunden wurde er in seine Zelle zurückgebracht. Abe schlief fast augenblicklich ein, aber seine Ruhe dauerte nur fünfzehn Minuten. Um Viertel nach neun kam der Captain der Polizei, der ihn festgenommen hatte, in die Zelle, in den Händen zwei Becher Kaffee und eine Schachtel Zigaretten. Abe nahm den Kaffee und eine Zigarette. Seine Lippen waren so wund, dass der Kaffee brannte, und er musste seine aufgeplatzte Unterlippe herunterziehen, um Platz für die Zigarette zu machen. Der Captain zündete beide Zigaretten an.

»Sieht so aus, als ob man Sie ziemlich rau behandelt hat.«

»Glaube ich auch.«

»Wissen Sie, es ist hart, in dieser Stadt ein Gesetzesvertreter zu sein. Der Ort gehört praktisch fast ganz den Gangstern. Es ist nicht schwierig, Leute zu verhaften, sondern ihnen etwas nachzuweisen, das an ihnen hängen bleibt.«

»Ich könnte ein bisschen Wasser gebrauchen.«

»Sicher, sieht so aus, als ob Sie das könnten.« Der Captain öffnete die Zellentür und brüllte in den Flur: »Flaherty, du Affe, geh und hol Wasser. Und hol Kekse oder sonst was. Wir könnten alle etwas zu essen vertragen.« Er schloss die Tür. »Sie wissen, wie viele Flüsterkneipen es in Miami gibt?«

Abe schüttelte den Kopf.

»Mehr als zweihundert. In einer Stadt mit vierzigtausend Leuten. Schwarz gebrannter Whisky ist so leicht zu kriegen, dass man ihn jetzt so billig kaufen kann wie während des Krieges. Beinahe. Beinahe so billig. Ihr Schwarzbrenner müsst ja auch euren Schnitt machen, richtig?«

Abe sagte nichts.

»Aber wissen Sie, ich könnte jahrein, jahraus jeden Tag zwei Festnahmen machen und doch nichts erreichen. Wissen Sie warum? Erstens würde es zu keinen Verurteilungen kommen. Nicht hier. Nicht in dieser Stadt. Und selbst wenn, jedes Mal, wenn ich irgendwo eine geheime Kneipe zumache, macht am nächsten Tag am selben Ort wieder eine auf. Mit euch ist es dasselbe. Schwarzbrenner sind wie Ameisen. Man kann sie an einem Tag vergiften, aber am nächsten Tag sind sie wieder da und wahrscheinlich mehr von ihnen als vorher. Sie verstehen mein Problem?«

Abe nickte.

Es klopfte an der Tür, und ein großer Polizist – einer von denen, die die Aufgabe hatten, die Scheiße aus Abe herauszuprügeln – kam mit einem Glas Wasser und zwei Pecannusskeksen auf einem kleinen weißen Teller. Abe trank das Wasser und aß einen der Kekse. Alles in ihm schmerzte. Alles an ihm schmerzte noch mehr. Er wollte trinken, schlafen und essen, in dieser Reihenfolge.

»Aber dann wiederum«, fuhr der Captain fort, »muss man es auch mal von Ihrer Seite sehen. Es ist wirklich traurig irgendwie. Ein Held der Vereinigten Staaten und verscherbelt Alkohol wie ein zweitklassiger Schwarzbrenner. Wenn die Zeitungsleute jemals

Wind von solch einer Geschichte kriegen würden, wäre alles vorbei. Nicht nur in Florida, ich meine überall. Der große Captain Rockwell schmuggelt Alkohol mit der US-Post. Das ist traurig. Wirklich traurig. Ich allerdings würde eine Menge Lob ernten. Der Kerl, der Captain Rockwell verhaftet hat. Was für ein Trara! Können Sie sich das vorstellen?«

Abe zuckte mit den Schultern.

»Sie sind nicht sehr gesprächig, oder? Ich habe schon Krabben gesehen, die mehr reden als Sie.« Der Polizist machte eine kleine Pause, steckte sich eine weitere Zigarette an und inhalierte ein paar Mal tief, bevor er weitersprach. »Also, ich würde gerne einen Deal mit Ihnen machen. Sie sagen mir, an wen Sie verkaufen. Sie nennen mir Namen. Sie helfen mir, die Leute einzulochen, die das Geschäft betreiben. Und das war's. Wir machen nicht viel Wind. Wir verlangen keine Zeugenaussagen von Ihnen. Wir sagen nichts der Presse gegenüber. Sie machen entweder mit Ihren Geschäften hier Schluss, oder Sie gehen in einen anderen Staat und machen da, was immer zum Teufel Sie dort tun müssen.« Der Polizist beugte sich absichtlich vor, sodass sein Gesicht nicht weit von Abes Gesicht entfernt war. »Nageln wir diese Bastarde fest. Es hat keinen Sinn, dass alles an den kleinen Fischen hängen bleibt. Also? Wie wäre es? Was sagen Sie dazu?«

Abe stöhnte.

Nicht laut, sondern mehr für sich selbst. Und nicht wegen seines grün und blau geschlagenen Körpers, sondern wegen der Frage des Captains. Er konnte immer noch aufhören. Er hatte immer noch die Freiheit, aus der Sache herauszukommen.

»Na, Kumpel? Was sagen Sie?«

»Ich sage ...«

Der Polizist spürte schon den Sieg und beugte sich noch weiter vor. »Ja?«

»Ich sage, dass Sie ein Arschloch sind.«

41

Dokumente zur Handelsfinanzierung.

Die versteckten Papiere waren Dokumente zur Handelsfinanzierung, weiter nichts. Versicherungsformulare. Empfangsbestätigungen. Kreditbriefe. Frachtpapiere. Korrespondenz.

Sowohl Willard als auch Rosalind hatten sich begierig auf den Stapel gestürzt, hatten die ersten paar Seiten mit atemloser Erwartung gelesen – und sich dann verwirrt und enttäuscht zurückgelehnt. Sie gingen den Stapel langsam und sorgfältig durch. Nichts. Rosalind legte den letzten, langweiligen Brief auf den Tisch und stieß dabei frustriert die Luft aus. Sie zog ihre Schuhe aus und vergrub ihre Beine in dem dicken, cremefarbenen Teppichboden.

»Ich fühle mich mies dabei, es zu sagen, aber das Zeug kommt mir schrecklich öde vor.«

»Sie wissen, was das ist, nehme ich an? Das ist Handelsfinanzarbeit. Die Art von Arbeit, mit der ich meine Tage verbringe. Die Art von Arbeit, die auch Arthur gemacht hat.«

Rosalind nahm ein Blatt in die Hand. »Gegerbte Häute im Wert von sechstausend Dollar. Erhalten von New Orleans Leather Goods, Inc., in gutem Zustand. 27. April 1926. Das klingt nach wahnsinnig vielen Kuhhäuten, aber nach nichts, um sich darüber aufzuregen. Nichts, das es wert wäre …«

»… dafür sein Leben zu verlieren. Nein.«

Die Dokumente bezogen sich auf vier verschiedene Transaktionen. Bei der ersten ging es um eine Lieferung von Farbe von einer Fabrik in St. Louis. Eine andere hatte mit Fellen aus Kanada im Wert von fünfzehntausend Dollar zu tun. Die dritte betraf die Häute aus Detroit. Der vierte und letzte Handel bezog sich auf fünf Lieferungen von Haushaltskeramik von einem Keramikhersteller in Pennsylvania.

Sie sortierten die Papiere auf verschiedene Stapel und lehnten sich dann zurück. Rosalind setzte sich auf ihre Fersen. Sie trug ein graugrünes Tageskleid, das ihre Augen aufregend zur Wirkung brachte. So hielt sie ihre scharlachrote Schärpe von der Armee der Abstinenz vor der Brust und spielte unbewusst mit den langen Zipfeln der Rosette. Ohne vorher darüber nachzudenken, streckte Willard die Hand aus und streichelte ihre Wange.

Überrascht blickte Rosalind hoch. Willard wollte seine Hand schon wegziehen, als sie ihre Schulter zur Wange hochzog und so sanft seine Hand gefangen nahm. Sie hielt sie dort einen Augenblick lang fest, dann ließ sie sie frei. Er lächelte. Sie lächelte zurück. Dann änderte sie den Gesichtsausdruck.

»Also, Sherlock?«

Willard schüttelte ratlos den Kopf. »Das hier scheinen vier völlig korrekte Finanzierungstransaktionen zu sein. Solche Transaktionen machen wir ständig. Für diese kanadische Firma, Northern Furs, habe ich selbst schon eine Transaktion bearbeitet. Tierfelle. Zwölftausend Mäuse. Der Käufer war von der Ostküste. Nur die Lieferadresse war anders, das ist alles.«

»Also entweder ist der Verlobte meiner Schwester verrückt geworden, bevor er starb ...«

»... oder die Dinge hier stinken, und wir müssen herausfinden warum.«

Es entstand eine Pause. Keiner von beiden glaubte, dass Arthur Martin ein Verrückter war, aber ebenso wenig konnten sie erklären, warum ihn jemand wegen ein paar langweiligen Handelsfinanzgeschäften umgebracht haben sollte. Rosalind blickte Willard an. In ihren Augen lag eine Intelligenz und Ernsthaftigkeit, die in seinem Gesicht nach einer Antwort suchte, deren Frage er nicht erraten konnte.

»Haben Sie keine Angst?«, fragte Rosalind schließlich.

»Angst? Na ja, vielleicht ein bisschen.«

»Und haben Sie irgendeine Idee? Was wir jetzt tun sollen, meine ich?«

»Ja, vielleicht, wenn Sie mir immer noch helfen wollen.«

Sie nickte ernst. »Und Sie werden vorsichtig sein, ja? Ich möchte nicht ...«

»Natürlich. Sie auch. Gott, ich würde sagen, wir haben Grund genug, auf unsere Schritte zu achten.«

»Und Sie werden nicht ... Sie werden nicht ...?« Ihre Stimme erstarb.

»Werde nicht was?«

»Hören Sie, das klingt vielleicht gemein, aber ich kann einfach nicht ganz vergessen, dass Sie für Powell Lambert arbeiten. Ich weiß nicht, ob die ganze Organisation verrottet ist oder nur ein Teil von ihr. Aber was auch immer passiert, was auch immer wir finden – Sie werden sich dieser Verdorbenheit nicht anschließen, ja? Das würden Sie doch nie tun, oder?«

Willard schob sein Kinn vor und sah verletzt aus. »Mein Gott, Ros, ich hoffe, dass Sie das nicht wirklich fragen müssen, oder? Ich meine, Sie brauchen doch nur an Arthur Martin zu denken, oder an Charlie Hughes. Ich meine, Charlie war wirklich ein dummer kleiner Mann, aber man kann doch niemanden einfach ins Gefängnis stecken, nur weil er nicht versteht, wie man sich benehmen sollte. Ich meine, es gibt Dinge, für die muss man einstehen und kämpfen.«

»Oh, Willard! Ich liebe wirklich Männer, die nicht schauspielern und sich verstellen können!«

Ihre Bemerkung platzte heraus, bevor sie begriff, was sie gesagt hatte. Aber Willard war sofort gekränkt. Er wich ruckartig zurück, hob Kinn und Nase in die Luft und sprach mit verschnupfter Stimme.

»Was? Also, wissen Sie, eigentlich war ich gar nicht so schlecht. Tatsächlich sogar ziemlich gut. Stellen Sie mich vor eine Kamera, mit Kostüm und Scheinwerfern und allem ...«

Zerknirscht kam Rosalind, kniete sich vor ihn und legte ihre langen bloßen Arme um seinen Hals. »Das wollte ich nicht. Ich wollte gar nichts. Ich wette, Sie haben traumhaft gespielt. Ich glaube, das Studio war verrückt, dass es Sie gehen ließ.«

Sie ließ ihn jedenfalls nicht gehen. Ihre Arme hielten weiter seinen Hals. Willard erinnerte sich, dass sie seine Hand festgehalten hatte, anstatt sie loszulassen, als er ihre Wange berührt hatte. Er beugte sich vor, um sie zu küssen, aber durch eine leichte Bewegung ihres Kopfes wurde er von ihren Lippen zu ihrer Wange gelenkt. Sie hatte eine wundervolle Haut. Weich. Diese wunderbare pfirsichgoldene Farbe, die nur ganz wenige Frauen von Natur aus haben, und dazu winzige blonde Härchen. Doch sie hatte ihn abgewehrt. Das war der entscheidende Punkt.

Sie lehnte sich zurück, und sie lächelten, als ob nichts geschehen wäre. Und da war er wieder. Dieser Zweifel. Diese Unsicherheit. War er ein Freund, der ihr beinahe nahe genug stand, um sie zu berühren? Oder war er nur ein Kollege? Die Art von Mann, die man von oben herab behandeln konnte, solange man es mit einem Kuss wieder gutmachen konnte?

Willard wusste es nicht, aber er dachte nicht mehr lange darüber nach. Sein Blick fiel auf die Papierstapel. Er wusste bereits, was als Nächstes zu tun war. In seinem Bauch grummelte eine Mischung aus Erregung und Angst.

42

Abes Tortur dauerte noch weitere neunundvierzig Stunden. Er bekam weiterhin kaum Schlaf, Nahrung und Wasser. Er wurde geschlagen, angeschrien, verhört, bedroht.

Und er war nicht im Geringsten an so etwas gewöhnt. Die Menschen glaubten, weil er der große Kriegsheld war, musste er auch ein zäher Bursche sein. Aber Zähigkeit, körperliche Zähigkeit, spielte beim Fliegen nur eine kleine Rolle. Die Sterberate unter den Jagdfliegern der Army war Furcht erregend: höher noch als die Sterberate am Boden. Aber obwohl die Gefahr extrem war, war das Leben selbst ruhig und bequem gewesen. Die Unterkunft war erstklassig gewesen, das Essen ausgezeichnet, der Schlaf reichlich, die Dienstpflichten waren kaum belastend und Urlaubstage leicht zu bekommen. Obwohl Abe keinen Luxus brauchte, wusste er den Komfort doch zu schätzen. Er hatte nie einen Grund gehabt, sich an Schmerzen zu gewöhnen. In jenen neunundvierzig Stunden und den acht Stunden, die ihnen vorausgingen, hatte sich das geändert. Wenn er getreten wurde, spürte er es. Wenn er geschlagen wurde, tat es weh.

Aber die ganze Zeit hindurch sagte er nichts. Und dann, um zehn Uhr vierzig am Montagmorgen, änderte sich alles.

Ein Cop kam in Abes Zelle. »Okay, Freundchen, du kommst auf Kaution raus. Himmel, du siehst wie ein Wrack aus.«

Das war eine Untertreibung. Abes Gesicht und seine Lippen waren aufgeplatzt, blutunterlaufen und geschwollen. Eines seiner Augen war schwarz und purpur. In seinem Haar klebte getrocknetes Blut. Seine Beine und Arme, sein Hals und Körper waren in einem einzigen, soliden Schmerz miteinander verbunden. Er schwankte vor Müdigkeit, und sein Mund hatte sich in Gummi verwandelt. Es war so weit mit ihm gekommen, dass man ihm die Treppe hinaufhelfen musste.

In der Lobby der Polizeiwache wippte ungeduldig ein Mann im dunklen Anzug mit rotem Hemd auf den Zehenspitzen. Abe erkannte in ihm einen der Gauner, die Mason bei seinem ersten Besuch im Hangar begleitet hatten. Der Mann sah Abe und pfiff.

»Himmel! Die haben Sie wirklich aufgemischt. Hier, ich habe Ihre Sachen. Es ist okay, dass wir gehen. Ich habe einen Wagen.«

Der Gauner beförderte Abe zum Flugplatz zurück und setzte ihn dort ab.

»Brauchen Sie irgendwas? Sie sehen ziemlich übel aus, wissen Sie?«

»Ich bin in Ordnung. Danke.«

»Danken Sie nicht mir, danken Sie dem Boss.« Der Gauner stieg wieder in seinen Wagen. »Sind Sie sicher, dass Sie okay sind?«

Abe nickte. Der Gauner fuhr fort. Abe betrat den Hangar.

Poll stand dort; ihre Flügel ragten im Halbdunkel hoch auf. Der vertraute Geruch von Öl und Zellonlack, Staub und Sonnenschein schlossen sich über Abe wie ein warmes Bad.

»Hallo, altes Mädchen«, murmelte er und fuhr mit der Hand über ihren Rumpf.

Poll sagte nichts, aber ihre massige Erscheinung an sich war schon beruhigend. Während er sich in der Stadt die Nieren neu hatte arrangieren lassen, hatte er sich um sie gesorgt. Das hätte er nicht zu tun brauchen. Es ging ihr gut. Die Cops hatten ein wenig mit seinen Werkzeugen herumgeworfen und seine Werkbänke durcheinandergebracht, aber ein paar Stunden Arbeit würden genügen, um alles wieder aufzuräumen. Der einzige wirkliche Schaden waren das Loch, das der Polizist in Polls Schwanzsporn getreten hatte, sowie einige von Abes präzisen Gussmodellen, die auf ihrer Reise vom Holzregal zum Betonfußboden zerbrochen waren.

Vor dem Hangar kontrollierte Abe seinen kleinen Bauplatz. Auch dieser war in Ordnung. Abe hatte seine Wände nun bereits auf vier Fuß hochgezogen. Holzrahmen markierten die zukünftige Position von Fenstern und Türen. Die Cops hätten alles zerstören können, wenn sie gewollt hätten, aber sie hatten es nicht getan. Der Hangar war in Ordnung. Poll war in Ordnung. Das kleine Rechteck, das eines Tages vielleicht ein Zuhause werden konnte, war ebenfalls in Ordnung.

Aber Abe selbst war nicht in Ordnung. Er setzte sich auf sein Feldbett und fühlte sich schrecklich und sehr viel älter, als er war. Er war ramponiert, auf sich allein gestellt, einsam. Er dachte an alle möglichen Dinge, an die er nicht hätte denken sollen. Er dachte an Brad Lundmark, den kleine rothaarigen Jungen. Er dachte an Gibson Hennessey, den alten Fuchs von Independence. Er dachte an seine Mutter und seinen Vater, die auf ihrer Farm in Kentucky zusammen alt wurden. Und er dachte an Pen, die Pilotin, und daran, dass er nicht einmal den Mumm aufgebracht hatte, ihr ›Hallo‹ zu sagen.

Die Gedanken verdichteten sich zu einer soliden, düsteren Hoffnungslosigkeit. Wenn er sich bedrückt fühlte, stand er für gewöhnlich auf und tat etwas. Er würde an Poll herumbasteln oder seine Werkzeuge schärfen oder eines seiner Bücher über Flugzeugbau herausholen, die alle voller Mathematik steckten, welche ihm Kopfschmerzen bereitete. Aber jetzt war er zu nichts von alledem in der Lage. Während er dort saß, wurde sein Körper immer steifer, bis ihm auch die kleinste Bewegung Schmerzen bereitete.

Er zwang sich aufzustehen, versuchte, sich ein wenig zu strecken, hierhin und dahin, aber mit jeder Bewegung öffnete sich eine Wunde oder meldete sich schmerzhaft eine Prellung. Vorsichtig machte er seinen Weg zum Waschbecken der Werkstatt. Er trank ein großes Glas Wasser und versuchte dann, sich zu waschen. Die Wasserleitung musste durch Meerwasser verschmutzt worden sein, denn das Wasser aus dem Hahn war salzig und brannte. Die Platzwunden in seinem Gesicht, auf Kopfhaut und Körper brannten scharf, während er versuchte, sie zu reinigen. Er wusch sich trotzdem und schrubbte sich mit kalter, masochistischer Wut ab. Er wollte sich abtrocknen, doch das Handtuch lag auf der anderen Seite des Hangars auf dem Boden, wo die Cops alles hingeworfen hatten. Es erschien zu weit entfernt, um es zu holen. Stattdessen kroch er zu seinem Feldbett, ließ sich darauf fallen und zog die Decke halb über seinen Körper. Innerhalb von fünfzehn Sekunden war er eingeschlafen.

Sein Schlaf dauerte nicht so lange, wie er sollte. Ein Gefühl der Hoffnungslosigkeit und ein ungeheures Gefühl der Leere, das wahrscheinlich Einsamkeit war, weckten ihn. Die akuten Schmerzen in seinem Körper hatten nachgelassen, aber der allgemeine Schmerz, die dunkle Verletzung in ihm war schlimmer geworden. Er trank noch etwas, ging auf die Toilette, fand etwas trockenes Brot und eine Packung Kekse und aß sie.

Er wollte gerade in dem Durcheinander auf dem Boden nach weiterem Essbaren suchen, als er draußen die Geräusche eines

Wagens hörte und in der Tür Masons fröhlich rüpelhaftes Gesicht erschien. Mason kam herein und ließ seinen Blick durch den Hangar schweifen. »Du lieber Himmel!«, sagte er. Er ging vorsichtig zwischen dem Müll hindurch, bis er nahe genug gekommen war, um Abe genau zu sehen. »Du liebe Scheiße!«

Abe deutete auf den Kessel. »Kaffee?«

»M-hmm. Wenn mehr Whisky als Kaffee drin ist.«

»Kein Whisky. Die Cops haben alles weggeschafft.«

»Ja. Wahrscheinlich sind sie gerade jetzt am Strand und verscheuern ihn.« Mason blickte angewidert.

Abe machte Kaffee und bewegte sich dabei so wenig wie möglich.

»Sie haben Sie schlimm verletzt?«

Abe deutete auf sein Gesicht. »Sie sehen ja.«

Mason musterte ihn aufmerksam. »Ich nehme an, ohne Hemd sehen Sie auch nicht viel hübscher aus.«

»Nicht besonders.«

Mason hob Abes Hemd hoch, starrte einen Augenblick lang und ließ es dann kommentarlos wieder fallen.

»Haben sie Sie schlafen lassen?«

»Nicht viel.«

»Essen und Trinken?«

»Es war kein Ferienlager. Aber danke, dass Sie mich rausgeholt haben. Ich fing gerade an, mich zu langweilen.«

»Gern geschehen.« Mason nahm seinen Kaffee und rührte ihn feierlich um. »Wissen Sie, im Allgemeinen haben wir gute Beziehungen zu unseren Cousins bei der Polizei. Normalerweise haben wir keine Probleme.«

»Das habe ich gemerkt.«

»Irgendjemand hat irgendwo vergessen, eine Zahlung zu leisten. Unser Fehler. Wir sind eine große Organisation, und manchmal geht etwas schief. Das war die Art der Cops, uns daran zu erinnern, sie nicht zwei Mal zu vergessen.«

»Das nächste Mal könnten sie vielleicht eine Postkarte schicken.«

»Wir haben sie wissen lassen, dass wir nicht besonders glücklich über das alles hier sind. Es gibt Möglichkeiten, solche Sachen zu erledigen, und soweit es uns betrifft, sind sie es, die die Regeln gebrochen haben.«

»Großartig.«

»Aber das ist nicht das Wichtigste. Nicht, soweit es um die Verbindung zwischen Ihnen und uns geht.«

»Ach!«

»Wir wissen, dass Sie nichts gesagt haben. Kein Wort. Die ganze Zeit, die Sie da drin waren. Ich schätze solche Loyalität.«

»Vielleicht habe ich einfach nur keine Lust, Leuten zu helfen, die mir mit dem Stiefel in die Nieren treten.«

»Vielleicht. Oder vielleicht sind Sie nur der starrköpfige Sohn eines Mulis aus Kentucky. Bei unserer ersten Begegnung waren Sie nicht sehr freundlich zu mir.«

Abe versuchte zu grinsen, aber es gelang ihm lediglich, die grünen und blauen Flecken in seinem Gesicht ein wenig zu verschieben.

»Vor einer Weile haben Sie davon geredet, so ein Flugdingsbums aus zweiter Hand zu kaufen. Eine D-irgendwas.«

»Eine DH-4. Eine De Havilland. Gutes Flugzeug.«

»Sie sind immer noch scharf darauf?«

Abe nickte.

»Vielleicht könnten wir da was machen. Eine Art Dankeschön.« Mason trommelte mit dem Löffel auf die hölzerne Umzugskiste, die sie als Tisch benutzten. »Sie geben nicht viel aus, oder?«

»Die Farm meiner Eltern war beinahe schon in den Händen der Banken. Ich bin immer noch damit beschäftigt, sie auszulösen. Das hier ist ein Teil dieses Plans.«

»Und der andere Teil?«

»Das ist nicht Ihr Geschäft, Mason.«

Mason schüttelte den Kopf. »*Sie* sind mein Geschäft.«

Abe hielt dem Blick des anderen Mannes ein, zwei Sekunden lang stand, ehe er antwortete. »Ich bin kein Typ, der viel ausgibt. Ich werde mein Geld schon machen. Wenn ich genug habe, höre ich auf.«

»Genug wofür?«

»Das ist nicht Ihr Geschäft, Mason.«

Die beiden Männer sahen sich direkt in die Augen. Abes Blick zuckte nicht. Unwillkürlich blickte Mason sich nach den Regalen um, auf denen Abes gegossene Flugzeugteile lagen. Mason starrte in die Richtung, als ob er dort die Antwort finden könnte, dann gab er auf. Er senkte den Blick.

»Vielleicht haben Sie Recht. Ich verbringe zu viel Zeit mit Pack. Wenn ich einen ehrlichen Kerl treffe, weiß ich nicht, was ich mit ihm anfangen soll. Okay. Eine Frage.«

»Nur zu.«

»Angenommen, ich würde Ihnen sagen, dass wir Ihnen ein Flugzeug kaufen würden. Eine hübsche, moderne Maschine. Große Ladekapazität. Zuverlässig. Alles sehr nett.«

»Ich würde sagen, großartig.«

»Sie würden mehr Alkohol für uns befördern. Und weil Sie mehr befördern, steigt Ihre Bezahlung.«

Abe nickte.

»Aber noch eine andere Sache. Wir hätten es gerne, wenn das Flugzeug ab und zu die Küste hinauffliegt.«

Abe nickte, diesmal jedoch langsamer.

»So wie ich mir das vorstelle, hat man einen guten Blick von einem Flugzeug aus. Man sieht eine Menge.«

Abe nickte wieder, noch langsamer. »Die Leute sind vergesslich«, sagte er. Seine Stimme klang durch die Verletzungen etwas nuschelig. »Die Leute haben vergessen, dass Flugzeuge während des Krieges einzig der Beobachtung dienten. Unsere Bomberangriffe waren praktisch nutzlos. Die Angriffe auf Bodentruppen sahen beeindruckend aus, hatten aber keinen wahren militärischen Wert. Was zählte, war die Beobachtung. Wir wollten hinter ihre Linien kommen, damit wir unseren Jungs Bericht erstatten konnten. Die anderen haben versucht, dasselbe mit uns zu machen. Der einzige Grund, warum wir überhaupt Jagdflugzeuge hatten, war, dass wir sie davon abhalten wollten, auf uns zu blicken, so wie sie uns davon abhalten wollten, auf sie herunterzublicken. Angefangen hat alles mit der Beobachtung. Das war das Einzige, was jemals wichtig war.«

Mason, der mit einem Streichholz in seinen Zähnen gestochert hatte, legte es beiseite und grinste. »Ich mag Sie. Ich wusste immer, dass es gut sein würde, Sie kennen zu lernen.«

Abe verfiel in Schweigen und griff nach seinem kalten Kaffee.

»Schiffe«, sagte Mason. »Die Küstenwache hat kürzlich ein paar unserer Schiffe geschnappt. Ich weiß nicht wie, aber irgendjemand muss ihnen einen Tipp gegeben haben. Sowas kommt vor in einem großen Unternehmen. Irgendjemandem gefällt die Bezahlung nicht, die er bekommt; er versucht, sie aufzustocken. Es ist nicht richtig, aber so ist es nun mal. Wie auch immer, wir haben drei ganze Lieferungen verloren, plus die Schiffe, plus einige unserer Männer, die vor Bundesgerichten landen. Wir werden sie rausholen können, aber es wird uns einiges kosten.«

»Schiffe sind leicht. Nichts leichter, als nach Schiffen Ausschau zu halten.«

»Wirklich? Gut. Sie brauchen einen Beobachter oder ...?«

»Ich fliege allein.«

»Also, welcher Flugzeugtyp?«

»Sie bitten mich, eine Maschine auszuwählen?«

»M-hm.«

»Neu oder gebraucht?«

»Was auch immer. Das Beste. Muss nicht das Größte sein, nur das Beste. Lassen Sie mich Ihre Entscheidung wissen.« Mason stand auf. »Ich denke, ich sollte Sie jetzt schlafen lassen.«

Abe blickte auf seine Uhr und nickte. »Ja, wir müssen in acht

Stunden losfliegen. Und mit diesem Loch in ihrem Heck kann sie nicht fliegen.«

»Wer?«

»Poll. Ich und Poll.«

Mason starrte ihn an. »Sie wollen fliegen? Morgen? Haben Sie gesehen, wie Sie aussehen?«

Abe zuckte mit den Schultern. »Es ist kein Schönheitswettbewerb, Mason. Ich habe Post zu befördern.«

Mason schwieg einen Augenblick, wobei echte Besorgnis auf seinem Gesicht zu sehen war, dann lachte er und schüttelte den Kopf. Er steckte eine Zigarette in den Mund, bereit, sie anzuzünden, sobald er den Hangar verlassen hatte. »Schlafen Sie gut, Captain.«

»Das habe ich vor.«

»Und geben Sie mir Bescheid. Das Beste, okay? Geben Sie mir einfach Bescheid.«

Abe nickte und setzte sich auf sein Bett, während Mason ging. Poll konnte mit einer festen Baumwollbandage geflickt werden. Eine richtige Reparatur würde länger dauern, aber geflickt würde sie auch fliegen.

Aber darüber dachte er nicht nach und auch nicht darüber, ob er noch bei Sinnen war, in ein paar Stunden fliegen zu wollen, oder über irgendeine der Beschwerden, die ihm seine verschiedenen Körperteile bereiteten. Stattdessen dachte er über diese ungeheure und leere Einsamkeit nach, die ihn zum Erwachen gezwungen hatte. Er fühlte sich jetzt, als ob er schon immer einsam gewesen wäre; er spürte, dass sein ganzes Leben eine Art Flucht gewesen war und dass er nichts erreicht hatte, was von Bedeutung war.

Er saß mit baumelnden Beinen auf seinem billigen Metallbett, blickte auf den Boden und tat überhaupt nichts.

43

Erschöpfung, Angst, harte Arbeit, Armut, Anspannung, Gefahr.

Das waren die Zutaten zu Willards Leben, das Mehl, die Hefe, Salz und Wasser seines täglichen Brotes.

Charlie Hughes war verschwunden. Er war nicht ersetzt worden. Von einem Ersatz war nicht gesprochen worden. Und die ganze Zeit strömten diese verhassten Akten herein. Mehr als zuvor. Powell Lamberts Geschäft wuchs, und die armen Trottel im Maschinenraum mussten die großartige Maschine in Gang halten.

Die Wochenenden verschwanden. Der Sonnabend war kein freier Tag mehr, den man auf dem Land oder beim Rennen oder mit Tennisspielen oder einem Einkaufsbummel verbrachte. Der Sonnabend war ein regulärer Arbeitstag. Um halb acht im Büro. Zwölf oder dreizehn Stunden später wieder hinaus mit einer Aktentasche, die noch prall gefüllt war.

Aber die langen Arbeitsstunden waren eine Erleichterung. Denn Willards Geld war ausgegeben. Sein Bankkonto war leer und überzogen. Seine Schwestern Lucinda und Laura fingen an, Schwierigkeiten zu machen, ihm noch mehr Geld zu leihen. Zu seiner brennenden Schande hatte Willard versucht, Gegenstände zu versetzen oder zu verkaufen, für die er alles in allem Tausende bezahlt hatte und nun nirgendwo mehr als ein paar magere Hunderter zu bekommen schien. Seine langen Arbeitszeiten gaben ihm wenigstens eine Ausrede für seine Knauserigkeit. Er begann, mehr zu laufen als mit dem Taxi zu fahren. Er lehnte Einladungen ab. Zum ersten Mal in seinem Leben zählte er sein Wechselgeld.

Aber während sich Willard wie belagert fühlte, hatte er gleichzeitig Angst. Zum einen waren seine Ängste fassbarer geworden. Das langnasige, braunäugige, gelbzähnige Windhund-Gesicht folgte Willards Bewegungen. Willard hatte den Mann jetzt fünf Mal gesehen, an fünf verschiedenen Orten. Und es war nicht nur Windhund-Gesicht. Willard glaubte, ein oder zwei weitere Kerle entdeckt zu haben; nur war er so gereizt und nervös geworden, dass er sich nicht sicher sein konnte.

Und nicht nur das. Er ging nun ganz fest davon aus, dass sein Telefon abgehört wurde. Eines Tages hatte er sich mit Rosalind am Telefon verabredet, sich dann auf den Weg zu ihr gemacht, mehrfach das Taxi gewechselt, war gegen Einbahnstraßen gelaufen, hatte sich in schmale Durchgänge geduckt, in Hauseingängen gewartet. Am Ende hätte er geschworen, dass niemand mit ihm hätte Schritt halten können, nicht einmal ein Team von Verfolgern. Aber als er zu dem Restaurant ging, um sich mit seiner schönen Rosalind zu treffen, war dort Windhund-Gesicht, der auf einem Streichholz kaute und seine traurigen braunen Augen auf Willard richtete. Willard hatte Rosalind gegenüber noch nichts von all dem erwähnt, würde es jedoch bald tun.

Inzwischen begann er, zu seiner regulären Arbeit noch seine eigene hinzuzuaddieren.

Die Akten. Arthur Martin hatte vier Akten gesammelt und war dann gestorben, bevor er sie verwenden konnte. Warum gerade diese Akten? Was war das Rätsel dieser nichts sagenden und langweiligen Dokumente? Es war möglich, dass Willards Leben von seiner Fähigkeit abhing, das herauszufinden.

Und so machte er sich an die Arbeit. Alle zwei oder drei Tage ging Willard in das Archiv der Bank. Er brauchte Akten aus dem Archiv für seine Arbeit, und der Archivar kannte Willard bereits gut. Aber während er nach den Akten fragte, die er für seine Arbeit benötigte, reichte er ebenso zusätzliche Anforderungsformulare für Akten ein, die mit denen in Zusammenhang standen, bei deren Sammlung Arthur Martin gestorben war.

Er interessierte sich für alle Transaktionen, bei denen entweder der Käufer oder der Verkäufer derselbe gewesen war wie der in Martins Sammlung. Das ergab eine Menge Geschäfte: fünfundvierzig, bei denen die Hersteller dieselben gewesen waren wie bei

Martin; zweiundsechzig, bei denen die Kunden identisch gewesen waren.

Und so, Tag für Tag, Woche für Woche, füllte Willard seine kleinen rosafarbenen Anforderungsformulare aus und sammelte seine wertvollen Akten. Tag für Tag, Woche für Woche trug Willard diese Akten aus der Bank und brachte sie zu Rosalind. Zusammen kopierten die beiden sie, wobei sie niemandem sonst bei dieser Arbeit vertrauten. Seite für Seite sammelten sich die Informationen, ohne dass ihre Besitzer wussten, was wertvoll war und was nicht. Sobald eine Akte abgeschrieben worden war, gab Willard sie zurück, unschuldig wie der junge Frühling.

Willards Mammutstunden an der Wall Street ließen Rosalind eine Menge Zeit. Sie musste Anrufe erledigen, Fahrten machen.

So auch an diesem Tag. Sie war gerade von New Hampshire und der New England Porzellanfabrik zurückgekehrt. Die Fabrik sah wie ein netter, kleiner Keramikhersteller aus, so hübsch und glänzend wie seine zuckersüße Werbung. Aber die Firma war zugleich einer der Verkäufer in Arthur Martins Geschäftsvorgängen. Willard war gerade nach Hause gekommen, erschöpft und deprimiert. Sie küssten sich auf die Wangen; Rosalind hatte den Martini schon gemixt und bot ihm ein Glas an.

Er schüttelte den Kopf. »Nein, danke. Tut mir leid. Macht es dir etwas aus? Ich dachte, ich gehe erst unter die Dusche und esse dann etwas.«

Sie blickte auf die Aktentasche. »Langsam hasse ich das Ding. Hast du ...?«

»Ja. Noch ein paar für heute Abend. Ein oder zwei Stunden, wenn die Papiere in Ordnung sind.«

Rosalind sagte nichts, sondern legte ihre Hände auf sein Gesicht, auf den weichen Bereich unter seinen Augen, wo die Haut geschwollen und dunkel war. »Wenn ich dir helfen kann ...«

Er duschte. Zwei Minuten lang heiß, so heiß, wie er es aushalten konnte. Dann kalt, eine halbe Minute voll aufgedreht. Nach Luft schnappend sprang er aus der Dusche und saß zitternd auf dem Bett, ein Badetuch in der Hand. Die Tür zum Wohnzimmer stand einen Spalt weit offen, und Rosalind sprach von draußen mit ihm.

»Willst du etwas über meine Fahrt hören? New England Porcelain?«

»O ja. Das war heute, nicht?«

»Ja.«

»Und?«

»Und – ich habe eine Keramikfabrik gefunden.«

Willard rieb seine Beine mit dem Badetuch trocken. Er trainierte jetzt überhaupt nicht mehr. Er war nicht gerade außer Form. Er war immer mit einem Körper gesegnet gewesen, der gut aussah, egal, wie wenig er sich ihm widmete. Dennoch war es nicht hilfreich, den ganzen Tag auf dem Hintern zu sitzen. Willard fragte sich, ob seine Waden schon dünner wurden, und kam zu dem Schluss, dass es so war. Draußen vor der Tür verlagerte Rosalind das Gewicht von einem Fuß auf den anderen. Willard begriff, dass eine weitere Frage erwartet wurde.

»Eine Keramikfabrik, ja? Und die ist seriös, glaubst du?«

»Glaube ich? Die bieten Rundgänge für Besucher an. Sie schicken einen zu einer Reihe von Brennöfen, zeigen einem die Teller und alles, was sie so machen. Das ist alles überraschend geruchsintensiv. Die Farben und Glasuren und so was alles. Das war mir nicht klar gewesen. Dann landet man im Fabrikladen, wo ein schmieriger kleiner Verkäufer versucht, einem irgendwelches Küchengeschirr anzudrehen, das man gar nicht braucht. Mit Erfolg, in meinem Fall. Ich habe vierzig Dollar ausgegeben.«

»Hast du was Hübsches gekriegt?«

»Du wirst heute Abend davon essen.«

»Hmm.«

In seinen besseren Tagen war eines von Willards größten Talenten Charme gewesen. Er sah nicht nur gut aus. Gutes Aussehen konnte einem den ersten Schritt erleichtern, aber wenn der Rest der Packung fehlte, brachte einen kein gutes Aussehen der Welt weiter. Doch Willard war charmant gewesen. Er konnte Frauen zum Lachen bringen. Sein eigenes Lachen, unernst, aber leicht, vermittelte allen anderen in seiner Umgebung das Gefühl, dass sie auch witzig waren. Aber das war damals gewesen. Ein müder Mann ist nicht charmant, und wenn er es ist, so flackert sein Charme auf und verlöscht wie der elektrische Strom bei einem Gewitter. Willard rubbelte noch einmal seine Beine ab und versuchte es mit einer anderen Frage.

»Also fangen wir wieder von vorn an, nehme ich an?«

»Na ja ... Es war eine große Fabrik, und ich habe nur einen Teil davon gesehen. Vielleicht gab es da woanders einen Raum, wo rote Anarchisten ein Komplott schmieden, um den Präsidenten in die Luft zu jagen, aber wenn, dann habe ich ihn nicht gesehen.«

»Trotzdem, sie machen Keramik. Das ist der Punkt.«

Bisher hatte jede Überprüfung von Arthur Martins Akten oder den dazugehörigen Akten, die sie gesammelt hatten, ergeben, dass alles in Ordnung war. Sie hatten Porzellanmanufakturen gefunden, die Porzellan herstellten. Sie hatten Maschinenfabriken gefunden, die Maschinen produzierten. Sie hatten Farbenfabriken gefunden, die fragten, wie viele Liter man benötigte. Willard legte sich auf das Bett, nackt bis auf das Badetuch. Müde und erledigt starrte er an die Decke.

Ein Augenblick verging, dann noch einer.

Rosalind war still. Willard auch.

Dann wollte er sich aufrichten, hielt aber in der Bewegung inne. Rosalind war in den Raum gekommen, stand da und starrte auf ihn hinab. Schweigend sahen sie sich an.

Willard war sich seiner Nacktheit sehr bewusst – seine Blöße war bedeckt, wenn auch nur gerade eben –, aber irgendetwas in der Art, wie Rosalind ihn ansah, sorgte dafür, dass er nichts sagte und nichts tat.

»Vielleicht ist es zu viel«, sagte sie schließlich.

»Was?«

»Das hier. Das Ganze. Alles. Es gibt eine Grenze dafür, was ein Mensch allein bewältigen kann.«

Willard brachte ein Lächeln zustande. »Ich bin aber nicht nur ein Mensch allein, oder? Jetzt habe ich dich erwischt.«

»Du könntest kündigen.«

»Das Darlehen, Ros, das Darlehen.«

»Und dein Vater? Wenn du ihm alles erklärst?«

»Du kennst meinen Vater nicht. Er würde mir nicht helfen.«

»Du hast ihn nicht gefragt.«

»Er würde nicht helfen. Ich werde ihn nicht fragen«, erwiderte Willard mit scharfer Stimme.

»Du weißt, dass das nicht der einzige Ausweg ist.«

»Ja?«

»Du könntest ...«

»Ich könnte was?«

»Du weißt schon ... Du könntest dich für bankrott erklären.«

Dieses Wort ließ Willards Zorn anschwellen wie eine Gewitterwolke. In seinen gesellschaftlichen Kreisen konnte ein Mann leichter mit Lepra durchkommen als mit einem Konkurs. Er wäre ein Aussätziger. Ein Niemand. »Niemals.« Seine Wut ließ das Wort herausschießen wie eine Pistolenkugel.

Dann tat Rosalind etwas Unerwartetes. Sie trug ein Abendkleid in zartem Blau. Ihr Haar war gekämmt und zum Bubikopf geschnitten und glänzte golden im Licht der Lampen. Sie streifte die Schuhe ab, beugte sich dicht zu Willard hinab und hielt seine Knie fest. Ihre Berührung war so plötzlich, so unerwartet, dass sich unter dem Badetuch sein Glied rührte. Erregt zog er das Badetuch zurecht.

»Warum?«, fragte sie.

Die Atmosphäre besänftigte Williard etwas. Wenn er seinem Zorn freien Lauf gelassen hätte, wäre die Antwort kurz, unfreundlich und bockig gewesen. Aber so sagte er einfach: »Wir haben eine

Aufgabe zu erledigen. Wir sind noch nicht fertig. Denk an Arthur Martin. Denk an Charlie Hughes.«

»Oh.«

Es entstand ein weiterer Augenblick des Schweigens. Willards Erektion rührte sich wieder, und er wollte sich aufsetzen, um sie besser zu verbergen. Aber Rosalind stoppte ihn. Sie legte ihre Hand auf seine Brust und drückte ihn sanft wieder hinunter. Er lag flach auf dem Bett und atmete schneller.

Einen Augenblick noch blieb Rosalind stehen, während sich auf ihrem Gesicht ein Entschluss abzeichnete. Dann beugte sie sich hinab und hob das Badetuch hoch. Willards Erektion, die schon vorher nicht klein gewesen war, sprang hervor wie ein kleiner Leuchtturm. Sein Glied hatte die richtige Größe. Er mochte es, wie Rosalind ihn ansah.

Sie zögerte noch einen Augenblick, dann streifte sie ihr Kleid ab, ihren Büstenhalter, ihre Strümpfe, ihre Perlen, ihren Slip. Ihr Körper war Sahne und Gold, mit Brustwarzen so dunkel wie Himbeeren. Willard wollte sich wieder aufsetzen, bereit, sie in seine Arme zu nehmen, aber wieder drückte sie ihn hinunter.

Er legte sich hin. Sie stieg auf das Bett, stieg rittlings über ihn und ließ sich langsam auf ihn hinunter. Abgesehen von einem leisen »Ah«, als er in sie eindrang, blieben sie beide still. Sie begann, sich zu bewegen, aber langsam. Willard hatte schon länger keine Liebe gemacht, als ihm lieb war sich zu erinnern, und durch die Müdigkeit und den Mangel an Praxis war er bereit, fast augenblicklich zu explodieren.

Aber sie ließ ihn nicht. Jedes Mal, wenn sie ihn beinahe bis zum Höhepunkt geritten hatte, hielt sie inne. Sie ließ das Gefühl verklingen, und Willard, der immer noch einfach dalag, war bereit für mehr. Ihr eigenes Gesicht sah ruhig und in sich gekehrt aus, außer dass ihre Lippen sich nie ganz schlossen und ihre Augen nur halb geöffnet waren. Sie ließ Willard sie berühren, wo immer er wollte, aber nach einer Weile kamen seine Hände auf ihren Hüften zu liegen.

Noch eine Weile lang bewegten sie sich zusammen. Willard hatte noch nie diese Position gewählt. Er war immer der Meister im Bett gewesen, derjenige, der oben war, derjenige, der führte. Diese Stellung war neu, aber genau richtig. Er ließ Rosalind alles machen, wie sie es wollte, bis es Zeit war, die Kontrolle zu übernehmen. Dann, mit den Händen auf ihren Hüften, begann er selbst, sie zu bewegen. Er schaukelte sie auf und ab, bis sie sich ganz von ihm schaukeln ließ.

Ihr Kopf beugte sich jetzt nach hinten und legte die lange Kurve ihres Halses frei. Ihre Atemstöße kamen schneller. Beim Ausatmen stöhnte sie leise, dann nicht mehr so leise, dann überhaupt nicht mehr leise.

Sie kamen gemeinsam zum Höhepunkt: Willard in einem einzigen langen Regen funkelnder Sterne; Rosalind in einer langen, rauschenden, grüngoldenen Woge der Befriedigung. Und von diesem Augenblick an war alles anders.

Vorher hatte irgendetwas gefehlt. Nicht einfach nur Sex, sondern mehr als das.

Und nun? Nun ja, es war anders. Die Kluft, die zwischen ihnen bestanden hatte, war entweder verschwunden oder (was genauso gut war) schien verschwunden zu sein. Rosalind akzeptierte Willards Charme als das, was er war. Sie lachte über seine Witze. Sie kuschelte sich in seine Zärtlichkeiten. Sie begann, Willard so zu betrachten, wie er es von einem Mädchen erwartete: voller Vertrauen, Zuneigung und Bewunderung, als die Seine.

44

Atlanta, Georgia.

Ein starker Regen war gerade vorübergezogen, und die Luft glänzte rein und klar. Gibson Hennessey, der Besitzer des Gemischtwarenladens in Independence ging vom Bahnhof aus rasch in Richtung Innenstadt. Er war mit dem Zug gekommen, doch eine Lokomotive des Southern Express war gleich nördlich von Macon entgleist, und Hennessey war spät dran. Er ging schnell. Sein alter schwarzer Anzug hatte zu viele glänzende Stellen. Ellbogen, Knie und Schultern schimmerten in der Sonne. Die Ärmel seines Hemdes waren leicht und weich.

Das Southern Pride Restaurant war ein pompöser Laden mit großen Bogenfenstern, die zu dem brennend heißen Bürgersteig hinausgingen. Hennessey ging hinein. Am Eingang saß ein Mädchen an einer übergroßen Hutgarderobe aus Mahagoni. Irgendwo lief ein Radio, eine traurig klingende Jazzmelodie ertönte.

»Guten Tag«, begrüßte ihn das Mädchen.

»Guten Tag«, antwortete Hennessey.

Das Mädchen deutete auf das Buch, als ob Hennessey wissen müsste, was er als Nächstes zu tun hätte. Er wusste es nicht.

»Ihren Namen, bitte? Sie haben reserviert?«

»Mein Name ist Hennessey. Ich habe eigentlich keine Reservierung, aber möglicherweise die Person, mit der ich mich hier treffen will.«

»Ihren Namen, bitte.«

»Sie haben da drinnen niemanden, der sich Tante Polly nennt, oder? Das klingt vielleicht ein bisschen seltsam, aber es ist möglich, dass die Person, die ich treffen möchte, ein Mann ist.«

Das Mädchen sah ihn an, als ob er ein Irrer wäre, doch Irre gehörten zu ihrer Stellenbeschreibung.

»Sie werden Ihre Tante drinnen an dem Ecktisch finden.« Sie machte ein Gesicht, als ob sie sagen wollte, dass ihr alles recht war, was Hennessey vorhatte, solange sie darin weiter keine Rolle spielte.

»Danke sehr.«

»Ihr Hut.«

»Was?«

»Ihr Hut. Sie können ihn bei mir lassen.«

»Das ist schon okay, es macht mir nichts aus …« Hennesseys Stimme verebbte. Das Mädchen notierte sich Namen und sammelte Hüte ein. Das war ihr Job. Soweit Hennessey wusste, war das ihr Leben. Er nahm seinen Hut ab und gab ihn ihr.

* * *

Abe sah, wie der Ladenbesitzer das Restaurant betrat.

»Hallo, Hen«, sagte der Flieger.

»Hallo, Captain. Wirklich schön, Sie wiederzusehen. Unerwartet, aber schön.«

Abe nickte. »Wollen Sie etwas essen?«

»Äh, eigentlich fehlt mir nichts.«

»Sie werden etwas essen müssen. Ich war schon eine Zeit lang hier, und ich habe alles gegessen, was ich herunterbekommen habe.«

»Ja, tut mir leid. Der Zug hatte Verspätung.«

»Ich weiß.«

Ein Kellner kam, und Hennessey bestellte. Der Kellner ging.

»Also?« Es war der Ladenbesitzer, der zuerst sprach.

»Ich bin drin.«

»Wie bitte?«

»Ich bin drin, Hen. Sie haben mich angeheuert.«

»Sie? Sie meinen …?«

Abe nickte. »Ich fliege Alkohol für sie. In Kürze werde ich anfangen, ihre Schiffsflotte vor der Küstenwache zu beschützen. Sie kaufen mir ein Flugzeug. Ein großes. Ein Zwanzigtausend-Dollar-Flugzeug. Sie vertrauen mir. Ich bin drin.«

Er sprach klar und deutlich, aber da war ein Zucken in seinem Gesicht. Er war sich nie sicher gewesen, ob er tun sollte, worum Hennessey ihn gebeten hatte, und dies war bisher sein entschiedenster Schritt. Nicht einmal die zweieinhalb Tage in der Polizeizelle in Miami hatten solche Bedeutung wie das, was er jetzt tat.

Der Ladenbesitzer hörte die Worte, aber er sah auch das Zucken. Er beugte sich vor, um es sich noch einmal bestätigen zu lassen.

»Sie sind drin, und Sie sind auf unserer Seite?«

»Ja. Ich wollte vorher nichts versprechen, weil ich nicht wusste, ob ich jemals so weit kommen würde. Deshalb wollte ich, dass Sie und alle in Independence mich vergessen oder wenigstens glauben, dass ich ein Scheißkerl bin.«

»Brad Lundmark hat mir von dem Alkohol erzählt. Ich wusste nicht, was ich denken sollte.«

»Dass ich ein Alkoholschmuggler bin. Wie kommt es, dass Sie das nicht gedacht haben?«

»Ich konnte mir das nicht vorstellen, Captain. Ich konnte es mir einfach nicht vorstellen.«

»Ja ... Der gute Brad. Niemand sonst ist so wild darauf, immer alles aufzuräumen.«

Hennessey starrte den Piloten an. Selbst jetzt, zehn Tage später, trug Abes Gesicht noch die Spuren der Schläge in der Polizeizelle. Seine Stirn und seine Wangen waren weitgehend verheilt, aber sie waren immer noch übersät mit kleinen weißen und roten Narben, und seine Oberlippe schimmelte immer noch in schwarz, violett und gelb.

»Sie sagen, dass sie Ihnen vertrauen. Was war nötig, um sie dazu zu bringen?«

»Es war schwerer, als ich dachte. Ich habe damit angefangen, Alkohol für sie zu fliegen, aber das war's dann. Ich sah kein Stück in ihre Organisation hinein, und soweit ich es beurteilen konnte, hatten sie vor, es dabei zu belassen. Also habe ich angefangen, der Küstenwache zu stecken, wo sie ein paar Schiffe abfangen konnten, und die Dinge änderten sich. Sie haben ihre Freunde bei der Polizei dazu gebracht, mich ein bisschen herumzustoßen, um zu sehen, ob ich singen würde. Ich habe nicht gesungen. Und das war's. Sie brauchten mich. Sie haben mich getestet. Sie haben sich entschlossen, mir zu trauen.«

Hennessey pfiff leise, blieb jedoch stumm, während der Kellner ihm frittierte Krebsfleisch-Frikadellen und einen Teller Bratkartoffeln servierte.

»Sie konnten nicht wissen, ob die Polizei auf ihrer Lohnliste steht.«

»Nein, das konnte ich nicht.«

»Es war Brad Lundmark, der uns überzeugt hat, zu Ihnen zu gehen. Er hatte Recht. Wir hatten Glück.«

»Er ist ein guter Junge.«

»Wissen Sie eigentlich, was Sie sich da vorgenommen haben? Ein einzelner Mann gegen ein Unternehmen von der Größe Marions?«

»Sie glauben, dass ich auf ihrer Seite bin. Das macht sie verwundbar. Es ist wie ein Gefecht. Es ist alles eine Frage der Positionierung. Positionierung und Zielen. Wir feuern erst, wenn wir ihre schwache Stelle gefunden haben. Dann schlagen wir zu. Es ist immer dasselbe in derselben Reihenfolge. Vorbereiten. Beobachten. Manövrieren. Zerstören.«

»Und ihre schwache Stelle?«

Abe grinste. »Sie sind Kriminelle. Sie betreiben eine einzige riesige kriminelle Verschwörung. Das ist gegen das Gesetz, Hen.«

Hennessey klang enttäuscht. »Sie haben Cops gekauft, Captain. Von County und Staat. Bei den Bundesbehörden ist es dasselbe. Genauso schlimm oder schlimmer. Die Küstenwache scheint sauber zu sein, obwohl es natürlich auch da korrupte Mannschaften gibt. Aber wie viele Schiffe auch immer sie abfangen, es kommen immer neue nach. Und die Küstenwache hat an Land keine Zuständigkeit.«

»Okay. Was würde Sie sagen, wenn wir uns eines Gesetzeshüters bedienen, der von ihrem Geld vollkommen unberührt ist? Eine Bundesorganisation, die hundertprozentig sauber ist? Die die Mittel und die Kompetenz und den Willen hat, jedes Element der Verschwörung zu zerstören?«

Hen schüttelte den Kopf.

»So eine gibt es nicht. Wir haben es versucht. Wir haben alles getan, wir ...«

Abe unterbrach ihn, indem er ihm einen Zeitungsausschnitt über den Tisch schob. »Während ich mir überlegte, ob ich Ihnen helfen soll oder nicht, sah ich eine der Hauptschwierigkeiten darin, dass Recht und Gesetz korrupt sind. Dann habe ich das hier entdeckt. Ich habe es nachgeprüft, Hen. Nach allem, was ich erkennen kann, sieht das Ding aus, als ob es funktionieren wird.«

Der Ladenbesitzer las den Ausschnitt und las ihn dann noch einmal. Während er las, begann er zu lächeln. Dieses Lächeln wurde immer breiter, bis es in ein tiefes, mühsam zurückgehaltenes Kichern überging.

»Das ist eine verrückte Idee, Captain. Aber auf schöne Art verrückt, nicht auf dumme Art.«

Abe nahm den Zeitungsausschnitt und riss ihn in Stücke.

»Wird schon gut gehen«, entgegnete Abe.

»Sie setzen sich keine einfachen Ziele, oder, Captain?«

»Ich glaube, dieses hier habe ich mir nicht selbst gesetzt, Hen«, erinnerte ihn Abe.

»Wissen Sie, was als Nächstes passiert?«

»Eigentlich nicht. Aber ich weiß wohl, dass ich eine Menge fliegen werde. Selbst mit dem neuen Flugzeug und allem glaube ich nicht, dass sie mir völlig vertrauen. Ich gehöre nicht gerade zur üblichen Sorte von Ganove. Ich verdiene jetzt ziemlich viel Geld, aber ich schmeiße nicht damit um mich. Ich trinke nicht viel. Ich spiele keine Glücksspiele. Ich treibe mich nicht mit Frauen herum. Es sei denn ...«

»Ja?« Der Ladenbesitzer zog eine Augenbraue hoch.

»Ich treibe mich nicht mit Frauen herum, es sei denn, sie sind sehr hübsch und haben schöne lange Flügel.« Abe machte seinen üblichen Witz, aber selbst der klang gezwungener als sonst. Er erinnerte sich an eine Pilotin, einen Strauß Rosen und daran, wie er beschlossen hatte, die hübschen rosa Blüten abzutrennen. Auch darüber schwebte der Geist der Einsamkeit.

»Sie brauchen jemanden am Boden, stimmt's?«

»Stimmt.«

»Sie glauben, Brad ...?«

»Teufel, er ist zu sehr an Independence gebunden. Wenn es da nicht seinen Pa gäbe und so ...«

»Er verehrt Sie, Captain. Er wäre loyal.«

»Er ist zu dicht an Independence, Hen, tut mir leid.«

»Okay, haben Sie irgendeine Idee?«

»Ja, ein paar.«

»Legen Sie los.«

»Ich werde einen Mechaniker brauchen. Bisher habe ich mich selbst um Poll gekümmert und bin zugleich geflogen. Wenn ich mehr in der Luft bin und eine größere, kompliziertere Maschine fliege, werde ich Hilfe brauchen. Ich denke, der Mechaniker sollte jemand sein, dem wir beide vertrauen können.«

»Soll ich jemanden für Sie suchen?« Hennessey klang alarmiert.

»Nein, ein normaler Automechaniker reicht völlig. Ich werde ihm beibringen, was er wissen muss. Stellen Sie nur sicher, dass er sein Handwerk versteht, wenn es um Motoren geht.«

»Vielleicht kenne ich da ein paar Leute. Ich werde sie mir ansehen.«

»Okay. Ich werde in Jacksonville eine Anzeige aufgeben. Wen auch immer Sie kriegen, sorgen Sie dafür, dass er auf die Anzeige antwortet.«

»Soll ich Sie vorher wissen lassen, wen ich schicke?«

Abe schüttelte den Kopf. »Vor Poll hatte ich ein Thomas Morse-Flugzeug, das Sweet Jemima hieß. Eigentlich war es gar nicht so süß; tatsächlich war es ein reizbares, kleines Fräulein, das ein paar Mal versucht hat, mich umzubringen. Ich habe die Maschine meistens Jemmy genannt. Wenn auch immer Sie mir schicken, sorgen Sie nur dafür, dass er seine Tante Jemmy erwähnt.«

»Okay.«

»Und noch eine letzte Sache. Wenn ich Sie erreichen muss, dann bin ich Ihre Tante Polly. Machen Sie einfach, was der alte Vogel will. Sie sollten auch von Zeit zu Zeit Ihren Hof kontrollieren. Es könnte Ihrer Tante in den Kopf kommen, dort Botschaften abzuwerfen.«

»Ich werde aufpassen.«

»Und Sie müssen mich auch erreichen können, aber ich möchte nicht, dass Sie die Post oder das Telefon benutzen, mal angenommen, dass ich eines kriege.«

»Um zu rufen, ist es ein bisschen weit, Captain.«

»Wo trocknet Mrs. Hennessey ihre Wäsche?«

»Hä? Ihre Wäsche? Draußen im Hof. Sie hat eine Wäscheleine.«

»Okay, gut.« Abe wies Hennessey an, was er zu tun hatte, wenn er seine – Abes – Hilfe benötigte. »Und denken Sie daran, wir müssen davon ausgehen, dass sie mir nicht trauen, dass sie Ihnen nicht trauen und dass sie uns beide beobachten.«

»Ich habe verstanden. Seien Sie vorsichtig, Captain.«

»Wir beide, Hen. Wir müssen beide vorsichtig sein.«

45

»Teure Miss Hooper«, verkündete Larry Ronson und hielt eine der Akten hoch, die die Gruppe so hasste. »Ihr habt Euch geirrt. Sehr geirrt. Oder, um es anders auszudrücken, Ihr möget dieses Ding entfernen.«

Er gab ihr die Akte zurück.

»Nein, Larry. Kein Irrtum. Du bist an der Reihe. Die anderen sind schon unter ihren Akten eingeschneit.«

»Der Schnee, er fällt wohl jeden Tag. Ich habe nichts dagegen, noch eine von deinen schmutzigen Akten zu nehmen, meine teure Lady. Aber diese hier gehört jenem Manne dort.«

Er zeigte auf Willard, der aufblickte.

»Ach ja?«

Larry nahm die Akte von Annie zurück und ließ sie auf Willards Schreibtisch fallen.

»Der wohl bekannte und hoch religiöse Verband der irischen Rabbis kauft immer noch mehr ... Ich weiß nicht. Toras. Kippahs. Kerzen. Getrockneten Fisch. Was immer einen irischen Rabbi vor Freude in die Luft springen lässt.«

Willard öffnete die Akte. Es waren seine alten Freunde vom Verband der Orthodoxen Synagogen. Sie hatten eine weitere, große Bestellung religiöser Gegenstände, wovon der erste Teil bald abgeschickt werden sollte. Er zögerte. Die Akte war riskant, und es war Ronsons Akte. Darüber hinaus hatte Willard das Gefühl, dass durch Pech oder irgendeinen böswilligen Vorsatz die schwierigen Akten immer bei ihm landeten. Die Akten mit Fehlern, die Akten mit inkompetenten Geschäftspartnern, die Akten, in denen Dokumente fehlten. Vielleicht hatte er unrecht. Aber es war mit Sicherheit wahr, dass Willards Arbeitszeit, wenn auch alle anderen im Handelsfinanzteam lange arbeiteten, von allen die längste, die härteste war.

Annie nahm die Akte und wollte sie gerade Larry zurückgeben und ihm sagen, dass er aufhören sollte, sich vor der Arbeit zu drücken. Aber Willard stoppte sie.

»Nein, Annie, das ist schon in Ordnung. Ich habe meine unsichtbaren Rabbis ziemlich lieb gewonnen. Es macht mir nichts aus, die Akte zu nehmen. Gib Larry einfach die nächste, die für mich gedacht war.«

Annie runzelte die Stirn, denn sie hatte das Gefühl, dass Ronson sie irgendwie ausgetrickst hatte.

»Du hast wirklich genug zu tun.«

»Ich muss wohl ein Heiliger sein.«

»Sankt Willard von der Wall Street«, sagte Ronson. »Ich werde eine Kerze anzünden.«

Willard setzte sich wieder; das Blut pulsierte bereits schneller durch seine Adern. Er kannte das Gefühl. Es war nicht die plötzliche, explosive Erregung des Gefechts, sondern der Augenblick der Stille davor. Es war die erste Sichtung von Flecken am Himmel: ein kurzer Blick auf ein Ziel, ein Hinweis auf eine Schlacht.

46

»Er ist ein guter Mann, Captain. Himmel!« Mason spuckte auf den Hangarboden, dann rieb er den Fleck mit der Schuhspitze in den Schmutz. »Ich hatte einen wirklich schönen Lincoln. Der wollte nicht anspringen, was auch immer ich probiert habe. Dieser Kerl kommt und repariert ihn in null Komma nichts. So schnell kann man keine Nüsse vom Baum schütteln.«

»Ich fliege ein Flugzeug, keinen Nussbaum.«

Mason wollte nicht aufgeben. »Es macht viel Sinn, jemanden aus der Organisation zu nehmen. Wir halten gerne alles unter Freunden, besonders wenn es wirklich wichtig ist. Und das schließt Sie ein, Kumpel, ob es Ihnen gefällt oder nicht.«

Abe sagte nichts, sondern wandte sich nur an den Mechaniker, den Mason mitgebracht hatte. »Ziehen Sie Ihren Mantel aus.«

»Hä?«

»Wenn Sie nicht wollen, dass überall auf Ihrem Mantel Öl landet, ziehen Sie ihn aus.«

Der Mechaniker, ein Mann mit Augen, die über den Boden streiften, und großen Händen, die er voller Unbehagen in seinem Schoß rang, zog den Mantel aus. Im Augenblick trug er keine Waffe, aber Abe konnte die Schweißränder sehen, wo sich vor nicht allzu langer Zeit ein Halfter befunden hatte. Abe warf dem Mann einen Overall zu.

»Ich habe hier eine Maschine, die nicht richtig klingt. Ich möchte, dass Sie mir sagen, was nicht in Ordnung ist.«

»Okay. Sicher.« Der Mechaniker warf Mason einen Blick zu, den Mason ignorierte.

Abe startete Polls Motor und ließ ihn laufen. Neben dem regelmäßigen Donnern ihrer Kolben gab es ein verräterisches Geräusch, dass etwas lose war, und ein fühlbares Vibrieren der Motorabdeckung, das anders war als die normale Vibration.

»Okay«, sagte Abe. »Irgendwelche Ideen?«

»Hä?«

»Ich möchte, dass Sie mir sagen, was mit der Maschine nicht stimmt.«

Der Mann machte eine hilflose Geste. »Sie haben sie laufen lassen. Wenn Sie wollen, dass ich nachsehe, drehen Sie sie lieber ab.«

Abe schaltete den Motor aus. Der Mechaniker zwängte sich in den Overall, der einige Nummern zu klein war. Er nahm ziemlich rasch die Motorabdeckung ab und verbrachte dann fünfzehn Minuten damit, im Inneren herumzufuhrwerken. Abe hasste den Gedanken, dass jemand, dem er nicht vertraute, an Poll herumfummelte, aber er zwang sich zur Geduld.

»Er macht es gut, was?«, fragte Mason. »Gründlich.«

»Wir werden sehen.«

Schließlich war der Mechaniker fertig. Er schloss die Motorabdeckung zu heftig, und das Echo schallte hohl dröhnend durch den Hangar.

»Ich denke, Sie haben ein Problem mit dem Öl. Ein verschmutzter Ölfilter. Hier, ich habe ihn ausgebaut.« Er hielt ihn in der Hand, sodass das Öl auf den Betonboden tropfte.

»Okay, warten Sie draußen.«

Der Mann ging hinaus.

»Und?«, fragte Mason.

»Der Filter ist sauber. Ich habe ihn heute Morgen gereinigt.«

»Geben Sie dem Mann eine Chance. Er hat noch nie ein Flugzeug gesehen.«

»Er hätte einen Ölfilter gesehen haben müssen.« Es entstand

eine hässliche Pause. »Ich brauche einen Mechaniker, Mason, nicht einen Ihrer schweren Jungs, der eigentlich eine Waffe und keinen Schraubenschlüssel hält.«

»Es ist aber trotzdem wahr, dass er meinen Wagen repariert hat.«

»Ich brauche einen Mechaniker. Einen Mann, der etwas von Maschinen versteht. Sie brauchen ihn auch. Ich kann nicht für Sie arbeiten, wenn mein Flugzeug nicht flugtauglich ist.«

Mason wollte wieder spucken, aber er wusste, dass Abe das nicht mochte. Er schürzte die Lippen und blickte mürrisch drein. »Wer ist der Nächste?«

Der Nächste war Arnold Hueffer. Ein schlanker dunkler Mann mit einem Haarschopf, der ihm wie ein Rabenflügel über die Augen fiel. Er hatte einen olivenfarbenen Teint und flinke braune Augen, die verrieten, dass seine Mutter nicht so germanisch war wie sein Familienname.

Abe ging mit ihm dieselben Fragen und Antworten durch. Name. Frühere Arbeitgeber. Berufserfahrung. Motoren, mit denen er bereits gearbeitet hatte. Verantwortliche Stellen, die er innegehabt hatte. Hueffer hatte nicht viel, dessen er sich rühmen konnte. Er hatte in einer kleinen Autowerkstatt in Brunswick gearbeitet. Als der Eigentümer in Rente gegangen war, hatte Hueffer ihm die Werkstatt abgekauft. Er arbeitete an jedem Motorentyp, der durch das Tor der Werkstatt kam. Er hatte auf die Anzeige geantwortet, weil ihm Flugzeuge schon immer gefallen hatten, die ganze Idee.

»Okay, Mr. Hueffer, ich habe ein Problem. Poll hier läuft nicht ganz richtig. Ich möchte, dass Sie mir sagen, was los ist.« Er warf Hueffer den Overall zu, ging dann zu Poll und startete den Motor. Hueffer saß auf seinem Stuhl, den Overall auf dem Schoß, und horchte. Nach einer Weile ging er zu Poll und horchte genauer, wobei er die Fingerspitzen seiner linken Hand leicht gegen die Motorabdeckung drückte. Den Overall hatte er auf dem Stuhl liegen lassen.

»Ich weiß nichts von Flugzeugen. Ich weiß nicht einmal, was für ein Typ von Flugzeug das ist.«

»Das ist eine Curtiss JN-4D-2. Sie werden von ihr als Curtiss Jenny gehört haben.«

»Eine Jenny. Sicher.« Er horchte noch etwas. »Vier Zylinder, richtig?«

»Richtig.«

»Die laufen rund, da ist alles in Ordnung.« Er bewegte seine Hand an der Abdeckung herab, dann wieder hinauf, wie ein Arzt, der nach dem Puls sucht. »Ich kriege da eine Art metallisches Klopfen. Da ... da auch ... und da.« Mit seiner freien Hand schlug er den Rhythmus des Klopfens. »Ist das normal?«

»Nein.«

»Und ich könnte mich natürlich irren; ich habe noch nie zuvor einen Flugzeugmotor gesehen – eigentlich immer noch nicht –, aber das Gefühl, das ich kriege, gefällt mir nicht besonders. Zittert sie immer so?«

»Nein.«

»Sind sie mit der Aufhängung der Kurbelwelle zufrieden?«

»Die Kurbelwelle ist es nicht.«

Hueffer horchte ein wenig weiter, nahm dann die Hand herunter und kehrte zu seinem Stuhl zurück.

»Sie haben erst mal mit etwas Einfachem angefangen, oder? Ich hatte etwas Kniffligeres erwartet.«

Abe sah Mason an, der wiederum Abe ansah. »Und?«, fragte Mason. »Wollen Sie nicht mal einen Blick darauf werfen?«

»Brauche ich nicht«, sagte Hueffer. »Sogar meine Tante Jemmy könnte Ihnen sagen, dass bei dem Motor nur die Haltebolzen festgezogen werden müssen.«

Abe lächelte. Er warf Mason einen Blick zu. Mason zog eine Grimasse, aber er nickte auch.

»Okay, Kumpel, Sie haben den Job.«

47

Es war tiefe Nacht an der Lower East Side.

Ein paar Betrunkene schwankten vorbei. Ab und zu ließ sich ein Wagen oder Lastwagen blicken. Ein Stück weiter den Block hinunter quoll Dampf aus einer undichten Heißwasserleitung, aber niemand achtete darauf. Die Straße war ruhig. Willard saß in einer geliehenen Limousine und blinzelte kräftig, um wach zu bleiben.

Am Abend hatte er vom Büro aus seine Mutter angerufen, um sie wissen zu lassen, dass er am Wochenende zu Besuch kommen wollte. Er hatte ihr die Ankunftszeit seines Zuges gegeben und dabei laut und deutlich gesprochen. Später, in der Grand Central Station, war sein allzeit treuer Freund Windhund-Gesicht bereits da gewesen; er lehnte an einem Hamburger-Stand, las in einer Wettzeitschrift und stocherte in seinen gelben Zähnen. Willard hatte alles getan wie erwartet. Er hatte eine Fahrkarte und Süßigkeiten gekauft, war zum Bahnsteig gegangen, in seinen Zug gestiegen. Aber dann, statt sich hinzusetzen, war Willard den ganzen Zug entlanggelaufen und hatte seinen hellen Mantel gegen einen dunklen aus seiner Reisetasche getauscht. Dann war er ausgestiegen und hatte sich hinter einem Pfeiler versteckt, bis er im Gedränge der neu angekommenen Passagiere des nächsten Zuges den Bahnsteig verlassen konnte.

Er war hierhergefahren, ungesehen, zu einem Ort, den er bereits kannte. Er parkte vor den geschlossenen Garagentüren, die vielleicht zum Verband der Orthodoxen Synagogen gehörten oder auch nicht. Seinen Unterlagen aus dem Büro zufolge erwarteten seine geschätzten Rabbis in genau dieser Nacht eine Lieferung – und Willard war beinahe schmerzlich darauf versessen, zu sehen, ob die Lieferungen weniger fiktiv waren als die Organisation, die sie bestellt hatte.

Und so wartete er.

Seine Augenlider sehnten sich danach, sich zu schließen. Der

Schlaf rief ihn. Er öffnete das Autofenster, erst auf einer Seite, dann auf beiden. Er trommelte mit den Füßen. Er summte jede Melodie, an die er sich erinnern konnte. Er zog Schuhe und Strümpfe aus, sodass er das kalte Metall der Pedale an seinen nackten Füßen spüren konnte.

Er dachte an Rosalind. Sie hatten jetzt ständig Sex miteinander, fantastischen Sex, der nur durch die dicken gelben Kondome, die er hasste, auf denen sie jedoch bestand, beeinträchtigt wurde. Und obwohl es ein langsamer Prozess gewesen war, war sie dabei, sich in ihn zu verlieben. Er wusste es. Er sah es an ihrem Lächeln, an ihren offenen Lippen beim Orgasmus, an der Art, wie sie über seine Witze lachte, wie sie seiner Führung folgte, sein Beispiel bewunderte. Einmal waren sie die Straße entlanggegangen und an einem Brautgeschäft vorbeigekommen. Im Schaufenster hatte ein Kleid gehangen: schmal, mit Spitzen besetzt, gerade geschnitten. Die Art von Kleid, das nach einer Million Dollar aussah, wenn das richtige Mädchen es trug. Rosalind war nicht unbedingt stehen geblieben, um es sich anzusehen, aber ihr Blick wurde gefangen, und sie verlangsamte ihren Schritt. Willard blieb stehen, damit sie es betrachten konnte. Rosalind blickte noch einige Sekunden in das Schaufenster, dann errötete sie. Er lachte, machte eine schnippische Bemerkung, ließ sie die Spannung weglachen. Aber der Punkt ging an ihn. Rosalind konnte wenigstens die Möglichkeit in Betracht ziehen, dass sie Willard eines Tages heiraten würde.

Und Willard? Auch er schloss es nicht aus. Er war niemand, der sich leicht verliebte. Er genoss den Sex, und er genoss es, bewundert zu werden. Sicherlich, eines Tages würde er heiraten, und wenn er es tat, so hoffte er, dass es ein Mädchen wie Rosalind sein würde. In der Zwischenzeit war Rosalinds langsames Taumeln in die Liebe wie ein rosiges Leuchten im Hintergrund, das all die Dinge in seinem Leben, die er nicht mochte, ein wenig kompensierte.

Willard trommelte mit den Füßen, gähnte, kämpfte darum, wach zu bleiben. Es war drei Uhr morgens.

Unten an der Straße ging in einem Bäckerladen das Licht an. Willard zog seine Strümpfe und Schuhe an und ging zur Tür der Bäckerei. Er klopfte, und die Tür wurde von einem säuerlich dreinschauenden Mann aus Brooklyn geöffnet. Aus der Backstube dahinter quoll die Hitze; weiß gekachelte Wände, weißer Teig und Wolken weißen Mehls in der grellen Deckenbeleuchtung.

Willard fragte nach ein paar Brötchen. »Fünf Minuten noch, vielleicht zehn«, sagte der Mann aus Brooklyn, aber anstatt zum Klappern der Ofentüren zurückzukehren, blieb der Mann am Tresen stehen, versuchte witzig zu sein, und sprach über Filme.

Willard wollte gerade sein »Wissen Sie, wer ich bin?«-Spiel beginnen, als er sich daran erinnerte, dass er anonym bleiben musste. Der Kerl mochte sowieso am liebsten dieses Slapstick-Zeug. Buster Keaton, Charlie Chaplin, die Keystone Cops. Obwohl er sich einmal zusammen mit Keaton besoffen und in Charlies Swimmingpool geschwommen hatte, sagte Willard nichts. Und irgendwie war das nett. Merkwürdig, aber nett. Ein normales Gespräch, von Mann zu Mann.

Die Brötchen kamen. Der Brooklyner fragte, ob Willard einen Kaffee wollte, was der Fall war. Willard aß die Brötchen, trank den Kaffee und bezahlte alles mit ein paar Münzen, die er im Wagen seines Freundes auf dem Boden gefunden hatte.

Er nahm wieder seinen Posten ein und wartete noch einige Zeit. Der Tag brach an. Die Straßen wurden geschäftig.

Dann, als Willard gerade zu befürchten begann, dass er die Nacht verschwendet hatte, passierte es. Genau um Viertel nach acht kam ein Lastwagen mit Abdeckplanen die Straße entlang. Der Laster hatte keine Aufschrift und sah weder neu noch alt aus. Im Fahrerhaus saßen zwei Männer. Vor der Garage hielt der Lastwagen an. Einer der Männer sprang heraus, schob einen Riegel zurück und öffnete die Türflügel. Der Lastwagen fuhr hinein. Die Doppeltüren wurden geschlossen und wieder verriegelt.

Das war alles.

Während der Mann die Garagentore geöffnet hatte, hatte sich sein Mantel geöffnet. Willard hatte den Eindruck, dass er einen Blick auf ein Schulterhalfter erwischt hatte. Bevor die Türflügel sich geschlossen hatten, war Willard langsam vorbeigefahren. Hinter den Türen hatte er einen Hof mit Betonboden gesehen, den Lastwagen, einige Benzinkanister, ein paar Holzkisten. Sonst nichts.

Am Montagmorgen rief er den Verband der Orthodoxen Synagogen an.

»Hallo?« Die Stimme am anderen Ende der Leitung klang so orthodox wie ein Teller Schweinefleisch.

»Willard Thornton hier, von Powell Lambert. Ich fürchte, es gibt da ein paar Unklarheiten in den Papieren. Es sieht aus, als ob Sie Ihre erste Lieferung erst in einer Woche bekommen werden.«

»Sie ist schon angekommen, Mister. Angekommen und entladen.«

»Sie ist schon angekommen? Das kann nicht stimmen. Nach meinen Papieren ...«

»Vergessen Sie Ihre Papiere. Wir haben die Sachen gekriegt. Am Samstagmorgen, ohne Probleme.«

»Wirklich? Um welche Zeit? Wenn Sie eine Lieferzeit hätten, kann ich das mit den Leuten von der Transportfirma abgleichen.«

»Jei-sus ... Acht Uhr. Halb neun. Woher soll ich das wissen? Wir haben es jedenfalls gekriegt. Vergessen Sie es.«

Eine jüdische Organisation, die nicht existierte. Ein Strom von Lieferungen, der definitiv existierte. Verwanzte Telefone und heimliche Beobachter. Ein Mann tot und ein zweiter im Gefängnis.

Das Einzige, was Willard nicht konnte, war, das zu vergessen.

48

Arnie Hueffer zog seinen Kopf aus der Motorabdeckung; seine olivenfarbene Haut war voller Ölflecken und schmutzig.

»Fertig!«

Nicht zum ersten Mal war Abe beeindruckt. Hueffer hatte einen Motor, den er noch nie zuvor gesehen hatte, in wenig mehr Zeit, als Abe selbst gebraucht hätte, auseinandergenommen, gereinigt und wieder zusammengesetzt. Hueffer schaltete die Zündung ein und ließ die Maschine laufen. Er hörte ihr zu wie ein Dirigent und drückte seine Finger gefühlvoll auf das Metall. Nach einer Minute kehrte sein Grinsen zurück.

»Hübsch«, bemerkte er.

Abe nickte. »Klingt gut. Wollen Sie mal mitfliegen?«

»Mitfliegen?«

»Waren Sie schon mal in einem Flugzeug?«

»Mutter Gottes, nein!«

»Wollen Sie es versuchen?«

Hueffer schüttelte unnötig heftig den Kopf. »Nicht für eine Million Dollar. Ich mag die Höhe nicht.«

»Woher wollen Sie das wissen? In Brunswick gibt es nichts, was höher als zwei Stockwerke ist.«

»Das ist es ja, weshalb ich Brunswick mag.«

»Versuchen Sie es. Vielleicht gefällt es Ihnen.«

»Vielleicht hasse ich es.«

»Sicher?«

»Absolut.«

Abe schüttelte verblüfft den Kopf. »Wie Sie wollen.«

Das Flugzeug, um das es ging, war nicht mehr Poll, sondern die neue First Lady des Hangars, *Havana Sue*. Sue war ein umgebauter De Havilland-Bomber, die DH-4. Wie versprochen hatte Mason Abe die Auswahl überlassen, und dieser hatte sich nach der langen und köstlichen Qual der Wahl für das Flugzeug entschieden, an das er zuerst gedacht hatte. Es gab größere Flugzeuge auf dem Markt, aber keine besseren.

Und Abe war auch noch aus einem weiteren Grund sehr zufrieden. Nach und nach bildete sich das Team. Hueffer war ein erstklassiger Mechaniker, aber nicht nur das. Er war ein Mann, der bei einem Streit auf hoher See seinen besten Freund, einen Fischer, verloren hatte. Ein Schiff, das Alkoholschmugglern gehörte, hatte sich in den Netzen dieses Mannes verfangen. Er brüllte sie an. Sie brüllten ihn an. Er brüllte noch etwas lauter. Dann schossen sie ihm fünf Mal aus kurzer Entfernung in den Kopf. Hueffer konnte die Gangster nicht nur nicht leiden, er hasste sie.

Abe hatte das Flugzeug. Er hatte den Mechaniker. Er hatte Bob Masons Vertrauen.

Nur eine Sache störte ihn. Mason wollte, dass seine Schiffe auf dem ganzen Weg von Havanna bis nach Marion begleitet und beschützt wurden. Das war mehr, als ein Mann allein schaffen konnte. Abe brauchte nicht nur am Boden Hilfe, sondern auch in der Luft.

Widerstrebend hatte Mason eingewilligt, Abe einen zweiten Piloten suchen zu lassen. Eigentlich hätte das einfach sein sollen. Bei vierhundert Dollar in der Woche, mehr als zwanzig Riesen pro Jahr, hätte Abe die freie Pilotenstelle hundert Mal besetzen können. Aber so einfach war es nicht. Abe brauchte einen erstklassigen Piloten. Er brauchte jemanden, der Masons Geld nehmen und dennoch loyal zu Abe sein konnte. Und Abe war Realist. Er wusste, dass das Fliegen gefährlich war und die Gangsterbande von Marion noch gefährlicher. Und so setzte Abe auf seine Anforderungen noch eine weitere drauf. Er brauchte einen Mann ohne Familie, ohne Bindungen.

Abe hatte eine Liste aller Piloten aufgestellt, deren Flugkunst er vertraute. Namen für Namen ging er die Liste durch. Ohne Erfolg. Die meisten der Jungs hatten Familie. Diejenigen, die keine hatten, waren zu sehr dem Alkohol, den Frauen oder dem Glücksspiel zugetan. Einen nach dem anderen strich er die Namen aus. Alle Namen außer einem.

Und Abe dachte gerade über diesen letzten, unwahrscheinlichen Namen nach, als er es hörte.

Das Heulen einer Maschine, die gegen den Wind landete. Ein tiefer, aber deutlicher Ton, der bald von dem Flugzeug selbst gefolgt wurde. Der stumpfe, kleine Umriss. Aufgestaute Kraft. Die perfekte, stromlinienförmige Maschine. Und in ihrem Cockpit saß mit Helm und Brille ein schlanker, jungenhafter, selbstbewusster Kerl – der letzte Pilot auf Abes Liste.

49

Willard legte den Telefonhörer auf und stand auf. Er fühlte sich lächerlich nervös. Er strich sich mit den Händen über das sauber gescheitelte Haar, überprüfte den Sitz seines Kragens, seiner glatt liegenden Krawatte. Annie Hooper bemerkte seine Ängstlichkeit und kam zu ihm.

»Gibt es ein Problem?«

»O nein, natürlich nicht. Nur Powell, weißt du.« Den letzten Teil sagte er, als ob ihm Powell scheißegal wäre.

»Er will mit dir reden.«

»Ja. Auf der Stelle, wie es aussieht.«

»Worum geht es?«

»Keine Ahnung. Es sähe ihm nicht sonderlich ähnlich, sich die Mühe zu machen, es mir zu sagen.«

»Nein.« Annie legte ihre Hände an seine Krawatte, als ob sie zurechtgezogen werden müsste, was nicht der Fall war. Sie ließ ihre Handrücken auf seiner Brust ruhen, während sie an dem Knoten herumnestelte. »Wird schon gut gehen.«

Willard ließ sie nesteln. Ihm wurde mit plötzlichem Vergnügen klar, dass seine beinahe automatische Angeberei sein Ziel erreicht hatte. Ohne es besonders zu wollen, hatte er Annies zartes Herz gewonnen. Er lächelte sein Filmstarlächeln und legte seine Hand auf ihren Arm.

»Ach, Powell hat eine große Klappe. Ich würde ihm schon sagen, was ich von ihm halte, wenn da nicht dieses verdammte Darlehen wäre.«

Annie sah zur Seite und bewegte ihren Arm. »Trotzdem viel Glück.«

Mit einem Gefühl von Triumph stürmte Willard die Stufen zu Powells Büro hinauf.

»Thornton! Ausgezeichnet! Kommen Sie herein. Sagen Sie, wie lange sind Sie jetzt bei uns?«

»Seit fünf Monaten, Sir.«

»Teufel, so lange schon? Ich habe mich nicht richtig um Sie gekümmert. Ihr Vater wird mich umbringen wollen.«

In einem Eiskühler stand eine Flasche französischer Champagner. Powell nahm die Flasche und begann, an der Folie und dem Draht herumzuzerren. Willard starrte auf die Flasche.

»Gibt es etwas zu feiern, Sir? Meine Versetzung in die Investment-Abteilung vielleicht?«

»Brauchen wir einen Grund? Ich wollte nur dem Sohn eines meiner Kumpel ein Glas anbieten. Hier, bitte.«

Powell hatte den Draht von der Flasche abgedreht und drückte Willard ein Glas in die Hand. Er entkorkte die Flasche, hielt sie über Willards Glas und störte sich nicht daran, dass der Champagner über das Glas hinaus sprudelte und auf den teuren Orientteppich und Willards maßgefertigte Schuhe floss. Willard dachte, und nicht zum ersten Mal, dass alles, was Powell war oder tat, etwas Grobes an sich hatte. Grob und brutal. Der Draht der Flasche lag mitten in dem vergossenen Champagner auf dem Boden. Powell ließ ihn dort liegen und trat nur mit dem Fuß darauf, als ob ihm nicht bewusst war, dass der Teppich aus dicht geknüpfter, reiner Wolle bestand und wahrscheinlich sehr teuer gewesen war.

»Wie kommen Sie denn zurecht da unten? Passt Ronson auf Sie auf? McVeigh? Claverty?«

»Ja, in der Tat. Vielen Dank. Ich bin von allen willkommen geheißen worden.«

»Kommen Sie schon, Thornton, Sie müssen nicht reden, als ob Sie einen Stock im Hintern hätten. Im Ernst, wie kommen Sie voran?«

»Gut, ehrlich. Es ist natürlich eine Menge harter Arbeit, nur ...«

»Ja? Nur was?«

»Na ja, Sir, die harte Arbeit macht mir nichts aus.« Willards Stimme klang verdrossen, während er dies sagte. Wenn auch die harte Arbeit selbst in Ordnung war, machte es ihm sehr wohl etwas aus, dass es eine Verschwörung zu geben schien, sodass die schwierigsten Akten stets bei ihm landeten. Er war sich nun sicher, dass seine Arbeitsbelastung die höchste in der Gruppe war, eine Tatsache, über die er sich maßlos ärgerte. Aber als er weiterredete, zwang er sich, mit ruhiger Stimme zu sprechen. »Was mir Sorgen macht, ist meine finanzielle Verpflichtung Ihnen gegenüber. Als Sie mich in die Bank eingeführt haben, haben Sie erwähnt, dass ich das Darlehen nur zurückzahlen könnte, wenn die Bank durch meine Arbeit außergewöhnliche Gewinne erzielen würde. Ich würde gerne eine Chance dafür bekommen, Sir. Ich bin ganz begierig darauf loszulegen.«

Begierig loszulegen, begierig, das Darlehen abzuzahlen, begierig, Powell Lambert samt und sonders im Ozean versinken zu sehen.

»Vielleicht haben Sie schon damit angefangen, haben Sie einmal daran gedacht?«

»Natürlich habe ich das irgendwie, und jeder muss irgendwo anfangen, sicher, nur ...«

Powell unterbrach ihn und füllte derweil Willards Glas nach, bis es überfloss.

»Nur Scheiße, Thornton. Sagen Sie mir, wenn Sie ein bisschen

Geld investieren würden, wo würden Sie das tun? Nicht in einen Film, hoffe ich?«

Bei dem Rüffel hob sich Willards Kinn automatisch. »Nein, Sir. Ich glaube, Elektroantriebe wären interessant. Ich glaube, dass es auf dem Aktienmarkt Möglichkeiten gibt, die einen zweiten Blick verdienen. Ich erstelle Ihnen sehr gerne einen Bericht und ...«

»Elektroantriebe? Ist das ein Fantasiename für Straßenbahnen?«

»Ja, Sir.«

»Sagen Sie mir, was wissen Sie über die Straßenbahn-Branche, was sonst niemand auf der Welt weiß?«

»Wie bitte? Nichts. Aber der Sinn meines Berichts wäre ...«

»Verschwenden Sie nicht Ihre Zeit!« Powell sprach mit solcher Aggressivität, dass Willard zusammenzuckte. Powell hatte eine Zigarre in der Hand. Er blickte sich nach seinem silbernen Zigarrenabschneider um, konnte ihn aber nicht entdecken und biss stattdessen die Spitze ab. Er rollte den abgerissenen Tabak zu einer Kugel zusammen und warf sie weg. »Der Aktienmarkt ist eine Spielhölle, wo die Hälfte der Spieler mit gezinkten Würfeln spielt. Sind Ihre Würfel gezinkt, Thornton?«

»Nein, Sir, ich hoffe nicht.«

»Dann verschwenden Sie nicht Ihre Zeit. Ihre oder meine.«

Willard wurde blass vor Wut. »Ich schulde Ihnen zweihunderttausend Dollar, Sir. Ich hatte es so verstanden, dass ich eine Chance bekomme, sie zurückzuzahlen.«

»Richtig.«

Powells Gesicht, auch wenn es lächelte, war hart und unfreundlich gewesen. Jetzt, und scheinbar ohne ersichtlichen Grund, wurde es sanfter. Sein Grinsen wurde breiter und schloss zum ersten Mal auch seine Augen mit ein.

»Wissen Sie, Thornton, im letzten Jahr hat Ihr Vater mehr Geld mit Waffen und Bomben verdient als neunzehnhundertsiebzehn oder achtzehn während des blutigsten Kriegs der Geschichte.«

»Ich glaube, das hat er, ja.«

»Geld. Er hat das Talent dafür. Mehr als irgendjemand sonst, den ich kenne, hat Ihr Vater dieses Talent.«

»Er arbeitet hart für seinen Erfolg. Er verdient es.«

Powell stand auf und klopfte Willard gutmütig auf die Schulter. »Das tut er wirklich. Und wenn Sie diese Begabung haben, werden Sie auch Geld verdienen. Eine Menge Geld. Genug für das Darlehen. Genug für uns. Genug für Sie. Und Sie haben Ihre Chance, Thornton, Sie haben sie jetzt.«

Willard hätte geantwortet, aber Powells Gesichtsausdruck sagte ihm, dass er sich nicht zu bemühen brauchte. Powell paffte an seiner Zigarre, trank rasch Champagner und hielt die Unterhaltung in Gang. Willard trank weniger als Powell, aber bald tauchte eine zweite Flasche auf, und er wurde trotzdem leicht benommen.

»Ich bin überrascht, dass Sie das tun«, bemerkte er.

»Was?«

»Der Champagner. Machen Sie sich keine Sorgen wegen Volstead?«

»Bah!« Powell machte eine verächtliche Geste. »Das war alles vor der Prohibition in unserem Keller. Es gibt keine Gesetze, dass man nicht austrinken darf, was man hat. Ich, ich bin der Trockenste von allen. Aber Sie müssen das verstehen. Volstead ging es immer nur darum, den amerikanischen Arbeiter zu beschützen. Er war nie gegen Gastlichkeit. Er war nie dagegen, seinen Kumpels eine gute Zeit zu bereiten. Das ist alles, was hier passiert: Glauben Sie, dass das falsch ist?«

»Nein, ich glaube nicht ...«

Sie tranken noch mehr. Willard mochte Powell nicht und wollte weg. Er stellte sein Glas ab und murmelte etwas davon, zur Arbeit zurückzukehren.

»Hä? Was ist?« Powell hatte die Gewohnheit, Dinge einfach nicht zu hören, wenn ihm nicht danach war. »Oh, das erinnert mich daran, dass ich ein Geschenk für Sie habe.«

»Ein Geschenk?«

»Ein Geschenk.« Powell brüllte durch die Tür nach seiner Sekretärin, die hereinkam und einen kleinen Wagen vor sich herschob, wie sie in Restaurants benutzt werden, um die Desserts zu präsentieren. Gleich hinter der Tür stand ein kleiner Mann in dunklem Anzug. Der Mann stand dort, lugte durch die Tür herein, als sie sich öffnete, und starrte Willard direkt an. Willard konnte nicht anders, als zurückzustarren. Der Mann war klein, vielleicht eins fünfundsechzig, aber mit einem kompakten und kraftvollen Oberkörper, der ihn größer wirken ließ. Das Gesicht des Mannes war aufmerksam, ein wenig hässlich, aber irgendwie kraftvoll und Respekt einflößend. Der Mann musterte ihn prüfend und schien gekommen zu sein, um ihn sich anzusehen. Willard fühlte sich unbehaglich und wandte sich ab; dann ging die Sekretärin hinaus und schloss die Tür. Willard richtete seine Aufmerksamkeit auf das Wägelchen, das mit dicken Akten beladen war, die mit einer blassgrünen Schnur zusammengebunden waren.

»Ein Geschenk«, wiederholte Powell. »Gefällt es Ihnen?«

»Akten? Das ist das Geschenk?«

»Machen Sie nur. Sehen Sie sie sich an. Es wird Ihnen gefallen.« Powell hüpfte beinahe vor Schadenfreude. Der Champagner schwappte über den Rand des Glases und fiel schäumend auf den Teppich.

Willard warf einen Blick auf die Papiere.

Es waren rund vierzig Akten auf dem Rollwagen. Die blassgrüne Schnur, mit der sie zusammengebunden waren, zeigte an, dass es abgeschlossene Transaktionen waren – Akten aus dem Archiv. Weiße Karten, die auf der Vorderseite der Akten klebten, verrieten ihren Inhalt. Jede Karte identifizierte die Transaktion durch Käufer, Verkäufer und Ausführungsdatum. Eine Sekunde lang starrte Willard auf den Stapel, ohne etwas zu begreifen.

Dann klickte es, und in plötzlichem Entsetzen sackte sein Magen durch. *Die Verkäufer.* Es lagen rund vierzig verschiedene Transaktionen auf dem Rollwagen, aber es gab nur vier verschiedene Verkäufer: dieselben vier Unternehmen, deren Dokumente

Arthur Martin hinter dem Schrank in Willards Apartment versteckt hatte. Mit blassem Gesicht wankte Willard zurück. Powell biss sich vor Entzücken auf die Lippen, aber seine Augen waren kalt.

»Gefällt es Ihnen? Machen Sie schon. Sagen Sie es mir. Sie müssen begeistert sein, richtig? Der Archivar hat mir gesagt, dass Sie sich sehr für diese Kunden interessieren, aber noch keine Gelegenheit hatten, sich diese Akten anzusehen.«

Willard schreckte zurück. »Das ist schon okay. Es ist nichts. Ich wollte nur einer Sache nachgehen. Ich brauche das alles nicht. Ehrlich, ich …«

Er verstummte, erstickt von einer aufwallenden Übelkeit. *Arthur Martin war wegen nur vier dieser Akten umgebracht worden.* Was in drei Teufels Namen hatte Powell damit beabsichtigt, ihm vierzig davon zu präsentieren? Es kam ihm vor wie irgendeine verschlüsselte Nachricht von der Mafia. Willard verstand den Sinn nicht, aber was auch immer es bedeutete, es konnte kein gutes Zeichen sein. Sein Gesicht war taub. Er stellte sein Glas ab, ging einen Schritt zurück und rannte dann beinahe den Flur entlang.

50

Pens Flugzeug landete. Abe ging darauf zu, um sie zu begrüßen. Das Problem mit Flugplätzen an der Küste ist, dass es beinahe immer windig ist: Tagsüber kommt der Wind vom Meer, nachts bläst er vom Land. An diesem Tag war der Wind nicht stark, aber er machte sich bemerkbar. Er wirbelte Sand auf, zerrte an den Palmen, peitschte und zog an der Kleidung.

Abe – nur in Hemdsärmeln, ohne Jackett oder Krawatte – traf Pen, die ihre schwere Jacke auszog und darunter eine schlichte weiße Bluse enthüllte.

Sie sagten Hallo, sagten nichts darüber, wie er ihr Flugzeug zurückgebracht hatte, sagten nichts über die hübschen rosa Rosen, die Abe so brutal geköpft hatte. Dann brachte Pen in ihrer direkten Art ihren Wunsch vor. Sie wollte die Luftpost fliegen. Abe dachte eine Sekunde darüber nach, vielleicht weniger.

»Nein.«

»Warum nicht?«

»Ich weiß, dass Sie fliegen können, aber das hier ist etwas anderes. Zum einen ist da der Ozean.«

»Ich bin schon oft über dem Ozean geflogen.«

»Ja, aber zwei Mal täglich, jeden Tag? Es wird nicht lange dauern, bevor wir eine Notlandung haben.«

»So? Sie haben ein Rettungsboot dabei, richtig? Eine Signalpistole? Nahrung?«

»Dann ist da das Wetter. Diese tropischen Stürme können verdammt schlimm werden, so schlimm, wie ich sie sonst nirgends kennen gelernt habe. Und ich bin oben nahe der kanadischen Grenze geflogen, wo Blizzards über die Berge kommen und es keinen sicheren Landeplatz gibt.«

»Zielen Sie darauf ab, durch die Stürme zu fliegen oder sie zu vermeiden?«

»Sie zu vermeiden.«

»So.«

Pen ließ eine lange Pause zwischen ihnen entstehen. Es gab keine Geräusche außer von dem Verkehr in der Ferne und der Seebrise, die das Salz von den Kokospalmen kratzte. Abe spürte, wie seine Gefühle an ihm zerrten.

Vor allem wollte er Pen nicht hier haben. Frauen auf einem Flugplatz waren wie aufgestauter Dampf in der Benzinleitung: bestenfalls unberechenbar, schlimmstenfalls gefährlich. Der Teil, der sie nicht haben mochte, ließ seine Antworten kurz angebunden, beinahe unhöflich klingen.

Und doch ... Pen war nicht wie andere Frauen. Ihr fliegerisches Können war ausgezeichnet. Die Landung, die sie bei ihrem ersten

Treffen hingelegt hatte, war kaltblütig und von tadelloser Präzision gewesen. Auch schien sie nicht diesen Sturm aus komplizierten Gefühlen mit sich herumzuschleppen, den Abe mit anderen Frauen verband, die er kennen gelernt hatte. Dann wiederum war da Abes neues Gefühl für die dunklere Seite seines Lebens: die Schatten der Einsamkeit, die ihm inzwischen so riesig und unbegrenzt wie der Himmel selbst erschien.

Und so wusste er nicht, was er sagen sollte. Er stand einfach nur da, kratzte sich den Schädel und suchte nach Worten.

Pen ließ nicht locker. »Hören Sie, ich weiß, dass ich eine Frau bin und dass man von Frauen nicht erwartet, dass sie gerne Flugzeuge steuern. Aber ich muss irgendwie falsch zusammengesetzt worden sein. Ich fliege wirklich gerne. Mehr als alles andere. Ich habe an einigen Wettflügen teilgenommen, aber es gibt nicht mehr viele, bei denen ich jetzt noch starten darf. Und Orientierungsflüge sind sowieso nur eine Art Stunt. Ich will für einen ernsthaften Zweck fliegen. Ich will es, weil ich der Welt etwas über Frauen und Flugzeuge beibringen will. Ist das so falsch?«

»Nein.«

»Und Sie haben eine Luftpostroute. Sie brauchen bestimmt Hilfe. Ich kann mein eigenes Flugzeug bereitstellen. Ich würde in der Stadt wohnen, nicht hier auf dem Flugplatz. Ich brauche keine Bezahlung. Wenn Sie wollen, können wir es eine Weile ausprobieren. Wenn es funktioniert, machen wir weiter. Wenn nicht, lassen wir es.«

Sie hörte zu sprechen auf und sah ihm voll ins Gesicht, bevor sie den Blick senkte. Ihre Augen waren so klar und blau wie Abes eigene, und wieder konnte er fühlen, was für eine Person dahinter stand: unkompliziert, direkt, ehrlich, freimütig.

»Pen, als ich Ihr Flugzeug zu Ihnen nach Charleston zurückgeflogen habe, hatte ich vor, bei Ihnen vorbeizuschauen und Hallo zu sagen. Aber dann habe ich gesehen, woher Sie stammen. Und plötzlich wurde ich feige. Ich bin nach Hause gefahren, ohne mich bei Ihnen zu melden. Ich sage Ihnen das, weil ich nicht glaube, dass Ihre Familie allzu glücklich sein wird, wenn ihr kleines Mädchen als Luftpostpilotin arbeitet.«

»So?«

»Ich will Ihnen keine Schwierigkeiten machen.«

»Meine Eltern hassen schon den Gedanken, dass ich fliege. Aber ich fliege trotzdem. Und außerdem sehe ich nicht, was Sie damit zu tun hätten.«

Abe atmete tief aus. Selbst für einen Jungen wie ihn, der in Kentucky geboren war, hatte die Hitze Floridas etwas Irritierendes. Die Situation war besonders: die heiße Sonne, die zerrende Brise, Pens flatternde Bluse.

»Zum Teufel«, sagte er. Ihm war leicht schwindlig, und er traf eine Entscheidung auf die schlechteste Art, die möglich war, nicht durchdacht, in benommenem Zustand. »Wissen Sie was, Sie haben Recht. Warum nicht? Nur eines: Können Sie ein Geheimnis bewahren?«

Sie antwortete ihm nicht direkt, aber als er sich umdrehte und auf den Hangar zuging, folgte sie ihm. Und als er sie in eine schummrige Ecke führte und das Tuch wegzog, das die Wochenlandung Alkohol bedeckte, stand ihr vor Überraschung der Mund offen. Etwa drei Sekunden lang starrte sie auf den illegalen Stapel, dann wandte sie sich schockiert um.

»Ich nehme an, die Luftpost ist nicht gut bezahlt.«

»Die fliege ich gratis. Das hier bringt das Geld.«

»Deshalb keine Passagiere, keine Werbung.«

»Richtig.«

»Es tut mir leid, ich war sehr dumm. Ich habe nie wirklich über den finanziellen Aspekt der Sache nachgedacht.«

»Der Job gehört Ihnen, wenn Sie wollen.«

Pen entfernte sich weiter. Das Licht im Hangar war immer dämmrig, und gegen den gleißenden Sonnenschein, der durch den Eingang strömte, konnte Abe nur ihre Silhouette erkennen, so groß wie er selbst, aber anmutig, wie nur eine Frau anmutig sein kann.

»Um auf Ihre Frage zu antworten, ja, ich kann ein Geheimnis bewahren. Ich werde niemandem etwas von dem hier erzählen, und ich hoffe – ich glaube –, dass niemand es herausfindet. Aber es gibt mehr Unterschiede zwischen uns, als ich dachte. Ich weiß nicht, ob ich zu viel von der Prohibition halte, aber ich weiß, dass die Verfassung der Vereinigten Staaten nicht dazu da ist, dass man sich über sie lustig macht. Tut mir leid, Captain. Auf Wiedersehen.«

Sie drehte sich auf dem Absatz um, zurück zum gleißenden Sonnenschein und dem schwindlig machenden Wind.

Abe entdeckte Arnie Hueffer. Auf dem olivenfarbenen Gesicht des Mechanikers lag ein breites Grinsen. Abe setzte zum Sprechen an, brachte aber nichts heraus. Ihm wurde bewusst, dass auch er wie ein Schwachsinniger grinste. Und so fühlte er sich auch: teils glücklich, teils verrückt. In seinem Bauch breitete sich ein Sternenregen wie Sonnenschein aus, als ob gleich das Beste der Welt geschehen würde. In weiten Sprüngen lief er aus dem Hangar und hinter Pen her.

»He, Pen, he! Warten Sie!«

Ihre Stiefelabsätze, die im Sand knirschten, zögerten, hielten an und drehten sich. Sie blickte zu Abe zurück, während der Wind immer noch an ihrer blendend weißen Bluse zerrte.

»Ja, Captain?«

51

Willard stürmte aus Powells Büro, den Flur entlang, am Fahrstuhl vorbei zur Feuertreppe. Er nahm drei Stufen auf einmal und brachte jede Treppe mit wenigen Sprüngen hinter sich: Schritt, Schritt, Schritt, Schritt und wenden. In nur wenig mehr als zwei Minuten erreichte er das Erdgeschoss und lief auf die Wallstreet hinaus, die Straße entlang, um die Ecke, und war verschwunden.

»Gefällt es Ihnen? Machen Sie schon. Sagen Sie es mir. Gefällt es Ihnen?«

Powells sarkastische Frage wirbelte in seinem Kopf. Arthur Martin hatte vier Akten gestohlen und war dafür umgebracht worden. Heute hatte Powell Willard bei Champagner und mit einem Lächeln vierzig weitere vor die Füße geworden. Was in drei Teufels Namen ging da vor?

Willard ging immer weiter, ohne Plan, ohne Ziel. Er lief nur einfach weiter und ließ sich von der Stadt einwickeln, vom Geruch frittierter Speisen, Autoabgasen, Seewind, Kaffee, Dampf, Regen, Benzin.

Und mitten in der Stadt tat er etwas, was er noch nie zuvor getan hatte. Er hielt sich sein Leben vor und betrachtete es mit Abstand, als ob er ein Kunstkenner wäre, der die Ausstellung eines unbekannten Künstlers betrachtete. Und zum ersten Mal sah er eine Reihe von Wahrheiten, die er entweder nie kennen gelernt oder kennen zu lernen vermieden hatte.

Zum einen war sein Film *Die der Himmel liebt* nicht einfach nur schlecht gewesen, er war erbärmlich. Und erbärmlich geworden war er durch ihn. Er war nicht gut genug gewesen als Drehbuchschreiber, als Regisseur und – ganz besonders – als Produzent. Er war nicht einmal gut genug als Schauspieler. Powell hatte Recht gehabt: Der Film war ein Scheißfilm gewesen.

Zum anderen sah er, dass sein Vater in einem Punkt Recht gehabt hatte. Er sah, dass seine Beziehung zum Geld schief und verzerrt gewesen war. Er konnte Geld ausgeben wie ein Millionär, aber erst bei Powell Lambert hatte er auch nur eine Ahnung davon bekommen, wie man es verdiente. Was hatte sein Vater zu ihm gesagt? *»Die Firma ist ein sehr anspruchsvoller Organismus. Sie erwirtschaftet Profit, weil ich sie dazu zwinge, Profit zu erwirtschaften. Geld zu machen bedeutet niemals einfach nur, den Hut hinzuhalten.«* Das sah Willard nun. Er sah, wie schwer es war, Geld zu verdienen. Wenn Männer wie Ted Powell und sein eigener Vater dabei erfolgreicher waren als ihre Zeitgenossen, dann deshalb, weil sie ein seltenes und wertvolles Talent besaßen – ein Talent, das in Willards Fall noch völlig unerprobt war.

Und schließlich sah er noch ein Letztes. Eigentlich war es eher so, als ob er es schon immer gesehen, aber nie zugegeben hatte. Das Gefühl war weniger, etwas entdeckt, sondern eher etwas ausgegraben zu haben. Es war die Einsicht, dass die Firma alles war. Hier und jetzt, in seiner Lage voller Gefahr, Armut und Überarbeitung, sah Willard den wahren Wert der Firma. Ein schöner, komplizierter Organismus, der Wohlstand, gesellschaftlichen Status und Sicherheit in einer Welt produzierte, in der all diese Annehmlichkeiten schrecklich knapp waren. Willard spürte ein brennendes Verlangen, sein Leben zu erneuern, in der Firma zu arbeiten, ständig unter dem unnachgiebigen Blick seines Vaters zu lernen.

Während ihm diese Gedanken durch den Kopf schossen, ging er immer weiter. Gegen acht Uhr abends war er beinahe fünf Stunden lang gelaufen. Seine Füße waren wund. Ein leichter Regen fiel, und Willard hatte das Büro ohne Hut und Mantel verlassen.

Es blickte sich um und war so zerstreut, dass er kaum eine Ahnung hatte, wo er war. Er fand sich in einem armen Teil der Stadt wieder: an der Zweiundzwanzigsten Straße, Ecke First Avenue. Auf den Straßen waren keine Taxis, nicht einmal viele Wagen zu sehen. Armut und Bedrohung hingen wie Dampf in der Luft der schmutzigen Gänge und Hinterhöfe, über den schlecht beleuchteten Bürgersteigen. Plötzlich war ihm kalt, und er zitterte. Er hatte schon fast die Fifth Avenue erreicht, wo er mit Sicherheit ein Taxi finden würde, als er plötzlich bemerkte, dass ihm die Umgebung vertraut war.

Er verstand nicht, warum – dann begriff er. Annie Hooper wohnte hier in der Nähe. Er wusste das, weil er sie in der Zeit vor Rosalind nach durchzechten Nächten mit Ronson und Claverty hier zu Hause abgesetzt hatte. Seine Füße trugen ihn zu ihrem Apartmenthaus – ein Mietsblock, der einen intensiven Geruch von gebratenem Essen und gekochter Wäsche verströmte.

Er zögerte. Er hatte keinen Grund, hier zu sein. Aber ein Impuls, den er nicht definieren konnte, trug ihn die rissigen Betonstufen zur Haustür hinauf. Er klingelte. Wieder zitterte er, dachte daran zu gehen, aber es war zu spät. Die Tür öffnete sich, und dort – überrascht und atemlos – stand Annie.

»Willard? Ist das …? Komm rein! Du bist ja klitschnass!«

»Annie, dass ist nett. Ich habe irgendwo meinen Mantel vergessen. Ich habe kein Taxi gefunden. Gut, dass du zu Hause bist.«

»Was um alles in der Welt …?«

»Kann ich bei dir bleiben? Nur, bis der Regen aufhört.«

»Natürlich.«

Sie gingen nach oben. Die Treppen und Flure rochen nach Reinigungsmittel, und die nackten Glühbirnen waren von einem knauserigen Hausverwalter in weiten Abständen voneinander installiert worden. Annie ließ Willard in ihre Wohnung.

»Es tut mir leid. Es ist nicht gerade …«

Sie beendete den Satz nicht, aber es war offensichtlich, was sie meinte. Sie verdiente nicht viel, und von dem Wenigen schickte sie noch Geld zu ihren Eltern nach Kansas. Es blieb gerade genug übrig für ein kleines Apartment: ein Schlafzimmer, das Willard nicht zu sehen bekam, eine winzige Küche, ein gerade acht Fuß breites Wohnzimmer mit einer zwölf Fuß hohen Decke. Ein großer feuchter Fleck an der Wand war überpinselt statt beseitigt worden, und der Raum roch stark nach alter Feuchtigkeit und frischer Farbe.

Willard setzte sich auf die einzige Couch. Es gab noch einen Stuhl, auch einen Tisch, ein Radio und – zu ihrer beider Verlegenheit – einen Wäscheständer, auf dem Annies Kleider ausgebreitet waren. Sie hatte sie ganz rasch weggeräumt und sich dann errötend zu ihm umgedreht. Durch ihr Erröten fühlte er sich leichter. Er entspannte sich und zog seine nasse Jacke aus.

»Macht es dir etwas aus?«

»Nein, natürlich nicht.«

»Es ist ein bisschen spät.«

»Oh, ich war noch auf. Tut mir leid wegen des Geruchs. Es ist gerade frisch gestrichen worden.«

»Der Geruch stört mich nicht ... Du hättest nicht vielleicht zufällig etwas Kaffee in deiner Küche?«

»Ja. Ja, gute Idee, natürlich.«

Annie ging in die Küche, um Kaffee zu kochen. Willard lehnte am Türpfosten – die Küche war viel zu klein für zwei – und sah zu. Annie kochte den Kaffee, goss zwei Tassen ein, öffnete dann mit einem flüchtigen Lächeln eine Tür des Küchenschrankes und holte eine kleine, flache Whiskyflasche heraus. Sie hielt sie hoch und hob mit fragendem Blick ihre feinen Augenbrauen.

Willard nickte. »Darauf kannst du wetten.«

Annie fügte den Alkohol zum Kaffee hinzu, einen großen Schluck für ihn, eine Andeutung für sich.

»War alles in Ordnung bei Powell? Du bist anschließend ziemlich plötzlich abgehauen.«

Willard rieb sich das Gesicht. »Gott, er ist ein roher Klotz, nicht? Überhaupt kein Gentleman. Ich hätte ihm am liebsten eine gelangt, Annie, ich schwöre es dir.«

»Ich habe mir solche Sorgen gemacht. Du bist einfach nach oben gegangen und dann nicht wieder zurückgekommen. Ich konnte nicht anders, ich musste an den armen Arthur und den armen alten Charlie denken und ... O Willard, es tut mir leid, wahrscheinlich bin ich ziemlich dumm.«

Sie weinte.

Meistens dachte Willard, dass Mädchen schlechter aussahen, wenn sie weinten. Es veränderte ihre Augen, ihre Haut, brachte die Proportionen ihres Gesichtes in Unordnung. Aber Annie war anders. Vielleicht, weil sie nicht schön war, sondern hübsch. Ihr feines braunes Haar, ihr zarter Teint, ihre Sommersprossen überall und ihre schüchternen, mehr als ausdrucksvollen Lippen – irgendwie profitierte das alles von den Tränen. Willard tat das Einzige, was er tun konnte. Er zog sie an sich, ließ sie sich an seine Brust kuscheln und ließ sie weinen.

»Es tut mir leid, ich bin dumm, es tut mir leid.«

Es war das Signal für sie, sich zurückzuziehen. Es war das Signal für Willard, sie loszulassen. Aber sie bewegte sich nicht, und er auch nicht. Er hielt sie nur im Arm, am Fenster, neben dem schmuddeligen gelben Licht der Straße, neben den dünnen Vorhängen und den feuchten Wänden. Sie standen schweigend am Fenster und hörten dem Regen zu.

DRITTER TEIL

SCHUB

Sir George Caley mochte ausgearbeitet haben, wie ein Flugzeug aussehen würde, aber er hatte nie mehr gebaut als einen Gleitflieger. Woher sollte die Energie kommen? In Sir Georges Tagen gab es hauptsächlich zwei Energiequellen: Pferde und Dampfmaschinen. Pferde flogen meistens nicht. Dampfmaschinen waren so riesig und schwer, dass man sich vom bloßen Ansehen den Rücken verrenken konnte.

Aber das hinderte die Leute nicht daran, es zu versuchen. 1843 benutzte William Henson Cayleys Forschungen, um seine Aerial Steam Carriage, seine Dampfgetriebene Luftkutsche, zu bauen. In vieler Hinsicht sah die Luftkutsche wie ein modernes Flugzeug aus. Im Entwurf hatte sie einen Rumpf, der unter einem Eindecker-Flügel befestigt war. Der Rumpf hatte eine bewegliche Heckeinheit, ein Fahrwerk, ein Paar an den Flügeln angebrachte Propeller. Kurz gesagt, es war ein Flugzeug. Aber es flog nicht, es konnte *nicht fliegen. Dampfmaschinen waren zu schwer, um es zu betreiben, und etwas anderes gab es nicht.*

Durch das ganze neunzehnte Jahrhundert hindurch gingen die Experimente weiter. Der erste mit Energie betriebene Flug der Geschichte kam dank eines zweiundzwanzig Jahre alten Franzosen namens Alphonse Pénaud zustande. Das fragliche Flugzeug hatte eine Spannweite von achtzehn Inches. Sein Propeller bestand aus zwei Federn, und der Motor war ein Gummiband. Auf seinem ersten Flug legte das Modellflugzeug in elf Sekunden hundertdreißig Fuß zurück. Es war das Jahr 1871.

In der Zwischenzeit wurden Cayleys Gleitflugzeuge weiterentwickelt und verbessert. Stärkere, leichtere Dampfmaschinen wurden gebaut. Es wurden Flugzeuge konstruiert, die sich gerade eben über den Boden erheben konnten. Aber es sah noch nicht so aus, als ob man das

Geheimnis des Fliegens damit knacken könnte. Die Erfindung des Verbrennungsmotors änderte alles. Der Benzinmotor bot mehr Pferdestärken bei weniger Gewicht. Zum ersten Mal in der Geschichte war der Schub, die zweite Zutat des Fliegens, jederzeit verfügbar.

Aber es hatte keinen Sinn, etwas mit hoher Geschwindigkeit in die Luft zu heben, nur damit die Maschine unkontrolliert herumtrudelte und dann am Boden zerschellte. Alles hing nun von der dritten Zutat des Fliegens ab: wie man das Flugzeug in der Luft kontrollieren konnte.

Überall in der industrialisierten Welt, in England und Deutschland, Frankreich und Amerika, war das Rennen eröffnet.

52

Der Mann trug einen dunklen Anzug, schwer und von guter Qualität, eine marineblaue Seidenkrawatte, ein sauberes Hemd, gute Schuhe. Es war er jung, hatte Haare von der Farbe dunklen Eichenholzes und ein markantes Kinn. Er tippte sich zwei Mal mit dem Finger auf die Brust.

»Also, ich weiß nicht, wie viel Sie über mich und das, was ich so mache, wissen, aber ich dachte, ich sollte mich vielleicht kurz vorstellen. Mein Name ist Jim Bosse. Ich bin Leitender Ermittler bei der Sonderermittlungseinheit des Finanzamts. Das klingt vielleicht ein bisschen kompliziert, aber bestimmt verstehen Sie mich besser, wenn ich Ihnen sage, dass ich ein Polizist bin, der sich mit Steuerhinterziehungen zulasten der Regierung der Vereinigten Staaten beschäftigt. Unsere Einheit ist klein und neu. Aber gut. Und sehr engagiert. Und sauber. Absolut sauber. Wir sind nicht korrumpiert und nicht korrumpierbar.«

Er sprach nicht weiter, dann lachte er. Er lachte herzlich, und als er das tat, sah er mehr wie ein gelassener Farmerjunge als wie ein Zollfahnder aus. Seine Augen widersprachen diesem Bild nicht, sondern unterstrichen es noch. Gelassen mochte er sein, aber wenn er es war, dann war er ebenso entschlossen, ebenso unerbittlich.

Pen blickte sich um, um die Reaktion ihrer Begleiter zu sehen. Sie war hier draußen – mitten in Georgia, neun Meilen von der nächsten Busstation entfernt – mit Abe und Hennessey, den sie zum ersten Mal traf. Sie kam sich fremd vor. Fremd in der Gegenwart zweier Männer, die sich offensichtlich nicht im Geringsten für Pens Geschlecht interessierten, sehr wohl jedoch für ihre Fähigkeiten. Fremd, heimlich hier zu sein. Noch fremder, sich mitten in einer echten Verschwörung zu befinden, einer Verschwörung, die sie umbringen würde, wenn jemals etwas durchsickerte. Aber weder auf Abe noch auf Hennessey schienen Bosses Worte irgendeine Wirkung zu haben. Lag es daran, dass sie als Männer an Situationen wie diese gewöhnt waren? Oder lag es daran, dass sie sich genauso fühlten wie sie selbst, es aber einfach nicht zeigten?

Bosse sprach weiter.

»Also, es tut mir leid, dass ich Sie alle genötigt habe, hier herauszukommen. Aber ich dachte mir, je ruhiger, desto besser, richtig? Und die Leute, denen die Farm gehört«, sagte er und deutete mit einem Kopfnicken auf ein knarrendes, heruntergekommenes Farmhaus, »sind enge Verwandte einer Person, der ich vertraue. Sie werden nicht reden und keinen Tratsch verbreiten.

Also, vor drei oder vier Wochen bekam ich einen Anruf von Captain Rockwell hier. Er erzählte mir, was er vorhat, und fragte mich, ob ich daran interessiert wäre, ihm zu helfen. Das war ich. Und nicht nur interessiert. Ich würde sagen, ich war so begierig wie ein Jagdhund im Hühnerstall. Das gilt für mich. Es gilt auch für einen, vielleicht zwei meiner Kollegen. Niemand sonst weiß etwas. Niemand sonst wird etwas erfahren, bis wir bereit sind zu handeln. Captain Rockwell hat um die höchstmögliche Geheimhaltung gebeten, und ihr Jungs – und auch Sie Ma'am – werdet sie bekommen. Ihr habt den Mumm, Bären zu jagen, und das werde ich honorieren.«

Bosse redete nicht weiter, und Stille breitete sich aus. Pen blickte zu Abe hinüber, der sich an einem umgestürzten Baumstamm ausgestreckt hatte, die Füße in der wärmenden Sonne, das Gesicht im Schatten. Er schien sich wohl zu fühlen, aber sein Gesicht war ausdruckslos. Sie konnte buchstäblich nichts daraus ablesen.

»Also, wahrscheinlich sollte ich Ihnen jetzt erst mal eine kleine Geschichtsstunde geben. Vor ein paar Jahren ist uns ein Typ in South Carolina aufgefallen, der seine Einkommenssteuer nicht gemacht hatte. Ein Typ namens Sullivan. Wir wussten, dass Sullivan eine Menge Geld verdient, und er hatte uns absolut nichts davon gesagt. So wie wir das sahen, war das ein Verbrechen.«

»Richtig«, sagte Pen. »Natürlich.«

Bosse grinste sie an. »Natürlich. Nur dass Sullivan ein Schwarzbrenner war. War. Ist. Er verdient immer noch sein Geld damit.«

»Oh!«

»Aber das Gesetz sagt, dass man auf sein Einkommen Steuern bezahlen muss. Wir interessieren uns nicht dafür, wie jemand sein Geld verdient, wir interessieren uns nur dafür, dass er uns darauf Steuern zahlt.«

»Aber wenn er sein Einkommen deklariert, wäre das nicht so, als ob er seine Verbrechen zugibt? Hat er nach dem Fünften Verfassungszusatz nicht das Recht, sich nicht selbst zu beschuldigen?« Pen sprach langsam und dachte angestrengt nach.

Bosse grinste wieder. »Das sagt Sullivan auch, Ma'am. Das ist genau das Argument, das seine Anwälte vorgebracht haben. Nur sagen wir pfui. Er muss uns nicht sagen, wie er seinen Kies gemacht hat, er muss uns nur sagen, wie viel es ist, und uns dann Steuern dafür bezahlen. Es ist uns egal, ob er sein Geld verdient, indem er Alkohol oder Knöpfe verkauft.«

»Ist der Fall vor Gericht gegangen?«

»Nicht nur ein Mal, sondern zwei Mal. Das Gericht für den District South Carolina hat zu unseren Gunsten entschieden. Wir hatten Recht, Sullivan hatte Unrecht, also ist er in Berufung gegangen.

Der Fall ist in die nächsthöhere Instanz gegangen, an den Circuit Court of Appeal, Vierter Gerichtsbezirk.«

»Und?«

»Sullivan hat gewonnen, also sind wir in Berufung gegangen.«

»Und?«

»So weit sind wir bisher gekommen. Der Oberste Gerichtshof wird den Fall im April nächsten Jahres behandeln. Wir werden gewinnen.«

»Wie können Sie das wissen? Einen Prozess haben Sie schon verloren. Wollen Sie mir sagen, dass diese ganze Verschwörung abhängt von ...« Pen hielt inne. Sie wurde von dem Zwinkern in

Bosses Auge gestoppt und von Abes ruhiger, gefasster Haltung zu ihrer Rechten. Schlagartig wurde ihr klar, dass Abe seinen Plan nicht von einer Entscheidung mit einer Chance von fünfzig Prozent abhängig machen würde und dass Bosse selbst kaum voreilig handeln würde. »Was wollen Sie damit sagen? Sie haben schon mit dem Obersten Gericht gesprochen? Sie haben schon einen Hinweis von ihnen?«

»Sagen wir einfach, wir sind sehr zuversichtlich, dass das höchste Gericht in diesem Land die Dinge zurechtrücken wird. Das Gesetz ist schließlich das Gesetz. Wir wollen nicht, dass irgendjemand sich selbst beschuldigt. Wir wollen nur unsere Steuern.«

Pen ließ die Zuversicht des Mannes auf sich wirken. Die Idee war natürlich verrückt, aber jeder, dem Amerika noch etwas bedeutete, konnte sehen, dass das organisierte Verbrechen immer mehr um sich griff. Die herkömmlichen Methoden der Gesetzeshüter waren gescheitert. Trotz der ungezügelten Welle der Gewalt, die zum Beispiel Chicago überschwemmt hatte, war nicht ein einziger Gangster erfolgreich wegen Mordes verfolgt worden. Wenn die Streitkräfte für Recht und Ordnung ihren Job machen sollten, war es notwendig, vollkommen neue Ansätze zu finden. Verfolgung wegen Steuerhinterziehung klang unwahrscheinlich, aber je unwahrscheinlicher, umso besser.

Pen wurde bewusst, dass alle sie ansahen: Abe, Hennessey, Bosse. Es war, als ob sie ihr Urteil über den Plan abgeben sollte, der sie alle zusammengebracht hatte. Sie nickte langsam.

»Das ist gut«, sagte sie. »Es gefällt mir.«

Bosse grinste wie ein kleines Kind zu Weihnachten. »Großartig. Ich wusste, dass Sie es mögen würden. Okay. Nächster Punkt. Was sollen wir tun? Wie sollen wir es tun? Zuerst einmal müssen genug Beweise gesammelt werden, um alle Schlüsselpersonen in Marion wegen Steuerhinterziehung zu verfolgen. Das ist natürlich nur der Anfang. Sobald alle sehen, dass die Organisation zusammenbrechen wird, werden wir anfangen, ihnen Deals anzubieten. Weniger

Zeit im Gefängnis im Tausch gegen Geständnisse. Auf diese Weise fangen wir an, weitere Beweise für die Verfolgung der Beteiligten zu sammeln. Verstöße gegen die Prohibition, tätliche Angriffe, dunkle Machenschaften, Mord. Wir wollen eine Menge Leute für eine lange Zeit hinter Gitter bringen. Das ist das Ziel.

Um all das zu tun, brauchen wir Beweise. Stichhaltige Beweise. Material, das wir vor Gericht verwenden können. Originaldokumente. Kopien von Dokumenten, so lange die Echtheit der Kopien von Zeugen bestätigt oder besser noch die Kopien offiziell beglaubigt sind. Zeugenaussagen. Fotografien. All solche Sachen. Kann mir jeder folgen?«

Der Ton war nun ernst. Jeder war angesteckt. Pen nickte. Ebenso Abe und Hennessey.

»Gut. Wie Sie an diese Dinge herankommen, bleibt eigentlich Ihnen überlassen. Wenn Sie Hilfe benötigen, können wir Sie unterstützen. Wir können Leute zur Verfügung stellen, die Abhörgeräte laufen lassen. Wir können Notare zur Verfügung stellen. Ich garantiere Ihnen, dass jeder, der hier auftaucht, direkt aus meiner Abteilung kommt. Unkorrumpiert und unkorrumpierbar. Das ist der Deal.«

Wieder nickte jeder, aber diesmal langsamer. Bosses Angebot war natürlich angemessen, aber es war nicht sonderlich umfassend. Marion war so abgelegen, dass ein Fremder sofort auffallen würde. In diesem Fall würde es also nicht um zusätzliche Mitarbeiter gehen, sondern auf List und Unsichtbarkeit ankommen.

Dann sprach zum ersten Mal Abe. Er räusperte sich erst, aber seine Stimme war trotzdem heiser.

»Die Beweise, Jim. Was meinen Sie, was würden Sie brauchen?«

»Wir haben intensiv darüber nachgedacht, Captain. Alles, was wir brauchen, steht auf dieser Liste.«

Er holte einen Umschlag aus seiner Tasche und gab ihn Abe. Der Sonnenschein, der durch den scheckigen Schatten der Weide sickerte, traf den Umschlag und ließ ihn gegen die staubigen Grün-

und Brauntöne im Schatten unglaublich leuchtend und weiß erscheinen. Abe nahm den Umschlag, öffnete ihn und las langsam. Als er fertig war, faltete er das Blatt zusammen und steckte es in den Umschlag zurück. Er sagte nichts.

»Und?«, fragte Bosse, »was meinen Sie?«

»Es ist eine Menge, Jim. Es ist verdammt viel, was Sie verlangen.«

»Das ist es. Aber Sie wollen einen Bären jagen. Deshalb sollten Sie lieber gleich tödlich schießen.«

Der Steuerfahnder hatte Recht. Die Gangster von Marion zu verfolgen war gefährlich. Sie zu verfolgen, ohne sie zu verurteilen, wäre tödlich. Einige Augenblicke lang herrschte Stille, eine so absolute Stille, dass das Zirpen einer einzelnen Grille neben Pens Fuß in seiner Intensität beinahe wie Lärm erschien.

»Können Sie sich vorstellen, dass Sie das machen können?«, fragte Bosse.

Abe steckte den Umschlag in seine Tasche. Er lächelte nicht, nickte nicht, tat überhaupt nichts.

»Ich weiß es nicht. Wir werden es sehen müssen.«

53

Im Juli 1918 hatte Willard eine Patrouille über deutschem Gebiet halb hinter sich gebracht, als er ein kleines Problem mit seinem linken Querruder bekam. Das Flugzeug war vollkommen flugfähig, aber es war eine von Rockwells Regeln, jedes Flugzeug zurückzuziehen, das nicht in perfektem Zustand war. Und so dippte Willard zur Entschuldigung mit den Flügeln, drehte ab und machte sich auf den Rückweg.

Er kam seinem Aerodrom nahe genug, um zu sehen, wie sich das lange Oval aus sonnengebleichtem Gras blass gegen das umliegende Farmland abhob. Aber bevor er zur Landung ansetzte, sah er noch etwas anderes: ein plumpes deutsches Aufklärungsflugzeug, einen zweisitzigen Albatros aus der Serie von 1917, vielleicht sogar noch ein Relikt von 1916; fett und eine leichte Beute für Willards moderne Spad.

Es folgte eine kurze, aber furiose Jagd. Aber das Gefecht hatte nur einen möglichen Ausgang. Willard überholte das feindliche Flugzeug und manövrierte es aus. Er richtete die Nase seines Flugzeugs auf das Heck des Feindes und zog den Abzug durch.

Es passierte nichts. Abgesehen von einem dumpfen Klicken passierte nichts. Die Waffe hatte eine Ladehemmung. Instinktiv holte Willard seinen Hammer heraus, um gegen den Gewehrlauf zu schlagen. Der Albatros war nahe genug, um alles zu sehen. Das gehemmte Gewehr, das schutzlose Flugzeug. Der Deutsche tat, was jeder Pilot getan hätte. Er machte einen langen Looping, flog direkt auf Willard zu und beabsichtigte, ihn aus nächster Nähe abzuschießen. Es war der schlimmste Augenblick in Willards Pilotenkarriere.

Der schlimmste und auch der beste.

Weil Willard seine Waffe mit dem ersten Hammerschlag frei bekam. Er war so überrascht, dass er sich in seinen Sitz zurücklehnte, verblüfft über sein plötzliches, unglaubliches Glück. Er wartete, bis der Albatros in Reichweite war, dann schickte er einen drei Sekunden langen Schauer von Patronen direkt in die Nase der Maschine. Der Albatros verschwand in einer Feuerwolke. Willard konnte sich immer noch daran erinnern, dass er hart an seinem Steuerknüppel gerissen hatte, um über das brennende Flugzeug hinwegzufliegen, dass er die brennend heiße Luft gespürt und den plötzlich aufquellenden schwarzen Rauch gerochen hatte.

Der Zwischenfall hatte ihn gelehrt, dass es schwierig sein konnte, Glück und Unglück zu unterscheiden. Dass von Zeit zu Zeit die Katastrophe dem Sieg am nächsten lag.

Und vielleicht war es auch jetzt so.

Je mehr Willard darüber nachdachte, umso mehr spürte er, dass Powells Kommunikation im Mafiastil weit davon entfernt war, Gefahr zu bedeuten, sondern vielleicht sogar etwas Gutes.

Dies war der erste Punkt: Welches Geheimnis auch immer es war, das Arthur Martin ins Grab und Charlie Hughes hinter Gitter gebracht hatte, es hatte auch Ted Powell erreicht.

Dies war der zweite Punkt: Powell hatte keine Skrupel. Wenn Powell Willard ermorden lassen wollte, so würde er es tun, ohne noch einmal darüber nachzudenken.

Und das führte zum guten Teil der Angelegenheit: Powell wollte nicht, dass Willard starb. Darüber hinaus deutete das Geschenk der Akten darauf hin, dass es ihn nicht einmal interessierte, ob Willard das Firmengeheimnis lüftete. Es interessierte ihn vielleicht sehr, was Willard mit dieser Information anfing, aber die Information selbst war nicht verboten.

Also handelte Willard.

Zuerst ging er wieder in das grimmige Staatsgefängnis, in dem Charlie Hughes gefangen gehalten wurde. Hughes war jetzt dünner. Seine muntere Unbekümmertheit war verschwunden. Er erschien älter, unglücklicher, gebrochen.

»Oh, Will-o! Hey, Mann. Himmel, danke sehr.«

Willard schob einen Kuchen über den Stahltisch. Er hatte nicht wirklich darüber nachgedacht, was er mitbringen sollte, und die Gefängniswärter hatten ihre Freude daran gehabt, in dem Kuchen mit einem Schraubenzieher herumzustochern, um nachzuprüfen, dass nichts darin versteckt war. Sie hatten erst aufgehört, nachdem sie den ganzen Kuchen in einen Haufen aus Krümeln und Marzipan verwandelt hatten.

Willard versuchte, mit dem üblichen Smalltalk anzufangen. Nur worüber in drei Teufels Namen redet man mit einem Verurteilten? Wie ist das Essen? Schlechter als Scheiße. Wie ist die Aussicht? Irgendwie immer gleich. Wie ist die Gesellschaft? Großartig. Sehr abwechslungsreich. Witzig. Mit Sicherheit ein bisschen gewalttätig. Geneigt, den kleinen Kerl mit der Brille als denjenigen zu betrachten, auf dem man herumhacken kann, bei dem es Spaß macht, ihm ohne Grund mal kräftig in den Magen zu schlagen –

aber hey, das war mal etwas Neues. Man lebt und lernt. Hughes versuchte zu grinsen und sah aus, als ob er gleich weinen würde.

Willard machte es kurz.

»Hör zu, Charlie, ich bin gekommen, um dich etwas zu fragen.«

»Ja klar, Will-o. Egal, was.«

»An diesem Tag in der Bibliothek, als ich bei dir und McVeigh dazwischengegangen bin, da habe ich angenommen, dass er dich bedroht hat. Dass er dich eingeschüchtert hat.«

Hughes legte seine Hand an das Gesicht, als ob es ihm schwer fiel, sich an die Vergangenheit zu erinnern. »Nein, nicht Leo. Das war irgendwie eine komische Sache. Später haben wir darüber gelacht.«

»Aber irgendjemand hat dich bedroht. Du hattest schon eine Ahnung von ... von all dem.«

»Nicht Leo. Er war ... er war fürsorglich. Er hat versucht, dich zu warnen. Er glaubte, dass du es vielleicht falsch aufgefasst hast. Er kann manchmal irgendwie ... ich weiß nicht ... irgendwie ungeschickt sein.«

Er kann aussehen wie ein dicker, Football spielender Affe, dachte Willard, ohne es zu sagen.

»Wer dann? Ich muss es wissen, Charlie.«

Wieder diese Geste. Diese Hand am Gesicht. Dieser Blick, als ob die Vergangenheit ein fernes, halb vergessenes Land wäre.

Hughes schüttelte den Kopf. »Ich kann es nicht sagen. Ich bin da jetzt raus. Es tut mir leid.«

Aber Willard hatte genug. Es gab zwei Lager in der Finanzkreditgruppe. Da war die Achse Ronson-Claverty. Und da war die Achse McVeigh-Hughes gewesen. Wenn McVeigh nichts mit der Gewalt zu tun hatte, die Arthur Martin und Charlie Hughes angetan worden war, dann hatte mit Sicherheit Ronson damit zu tun. Willard war nahe daran, über seine eigene Dummheit zu lachen.

»Noch eine letzte Sache, Charlie. Der zwanzigste Stock. Ein Teil davon ist abgeschlossen. Weißt du warum?«

»Der zwanzigste Stock?« Die Augen des kleinen Mannes weiteten sich, als ob er Schwierigkeiten hätte, sich an eine Welt zu erinnern, die hinter ein paar Fuß Betonboden im Quadrat und den Gitterstäben lag. »Der zwanzigste Stock?«

»Ja. Wahrscheinlich ist es nicht wichtig. Doch Ted Powell hat mir gesagt, dass sich da die Antriebsmaschinerie für die Aufzüge befindet. Nur stimmt das nicht. Die Aufzüge gehen bis zum vierundzwanzigsten Stock hoch und werden vom Keller aus betrieben. Nur eine Kleinigkeit, aber ich bin hinuntergegangen, um es nachzuprüfen. Ich habe mir vom Hausmeister, der auch die Wartung macht, alles zeigen lassen.«

»Das hast du? Sieh mal an! Ich nehme an, ich habe immer geglaubt, das die Antriebsmaschinerie für die Aufzüge ganz oben sein muss. Ich denke, ich habe nicht viel darüber nachgedacht. Wirklich!«

Hughes' leeres kleines Gesicht verriet, dass er absolut keine Ahnung hatte, worüber Willard redete. Wenn überhaupt, so hatte sich der Ausdruck von verzweifelter Überraschung noch verstärkt. Willard kam zu dem Schluss, dass Hughes nichts über das Rätsel des zwanzigsten Stockwerks wusste. Es war möglich, dass Powell selbst durcheinander gewesen war – das allerdings bezweifelte Willard. Er bezweifelte, dass Powell sich überhaupt durch irgendetwas durcheinanderbringen ließ.

Willard verabschiedete sich von Hughes und ging zur Arbeit zurück. Er hatte sich angewöhnt, bei Annies Tisch herumzulungern, wenn sie die verhassten Aktendeckel aus Pappe verteilte. Und eines Tages hatte er Glück. Von Arthur Martins Verkäufern war die kanadische Firma Northern Fur and Hides, der größte und fleißigste. Alle paar Wochen kam eine neue Lieferung von Tierfellen aus dem frostigen Norden. Arthur Martin hatte Verdacht geschöpft, und Willard war entschlossen herauszufinden warum. Er nahm die Akte vom Stapel.

»Tote Tierteile«, kommentierte er. »Charmant.«

»Welche?«, fragte Annie mit geschäftsmäßiger Stimme. »Northern Furs? Die ist eigentlich für Iggy.«

Willie knüpfte die Schnur auf und sah hinein. »Ha! Nicht einfach nur irgendwelche toten Tiere. Da ist Nerz, Annie. Polarfuchs. Hermelin. Was hättest du denn gern?«

»Ach, sei nicht albern. Überhaupt, wie ich schon sagte, Iggy ...«

»Du willst deinen Nerz von Iggy, nicht von mir? Das glaube ich nicht. Ich werde diese Akte bearbeiten, und wenn ich es irgendwie kann, werde ich dabei als meine Kommission einen Nerzmantel für dich herausholen.«

Und während Willard die Akte an sich nahm, hörte er wieder Powells Worte, stärker als je zuvor. »*Sie haben Ihre Chance, Thornton, Sie haben sie jetzt.*«

54

Abe verlor an Höhe, er strich gerade noch in fünfzig Fuß Höhe hoch über die Meereswellen. Er nahm das Gas zurück, sodass seine Geschwindigkeit nur fünf oder zehn Meilen über der Mindestgeschwindigkeit lag. Die Männer auf der Brücke des Schiffes, die SS Carmen unter kubanischer Flagge, hatten sich in einer dichten Traube versammelt und beobachteten die vorbeifliegende Maschine.

Abe runzelte leicht die Stirn. Er musste direkt mit dem Schiffskapitän kommunizieren. Die Menschentraube auf der Brücke machte es unmöglich zu erkennen, wer wer war. Aber keine Sorge. Das war eine neue Vorgehensweise; neue Schiffe, neue Beobachtungssysteme, neue Codes. Sie würden es schon lernen. Abe machte ein Paddel von seinem Platz an der Wand des Cockpits los. Es war ungefähr so groß wie ein Tennisschläger und hatte zwei Seiten, eine grün, die andere rot. Abe zeigte der Gruppe auf der Brücke die grüne Seite, der Code für »Alles klar.« Auf der Brücke entstand Bewegung; einige klatschten, andere winkten, ein paar streckten die Daumen in die Höhe. Es war vorgesehen, dass sie eine weiße Flagge zeigten, die anzeigte, dass die Botschaft angekommen war, aber keine Sorge; die Dinge würden sich bessern.

Abe flog zur Küste zurück, wobei sein DH-Flugzeug, die *Havana Sue*, den langsamen, mit Alkohol beladenen Frachter leicht hinter sich ließ. Abe hatte bereits den Okefenokee River, seine sich windenden Arme, die Sandbänke und Mangroven abgesucht. Der Fluss war von der Küstenwache frei, ebenso das Meer dahinter und die Küste vierzig Meilen weit nach Norden und Süden. Aber Abe blieb wachsam. Er flog weiter Patrouille, während der Frachter zur Küste tuckerte, sich den trägen, grünen Okefenokee hinaufwand und dann an Marions schmutziger Betonpier festmachte. Ein Ladekran setzte sich in Bewegung. Paletten voller Alkoholkisten begannen, aus dem Frachtraum heraufzuschweben.

Weit oben ließ Abe *Sue* in der Thermik schweben und drehte Spiralen wie ein Greifvogel. Er liebte sein neues Flugzeug, das der Traum eines Piloten war: die perfekte Kombination von Stärke und Reaktionsfähigkeit. Selbst jetzt, während der Arbeit, sang ein Teil seines Gemüts wie ein Vogel, wobei die wahnsinnige, hämmernde Musik der De Havilland Orchester und Chor stellte.

Aber ein anderer Teil seines Verstandes – der aktivere Teil – war mit einer völlig anderen Sache beschäftigt: eine, von der Bob Mason nichts wusste und die ihm nicht sehr gefallen hätte, wenn er es gewusst hätte.

Unter dem Rumpf gab es ein ungefähr fünf mal fünf Inches großes, bewegliches Blech, auf dem ÖLVENTIL – NICHT BLOCKIEREN stand. Aber das Blech war kein Ventildeckel und hatte nichts mit Öl zu tun. Das Blech wurde mittels eines Hebels im Cockpit geöffnet. Hinter dem Deckel war eine Linse. Hinter der Linse war eine Kodakkamera. Das erste Bild auf jeder Filmrolle war immer dasselbe: die Titelseite der Lokalzeitung. Jedes weitere Bild wurde von Abe im Flug über Marion aufgenommen. Er fotografierte den Frachter, den Alkohol, den Kai, die Verladung des Alkohols in die Triebwagen.

Der erste Punkt auf Bosses Wunschliste für Beweismittel war der einfachste gewesen: »*Beweise für Alkohol-Importaktivitäten, Daten, Mengen, Art des Alkohols, Importmethoden.*«

Jedes Mal wenn eine Filmrolle voll war, holte Abe sie aus der Kamera, wickelte sie in Watte und warf sie in Hennesseys Hof ab. Wenn Hennessey seine nächste Fahrt nach Brunswick machte, war dort ein Mann von Bosses Abteilung und nahm die Rolle in Empfang. Jeder Film konnte daher verlässlich auf einen kurzen Zeitraum zwischen dem Datum auf der Titelseite auf dem ersten Foto und der Ankunft des Films in Brunswick datiert werden. Die Datierungsmethode war für die Nutzung vor Gericht präzise genug.

In Washington begann Bosse, eine richtige Sammlung aufzubauen: Tag für Tag, Frachter für Frachter, Flug für Flug.

55

Willard war verärgert.

»Sieh dir das an«, beklagte er sich und legte einen neuen schwarzen Lederhandschuh auf die schwarze Pelzapplikation seines brandneuen Wintermantels.

»Was ist denn? Für mich scheint alles in Ordnung zu sein«, sagte Rosalind.

»Na ja, in Ordnung mag sein, aber nicht gut. Ich meine, der Pelz auf dem Mantel ist nicht wirklich schwarz, oder? Im Laden hat es schwarz ausgesehen, aber eigentlich, wenn man es nebeneinander legt ...«

»Ich finde, es sieht gut aus.«

»Ja, schon, jedes für sich, aber du musst an die Gesamtwirkung denken, verstehst du.«

Willard befand sich in Rosalinds Ankleideraum. Im Flur standen seine Koffer, fertig gepackt und bereit. In seiner Manteltasche hatte Willard Eisenbahnfahrkarten für den ganzen langen Weg nach Montreal. Sein Plan war kühn – erschreckend kühn, nach Rosalinds Ansicht. Er reiste nach Kanada, um eine der verdächtigen Fell- und Lederlieferungen abzufangen. Arthur Martin hatte sein Leben verloren, als er die Papierspur einer solchen Transaktion verfolgte. Willard hatte sich vorgenommen, die Lieferung selbst zu untersuchen, ganz allein, Hunderte von Kilometern von der nächsten Hilfe entfernt.

Während Willard sich weiter beschwerte, wunderte sich Rosalind im Stillen. In zwei Tagen kämpfte ihr Geliebter vielleicht um sein Leben, war vielleicht tot oder lag im Sterben, und alles, was ihn interessierte, war sein verdammter Mantelkragen.

»Hast du denn keine Angst?«

»Angst?« Willard hatte den Kragen hochgeklappt, sodass er ihn besser untersuchen konnte, und einen Augenblick lang verstand er ihre Frage nicht. Dann begriff er. Er klappte den Kragen wieder zurück, strich ihn glatt und sagte: »Na ja, ich glaube, schon. Der Trick ist, sich nicht zu viele Sorgen zu machen. Die Kameraden, die das im Krieg gemacht haben, haben nie lange durchgehalten. Es zerrüttet die Nerven, weißt du. Außerdem habe ich nicht die Absicht, Mist zu bauen. Ich habe bestimmt nicht vor, mich um einen Ahorn zu wickeln.«

In Rosalinds Gesicht zuckte es. Vielleicht sah sie da echten Mut. Vielleicht sah Mut nicht so aus, wie man es erwartete.

»Hast du alles?«

Willard nickte. »Geld. Pass. Kleidung.« Er machte eine kleine Pause. Sorgfältig in einem Seidenbeutel verstaut zwischen den Hemden in seinem Koffer hatte er seinen alten Armeerevolver und ein halbes Dutzend Ladestreifen mit Munition gesteckt. »Waffe.«

»Ich wünschte, du hättest mit diesem Freund von dir gesprochen.«

»Hmm?«

»Mit diesem Freund von dir bei der Bank, Larry Ronson.«

»Ach, Larry!«, sagte Willard geringschätzig. Kürzlich hatten die drei noch spät nach der Arbeit zu Abend gegessen. Willard war betrunken und redselig gewesen. Er hatte über seine bevorstehende Fahrt nach Kanada gesprochen – und behauptet, dass er Freunde besuchen wollte. Er hatte seine Reisepläne erwähnt, wenigstens bis Montreal. Er hatte sich sogar ein wenig über die Pelzlieferung ausgelassen, die über die Grenze kommen sollte – eine Lieferung, um die sich Larry in Willards Abwesenheit würde kümmern müssen. »Mach dir um Larry keine Sorgen.«

Rosalind wurde still und strich mit den Fingern über die Linien seines Gesichtes.

»Du passt auf dich auf, ja?«

»Natürlich. Um ehrlich zu sein, ich brauche einfach den Urlaub.«

Sie trat dichter an ihn heran. Mut war ein Charakterzug, den sie nicht nur bewunderte, sondern liebte. Einer, der sie erregte.

»Dein Zug. Wann musst du ...?«

Willard blickte auf seine Uhr, dann auf die Einladung in ihren Augen. Ihre Hände lagen auf seiner Brust. Ihr Mund war leicht geöffnet, ihre Augen halb geschlossen.

»Nicht gleich sofort, wenn du noch willst ...«

Sie wollte.

Und sechsundzwanzig Minuten später, während er sich noch den Mantel zuknöpfte, stürmte Willard die Treppe hinunter und rannte zu seinem Zug. Dieser würde ihn nordwärts nach Kanada bringen. Willard würde als Sieger zurückkehren oder tot.

56

Die Dusche sah gut aus: eine riesige Weißblechplatte mit ungefähr einer Million Löchern, die man mit einem Nagel hineingeschlagen hatte. Die Dusche sah groß genug aus, um ein Regiment zu waschen. Sie sah so aus, war es aber nicht.

Die Wasserleitung zur Dusche endete etwa drei Fuß vor dem Duschkopf, der trocken genug war, dass ein Gecko darauf seinen Bauch hätte wärmen können. Pen drehte den Hahn über dem Becken auf, mit demselben Ergebnis. Sie verzog das Gesicht und brüllte durch den Flur, dass der Junge ihr Wasser bringen sollte.

Es dauerte ungefähr fünf Minuten, dann erschien ein kleiner Junge, der eine riesige Schüssel mit lauwarmem Wasser trug. Pen dankte ihm auf Englisch und nahm ihm die Schüssel ab. Vor dem Fenster gab es keinen Vorhang, und so stellte sich Pen, nackt bis auf die Unterwäsche, in die Ecke und wusch sich, so gut sie konnte. Da sie nun ziemlich oft in Havanna war, hatte Pen sich die notwendigste Garderobe gekauft und wechselte in ein leichtes Sommerkleid aus Baumwolle und ein Paar blassrosa Pumps mit flachen Absätzen.

Sie schüttete das Wasser fort, zog sich fertig an und brachte die Schüssel in die Hotelküche zurück, wo sie ein Glas Limonade und eine Packung Kekse fand. Sie nahm ihre Beute mit zur Bar, einem schummrigen, gefängnisartigen Raum, der mauve gestrichen war, nach Männerkörpern und verschüttetem Wein roch und von ein paar Fenstern beleuchtet wurde, die zu weit oben waren, um hindurchzusehen. Ein hölzerner Deckenventilator rührte durch die Luft mit einer authentisch kubanischen Abneigung, etwas zu schnell oder effektiv zu tun. Frank Lambaugh war dort, Marions Einkaufsagent auf der Insel, ebenso Ayling Gann, der Frachterkapitän, und Raul Jiminez, der kubanische Vertreiber für zwei der jamaikanischen Rum-Destillateure.

»Hi.« Pen kam herein und setzte sich.

Die Männer tranken Rum und knackten Pistazien. Sie blickten zu Pen hinüber und nickten zur Begrüßung, wechselten jedoch von Englisch zu Spanisch.

»Heute Abend. Ja, heute Abend. Es ist nicht mein Fehler, wenn der Lastwagen zusammenbricht.«

»Es ist euer Lastwagen.«

»Okay. Ihr habt den Rum heute Abend.«

»Den ganzen Rum?«

»Ja, achtzig Kisten. Wie vereinbart. Achtzig.«

Lambaugh und Jiminez stritten sich um eine verspätete Lieferung. Pen war hauptsächlich von den schwarzen Dienern auf der Plantage ihres Vaters aufgezogen worden, aber sechs Jahre lang hatte sie ein spanischsprachiges Kindermädchen aus Mexiko gehabt. Sie konnte Spanisch mit ebenso wenig Mühe lesen, sprechen und verstehen wie Englisch – eine Tatsache, die sie bisher verschwiegen hatte.

Lambaughs Blick traf Pen.

»Tut mir leid, das muss langweilig für Sie sein.«

»Das ist okay. Machen Sie sich keine Sorgen deswegen.«

»Ich mache mir keine Sorgen. Ich habe mich nur entschuldigt.« Er blickte ihr weiter in die Augen. *»Ich würde dich am liebsten auf diesen Tisch legen und auf der Stelle vögeln, gleich hier und jetzt.«*

»Haben Sie etwas dagegen, wenn ich mir ein paar Nüsse nehme?«, fragte Pen, ohne mit der Wimper zu zucken. Seitdem Abe sie als seine jüngste Rekrutin vorgestellt hatte, was ihr eine ständige Welle des Misstrauens entgegengeschlagen, die in Lambaughs Fall zu offener Feindseligkeit geworden war. Der Alkoholschmuggel schien ein reiner Männersport zu sein. Das Fliegen war es mit Sicherheit. Die Vorstellung, dass eine Pilotin die Frachter die Küste Floridas hinauf eskortierte, schien bei allen Beteiligten einen schweren Fall von Frauenfeindlichkeit auszulösen. Lambaugh schob ihr die Nüsse hin.

»Bedienen Sie sich.«

Von diesem Zeitpunkt an hatte Pen Lambaughs Misstrauen wie einen Gürtel gespürt, der sie mit hohem Druck einschnürte; ein Problem, das durch die Gegenseitigkeit ihrer Abneigung noch verschlimmert wurde. Aber das war etwas, womit zu leben sie lernen musste. Weil sie, wie Abe in Marion, hier ihre Arbeit zu erledigen hatte. Natürlich machte sie einige Fotos, aber es war nichts Illegales daran, in Kuba mit Alkohol zu handeln. Die Fotos brachten Bosse wenig oder nichts, das er verwenden konnte. Aber Pens Ohren brachten eine Menge.

Wie heute. Lambaugh und Jiminez sprachen wieder miteinander. Jiminez beklagte sich, dass die Zahlungen aus Marion von den Banken verzögert wurden. Lambaughs herrisches Spanisch setzte sich über Jiminez hinweg und mähte seine Einwände nieder. Und Pen hörte zu und schnappte vieles auf: *Namen von Banken. Namen von Leuten. Zahlungsvereinbarungen. Zeitpläne. Kontakte.* Sie schrieb alles auf und schickte es an Bosse. An manchen Tagen erfuhr sie wenig, an anderen eine Menge. Aber sie machte Fortschritte.

Woche für Woche. Tag für Tag. Flug für Flug.

57

Ruxion, Alberta.

November in Kanada.

Schwarze Nadelbäume, die um einen zufrierenden See standen. Ein Bergsturz aus grauen Felsen. Eine Ansammlung verstreuter Holzhäuser unten am Wasser. Ein paar Fischerboote, die aus dem Eis gezogen worden waren. Ein Wind, der von den Rocky Mountains herabfegte. Eine Landebahn, die sich auf den Grasstreifen zwischen dem See und den Hügeln zwängte. Ein Flugzeug, das Willard nicht kannte und seine Nase aus einem Hangar steckte, der zwischen die Kiefern geklemmt war.

Er stieg aus dem Wagen, einem De Soto, der alt aussah, es aber vielleicht gar nicht war. In diesem Klima war es schwierig, den Unterschied festzustellen.

»Willkommen in Ruxion«, sagte der Fahrer.

Willard zog seinen Mantel dichter um sich und grub in den Taschen nach Handschuhen. Er trug seinen üblichen grauen Filzhut, musste aber feststellen, dass er den Fahrer um seine Kaninchenfellmütze beneidete, die dieser zurückgeschoben hatte. Der Fahrer mochte vielleicht einen ordentlichen Hut haben, aber er jammerte ganz bestimmt nicht wegen der Kälte. Seine hüftlange karierte Jacke trug er vorn offen. Nicht einmal sein Flanellhemd war ganz zugeknöpft. Der Fahrer bemerkte, dass Willard herumkramte.

»Es ist noch gar nicht richtig kalt«, sagte er. »Es wird noch zwei Wochen lang nicht richtig kalt sein.«

Abgesehen von einem säuerlichen Blick antwortete Willard nicht. Von Montreal aus war er den größten Teil des Weges durch Kanada nach Calgary gereist, um von dort aus einen lokalen Zug nach Süden zu nehmen, der an einer Station im Niemandsland hielt, die an einer Bahnlinie ins Niemandsland lag. Die Straße hatte den ganzen Weg von der Bahnstation durch Ruxion zu der Landebahn geführt, wo sie in einem großen Kreis aus zerfurchtem Matsch und nacktem Gras endete. Ein paar Lastwagen standen dort mit der Vorderseite an der Wand des Hangars wie Vieh, das aus einem Futtertrog fraß.

Willard eilte die flache Steigung hinauf zu der grauen Tür in der Rückseite des Hangars. Ein primitiver Stromgenerator, der vom Wasser eines Baches angetrieben wurde, dröhnte irgendwo in der Nähe im Wald. Auf einem sauber gemalten Schild stand: »Ruxion Trade Corp. Bitte klingeln.« Es gab keine Klingel. Es gab nicht einmal einen Riegel an der Tür, die nur geschlossen war, weil sie schief an einer zerbrochenen Türangel hing. Willard drückte gegen die Tür; der Fahrer war dicht hinter ihm.

Drinnen befand sich eine zweite Tür aus Holz, die richtig aufgehängt war. Willard kam in einen Innenraum, in dem es erstickend heiß war. An einer Wand stand ein heißer gusseiserner Ofen, aus dem im Austausch gegen den zur Verfügung stehenden Sauerstoff rotes Licht und Holzrauch drangen. Drei Männer waren da, von denen einer ausgestreckt auf einem Feldbett lag. Die anderen beiden spielten Karten um einen, wie es aussah, sehr kleinen Stapel Geld. Eine einzige, schwache Glühbirne hing an einer Leitung. Ein Jagdgewehr, komplett mit lederner Munitionstasche, hing an ein paar Haken über dem Feldbett.

»Der Zug hatte Verspätung«, sagte der Fahrer.

»Jau! Dachte ich mir«, sagte einer der Kartenspieler und legte sein Blatt auf den Tisch.

»Mein Name ist Thornton«, sagte Willard. »Von ...«

»Jau. Der Bankmensch. Hätte nie gedacht, einen hier draußen zu Gesicht zu kriegen. Klar, ist ja noch nicht kalt. Noch nicht wirklich kalt.«

»Ich würde gerne eine Lagerbestandsliste aufstellen. Wir hatten ein paar Probleme mit unseren Unterlagen. Nichts Großes. Ich würde nur schnell nachsehen, ob alles in Ordnung ist.«

In dieser Umgebung klangen Willards Worte sogar für ihn selbst wie von einem anderen Planeten. Die Zuversicht in seinen Plan war bereits lange vor seiner Ankunft in Montreal abgeflaut und erst recht während seiner Reise zu diesem Ort, der das Ende der bekannten Welt zu sein schien. Was war, wenn er sich bei Powells verschlüsselter Botschaft an ihn geirrt hatte? Was, wenn Larry Ronson zu betrunken gewesen war, um die Information aufzunehmen, die Willard ihm gegeben hatte? Was, wenn er sich bei Ronson und der Seite, auf der dieser stand, völlig irrte? Wenn es möglich gewesen wäre, wäre Willard weggelaufen – aber wohin hätte er laufen sollen? Ein Darlehen von zweihunderttausend Dollar. Ein Mann tot und einer im Gefängnis. Ein Leben voll harter Arbeit, Armut, Erschöpfung und Angst.

Die Kartenspieler tauschten Blicke miteinander und mit dem Mann auf dem Feldbett. Willard spürte Wut in sich aufsteigen. Er sollte nicht einmal hier sein müssen. Er war jetzt voller Angst, fürchtete sich in seinem tiefsten Inneren.

»Sie wollen hier herumstöbern?«, fragte der Kartenspieler, der bereits vorher geredet hatte.

Willard nickte. »Es wird nicht lange dauern.«

Wieder sahen die Männer sich an. Willard verstand die Stimmung nicht, und es gefiel ihm nicht, dass er sie nicht verstand.

»Klar«, sagte der Kartenspieler. »Brauchen Sie die?«

In einem Pappkarton unter dem Feldbett lag ein Stapel Papiere, die von einer Klammer zusammengehalten wurden. Der Kartenspieler, Mr. Redselig, wie Willard ihn insgeheim taufte, schob den Karton zu Willard hinüber, der auf das Papierbündel blickte.

Das erste Papier trug die Überschrift »Northern Furs & Hides – Ladeliste, Güter im Transit«. Es folgten fünf Seiten mit Einzelheiten. Willard warf einen Blick auf die oberste Seite:

»Tierfelle, gegerbt (1/2 Dutzend) . . . . 4 Rollen
Rolle (1) . . . . Nr. 11086
Rolle (2) . . . . Nr. 11087
Rolle (3) . . . . Nr. 11088
Rolle (4) . . . . Nr. 11089
Biberfelle, gegerbt . . . . . . 12 Kisten (min. 60 Pfd., netto)
Kiste (1) . . . . Nr. 1044 . . .«

Die Papiere entsprachen den Dokumenten, die über Willards Schreibtisch in der Wall Street gegangen waren, nur dass hier alles viel detaillierter war. Der Inhalt jeder einzelnen Kiste war einzeln aufgeführt und durchnummeriert. Willard war kein Buchhalter, aber er war sich ziemlich sicher, dass auch dem pingeligsten Buchhalter der Welt Papiere wie diese gefallen hätten.

»Sieht gut aus«, sagte er und hörte, wie er selbst seinen Princeton-Rhythmus an die einsilbige Sprache der Männer im Raum anpasste. »Ich sollte ein paar von den Kisten durchsehen, wenn ich kann. Nicht nötig, sie alle anzusehen.«

Mr. Redselig zeigte mit dem Finger auf eine zweite Holztür in der Wand, die den kleinen Büroraum vom eigentlichen Hangar trennte.

»Es ist schon verladen, wissen Sie.«

»Verladen? Schon?«

Mr. Redselig zuckte mit den Achseln. »Ihr Zug war zu spät. Wir haben nicht hier rumgesessen und geheult.«

Willard öffnete die Tür. Der Hangar gähnte riesig und kalt vor ihm. Er tastete nach einem Lichtschalter und schaltete ihn ein. Der blasse kanadische Himmel an der gegenüberliegenden Seite des Gebäudes wurde von einer offenen Wand wie von einem geöffneten Maul eingerahmt. Das Flugzeug, das sehr massig war, dominierte den Raum. Willard schätzte die Spannweite der Flügel auf mehr als siebzig Fuß, und das obere Flügelpaar hatte acht oder neun Fuß Abstand zum unteren. Der metallische Körper der Maschine wölbte sich von der Nase zum Heck. Es sah aus, als ob ein Unterseeboot in ein Paar Flugzeugflügel vorgestoßen und dort stecken geblieben war. Es sah nicht gerade hübsch aus, dachte Willard, aber kraftvoll. Selbst mit dem Treibstoff an Bord würde das Flugzeug Tonnen transportieren.

Der einzige Weg in die Maschine führte über eine hölzerne Trittleiter, die an der Seite lehnte. Einige Schritte zurück durch Benzinpfützen am Boden zeigten ihm, wie das Flugzeug betankt wurde. An der Wand stand eine Reihe von roten Benzinkanistern, die jeweils zehn Gallonen oder knapp vierzig Liter fassten.

Willard kletterte in das Cockpit. Die Instrumente waren moderner als diejenigen, an die Willard gewöhnt war, aber der größte Unterschied zwischen seinen alten Nieuports and Spads war das Cockpit selbst. In diesem Monster war es völlig vom Himmel abgeschlossen. Es hatte ein Dach aus Metallblech und dicke Glasfenster. Willard dachte, wie seltsam es sein musste, zu fliegen und den Wind nicht zu spüren. Aber er war nicht hier, um Flugzeuge zu vergleichen. Er war hier, um Kisten zu überprüfen.

Er kletterte nach hinten in den Frachtraum und blickte auf die erste Kiste. Eine Nummer, die mit Kreide auf die Seite geschrieben war, entsprach einer Nummer in der Ladeliste: eine Lieferung Biberfelle. Die Kiste war aus Kiefernholz gezimmert und vernagelt, aber Willard hatte ein paar Werkzeuge aus dem Hangar mit heraufgebracht, einschließlich einer Brechstange. Er hebelte den Deckel der Kiste auf und schnitt sich dabei in die Handfläche. Er fluchte und leuchtete mit einer Taschenlampe in die Kiste.

Es waren tatsächlich Biberfelle. Und wenn nicht, dann war wenigstens ein Haufen anderer kleiner Pelztiere gestorben, um diese Kiste zu füllen. Willard schob seine Hand bis auf den Boden der Kiste. Er fand überall nur Biberfelle. Seine Haut prickelte vor Angst; er wusste nicht warum. Er nahm eine andere Kiste in Angriff. Aus seiner offenen Wunde tropfte Blut, zunächst auf die Holzkiste, dann auf sein Hosenbein. Er fluchte erneut, öffnete aber auch die zweite Kiste. In dieser Kiste waren keine toten Biber, es war etwas anderes Totes. Willard durchsuchte seine Liste. Polarfuchs. Der silbrige Pelz schimmerte bläulich im Licht der Taschenlampe. Willard dachte an Annie: Im Scherz hatte er ihr versprochen, von seiner Reise einen Pelzmantel mitzubringen. Ihre Gegenwart erschien ihm real und nahe. Rosalind, seltsam genug, konnte er sich kaum vorstellen.

Willard ließ das Licht durch den metallenen Frachtraum schweifen. Das Licht war schwach, aber er konnte die großen Rollen aus Tierhäuten im Schatten aufragen sehen. Der Frachtraum roch nach Heizöl, Leder, Kiefernharz und dem schwachen, aber ekelhaften Geruch von Gegerbtem. Es gab noch eine ganze Ladung weiterer Kisten zu überprüfen. Willard war nicht danach. Er spürte eine plötzliche Übelkeit und kletterte aus dem Frachtraum, aus dem Cockpit und allzu schnell die hölzerne Trittleiter herunter.

Zölle.

Eine republikanische Regierung hatte auf die meisten Dinge, einschließlich kanadischer Pelze, Einfuhrzölle erhoben. Es war ziemlich offensichtlich – offensichtlich seit dem Augenblick, als Willard auf der Karte den winzigen Fleck gefunden hatte, der mit »Ruxion«, bezeichnet war –, dass kein Zollbeamter jemals irgendeinen Blick auf Fracht für die Vereinigten Staaten erwischen würde. Natürlich, irgendwo auf dem Weg nach Süden würden die Dokumente den Stempel »Zoll entrichtet«, bekommen, aber Willard nahm an, dass solche Dinge entweder gekauft oder gefälscht werden konnten. Das also war Powell Lamberts Spiel: ein Schmuggelgeschäft mit dem Flair der Wall Street.

Willard fühlte sich schlecht und unsicher.

Er machte sich auf den Weg zurück in den stickigen kleinen Raum, wo die vier Männer aus Ruxion im Halbdunkeln miteinander plauderten.

»Das war alles, was ich brauchte. Vielen Dank.«

»Ist schon okay.«

Keiner der Männer machte Anstalten aufzustehen.

»Gibt es irgendeine Chance, von hier zur Bahn zu kommen? Mein Zug fährt in neunzig Minuten.«

Der Fahrer schüttelte den Kopf. »Kein Zug mehr heute.«

»Nein? In Calgary hat man mir gesagt ...«

Der Fahrer fand irgendetwas in seinem Rachen, das ihm nicht gefiel, und er hustete trocken und unangenehm, bis es weg war. »Hören Sie nicht auf die Leute in Calgary. Keine zwei, drei Meilen weiter auf der Strecke war ein Erdrutsch. Wird in den nächsten ein, zwei Wochen keinen Zug zurück geben. Hängt vom Wetter ab. Wenn es vorher schneit ...« Der Fahrer zuckte mit den Achseln.

Willard fühlte sich, als ob er gerade zu vierzehn Tagen in der Hölle verurteilt worden wäre, und der Mann zuckte erneut mit den Achseln. »Ich muss hier aber weg«, sagte Willard mit hoher Stimme. »Ich kann einfach nicht ... Kann ich das Auto leihen? Ich könnte es auch kaufen.«

»Ich brauche das Auto«, entgegnete der Fahrer. »Ich brauche es hier.«

Willard blinzelte überrascht. Gefangen in Ruxion, ausgerechnet hier. Keine Bettwäsche. Kein Hotel. Keine Gesellschaft. Und – Gott im Himmel! – wenn der Schnee früh kam, dann konnte niemand sagen, wie lange er hier vielleicht festsaß. Willard begann, das ganze Abenteuer zu bereuen. Die vier Männer nickten sich schadenfroh zu und grinsten amüsiert. Willard kam sich wie der neue Junge in der Schule vor, der von seinen älteren Mitschülern absichtlich eingeschüchtert wurde.

Dann sprach der Mann auf dem Feldbett; es war das erste Mal, dass Willard ihn überhaupt etwas sagen hörte. Die meisten Zähne des Mannes fehlten oder waren so braun, dass sie kaum zu sehen waren.

»Fliegen Sie«, sagte er.

»Wie bitte?«

»Ich weiß, wer Sie sind.«

»Fliegen?«

»Willard T. Thornton, Amerikas Lieblings-Flieger-Ass. Na? Ich habe doch Recht, oder? Leute wie Sie sollten keine Eisenbahn brauchen.«

Die unterdrückte Schadenfreude in dem Raum entlud sich in offenem Kichern. Willard bemerkte, dass keiner der Männer ein besonders tolles Gebiss hatte.

»Sie meinen, ich soll das Flugzeug nach Süden fliegen?«

Der Mann auf dem Feldbett verfiel wieder in Schweigen, außer dass er mit einem Seufzer noch einmal wiederholte: »Willard T. Thornton, richtig? Willard T. Thornton.«

Mr. Redselig deutete auf seinen Genossen auf dem Bett. »Ben ist krank. Hat es an der Lunge. Hat den ganzen Morgen schon wahnsinnig gehustet. Er ist der Pilot hier.«

»Ich bin noch nie eine Maschine wie diese geflogen«, sagte Willard, um den Vorschlag abzuwehren. »Ich war ein Jagdflieger, kein ... kein ...« Er verstummte, unfähig, an eine andere Bezeichnung zu denken als »gottverdammter Schmuggler«.

»Fliegt sich genauso«, entgegnete Ben, der Pilot. »Fliegt nicht anders.«

»Das Flugzeug müsste heute noch raus, egal wie die Piste ist«, sagte Mr. Redselig. »Ist beladen, aufgetankt, abflugbereit. Keine

Ahnung, wie lange Ben ausfällt. Wenn Sie hier wegwollen, bevor es schneit …«

Willard wollte schon eine schnippische Antwort geben, dass ihm Bens Wohlergehen eigentlich völlig egal war, aber er hielt sich zurück. Es ging darum, das Flugzeug zu fliegen oder in Ruxion herumzusitzen. Keine der Möglichkeiten erschien besonders verlockend, aber eine der beiden erschien ein ganzes Stück schlimmer als die andere.

»Ich habe keine Karten«, erklärte Willard heiser. »Ich werde Karten brauchen.«

58

Der Betonblock saß passgenau und dicht in der Wand wie alle seine Nachbarn; an keiner Stelle war mehr Zwischenraum als die Dicke eines Fingernagels.

Abe hatte ein Malermesser mit flacher Klinge in der rechten Hand. Die Messerspitze war zu einem kleinen Haken umgebogen. Abe stocherte rings um den Block herum, fand eine Öffnung und schob das Messer hinein. Er angelte vorsichtig herum, dann spürte er, wie die Messerspitze einhakte. Er zog vorsichtig, bis der Block sich zu lösen begann. Als ein kleines Stück des Blocks freigelegt war, legte er Hand an und hob ihn heraus. Hinter dem Block war ein Hohlraum, der mit Dokumenten gefüllt war: Bosses Liste gewünschter Informationen und ihre eigene Liste von dem, was bereits erledigt war. Abe nahm beide.

Inzwischen bereitete Pen im Hangar das Abendessen vor. Unter Missachtung ihrer normalen Kleiderordnung aus langer Hose und Bluse trug sie nun ein hübsches cremefarbenes Kleid ohne Ärmel mit dazu passenden flachen Schuhen. Hätte sie nicht Minuten, nachdem sie es gekämmt hatte, ihr Haar wieder zerzaust, hätte sie richtig schick ausgesehen.

Sie hatte etwas zu essen mitgebracht – Fleisch in einem Topf, verschiedenerlei Käse, Salat, Oliven und Brot – und alles auf einem Holztisch ausgebreitet, der mit einem sauberen weißen Tuch bedeckt war. Auf einem Tisch an der Seite standen ein Grammophon und Schallplatten mit Tanzmusik. Obwohl *Sweet Kentucky Poll* streng genommen kein Recht mehr auf einen Platz im Hangar hatte, nun da die beiden DH-4 den Platz brauchten, hatte Abe den Gedanken, sie ungeschützt nach draußen zu stellen, nicht ertragen können. Und so hatte er bei einem Fischereiladen in Brunswick eine Hülle aus Segeltuch für sie bestellt. Doch bis diese ankam, besetzte Poll weiter den Hangar und streckte die Nase auf den Tisch wie ein Wolf, der seinen Platz mit den Mäusen teilte.

Die Männer kamen und gesellten sich zu Pen. Sie waren beide in Hemdsärmeln, und keiner trug eine Krawatte. Anfänglich wurde Arnie durch Pens plötzliches weibliches Auftreten nervös, aber sie weigerte sich resolut zuzugeben, dass sich irgendetwas geändert hatte, und er gewöhnte sich bald daran. Er stibitzte eine Scheibe Wurst, die er schnell mit seinen langen, knochigen Fingern in den Mund schob.

»Lecker«, kommentierte er.

»Mason hat den Wein geliefert«, sagte Abe und holte ein paar Flaschen hervor. »Ich hoffe, er ist okay.«

Pen hielt die Flaschen ans Licht. Der Wein stammte von einem der großen französischen Weingüter, einer der besten Vorkriegsjahrgänge. »Okay? Der ist hervorragend.«

»Das hat er auch gesagt. Ich wusste es nicht.«

Sie setzten sich und begannen zu essen. Abes Haus war nun fertig. Er hatte mit eigenen Händen eine Küche, ein Badezimmer und ein kombiniertes Wohn- und Schlafzimmer gebaut. Obwohl Arnie vorläufig mit Abe zusammengezogen war, hatte auch er angefangen, sich auf dem Gelände eine eigene Unterkunft zu bauen. Aber wenn Abes neues Heim auch komfortabler war, so hatte der Hangar einen überwältigenden Vorteil: seine Größe. Mit dem Tisch in der Mitte der Halle wäre jeder, der von draußen zuzuhören versuchte, etwa zwanzig Fuß vom Geschehen entfernt. Wenn auch noch das Grammophon spielte, wäre jede Unterhaltung absolut unhörbar.

Sie kamen zum Geschäft.

»Wir haben einen guten Anfang gemacht«, sagte Abe. »Aber wenn ich mir diese Liste von Bosse ansehe, dann haben wir noch immer eine Menge zu tun. Wir kriegen großartige Beweisfotos. Pen, du hast uns alles geliefert: wo Mason sein Zeug kauft, von wem er es kauft, all diese Sachen. Aber wir haben nichts über die Finanzen. Wir können nicht beweisen, wie viel Geld hereinkommt, wofür es ausgegeben wird oder wo die Gewinne landen. Bosse braucht all das. Wir müssen uns unsere nächsten Schritte überlegen. Was zu tun ist, und wie es zu tun ist.«

Pen nickte langsam. Das war ein Thema, über das sie und die anderen schon einige Zeit nachgedacht hatten. »Also, eine Möglichkeit ist, dass wir mit der Post anfangen. Die ganze Post von den Vereinigten Staaten nach Havanna läuft über uns. Arnie meint, dass er mir ein Dampfventil bauen könnte ...«

Arnie nickte. »Genau. Direkt betrieben vom Motor. Wird mit einem Finger bedient. Ein Gummitopf, der im Seitenpaneel des Cockpits versteckt ist. Kein Problem. Das kann ich in ein paar Tagen fertig haben.«

Abe lächelte, aber – so dachte Pen, oder bildete sie es sich nur ein? – da war etwas Unheimliches in seinem Lächeln. »Gut. Nur, Arnie, vielleicht solltest du es in beide Flugzeuge einbauen. Ich habe so ein Gefühl, dass Mason uns bald sein bestes Zeug transportieren lassen könnte.«

»Was? Du glaubst, dass Mason uns einfach so seine wichtigsten Dokumente übergeben wird?«

»Na ja, nicht alle, nur ein paar. Aber das weiß er noch nicht.«

Abe erklärte seine Idee: auf ihre Art eine sehr schöne. Die Länge von Bosses Liste erschien bereits weniger entmutigend. Sie aßen und tranken. Sie hörten der Tanzmusik zu. Die Unterhaltung verlagerte sich auf andere Themen. Arnie fragte Abe nach der Zeit vor dem Krieg, als er Rennfahrer gewesen war. Das war eine Welt, über die Pen überhaupt nichts wusste, und Abe erzählte farbig und voller Leidenschaft und ging darin auf. Offensichtlich liebte er das Fahren, und nur der überlegene Nervenkitzel, den ein Flugzeugmotor bot, hatte ihn fortlocken können.

»Aber hier hast du kein Auto«, sagte Pen. »Vermisst du das Fahren nicht?«

»Ich habe Poll. Ich habe Sue. Ich komme sogar manchmal dazu, deine süße kleine Curtiss zu steuern.«

»Das ist nicht dasselbe.«

»Ich denke, ich habe meine Zeit auf der Rennstrecke gehabt.«

Eine Ausflucht. Pen gewöhnte sich langsam daran. Sie stellte für sich selbst fest, wie abrupt Abes Beschäftigung mit Rennstrecken durch den Kriegsausbruch zu einem Ende gekommen war. Seine militärische Karriere war mit gleicher Schärfe zu Ende gegangen. Ebenso seine Zeit bei der Post, beim Orientierungsfliegen, als Stuntman beim Film, als Testflieger und was auch immer er sonst angefangen hatte. Das Motiv von großem Engagement und abrupter Beendigung schien sich zu oft zu wiederholen, um zufällig zu sein. Sie konnte es sich nicht erklären. Er wollte nicht darüber reden. Obwohl Pen nun seit fünf Wochen an Abes Seite gearbeitet hatte, schien es, als ob sie ihn mit jedem Tag, der verging, immer weniger kannte.

Arnie hatte Abes Kartenspiel geholt und versuchte, Abe zu überreden, Kartentricks zu zeigen. Aber Pen sah mit skeptischem Blick zu. Sie hatte sich nie für Kartentricks interessiert und war nie als Jagdfliegerin geflogen. Aber einige der Denkmuster erschienen ihr instinktiv sinnvoll. Sie konnte spüren, dass Abe versuchte, ihren Blick in eine Richtung zu steuern, und sie brachte sich bei, konzentriert in die andere zu sehen. Je besser sie lernte, die Tricks zu

»lesen«, umso weniger beeindruckend erschienen sie. Sie erschienen seicht, eine Ablenkung von der realen Welt.

Die Tanzmusik schlug ein schnelleres Tempo an. Pen spürte das Bedürfnis, ihre Gefühle in Bewegung umzusetzen.

»Arnie, tanzt du?«

»Äh, eigentlich nicht, würde ich sagen ...«

Beide Männer waren so. Wenn sie ein Thema anschnitt, das irgendwie mit Pens anderem Leben verbunden war – entweder ihrem Geschlecht oder ihrem Geld –, wichen beide Männer sofort zurück. Aber diesmal akzeptierte sie es nicht.

»Großartig«, sagte sie und schob scharrend den Stuhl zurück, »es wird dir Spaß machen, es zu lernen.«

Sie zog Arnie hoch. Er war ein starker Mann, wurde aber weich wie ein Baby auf dem Arm, als er gebeten wurde, Pen beim Tanzen zu führen. Aber sie hielt durch. Sie gab ihm das Selbstvertrauen, sie korrekt zu führen. Er nahm das Tanzen ein wenig zu ernst und war zu sehr darauf bedacht, die Schritte richtig zu setzen, um sich einfach mit der Musik fließen zu lassen. Aber trotzdem war sie zufrieden. Sie genoss den Tanz.

Die Schallplatte war zu Ende. Pen legte eine andere Scheibe auf. Sie wollte, dass Abe sie zum Tanz aufforderte, aber er tat es nicht. Er saß einfach am Tisch, trank Kaffee und ließ Spielkarten durch seine Finger flitzen. Es war unhöflich, dachte sie. Selbst wenn er es nicht wollte, hätte er sie trotzdem fragen können. Aber er tat es nicht. Er fragte sie nicht. Und sie fragte ihn nicht.

Sie wollte sich gerade verabschieden und gehen, als sie es sah.

Die Werkbank erstreckte sich an der Rückwand des Hangars, bog dann rechtwinklig ab und verlief an einer Seitenwand fast bis zur Mitte. Lange Zeit hatte Abes Sammlung von gegossenen Modellen auf dem Regal über der Werkbank an der Rückwand gestanden. Das Regal hatte genau dort in der Ecke geendet. Aber nun nicht mehr. Jemand, entweder Abe oder Arnie, hatte auch an der anderen Wand ein Regal angebracht. Die Sammlung von Gussmodellen drängte sich nun auch auf dem anderen Regal bis zum Ende. Grob geschätzt waren aus Abes dreißig oder vierzig Modellen plötzlich fünfzig oder sechzig geworden.

Pens Gehirn, das ein wenig betrunken, ein wenig müde war, wurde plötzlich nüchtern. Sie ging zum Regal und nahm eines der neuen Modelle herunter. Das Gussmodell war so groß wie ein Laib Brot, aus Metall und sehr schwer. Es war das Modell eines Flugzeugrumpfes, hatte aber keine Flügel, kein Fahrwerk, keine Heckflosse.

»Was ist das?«, fragte sie.

Abe kam herüber. »Das ist der Rumpf der Dayton Wright O-W, so gut, wie wir es hinkriegen können.«

Pen blickte zwischen den beiden Männern hin und her und sah verschlossene Gesichter, ein gemeinsames Geheimnis, das vor ihr verborgen wurde. Abe nahm das Gussmodell und begann unwillkürlich, es zu streicheln, immer in Richtung der Flugbewegung, von der Nase zum Heck.

»Das ist eine Art Hobby von uns.«

»Ihr macht das nur zum Spaß?« Pens Stimme klang ungläubig und zu hoch.

»Na ja, es gibt schon einen ernst zu nehmenden Zweck, denke ich. Ich hatte schon lange das Gefühl, dass es beim Flugzeugentwurf viel zu sehr um die Motorentwicklung geht und nicht genug um Aerodynamik. Diese Modelle sind eine Möglichkeit, sich einige der Aerodynamik-Probleme anzusehen.«

»Und wie machst du das?«

»Ach, weißt du, wir werden uns schon etwas einfallen lassen.«

Abes Feststellung markierte kaum ein natürliches Ende der Unterhaltung. Gewöhnlich würde ein Pilot an diesem Punkt beginnen und mit jemandem, der es verstehen konnte, über seine Leidenschaft reden. Aber das tat er nicht. Er legte das Modell wieder auf das Regal, ging zum Tisch zurück, trank noch eine Tasse Kaffee und gähnte.

Wir werden uns schon etwas einfallen lassen. Das war eine Feststellung ohne Bedeutung. Oder eher: Sie hatte eine Menge zu bedeuten. Abes Antwort sagte so viel wie: Es tut mir leid, ich werde es dir nicht verraten, du gehörst nicht dazu.

Pen hörte seine Antwort: nicht die Worte, sondern die wahre Botschaft. Sie spürte seine körperliche Nähe wie einen zweiten Schatten. Aber die Nähe war eine Illusion. Das hier war ein Rennfahrer, der kein Auto besaß; ein Kampfflieger, der den Krieg hasste; ein Freund, der nicht tanzen wollte; ein Flieger, der sich nicht mitteilen wollte.

Sie fühlte sich isoliert. Sie fühlte sich unerwünscht. Sie fühlte sich verraten.

59

Vom Cockpit aus sah die Startbahn lang aus, aber vom Cockpit aus taten sie das immer. Hinter dem Ende des Grasstreifens gab es eine Rinne aus grauem Felsgeröll, die zu einem Bachbett führte. Hinter dem Bach standen Kiefern, vierzig Fuß hoch und höher, die sich auf einer steilen Flanke den Hügel hinauf ausbreiteten.

Willard fühlte sich schlecht.

Ein Gefühl von Gefahr versteckte sich in seinem Bauch wie ein wildes Tier, das sich in seinem Bau zusammenrollte. Er konnte es nicht festmachen. Vor dem Flug hatte er eine sorgfältige Inspektion durchgeführt und die Maschine zwanzig Minuten lang mit halber Kraft laufen lassen, um mögliche Unregelmäßigkeiten zu entdecken. Willard war mit dem Flugzeugtyp, einem Martin C-1, nicht vertraut, und außerdem war er Pilot gewesen und kein Mechaniker. Dennoch verstand er genug, um zu wissen, dass die grundlegenden Teile völlig in Ordnung waren. Er war sogar über die offensichtliche Kompetenz der beiden Kartenspieler überrascht, die, wie sich herausstellte, für die Wartung zuständig waren.

Das Wetter war natürlich ein Problem. Es gab kein Telefon in Ruxion und keinen Telegrafen, der näher war als der Bahnhofstelegraf fünfzig knochenbrecherische Minuten entfernt. Aber selbst wenn Willard ein Telefon gehabt hätte, er hätte nicht gewusst, wo er anrufen sollte. Er konnte nichts weiter tun, als zum Himmel hochzublicken, der wolkenlos und ruhig war.

»Besser wird es nicht«, hatte Ben, der Pilot, bemerkt. »Im Sommer gibt es Zeiten mit schönem Wetter, aber dann ist die Luft so unruhig, dass man glaubt, über Steine zu fahren.«

Willard wusste, was der Mann meinte. Warmes Wetter konnte kräftige Turbulenzen verursachen, die für rauere Flüge sorgte als schönes, aber kaltes Wetter. Wenn das Wetter anhielt, sollte er einen guten Flug haben.

Die Route war ihm natürlich unbekannt, aber die beiden Piloten hatten sich in dem rauchgeschwängerten Raum über Bens Straßenkarten gebeugt. Der ältere Pilot – dem es nach Willards Meinung nicht so furchtbar schlecht zu gehen schien – sprach die Route detailliert mit ihm durch, markierte Risiken auf der Karte sowie mögliche Plätze für Notlandungen. »Sehen Sie zu, dass Sie gut über die Grenze kommen, und Sie sollten keine besonderen Schwierigkeiten haben, sie zu landen, wenn es sein muss. Natürlich haben Sie auch noch den Schirm.«

Willard hatte noch nie einen Fallschirm benutzt, obwohl in einigen seiner Filme ein Stuntman, der vorgab, Willard zu sein, ein paar Sprünge gemacht hatte.

»Ist der da oben im Cockpit?«

Ben, der Pilot, nickte langsam. »Jau. Haben Sie schon mal einen benutzt?«

Willard zögerte. Er enthüllte nie gerne, bis zu welchem Ausmaß Stuntmänner ihn durch seine Filmkarriere getragen hatten. Außerdem war ein Fallschirm auch nur ein Rucksack mit ein paar Schnüren, an denen man zog.

»Ja, klar. In den Filmen. Da habe ich sie oft benutzt.«

Ben spitzte den Mund, als ob er ausspucken wollte. »Jau. Also versuchen Sie, ihn heute nicht zu benutzen, ja?«

Die einzige wirkliche Schwierigkeit hatte es beim Treibstoff gegeben. Als Willard die Maschine startete, hatte er bemerkt, dass der Tank nur zu einem Viertel voll war. Wütend kam er die Leiter herab, um eine volle Tankfüllung zu verlangen.

Mr. Redselig sagte: »Sie haben da eine Viertel Tankfüllung. Das reicht dicke, um Sie über die Grenze zu bringen.«

»Richtig. Und Sie haben den Rest davon genau da.« Willard zeigte auf die Reihe von Benzinkanistern, die in dem leuchtenden Rot von Standard Oil lackiert waren. »Der gehört ins Flugzeug.«

»Ben nimmt nie gerne so viel an Bord.«

»Ben fliegt diese Kiste jetzt nicht.«

»Für gewöhnlich tankt er gleich hinter der Grenze. Genug, um bis Shakeston zu fliegen.«

»Ich sagte, ich will mehr Treibstoff.«

Einen Augenblick lang blickten sie sich herausfordernd in die Augen. Willard weigerte sich nachzugeben. Eine volle Tankfüllung bedeutete Sicherheit. Sie bedeutete mehr Zeit, einen Landeplatz zu finden, wenn er gezwungen sein sollte, vorzeitig zu landen.

Mr. Redselig senkte den Blick. »Okay. Es wird eine Weile dauern.«

Sie betankten das Flugzeug. Willard hatte im Küchenraum herumgesucht und genug Brot und Schinken für Mittag- und Abendessen gefunden. Er hatte das Flugzeug aus dem Hangar gefahren. Es war ein hässliches Monstrum, aber sowohl die Maschinen – ein Paar Liberty-Motoren mit vierhundert Pferdestärken – als auch die Instrumente sahen gut aus und klangen auch gut. Die Startbahn war lang und frei, das Wetter immer noch gut. Aber trotz alledem spürte Willard die Angst, die sich in seinem Bauch sammelte und dort wühlte.

Er blickte nach unten. Die vier Männer aus Ruxion standen mit verschränkten Armen neben dem Flugzeug und sprachen murmelnd miteinander – über Willard, da hatte er keinen Zweifel. Er wandte sich wieder seinem Armaturenbrett zu. Die Zündung funktionierte bei diesem Monstrum automatisch: Die Propeller befanden sich ohnehin zu weit oben, um von Hand angeworfen zu werden. Er legte die Hand auf den Gashebel, der schon durch das Leben im Flugzeuginnern bebte. Unter ihm konnte er beinahe Ben, den Piloten, durch seine braunen, stinkenden Zähne krächzen hören: »Willard T. Thornton, Amerikas Lieblings-Flieger-Ass!«

Er wollte schon den Gashebel durchdrücken, bereit zum Vorwärtsrollen, als seine Angst ihn plötzlich überrollte, so wie ein Gasfeuer aus dem Nichts aufflammen kann. Auf einmal zitterte Willard heftig, verspürte den verzweifelten Drang, das Cockpit zu verlassen, auf dem Boden zu sein, den ganzen kanadischen Winter in Ruxion festzusitzen, wenn es sein musste. Wenn er nicht schon so weit gegangen wäre, wenn er nicht bei laufenden Maschinen im Cockpit gesessen hätte, die Hand auf dem Gashebel, dann hätte er genau das getan.

Eitelkeit klingt nicht wie ein besonders edles Gefühl. Sie klingt, als ob sie in niedere Gefilde gehört, zusammen mit Langeweile, Verärgerung oder Neugier. Aber nicht immer. Nicht die ganze Zeit. In diesem Fall kämpfte die Eitelkeit mit der Angst, und die Eitelkeit siegte.

Willard drückte den Gashebel nach vorn und gab beiden Maschinen immer mehr Energie. Es war die richtige Art, mit der Maschine umzugehen: fest, aber stetig, ohne Hast.

Das war sein Irrtum.

Er wusste es innerhalb von Sekunden, während die Startbahn vorbeiglitt, während das Flugzeug beschleunigte, während die schwarzen, schattigen Kiefern am Ende der Startbahn begannen, ihre wahre Höhe zu zeigen, und die grauen Felsen Form, Größe und Gewicht annahmen.

Er hätte stoppen sollen. Er hätte den Start abbrechen sollen. Er hätte den Maschinen die Energie nehmen sollen, solange er noch zu einem Halt hätte schlittern können.

Weil das Flugzeug auf Vollgas geschaltet war, obwohl die Maschinen bei voller Kraft brüllten, obwohl alles so war, wie es bei einem normalen Start sein sollte, war das Heck schwer. Die Flügel hatten keinen Auftrieb.

Das Flugzeug wollte nicht abheben.

60

Sam Young, ein Farmer ganz aus der Nähe von Independence, kam in Hennesseys Laden, um einen neuen Axtstiel für sich selbst und einen Ballen bedruckten Kattun für seine Frau zu besorgen.

»Du glaubst das nicht«, sagte er, während er am Tresen lehnte. Ein Stück Kautabak beulte seine Wange aus. »Gestern habe ich ein Stück Land gerodet, ein paar von den ollen Eichen da unten am Bach gefällt. Die Eichen hadden sich irgendwie inner Telefonleitung verheddert, müssen vielleicht hundert oder zweihundert Fuß von dem Zeug runtergerissen ham.«

»Kann leicht passieren«, bestätigte ein anderer Farmer aus der Gegend. »Die Telefon-Leute sollten an so was denken, wenn sie die Masten aufstellen.«

»Aber das ist ja gar nicht das Merkwürdige. Das Merkwürdige war erst heute Morgen. Als ich wieder zum Bach runtergegangen bin, um das zu reparieren, war die Telefonleitung weg. Die ganzen zweihundert Fuß, vielleicht auch mehr. Scheiß-Diebe.«

»Tatsächlich. Es gibt Leute heute ...«

Ein aufmerksamer Beobachter hätte vielleicht den Blick bemerkt, den Sam Young Hennessey zuwarf. Ein Blick, der »Aufgabe erledigt« sagte, und ein kurzer Blick zurück, dass Hennessey verstanden hatte. Oder vielleicht auch nicht. Es war schummrig in Hennesseys Laden, und es war schwierig, solche Dinge zu erkennen.

* * *

Und wenn Independence abgeschnitten war, dann war es auch Marion.

Abe fand dies heraus, als er nach einem langen Flug landete, auf dem er die Stationen der Küstenwache nördlich von Brunswick ausgekundschaftet hatte, nicht nur jene an der Küste Georgias, sondern die ganze Strecke hinauf bis Wilmington in North Carolina. Es war ein langer, anstrengender Tag gewesen, aber auch einer, der eine ganze Reihe wertvoller Informationen zu Tage gefördert hatte.

Abe landete in einer steilen Kurve und ging erst kurz über dem Boden in die Waagerechte. Die Küstenwinde, die Mangrovenwälder und die kurze Landebahn machten Landungen in Marion zu einer Kunst, und diese Kunst hatten sowohl Abe als auch Pen perfektioniert.

Mason stand auf dem Boden und wartete mit unverhohlener Ungeduld.

»Hey, Kumpel! Ein guter Tag?«

»Ja. Ein langer.«

»Nicht zu lange, hoffe ich.«

Abe zuckte mit den Schultern.

»Wissen Sie, was unsere lausigen Nachbarn gemacht haben? Die haben die Telefonleitung abgebaut, ist das zu glauben?«

Abe zuckte wieder mit den Schultern.

»Hören Sie, Kumpel, ich weiß, Sie hatten einen langen Tag und so, aber ich muss dringend ein paar geschäftliche Dinge auf den Weg bringen, Dinge, die für den öffentlichen Telegrafen ein bisschen zu privat sind.«

Mason hatte Briefe in der Hand.

Abe schüttelte den Kopf. »Ich bin heute sehr viel geflogen, und

Sue auch. Sie braucht eine Reinigung und einen Ölwechsel, bevor sie wieder startet.«

»Was auch immer ich für Sie tun kann, lassen Sie es mich nur wissen. Ich lasse Ihnen eine heiße Mahlzeit hierher bringen.«

»Himmel ... Wo müssen die Briefe hin?«

»Jacksonville. Miami.«

Abe seufzte und ließ seine echte Müdigkeit durchscheinen. Seine Freude über Masons Eifer, ihm seine Geheimkorrespondenz auszuhändigen, hielt er strikt verborgen. Er bemerkte auch, und nicht zum ersten Mal, dass er und Pen bei Mason einen Sonderstatus hatten. Jedem anderen, selbst den Frachterkapitänen, hätte Mason einfach gesagt, was sie zu tun hatten. Es wäre ein Befehl gewesen, den zu missachten niemand gewagt hätte. Abe wischte sich die Augen und spürte den Rand aus Staub, Schweiß und Öl, den seine Fliegerbrille hinterlassen hatte.

»Okay. In dreißig Minuten sind wir wieder weg. Etwas Warmes zu essen wäre gut. Auch ein kaltes Bier.«

Mason grinste, als ob er das Geschenk seines Lebens bekommen hätte. Mit schwungvoller Geste legte er sein kleines Briefbündel auf Sues unteren Flügel.

»Kaltes Bier. Kriegen Sie, Kumpel. Und vielen Dank. Ich weiß das zu schätzen.«

Dreißig Minuten später war Abe wieder unterwegs, aber nicht direkt nach Jacksonville. Auf dem Weg machte er einen Umweg zu einer kleinen Farm im nördlichen Florida und einem Maisfeld, das noch mit den Stoppeln der Ernte gespickt war. Die Maisstoppeln waren rau für Sues Reifen, aber es ging. Am Ende des Feldes kam ein Mann in dunklem Anzug auf Abe zu.

»Haggerty McBride«, stellte er sich vor. »Ein Kollege von Jim Bosse.«

»Abe Rockwell.«

Die beiden Männer gaben sich die Hand, verloren aber keine Sekunde, bevor sie zum Geschäft kamen. Im Cockpit hatte Abe

Masons Briefe bereits mit Wasserdampf geöffnet. Er hatte die Originale an sein Kartenbrett geklemmt, und zwar oben und unten, um zu verhindern, dass der Wind sie auseinanderriss, dann machte er Kopien. McBride verglich zunächst jede Kopie mit dem Original, zeichnete dann jede Seite mit seinen Initialen und die letzte mit dem vollen Namen: »Mit dem Original übereinstimmende Kopie, Haggerty McBride, 12. November 1926«. Die Briefe selbst waren im Grunde Routine-Geschäftsbriefe, aber Masons Geschäfte waren eigentlich nie Routine. Einer der Briefe ging an einen Bahnbeamten und informierte ihn über Daten, an denen der Frachtzug auf der Küstenstrecke in Marion halten sollte, und wie viele Waggons an den Zug angehängt werden mussten. Ein anderer Brief ging an Masons Bank in Jacksonville und beschäftigte sich mit Geldüberweisungen nach Kuba. Ein weiterer Brief ging an eine Privatperson in Miami und behandelte den »Produktimport«-Zeitplan für den kommenden Monat. Ein letzter Brief war an den Polizeichef in Jacksonville gerichtet und schlug ein Datum vor, um die neuen »Sponsorenregelungen für den Unterstützungsfonds der Polizei« auszuhandeln.

Haggerty McBride redete nicht viel, aber als er den letzten Brief sah, schnaubte er und sagte: »Das ist gut.«

»Wissen Sie, wie lange die Leitungen unterbrochen sein werden?«, fragte Abe.

»Nein. Wir wollen keinen direkten Kontakt mit der Telefongesellschaft aufnehmen. Zu riskant. Aber wir haben die Leitung noch an zwei Dutzend anderen Stellen heruntergerissen, die alle eine höhere Priorität haben als Okenochee County. Wir rechnen mit Wochen, nicht Tagen.«

»Gut.«

Dann nahm McBride aus einer isolierten Holzkiste ein Bügeleisen, in dem glühende Kohlen rauchten. Ohne Zeit zu verschwenden, klebten die beiden Männer die Briefe wieder zu und benutzten das Bügeleisen, um alle Falten und sonstigen Spuren, dass die Briefe geöffnet worden waren, zu eliminieren.

Das war alles. Die beiden Männer nickten sich zum Abschied zu, dann kletterte Abe in das Cockpit zurück, drehte die Nase des Flugzeugs in den Wind und startete rasch.

Er mochte McBride und hatte ihm sofort vertraut. Es war ein guter Beweis für Bosses Engagement, alles richtig zu machen. Abe war beruhigt.

* * *

Und unten in Miami dasselbe.

Pen beförderte die Luftpost von Miami nach Kuba. Das meiste davon las sie nicht. Einiges wohl. Sie wusste nun, welche Bank Marions Geschäfte in Havanna führte. Sie hielt Ausschau nach Briefen an diese Bank; an Frank Lambaugh oder einen seiner Kumpane; an all die Alkohollieferanten, die das Land zahlreich bevölkerten. Manchmal fand sie nichts. An anderen Tagen schon. Wenn sie etwas fand, öffnete sie die Briefe, kopierte sie und ließ sie von einem von Bosses Männern unten an einem Strand östlich von Havanna beglaubigen, bevor sie ihren Flug wie vorgesehen fortsetzte.

Stück für Stück trugen sie Informationen zusammen. Und immer noch schoss Abe seine Fotos. Und immer noch schnappte Pen von dem abstoßenden Frank Lambaugh alles auf, was sie konnte. Jim Bosses Wunschliste an Informationen erschien täglich weniger entmutigend.

Wie auch immer sie es betrachteten, sie kamen der Sache näher.

61

Uhren sind dumm.

Uhren glauben, dass jede Sekunde wie die nächste ist, jede Minute wie alle anderen. Aber, zum Glück für die Welt, zum Glück für Willard, konnte nichts weiter von der Wahrheit entfernt sein.

Wenn jede Sekunde wie die andere wäre, wäre Willard in Ruxion gestorben.

Dies war die Situation:

Er flog einen Martin C-1-Doppeldecker. Seine theoretische Startgeschwindigkeit war drei- oder vierundfünfzig Meilen pro Stunde. Willard rollte mit sechsundfünfzig Meilen pro Stunde die Startbahn entlang, und das Flugzeug weigerte sich abzuheben. Wenn er genug freie Strecke gehabt hätte, um anzuhalten, dann hätte er angehalten. Aber die Strecke war nicht da. Als Willard schließlich sicher war, dass er ein Problem hatte, war das Ende der Startbahn zu nahe, um noch zu stoppen. Willard schätzte, dass die grauen Felsen am Ende der Startbahn ziemlich genau dreihundert Yards entfernt waren. Das verschaffte ihm ungefähr zwölf Sekunden, um herauszubekommen, wie er sein Flugzeug in die Luft bekam. Wenn er es nicht schaffte, würde er mit über fünfzig Meilen pro Stunde in diese mit Steinen gefüllte Rinne hineinrasen, in einem fünf Tonnen schweren Flugzeug, das bis zum Rand mit Hunderten von Gallonen leicht entzündbaren Benzins gefüllt war.

Und das war der Punkt, an dem sich die Zeit veränderte.

Was bekam Willard normalerweise in zwölf Sekunden getan? Er brauchte länger, um Zucker in seinen Kaffee zu rühren. Er brauchte manchmal länger, um eine Zigarette anzuzünden. Willard brauchte mehr als zehn Mal so lang, um sich morgens das Haar zu kämmen.

Aber die Zeit veränderte sich. Willards Gehirn wurde auf eine Art lebendig, wie es nur angesichts von Gefahr möglich war. Vielleicht verstehen nur Piloten und Rennfahrer diese Veränderung wirklich. Willards Gedanken rasten, und mehr als das: Seine Hände waren seinem Bewusstsein voraus. Bis er richtig verstanden hatte, taten seine Hände bereits, was getan werden musste.

Willard durfte nicht versuchen, das Flugzeug ans Fliegen zu bekommen. Das klang unlogisch. Es klang so unlogisch, dass viele Piloten sich bei dem Versuch umgebracht hätten, das Flugzeug in die Luft zu bringen. Doch obwohl Willard sein Höhenruder so einstellen konnte, dass er den Auftrieb erhöhte, würde das auch immer eine Erhöhung des Luftwiderstandes verursachen. Willards Versuche, das Heck abzusenken und die Nase in den Himmel zu ziehen, hatten das Flugzeug nur abgebremst, und wenn ihn jetzt irgendetwas retten konnte, dann war es Geschwindigkeit. Seine Hand umklammerte weiter fest den Gashebel, um sicher zu gehen, dass auch das letzte bisschen Energie zu den Motoren gelangte. Davon abgesehen tat Willard nichts, um das Flugzeug in die Luft zu zwingen. Nichts außer beten.

Die Startbahn flog unter den Rädern des Martin C-1 hinweg. Die grauen Felsen in der Rinne kamen rasend schnell näher. Auf der anderen Seite der Rinne war ein Abhang, auf dem verstreut einige Kiefern standen. Schon registrierte Willards Verstand die Bäume. Das Flugzeug in die Luft zu bringen würde an seiner Lebenserwartung nicht viel ändern. Aber dieses Problem schob er beiseite. Seine zwölf Sekunden rasten vorbei.

Der Zeiger seines Geschwindigkeitsmessers stieg weiter. Er erreichte siebenundfünfzig Meilen pro Stunde, dann achtundfünfzig. Das Flugzeug fühlte sich nun definitiv anders an. Es hatte eine Lebendigkeit, die ihm zuvor gefehlt hatte.

Willard wusste nun, dass das Flugzeug fliegen würde, wenn er es verlangte, aber da war noch das Problem mit den Bäumen. Die Startbahn führte in einem Winkel von den gefährlichsten Bäumen weg, aber mitten auf Willards Kurs lag ein einzelner, toter Stamm. Der Baum lag hundert Yards vom Boden der Rinne entfernt oder vielleicht zweihundertfünfzig Yards vom Ende der Startbahn. So schwer und träge, wie das Flugzeug war, würde es unmöglich schnell genug steigen, um ihm ausweichen zu können. Sobald Willard in der Luft war, konnte er nach links oder rechts abdrehen – aber jede Kurve verringerte die Eigengeschwindigkeit, und Willard hatte viel zu wenig davon, um sich das leisten zu können. Wenn er das Flugzeug dicht über dem Boden abwürgte, war die Katastrophe praktisch unvermeidbar.

Das Ende der Startbahn kam rasch näher.

Achtzig Yards, sechzig, vierzig, dreißig ... Der erste, graue Felsen war ein großes, flach liegendes buckliges Biest, das wie ein wilder, schlafender Bär aussah. Wenn das Rad des Flugzeugs den Felsen auch nur streifte, wäre der Flug brutal beendet.

Der Zeiger stieg auf neunundfünfzig Meilen pro Stunde. Das Flugzeug bettelte darum zu fliegen, und schließlich ließ Willard es los. Er berührte den Steuerknüppel, sodass die Nase dem Heck in die Luft folgte. Der Grund flog unter seinen Rädern weg. Der bucklige Felsen verschwand unter dem Flugzeug.

Die Bäume. Er konnte nicht abdrehen. Er konnte nicht steigen. So wie die Dinge gerade standen, flog Willard direkt auf die oberen Zweige einer soliden kanadischen Kiefer zu.

Wenn er nicht abdrehen und nicht steigen konnte, dann blieb ihm nur noch eines.

Ausweichen.

Willards Gehirn raste immer noch zwölf Mal schneller als normalerweise. Alte Instinkte meldeten sich: Instinkte, die sich bei Gegnern bewährt hatten, die mindestens so gefährlich waren wie kanadische Kiefern. Über seine Instrumente gebeugt, wartete er darauf, dass die Kiefern näher kamen. Wenn er einen Augenblick zu früh handelte, würde er scheitern. Wenn er einen Augenblick zu spät handelte, würde er ebenso sicher scheitern.

Dann, als es gerade so aussah, als ob die Bäume ihm gleich ins Gesicht schlagen würden, riss er den Steuerknüppel zurück. Das Flugzeug, das eine Geschwindigkeit von zweiundsechzig Meilen pro Stunde erreicht hatte, ruckte überrascht in die Höhe.

Eines der Dinge, die Willard als Pilot gelernt hatte, war, dass Höhe durch Geschwindigkeit ersetzt werden kann und Geschwindigkeit durch Höhe. Er hatte den Tausch gemacht. Mit dem bisschen Geschwindigkeit, die er erreicht hatte, brachte Willard das

Flugzeug den Hügel hinauf. Das Flugzeug stieg steil in die Höhe, aber es flog viel zu langsam, um ein solches Manöver zu verkraften. Die Bäume rutschten unter dem Flugzeug durch, aber der Zeiger des Geschwindigkeitsmessers fiel rasch auf der Skala.

Willard wusste, was kommen würde, und war bereit.

Das Flugzeug verlor an Geschwindigkeit und kam beinahe zum Stillstand. Die Flügel lieferten nicht mehr genug Auftrieb, damit sich das Flugzeug vorwärts bewegte. Das Flugzeug flog nicht länger, es fiel.

Aber nachdem er die Bäume hinter sich gelassen hatte und die Motoren noch mit voller Kraft brüllten, war Willard in der Lage, die Nase wieder nach unten zu drücken. Wie ein Radfahrer, dem oben auf einem Hügel die Kraft ausgeht, begann das Flugzeug, in einer Kurve wieder zu sinken – und während es sank, gewann es an Geschwindigkeit.

Geschwindigkeit war alles.

Willard ließ das Flugzeug in einer flachen Kurve sinken. Der Boden kam näher, doch das Flugzeug gewann an Geschwindigkeit. Die Flügel meldeten sich wieder. Atemlos steuerte Willard das Flugzeug ganz sanft nach links, wo das Gelände zum See hin abfiel.

Das Flugzeug stabilisierte sich und stieg. Der Boden entfernte sich.

Willard wusste, dass er es geschafft hatte, und ging auf Kurs über dem See, suchte den Horizont vor sich nach dem niedrigsten Punkt ab und steuerte sein Flugzeug langsam aufwärts und fort von der Gefahr. Das Flugzeug bewegte sich ruhig über den See hinweg in den Himmel. In der Theorie war das Flugzeug in der Lage, vier- oder fünfhundert Fuß pro Minute zu steigen. Wie auch immer Willard die Steuerung einstellte, er bekam nie mehr als etwa ein Viertel dieser Kraft. Aber es ging ihm jetzt gut. Kein Grund, sich Sorgen zu machen. Er blickte auf die Karte, legte den Kurs fest und begann mit den tausend anderen Routinechecks und Einstellungen, die ihn für den Rest der Reise beschäftigen würden.

Beschäftigen, aber nicht zu sehr.

Ganz allein zwischen Himmel und Erde befindet sich ein Pilot am perfekten Ort, um gründlich nachzudenken. Um über Rätsel wie diese nachzudenken:

Warum weigerte sich ein Flugzeug, in die Luft zu gehen, bevor es sieben- oder achtundfünfzig Meilen pro Stunde erreicht hatte, wenn es eigentlich bei dreiundfünfzig Meilen abheben sollte? Warum schien ein Flugzeug mit einer nominellen Steiggeschwindigkeit von vierhundertfünfzig Fuß pro Minute im besten Fall nur fünfzig Fuß pro Minute zu schaffen? Warum nahm ein einfaches Schmuggelunternehmen all die Schwierigkeiten auf sich, Flugzeuge zu kaufen und an solch abgelegenen Orten wie Ruxion, Alberta, Startbahnen zu bauen? Und was zum Teufel hatte Powell Lambert mit all dem zu tun?

Ein Cockpit ist der perfekte Ort, um über etwas nachzudenken, und Willard war zum Nachdenken bereit. Noch bevor er die unsichtbare Linie überquert hatte, die den kanadischen Luftraum vom amerikanischen trennte, hatte er für die ganze Sache eine Erklärung gefunden.

62

Es konnte nicht lange dauern, und das tat es auch nicht.

Mason versuchte, die Telefongesellschaft dazu zu bringen, die Leitungen zu reparieren, und scheiterte; dann ließ er die Arbeit von Fernmeldetechnikern erledigen, die er dafür bezahlte, dass sie von Atlanta aus anreisten.

Die Unterbrechung hatte nur zehn Tage gedauert, doch es waren zehn produktive Tage gewesen. Als Abe am letzten Tag auf seinem Maisfeld landete – eine weichere Landung nun, da die Maisstoppeln untergepflügt worden waren –, begrüßte er McBride mit einem kurzen Nicken.

»McBride, das ist für eine ganze Weile das letzte Bündel Briefe, das wir bekommen werden.« Er erklärte, dass Mason die Telefonleitung bis zum nächsten Tag wiederhergestellt haben würde.

»Okay. Wir haben jedenfalls gute Arbeit geleistet.«

Abe nickte, und die beiden Männer erledigten die übliche Prozedur, verglichen Abes Kopien mit den Originalen und beglaubigten sie dann. Sie verschlossen Masons Originale wieder in den Umschlägen und bügelten diese. Das alles dauerte weniger als zehn Minuten. Abe gefiel McBrides Präzision und Direktheit. Es gefiel ihm, mit welch pingeliger Genauigkeit McBride die Umschläge wieder zuklebte, sodass es nicht die kleinste Spur gab, dass sie geöffnet worden waren. Nirgendwo befand sich auch nur ein kleiner Tropfen Kleber außer auf der Lasche, wo er hingehörte.

Abe machte sich bereit, wieder abzufliegen. Er hielt seine Zwischenstopps so kurz wie möglich, um sicherzugehen, dass er keine Lücke erklären musste, falls Mason in Jacksonville jemanden hatte, der nach ihm Ausschau hielt.

Aber bevor er ins Cockpit stieg, hielt McBride ihn zurück.

»Ich habe mit Bosse gesprochen.«

»Ja?«

»Wir denken, dass wir fast am Ziel sind.«

»So schnell?«

»Wir haben gut gearbeitet. *Sie* haben gut gearbeitet. Wir haben mehr zusammengetragen, als wir dachten, und schneller, als wir dachten.«

Aber McBrides Stimme drückte keinen Glückwunsch aus. Sie war reserviert, und es klang ein »Aber« in ihr mit. Abe hakte nach.

»Richtig. Aber?«

»Aber da ist noch eine letzte Sache, die wir brauchen.«

»Aha.«

»Wir haben gutes Material. Beweise für den Alkoholimport. Beweise für Transportverbindungen, Finanzverbindungen, Polizeiverbindungen. Wir kennen eine Menge Namen. Wir können viele davon mit dem Geschäft in Verbindung bringen.«

»Richtig.«

»Wenn wir uns die Beweise, die wir haben, genau ansehen, dann können wir Mason für den Handel mit Alkohol drankriegen. Wir können die Kerle drankriegen, die das Zeug selbst ein- und ausladen. Aber all die anderen? Wie können wir beweisen, dass die Finanzleute wissen, dass sie Alkohol finanzieren? Dass die Eisenbahner wissen, dass sie ihn transportieren? Natürlich wissen sie das, das wissen wir beide. Aber wir müssen das vor Gericht auch beweisen können.«

»Was wollen Sie mir sagen?«

»Es war Ihre Idee, diese Leute wegen Steuerhinterziehung dranzukriegen. Deshalb haben wir uns damit befasst. Sie wissen, dass jeder schuldig ist, der ein Gehalt bezieht, aber keine Steuern zahlt. Auf diese Weise können wir uns jeden herausgreifen, den wir wollen.« McBride machte eine kleine Pause, damit Abe antworten konnte, aber Abe sagte nichts, und so fuhr der Mann fort. »Wir brauchen Marions Lohnliste. Jeden der da daraufsteht, und wie viel er verdient. Und die Bücher, wenn Sie sie irgendwie kriegen können. Im Idealfall die Bücher der letzten zwei oder drei Jahre, aber mindestens die des letzten Jahres.«

»Die Bücher? Sie glauben, sie ...?« Abe verstummte. Er brauchte nicht zu fragen. In Marion gab es eine verdammt effiziente Organisation, die nicht zufällig so gut funktionierte. »Sie haben Recht. Sie haben eine Buchhaltung. Und eine Lohnliste. Ich weiß aber nicht wo. Und ich weiß nicht, wie ich sie kriegen soll.«

»Es wäre sehr nützlich für uns, wenn Sie uns das Material besorgen, sodass wir es kopieren und beglaubigen können, und die Originale dann zurückbringen, damit es nicht einmal einen Verdacht gibt. Wie schnell auch immer wir arbeiten, es wird Tage und vielleicht Wochen dauern, all die Haftbefehle zu bekommen, die wir brauchen. Wir wollen sie nicht vorher alarmieren. Ich weiß, das ist eine schwierige Aufgabe.«

Es entstand eine Pause, eine lange Pause. Auf dem Maisfeld wehte kaum eine Brise, aber das bisschen Wind strich seufzend durch Sues Flügel und Streben wie ein Blues.

MacBride sagte: »Sie müssen darüber nachdenken. Das verstehen wir.«

»Okay.«

»Wie auch immer Sie sich entscheiden, lassen Sie es uns wissen.«

Der Steuerfahnder streckte den Arm aus, und sie schüttelten sich die Hände: das erste Mal seit ihrem ersten Treffen. Abe spürte stärker als zuvor, dass McBride ein guter Mann war; intelligent und sicher. Er respektierte Bosse um so mehr, weil er Mitarbeiter wie diesen auswählte. Und Abe verstand die Bitte des Steuerfahnders. Sie war sinnvoll. Wäre er in Bosses Position, hätte er dasselbe verlangt.

Aber er verlangte verdammt viel. Bisher hatten sie Marion nur aus der Distanz ausspioniert. Er und Pen waren dabei fast kein Risiko eingegangen, erwischt zu werden. Abe hatte immer mehr gehofft, dass diese ganze Episode bald enden würde, dass er dem Netz aus Kontakten und Verbindlichkeiten, das er aus tiefstem Herzen hasste, bald entkommen würde.

Und nun das. Eine Einladung, mitten ins Herz von Marion einzudringen. Seine geheimsten Besitztümer zu stibitzen. Sie mitzunehmen, zu kopieren und zurückzubringen, und das alles, ohne dass irgendjemand davon wusste. Es erschien unmöglich. Aber inzwischen kannte Abe sich. Wie sehr es ihm auch widerstreben mochte, er würde immer den nächsten Schritt machen.

So wenig es ihm auch gefiel, er wusste, dass der einzige Weg hinaus nach vorn führte.

63

An der kanadischen Grenze bietet ein Novembertag nicht besonders viel Licht, in dem man fliegen kann. Aber Willard war nicht besorgt. Obwohl er später gestartet war, als es ihm gefiel – die Überprüfung der Motoren und der zusätzliche Treibstoff hatten ihn aufgehalten –, erlaubte ihm das zusätzliche Benzin, den Tankstopp gleich hinter der US-Grenze auszulassen. Die Flüsse, Bahnlinien, Städte und Berge verschwanden unter der Nase des Flugzeugs genau so, wie die Landkarte es vorhersagte. Und gerade, als die Sonne sich im Westen zu einem letzten Aufschrei aus rosaroter Wut aufblähte, kam wie vorgesehen der kleine Flugplatz von Shakeston mit seiner Graspiste in Sicht. Willard ging tiefer und flog mit niedriger Geschwindigkeit über den Platz, um ihn zu inspizieren.

Die Grasbahn war nicht lang, sah aber sehr ordentlich aus: kurzes Gras, freier Anflug, viel Platz, um für die Landung gegen den Wind auf den Anflugpfad einzuschwenken. Es gab einen neu aussehenden Hangar, ein Paar Bürogebäude mit Blechdächern, einen Windsack. In der Nordwestecke hätte deutlich lesbar die Identifikationsnummer des Flugplatzes aufgemalt sein sollen, aber sie fehlte. Willard schnaubte leise. Es wäre eher eine Überraschung gewesen, wenn sie da gewesen wäre. Auf einem kurzen Betonstreifen neben zwei Bürogebäuden standen drei geparkte Wagen und eine Gruppe von Menschen.

Willard warf einen Blick auf die Männer, dann starrte er sie an. Einer der Männer trug eine Uniform. Willard war noch hoch genug, dass er sich nicht sicher sein konnte, aber es sah ganz bestimmt so aus, als ob der Mann ein Polizeiofficer war. Er folgte seinem Flugpfad ein paar Sekunden länger, als er es vorgehabt hatte. *Ein Polizeiofficer?* Es wäre die größte aller Ironien, wenn Willard schließlich den Geheimnissen von Powell Lambert auf den Grund gegangen wäre, nur um für dieses Privileg ins Gefängnis gesteckt zu werden.

Verunsichert flog er weiter und blickte auf die Karte, um zu sehen, welche alternativen Landeplätze es gab.

Willard blickte die Karte an, dann stieß er sie beiseite.

Er war ein Dummkopf. Er steuerte das dickbauchige Flugzeug in eine lange Kurve und richtete sie gegen den Wind aus. Er drosselte das Gas, ließ das Flugzeug sinken und landete es – keine großartige Landung, aber ganz ordentlich. Er rollte es bis zum Hangar und schaltete die Motoren ab, erst backbord, dann steuerbord. Der Lärm verstummte. Willard hörte das Klingeln in seinen Ohren, das die Ankunft der Stille ankündigte. Seine Beine waren verkrampft, seine Arme müde, sein ganzer Körper fror und schmerzte.

Willard trat gegen die Tür des Cockpits und öffnete sie mit einem dumpfen Scheppern. Himmel, war ihm kalt! Sein Wollmantel von Brooks Brothers, seine Handschuhe und sein Hut waren bei weitem nicht ausreichend gewesen, um ihn achttausend Fuß über den kanadischen Rocky Mountains warm zu halten. Das einzige Mal, dass ihm je so kalt gewesen war, war auf den Morgenpatrouillen mit Abe Rockwell gewesen, als sie ihre kleinen Nieuports dazu gebracht hatten, auf der Suche nach deutscher Beute bis auf einundzwanzigtausend Fuß zu steigen.

Eine Leiter knallte dumpf gegen das Flugzeug. Willard blickte hinab. Unten stand der Cop. Willard spürte Wut in sich hochsteigen. Es hätte auf den letzten kleinen Streich wütend sein können, den man ihm spielte, aber irgendwie war es eine Wut auf alles, was er durchgemacht hatte, seitdem sein Studio ihm einen Tritt in den Hintern verpasst hatte, und seit dem Fiasko von *Die der Himmel liebt.* Er kam so schnell die Leiter herunter, dass seine Handflächen brannten und er dem Cop beinahe ins Gesicht trat.

»He, Kumpel, langsam.«

Willard ignorierte den Cop und marschierte zu dem Trio der geparkten Wagen hinüber. Die Wut gab ihm Energie, aber die Kälte machte seine Bewegungen hölzern und steif. Ein Mann löste sich aus der Gruppe neben den hölzernen Verwaltungsgebäuden und kam auf Willard zu. Das Licht strahlte von einer Quelle hinter dem Kopf des Mannes, und es war schwierig, sein Gesicht zu erkennen. Aber Willard hatte alles herausbekommen, oder etwa nicht? Er hatte genug Staub aufgewirbelt. Bevor er abgereist war, hatte er Larry Ronson mehr oder weniger wissen lassen, was er vorhatte. Und Ronson machte bei dem ganzen Spiel mit, oder nicht?

Der Mann vor ihm war nur als gut eingemummelte Silhouette und Wolke aus Zigarrenrauch erkennbar, aber Willard wusste, wer es war.

»Hallo, Powell«, sagte er, als der Mann noch etwa vierzig Fuß weit entfernt war. »Ich habe Ihnen Ihre Biberfelle mitgebracht. Vielleicht habe ich sogar eine oder zwei Flaschen Scotch auf dem Rücksitz, wer weiß.«

Die Silhouette entblößte grinsend eine Reihe weißer Zähne. »Gute Arbeit, Thornton. Die Jungs haben mir gesagt, dass dieses Schätzchen nicht leicht zu fliegen ist. Ich schätze, Sie haben selbst ein oder zwei Flaschen verdient.«

Eine Flasche Scotch.

Die endgültige Bestätigung von Willards Verdacht war sein beinahe tödliches Erlebnis am Lake Ruxion gewesen. Bei einer Leistung von hundert Prozent bei beiden Motoren gab es nur eine einzige Erklärung, warum ein Flugzeug nicht fliegen konnte, und das war das Gewicht. Das Flugzeug war überladen.

Willard hatte die Frachtpapiere überprüft, und die Kisten, in denen Biberfelle sein sollten, waren voller Biberfelle gewesen. Aber er hatte die Kisten nicht gezählt. Noch weniger war er in die Dunkelheit des Frachtraumes eingetaucht und hatte den Inhalt jeder einzelnen Kiste kontrolliert. Grob geschätzt, transportierte das Flugzeug eine Dreiviertel Tonne mehr, als ihr maximale Zuladung erlaubt hätte – und ganze zwei Tonnen mehr als ihre deklarierte Fracht vermuten ließ.

Von diesen zwei Tonnen entfiel ein ordentlicher Teil auf den zusätzlichen Treibstoff, den Willard an Bord genommen hatte. Aber das meiste musste etwas anderes sein. Etwas, was nicht einmal Schmuggler aufschreiben wollten.

Alkohol.

Das musste es sein. Alles bei Powell Lambert passte plötzlich zusammen. Handelskredite? Darauf konnte man wetten. Der Import und Vertrieb von Alkohol war Amerikas Branche, die am meisten boomte. Eine blühende Industrie brauchte eine effektive, moderne Finanzierung. Das war Powell Lamberts Aufgabe. Fast sechs Monate lang war das auch Willards Aufgabe gewesen. Das bedeutete nicht, dass alles, was Powell Lambert anfasste, mit Alkohol zu tun hatte. So war es nicht. Zweifellos führte Powell Lambert eine Menge normaler Finanzkredit-Transaktionen durch. Echte Käufer und echte Verkäufer überall in Amerika.

Aber die normale Arbeit war der perfekte Ort, um neben sie die vorgetäuschten Geschäfte zu platzieren. Willard hatte gearbeitet wie ein Pferd, um dafür zu sorgen, dass die kriminelle Verteilung des Alkohols ebenso gut organisiert war, als wäre sie legal. Der Stoff aus dem Ausland war nur ein Teil davon. Willard hatte eine große Zahl von Geschäften finanziert, die von Gerbereien, Farbenfabriken, Chemiefabriken und Porzellanmanufakturen abgewickelt wurden. All diese Geschäfte stanken. Nicht nur im übertragenen Sinn, sondern wortwörtlich. Um Whisky zu produzieren, musste man Getreide zu Maische verarbeiten und diese dann gären lassen. Die Maische riecht. Wo konnte man das Zeug besser verstecken als an einem Ort, der bereits stank? Und es gab noch einen weiteren Vorteil. All diese Unternehmen, die Gerbereien, die Chemiefabriken, gingen bereits in industriellem Maßstab mit Flüssigkeiten um. Tankwagen, Fässer und Tonnen waren Teil ihres Betriebes. Warum sollte man nicht einige davon benutzen, um Whisky zu lagern und zu transportieren?

Rückblickend konnte Willard die kleinen Spielchen, die als Witze durchgegangen sein mussten, sogar bewundern. Der Verband der Orthodoxen Synagogen? Was für ein Bockmist! Aber das war der Witz: Der Volstead Act hatte ein paar Ausnahmeklauseln. Medizinischer Alkohol fiel unter eine davon (und Willard erinnerte sich an einige seltsam große pharmazeutische Geschäfte, die er finanziert hatte). Wein für Gottesdienste und Sakramente ebenso. Messwein im Wert von mehreren Tausend Dollar zu importieren war nicht nur ein gutes Geschäft, es war auch rein technisch betrachtet legal.

Willard erreichte den in warme Kleidung gehüllten Powell und blieb stehen.

Er war nicht sicher, was er fühlen sollte. Einerseits war die Vorspiegelei vorbei. Es war ziemlich klar, dass Powell nicht vorhatte, Willard wegen seines neu erworbenen Wissens umzubringen. Tatsächlich war es ziemlich klar, dass Powell irgendwie erwartet oder gewollt hatte, dass Willard das Geheimnis herausfand. Und so gehörte zu Willards Gefühlschaos sicherlich Erleichterung.

Aber auch Wut.

Die Angst, die Willard ausgestanden hatte! Der Schock, beobachtet zu werden. Das Entsetzen, den Mord an Arthur Martin zu entdecken, Charles Hughes im Gefängnis wiederzufinden. Und Willard erinnerte sich an seine erdrückende Arbeitslast, seine Schulden bei Powell, seine Angst, für den Rest des Lebens ein Sklave dieser Schulden zu sein. Willard war ein starker Mann. Er war wütend. Ein Teil von ihm wollte ausholen und Powell mit voller Kraft die Faust ins Gesicht schlagen.

Aber es tat es nicht. Stattdessen schätzte er seine Geschwindigkeit falsch ein, als er auf Powell zu marschierte, und legte Powell eine Hand auf den Mantelkragen, um sich abzubremsen. Aber die Geste war zweideutig. Es war beinahe so, als ob Willard selbst nicht wusste, ob er sich auf Powell stützte oder sich bereit machte, ihn zu schlagen.

»Sie haben mich fast umgebracht, Sie Bastard«, keuchte er. »Das Flugzeug. Es war unglaublich überladen. Es wäre fast nicht geflogen.«

Powell, der merkwürdigerweise sowohl bereit zu sein schien, dass man sich auf ihm abstützte, als auch, dass man ihm ins Gesicht schlug, sah ehrlich besorgt aus. »Das Flugzeug? Wir hatten noch nie ein Problem damit.«

»Ich habe mehr Treibstoff an Bord genommen. Zu der Zeit wusste ich nur von unverzollten Biberfellen. Ich wusste nicht, dass da auch Alkohol ist.«

»Der Treibstoff war das Problem?«

»Der Alkohol war das Problem, Powell. Es ist normal, das ein Flugzeug Treibstoff braucht.«

Es entstand eine kurze Pause; eine Pause, in der Powell weder grinste noch rauchte.

»Das tut mir leid, Powell. Wir hatten nie die Absicht, Sie in Gefahr zu bringen. Ich verstehe nichts von Flugzeugen. Die Männer hätten Sie nie tanken lassen sollen.«

Wir.

Wir hatten nie die Absicht, Sie in Gefahr zu bringen. Powells Kommentar ließ Willards Gehirn arbeiten. Er dachte, dass er alles herausbekommen hatte, aber vielleicht gab es da noch mehr, von dem er nichts wusste . . .

Die meisten Männer neben den Verwaltungsgebäuden waren entweder in diesem verschwunden oder zum Flugzeug gegangen, um mit dem Entladen zu beginnen. Einer der Männer, der gut gegen die Kälte gekleidet war, war in die dunkle Limousine gestiegen und saß dort. Im schwächer werdenden Tageslicht war er gerade noch zu erkennen. Powell kramte in seiner Tasche. Er holte ein Bündel Dokumente heraus und hielt sie Willard hin.

Hier.

»Was ist das? Wenn Sie einen Zollstempel brauchen, fragen Sie besser Ihren gottverdammten Lakaien.«

Willard deutete auf den uniformierten Polizisten, der den anderen half, die Fracht zu entladen. Willard hatte nicht erwartet, am Boden einen Cop anzutreffen, aber wenn er darüber nachdachte, war es keine Überraschung. Was hatte es für einen Sinn, die Polizei zu bezahlen, wenn sie einem nicht irgendwie zu Diensten stand? Der Cop lud die Alkoholkisten genauso schnell aus dem Flugzeug wie alle anderen.

»Ich will keinen Zollstempel.«

Powell hielt ihm weiter die Dokumente hin. Willard nahm sie. Er hielt sie gegen das Licht am westlichen Himmel. Die Dokumente umfassten den ursprünglichen Darlehensvertrag, den die beiden Männer unterzeichnet hatten, sowie alle anderen Schriftstücke, die mit dem Darlehen im Zusammenhang standen. Das oberste Dokument war ein Brief auf einem einzelnen Blatt, der den Erhalt der vollen Darlehenssumme bestätigte. Der Brief trug Powells unverwechselbare Unterschrift

»Was ist das? Ich habe Ihnen nichts zurückgezahlt.«

Powell zeigte mit seiner Zigarre auf das Flugzeug. »Sicher haben Sie das, Willard. Sicher haben Sie das.«

»Sie glauben, nur weil ich dieses Flugzeug aus Ruxion herausgeflogen habe, werde ich in Ihr beschissenes, kleines Geschäft einsteigen? Ich habe das Flugzeug aus Ruxion herausgeflogen, weil ich keine Lust darauf hatte, den ganzen Winter über da zu hocken.«

Willard hielt Powell die Dokumente hin und hoffte dennoch, dass er sie nicht nehmen würde.

»Ich habe nichts davon gesagt, dass Sie einsteigen sollen, Will. Das liegt bei Ihnen. Zu hundert Prozent bei Ihnen.«

»Was sollen dann diese Papiere?«

»Die gehören Ihnen, wie auch immer Sie sich entscheiden. Ich will Sie zu nichts zwingen. Das ist die Art von Dingen, die man ganz für sich selbst entscheiden muss.«

Er tätschelte Willards Arm.

»Und Arthur Martin? Hat der für sich selbst entscheiden können?«

»Pah!« Powell spuckte förmlich. »Der Kerl hätte Priester werden sollen.«

Wie so oft, war Willard durch Powells Direktheit verblüfft. Willard schluckte seinen Widerwillen hinunter. Wenigstens war er nun schuldenfrei. Er faltete die Papiere flüchtig zusammen und steckte sie in die Innentasche seines Mantels.

»Vielen Dank dafür.«

»Nicht der Rede wert. Himmel, es ist verdammt kalt, oder? Wie ihr Jungs bei solchen Temperaturen fliegen könnt, werde ich nie kapieren.«

Powell machte sich auf den Weg zurück zu den Wagen. Willard folgte ihm. Seine Wut hatte sich wieder gelegt. *Das Darlehen*. Endlich war er davon befreit. Er konnte wieder in die Welt hinaus, ohne Furcht und frei. Die Freiheit fühlte sich gut an. Tatsächlich fühlte sie sich wunderbar an. Die hoffnungsvolle Welt, die durch Thornton Ordnance symbolisiert wurde, brannte immer heller in seinem Bewusstsein. Und er wusste jetzt, dass die Erfahrung bei Powell Lambert, so schrecklich sie auch gewesen sein mochte, einen Mann aus ihm gemacht hatte. Er war jetzt bereit für die Arbeit. Bereit, dem Weg zu folgen, den vor ihm schon sein Vater und sein Großvater und sein Urgroßvater gegangen waren.

Aber Powell, der ihm einen oder zwei Schritte voraus war, sprach noch einmal.

»Ich habe hier jemanden, der Ihnen gratulieren möchte. Ich dachte beinahe schon, dass wir hier beim Warten erfrieren würden.«

Powell ging rasch voran. Frost lag in der Luft, und es würde nicht lange dauern, bis der Boden unter einem diamantenübersäten Himmel weiß glitzern würde.

Aber Willard folgte Powell nicht. Jedenfalls zunächst nicht. Er dachte, dass er alles herausbekommen hatte, aber in seinem Kopf drehten sich noch weitere Räder: klick, klick, klick. Und mit jeder Drehung eines Rades fügte sich ein weiteres Steinchen in das Mosaik ein. Powell war nun schon bei dem Auto und beugte sich hinab, um durch das offene Fenster zu sprechen. Das Licht war fast ganz verschwunden, und Willard konnte nichts vom Wageninneren erkennen außer einem weißen Gesicht, das blass in der Dunkelheit aufleuchtete. Jetzt ergab alles einen Sinn. Es war wie der Augenblick, wenn man als Pilot plötzlich begreift, dass man der Herr des Flugzeugs ist, dass man es durch den Himmel führen kann, wie ein Springreiter sein Pferd durch den Parcours führt.

Willard ging mit raschen Schritten zu dem Wagen. Ted Powell trat einen Schritt zurück. Willard stützte sich mit seinen Handschuhen auf dem Wagendach ab und beugte sich zum Fenster hinab.

»Guten Abend, Vater«, sagte er.

64

Hennessey handelte mit Waren aller Art in einer Zeit, in der »aller Art« genau das bedeutete. Er verkaufte Nägel und Dachbleche, Sämereien und Sensenblätter, Stoffe und Seife, Zucker und Weizenmehl, Kinderspielzeug und Damenhüte. Aber das Geschäft füllte seine Vorräte nicht von selbst auf. Das tat Hennessey.

Und so war Hennessey am dritten Dienstag im November unten in Jacksonville, um seinen Kurzwarenlieferanten und seinen Stoffgroßhändler zu treffen. Nachdem seine Geschäftstermine erledigt waren, belohnte sich Hennessey, wie er es immer tat, mit einem Besuch in der Southern Glory Soda-Bar auf einen lebhaft bunten Milchshake mit Kohlensäure. In einer der Nischen aus gelbem Kiefernholz saß bereits ganz allein eine junge Frau. Ihre Kleidung war nicht bemerkenswert: ein zitronengelbes Tageskleid, flache Schuhe, ein Hut, der lächerlich genug war, um schon wieder modisch zu sein. Sie hatte einen Taschenbuch-Krimi vor sich. Ihre Arme waren gebräunt, ihr blondes Haar kurz und zerzaust. Ihre Augen waren von Hennessey abgewandt, aber er wusste bereits, dass sie blau und verblüffend hell waren.

Er würdigte sie keines zweiten Blickes. Sie ließ nicht erkennen, ob sie ihn ansah. Ein paar Minuten später ging sie.

Eine Stunde später, nachdem Hennessey sowohl mit seinem Soda-Milchshake als auch mit seiner Zeitung fertig war, verließ er die Soda-Bar und bahnte sich dann einen verschlungenen Weg durch Nebenstraßen, um jeden möglichen Verfolger abzuschütteln. Sobald er sicher war, dass die Luft rein war, betrat er das Hauptfrachtlager in der Nähe des Eisenbahndepots. Von oben rief eine Stimme: »Hier oben. Hier ist es kühler.«

Der Ladenbesitzer stieg eine hölzerne Leiter bis oben auf einen Haufen Baumwollballen hoch. Pen begrüßte ihn mit einem Lächeln. Ein Fenster hinter ihr ließ kühle Luft hereinströmen. Als sich die drei Verschwörer mit Bosse getroffen hatten, hatten sie eine Reihe von Möglichkeiten verabredet, wie sie sich treffen konnten. Die Soda-Bar in Jacksonville war eine davon, und dies war das verabredete Rendezvous. Hennessey hatte eine Karamellstange in der Tasche. Er bot Pen davon an, und sie nahm ein Stück.

»Was ist los?«, fragte der Ladenbesitzer.

»Jim Bosse. Das ist los.«

Pen berichtete Hennessey kurz von ihren bisherigen Erfolgen beim Lesen der Post und von Jim Bosses neuester Bitte, wie sie von Haggerty McBride übermittelt worden war.

»Puh!« Der Ladenbesitzer pfiff. »Die wollen wirklich eine Menge.«

»Ja.«

»Was denkt Abe?«

»Er will wissen, was du denkst.«

»Und deshalb bist du heute bei mir aufgetaucht?«

»Ich denke schon.«

Das war keine richtige Antwort. Normalerweise nahmen sie Kontakt mit Hennessey auf, indem sie von einem Flugzeug aus eine Nachricht in seinen Hinterhof fallen ließen. Wenn sie mit ihm sprechen mussten, vereinbarten sie eine Zeit, zu der er von seinem Drugstore einen anderen Drugstore anrief, sodass die Leitung nicht abgehört wurde. Pen hatte einen Frachter den ganzen Weg bis

Marion herauf begleitet, und sie brauchte mehr Treibstoff, um wieder nach Süden zu fliegen. Also war es sinnvoll gewesen, sich jetzt mit Hennessey zu treffen. Der Ladenbesitzer nahm noch ein Stück von der Karamellstange und kaute es langsam.

»Du meinst, wir sollten jemanden in die Organisation einschleusen? Ich meine, ganz hinein? Weiter hinein als dich oder Abe?«

»Ja.«

Der Ladenbesitzer ließ sich Zeit mit seinem Karamell, kaute nicht zu stark, hatte es nicht eilig, es hinunterzuschlucken. Schließlich war er fertig.

»Okay. »

»Abe dachte, dass du vielleicht eine Idee hast.«

»Er hat Recht. Er weiß, dass da ein Junge ist ... Verdammt, ich wollte das eigentlich nicht tun. Ich habe Verpflichtungen. Verpflichtungen gegenüber einem Freund von mir, der tot ist, der Vater des Jungen. Ich weiß, dass Abe ziemlich genau dasselbe denkt ... Wie auch immer, dieser Mann hat einen Sohn hinterlassen, der ganz versessen darauf ist zu helfen. Der Junge ist sechzehn, alt genug, selbst zu entscheiden. Ich werde mit ihm reden.«

»Gott, es würde mir überhaupt nicht gefallen, ein Kind in die Sache hineinzuziehen.«

»Ja, mir auch nicht, aber wie ich sagte, er ist alt genug, seine eigenen Entscheidungen zu treffen. Und wenn wir ihn brauchen ...«

Es entstand eine lange Pause. Unter ihnen huschten Mäuse über die Holzdielen, braun auf braun. Hennessey hielt seinen Hut in der Hand, bereit, ihn aufzusetzen und zu gehen. Einerseits waren sie an einem sicheren Ort, um zu reden, und Hennessey hatte die junge Pilotin inzwischen lieb gewonnen. Andererseits hing die unsichtbare Macht und Bedrohung von Masons Organisation über ihnen. Sie wussten, dass sie beobachtet wurden. Sie wussten nicht immer, wie intensiv und von wem. Jede Minute, die sie hier waren, war eine Minute ohne plausible Erklärung. Es war keine gute Idee, sich hier lange aufzuhalten. Aber irgendwie, und zum ersten Mal, hatte ein eigenartiger Gedanke sich seiner bemächtigt, und er konnte ihn nicht ganz abschütteln.

»Hör mal«, sagte er, »das ist vielleicht nicht der richtige Ort, aber kann ich dich etwas sehr Persönliches fragen?« Der Ladenbesitzer hatte den Hut in den Händen und starrte ihn an, als ob er noch nie vorher einen Hut gesehen hätte.

»Sicher. Nur zu.«

»Ist es möglich – bitte verstehe das nicht falsch –, ist es möglich, dass du für unseren gemeinsamen Freund, Captain Rockwell, etwas empfindest?«

Pen war völlig überrascht. Sie fühlte sich durch die Frage nicht beleidigt, aber sie hatte keine Ahnung, warum es Hennessey in den Sinn gekommen war, sie zu stellen. Doch sie tat ihr Bestes, um ehrlich zu sein, und befragte kritisch ihre Gefühle. Als sie antwortete, sprach sie langsam und wohl überlegt.

»Nein, ich glaube nicht. Als wir uns kennen lernten, bei jener ersten Begegnung ... na ja, ich glaube, ich habe daran gedacht. Ich meine, ich bin anders als die meisten Frauen. Er ist anders als die meisten Männer. Einige von diesen Unterschieden schienen in dieselbe Richtung zu führen. Also, ja, ich habe daran gedacht. Aber jetzt? Nein. Je mehr ich ihn kennen lerne, umso weniger scheint es mir, dass ich ihn kenne. Manchmal habe ich das Gefühl, mit einem Fremden zusammenzuarbeiten.«

Hennessey hörte auf, seinen Hut anzustarren, und blickte Pen direkt an. Er war alt genug, um ihr Vater zu sein, und es war eine Freundlichkeit und Intelligenz in seinem Gesicht, dass Pen ihm von Anfang an vertraut hatte.

»Vielleicht ist dies das eigentliche Problem, über das du reden wolltest. Vielleicht bist du deshalb heute bei dem alten Ladenbesitzer aufgetaucht.«

Pen schluckte zwei Mal. Vielleicht hatte er Recht. Wenn ja, dann hatte er etwas gesehen, was sie sogar vor sich selbst zu verbergen geschafft hatte.

»Vielleicht hast du Recht.«

»Die Dinge sind ... Er macht dir das Leben nicht schwer, oder? Ich glaube, er ist nicht besonders daran gewöhnt, mit Frauen zusammenzuarbeiten.«

»Ich glaube, er ist nicht sehr daran gewöhnt, überhaupt mit irgendjemandem zusammenzuarbeiten. Manchmal scheint er mich überhaupt nicht einbeziehen zu wollen. Wenn ich mich nicht euch und Jim Bosse gegenüber verpflichtet hätte, hätte ich längst daran gedacht, nach Hause zu fahren. Wirklich.«

Hennessey blickte mürrisch auf seinen Hut, als ob er plötzlich jedes Detail äußerst kritisch betrachtete.

»Er ist ein guter Kerl. Aber er ist ein Kerl. Ich denke mir, dass er nicht viel Zeit mit Mädchen verbracht hat. Vielleicht ist er schüchtern. »

»Du glaubst, dass er Angst hat?«

»Ich weiß nicht. Aber wenn du es jetzt nicht herausfindest, wirst du es nie erfahren, oder? Und wenn du es nicht tust – ach, zum Teufel, eigentlich ist es nicht an mir, das zu sagen –, aber ich möchte nicht, dass einer von euch etwas verpasst, was vielleicht für euch beide das Richtige ist.«

»Nein«, sagte Pen. »Nein.«

Es war nicht ganz klar, was sie mit ihrer Antwort meinte. Sie sah ein wenig benommen und unkonzentriert aus. Plötzlich nahm Hennessey seinen Hut und drückte ihn sich fest auf den Kopf.

»Also dann. Es war schön, dich zu sehen. Und pass gut auf dich auf.«

Er krabbelte zum Rand des Haufens aus Baumwollballen und ließ sich auf den Boden gleiten. Dann warf er einen scharfen Blick hinaus und ging mit schnellem Schritt davon.

65

Das Hotel in Shakeston war ein zweistöckiges Gebäude, das wahrscheinlich vornehm ausgesehen hatte, als die Hügel Montanas noch vor Indianern wimmelten, aber nun, da die Geschichte sich in eine andere Richtung entwickelt hatte, wirkte es alt und abgenutzt. Dennoch versuchte man dort sein Bestes, und die Speisekarte, die nur auf Nahrungsmitteln basierte, die im Umkreis von dreißig Meilen gezüchtet, geschossen oder geangelt worden waren, war hervorragend.

»Probier die Ente«, sagte Willards Vater. »Du wirst keine bessere kriegen.«

»Oder die Forelle«, sagte Powell. »Ich habe hier einen ausgezeichneten Muscadet. Gönnen Sie sich mal was.«

Willard entschied sich für einen Kompromiss und bestellte als Vorspeise die Forelle und die Ente als Hauptgang. Die anderen beiden taten es ihm nach. Beide Gänge waren ausgezeichnet, und die Weine, die Powell mitgebracht hatte, waren einfach überragend. Stress, Kälte und Müdigkeit begannen, von Willard abzufallen.

»Habe ich es dir schon erzählt?«, fragte Junius Thornton. »Ich habe gerade einen Anruf von Ben Krakus bekommen, dem Piloten, der sonst die Strecke von Ruxion fliegt. Er sagte, wie du dein Flugzeug über eine Gruppe von Bäumen am Ende der Startbahn hinweggesteuert hast, war eines der besten Flugmanöver, das er je gesehen hat.«

Willard zuckte bescheiden mit den Achseln, als ob er jeden Tag seines Lebens so fliegen würde. Er leerte sein Glas und schloss die Augen.

Die Idee war so einfach. So schön und so einfach.

Seit der Einführung der Prohibition hatte es in Amerika vor illegalen Aktivitäten im Zusammenhang mit Alkohol nur so gebrodelt. Rumschmuggler brachten Alkohol aus der Karibik. Die mexikanische Grenze war eine offene Einladung. Kanada, das über die Verrücktheit seiner großen Schwester staunte, war nur zu glücklich, sich die Taschen mit so viel Geld vollzustopfen, wie es nur ging. Und die Importe machten nicht einmal die Hälfte aus. Es gab hausgemachten Schwarzgebrannten, industriell destillierten Schwarzgebrannten, Wein, der aus kalifornischen Traubenkuchen gemacht wurde, Whisky-Vorräte, die aus den nun still gelegten Brennereien verdunsteten. Und es gab Schlupflöcher: der Messwein, der medizinische Alkohol, das »Beinahe-Bier«, das man ziemlich leicht mit ein wenig Zeit, Zucker und Hefe in das hochprozentigere, wahre Produkt umwandeln konnte.

Aber jede neue Industrie muss organisiert werden. Die Gangster und Kriminellen, die das Geschäft auf der Straße betrieben, waren kaum in der Lage, ein riesiges und kompliziertes Geschäft zu betreiben, das im kontinentalen Maßstab agierte.

»Stellen Sie sich nur vor«, sagte Powell. »Anfang 1920 war die Prohibition gerade eingeführt worden, aber der Alkohol kam auch schon wieder. Zuerst natürlich nur in kleinen Mengen, aber ständig wurde es mehr. Ihr Vater und ich sahen die Chance. Ihr Vater brachte seine Erfahrung, seine Kontakte, seinen Instinkt fürs Geschäft mit. Derweil leitete ich Powell Finance in der Wall Street – ein hübsches, kleines Unternehmen damals, aber nichts im Vergleich zu dem, was es heute ist. Wir steckten unsere Köpfe und unser Geld zusammen. Heraus kam das, was wir heute haben: Powell Lambert, die profitabelste Bank in der Wall Street.«

»Warum Lambert?«, fragte Thornton. »Warum nicht Powell Thornton?«

Junius Thornton zuckte die Achseln. »Wir wollten keine Aufmerksamkeit. *Ich* wollte keine Aufmerksamkeit. Lambert ist der Name eines Rennpferds, das ich mal hatte.«

Die Firma war eine geniale Idee. Ihre Agenten kauften Alkohol in Bimini und Havanna, Tijuana und Ontario. Ihre Männer organisierten den Transport. Nicht nur die Züge, Lastwagen, Schiffe und Flugzeuge, sondern auch die Zahlungen. Die Polizei. Die Grenzwächter. Die Vollstreckungsbehörden des Bundes. Ihre Lieferungen waren so genau terminiert wie in jedem anderen modernen Industrieunternehmen. Die Firma schmuggelte praktisch auch alles andere, aber ihr Kerngeschäft und mit Abstand ihr größter Profitbringer war Alkohol, einfach nur Alkohol.

»Qualität und Zuverlässigkeit«, sagte Powell. »Wir verwässern unseren Stoff nicht. Wir ersetzen nicht teures durch billiges Zeug. Wir spielen keine Spielchen mit den Etiketten. Und wir bringen unsere Güter dahin, wohin sie sollen. Wir haben eine Rekord-Auslieferungsrate von über achtundneunzig Prozent. Qualität und Zuverlässigkeit.«

»Und wenn die Güter ankommen, verkaufen Sie sie selbst?«

»Sie meinen, ob wir Speakeasys betreiben? Die Antwort lautet nein, tun wir nicht. Der Betrieb von geheimen Kneipen«, in Powells Stimme klang Abscheu, »ist in den Händen von Gangstern. Gangstern und Ganoven. Die Kneipen werden einerseits durch Zahlungen an Cops offen gehalten und andererseits durch Bandenkriege. Das ist kein Geschäftssegment, an dem wir interessiert sind.«

Willards Vater hob den Finger. »Also, Ted, das ist nicht ganz richtig. Es gibt eine Geheimkneipe, die wir gerne selbst betreiben.«

»Das ist keine Geheimkneipe.«

Junius Thornton nickte. »Stimmt.« Sein Blick richtete sich auf seinen Sohn. »Es ist der beste Club in Amerika. Wir betreiben den exklusivsten Club mit dem besten Service und dem besten Angebot in Amerika.«

Willard wartete, dass man ihm mehr erzählte, aber keiner der beiden Männer fügte noch etwas hinzu. Willard wechselte zu einem Thema, das ihn beschäftigt hatte.

»Was ist mit den Destillerien? All diese Brennereien, die in Gerbereien und Farbenfabriken versteckt sind? Gehören die euch, oder arrangiert ihr nur den Transport?«

»Einige gehören uns. Einige gehören Freunden«, sagte Powell. »Wie Sie wissen, gibt es an jedem Standort einen legalen Betrieb.

Manchmal gehört uns auch der legale Betrieb, meist aber nicht. Wir mieten Räume, wir halten alles geheim. Nicht viele Leute wissen überhaupt, dass wir da sind. Nicht einmal die Leute, die dort arbeiten.«

»Und die Versicherung?«, fragte Willard. »Bei einigen der Deals, die wir finanziert haben, haben die Firmen ihre Lieferungen versichert. Was bedeutet das? Warum sollte ein Gangster etwas versichern wollen? Und ist es möglich, dass unsere Versicherungsleute in dem Teil des zwanzigsten Stockwerks sitzen, das abgeschlossen ist?«

Powell und Willards Vater tauschten Blicke. In dem Blick lag Amüsement, aber auch etwas, was Willard nicht verstand. Junius Thornton räusperte sich.

»Versicherung ist vielleicht nicht ganz der richtige Ausdruck, Willard.«

»Ach ja?«

»Unser Problem sind nicht die Vollzugsbehörden des Bundes. In diesem unserem Land haben die Gesetzgeber ein Gesetz verabschiedet, ohne für den Schutz der Gesetze nennenswerte Mittel zur Verfügung zu stellen. Den Gesetzeshütern wird so wenig bezahlt, dass es fast wie eine Einladung zu Schiebung und Korruption ist; eine Einladung, die nicht viele Officer ablehnen. Folglich kriegen die Bundespolizisten weniger als fünf Prozent allen Alkohols, der in Amerika bewegt wird, und in unserem Fall liegt der Prozentsatz noch sehr viel niedriger.«

»Wieso?«

»Es sind die Diebe. Banditen. Nenn sie, wie du willst. Sie wollen nicht in vernünftiger, professioneller Weise mit uns zusammenarbeiten. Sie würden unsere Produkte lieber stehlen, anstatt die Güter zu erwerben. Also ist eine der Dienstleistungen, die wir anbieten, die Versicherung. Keine Papier-Versicherung, bei der man sein Geld zurückbekommt. Was wir anbieten, ist eine echte, effiziente Güter-Ankunfts-Versicherung.«

»Ich bin nicht sicher, dass ich folgen kann.«

Junius Thornton lehnte sich zurück, und Ted Powell übernahm das Gespräch. »Ihr Vater verkauft Rüstungsgüter, Willard. Die besten in der Welt. Und wir haben Männer angeheuert. Ehemalige Soldaten. Gute Männer. Amerikaner. Kein italienisches Gesindel. Keine Juden. Keine Iren. Keine Schwarzen. Keine Katholiken. Nur gute, disziplinierte Amerikaner. Sehr gut bewaffnet. Sehr gut ausgebildet. Eine Versicherung, die zählt.«

Junius Thornton nickte langsam. »Durch die Diebstähle verlieren wir auch nicht viel.«

»Du lieber Himmel!«

Willard war schockiert, ohne es zu wollen. Er lebte in einer Welt, in der die meisten Menschen, die er kannte, für die Prohibition waren und doch zur gleichen Zeit die Regeln verletzten. Das war natürlich Heuchelei, aber es war eine Heuchelei, mit der Willard leben konnte. Doch sein Vater und Powell sprachen über etwas, was in eine andere Liga gehörte. Eine Privatarmee. Soldaten, die zum Töten bewaffnet und ausgebildet waren. Das bloße Ausmaß, in dem die Firma das Gesetz brach, machte Willard sprachlos.

»Wenn die Leute nicht versuchen würden, unsere Waren zu stehlen, müssten wir diese nicht beschützen«, erklärte Powell. »Und wir haben uns einen guten Ruf aufgebaut. Es passiert nicht oft, dass Diebe versuchen, unsere Lieferungen zu kapern. Und wenn sie es ein Mal versuchen, versuchen sie es wahrscheinlich kein zweites Mal.«

»Der zwanzigste Stock«, sagte Willard. »Der abgeschlossene Teil. Sie haben mir gesagt, dass da der Antrieb für den Lift ist. Ich wusste, dass das nicht stimmt.«

Powell nickte. »Dort befindet sich das Hauptquartier unserer Versicherungsabteilung. Die mögen es diskret.«

»Die Männer, die mir gefolgt sind. Das waren Versicherungsagenten?«

»Wir mussten Sie im Auge behalten, Willard. Wir wollten nicht, dass Sie Dummheiten anstellen, und wenn Sie in Schwierigkeiten geraten wären, wäre da jemand gewesen, der Ihnen geholfen hätte.«

»So, wie Sie Arthur Martin geholfen haben?«

»Arthur Martin wollte sich mit einem Officier der Vollszugsbehörden treffen, als wir ihn abgefangen haben. Wir haben erst im allerletzten Moment davon erfahren. Wir hatten keine Wahl, die Angelegenheit anders zu behandeln. Eigentlich versuchen wir, Gewalt zu vermeiden.«

»Stimmt. Der kleine Charlie Hughes ist nur mit einer Anklage wegen Alkoholschmuggel im Gefängnis gelandet. Was ist schon ein Jahr im Gefängnis für einen Kerl wie ihn?«

»Mr. Hughes war ein Freund von Martin. Nicht so mutig und nicht so dumm. Aber trotzdem fing er an, Sachen zu sagen, die er nicht hätte sagen sollen, und zwar zu Leuten, zu denen er sie nicht hätte sagen sollen. Unsere Männer haben mit ihm gesprochen und sind zu einer Einigung gekommen. Er ist kein Problem mehr.«

Willards Gehirn arbeitete in diesen Tagen ununterbrochen, klick-klick-klick, stellte Verbindungen her, zog Schlussfolgerungen. »Ihr habt ihm gedroht, oder? Und nicht nur ihm. Seinen Schwestern. Ihr habt ihm gesagt, wenn er irgendwas ausplaudert, würden es seine Schwestern sein, die um einen Baum gewickelt enden.«

Powell zuckte mit den Schultern. »Über die Einzelheiten bin ich nicht im Bilde.«

Willard schüttelte fassungslos den Kopf. »Wissen Sie, ich dachte, Leo McVeigh wäre einer der Jungs, vor denen ich mich in Acht nehmen müsste. Ich dachte, dass er mir gedroht hätte. Das hat er nicht. Er hat versucht, mich zu warnen. Es war Larry Ronson, der ...«

»Larry Ronson ist ein sehr guter Mann«, fiel ihm Powell ins Wort. »Er hat für uns ein Auge auf Sie gehabt. Er war sehr hilfreich. McVeigh ist ein Idiot, aber immerhin hat er genug Verstand, niemandem von seiner Dummheit zu erzählen. Er versteht, welche

Konsequenzen das hätte. Wir erlauben ihm nur, legale Transaktionen zu bearbeiten. Soweit ich höre, ist er ein guter Arbeiter.«

Willard rieb sich mit den Händen über das Gesicht. An diesem Tag hatte er Schmuggler in einem Dreckloch namens Ruxion enttarnt, er hatte sich beinahe umgebracht, indem er ein überladenes Flugzeug geflogen war, und jetzt wurde er in das wertvollste Geheimnis Amerikas eingeweiht. Eine Welle der Müdigkeit spülte über ihn, dass er am Tisch hätte einschlafen können.

»Wir halten dich nicht mehr lange auf, mein Sohn«, sagte sein Vater mit seltener Behutsamkeit. »Aber zuerst noch eine Frage, wenn ich darf.«

»Ja?«

»Als du dich am Auto zu mir herabgebeugt hast, sagtest du ›Guten Abend, Vater‹. Es war zu dunkel, als dass du mich hättest sehen können. Niemand hat dir von meiner Beteiligung erzählt. Woher wusstest du es?«

»Oh, da sind eine Menge Dinge.«

»Wie?«

»Powell sagte *wir*, als er *ich* hätte sagen müssen. Aber das war es nicht. Es war *Die den Himmel lieben*. Je mehr ich über Powell erfuhr, umso mehr wusste ich, dass er ein solches Geschäft nie finanziert hätte. Das Geschäft war ... Der Film war ... Zum Teufel, es war eine Pleite. Alle wussten es, nur ich nicht. Du warst es, der vorgeschlagen hat, dass ich mich an Powell wenden soll. Du warst es, der wollte, dass ich das Filmgeschäft aufgebe und mich mit etwas Seriösem beschäftige. In dem Auto konntest nur du sein. Nur du.«

Junius Thornton lächelte. Er sagte nichts, aber in seinem Gesicht lagen Vergnügen und Befriedigung.

»Was mich zu meiner Frage an dich bringt, Vater.«

»Ja?«

»Warum hast du es mir nicht einfach gesagt? Anstatt mir eine Höllenangst zu machen, hättest du einfach kommen und sagen können: ›Wir haben dir ein Geschäft vorzuschlagen.‹ Was wäre daran so schlimm gewesen?«

»Du hättest ja gesagt.«

»So? Ist es nicht das, was du wolltest?«

»Ja und nein.« Junius Thornton beugte sich über den Tisch. »Gelegentlich, mein Sohn, hattest du es ein bisschen zu leicht. Vielleicht mein Fehler, vielleicht aber auch nur deshalb, weil die Welt heutzutage so ist. Du bist in Princeton durchgerasselt. Okay, vielleicht hättest du die Sache noch ändern können, aber es lief nun mal nicht so, wie es sollte. Dann hast du dich im Krieg gut geschlagen, ganz bestimmt. Aber danach hattest du einen Job beim Film und hast es vermasselt. Du hast versucht, einen eigenen Film zu drehen. Der ist gefloppt. Du hast nie harte Arbeit kennen gelernt, jedenfalls nicht das, was ich harte Arbeit nennen würde.«

Powell nickte. »Geben Sie mir nicht die Schuld, Will. Ihr Vater hat gesagt, dass wir Sie ein bisschen schieben müssten. Er wollte sehen, wie Sie reagieren. Würden Sie kämpfen? Würden Sie hart arbeiten? Würden Sie alles herausbekommen? Würden Sie durchhalten?«

»Und deswegen habe ich die lausigsten Akten gekriegt? Hatte die größte Arbeitsbelastung?«

»Aber das ist jetzt nicht der Punkt, mein Sohn«, unterbrach ihn Junius Thornton. »Der Punkt ist, dass du es geschafft hast. Du hast deine Sache so gut gemacht, wie ich es gehofft habe. Besser. Wir waren stolz auf dich. Mein Sohn, *ich* war stolz auf dich. Ich hoffe, dass du Powell Lambert eines Tages sogar zu noch größeren Zielen führen wirst.«

Die Augen des alten Mannes wurden feucht. Willard spürte einen Kloß im Hals, einen glühenden Stolz in sich.

Powell blieb einen Augenblick schweigsam und ließ Vater und Sohn die Fassung zurückgewinnen. Dann fügte er mit leiser Stimme hinzu: »Und noch etwas. Dieses Geschäft kann ein bisschen rau werden. Ab und zu stellen wir fest, dass wir einen netten kleinen

Ministranten wie Arthur Martin eingestellt haben. Das können wir nicht gebrauchen. Wir müssen dafür sorgen, dass die Firma sicher bleibt. Wir wussten nicht, wie Sie über die rauen Seiten denken, und wir kamen zu dem Schluss, dass es besser ist, wenn Sie sie vorher kennen lernen, sodass Sie Ihre Entscheidung in voller Kenntnis der Fakten treffen können.«

»Wie zum Beispiel Arthur Martin ermordet wurde? Wie Charlie Hughes hinter Gitter kam? Wie ihr euren Alkohol mit einer kleinen Söldnerarmee beschützt?«

»Ja, genau.« Powell war von Willards Schärfe unbeeindruckt. »Sie mussten das alles wissen. Das ist ein schmutziges Geschäft, Willard. Was es braucht ist Organisation.«

Junius nickte schwerfällig. Er nahm den Muscadet aus dem Eiskühler und goss sich und dann Willard nach. Wie alle Reichen kaufte Junius Thornton von allem nur das Beste. Die beste Kleidung. Die besten Weine. Die beste Einrichtung. Die besten Immobilien. Er kaufte und tat dann so, als ob er den Wert vergessen hätte. Er schluckte den Wein wie Mineralwasser. Er kaufte Zweitausend-Dollar-Anzüge und trug sie dann auf eine Art, dass sie aussahen wie ein Zwanzig-Dollar-Anzug auf den Schultern eines Rausschmeißers. Er trank sein Glas aus und schob es von sich.

»Das ist es. Das ist es in aller Kürze. Es ist ein schmutziges Geschäft, mein Junge, und es muss organisiert werden. Man braucht gute Männer, um das zu tun. Schlaue Männer. Starke Männer. Männer wie dich.«

Er sprach nicht weiter. Der Raum war plötzlich sehr still. Willard fühlte sich, als ob ihn eine Million Augen beobachteten.

»Und?«, fragte sein Vater. »Es ist Zeit, sich zu entscheiden. Bist du dabei? Oder bist du raus?«

66

Die Tür öffnete sich mit einem Ruck und traf Brad Lundmark am Hintern. Er fiel und landete bäuchlings auf dem Drahtknäuel, das er auf den Knien hockend zu entwirren versuchte.

»Ups!« Mamie, ein nervöses dreiundzwanzigjähriges Mädchen mit blassem Gesicht und struppigen Haaren blickte auf den am Boden liegenden Jungen hinab und kicherte. »Tut mir leid.«

Brad Lundmark stand auf und klopfte sich den Staub ab. »Ist schon gut.«

Seine Antwort war nicht ganz ehrlich. Als er vornüber gefallen war, hatte er seine Handfläche an einer Heftzwecke verletzt, und Blut quoll aus der Wunde.

»Oh, du blutest ja«, sagte das Mädchen mit ansteigender Stimme, die beinahe anklagend klang.

»Tut mir leid.«

»Ach, komm schon. Wenn ich dich umhaue, dann sollte ich dich auch wieder zusammenflicken, denke ich«, sagte Mamie, während in ihrem Hals immer noch ein Kichern zitterte.

Sie ging vor. Brad folgte. In der Autowerkstatt in Brunswick hatte er eine Menge Wissen über Mechanik aufgeschnappt, über Mechanik und Elektrizität. In Marion gab es immer einen Mangel an geschickten Handwerkern. Brads Dienste waren günstig, und er hatte sich eifrig, wenn auch auf Hennesseys Anregung, und überraschend erfolgreich in Marion eingebracht.

Der Junge erkannte Mamie als eines der beiden Mädchen wieder, die die meisten Büroarbeiten in Marion erledigten. Beide Mädchen lebten in Marion und waren mit einem von Masons Gaunern verheiratet oder lebten mit einem zusammen. Doch obwohl es eine Menge Paare in Marion gab, gab es fast keine Kinder. Babys, ja, aber sobald die Kleinen alt genug waren, um herumzulaufen, ließ Mason die Familien aus Marion wegziehen. Abgesehen von einigen Babys in Windeln war Brad Lundmark das jüngste oder zumindest das mit

Sicherheit am jüngsten aussehende menschliche Wesen in Marion. Selbst für Mädchen wie Mamie lag etwas in seinen großen Augen und den sommersprossigen Wangen, das ihre Mütterlichkeit zum Vorschein brachte.

Sie brachte ihn in ihr Büro, wo Suky, das zweite Mädchen, hinter einer riesigen metallenen Schreibmaschine saß und lasch nach einer Fliege schlug.

»He, Sukes. Sieh mal, was ich geschafft habe«, sagte Mamie, nahm Brads immer noch blutende Hand und hielt sie hoch.

»Ooh!« Suky verzog das Gesicht.

»Er hat gerade etwas repariert, und ich habe ihn umgestoßen«, erklärte Mamie und sprach, als ob Brad gar nicht da wäre oder taub oder Chinese oder sehr dumm.

»Ooh«, sagte Suky wieder und betrachtete mit einer Grimasse das Blut. »Und er ist …? Du hast einen Namen?«

»Brad.«

»Brad?«

»M-hm.«

»Oh. Und du lebst hier in der Stadt? Ich habe dich hier noch nicht gesehen.«

»Irgendwie schon. Ich bin eigentlich hier, um Sachen zu reparieren. Da war eine Menge zu tun, und so bin ich schließlich hier hängen geblieben.«

»Ich hol mal was zum Verbinden.«

Suky wühlte in ihrer Handtasche und gab ihm etwas Verbandsmull, dann schnitt sie ihm ein Stück von einem glasierten Zitronenkuchen ab, der auf ihrem Schreibtisch stand. Brad drückte den Verband auf seine Hand und begann zu essen.

Und, obwohl er es nicht zeigte, begann sein Herz zu rasen. *Er war in Mamies und Sukys Büro.* Überall lagen Papiere herum. Die Schublade eines Aktenschrankes aus Metall stand offen. Auf dem Schreibtisch vor Suky lag ein Blatt voller Zahlen, die in zwei sauberen Spalten am rechten Rand aufgereiht waren. Wenn das keine

Buchhaltungsblätter waren, dann sahen sie jedenfalls verdammt so aus. Wenn dies nicht der Ort war, wo er die Lohnliste der Firma finden konnte, dann sah es dennoch wie ein guter Platz aus, um mit der Sache anzufangen.

Brad aß langsam, aber mit gutem Appetit.

Mamie und Suky sahen ihm eine Weile zu, als ob er ein dressiertes Tier wäre. Die Fliege, die Suky zuvor geärgert hatte, summte wieder um sie herum. Suky schlug schwach nach ihr, als ob es nicht schicklich wäre, sie tatsächlich zu treffen. Brads Blick wanderte zu dem Fliegengitter am Fenster.

»Soll ich das für Sie reparieren?«

»Wie bitte?«

»Das Fliegengitter da. Es ist zerrissen. Wenn ich es flicke, hätten Sie hier keine Fliegen, Ma'am.«

»Ma'am! Hast du das gehört?« Suky und Mamie blickten sich kichernd an, bevor Suky sich wieder an den Jungen wandte. »Du glaubst, du kannst das flicken?«

»Sicher.«

»Jetzt gleich?«

»Wenn Sie wollen.«

Die beiden Mädchen sahen sich an. »Das wäre großartig, Brad. Sozusagen als Bezahlung für den Kuchen, ja?«

»Es ist ein guter Kuchen, danke sehr, Ma'am.«

Er nahm sein Werkzeug und ließ seine Tasche auf den Boden krachen.

»Ooh, Brad! Musste das sein?«

»Tut mir leid, Ma'am, es wird noch schlimmer. Ich werde ein bisschen hämmern müssen.«

»Oh.«

Die beiden Mädchen blickten sich an. Es war strikte Regel, dass sie den Raum nicht verlassen durften, bevor nicht alle Papiere weggeräumt und das Büro verschlossen war. Andererseits bekam Mamie leicht Kopfschmerzen, und auch Suky wollte nicht direkt neben dem Gehämmer sitzen. Und welche Bedrohung konnte schon ein Junge mit großen Augen sein, ein kleiner Kerl, der gerade alt genug war, um die Schule zu verlassen? Suky beugte sich hinab und sprach langsam.

»Brad?«

»Ja, Ma'am?«

»Was glaubst du, wie lange du brauchen wirst?«

»Nicht lange. Vielleicht fünf Minuten.«

»Und du musst hämmern, ja? Mamie kriegt immer schreckliche Kopfschmerzen.«

»Ohne zu hämmern, kann ich es nicht reparieren. Tut mir leid.«

Wieder sahen sich die beiden Mädchen an. Dann sagte Mamie: »Was hast du gesagt, wie alt du bist?«

Brad hatte gar nichts über sein Alter gesagt, aber im Stillen zog er zwei Jahre von seinem wahren Alter ab und sagte: »Vierzehn.«

»Vierzehn!«

»M-hm.«

»Hör gut zu, Brad, das ist jetzt sehr wichtig: Hast du irgendeine Ahnung, was hier in Marion vor sich geht?«

»Was hier vor sich geht?«

»Richtig. Was das alles hier soll.«

»Ich denke ... irgendwelche Geschäfte, oder? Ich habe hier keine Landwirtschaft gesehen, Ma'am.«

Das war eine perfekte Antwort. Die beiden Mädchen grinsten sich an, nickten und zogen die sorgfältig gezupften Augenbrauen hoch.

»Wir sind nur am anderen Ende des Flurs, Brad. Wenn es dir nichts ausmacht, kommst du einfach und holst uns, wenn du fertig bist.«

»Aber sicher. Wird erledigt.«

Die Mädchen verließen das Büro.

Die Schlüssel für den Aktenschrank, die Tür und das Fenster waren alle an einem Ring, der neben Mamies Schreibtisch an einem Haken hing. Brad hämmerte ein bisschen und ging dann zu dem Kuchen. Er hob einen Streifen der Glasur von dem Kuchen ab und drückte die Schlüssel einen nach dem anderen in den weichen Zucker. Jeder Schlüssel hinterließ einen deutlichen Abdruck und ließ sich wieder abnehmen, ohne besonders klebrig zu sein. Brad leckte die Schlüssel sauber, dann legte er die wertvolle Zuckerlocke in seine Tasche. Er hämmerte noch ein wenig zum Schein, dann verschloss er das Loch im Fliegengitter fest mit Draht. Die ganze Arbeit hatte nur sechseinhalb Minuten gedauert.

67

Der Zug war ein Expresszug – in der Theorie.

In Wirklichkeit ließ er mit kreischenden Bremsen eine dicke schwarze Rauchwolke aufsteigen und kam langsam und ratternd meilenweit von jedem planmäßigen Bahnhof entfernt zum Stehen. Ein graues Meer schlug mit schmuddeligen Wellen auf einen leeren Strand. Weiter weg vom dünnen Gras der Dünen wurde das Land von dichten Bäumen verschluckt. Die Sonne stand bereits tief. Willard war ein Mann, der die Zivilisation mochte. Er mochte große Städte. Er mochte den Lärm und die Lichter, die Menschen und die Geschäftigkeit. Der Schaffner öffnete die Tür seines Abteils.

»Hier ist es, Sir.«

Willard hatte nur eine Tasche dabei, und nicht einmal eine schwere, aber der Schaffner nahm sie, bevor Willard es tun konnte, und machte eine große Schau daraus, sie zur offenen Tür am Ende des Wagons zu tragen. Drei Metallstufen führten auf den Schotter des Bahngleises hinunter. Außer dem Zug und der Bahnstrecke waren, so weit Willard sehen konnte, keine Anzeichen von Zivilisation zu erkennen.

»Sind Sie sicher?«

»Hä?«

»Sind Sie sicher? Dass das hier die richtige Stelle ist, meine ich. Ich will hier nicht aussteigen und dann ... Himmel!«

»Ja ja. Das ist hier richtig. Wir halten hier oft.«

Willard folgte dem Schaffner, der ihm die Tasche übergab, als ob er gerade die zwölfte Aufgabe des Herkules erfüllt hätte. Willard gab dem Mann einen Dollar. Der Schaffner stieg wieder in den Zug und gab dem Zugführer mit seiner schmuddeligen Hand ein Zeichen. Der Zug ächzte ein Mal, dann setzte er sich schwerfällig in Bewegung.

Willard fühlte sich allein am Ende der Welt.

Eine Seebrise strich durch die Dünen und verlor sich dann in den Bäumen. Etwa eine Viertelmeile entfernt ging eine Abzweigung, eine Stichstrecke von der Hauptlinie ab. Nachdem der Zug verschwunden war, konnte Willard einen unbefestigten Weg sehen, der durch den Wald führte. Er nahm seine Tasche, fand einen schmalen Pfad, der vom Bahndamm hinabführte, und halb kletternd, halb rutschend erreichte er den Weg am Fuß des Dammes. Eine Holzplanke, die auf zwei kurzen Pfosten ruhte, bildete eine Art Bank, vielleicht der einzige Hinweis darauf, dass diese Stelle jemals als Haltestelle benutzt worden war. Willard setzte sich und wartete.

Zehn Minuten vergingen. Lange Minuten. Dann das Geräusch eines Wagens, der heranfuhr und dann stehen blieb. Der Mann hinter dem Steuer war kahlköpfig und glatt rasiert, aber auf seinen bloßen Armen und im Hemdausschnitt war starker Haarwuchs sichtbar. Er hatte einen direkten, anzüglichen Blick, der Thornton instinktiv missfiel.

»Thornton?«

»Ja.«

Der Mann wischte irgendwelches Gerümpel vom Beifahrersitz und machte ein Zeichen, dass Willard einsteigen sollte. Willard sah zu, wie der Krimskrams auf den Boden vor dem Sitz fiel, und schob missbilligend das Kinn vor. Er warf seine Tasche auf den freien Rücksitz und setzte sich daneben.

»Okay«, sagte er.

Der Mann vorn zog die Augenbrauen hoch und schüttelte leicht den Kopf. Er sprach nichts laut aus, aber sein Blick sagte »aufgeblasenes New Yorker Arschloch«. Er startete den Wagen, verschaltete sich, sodass das Getriebe kreischte, und wendete dann, wobei er Staub aufwirbelte. Auf einer Ablage auf der Fahrerseite rutschten eine Pistole, eine Zigarettenschachtel und Streichhölzer herum. Die Fahrt war kurz – nicht einmal zwanzig Minuten –, aber sie kam Willard länger vor. Einmal fragte der Mann: »Ist alles okay?«

Willard sagte: »Ja.«

Zwei Minuten später wischte sich der Mann mit seinem haarigen Arm über den kahlen Schädel und fragte: »Warm genug für Sie?«

Willard sagte: »Ja.«

Die Fahrt näherte sich ihrem Ende. Die Bäume wichen seitlich zurück. Eine Stadt öffnete sich auf dem sumpfigen, überwachsenen Land. Trotz der verlassenen Umgebung war die Stadt neu und strahlend: weiße, moderne Häuser, Automobile, keine Karren, Telefone und Elektrizität. Ein langes, niedriges Lagerhaus lag wie ein riesiges schlafendes Tier. Hinter einem geteerten Parkplatz sah Willard einen langen Grasstreifen, wo die Bäume und Büsche gerodet worden waren. Der Fahrer zeigte auf eine Tür.

»Da drinnen«, sagte er.

»Danke.«

Willard nahm seine Tasche und trat ein. Ein Mann kam auf ihn zu, um ihn zu begrüßen. Der Mann war in Hemdsärmeln und trug eine blasse rehbraune Hose. Er war mittleren Alters. Er hatte ein Gesicht, das einige Schläge eingesteckt hatte und zeigte, dass auch einige ausgeteilt worden waren; ein Gesicht mit Humor, Intelligenz und Biss. Er lächelte.

»Thornton? Hi, ich bin Bob Mason. Willkommen in Marion.«

68

Von dem Augenblick an, als Abe sich zuletzt mit Haggerty McBride getroffen hatte, hatte er sich wie betäubt gefühlt. Er aß, flog, wusch sich und schlief, als ob alles normal wäre, aber das war es nicht. Es war, als ob in ihm etwas abgeschnitten worden war, als ob die Verbindung zu ihm selbst durchtrennt worden war.

Das Gefühl war ihm nicht unvertraut. Vor Jahren in Frankreich, als junger Pilot im Rang eines Junior Lieutenant unter dem Kommando eines anderen, hatte er genau dasselbe Gefühl gehabt. Ein Tag mochte sonnig und warm sein. Die Männer gammelten vielleicht mit nacktem Oberkörper auf dem Flugplatz und spielten mit einem Baseball herum. Und dann wurden alle zusammengerufen, um über ihren nächsten Auftrag informiert zu werden. Das Briefing war immer kurz, klar, emotionslos. Doch der Auftrag würde mit ziemlicher Sicherheit einen der jungen Männer, die dort standen und zuhörten, umbringen. Dann war der Vortrag beendet. Die Männer würden zu dem zurückkehren, womit sie sich vorher beschäftigt hatten, Bälle werfen oder an einem Motorenproblem basteln. Abe hatte das nie gekonnt. Die bevorstehende Mission füllte seine Gedanken. Er ließ jede Meile der Strecke, die er zurücklegen würde, vor seinem inneren Auge ablaufen und stellte sich vor, wie sie unter seiner Flugzeugnase wegtauchen würde. Er sah jedes Szenario von Angriff, Verteidigung, Wetter, mechanischen Komplikationen und Wind voraus und spielte es durch. Und in der Zwischenzeit fühlte er sich benommen, als ob seine Gefühle in weiter Ferne in irgendeinem verriegelten Schließfach versteckt wären.

Und genauso war es auch jetzt.

Wenn Abe gekonnt hätte, dann hätte er sich gewünscht, niemals in diese Situation geraten zu sein. Aber er neigte nicht besonders dazu, an die Entwicklungen der Vergangenheit zu denken, und er verwendete nicht viel Zeit darauf, etwas zu bedauern, was unwiderruflich geschehen war.

Ob es ihm gefiel oder nicht, er hatte sich einem Projekt verschrieben. Er konnte nun nicht mehr zurück, bevor das Projekt beendet war. Jim Bosse hatte um einige der geheimsten Dokumente aus Marion gebeten. Brad Lundmarks Unternehmungen hatten diese Dokumente in Reichweite gebracht. Aber Abe wusste, dass er niemals Brad selbst bitten konnte, die Papiere an sich zu nehmen. Das Gleiche galt für Pen. Oder Hennessey. Oder Arnie. Mit einer dunklen Vorahnung wusste Abe, dass es seine eigene Aufgabe sein würde, die Dokumente zu besorgen, und nur seine.

Und so machte er sich bereit.

Er rief Bosse in Washington an und erklärte, was er brauchte und warum er es brauchte. An einem der Tage, an denen er die Post beförderte, ging er nach Havanna und kaufte sich einen Colt-Revolver und reichlich Munition. Unter einem Vorwand schickte er Arnie für einige Tage fort und benutzte die Werkstatt, um von Brad Lundmarks Zitronenglasur Abgüsse herzustellen. Da die Glasur die Größe nicht genau wiedergab, machte er von jedem Schlüssel mehrere Kopien, die er alle unterschiedlich zurechtfeilte, sodass er aus einer großen Anzahl auswählen konnte.

Und das war es. Er wartete auf den richtigen Tag, und dann handelte er. Während einer Kontrolle vor dem Flug manipulierte er einen der Zylinder, sodass dieser während des Fluges platzte. Der Unfall war nicht unmittelbar gefährlich, erzwang jedoch eine sofortige Landung und Reparatur. Abe hatte in Marion einen Ersatzzylinder, aber nur einen defekten. Wahrheitsgemäß informierte er Mason, dass er Stunden brauchen würde, um diesen zu reparieren. Doch achtzehn Meilen vor der Küste wartete ein voll beladener Frachter auf das Signal zum Anlegen, und wie Abe es vorhergesehen hatte, sagte Mason, dass Abe so schnell wie nur irgend möglich wieder in die Luft müsste.

Und das war es.

Abe hatte sich einem Lauf der Dinge verschrieben, aus dem er siegreich hervorgehen konnte oder tot. Aber das Merkwürdigste von allem war immer noch, dass er nichts fühlte. Er fühlte beinahe überhaupt nichts.

69

Er hatte es getan. Warum auch nicht? Er hatte den Handel akzeptiert, das Geld akzeptiert, die guten Dinge akzeptiert, die angeboten wurden. *Bist du dabei oder bist du raus?* Was für eine Frage! Willard war ehrlich überrascht gewesen, dass sie es für nötig gehalten hatten, ihn zu fragen.

»Dabei oder draußen? Gott! Dabei natürlich, dabei.«

Sein Vater war mächtig bewegt gewesen.

»Du bist ein guter Junge, Willard! Ein guter Junge!«

Er war aufgesprungen und hatte Willards Hand so fest gedrückt, dass beide Hände weiß wurden und die Knöchel rote Flecken bekamen. Willard hatte seinen Vater gesehen, wie er ihn noch nie gesehen hatte: Seine Augen waren von Tränen erfüllt, und seine Lippen bebten vor Rührung.

»Bei Gott, mein Sohn, ich bin stolz auf dich. Die alte Firma wird noch eine ganze Weile in guten Händen sein.« Er schlug Ted Powell auf die Schulter. »Der alte Hund da hat nie Kinder gehabt.« Dann schlug er sich selbst auf die Brust. »Und dieser alte Hund hat es hart genug versucht, aber bei fünf Anläufen nur einen Sohn zustande gebracht. Es hat Zeiten gegeben, in denen ich an dir gezweifelt habe, aber das hätte ich nicht tun sollen. Ich habe es dir schwerer gemacht, als Ted es getan hätte, wenn es nur seine Entscheidung gewesen wäre. Ich glaube, ich hätte es nicht ertragen, wenn du versagt hättest. Aber das hast du nicht. Verstand und Mumm und Hartnäckigkeit. Du hast die Familie stolz gemacht.«

Und als er auf seine Entscheidung zurückblickte, wurde Willard klar, dass es nicht das Geld war, das den Ausschlag gegeben hatte. Nicht das Geld, nicht die Jachten, nicht die Häuser, nicht der Job.

Es war ganz einfach sein Vater. Zum ersten Mal in seinem Leben hatte Willard die Euphorie gespürt, die die Zustimmung seines Vaters in ihm erzeugte. Dieses Gefühl war berauschend. Es war besser als Wein, besser als Geld, besser als Rosalind.

Auch Powell war mit seinen Glückwünschen großzügig gewesen. »Nehmen Sie sich frei. Sie haben es verdient. Wie heißt noch mal Ihr Mädchen? Rosalind? Nehmen Sie sie irgendwohin mit, wo es schön ist. Warum fahren Sie nicht in die Sonne, anstatt sich hier oben den Hintern abzufrieren? Gehen Sie nach Florida, angeln Sie ein bisschen, schwimmen Sie ein bisschen, essen Sie reichlich, machen Sie die Kasinos da unten unsicher. Ich kann Ihnen da ein paar Namen nennen.«

»Aber mach die Kasinos nicht *zu* unsicher«, wandte Junius als beschützender Vater ein, bereute es aber sofort. »Ach, zum Teufel, Will, mach sie so unsicher, wie du willst. Wenn du Geld verlierst, komm zu mir. Ich will nicht, dass du dich knapp bei Kasse fühlst. Es ist der Firma ein Vergnügen, dir eine gute Zeit zu bereiten. Wie heißt noch mal der Kasten, wo du immer absteigst, Ted? The Royal Poinciana? Das ist in Ordnung, oder? Komfortabel? Nimm dir da eine Suite, Willard. Eine schöne. Lass mich einfach wissen, was es kostet. Ich kümmere mich darum.«

Erst nach einer Weile – und zwei weiteren Flaschen des Muscadet – wurde Willard bewusst, dass er noch ein Problem hatte.

»Oh, Himmel«, gab er zu, »ich weiß nicht, was ich Ros sagen soll. Sie ist schrecklich heiß darauf, diese Arthur-Martin-Geschichte aufzuklären. Ich weiß nicht, was sie sagen würde, wenn sie glaubt, dass ich im letzten Moment die Hosen voll hätte.«

Powell hatte gerade eine Zigarre in der Hand und begann, die Prozedur des Anzündens zu zelebrieren. »Ärger mit Mädchen, was? Wie oft habe ich das schon gehört?«

Junius Thornton hob warnend den Zeigefinger. »Du verstehst, dass du unter keinen Umständen jemandem sagen darfst, was du über die Firma weißt. Und ganz bestimmt keinen Weibsbildern.«

»Ja, natürlich.«

Powell bekam die Zigarre ans Glühen und verbrachte einige Sekunden damit, einen Detroiter Fabrikschornstein zu imitieren. »Wir werden die Sache schon erledigen, machen Sie sich keine Sorgen.«

»Ja, aber wie? Was soll ich ihr sagen?«

Powell zuckte mit den Schultern. »Erzählen Sie ihr, dass Sie die bösen Jungs gefunden haben. Sagen Sie, dass da in der Firma ein paar Leute waren, die nichts Gutes im Schilde führten. Die Geld von der Unterwelt genommen haben. Die in krumme Geschäfte verwickelt waren. Irgendetwas in der Art. Wir würden es vorziehen, wenn Sie den Alkohol als solchen nicht erwähnen, aber wenn Sie müssen, dann müssen Sie eben. Lassen Sie sie ein paar Fragen stellen, geben Sie ihr ein paar Antworten. Und dann machen Sie dicht. Sagen Sie, dass eine Polizeiermittlung läuft. Dass man Ihnen verboten hat zu reden. Dass die Einzelheiten beizeiten bekannt würden.«

»Es wird ein bisschen schwierig, wenn da überhaupt nichts vorzuzeigen ist. Ich meine, würden die Cops nicht einige Leute verhaften oder so?«

»Gute Frage. Wir werden ein paar Leute feuern und sie wegen irgendwas von der Polizei einsammeln lassen. Dieser McVeigh ist ein wirklich nerviger Typ. Den könnten wir los werden, kein Problem. Und ich denke da auch noch an ein paar andere, die wir bei der Gelegenheit rausschmeißen könnten. Wir zahlen den New Yorker Polizisten einen Haufen Geld. Denen wird es ein Vergnügen sein, uns zu helfen. Wir werden dafür sorgen, dass es in die Zeitung kommt. Nicht zu groß natürlich, aber schon eine halbe Spalte in der *Times* oder so. Das sollte reichen, damit das Mädchen Sie weiter für den großen Helden hält.«

Willard schluckte. Die Selbstverständlichkeit, mit der Powell von falschen Festnahmen, Polizeikorruption und den dunklen Einzelheiten bei der Führung einer großen kriminellen Organisation sprach, war für ihn immer noch schockierend.

»Gute Idee. Okay. Sie wird sich freuen, wirklich.«

Sich freuen? Sie war ekstatisch, hatte ihn angebetet. Bevor er nach Kanada gefahren war, hatte Rosalind Willard geliebt, aber – wie sie beide insgeheim wussten – sie hatte sich immer etwas zurückgehalten. Etwas in ihrer Beziehung war immer leicht reserviert, provisorisch gewesen. Das hatte sich nun geändert.

Willard hatte seine Rolle perfekt gespielt. Von Montana aus hatte er Rosalind ein Telegramm geschickt, das schlicht feststellte: GROSSARTIGE NEUIGKEITEN. BIN IN SICHERHEIT. EINZELHEITEN BEI RUECKKEHR. Er hatte sich nicht damit beeilt. Die beiden Gründer von Powell Lambert wollten ihre Zeit im Norden dazu benutzen, einige ihrer wichtigsten Kunden zu treffen, von denen die meisten ihren Sitz in Chicago hatten, aber andere auch in Detroit, Cleveland und Pittsburgh. Willard schloss sich ihnen an, denn er war begierig, das Geschäft von den Männern zu lernen, die es aufgebaut hatten. Fünf Tage später war er wieder in New York.

»Oh, Willard!«

Rosalind hatte sich in Willards Arme geworfen wie eine seiner Filmheldinnen, nachdem er sie vom Glockenturm geholt, von den Eisenbahnschienen losgebunden oder sein Flugzeug benutzt hatte, um zwölf Wagenladungen schwer bewaffneter Ganoven abzuwehren. Sie hatte seine Geschichte geschluckt. Warum auch nicht? Willard konnte auf die Männer verweisen, die gefeuert worden waren, die Verhaftungen, die vorgenommen worden waren, die Dankesbriefe vom Polizeipräsidenten, von Ted Powell selbst. Und was auch immer zwischen ihnen provisorisch gewesen war, verschwand.

Rosalind wartete darauf – nicht auf plumpe Weise, aber doch mit Bestimmtheit –, dass Willard sie bitten würde, ihn zu heiraten. Wenn er es getan hätte, hätte sie ja gesagt. Nicht einfach ja, sondern ganz bestimmt ja, überglücklich ja.

70

Die Hitze des Tages verging in langen grün-braunen Schatten. Oben am Dach der Welt malte die Sonne dreißig Meilen lange rosafarbene und weiße Fahnen an den Himmel. Es war nicht heiß, aber Abe fühlte sich, als ob er erstickte. Die Luft in seinen Lungen war so dick und wenig erfrischend wie gekochtes Meerwasser. Aber das war ein körperliches Gefühl, kein seelischer Zustand. Er fühlte sich immer noch von sich selbst abgeschnitten, war immer noch entschlossen zu tun, was er tun musste. Er arbeitete langsam, entfernte die Trümmerteile des zerstörten Zylinders aus dem Motor und überprüfte ihn sorgfältig auf eventuell noch vorhandene Metallsplitter, die Schaden anrichten könnten.

Dann hörte er es: das Wummern eines Flugzeugmotors, wo der Himmel eigentlich klar sein sollte. Er hörte sie, dann sah er sie: Die DH-4, die sich gegen den Wind stemmte, durch den Gürtel von Turbulenzen am Ende der Landebahn tauchte, dann diese schrecklich schöne, seitlich geneigte Landung. Das große Flugzeug schüttelte seine Geschwindigkeit in den groben Halmen des Grases ab, bewegte das Seitenruder und fuhr auf Abe zu. Mit grimmigem, abweisenden Gesicht sah er es kommen. Pen stellte den Motor ab und schwang sich dann lächelnd aus dem Cockpit.

»Hallo, Capt'n«, sagte sie und imitierte einen militärischen Gruß.

»Hallo.«

»Mason hat angerufen. Er sagte, du hast ein Motorenproblem.«

»Richtig.«

»Ein Zylinder? Ist das richtig? Irgendwas mit einem Zylinder?« Pens Stimme verebbte; sie war sich nicht ganz sicher, ob Flugzeuge Zylinder hatten oder nicht.

»Ja. Über dem Meer ist einer zerborsten. Ich musste landen.«

»Du hast Mason gesagt, du hast noch einen Ersatzzylinder, nur dass es damit irgendein Problem gibt.«

»Das stimmt. Die Innenseite des Zylinders war nicht richtig gefräst. Probleme mit dem Kolbenboden.«

»Der Kolbenboden, aha?« Pen trat rasch den Rückzug von den technischen Einzelheiten an. »Wie auch immer, er war sehr darauf bedacht, die Dinge am Laufen zu halten. Arnie glaubt, es würde vielleicht Zeit sparen, wenn ich dir ein Ersatzteil bringe.«

Sie zog einen Zylinder aus ihrer Jacke, der matt golden im Abendlicht glänzte. Abe spürte, wie er sich innerlich vor Ärger verkrampfte. So wenig ihm gefiel, worauf er sich eingelassen hatte, so wollte er doch seinen Zeitplan erfüllen, und zwar ohne Einmischung.

»Sehen wir mal«, sagte er rüde.

Pen gab ihm den Zylinder. Abe stolperte leicht, als er ihn nahm, dann richtete er sich wieder auf. Während des Stolperns vertauschte er den heilen Zylinder mit dem defekten, den er in den Falten seiner Jacke versteckte. Er tat so, als ob er Pens Zylinder untersuchte, dann sagte er mit verärgertem Ton: »Tss ... also das sieht Arnie gar nicht ähnlich.«

»Gibt es ein Problem?«

»Dieser Zylinder hat genau dasselbe Problem. Da, fühl mal.«

Er gab ihr das Metallteil, und sie tastete schweigend nach dem Fehler. Zuerst konnte sie ihn nicht finden, dann doch.

»Gott! Ja, ich verstehe.«

»Macht nichts. Wir können ihn zurecht feilen. Es dauert seine Zeit, aber es ist nicht schwierig. Wenn du willst, zeige ich es dir. Du kannst es selbst machen.«

Er wartete die Antwort nicht ab, sondern drehte sich nur auf dem Absatz um und ging in den Werkzeugschuppen, wo er die einzelne Glühbirne einschaltete. Er sah sich um, weil er erwartet hatte, dass Pen ihm folgen würde, aber sie stand direkt vor der Tür und starrte hinein. Ihr Gesicht, das normalerweise so ausgeglichen war, schien nun wie ein Rätsel, das für Abe nicht zu lösen war.

»Pen?«

»Du willst, dass ich es feile? Ich?«

»Sicher. Warum nicht?«

»Und Arnie hat mir einen kaputten Zylinder gegeben? Einen mit einer schlechten Kolbenfräsung, oder was auch immer du gesagt hast?«

»Ein Fräsungsproblem auf der inneren Oberfläche. So was kommt vor, weißt du.«

»Richtig. Ein Zylinder zerbirst während des Fluges. Du hast einen Ersatzzylinder, aber der ist kaputt. Arnie gibt mir einen, den ich dir bringen soll, doch auch der ist hinüber. Da haben wir aber ziemlich schlechte Zylinder.«

Abe zuckte mit den Schultern. In Pens Gesicht und Stimme war etwas Raues; er wusste nicht was. Seine eigenen Gefühle wirbelten bereits durcheinander.

Plötzlich betrat Pen den Schuppen und befühlte Abes Jacke. Sie spürte die harte, glatte Wölbung aus Metall. Abes Stolpern – eine Ablenkung, ein Kartentrick zu viel. Es entstand ein Augenblick angespannter und unerträglicher Stille. Dann sagte sie: »Wie wäre es, wenn wir den funktionsfähigen Zylinder benutzen, den du da hast?«

Eine Sekunde lang stotterte Abe herum. Er mochte es nicht, wenn er nicht alles unter Kontrolle hatte, aber in diesem Augenblick schien gar nichts unter Kontrolle zu sein, nicht einmal er selbst.

»Einen Moment«, sagte er heiser.

Abe ging hinaus, zwanzig oder dreißig Fuß weit, um zu pinkeln. Er kam zum Werkzeugschuppen zurück, jedoch von der anderen Seite. Dann ging er zu Pens Flugzeug und startete den Motor mit niedriger Umdrehungszahl. Das Wummern des Motors überdeckte alle anderen Geräusche. Abe kam zu Pen zurück. »Ich sehe zwar niemanden, aber wir werden trotzdem leise sprechen.«

Sie nickte.

»Wie hast du es gemerkt?«

»An allem. Zu viele schlechte Zylinder. Die Arbeit nach Sonnenuntergang. Alles.«

»Ich wollte nicht, dass du es erfährst.«

»Was?«

Die Muskeln in Abes Kiefern arbeiteten. Er wollte es sagen und auch wieder nicht. Er wusste nicht, was er wollte. Doch er steckte die Hand unter die Arbeitsplatte, und aus irgendeinem unsichtbaren Fach holte er eine Hand voll dunkler Metallteile. Die Metallteile waren Schlüssel.

»Brad ist an ein paar Büroschlüssel gekommen. Er glaubt, dass es das Büro ist, in dem die Papiere aufbewahrt werden, die wir brauchen. Dies sind Kopien der Schlüssel.« Er ließ die Schlüssel leise klimpernd durch die Finger gleiten. Das warme Metall und das Geräusch der Schlüssel schienen in diesem Augenblick das einzig Reale in Abes Welt zu sein.

Pen starrte auf die Schlüssel, und ihr Gesicht legte sich in Falten, die beinahe so etwas wie Missfallen ausdrückten.

»So ist das also«, sagte sie bitter. »Wir versuchen, bis zu diesem Punkt zusammenzuarbeiten, und das war's dann. Brad besorgt dir die Schlüssel, und du sagst mir nicht mal, dass du sie hast. Ich nehme an, du hast irgend so einen verrückten Plan, da einzusteigen und die Dokumente zu holen. Wie willst du sie noch heute Nacht kopiert, beglaubigt und zurückgebracht kriegen?«

»Bosse. Er wartet oben am Fluss in einem Schlauchboot. Um ein Uhr nachts kommt er herunter. Wir fahren den Fluss hinauf, bis wir weit genug von Marion weg sind, dann kopieren und beglaubigen wir die Dokumente, unterschreiben die Kopien, und er bringt mich zurück.«

»Und wenn man dich erwischt?«

Abe zuckte mit den Schultern. Wenn er erwischt würde, würde man ihn umbringen. Er hatte eine Waffe in der Tasche, aber er war kein geübter Schütze, und die anderen würden ihm weit überlegen sein auf einem Gelände, das er nicht kannte. Wenn er getötet würde, dann hoffte er, dass Mason es kurz und schmerzlos tun würde, aber er befürchtete, dass die Art, wie man in Marion starb, ein gutes Maß mehr an Brutalität beinhaltete. Davon abgesehen war er sich nicht sicher, ob er besonders viel fühlte außer der dumpfen Schwere, die ihn in letzter Zeit ausfüllte.

»Ich meinte, was ist mit mir? Mit Arnie?«

»Bosse hat McBride geschickt, um euch beide heute Nacht wegzubringen. Offensichtlich werdet ihr mit Bosse im Boot fahren müssen. Tut mir leid.«

»Wie bitte?« Pen stand vor Ungläubigkeit und Verachtung der Mund offen. »Du willst immer noch weitermachen? Du bist unglaublich! Herr im Himmel, wenn ich das nur gewusst hätte ...«

Pens untypisches Fluchen überraschte und schockierte Abe.

»Warum sollte ich nicht weitermachen? Ich ...«

Pen trat jetzt voll ins Licht; ihre Stimme war schneidend und ihr Gesicht voller Abscheu. »Hör zu. Du willst wissen, woher ich weiß, was du vorhast? Die Wahrheit? Es war nicht das Licht oder dass Arnie etwas vermasselt hat. Du warst es. Dass du wolltest, dass ich den Zylinder feile. Dass du mir eine Aufgabe gegeben hast.«

»Ich verstehe nicht.«

Pen zischte ihre Worte nun, ruhig, aber dennoch mit wütender Intensität. »Weißt du, warum ich bei diesem Unternehmen mitmache? Um ein Teil von etwas zu sein. Ich wollte nicht bloß ein Mädchen mit einem Hobby sein. Ich wollte eine Fliegerin mit einer Aufgabe sein. Dieser Job schien ein guter Job zu sein. Aber ich habe mich geirrt. Du hast mich von Anfang an nicht beteiligt. Du glaubst, dass du es hast, aber du hast es nicht.«

In dem schummrigen gelben Licht sah Abes Gesicht grau aus. Seine Mundwinkel waren nach unten gezogen und angespannt. Er fühlte sich von Pens Wut überrumpelt, aber da waren auch noch andere Gefühle, irgendwo tief in seinem Bewusstsein. Er sagte: »Du wolltest mir bei der Postbeförderung helfen, und du fliegst die Route fast völlig selbständig. Du fliegst über dem Meer. Du beobachtest die Frachter. Du sammelst Informationen wie wir anderen auch. Das heißt doch, dich beteiligen, oder?«

»Richtig. So redest du es dir selbst ein. Deshalb glaubst du, dass du getan hast, was du tun musstest.«

»Ja, ich denke, das habe ich.« Seine Stimme war knapp und angespannt. Er klang wie ein Militäroffizier, der Befehle gibt. Pen spürte es.

»Ich bin *nicht* in der Armee. Du bist *nicht* mein Kommandeur. Das ist *nicht* der Krieg«, sagte sie.

»Das *ist* eine Art Krieg.« Abe sprang von seinem Hocker auf, stellte fest, dass er in dem kleinen Raum nirgendwohin gehen konnte, und setzte sich wieder.

»Ist es nicht! Im Krieg hatten deine Männer keine Wahl. Sie mussten kämpfen oder wurden wegen Fahnenflucht erschossen. Ich bin hier, weil ich mich entschieden habe, hier zu sein. Ich kenne die Risiken.«

»Ach ja? Du kennst sie?« Abe hatte sich an Pens Fieber angesteckt. Seine Augen glühten. »Theoretisch, vielleicht. Bei der Fliegerei, da bestimmt. Aber weißt du wirklich, wie das ist? Ich *weiß* es nämlich. Ich *weiß* es.«

»Das hier ist nicht der Krieg.«

»Ach nein? Pen, du kennst den Tod nicht, solange du nicht mit ihm gelebt hast. Mit ihm gelebt und gelebt und gelebt. Ich bin am 18. Mai 1918 Staffelkommandeur geworden. Weniger als sechs Monate später war der Krieg vorbei. In dieser Zeit habe ich drei Viertel meiner Männer verloren. Sie wurden getötet, verwundet, gefangen genommen, vermisst oder waren nervlich am Ende und zu erschöpft, um noch einen Einsatz zu fliegen. Drei Viertel! Und jeder verlorene Mann bedeutete ein neues Gesicht im Cockpit. Ein Junge. Ein Anfänger. Ein Kind, das ein Flugzeug wenden konnte und zu wissen glaubte, wie man fliegt. Ein Kind, dass ich dem Feind entgegengeschickt habe, weil es keine Wahl hatte und ich keine Wahl hatte und der arme gottverdammte Feind keine Wahl hatte.«

»Das ist es also. Ich hatte Recht. Du glaubst, dass du mich schützen würdest. Du hältst mich aus der Sache raus. Du nimmst selbst das Risiko auf dich, wirst selbst umgebracht, opferst dich selbst, weil du dich immer noch schuldig fühlst, dass du noch am Leben bist.«

»Das ist es nicht.«

»Bockmist. Das ist Bockmist. Ich habe so sehr Recht, dass du es nicht zugeben kannst.«

Dann plötzlich, ohne ersichtlichen Grund, war aus Pens Wut die Luft heraus. Sie hatte nicht einen Inch Boden aufgegeben, aber ihr Verhalten änderte sich. Sie fuhr sich mit den Händen durchs Haar und schüttelte ihren sandblonden Bubikopf. Es war eine Geste, die sie nur selten benutzte. Ihr Haar war kaum lang genug, um es zu schütteln. Aber nur einen kurzen Augenblick lang ließ die unbewusste Handlung sie eindeutig kurzhaarig, *jungenhaft*, aussehen. Abe erinnerte sich daran, wie er sie zum ersten Mal gesehen hatte, als sie aus dem Cockpit geglitten war und halb erwartet hatte, dass ihr eine männliche Hand half, wie sie ihren Helm abgenommen und ihr Haar geschüttelt hatte. Damals hatte sie auch jungenhaft ausgesehen. Jungenhaft auf dieselbe Weise, wie seine achtzehnjährigen Rekruten jungenhaft gewesen waren.

Bei diesem Anblick blieb Abe nun beinahe die Luft weg. Fast wusste er wirklich nicht, ob er Pen Hamilton in Amerika im Frieden oder einen Jagdpiloten in Frankreich während des Krieges vor sich sah. Die Zeiten und Orte begannen, in seinem Kopf zu verschmelzen. Das Durcheinander in seinem Verstand ließ nach – oder klärte sich. Eine riesige Traurigkeit überrollte ihn. Plötzlich müde, nickte er.

»Du hast Recht. Du hast vollkommen Recht.«

»Oh!« Pen war von der Plötzlichkeit und Vollkommenheit ihres Sieges überrascht. Einen Augenblick lang wusste sie nicht weiter, dann legte sie einfach ihre Hand auf seine Schulter und sagte: »Es tut mir leid.«

»Ich habe mein Bestes getan. Ich habe mir nie Vorwürfe gemacht, nicht mehr getan zu haben. Aber trotzdem. Ich war ihr Befehlshaber, und sie sind gestorben. Ich kam mir wie der Aufseher in der Fabrik vor, der ein Fließband des Todes betreut. Und du erinnerst mich daran. Mir war nicht bewusst, dass du es tust, aber du tust es. Von unserer ersten Begegnung an. Das war mir nie klar.«

Pen war tief bewegt. In ihren Augen standen Tränen, die zu vergießen Abe zu sehr ein Mann war. Draußen wummerte immer noch der Flugzeugmotor. Drinnen blieb Abe sitzen, und Pen stand dicht neben ihm, das Gesicht feucht von den Tränen, die eigentlich seine waren. Die Zeit verging.

Nach einer langen Zeit legte Abe seine Hand auf ihre und drückte sie. »Danke.« Sie schüttelte den Kopf und wischte Dank und Entschuldigung beiseite und war zufrieden, weiter zu schweigen. Schließlich ließen sie sich los. Abe grinste sie an: ein geisterhaftes, hohles Grinsen.

»Es war sowieso ein ziemlich lausiger Plan.«

Pen nickte. »Der schlechteste.«

»Nur Aktion, keine Vorbereitung. Der richtige Weg, um Leute umzubringen.«

»Stimmt. Was ist mit ›vorbereiten, beobachten, manövrieren, zerstören‹ passiert?«

»Ach, ich weiß nicht. Im Krieg haben die meisten meiner Staffelkommandeurskollegen ›Stürz dich hinein. Sei mutig. Schieße wie verrückt. Stirb dann‹ bevorzugt.«

Sie lächelten.

»Hör mal«, sagte Abe, »vielleicht können wir schlauer vorgehen. Wie wäre es, wenn wir heute Nacht nur einen Aufklärungstrip machen? Ich werde nur so weit gehen, wie es sicher ist. Du kannst die ganze Zeit für mich beobachten. Ich werde nicht darauf abzielen, irgendwelche Dokumente mitzunehmen, sondern will nur herausfinden, ob ich an sie herankomme. Ich werde Bosse vom Flugplatz aus anrufen und ihm sagen, dass er sich zurückziehen soll.«

»Das kannst du machen?«

Abe nickte. »Ein vereinbarter Code. Ich habe eine Nummer, unter der ich ihn erreichen kann.«

Pen fixierte Abe mit ihrem Blick. Wie Pen selbst, konnten auch die Stille und Beharrlichkeit ihres Blickes beunruhigend sein. Abe nahm an, dass sie einzuschätzen versuchte, ob er vorhatte, in dieser Nacht irgendetwas Gefährliches zu tun.

»Ich werde vorsichtig sein«, sagte er. »Wenn ich irgendwelche Schwierigkeiten rieche, ziehe ich mich zurück.«

»Okay. In dem Fall ist es okay.«

Abe blickte sie wieder an. Die Flieger-Frau und der Kind-Soldat verschmolzen wieder miteinander. Er spürte immer noch die Traurigkeit, die über ihn gekommen war, aber hinter der Traurigkeit war etwas anderes, wie Sonnenlicht, was am Rande einer Wolke glüht.

»Sie waren nur Kinder«, sagte er. »Einfach nur Kinder.«

»Ich weiß.«

»Bist du sicher, dass du es machen willst?«

»Ich bin sicher.«

Abe atmete tief und zittrig ein. Draußen war es dunkel, und in ein paar Stunden würde der Himmel wie Tinte sein. Er nahm den defekten Zylinder von der Werkbank.

»Okay. Also, wir haben einen Motor zu reparieren, und dann brechen wir in ein Büro ein.«

Pen lächelte, und das Lächeln leuchtete breit und weiß im Halbdunkel. *Wir*, hatte er gesagt. *Wir*. Gesagt und gemeint.

71

Mason begleitete Willard durch das Bürogebäude zu der großen weißen Stuckvilla an der Rückseite und dort zu einem großen Wohnzimmer mit schönen Orientteppichen auf gefliesten Böden, geschmackvollen Korbmöbeln, auf denen grüne Kissen verteilt waren, großen Fenstern mit Jalousien, einer leistungsstarken Klimaanlage und dem Geruch von Zigarrenrauch und Whisky.

»Die Anreise war okay?«

»Ja, danke. Ich muss allerdings sagen, dass ich mich über die Bahnstation gewundert habe. Ich sah mich schon für immer am Bahngleis warten.«

»Geheimhaltung. Wir mögen das.«

»Das verstehe ich.« Ted Powells Büro hatte sich um alle Arrangements für die Reise nach Florida gekümmert, aber dabei Fahrkarten gebucht, die Rosalind und Willard von Charleston auf verschiedenen Strecken hergebracht hatten. Willard hatte sich damit herausgeredet, dass er ein paar alte Bekannte treffen wollte – aber Powells wahres Ziel, das sah er nun, war es, den nahezu perfekten Tarnmantel zu bewahren, der Marion bedeckte. Wenn er sich mit Rosalind morgen in Palm Springs traf, würde sie keine Ahnung haben, dass ihr Liebhaber an einem Ort Geschäfte zu erledigen hatte, der so abgelegen war, dass die meisten Wüsten besser angebunden waren.

»Einen Drink?«

Mason klappte den Deckel einer Hausbar herunter. Jede erdenkliche Art von Alkohol war dort im Angebot, von italienischem Grappa bis zu Whisky Sour. Willard wählte einen weißen jamaikanischen Rum mit einem Spritzer Soda und bediente sich bei einer dicken kubanischen Zigarre. Mason goss sich einen Whisky ein, kein Eis, kein Wasser, und setzte sich.

»So«, sagte Mason, »Sie haben also das Vergnügen, sich um uns zu kümmern?«

»Ja. Bin gerade befördert worden.«

»Sie sehen noch ziemlich jung aus, wenn ich das sagen darf. Sind Sie schon lange bei der Firma?«

»Lange genug«, antwortete Willard und dachte, dass er eigentlich schon sein ganzes Leben bei der Firma war. Aber was er über die Beförderung gesagt hatte, war die Wahrheit. Er war nun Partner im Investmentbüro. »Das Büro beherbergt alles, was in der Firma wichtig ist«, hatte Powell ihm erklärt. »Es ist der einzige Bereich, wo es keine Geheimnisse gibt, wo jeder eingeweiht ist.« Und wenn auch Willard dem Büro als jüngstes Mitglied beigetreten war, so war er doch der Sohn des Chefs, ein möglicher Leiter der Firma.

Aber Willard war seit Hollywood ein großes Stück erwachsener geworden. Er wusste, dass er nur die erste von vielen Prüfungen bestanden hatte, obwohl er möglicherweise einmal die Firma leiten würde. Er musste sich selbst beweisen und brannte darauf, dies zu tun. Als Powell vorgeschlagen hatte, Rosalind für einen Urlaub nach Florida zu bringen, hatte er noch ein weiteres Motiv gehabt. Und sein Motiv war gewesen, Willard hierherzubringen.

Jeder große Importkanal – oder mehrere kleinere – wurde von jeweils einem Mitglied des Investmentbüros betreut. Willard wurde die Marion-Importroute gegeben. Zu seinen Aufgaben zählten die Beaufsichtigung von Mason, Kundenkontakte, das Arrangement der Transporte, die Koordination des ganzen komplexen Netzes von Alkohol, Finanzierung, Transport und Bestechung, auf dem die Firma beruhte. Wie gut Willard seiner neuen Verantwortung gerecht wurde, würde viel dazu beitragen festzustellen, ob man ihm jemals die Leitung der Firma anvertrauen konnte. Eine größere Belohnung für den Erfolg konnte es einfach nicht geben. Eine größere Strafe für das Versagen konnte es auch nicht geben.

»Ach, übrigens«, sagte Willard, »ich sollte sagen, dass man in New York sehr zufrieden damit ist, wie die Dinge hier geführt werden.«

»Das sollte man auch.«

»Tatsächlich wird derzeit die Ansicht vertreten, dass wir unsere wichtigsten Kanäle auswählen und dann ausbauen müssen. Im Moment kommt der Alkohol von überall her. Das ist nicht effizient.«

»Wollen Sie damit sagen, dass mehr Geschäfte über uns laufen sollen?«

»Im Moment haben wir an der Ostküste zweiundzwanzig aktive Importrouten. Fünfzehn weitere kommen von Kanada. Andere gibt es im Westen und im Süden. Alles in allem sind es über fünfzig aktive Routen.« Willard nannte die Zahlen, als ob es die normalsten Fakten der Welt wären.

»Das klingt nicht besonders effizient.« Masons Stimme war leise und überlegt, als ob er Willards Gedankengang nicht unterbrechen wollte.

»Nein. Wir haben am Anfang alles aus Sicherheitsgründen so aufgebaut. Hätten wir ein oder zwei Routen verloren, ein oder zwei Lieferungen, dann hatten wir genügend andere gehabt, um den Verlust auszugleichen. Das war sinnvoll gewesen, solange es noch ein großes Problem mit dem Diebstahl gegeben hatte. Es war sinnvoll, bevor unsere Beziehungen zu den Gesetzeshütern auf eine geregelte, professionelle Basis gestellt wurden.« Willard erzählte weiter, beinahe genauso, wie sein Vater ihm alles erzählt hatte.

»Stimmt«, sagte Mason fast flüsternd. »Aber jetzt gibt es keinen einzigen Cop mehr im Land, der nicht unser Geld will. Und es gibt nicht mehr viele Diebe, die sich noch an unserem Alkohol bedienen wollen.«

»Genau.«

»Also?«

»Also hat man in New York die Idee, dass wir die meisten unserer Importrouten aufgeben sollten. Wir sollten uns auf die besten konzentrieren.«

»Einschließlich dieser?«

»Ich bin hier, um Ihnen zu sagen, dass Marion die wichtigste Route ist, die wir haben. Mr. Powell selbst hat mich gebeten, hierherzukommen. Er möchte, dass ich mich davon überzeuge, dass alles ordentlich geführt wird. Ein Sicherheitscheck, wenn Sie so wollen. Eine doppelte Überprüfung Ihrer ausgezeichneten Arbeit. Aber wenn wir davon ausgehen, dass ich zufrieden bin – und das erwarte ich –, dann werden wir expandieren.«

»Expandieren? Irgendeine Idee, wie …?«

»Wir würden darauf abzielen, die Mengen, die Sie bewegen, innerhalb eines Jahres zu verdreifachen. Danach, vielleicht noch einmal dasselbe. Danach, wer weiß? Powell möchte, dass diese Route die größte für Alkoholimporte in die Vereinigten Staaten wird.«

Mason hatte die Luft angehalten, während Willard redete, und hielt sie danach noch ein oder zwei Sekunden länger an. Dann atmete er aus, und auf seinem Gesicht blühte ein Lächeln auf, breiter und breiter, bis sein ganzes Gesicht von diesem einen riesigen, sonnigen, kriminellen Lächeln verschluckt zu werden schien.

»Und Sie werden der Mann in New York sein, der uns dabei hilft, es zu machen, richtig?«

»Richtig.«

»Sie haben die alleinige Verantwortung in der Sache, oder unterstehen Sie noch jemand anderem?«

»Die alleinige Verantwortung. Ich unterstehe direkt Mr. Powell.«

»Powell? Scheiße, Mann, da muss Sie jemand sehr mögen.«

»Das nehme ich an.«

Mason rollte sein Whiskyglas zwischen den Händen. Seine Augen blinzelten mit zunehmendem Vergnügen und vor Erregung. Er knuffte Willard leicht an der Schulter und sagte: »Wenn wir hier alles richtig machen, dann denke ich, liegen da ein paar Prämien für uns in der Luft. Ein paar für Sie, ein paar für mich.«

»Mr. Powell hat mich gebeten, Ihnen zu sagen, dass es praktisch kein Limit für die möglichen Belohnungen gibt.«

Mason lächelte und hob sein Glas. »Kein Limit. Das gefällt mir. Kein Limit.«

Sie kamen zum Geschäftlichen.

Willard wusste, wie die Dinge bei Powell Lambert im Großen und Ganzen abliefen. Er wusste über den Import, Transport und die Verteilung des Alkohols Bescheid. Er wusste von dem Extra-Schmuggel, der praktisch nebenbei einen zusätzlichen Profit einbrachte. Er kannte die sorgfältige Finanzierung und Organisation des Handels durch die Bank. Er wusste einiges, nicht viel, über die enge Beziehung zwischen der Bank und ihren Kunden und darüber, wie die Firma beinahe über Nacht die einzige Bank für die Elite der kriminellen Bruderschaft Amerikas geworden war. Er wusste, wiederum nur in groben Zügen, wie die Firma sich daran gemacht hatte, jeden zu bestechen, der wichtig war, angefangen bei den Gesetzesbehörden der Vereinigten Staaten. Aber er wusste nichts über die Einzelheiten von Masons Unternehmung. In diesem Punkt war Ted Powell vorsichtig gewesen.

»Es gibt keinen Grund für Sie, das zu wissen, Will. Ich möchte, dass Sie mit unvoreingenommenem Verstand da hinfahren. Kommen Sie zurück, erzählen Sie mir, was Ihnen gefällt und was nicht. Wenn ich Sie vorher zu genau informiere, mache ich es Ihnen schwerer, die Dinge mit frischem Blick zu sehen.«

Und das war es gewesen, fast. Aber Willard war etwas aufgefallen. Dieses »*ich*«, das Powell immer benutzte. Und es war nicht nur seine Art zu sprechen. Es war Powell, der jeden Tag zur Arbeit in die Wall Street kam. Es war Powell, der da war, wenn die Entscheidungen des Tagesgeschäftes getroffen wurden. Es war Powell, der die Versicherungsabteilung kontrollierte. Es war Powell, der, soweit Willard es erkennen konnte, die Firma leitete. Willard hatte seinen Vater danach gefragt.

»Ach, weißt du, es waren zwei Mann erforderlich, als wir alles aufgebaut haben. Heutzutage verbringe ich den größten Teil meiner Zeit mit dem Rüstungsgeschäft. Thornton Ordnance ist immer noch ein zuverlässiger Profitbringer, aber die Firma braucht Aufmerksamkeit. Zu viele verdammte Friedensverhandlungen.«

Willard hatte das merkwürdig gefunden, mehr aber nicht. In der Zwischenzeit hatte er eine Menge andere Dinge, um die er sich sorgen musste. Mason begann, über das Unternehmen unter seiner Leitung zu reden. Er redete über den Einkaufsagenten in Havanna, die Hauptlieferanten, die aktuellen Preise. Draußen ging ein feuchter Georgia-Abend in eine feuchte Georgia-Nacht über. Einmal glaubte Willard, durch die Geräusche der Klimaanlage und des Gesprächs hindurch den Klang eines Flugzeugmotors zu hören. Nicht in der Luft, sondern am Boden. Aber der Gedanke war idiotisch, und er schüttelte ihn ab. Das Geräusch kam wahrscheinlich nur von einem Stromgenerator oder einem Automotor im Leerlauf. Das Gespräch setzte sich fort, bis sie beim Thema Transport ankamen.

»Wir haben immer diese kleinen Barkassen hin- und herfahren lassen. Sie waren billig im Betrieb, nur haben wir einige an die Küstenwache und einige an Entführer verloren. Vor der Küste ist heute eine Menge los. Fischerboote, Rum-Schmuggler, was immer Sie wollen. Jeder hat ein Schießeisen dabei. Jeder steht unter Spannung. Es hat Zwischenfälle gegeben. Wir haben Schiffe und Männer verloren. Die Kosten sind ständig gestiegen. Also haben wir einige Änderungen vorgenommen. Wir haben ein paar Frachter besorgt, große Lastkähne mit genug Frachtraum, um dreitausend Kisten aufzunehmen. Die sind schwer bewaffnet, und nur wenige Fischer sind scharf darauf, sie zu Gesicht zu bekommen.«

»Aber Frachtschiffe?«, hakte Willard ein.

»Zu langsam, meinen Sie?«

»Na ja, das sind sie doch, oder?«

»Haben Sie es Ihnen nicht gesagt?«

»Haben Sie mir *was* nicht gesagt?«

»Mr. Powell und Mr. Lambert haben Unternehmungen überall in unserem großartigen Land. Wissen Sie wirklich nicht, warum sie ausgerechnet Sie ausgewählt haben, sich dieses hier anzusehen?«

Irritiert schüttelte Willard den Kopf.

»Es wird Ihnen gefallen. Sie haben Sie ausgewählt, weil Sie ein Vogelmensch sind. Amerikas Lieblings-Ass und so.«

»Ich verstehe Sie nicht.«

»Flugzeuge. Das ist unser Geheimnis. Wir haben Flugzeuge, die für uns observieren. Sie überwachen die Küste und sagen uns, ob die Luft rein ist. Wir nähern uns nur, wenn wir das Okay kriegen.«

Willard fiel der Unterkiefer herunter. »Sie haben Beobachtungsflugzeuge?«

»Zwei. Vom Typ DH-4, wenn Ihnen das etwas sagt. Für mich sind das nur Kisten mit Flügeln.«

Willard bekam sein Staunen unter Kontrolle. Der Flugzeugmotor, der Grasstreifen, die ganze unwahrscheinliche Anlage schienen mit einem Mal Sinn zu machen.

Inzwischen war Mason zu anderen Themen fortgeschritten. Zunächst einmal war da die Eisenbahn, und Mason wollte in der Lage sein, zehn oder zwanzig Wagons gleichzeitig zu beladen. Das bedeutete komplizierte Verhandlungen mit den Offiziellen der Bahn – Verhandlungen, die Willard von New York aus würde führen müssen. Jeder Einzelne musste bestochen werden. Das Problem war, die richtigen Zahlungen festzusetzen. Nicht zu wenig. Nicht zu viel.

»Und die Polizei, nehme ich an? Diese Güterzüge müssen eine Menge Staaten durchqueren.«

Mason zuckte mit den Schultern. »Wir kümmern uns um die offiziellen Vertreter des County. Ihr kümmert euch um die Probleme auf Staats- und Bundesebene. Es sieht nicht so aus, als ob wir derzeit große Probleme hätten. Wenn sich die Leute eine Kleinigkeit extra verdienen wollen, dann werden Sie Schwarzbrenner. Wenn Sie reich werden wollen, dann werden Sie Cop. Ist es nicht so?«

»Und die Ordnungsbehörden des County? Ich nehme an, hier unten ...«

»Ja, das sehen Sie richtig. Wir liegen an keiner Straße. Unser Bahnanschluss ist eine Sackgasse. Wir kommen niemandem in die Quere. Ich kenne Unternehmungen, wo die Cops freundlich waren, nur dass sie glaubten, ab und zu eine Razzia machen zu müssen, weil die Leute sonst denken würden, dass sie sich nicht mehr wie Cops verhalten. Hier ist das nicht so. Es gibt nur einen regulären Cop im ganzen Okinochee County. Wir sorgen dafür, dass dieser Cop sehr, sehr glücklich mit uns ist. Ein paar Mal im Jahr ruft er uns an und sagt, dass er kommt und uns durchsucht. Er gibt uns massenweise Informationen. Wir können aufräumen und ihn einladen. Er geht wieder und sagt, dass er nichts gefunden hat außer einer Ladung Bananen. Wenn das ein paar Mal passiert ist, ist irgendwie der Druck weg.«

»Darauf wette ich.«

»Und davon abgesehen gibt es nicht allzu viel Volk im Staat, das überhaupt weiß, dass wir hier sind.«

Willard blickte aus dem Fenster. Oben auf einem niedrigen Hügel, nicht mehr als eine Meile entfernt, stand eng beieinander eine Gruppe Holzhäuser, die arm und mitgenommen aussahen.

»Ihre Nachbarn hier?«

»Independence.«

»Wie bitte?«

»Independence, so heißt der Ort.«

»Haben Sie Schwierigkeiten mit ihnen?«

Mason verzog das Gesicht. »Nein, eigentlich nicht. Obwohl, wenn man es genau nimmt, doch, ein bisschen. Dieses Independence ist irgendwie eine komische Stadt. Es ist einer von diesen wirklich altmodischen Orten. Ein Stück gutes altes Amerika. Independence war schon lange vor Volstead trocken. Sehr wahrscheinlich sind die auch noch ein Jahrhundert danach trocken. Und einige von den Leuten da sind verdammt auf ihre Prinzipien bedacht. Haben uns ein paar Schwierigkeiten gemacht. Haben die Cops geholt. Das hat ihnen nicht viel genützt, aber dann haben sie bei der Presse im County Wirbel gemacht. Haben Briefe an den Kongress in Atlanta geschrieben. Haben ein Treffen mit dem Gouverneur gekriegt. Wir haben natürlich alles geregelt, aber so etwas ist nicht billig. Und man macht sich ständig Sorgen, dass irgendwann irgendwo ein größeres Leck auftaucht.«

»Aha? Wie regeln Sie die Sache jetzt?«

Mason zuckte mit den Schultern. »Einige von ihnen kaufen wir. Das Farmland hier in der Gegend ist karg. Man sieht hier auf den Straßen nicht viele Autos. Sie sollten nicht glauben, dass die meisten Häuser hier auch nur eine Dusche im Haus haben. Aber wir haben Geld. Jobs. Wir sind großzügig. Meistens sind die Leute auf unserer Seite, weil unser Kies lauter spricht als ihre Prinzipien.«

»Und die Ausnahmen?«

»Einige von ihnen haben ihre teuren Prinzipien direkt mit in den Himmel genommen.«

»Ja.« Willard schluckte; er war immer noch nicht völlig an Powell Lamberts Geschäftsmethoden gewöhnt.

»Und an einigen Leuten arbeiten wir noch. Wir können nicht einfach mit einer Hand voll Maschinenpistolen in die Stadt marschieren, wie wir das in Chicago könnten. Hier in der Gegend gibt es nicht viele Morde. Die Leute würde das beunruhigen. Aber wir üben Druck aus. Hier ein gebrochenes Bein, da ein Feuer. Ich würde nicht sagen, dass wir sie geschlagen haben, aber wir haben sie in die Enge getrieben, in die Defensive. Um ganz ehrlich zu sein, die Stadt stirbt. Noch ein paar Jahre, und da wird nichts mehr sein, außer ein paar armen Leuten auf unserer Lohnliste. In der Zwischenzeit behalten wir die Hauptunruhestifter im Blick. Wenn sie ernsthaften Ärger machen, werden wir tun, was wir tun müssen.«

Sie setzten ihr Gespräch fort, in dem es vor allem um Details ging. Moderne industrielle Organisation und eine fast schon fanatische Aufmerksamkeit für Details waren es, die Powell Lambert einen enormen Vorsprung vor dem Pulk der Verfolger verschaffte. Willard stellte gezielte Fragen. Mason war effizient und gründlich in seinen Antworten. Schließlich griff Willard nach seinem Glas Rum, fand, dass es leer war, und stand auf.

»Sie haben hier ein fantastisches Geschäft aufgebaut. Ich bin beeindruckt.«

Mason grinste. »Das Beste haben Sie noch nicht einmal gehört. Das wird Sie umhauen.«

»Ja?«

»Wollen Sie raten, wen ich für meine Beobachtungsflüge habe?«

»Wen?«

»Machen Sie nur. Raten Sie.«

»Woher soll ich das wissen? Charlie Chaplin? Buster Keaton? Jack Dempsey? Mary Pickford?«

»Er ist jetzt hier. Da draußen. Macht seine Maschine fertig. Ein Kumpel von Ihnen.«

»Ein Kumpel von mir?«

»M-hm.«

Willard schüttelte den Kopf. Ein Freund von ihm? Das bezweifelte er.

»Rockwell.«

»Rockwell? Captain Rockwell? Der Mann, der …?«

»Jaaa! Der Mann, mit dem Sie geflogen sind. Der Mann, der ungefähr zwei Millionen Krautköpfe abgeschossen hat.«

Mason grinste von einem Ohr zum anderen. Willard wusste, dass von ihm eine ähnliche Reaktion erwartet wurde. Aber er lächelte nicht.

»Da draußen?«

»Genau da, draußen auf der Landebahn, es sei denn, er ist schon fertig. Wollen Sie hingehen und Hallo sagen?«

Willard wollte schon entsetzt »Nein!« rufen, als ihm klar wurde, dass Mason nur einen Witz gemacht haben konnte. Die genaue Verbindung zwischen Marion und New York war allen außer Mason und möglicherweise Frank Lambaugh in Kuba unbekannt.

Aber Willards Gefühle waren immer noch in Aufruhr. Er setzte sich wieder. Seine Hände umklammerten so fest die Armlehne des Korbsessels, dass sie quietschte. Er erlebte eine dieser Episoden, in der die Welt sich plötzlich entfernt und verschwimmt, in der man das Gefühl hat, als ob man alles vom anderen Ende eines langen dunklen Rohrs aus sieht. Er beugte sich vor und betonte ausdrücklich jedes einzelne Wort: »Sie können Captain Rockwell nicht für Sie fliegen lassen.«

Mason lachte. Sicher hatte dieser Junge in New York theoretisch die Verantwortung, aber er, Mason, war der Mann, der alles am Laufen hielt. »Er ist ein guter Kerl. Sie müssten das doch wissen.«

»Captain Rockwell ist einer der besten Männer auf der Welt. Deshalb können Sie ihn nicht benutzen.«

Willard wusste nicht einmal genau, warum er das sagte. Wollte er nicht, dass einer der wenigen echten Helden des vergangenen Krieges durch Kontakte mit einer schmutzigen Wirklichkeit besudelt wurde? Er wusste es nicht, und es war ihm egal. Er wusste nur, dass er nicht wollte, dass Rockwell sich Marion auf weniger als hundert Meilen näherte. Das schwummerige Gefühl war weg, aber er spürte immer noch, wie seine Wangen glühten.

»Er ist in Ordnung.«

»Das sagen *Sie*.«

»Er wollte eigentlich gar nicht bei uns mitmachen. Ich musste praktisch vor ihm auf den Knien rutschen.«

»Vielleicht wollte er Sie einfach nur auf den Knien sehen.«

»Und wir haben ihn getestet. Er hat zweihundertprozentig bestanden.«

»Getestet?«

»Wir haben ihm eine Gelegenheit gegeben, bei den Cops zu singen. Wir haben ihn dazu ermutigt. Wir haben getan, was wir konnten, um ihn dazu zu bringen.«

»Was soll das heißen?«

»Wir haben ihm ein bisschen Zucker angeboten und ihm dann ein bisschen die Peitsche gezeigt. Es tut mir leid. Ich weiß, dass Sie den Mann mögen.«

Willard zwang sich, nicht an Masons »bisschen Peitsche« zu denken.

»Und?«

»Er hat nichts gesagt. Kein einziges Wort. Er ist wahrscheinlich der beste Mann auf unserer Lohnliste.«

»Sie sagten, Sie haben zwei Flugzeuge. Wer fliegt das andere?«

»Äh, das ist eine Sache, die mir nicht so gefällt. Wir haben eine Frau, würden Sie das für möglich halten? Rockwell hat darauf bestanden. Sie kann aber gut fliegen, wie es scheint. Unsere Frachterkapitäne halten große Stücke auf sie.«

»Das gefällt mir nicht.« Willards Armbanduhr tickte laut. Er dachte an Rosalind. Er musste den nächsten Zug erwischen, wenn er gleich morgen früh in Palm Springs ankommen wollte. Unruhig rutschte er in seinem Sessel herum. »Die Sache stinkt.«

»Es funktioniert hervorragend.«

»Können Sie keine anderen Piloten bekommen?«

»Warum? Warum sollte ich? Außerdem, Sie wissen sicher mehr über diesen Mann als ich, aber es ist nicht so einfach, auf den Ozean hinauszufliegen oder? Eines schönen Tages wird eines dieser Flugzeuge vom Himmel fallen und fett auf dem Wasser aufschlagen. Von den Stürmen, die wir hier manchmal haben, ganz zu schweigen.«

»Na, sie werden doch nicht bei schlechtem Wetter fliegen, oder?«

»Doch, das tun sie.«

»Das tun sie?«

»Ja. Bei jedem Wetter, außer wenn es ganz schlimm kommt.«

»Sogar das Mädchen?«

»Ja, sie auch.«

Willard rutschte wieder unruhig herum. »Beobachten Sie sie?«

»Ja. Zum Teil.«

»Das reicht nicht. Herr im Himmel! Das ist Captain Rockwell, mit dem Sie es zu tun haben.« Rockwell hatte sechzehn deutsche Maschinen abgeschossen. Das hatte er geschafft, indem er unsichtbar war, wenn er es wollte, und tödlich, wenn er es nicht wollte. »Es ist mir egal, was es kostet, aber wir müssen ihn überwachen. Vierundzwanzig Stunden am Tag. Sehen Sie sich an, wo er hingeht, wenn er trifft, was er macht. Alles.«

»Wenn Sie das wollen, dann schalten Sie besser Ihre Versicherungsabteilung ein. Wir regeln hier normalerweise nur den Kleinkram selbst.«

»Nein!« Willards Antwort kam wie ein Pistolenschuss.

»Nein?«

»Nein.« Willard, der selbst über seine Reaktion überrascht war, wiederholte das Wort diesmal ruhiger. »Ich möchte die Sache so leise behandeln wie möglich. Wenn wir die Versicherungsleute einschalten, könnten wir feststellen, dass es schwer ist, sie wieder loszuwerden.«

Mason nickte. Das war ein Grund, mit dem er sich anfreunden konnte. »Okay.«

»Und Sie haben jetzt Wachen im Bürogebäude? Ich meine, wenn er nachts hier ist ...«

»Natürlich. Ich schicke wenigstens einmal pro Stunde oder so einen Mann da vorbei. Wir hatten noch nie Probleme ...«

»Einmal pro Stunde? Das ist bei weitem nicht genug. Ich möchte, dass die ganze Nacht hindurch zwei Männer in der Umgebung der Büros sind. Ich möchte einen weiteren Mann im Gebäude. Und einen vierten, der sicherstellt, dass die anderen drei ihre Arbeit machen. Das ist Rockwell, den Sie da draußen haben.«

»Es ist nicht das erste Mal, dass er hier ist. »

»Dann sollten Sie lieber hoffen, dass er nicht schon früher seinen Vorteil genutzt hat.«

»Die Türen sind alle abgeschlossen. Wir sind sehr restriktiv, wer Schlüssel bekommt.«

Willard schnaubte verächtlich bei der Vorstellung, dass sein alter Kommandeur von einem Satz Schlösser aufgehalten werden sollte. Er würde sich nicht rühren, bis Mason den Telefonhörer und die notwendigen Anweisungen gegeben hatte.

Willard nickte. »Und sein Telefon? Sein Telefon zu Hause? Da können Sie mithören, nehme ich an?«

»Sicher ...« Masons Ton jedoch war unsicher.

»Sicher? Was heißt das? Ja oder nein?«

»Er hat eigentlich kein Telefon zu Hause. Er wohnt in einem Schuppen hinter dem Flugzeughangar. Da gibt es allerdings ein Telefon, und das hören wir ab ... Er lebt ziemlich einfach für einen Mann mit seinem Einkommen.«

»Oh, und das verschafft Ihnen Beruhigung hinsichtlich seiner Motive, ja?«

»Er hat seinen Eltern die Farm von der Bank zurückgekauft. Jeden Monat einen neuen Traktor oder eine Erntemaschine oder was auch immer. Ich glaube, der Mann hat vor, seinen Schnitt zu machen und sich dann dorthin zurückzuziehen.«

»Ja, klar. Ich kann mir schon vorstellen, wie Captain Rockwell grüne Bohnen pflanzt und abends glücklich ins Bett sinkt.«

Die beiden Männer starrten sich lange an. Willard war – theoretisch – der Boss. Mason war zwanzig Jahre älter und eine Million Mal erfahrener. Schließlich grunzte Mason.

»Okay. Wenn Sie wollen, dass wir uns an seine Fersen heften, dann denke ich, dass wir das regeln können.«

»Gut.« Willard entspannte sich. »Und trauen Sie ihm nicht. Ganz egal, worum es geht. Trauen Sie ihm nicht. Er ist ein Jagdpilot, vergessen Sie das nicht. Einer der besten. Wenn Sie ihn dicht genug heranlassen, dass Sie ihn sehen können, dann ist es schon zu spät. Zu dem Zeitpunkt sind Sie schon tot.«

72

Sie hatten es nicht getan, waren nicht dicht genug herangekommen.

Abe war in das Bürogebäude hineingekommen, aber er hatte noch keine zwei Schritte getan, als er hinter sich mehrfach den Ruf eines Käuzchens vernahm – das vereinbarte Warnsignal von Pen –, und Abe selbst hörte auch die Schritte einer Wache ein Stück weiter den Block entlang. Er hatte das Gebäude überaus vorsichtig wieder verlassen und war dankbar für die dunkle Nacht, die sie umgab. Er fand Pen, und die beiden blieben zwei Stunden lang draußen, beobachteten den Block und warteten auf eine Gelegenheit, sicher hineinzugehen. Aber das Gebäude wurde die ganze Zeit bewacht. Streng und ohne Unterbrechung. Das Merkwürdige war, dass es so aussah, als ob die Sicherheitsmaßnahmen unerklärlicherweise gerade jetzt radikal verstärkt worden waren; buchstäblich in dieser Nacht, beinahe zu dieser Stunde. In den Bewegungen der Wachmänner schien eine besondere Spannung, eine besondere Bestimmtheit zu liegen.

Schließlich gaben Abe und Pen auf und krochen in den Schutz eines dicken Gebüschs.

»Tut mir leid, dass ich das sagen muss«, sagte Abe, »aber ich glaube es wäre eine gute Idee, wenn du dich hinlegst und dich ein bisschen durcheinanderbringst.«

»Du willst, dass ich ...?«, wollte Pen fragen, aber dann begriff sie, was er meinte. »Oh.«

Sie legte sich mit dem Rücken auf den Boden und rollte sich herum, bis ihre Haare und Kleidung von Erde und Blättern verschmutzt waren. Abe kniete sich hin und beschmutzte seine Ellbogen und Knie. Beide öffneten sie ein paar Knöpfe. Die Dunkelheit versteckte Pens Gesicht, das errötete.

»Tut mir leid, dass ich darum bitte«, erklärte Abe, »nur falls sich jemand fragt, wo wir gewesen sind, dann ...–«

»Richtig. Du hast Recht. Mach dir keine Gedanken.«

Verlegen machten sie sich auf den Weg zu der Pension, die Mason für seine eigenen Leute und die Frachtermannschaften und jeden sonst betrieb, der durch Marion kam, ohne lange zu bleiben. Da die Alkoholmengen größer geworden waren, hatte Mason es vermieden, Glücksspielgeschäfte in die Stadt zu bringen. Aber eine Reihe von Villen beherbergten noch immer Spielzimmer, und von einigen der Türen, an denen sie vorübergingen, klang der Rhythmus lauter Musik und vom Alkohol beflügeltes Gelächter herüber. Als sie die Pension erreichten, blieben sie draußen stehen und klopften sich einiges von dem Schmutz ab, wie es jedes heimliche Pärchen getan hätte. Während Abe den Staub von Pens Rücken, Po und Haar abwischte, wurde ihm bewusst, dass er Pen, nachdem er sie vor dem heutigen Tag beinahe nie angefasst hatte, nun schon zwei Mal am selben Abend berührt hatte: zuerst im Werkzeugschuppen, als sie aus Mitgefühl für seine Gefühle ihre Hand auf seine Schulter gelegt und dort gelassen hatte, mit tränenfeuchten Augen, und nun dies. Ihr Körper fühlte sich extrem schlank, extrem warm an. Seine Bewegung fühlte sich wie das Intimste an, das er je getan hatte.

Noch immer war es ihnen nicht gelungen, das Rätsel der plötzlich verstärkten Sicherheitsmaßnahmen zu ergründen. Brad Lundmark hatte irgendwo gehört, dass in jener Nacht ein Besucher in der Stadt gewesen war, ein Auswärtiger, aber kein Spieler, offenbar eine wichtige Person. Aber Mason hatte oft Besucher. Wer auch immer der Besucher gewesen war, er war beinahe umgehend wieder abgereist, und die erhöhte Wachsamkeit war geblieben. Brad hatte Mamie und Suky noch ein paar Besuche abgestattet, sie um Eistee und Kuchen gebeten und ihnen dafür erlaubt, ihn wie eine Art exotisches Haustier zu behandeln. Brad sagte, dass er sicher wäre, dass die beiden Mädchen alle wichtigen Papiere in Marion bearbeiteten. Er sagte, wenn die Bücher und die Lohnlisten irgendwo existierten, dann wären sie in jenem Büro. Brad selbst hatte mehr als einmal angeboten, mehr herauszufinden, aber Abe, Pen und Hennessey lehnten es einstimmig ab, dass der Junge sich weiter in Gefahren begab. Der Junge erledigte immer noch merkwürdige Arbeiten für Mason, aber die meiste Zeit war er nun in seiner Autowerkstatt in Brunswick und kümmerte sich um die Tin Lizzys und geschundenen De Sotos, die mit dampfenden Kühlern und abgenutzten Bremsbelägen durch die Tür rollten.

Gleichzeitig gab es auch eine erfreuliche Neuigkeit.

Jene Nacht im Werkzeugschuppen hatte für Abe etwas verändert. Wo er zuvor nur widerwillig etwas mitgeteilt hatte, schien er nun nicht unbedingt begierig, aber doch willens zu sein, es zu versuchen. Er und Arnie hatten eine große Vorführung geplant. Darin spielte Abes Sammlung von Gussmodellen eine Rolle, und obwohl Pen wusste, dass Arnie mehr wusste als sie selbst, wussten sie beide, dass Abe ihnen beiden das größte Geheimnis vorenthalten hatte.

Sie standen nun im kühlen grünen Schatten des Wassertanks.

Arnie hatte ein komplexes Arrangement aus Schläuchen, Tanks und Pumpen aufgebaut, das Pen nicht verstand. Am Boden des großen Tanks befand sich eine Wasserrinne, die zu einem zweiten Tank darunter führte. Ein Dutzend von Abes Präzisionsmodellen stand auf dem Rasen wie eine Kampfstaffel im Miniaturformat. Arnie machte einen dicken Gummischlauch an einem Auslassventil fest und trat dann ein paar Schritte zurück.

Abe blickte Pen an. »Fertig?«

»Fertig.«

»Okay, also das ist ein Wasserkanal. Ein Windkanal für Arme. Siehst du das?« Er nahm eines seiner Flugzeugmodelle hoch und gab es Pen. »Erkennst du es wieder?«

Nach einem harten Tag, an dem sie gestern gegen kräftige Gegenwinde gekämpft hatte, waren ihre Arme müde, und das kleine Modell fühlte sich schwer an. Aber die Form des Flugzeugs war unverwechselbar.

»Natürlich. Das ist meine Curtiss Racer.«

»Richtig. Und was du da hast, ist ein genaues Modell, genau im Maßstab eins zu zwanzig. Jetzt sieh mal genau zu.«

Abe nahm das Modell und befestigte es auf zwei Stahlstiften in der leeren Wasserrinne. Die Nase des Flugzeugs war nach oben gerichtet, als ob es versuchte, die Rinne hinaufzufliegen. Dann öffnete Arnie das Schleusentor. Das Wasser lief in gleichmäßigem, ungestörtem Strom die Rinne herunter und überspülte das kleine

Modellflugzeug völlig. Abe holte eine Injektionsspritze mit roter Tinte hervor.

»Pass auf.«

Während er sprach, injizierte er etwas Tinte in das Wasser, die um die Flugzeugnase strömte. Die rote Tintenlinie floss vollkommen gerade und ungestört und verfing sich dann nur ganz wenig an der Nase, bevor sie sich wieder glättete und am Flugzeugrumpf entlang weiterfloss.

»Das ist wahrscheinlich die schönste Nasenform von allen Flugzeugen, die wir uns angesehen haben. Keine Turbulenzen. Minimaler Luftwiderstand. Glenn Curtiss war schon immer ein Genie. Aber jetzt sieh dir das an. Die Flügelverstrebungen.«

Er bewegte die Nadel und injizierte die Tinte nun so, dass sie nach unten auf eine der Streben zufloss, die den oberen Flügel mit dem unteren verband. Wieder bewegte sich die Tinte in einer schnurgeraden Linie, bis sie auf das Flugzeug traf. Und dann passierte etwas Seltsames. Die Tinte flatterte, wirbelte und kräuselte sich um die Flügelverstrebung herum. Wirbel und Spiralen wurden im Wasser sichtbar. Hinter dem kleinen Flugzeug füllte sich das Wasser mit einem trüben Rosa.

»Ist das nicht schrecklich?«, fragte Hueffer, der wie ein ängstliches Huhn über der Wasserrinne hockte. »Die arme alte Maschine muss gegen all diese Turbulenzen ankämpfen. Das ist bei jeder Strebe dasselbe. Und das hier ist ein gutes Flugzeug, vergesst das nicht. Der beste Doppeldecker, den wir uns angesehen haben.«

»Ja. Man kann es fühlen«, sagte Pen langsam. »Wenn man fliegt, meine ich. Da ist ein ...« Sie wusste nicht, wie sie es in Worte fassen sollte. Das Wissen lag in ihren Fingerspitzen, im Zittern des Rumpfes, wenn das Flugzeug sich in die Kurve legte. »Ich weiß nicht, wie ich es ausdrücken soll, aber diese Turbulenz, diesen Luftwiderstand, den kann man spüren, wenn man die Maschine fliegt. Es ist das Einzige, was sie abbremst.«

»Stimmt«, sagte Abe, »nur was ist, wenn du es für Langstrecken bauen willst?«

»Für Langstrecken? Eigentlich ist es nicht dieser Typ von Flugzeug. Es ...«

Sie unterbrach sich. Natürlich war ihr kleiner Racer nicht für lange Strecken gebaut. Um große Reichweiten zu erzielen, brauchte man große Treibstofftanks. Aber große Treibstofftanks brauchten große Flügel. Große Flügel brauchten große Motoren. Und große Motoren bedeuteten, dass das ganze Flugzeug größer werden musste. Seine sauberen Linien würden verloren gehen. Und die Hälfte des zusätzlichen Treibstoffs würde für den Kampf gegen den großen Luftwiderstand verschwendet, den die Notwendigkeit größerer Treibstoffkapazitäten selbst erst geschaffen hatte.

»Ich verstehe nicht.« Dann zeigte sie auf die Wasserrinne, die nun geschlossen war, sodass das kleine Modellflugzeug bereits in der Sonne trocknete, und fügte hinzu: »Das hier, das verstehe ich. Wasserkanäle, Windtunnel. Sie verraten dir etwas, was du irgendwie schon vom Fliegen her weißt. Ich meine, sie sagen es dir auf eine eindrückliche Art und Weise. Aber wo einen das hinbringt, was der Zweck ist ...«

Sie schüttelte ein zweites Mal den Kopf. Abe nahm den kleinen Racer von der Halterung und umfasste und streichelte ihn, immer in Richtung der Luftströmung von der Nase zum Heck, von der Vorderkante zur Hinterkante. Pen wurde bewusst, dass er seine Modelle immer so berührte, wenn er mit ihnen umging; er fühlte ihre Form, wie der Wind sie fühlte.

»Du willst wissen, wo uns das hinbringt?«

»M-hm.«

Arnie blieb stehen und starrte ihn ebenfalls an.

»Orteig«, sagte Abe. »Es bringt uns zu Orteig.«

Pen starrte Abe an, Arnie, das Modellflugzeug, die Wasserrinne. Und dann hatte sie es verstanden. Sie hatte es wirklich begriffen.

73

Am 14. Juni 1919 kletterten zwei britische Flieger, Captain John Alcock und Lieutenant Arthur Whitten Brown, in das Cockpit ihres modifizierten »Vickers Vimy«-Doppeldeckers. Die Vickers war ein Monstrum. Sie war ein Monstrum, was die Größe betraf, aber auch an Hässlichkeit. Der gigantische Treibstofftank erforderte eine riesige, doppelt verstrebte Flügelspanne, die von einem ganzen Gewirr aus Verstrebungen und Drähten gehalten wurde. Dieses große, hässliche Biest wurde von zwei Rolls Royce Eagle VIII-Maschinen angetrieben.

Die beiden Männer starteten.

Sie flogen östlich von Neufundland über den Atlantik in Richtung irische Küste.

Schon unter guten Bedingungen wäre das Unternehmen verrückt gewesen. Wenig mehr als zwei Wochen zuvor hatte ein Trio von US-Marinefliegern mit Hilfe von Funk, Seenotrettung, Zwischentankstopps und mehr als hundert Schiffen versucht, von Neufundland nach Portugal zu fliegen. Nur eines von den drei Flugzeugen hatte es geschafft. Alcock und Brown wollten den Flug nonstop versuchen, ohne Funk, ohne Seenotrettung, ohne die Unterstützung durch Schiffe.

Und die Bedingungen waren nicht gut, sie waren schrecklich.

Der größte Teil des Fluges wurde im Blindflug absolviert, in einer mörderischen Kombination aus Dunkelheit, schlechtem Wetter und Nebel. Einmal hatte sich so viel Eis auf den Tragflächen gebildet, dass einer der beiden Piloten mitten in einem Sturm von hundert Meilen pro Stunde auf den Flügel hinausklettern und das potentiell tödliche Eis weghacken musste. Zu allem Überfluss fiel auch noch auf halbem Weg über dem Ozean der Geschwindigkeitsmesser aus und erhöhte so das Risiko, dass sie zu langsam flogen.

Nach neunzehn Stunden eines entsetzlichen Fluges entdeckten die beiden Männer unter sich die irische Küste. Sie fanden ein breites und ebenes Feld und brachten ihr Flugzeug in die richtige Position zur Landung.

Nur dass das Feld gar kein Feld war. Es war ein Sumpf. Der erste echte Transatlantikflug endete knöcheltief in saugendem, irischen Morast.

Und hier kam Orteig ins Spiel.

Inzwischen schrieb man den 17. Dezember 1926. Siebeneinhalb Jahre waren vergangen, seitdem Alcock und Brown den Weg gewiesen hatten. In der Geschichte einer Technik, die gerade erst dreiundzwanzig Jahre alt war, waren diese sieben Jahre wie ein ganzes Leben. Und dennoch war der Atlantik immer noch nicht richtig überquert worden, außer von Zeppelinen, diesen zu prall gefüllten, zu leicht entzündbaren Gasballons.

Und so hatte Raymond Orteig, dem all dies bewusst war, für den ersten Flieger, der den Atlantik nonstop von New York nach Paris oder umgekehrt überquerte, einen Preis von fünfundzwanzigtausend Dollar ausgesetzt. Für den Preis wurde verlangt, einen neuen Entfernungsrekord zu setzen, der ein noch nie da gewesenes Maß an Vertrauen in Pilot, Flugzeug und Motor verlangte. Außerdem wurden im Voraus die Punkte festgelegt, die es zu verbinden galt. Der Preis – und der damit verbundene Ruhm – war ohne Frage das wichtigste Ziel in der Flugwelt.

Und Abe hatte einen Plan. Seiner Ansicht nach hatten sich die Flugzeugkonstrukteure allzu lange auf die Stärke der Maschine und zu wenig auf die Verminderung des Luftwiderstandes konzentriert. Das Flugzeug, dass den Orteig-Preis gewinnen würde, musste natürlich groß genug sein, um eine Menge Treibstoff zu befördern, aber es würde schlank und leicht gebaut sein. Es würde nicht mit einer kreischenden Masse aus Klaviersaitendraht und Flügeln auf den Wind treffen, sondern anmutig und sauber, wie ein Delfin, der ins Wasser taucht, oder ein Falke, der in den Sturzflug geht.

»Wir werden diese Wasserrinne hier benutzen, um alles herauszufinden«, erklärte Abe. »Wie zum Beispiel sollte ein Flügel am

Rumpf ansetzen? Nicht zu eckig, natürlich. Wahrscheinlich abgerundet. Aber wie? Und was ist mit der Form der Nase? Was ist mit der Heckflosse? Unsere Wasserrinne wird uns natürlich keine exakten Ergebnisse liefern. Wasser ist keine Luft. Ein kleiner Maßstab ist nicht die Originalgröße. Aber wir können die Formen, die definitiv nicht funktionieren, von denen trennen, die es vielleicht tun. Wir versuchen, uns der Form des Flugzeugs anzunähern, und dann übergeben wir alles an ein paar echte Ingenieure, um die Details zu klären.«

»Und dann?«

»Und dann werde ich mit Masons Geld ein Flugzeug in Auftrag geben ...«

»Und dann ... willst du ...? Wird es ...?«

»Hä?«

Pen fasste sich ein Herz. »Ach, eigentlich nichts. Gar nichts. Nur dass ich annehme, dass du einen Kopiloten haben wirst. Ich habe mich nur gefragt, ob du schon daran gedacht hast, wen ...«

Abes Stimme wurde plötzlich ganz sanft, und er blickte weg. »Einen Benzintank. Bei so etwas ist es sicherer, keinen zweiten Flieger zu haben, sondern eine Menge Treibstoff.«

»Du willst solo fliegen?« Pen stellte fest, dass sie absurderweise enttäuscht war.

»Es ist der einzige Weg, es zu machen«, sagte Abe. »Es tut mir leid.«

74

Captain Rockwell!

Willard kam nicht darüber hinweg. Aus dem Krieg waren eine Menge Helden nach Amerika heimgekehrt, und Captain Rockwell gehörte zu den absolut Besten. Es war nicht nur sein persönlicher Erfolg – mehr Siege als irgendjemand sonst außer Rickenbacker. Es war nicht nur sein kollektiver Erfolg – seine Staffel hatte Rickenbackers in der Zahl der Gesamtsiege beinahe geschlagen. Rockwell war auch durch den Frieden nicht beschmutzt worden. Keinem Zeitungsmann war es je gelungen, irgendetwas auszugraben, was ihn befleckte. Keine zwielichtigen Affären. Kein gieriges Verlangen, Ruhm in Banknoten zu verwandeln. Kein Gieren nach Ehrungen. Keine schäbige Eigenpropaganda.

Und Amerika hatte verstanden. Inmitten all des Tamtams von Krieg und Demobilisierung und Ängsten hatte Amerika es irgendwie hinbekommen, seine echten Helden von seinen vorübergehenden zu unterscheiden. Rockwell war nicht nur mit Konfetti-Paraden, gesellschaftlichen Empfängen und Fototerminen mit dem Präsidenten belohnt worden. Er war auch einer der wenigen Männer, die der Kongress mit seiner Verdienstmedaille geehrt hatte.

Und jetzt das.

Captain Rockwell machte Beobachtungsflüge für eine Bande von Alkoholschmugglern. Willard wusste nicht, was er davon halten sollte. Logisch betrachtet gab es nur zwei Möglichkeiten. Vielleicht verhielt sich Rockwell, wie so viele andere in Amerika sich verhalten hatten. Der Krieg war eine Zeit von Pflichten und Opfern gewesen. Aber Frieden war Frieden. Vielleicht hatte sich Rockwell die Möglichkeiten überlegt wie alle anderen auch. Ein Held zu sein brachte ihm nichts ein. Nicht viel Ruhm, mit Sicherheit kein Geld. Also hatte er sich abwerben lassen und eine lukrativere Laufbahn eingeschlagen. Und warum auch nicht? Er war auch nur ein Mensch. Ein Mensch, der tat, was Menschen tun.

Aber es gab noch eine zweite Erklärung. Rockwell hatte nicht gekündigt. Andere hatten es getan. Er nicht. Er war immer noch der Mann, den Willard einst mehr als jeden anderen auf Erden bewundert hatte. Und wenn Captain Rockwell, der Held, für Bob Mason Beobachtungsflüge machte, dann stimmte da etwas nicht. Rockwell hatte irgendeinen eigenen Plan. Willard konnte sich nicht denken, was dahintersteckte. Aber was auch immer Rockwells genaue Beweggründe waren, wenn er als der Kriegsheld, der er einmal gewesen war, nach Marion gekommen war, dann bedeutete seine Anwesenheit höchste Gefahr für die Firma.

Das war die logische Art, darüber nachzudenken, aber Willard war kaum in der Lage, logisch zu bleiben. *Captain Rockwell!* Der Mann, der aus Willard, dem Knaben, buchstäblich einen Mann gemacht hatte. Es hatte Willard das Leben gerettet. Während jener intensiven und schrecklichen Kriegsmonate war Rockwell für ihn ein zweiter Vater gewesen. Ein echter Vater sogar, weil ein weit entfernter Elternteil auf der anderen Seite des Atlantiks kaum besonders viel zählte.

Und Willard konnte kaum anders, als sich einer anderen Sache bewusst zu werden. *Wenn Rockwell versuchte, den Niedergang von Marion vorzubereiten, dann würde Powell Lambert handeln müssen.* Wenn die Versicherungsabteilung eingeschaltet wurde, würde das zu Rockwells plötzlichem und gewaltsamem Tod führen. Wenn Willard es hinbekam, dass er selbst die Angelegenheit regelte, konnte er vielleicht ein anderes Ende für diese Geschichte schreiben. Vielleicht. Rockwell war ein hartnäckiger und gefährlicher Jagdpilot gewesen. In jeder anderen Form des Krieges würde er ein ebenso hartnäckiger und gefährlicher Gegner sein. Willard konnte sich nicht vorstellen, wie er Rockwell ausschalten sollte, ohne ihn zu töten. Er konnte sich ebenso wenig vorstellen, die Anweisungen zu geben, die zu Rockwells Ermordung führen würden.

Aber wenn Rockwell der Mann war, der er einmal gewesen war, dann musste eines von beiden Möglichkeiten Realität werden.

Während der beiden Wochen seines von der Sonne durchfluteten Urlaubs mit Rosalind dachte Willard über all das nach. Rosalind, die sah, dass er besorgt war, nahm insgeheim an, dass seine Abenteuer in Kanada ihn mehr mitgenommen hatten, als er zugab. Sie sah sein Verhalten als Bestätigung seiner neugierigen, aber echten Tapferkeit. Er war ein eitler Mann, ein verzogener Mann, manchmal ein angeberischer und bockiger Mann – all das wusste sie. Aber immer mehr sah sie auch seine bessere Seite: Willard war beherzt, engagiert, einfallsreich, solide. In der glühenden Sonne Floridas war er außerdem äußerst charmant. Rosalind spürte, wie sie sich nach und nach immer mehr in ihn verliebte. Im Bett gab sie sich ihm ganz hin. Und auch sonst gab sie ihm die Anbetung, nach der er sich, wie sie wusste, sehnte.

Zwei Wochen lang dachte Willard über alles nach und kam zu einem Entschluss. Nach seiner Rückkehr in New York nahm er seinen Platz in jener heiligen Halle, dem Investmentbüro, ein. Er räumte seinen Schreibtisch ein, nörgelte an seinen Möbeln herum, bestellte neue Lampen, neue Schreibtischaufsätze, neue Füllfederhalter, alles nun, ohne auch nur einen Gedanken an die Kosten zu verschwenden.

Und er machte einen Anruf. Der Anruf ging an Bob Mason. Willard gab eine Anordnung, die sofort in Kraft trat.

75

Die Wirkung von Willards Anordnung war unmittelbar und umfassend.

Die Sicherheitsmaßnahmen, die zuvor schon streng gewesen waren, wurden noch ein ganzes Stück strenger. Bewaffnete Männer mit entsicherten Waffen und aufmerksamen Augen patrouillierten paarweise auf der Straße, an der Bahnlinie und dem Fluss stromaufwärts und stromabwärts. Und auf Willards besonderen Wunsch tat Mason noch etwas anderes. Er sagte Abe, dass das Flugteam nach Marion umziehen sollte. »Dann bleibt alles im Haus. Ist sicherer so.«

»Wir hatten noch nie ein Problem in Miami.«

»Stimmt, und ich will nicht warten, bis sich das ändert.«

»Warum sollte es? Haben Sie irgendwas gehört, worum Sie sich Sorgen machen?«

Mason wischte die Frage mit einem Klaps auf die Schulter und einem freundlich-verschmitzten Grinsen weg. »Nichts, Kumpel. Mir Sorgen zu machen gehört einfach zu meinem Charakter.«

»Wir können nicht umziehen. Pen muss mit ihren Frachtern in Havanna in Kontakt bleiben, und die Postroute ist immer noch die perfekte Tarnung für uns. Wie wollen Sie sonst erklären, dass jeden einzelnen Tag Flugzeuge über den Ozean und nach Kuba fliegen?«

»Also bleibt sie da. Und dieser Mechaniker von Ihnen kann auch da bleiben.«

»Sie wollen, dass ich umziehe? Meinen Sie das?«

Mason grinste und gab Abe einen weiteren Klaps. »Wir sind erfreut, Sie hier zu haben, Junge.«

76

Es war das erste Blau der Morgendämmerung. Im Westen, wo die Nacht am dunkelsten war, funkelten noch die Sterne. Es war zu früh, um aufzubrechen, aber Pen hatte nicht schlafen können und liebte nichts mehr, als von weit oben zuzusehen, wie der Morgen anbrach. Sie startete allein, unbeobachtet. Sie war so schnell, dass sie bereits hundert Fuß Luft unter sich hatte, bevor das niedrige Gebüsch am Rande des Flugplatzes unter ihren Flügeln zurückblieb. Bald traf sie auf die Küstenturbulenzen, aber das große Flugzeug nahm die Stöße ohne weitere Probleme hin. Der Gashebel war nach vorn geschoben, und das Flugzeug stieg schnell.

Unter ihr erstreckte sich der Ozean, als ob er endlich Platz gehabt hätte, sich auszudehnen. Im Gegensatz zum weiß werdenden Osten war das Land unter ihr dunkelblau und braun, hier und dort verstreut das Leuchten eines elektrischen Lichts. Pen stieg höher und höher, weit über ihre normale Flughöhe.

Pen flog nicht wie sonst. Es gab keine widrigen Winde, keine

Wetterecken zu vermeiden. Sie hätte einen langen, langsamen, stetigen Steigflug auf ihre normale Flughöhe von dreitausend Fuß machen und direkt nach Havanna fliegen können, mit keinen anderen Aufgaben, als ihren Kurs zu halten und die Instrumente im Auge zu behalten. Aber nicht heute.

Ich nehme an, dass du einen Kopiloten haben wirst. Es war nicht dumm gewesen, das zu sagen. Alcock und Brown waren als Paar geflogen. Die meisten der Flieger, die versucht hatten, ihnen zu folgen, hatten es ebenso gemacht. Und Abe war nicht unfreundlich gewesen. Ganz und gar nicht. Seine Stimme war sanft und mitfühlend gewesen. Aber sein Mitgefühl hatte es nur noch schlimmer gemacht.

Einen Kopiloten. Pen wurde klar, dass sie sich selbst schon in dieser Rolle gesehen hatte. Ganz bestimmt für den Orteig-Preis, aber auch für das Leben. Die einfache Wahrheit war, dass sie sich in ihn verliebt hatte. Katastrophal verliebt. Hals über Kopf. Trudelnd wie ein Flugzeug ohne Pilot.

Pens Gehirn war durch die sauerstoffarme Luft und den raschen Steigflug benebelt, dennoch zwang sie sich, alles vernünftig zu durchdenken. Vielleicht war dies nur der erste Rausch der Gefühle. Als sie Rockwell kennen gelernt hatte, war sie irgendwie bereit gewesen, sich zu verlieben. Sie hatte es mehr als nur halb erwartet. Überhaupt, was sonst hätte passieren sollen? Sie waren zwei der führenden Flieger ihrer Generation, beide verfolgten engagiert ihre Ziele, beide waren sie allein, beide hatten sie eine leidenschaftliche Liebe für die Freiheit, die sich hoch in die Lüfte schwang. Und so war sie bereit gewesen, ihn zu lieben. Was sonst hätte passieren sollen?

Aber dann hatte es die Kette von Enttäuschungen gegeben, ihr wachsender Zorn über Abes Distanziertheit, die Bestimmtheit, mit der er sie von allem fernhielt, was seine männliche Isolation bedrohte. Aber ihr Gespräch im Werkzeugschuppen hatte all das durchbrochen. Selbst jetzt konnte sie noch sein ungeschmücktes

Eingeständnis hören. »Du hast Recht. Du hast vollkommen Recht.« Sie konnte seinen Kopf an ihrer Schulter spüren, die Tränen, die in Wirklichkeit seine waren, die in ihren Augen glitzerten. Sie konnte die Gegenwart all jener Männer spüren, die Abe einst in den Tod geschickt hatte. Und sie hatte verstanden. Von diesem Augenblick an war ihr Taumeln in die Liebe unaufhaltsam gewesen.

Aber seine Antwort war unerbittlich gewesen. *»Ich fliege solo.«* Über den Atlantik und im Leben.

Und vielleicht hatte er Recht. Vielleicht war Abe anders gestrickt als andere Menschen. Vielleicht spürte er selbst überhaupt nichts von dem Tumult in Pens Herzen. Hatte es nie gespürt, würde es nie spüren. Pen zwang sich, alles in einem Licht zu betrachten, das so kühl und klar wie die Luft war, durch die sie flog, und sie musste zugeben, dass es überhaupt nichts gab, was ihr Hoffnung machen konnte.

Inzwischen war es am Himmel hell genug geworden, um zu lesen. Pen hob den Postsack des US Post Office hoch, der zu ihren Füßen lag. Er war mit Post vollgestopft, fünf oder sechs Pfund, eine große Ladung nach ihren armseligen Maßstäben. Pen begann, die Briefe durchzugehen und nach Umschlägen zu suchen, die sich vielleicht zu öffnen und lesen lohnten.

Wie es das Glück wollte, fand sie beinahe sofort etwas.

Der fünfte Brief in dem Stapel war an Marions Bank in Kuba adressiert. Pen öffnete den Brief mit Wasserdampf. Sie holte das Schreiben vorsichtig heraus, klemmte es an ihr Kartenbrett und begann zu lesen. Der Brief war von Bob Mason unterschrieben und enthielt nur fünf Zeilen: eine Anweisung, die Zeichnungsberechtigungen für Marions wichtigstes Bankkonto in Kuba zu ändern. Anstatt dass Frank Lambaughs Unterschrift allein ausreichte, um Gelder von diesem Konto auszahlen zu lassen, erforderten solche Abhebungen in Zukunft sowohl Lambaughs Unterschrift als auch Masons telefonische Genehmigung. Das war alles.

Aber je mehr Pen darüber nachdachte, um so sicherer war sie, dass mehr hinter der Veränderung steckte. Lambaugh war ein aufgeblasener, aggressiver, herrschsüchtiger Mann. Er gab gerne mit seinen großen amerikanischen Wagen an, mit seinem Goldschmuck, seiner großen Villa, seinen neuesten Importen. Ihr war klar geworden, dass er sie nicht nur hasste, weil sie eine Frau war, sondern weil sie angesichts seiner protzigen Zurschaustellung von Geld absolut unbeeindruckt blieb.

Sie widmete sich wieder dem Brief. Nur für einen Augenblick rückte Pens Liebe zu Abe und die Unmöglichkeit, dass diese jemals irgendwohin führen könnte, in den Hintergrund. Vielleicht, nur vielleicht, enthielt dieser Brief eine Lösung für ihrer beider Probleme.

77

Abe starrte sein neues Schlafzimmer an.

Es war ein wenig größer als das Haus, in dem er geboren war. Das Bett war ein enormes Teil, alles poliertes Holz, Sprungfedermatratzen, moderne Tagesdecken und passende Nachttische. Das Badezimmer schloss sich gleich rechts an das Schlafzimmer an und enthielt eine riesige Badewanne, eine Dusche, zwei Waschbecken und – Abe war ehrlich überrascht und beeindruckt – ein Bidet. Das Haus hatte Zentralheizung, Klimaanlage, einen Kühlschrank, einen Eisschrank, Marmorfliesen in der Eingangshalle, eine Doppelgarage, Telefone in drei verschiedenen Räumen und – natürlich, denn dies war Marion – eine eingebaute Hausbar im Wohnzimmer mit genügend Alkohol, um eine ganze Stadt betrunken zu machen.

»Okay?«, fragte Mason und grinste über Abes Verblüffung. »Es ist ein bisschen klein, aber wir dachten, Sie sind ja nur eine Person.«

»Sie haben noch größere Häuser als dieses?«

»Oh, sicher. Dieses hat nur zwei Schlafzimmer, und es hat auch keinen Pool und dergleichen. Aber machen Sie sich keine Sorgen, Kumpel, wir halten sehr viel von Ihnen. Sie haben schon eine unserer netteren Behausungen gekriegt.«

Abe führte Mason in das gigantische Wohnzimmer, wo ein riesiges Feuer seine Wärme direkt in den hoch aufragenden Kamin schickte.

»Einen Drink?«, fragte Abe und spielte den Gastgeber.

Mason nickte nicht einfach, sondern ging hinter die Bar und goss sich selbst ein Glas Jamaikarum mit Eis und ein kleineres Glas Whisky für Abe ein. Der Flieger konnte nicht erraten, ob sich Mason bewusst so verhielt, aber es machte trotzdem deutlich, wie die Lage war. Obwohl Abe vielleicht in dem Haus leben würde, so tat er es nur, weil Mason es zuließ. Dies war Masons Haus, Masons Alkohol, Masons Stadt.

»Wie kommt es, dass Sie mich hierhergebracht haben?«, fragte Abe, nachdem sie sich auf zwei großen weißen Sofas, die dem Kamin gegenüber standen, niedergelassen hatten.

»Sie begleiten die Schiffe hierher, da ist es sinnvoll, wenn Sie hier stationiert sind.«

»Nur, dass ich fünfzig oder hundert Meilen südlich von Jacksonville anfange, die Schiffe zu beobachten. Miami war ganz genauso sinnvoll, und auf die Art konnte ich auch einfacher für Pen einspringen und umgekehrt.«

»Ja, also, wir haben die Entscheidung nun mal getroffen, richtig? Ach so, und ich wollte Ihnen noch sagen, hundert Mäuse pro Woche extra für Sie und Hamilton, als kleines Dankeschön.«

»Vielen Dank.«

Mason hielt sein Glas hoch, sodass es alles von Abe außer seinem Gesicht verdeckte. Für Masons Augen war Abe nur ein Kopf auf einem Whiskyglas.

»Ich habe alles zusammengerechnet«, sagte er schließlich.

»Wie bitte?«

»Wie viel wir Ihnen bezahlt haben, seit Sie bei uns angefangen haben.«

»Muss inzwischen eine ganze Menge sein.«

»Zehntausend Mäuse. Mehr sogar. Mehr als zehntausend Mäuse.«

»Das ist eine Menge.«

»Ja, nur hat Sie das nicht gerade verrückt gemacht, oder? Wie viele Anzüge haben Sie?«

»Anzüge? Zwei. Meinen normalen und einen für ...«

»Ja, und einen für sonntags. Du lieber Himmel. Zehntausend Mäuse in sechs Monaten, und Sie haben immer noch einen Sonntagsanzug. Wie sieht es mit einem Wagen aus? Sie sind schließlich mal Rennen gefahren. Besitzen Sie denn wenigstens einen Wagen?«

»Ich habe darüber nachgedacht.«

Mason schüttelte missbilligend den Kopf und hob das Glas, sodass Abes Kopf im Drink untertauchte.

»Warum arbeiten Sie dann für uns? Die meisten Leute muss ich das nicht fragen. Die arbeiten für das Geld. Ich gebe Ihnen Geld. Sie geben es aus. Die meisten Jungs jammern, dass sie nicht so viel Geld kriegen, wie sie ihrer Meinung nach verdienen. Sie nicht. Und Hamilton auch nicht.«

»Die Farm. Sie wissen, ich bin dabei ...«

»Ihre Leute aus den Schulden auszugraben. Ja, ja, ich weiß, nur wie viele Traktoren kann Ihr Pa noch gebrauchen? Er muss noch ein bisschen Platz für Kühe übrig lassen.«

Abe blickte Mason eine Weile direkt in die Augen. Er wurde ausgefragt, das wusste er. Der Drink am Kaminfeuer und das große Haus änderten nichts daran, dass Mason ein Gangster war, der einem seiner Angestellten auf den Zahn fühlte. Abes Ton wurde ein wenig ernster.

»Sie haben Recht. Es ist nicht nur die Farm.«

»Aha?«

»Ich habe ein Projekt. Ein Flugprojekt. Es wird viel Geld kosten. Alles, was Sie mir geben können, und noch mehr.«

»Worum geht es?«

»Das ist nicht Ihre Sache.«

»Kumpel, *Sie* sind meine Sache.«

Abe spannte seinen Körper an, bevor er antwortete. Es Pen zu erzählen war eine Sache gewesen, es Mason zu erzählen war etwas ganz anderes. Er hatte die Idee mit dem Orteig-Preis so lange und im Geheimen gehegt, dass es ihm schwerfiel, sie einfach so preiszugeben.

»Der Atlantik. Er ist noch nie überquert worden. Nicht richtig jedenfalls.«

Mason glotzte ihn eine Sekunde lang an. »Sie wollen den Ozean überqueren?«

»M-hm.«

»In einem Flugzeug? ... Ich meine, das ist doch möglich, oder?«

»Ich denke schon.«

»Und wenn es nicht geht? Sie werden da unten doch ein Schiff haben, das Sie aufsammelt?«

»M-hm, wenn ich eines finde, das hundertzwanzig Meilen pro Stunde fährt.«

»Scheiße. Und deshalb sind Sie hier?«

Abe gab keine Antwort, aber Mason brauchte auch keine. Er begann, in sein Glas zu kichern, trank aus und schleuderte dann die Eiswürfel ins Feuer, wo sie zischten und spritzten. Er goss sich einen zweiten Drink ein, aber diesmal einen kleineren ohne Eis. Er setzte sich nicht wieder hin.

»Hamilton. Warum fliegt sie? Die Dame ist stinkreich.«

»Natürlich nicht wegen des Geldes ...« Abe dachte, er wüsste, was er sagen würde. Er würde über das Fliegen reden, über Pens echtes Engagement für die Fliegerei, über die Schwierigkeiten eines reichen Mädchens, etwas zu finden, dem sie sich ernsthaft widmen konnte. Aber er unterbrach sich, noch ehe er überhaupt etwas gesagt hatte. *Sie liebte ihn.* In der plötzlichen Stille, die auf Masons Frage folgte, erschien diese Tatsache so offensichtlich, dass es Abe erstaunte, dass er es nicht schon früher erkannt hatte. Sie liebte ihn. Wie auch nicht? Was sonst konnte eine Frau, so bemerkenswert sie auch sein mochte, überhaupt motivieren zu tun, was Pen tat, die Risiken einzugehen, die sie einging?

Er konnte nicht antworten. Sein Mund bewegte sich, aber es kam nichts heraus. Er fühlte sich ganz benommen durch die plötzliche Erkenntnis. Mason wollte seine Frage wiederholen, stoppte jedoch. Einen Augenblick lang war sein Gesicht gespannt und aufmerksam, dann breitete sich darauf ein breites, freundliches Grinsen aus.

»Okay, Kumpel, ich hab's kapiert«, kicherte er. »Ich hätte nicht fragen sollen. Das heißt, ich hätte schon fragen sollen, aber es ist nicht unbedingt nötig, dass Sie antworten. Die Frauen, was? Ist es nicht immer so?« Er hielt seinen Drink hoch und schluckte ihn dann in einem einzigen Zug. Er rülpste. »Ja, und vielleicht sind Sie wirklich ein ehrlicher Junge. Ich weiß es nicht. Ich habe vergessen, wie die aussehen.«

Er machte sich zum Gehen bereit. Abe – immer noch benommen, aber dennoch wachsam – stoppte ihn.

»Wenn ich hier leben soll, brauche ich einen Platz, wo ich arbeiten kann.«

»Hä?«

»Bisher habe ich die ganze Schreibarbeit von Miami aus erledigt. Wartungspläne, Treibstoffnachschub, Ausrüstungsbedarf, Flugpläne, all solche Sachen. Und außerdem haben Arnie und ich unser kleines Projekt, an dem wir zu arbeiten haben. Daran hängt auch eine ziemliche Menge Papierkram.«

Mason machte mit dem Arm eine kreisende Bewegung durch den Raum. Das Schöne an riesigen Häusern ist, dass man sie füllen muss. Aber wenn man sich ein paar Sofas, ein Bett, einen Küchentisch gekauft hat, ist eigentlich für so ziemlich alles, was man braucht, gesorgt. Also füllen sich große Häuser mit Dingen, die eigentlich verdammt nutzlos sind. Hübsche kleine Tische mit polierten Platten und geschwungenen Beinen. Anmutige Stühle. Schreibtische, die so glänzend poliert sind, dass es schon an eine Beleidigung grenzen würde, sie zu benutzen.

»Sie brauchen Platz?«

»Es geht nicht um Platz, ich brauche ... Zum Teufel, Mason, das sieht hier einfach nicht nach Arbeit aus, noch riecht es so oder fühlt sich so an. Haben Sie nicht irgendwo einen Raum mit einem Schreibtisch und einem Stuhl und einer Glühbirne und einem Fenster und vielleicht einem Aktenschrank und sonst weiter nichts?«

Mason wurde still.

Normalerweise gehörte er nicht zu den Schweigsamen. Sein Gesicht bewegte sich gerne. Selbst wenn er nicht redete, signalisierten seine Lippen und Augen Ermunterung, Ungläubigkeit, Begeisterung, Überraschung – was auch immer die Unterhaltung vorantrieb. Aber jetzt wurde er still. Abe konnte die Überlegungen förmlich sehen, die hinter Masons Augen abliefen, konnte das Misstrauen und das Versprechen von Gewalt sehen, die dort lagen. Aber wie Abe es sah, hatte der Gangster nur eine Möglichkeit, wie er sich entscheiden konnte. Wenn Abe okay war, dann konnte er sein Büro haben. Wenn Abe nicht okay war, dann sollte er es trotzdem bekommen, um ihn dazu zu ermuntern, etwas zu tun, was schließlich sein Fluch sein würde.

Mason kam zu demselben Schluss und nickte: »Ja, ich verstehe jetzt, was Sie meinen. Dieser Ort ist nicht das, was Sie geschäftsmäßig nennen würden, oder?«

Und gleich am nächsten Tag wurde für Abe ein Raum gefunden, der genau seinen Wünschen entsprach. Er hatte geweißte Wände und einen königsblauen Linoleumboden. Außerdem befanden sich darin ein billiger Metalltisch, ein hölzerner Klappstuhl, eine Glühbirne ohne Lampenschirm, ein Fenster von ordentlicher Größe mit Blick auf die Startbahn und ein Aktenschrank mit zwei Schubladen, die leer schepperten, als er sie aufzog. Und das war noch nicht alles. Nur vier Türen weiter lag das kleine Büro von Sukie und Mamie.

Abe war seinem Ziel so nahe, dass er es beinahe riechen konnte. Aber wie nahe er ihm auch immer gekommen war, war er immer noch nicht von den zwiespältigen Gefühlen frei, die ihn vor all den langen Monaten ergriffen hatten, als Hennessey ihn zum ersten Mal gebeten hatte, Independence zu retten. Würde er bleiben und helfen, oder würde er aufstehen und gehen? Es gab einen unaufhaltsamen Strom von Ereignissen, der ihn immer näher an das letzte, entscheidende Gefecht herantrieb. Abe konnte spüren, wie dieser Strom förmlich an seinen Füßen, seinen Knöcheln, seinen Knien zerrte. Aber er hatte sich immer noch nicht endgültig entschieden. Ein großer Teil von ihm, vielleicht der größte Teil, wollte weglaufen, davonfliegen, entkommen.

78

Die Jacht glänzte wie in einer Werbung für ein besseres Leben. Frische weiße Farbe kontrastierte mit poliertem Messing und Holz, das so dunkel war, dass es beinahe die Farbe von Lebkuchen hatte. Eine Flagge, die vielleicht etwas bedeutete, vielleicht aber auch nicht, flatterte an einem kurzen hölzernen Fahnenmast hinter der Brücke.

»Gefällt sie dir?«, fragte Junius Thornton und blinzelte in die Sonne. Da Willard, der weiße Tenniskleidung trug und mit dem Schläger gegen seine Wade klopfte, noch keinen Fuß auf das neu erworbene Schiff gesetzt hatte, war seine Antwort auf nicht viel mehr als den Blick aus der Ferne und das Wissen gegründet, wie viele Millionen es gekostet hatte.

»Sie ist prächtig, Vater.«

»Hmm.«

Junius Thornton betrachtete die Jacht noch einmal eingehend, dann begann er, mit knirschenden Sohlen den Strand voller Kies und Muschelschalen in Connecticut entlangzulaufen. Er hatte das Schiff mit der gleichen brutalen Entschiedenheit gekauft, die die meisten großen Schritte in seinem Leben kennzeichnete. Willard fragte sich, ob sein Vater wirklich irgendetwas am Schiffsleben genoss oder ob er einfach nur dachte, dass ein Mann seines Einkommens eine Jacht brauchte, um mitzuhalten.

»Wie bist du vorangekommen?«

»Wie bitte?«

Junius Thornton blieb wie angewurzelt stehen und musterte seinen Sohn, bevor er seine Frage mit den gleichen Worten und im gleichen Tonfall wiederholte.

»Wie ich vorangekommen bin? Oh, du meinst in Florida. Ich denke, du meinst mit Bob Mason – ich hoffe jedenfalls, dass du das meinst, da die Roulettetische in Palm Beach nicht nett zu mir waren.«

Willard ließ eine kleine Pause in seiner Antwort, für den Fall, dass seinem Vater danach war, sie mit einem Kichern oder einem aufmunternden Lächeln zu füllen. Aber die Pause verstrich ungenutzt.

»Er scheint ein guter Mann zu sein, dieser Mason. Es ist ein ziemlich großes Unternehmen, das er da hat ...«

»Das *wir* haben.«

»Wir?«

»Mason gehört nicht ein Cent davon.«

»Natürlich, ja, das *wir* haben, das *wir* haben. Wie auch immer. Er betreibt diese Frachter, wirklich riesige Dinger, große Flussbarkassen, wenn du so willst, nur dass sie eben seetüchtig sind ...« Willard ließ eine weitere Lücke für eine Antwort, erhielt keine und redete weiter. »Voll beladen mit Alkohol. Und ich meine, wirklich randvoll. Und – du weißt das natürlich, aber es ist schon eine tolle Sache – die ganze Zeit ist da ein Flugzeug über ihren Köpfen, behält die Küstenwache im Blick und ist bereit, die Schiffe zu warnen.«

Willard machte wieder eine Pause, diesmal eine noch längere. Seitdem er auf jenem eisigen Flugplatz südlich der kanadischen Grenze gelandet war, hatte Willard die Firma sehr viel besser kennen gelernt – aber je mehr er von ihr sah, umso weniger sah er von seinem Vater. Powell war der Mann, der die Verantwortung und die Kontrolle hatte. Junius Thornton besaß nicht einmal einen Schreibtisch im New Yorker Büro. Junius Thornton verbrachte seine Zeit im Washingtoner Büro von Thornton Ordnance und machte Lobbyarbeit bei der Bundesregierung für größere Rüstungsgeschäfte. Selbst jetzt, da Willard theoretisch ein Mitglied der inneren Kreise der Firma war, wusste er nicht, wie viel sein Vater – wenn überhaupt – über die Tagesgeschäfte der Firma wusste.

Aber der ältere Mann nickte nur. Das Nicken konnte bedeuten: »Ich weiß alles über die Flugzeuge. Du brauchst mir nichts zu erzählen.« Oder es konnte bedeuten: »Das ist das erste Mal, dass ich etwas über den Einsatz von Luftaufklärung beim Alkoholschmuggel höre. Was für eine einfallsreiche Neuerung.«

Der seltene Ausbruch von Wärme, den Willard damals in Shakeston bei seinem Vater erlebt hatte, hatte sich nicht mehr wiederholt. Das Verhalten seines Vaters war zu seiner normalen strengen, beinahe viktorianischen Steifheit zurückgekehrt. Aber obwohl dies Willard auch weiterhin nervös machte, hatte sich etwas verändert. Er *hatte* die Zustimmung seines Vaters. Natürlich würde er sie sich weiter verdienen müssen – darüber machte sich Willard keine Illusionen –, aber wenigstens wusste er nun, dass sie da war und verdient werden konnte. Und so, auch wenn er in Gegenwart seines Vaters immer noch nervös wurde, hatte sich etwas zum Besseren verändert.

Willard wartete auf eine weitere Reaktion, bekam keine und beschloss, trotzdem weiterzureden. Der Wind vom Ozean war kühl und schneidend, und der Horizont war überzogen mit stahlgrauen Regenwolken, die auf die Küste zutrieben. Willard war nach dem Tennisspiel kalt, aber sein Vater ging immer noch mit knirschenden Schritten den Strand entlang, als ob es dort etwas Wichtiges gäbe. Willards Bericht war wenig zusammenhängend und sprunghaft und beschrieb die Stärken und Schwächen in Marions Verteidigungsmaßnahmen.

Nach einer ganzen Weile unterbrach ihn der Ältere.

»Du hast Zweifel.«

»Wie bitte?«

»Zweifel. Powell sagt mir, dass du den Piloten versetzt hast.«

Eine Sekunde lang war Willard sprachlos. Er hatte Powell nichts von Rockwells Versetzung erzählt. Er hatte das sorgfältig vermieden, da er nicht wollte, dass die schießfreudigen Männer der »Versicherungsabteilung« eingeschaltet würden. Aber Powell wusste es. Sein Vater wusste es. Wahrscheinlich sprach Mason noch mit anderen Leuten in New York als nur mit Willard. Oder vielleicht hatte New York unten in Marion einen Spion, um dafür zu sorgen, das Mason ehrlich blieb. Obwohl er verblüfft war, bewahrte Willard bei seiner Antwort kühles Blut.

»Eigentlich keine Zweifel. Der Pilot überwacht die Frachter, die nach Marion kommen. Es erschien mir sinnvoller, ihn dort zu basieren.«

»Du kennst ihn.«

»Ja, natürlich. Es ist Captain Rockwell, Vater.«

»Aha?«

»Captain Rockwell. Mein alter Kommandeur. Mein Gott, Vater, du musst dich doch an ihn erinnern. Der Mann hatte eine Konfetti-Parade zu seinen Ehren.«

»Ah ... Und, ist er ein guter Mann?«

»Der beste.«

Willard antwortete zu schnell, und der ältere Mann hielt abrupt inne. Ein Fuß war in einer kleinen Pfütze auf einem Felsen zu stehen gekommen. Das Salzwasser begann, in den Schuh einzudringen. Willard trat einen Schritt zurück, damit sein Vater seinen Fuß vor der Nässe retten konnte, aber der Mann tat nichts dergleichen. Er stand weiter mit dem linken Fuß im Wasser und blickte seinem Sohn mit angriffslustiger Offenheit ins Gesicht.

»Der beste? Meinst du, der beste für die Firma oder der beste in einem anderen Sinn?«

»Also, beides, nehme ich an. Ich meine, im Krieg war er natürlich hervorragend ...«

Willard sprach rasch, um seine erste, übereilte Antwort zu relativieren. Er sprach zu viel, zu schnell, zu konfus. Er begann beinahe zu stottern – eine Angewohnheit, die sein Vater verachtete. Junius Thornton sagte nichts, dann kehrte er abrupt um und ging den Strand entlang zum Haus zurück. Willard folgte ihm und machte mit dem Tennisschläger Übungsschläge in die Luft.

»Und dein Mädchen?«

»Rosalind? Ja?«

»Es gibt da Gerede.« Der Geschäftsmann sprach das letzte Wort aus, wie ein Puritaner vielleicht das Wort »Nacktheit« ausgesprochen hätte.

»Gerede? Na ja, Pa, du weißt, Rosalind ist ein wahnsinnig gut aussehendes Mädchen, und die Sherstons waren immer eine gute Familie. Nicht auf der gleichen Ebene wie ... aber gut. Und dann müssen diese Presseleute ja über irgendetwas schreiben. Und seit dem Krieg und Hollywood, weißt du, da scheinen sie mich nun mal im Blick zu haben. Ich ermutige sie nicht dazu.«

»Du bist dir nicht klar über deine Absichten?«

Auf dem Kiesstrand gab es einen Pfad, auf dem Thornton senior lief. Willard hatte die Wahl, auf einer der Seiten zwischen den größeren Steinen herumzutanzen oder hinter seinem Vater herzutrotten wie ein junger Cockerspaniel. Er entschied sich für das Tanzen.

»Meine Absichten? Du meinst, ob ich um ihre Hand anhalten

will …? Lieber Gott! Wir kommen allerdings verdammt gut miteinander aus.«

»Du weißt schon, was du willst, nehme ich an?«

»Ja, Vater.« Willard sprang über einen von Seepocken übersäten Felsbrocken, verlor beinahe den Halt, und als er sich wieder aufrichtete, sah er, dass sein Vater ihn anstarrte. Der junge Mann spürte einen Augenblick plötzlicher Klarheit und Zuversicht. »Ich werde sie fragen, ob sie mich heiraten will, natürlich.«

Junius nickte. »Gut. Du sagst mir dann, was du dir als Hochzeitsgeschenk wünschst.«

»Ja, Papa.«

Die Regenwolken, die bisher nur gedroht hatten, besprenkelten den Strand mit ersten Tropfen. Willard blieb zurück und ging allein hinter seinem Vater her. Das Gespräch war ins Stocken geraten, und Willard wurde klar, dass sein Vater Recht hatte. Warum noch warten? Was gab es, worauf er noch warten sollte? Rosalind sah an seinem Arm wunderbar aus. Sie kamen hervorragend miteinander aus. Sie würden eines der großartigsten Paare in New York sein, ihre Hochzeit würde die Hochzeit des Jahres werden, und über kaum eine andere würden die Menschen so viel reden. Warum hatte er nicht schon früher daran gedacht?

Die Ehe war definitiv der richtige Weg.

79

Abe blickte auf das Kartenspiel.

Er wartete, bis die rauen Kanten der Karten zu seinen Fingerspitzen sprachen. Dann begann er mit seinen Bewegungen. Er ließ die Karten verschwinden und wieder auftauchen. Er holte Karten aus seinen Jackentaschen, aus dem Sitz des Sofas, unter dem Tischbein hervor. Seitdem er etwa zu der Zeit, als er auf den Flugplatz in Miami gezogen war, wieder mit den Kartentricks begonnen hatte, war er schneller, geschickter, präziser geworden, als er es je gewesen war.

Aber er war nicht an den Karten interessiert. Er übte die Tricks nur, weil es an der gegenwärtigen Situation zu viel gab, das ihn störte.

Zum einen wurde er nun die ganze Zeit beobachtet, was er hasste. Als Jagdpilot setzte er Sicherheit mir Unsichtbarkeit gleich. Er mochte es zu beobachten, nicht, beobachtet zu werden. Darüber hinaus hatte Mason hier in Marion bei weitem zu viele Männer, als dass Abe all seine Beobachter im Blick behalten konnte. Es waren zu viele, sie wechselten zu häufig, und es gab immer zu viele Gründe für sie, um irgendwo in seiner Nähe herumzulungern. Die einzige Zeit, in der sie ihn überhaupt nicht zu beobachten schienen, war die Zeit, wenn er in seinem Büro war, im selben Flur mit Mamie und Suky. Zu diesen Zeiten kam niemand herein, um ihn zu stören, niemand hing draußen neben dem Fenster oder auf dem Flur herum. Das war eine Freiheit, die Abe noch beunruhigender fand, als beobachtet zu werden.

Und sie durchsuchten ihn.

Nicht ihn persönlich, aber alles andere. Sein neues Haus, sein Büro, den Werkzeugschuppen, sogar das Flugzeug. Und diese Jungs waren gründlich. Einmal entdeckte Abe, dass sie sogar die Absätze seiner Fliegerstiefel geöffnet hatten, um nachzusehen, ob er dort etwas versteckte. Abe hatte es nur bemerkt, weil sie nicht in der Lage gewesen waren, die Originalnägel zu benutzen, um die Absätze wieder zu befestigen, und dazu glänzende neue Nägel verwenden mussten.

Also hielt Abe sich bedeckt. Er freundete sich mit Mamie und Suky an, gewöhnte sich an, Kaffee und Kuchen mit ihnen zu teilen, aber tat nichts, um Masons Verdacht zu bestätigen. Und Brad hatte Recht gehabt. Die beiden Mädchen kümmerten sich um alles: Lohnlisten, Buchhaltung, Ausgaben, Portokasse, Bestandsverzeichnis – alles. Es war eine Fundgrube an Informationen, für die Jim Bosse seinen linken Arm geopfert hätte.

Auf eine Weise mochte Abe seine neue Isolation. Sie verschaffte ihm Raum, um nachzudenken. An diesem Abend im Werkzeugschuppen mit Pen hatte er eine Klarheit im Herzen gespürt. Es war wie ein schweres Gewicht, von dessen Existenz er bis dahin nichts gewusst hatte. Danach, so hatte er gedacht, würde die Welt heller, sauberer, einfacher sein. Und so war es auch gewesen – für kurze Zeit. Sicherlich hatte er es einfacher gefunden, Pen und Arnie in seine Pläne einzuweihen. Sicherlich war er erleichtert gewesen, dass er in jener Nacht nicht allein gehen musste, als das Bürogebäude plötzlich vor Wachen zu wimmeln schien. Aber es fehlte immer noch etwas. Ein offenes Cockpit ist ein einsamer Ort, und das Fliegen ist ein einsames Spiel. Während seines ganzen Lebens als Flieger hatte er die Einsamkeit geliebt. Wenn das Alleinsein ihn manchmal melancholisch werden ließ, so hatte er es akzeptiert, genauso wie er schlechtes Wetter, tief hängende Wolken, Gegenwind und Maschinenversagen akzeptierte.

Und nun? Nun war er ruhelos. Wenn er auf dem Boden war, wollte er in der Luft sein. Wenn er in der Luft war, wollte er auf dem Boden sein. Er wurde unruhig in Marion und nervös in Miami. Er war sich Pens Gefühlen für ihn sehr bewusst. So sehr er auch versuchte, die Beziehung zwischen ihnen unverfänglich zu halten, fiel es ihnen beiden schwer, und Abes Abwesenheit war beinahe eine Erleichterung.

In der Zwischenzeit konnte ihn nichts lange fesseln – nichts außer den Träumen vom Orteig-Preis und der graue Atlantik. Deshalb war es gut, dass er nun etwas hatte, worum er sich Sorgen machen musste.

Es war nicht nur Masons plötzliche Intensivierung seiner Überwachung. Es waren nicht nur die Überwacher und die Durchsuchungen. Es lag etwas in der Luft, das spürte Abe. Und er wusste, dass sich das große Finale näherte, *und zwar in der Geschwindigkeit eines anderen*. Irgendwo, irgendwie hatte die Organisation Verdacht geschöpft. Sie wurde Abe und seiner Freunde langsam überdrüssig. Es war, als ob seine kleine Angriffsformation entdeckt worden war, als ob für die Angreifer aus dem Hinterhalt ein Hinterhalt gelegt wurde.

Er blickte auf sein Kartenspiel und mischte es. Wolken der Einsamkeit schienen ihn zu erfüllen. Abrupt stand er auf und verstreute dabei die Karten. Dann bewegte er sich langsam durch seine leere Villa und ging zum Sicherungskasten im Schrank unter der Treppe. Ein paar Sekunden lang musterte er die Leitungen, dann nahm er eine in die Hand. Er zog sie heraus und entblößte den Strom führenden Draht. Mit dem Draht berührte er ein Stück Kupfer, das bloßlag. Es gab einen Knall, einen blauen Blitz und scharf riechenden Rauch. In einem Teil des Hauses verlöschte mit einem Seufzer das Licht.

In der Dunkelheit tastete sich Abe bis zum Telefon und wählte Masons Nummer.

»Ja?«

»Mason, ich bin's, Rockwell.«

»Was ist los?«

Abe erklärte alles. Stromausfall. Hatte Mason irgendwen, um das zu reparieren?

Masons Stimme, die vom Alkohol schwer war, schob das Problem beiseite. »Ja, da gibt's hier so einen Jungen, der sich um solche Sachen kümmert. Ich sag ihm gleich morgen früh, dass er zu Ihnen kommen soll. Lundquist heißt der. Lundberg. Irgendwas in der Art. Wie auch immer. Morgen. Okay?«

Abe nickte, bedankte sich und legte auf. Er hatte gerade einen weiteren kleinen Schritt gemacht auf ein Ziel zu, von dem er nicht einmal wusste, ob er es erreichen wollte. Die grauen Atlantikwolken, der endlose Ozean, das stürmische Wetter, sie alle schienen sich in sein Bewusstsein zu drängen. An diesem Abend trank Abe eine Halbliterflasche Whisky, schlief voll bekleidet ein und schnarchte.

80

Die stahlverkleidete Gefängnistür fiel schwer ins Schloss.

Willard und Larry Ronson spürten beide den dumpfen Schlag, aber keiner von beiden sagte etwas, während sie das massige Gefängnisgebäude hinter sich ließen. In einem Umkreis von fünfzig Yards um das Tor herum war das Parken verboten, und zwei bewaffnete Gefängniswärter beobachteten die beiden Wall-Street-Banker, während sie zu Willards Wagen hinübergingen. Erst als sie es zu dem von der Sonne beschienenen Streifen auf der anderen Straßenseite geschafft und den beruhigend teuren Komfort von Willards Packard erreicht hatten, begannen sie zu reden.

»Armer Kerl«, sagte Ronson. »Er hat Gewicht verloren.«

»Ja, er war schon immer blass, aber jetzt sieht er entsetzlich aus.«

Ronsons Mundwinkel zuckten, und er warf einen kurzen Blick auf Willard, der seine Füße musterte. Ein Anflug von Übermut umspielte kurz seinen Mund, aber seine Stimme war ruhig, als er sagte: »Ich werde es bestimmt nicht weiterempfehlen.«

»Hä? Was weiterempfehlen?«

»Dieses Hotel. Ich meine, das war ja praktisch ein Gefängnis!«

Willard sah seinen Freund an. Ronson behielt sein ernstes Gesicht – dann begann Willard zu lächeln – dann kicherte Ronson –, dann, bevor sie es recht wussten, bogen sich beide Männer vor Lachen, schlugen auf das Armaturenbrett und brachten den schweren Wagen auf seinen Reifen zum Wackeln. Es war ihr vierter gemeinsamer Besuch bei Charlie Hughes. Keiner der beiden ging gern dorthin, aber indem sie die Besuche kurz hielten und sich vorher und nachher einen ordentlichen Drink genehmigten, erschien die ganze Sache nicht allzu schlimm.

»Entsetzlicher Service. Diese Kellner benahmen sich eher wie Gefängniswärter!«

»Und die Gäste! Wirklich, die sahen aus wie ein Haufen Galgenvögel.«

Willard versuchte einen Witz über Gardinen, Hotelgardinen und schwedische Gardinen, aber die Pointe war ihm entfallen, bevor er halb fertig war. Ronson lachte trotzdem. Sie teilten sich einen Drink aus dem Flachmann im Handschuhfach des Packard. Willard steckte den Zündschlüssel ins Schloss und begann, den Wagen zurück nach Manhattan zu steuern.

»Wie geht es der lieblichen Rosalind?«, fragte Ronson.

»Oh, sehr gut. Wirklich sehr gut.«

Ronson beugte sich zu Willard und knuffte ihn in den Arm. »Glückspilz.«

»Ja. Tatsächlich ...«

»Ja?«

»Ach, nichts. Sag mal, hat Charlie Hughes irgendetwas über Annie gesagt?«

»O ja, sie besucht ihn jede Woche. Sie bleibt, so lange sie kann.«

»Wirklich? Gott, es ist schwer, sich vorzustellen, dass die kleine Annie da hingeht. Ich kriege Gänsehaut von dem Ort.«

»Und so ungünstig, wenn man mitten in der Stadt das Plaza hat, das Ritz ...«

Wieder kicherten sie, aber nicht lange. Willard lenkte das Gespräch wieder auf Annie.

»Sie ist nicht ... Ich meine, sie kann doch nicht in Hughes verliebt sein, oder? Das ist doch nicht der Grund, weshalb ...«

»O Gott, nein!«, fiel Ronson ihm energisch ins Wort. »Nein, wenn du mich fragst, gibt es da einen anderen ehemaligen Angestellten des Handelskredit-Teams, der ihr Herz besitzt ...«

Ronson grinste Willard anzüglich an, der vorgab, zu sehr mit dem Fahren beschäftigt zu sein, um es zu merken. Er wechselte das Thema.

»Weißt du, ich wollte dich gerade fragen ... Hast du jemals daran gedacht, dich niederzulassen?«

»Ich?«, fragte Ronson. »Ich denke schon ... eines Tages ... wenn Clara Bow jemals auf einen meiner Liebesbriefe antwortet. Warum?« Willard antwortete nicht sofort, und Ronson beugte sich wieder zu Willard und knuffte seinen Arm, aber diesmal sanft. »Ich würde es tun, wenn ich ein Mädchen wie deines hätte.«

»Ja, ich habe immer gedacht ... Ich meine, ich bin erst sechsundzwanzig, aber trotzdem, wenn ein Mädchen die Richtige ist, ist sie die Richtige, oder?«

Ein Strahl blassen Wintersonnenlichts fiel über Ronsons Gesicht, und er hielt schützend einen Arm hoch. Willard wollte gerade nach links durch den Verkehr in Richtung Brooklyn Bridge abbiegen, als ihm ein Schaufenster in den Blick fiel: »Ebners Blumen – Groß- und Einzelhandel – Im- und Export«. Willard machte einen plötzlichen Richtungswechsel und fuhr rechts an den Bordstein. Eine Reihe wütender Hupen trötete laut. Ein Lasterfahrer lehnte sich aus dem Fenster und brüllte Flüche, während er in einer Wolke aus Auspuffgasen vorbeifuhr. Willard stoppte den Packard und zog mit einem Ruck die Handbremse an.

»Warte hier bitte einen Moment, okay?«

Er betrat das Geschäft. Ein deutsch-jüdischer Ladenbesitzer, der nach frischem Grün und Blütenpollen roch, kam aus einem Raum hinter dem Laden.

»Hören Sie«, sagte Willard, »Ich wäre daran interessiert, einige Blumen zu kaufen. Rosen, denke ich. Rote.«

»Ja. Rosen. Wie viele möchten Sie haben?«

»Ähm ... Ach Gott, ich würde sagen, ungefähr tausend. Nein. Mehr. Zwei- oder dreitausend. Wie viel würde das kosten?«

Dem Floristen gelang es, seine Züge gut unter Kontrolle zu behalten, während er anfing, Summen zu nennen. Willard feilschte kurz um den Preis, bevor er sich selbst eingestand, dass es ihm eigentlich gleich war. Er wollte, dass alles mit Stil geschah. Die Kosten waren unwichtig. Sie sprachen über Daten und Mengen und Preise und Lieferbedingungen. Willard überraschte sich selbst mit seiner Überzeugung und Entschiedenheit.

Denn Rosalind war die Richtige, nicht wahr? Willard war sich sicher, so sicher wie er noch nie gewesen war. Er fügte noch weitere fünfhundert Rosen zu seiner Bestellung hinzu und besiegelte die Einzelheiten mit einer eleganten schnörkeligen Unterschrift. Sollte er einem der bunten Blätter einen Tipp geben?, fragte er sich. Einen Fotografen besorgen, der einen »Überraschungs-Schnappschuss« von dem glücklichen Augenblick machte? Das wäre vielleicht plump. Andererseits wäre es eine Schande, sich all die Mühe zu machen und niemanden davon wissen zu lassen ... Er würde darüber nachdenken, vielleicht auch Larry um Rat fragen.

»Gut«, sagte der Florist, dessen sorgsam beherrschtes Gesicht schließlich ein immer breiter werdendes Lächeln geschäftlicher Zufriedenheit zeigte. »Möchten Sie vielleicht schon ein paar Rosen als Muster mit nach Hause nehmen? Kosten nichts extra.«

Er ging in den hinteren Teil des Ladens und kam mit einem leicht feuchten Pappkarton zurück, der ein Dutzend Rosen enthielt. Die Rosenblüten waren perfekt; samtig, von intensiver Farbe, einladend, zerbrechlich. Willard hielt eine an die Nase, aus keinem besonderen Grund, sondern weil die Leute das immer taten. Die Rose duftete nach gar nichts. Oder genauer, sie roch nach ihrer Umgebung: nach feuchter Pappe.

»Oh, sie duftet ja gar nicht!«

»Äh, nein, Sir. Vergessen Sie nicht, wir haben Januar. Das sind natürlich Rosen aus dem Gewächshaus. Die duften nicht.«

»Tun sie nicht? Das müssen sie aber!«

Willard blieb in dem kleinen Blumenladen stehen und hielt immer noch die Rosenblüte an die Nase, während das Sonnenlicht draußen auf den Bürgersteig und den Packard floss.

81

Drei Tage später holte Mrs. Gibson Hennessey ihre Wäsche von der Leine, als ihr Fuß gegen ein kleines, in Tuch eingewickeltes

Päckchen stieß. Das Päckchen lag einfach so auf dem Boden und war früher an diesem Morgen mit Sicherheit noch nicht da gewesen. Es sah tatsächlich so aus, als ob es gerade vom Himmel gefallen wäre.

Sie fasste diese Geschenke des Himmels nicht gerne an. Sie wusste, woher sie kamen und warum. Aber obwohl sie nicht gerne damit zu tun hatte, klemmte sie das Päckchen unter den Arm und brachte es mit der Wäsche zusammen ins Haus. Als Gibson Hennessey es später am selben Abend öffnete, fand er darin ein kleines Taschenbuch, das *Die Grundlagen des Morse-Codes* hieß, und eine Drei-Wort-Notiz von Abe: »Viel Spaß damit!«

82

Arnie Hueffer, Flugzeugmechaniker und Höhen-Hasser, legte Kletterhaken an und fluchte leise.

Es war abends, zwölf Minuten nach neun Uhr. Vor ihm, weiter die dunkle Straße in Havanna entlang, war Frank Lambaughs Villa hell erleuchtet. Jazzmusik von einem Grammophon drang durch die Fensterläden. Die Musik wurde von Zeit zu Zeit durch plötzliches Lachen unterbrochen, hauptsächlich weibliches Lachen. Auf der Veranda am Eingang war ein dunkler Schatten, der ein Wachmann oder ein Wachhund sein konnte oder ebenso gut einfach ein dunkler Schatten.

Arnie holte einen breiten Ledergürtel aus seiner Tasche und schlang ihn um den Telefonmast, durch eine Schnalle und dann um seine Taille. Er blickte zu dem metallenen Verteilerkasten fünfzehn Fuß über seinem Kopf und fluchte wieder. Dann stieß er die Spikes seiner Kletterhaken in das weiche Holz des Mastes und lehnte sich in den Gürtel zurück. Er kletterte los.

Er war in Havanna, weil Pens Maschine nicht starten wollte. Pens Maschine wollte nicht starten, weil sie sie sabotiert hatte. Und sie hatte sie sabotiert – wobei sie Arnies geduldige Instruktionen zur Motorsabotage befolgt hatte –, weil sie ihn brauchte, hier in Havanna, um einen Telefonmast hochzuklettern.

Er fluchte und schimpfte den ganzen Weg hinauf. Es war Viertel nach neun.

Am oberen Ende des Mastes gaben waagerechte Stangen, die in das Holz getrieben waren, seinen Füßen Halt. Er tat, was er konnte, um sich zu sichern, fluchte aber dennoch leise weiter. Der graue Verteilerkasten war abgeschlossen, ließ sich aber leicht aufbrechen. Die kleine Tür öffnete sich und enthüllte ein Anschlusspanel mit ungefähr siebzig oder achtzig Anschlüssen. Nichts zeigte an, welcher Anschluss zu welchem Haus gehörte.

Arnie warf einen Blick zurück auf die Villa. Auf der Veranda, wo der dunkle Schatten lauerte, glühte in der Dunkelheit orange die Spitze einer Zigarette. *Verdammt!* Arnie zuckte zusammen und blickte zum Himmel. Er war in Sicherheit, vielleicht. Der Mond war hinter einem Wolkenstreifen verschwunden. Arnie bezweifelte, ob ein schläfriger Wächter ohne die Hilfe des Mondlichtes einen Mann bemerken würde, der vierzig Yards weit entfernt oben auf einem Telefonmast saß.

Es war keine Zeit zu verlieren. Er atmete tief durch und holte dann einen Kopfhörer aus der Tasche. Der Kopfhörer war mit einem Draht verbunden, der in einer Krokodilklemme endete. Arnie setzte den Kopfhörer auf und berührte mit der Krokodilklemme nacheinander die Anschlüsse auf dem Panel. Jedes Mal hörte er ein oder zwei Sekunden hin und ging dann zum nächsten Anschluss über. Die meisten Anschlüsse waren stumm, nur einige wenige schienen lebendig zu sein. Als Arnie Stimmen hörte, waren es Männerstimmen, die Spanisch sprachen; keine davon war Lambaughs Stimme und mit Sicherheit nicht Pens.

Der Plan ließ keinen Raum für Irrtümer. Pen hatte versprochen, Lambaugh um Punkt Viertel nach neun anzurufen. Wenn auch Arnie niemals Lambaughs Stimme gehört hatte, würden die beiden in English sprechen, ein sicheres Zeichen, dass er die richtige Leitung erwischt hatte.

Aber er arbeitete sich durch das ganze Panel, ohne etwas zu finden. Er kehrte zum ersten Anschluss zurück, ergriff ihn mit seiner Klemme und horchte wieder. Nichts. Er ging zum nächsten über und dann zum übernächsten.

Mit einem Auge bei der Arbeit beobachtete Arnie den Mann auf Lambaughs Veranda, wie er seine Zigarette fortwarf und aufstand. Arnie ließ seine Finger von Anschluss zu Anschluss fliegen. Immer noch nichts. Er versuchte es noch einmal. Er hatte schon sechzig Anschlüsse geprüft und kam immer mehr zu der Überzeugung, dass der Plan gescheitert war. Dann fand er es. Er klemmte sich an den nächsten Anschluss in der Reihe, und sofort erklang Pens Stimme laut und klar im Kopfhörer.

»Eine Winde«, sagte sie gerade. »Offenbar kann Hueffer die Maschine nicht reparieren, es sei denn, er kann sie hochheben.«

Eine Männerstimme antwortete, die vor Alkohol und Verärgerung heiser war. »Himmel! Wussten Sie nicht vorher, dass Sie eine Winde brauchen? Was haben Sie geglaubt, wie wir das Flugzeug hochheben sollen?«

Pen antwortete. Ihre Antwort war ausweichend, wortreich, aus der Luft gegriffen.

»Gutes Mädchen!«, flüsterte Arnie. »Erzähl ihm noch mehr davon.«

Mit Höchstgeschwindigkeit wickelte er einen Draht um Lambaughs Anschluss, dann ließ er den Rest der Drahtrolle auf den Boden fallen. Er schloss den Verteilerkasten, und halb rutschend, halb fallend glitt er den Mast hinab.

Er ergriff den losen Draht und führte ihn durch einen Hinterhofgang in der Nähe, wo eine Reihe ehemaliger Ställe von den Armen Havannas in Besitz genommen worden war. In der Luft lag ein Geruch von Abwasser und stark gewürztem Essen – die süße tropische Mischung von Üppigkeit und Verfall. Der Eingang zu dem Hinterhof wurde durch einen breiten Steinbogen markiert, von dem der halbe Putz abgebröckelt war. Arnie klemmte seinen Draht oben auf dem Bogen fest und ließ den Draht auf der anderen Seite herunter.

Der schwierige Teil hatte gerade erst begonnen.

83

Rosalind roch sie, noch bevor sie den See erreichte.

Obwohl der Abend nach New Yorker Maßstäben mild war, war der Park noch im Winter gefangen. Aber etwas Magisches war geschehen. Als sie um die Ecke zu dem See am südlichen Ende des Central Park bog, sah sie sie: Rosen, Tausende von Rosen, in schönster Blüte; so viele, dass das kleine Ruderboot zu leuchten schien. Rosen wanden sich an den Seiten des Bootes entlang, sie sprossen aus dem Heck, sie ragten vom Bug aus in die Höhe wie eine Gallionsfigur. Rosalind blieb wie angewurzelt stehen, die Hand auf dem Mund. Ihr Puls beschleunigte sich, bis er raste.

Neben dem Boot stand ein älterer Ruderer, der auf beinahe komische Weise in der englischen Mode kostümiert war.

»Miss Rosalind«, sagte er mit einem Akzent, der direkt aus Brooklyn kam. Er hielt ihr die Hand hin.

Sie wollte stehen bleiben. Sie wollte die Rosen riechen, das Bild in sich aufnehmen, in dem schwächer werdenden Januarlicht baden, das zwischen die Hochhäuser von Manhattan kroch. Aber der Reiz des Märchens war zu stark. Da war das magische Boot, der komische Ruderer, die Rosen. Rosalind ließ sich an Bord heben. Sie war gekleidet, wie Willard es erbeten hatte, bereit für einen Abend in der Oper. Sie trug ein grünes Kleid unter einem hellen Pelzmantel, Seidenstrümpfe, Perlen und einen Seidenschal mit Fransen. Sie sah aus – fühlte sich beinahe – wie ein Accessoire zur Kleidung von jemand anderem.

Sie setzte sich. Dichter bei den Blumen waren der Duft und die Farben beinahe überwältigend. Der Boden und der Sitz des Bootes waren von einem Teppich aus Blütenblättern bedeckt. Es waren so viele, dass Rosalind, wo auch immer sie ihre Hand hintat, kein Holz spürte, sondern immer nur weiche Blüten. Fast fühlte es sich an, als wäre das Boot selbst aus Blüten gemacht. Nur das Wackeln des Holzes und das Knirschen der Dollen bewiesen, dass es nicht so war.

Die Ruder bewegten sich plätschernd durch das Wasser. Im Gegensatz zu seinem größeren Bruder weiter nördlich war dieser See recht klein, und obwohl der Ruderer langsam ruderte, würde selbst ein langsamer Ruderer nicht viel Zeit benötigen, um ihn zu überqueren.

Rosalind, die in Fahrtrichtung saß, streckte den Hals, um zu sehen, was sich auf der anderen Seite befinden musste. Zunächst sah sie nur die dumpfen Braun- und Grüntöne des Januars. Dann erhaschte sie einen Blick auf starkes Schwarzweiß hinter dem Gebüsch. Dann gab es noch eine Bewegung, und Willard trat im Smoking aus seinem Versteck hinter den Büschen hervor. Rosalind nahm vage einige abendliche Spaziergänger wahr, die mit offenem Mund das Spektakel bestaunten. Irgendwo seitlich platzte eine Blitzlichtbirne und leuchtete hell auf. Der Ruderer fuhr das Boot sanft ans Ufer. An der Stelle, wo Rosalind aussteigen sollte, war die feuchte Erde mit weißem Sand bedeckt und dann mit Rosenblättern bestreut worden.

Sie ging an Land. In den Büschen spielte ein Grammophon ein Streichquartett von Mozart, ihre Lieblingsmusik. Der Ruderer hatte die Ruder eingeholt und saß mit völlig unbeteiligtem Gesicht da, ganz wie ein treuer Diener, Familiendiener, der alles sieht und niemals tratscht. Oben am Ufer nahm Willards Rosalinds Hand im Seidenhandschuh und sank auf sein Knie.

»Liebste Rosalind . . .«

Sie hatte gewusst, was nun kam. Sie hatte es von dem Augenblick an gewusst, als Willard sie gebeten hatte, ihn dort zu treffen. Sobald sie die Rosen gesehen und gerochen hatte, hatte sie es nicht nur gewusst, sie war von der Gewissheit förmlich überwältigt worden. Sie fühlte sich wie eine Schauspielerin, die eine Rolle spielte.

Und sie sagte »Ja«.

Natürlich tat sie das. Sie liebte Willard. Liebte und bewunderte ihn. Er war ein Mann, auf den jede Frau auf der Welt stolz wäre. Wer sonst hätte so eine Pracht arrangieren können? Die Rosen. Die Abendsonne. Der See, der sich golden und purpurn kräuselte.

Und es war erst hinterher – nachdem sie ja gesagt hatte, nachdem sie sich geküsst hatten und Willard selbst über den See zurückgerudert war, und nachdem sie Champagner getrunken hatten und Austern und Hummer gegessen und ihre Familien angerufen und sich nicht ein Mal, sondern zwei Mal geliebt hatten –, als sich Rosalind eines winzigen Tröpfchens der Enttäuschung bewusst wurde.

»Will?«, fragte sie und wandte sich an ihren schon fast eingeschlafenen Verlobten.

»Mmm?«

»Diese Rosen, die haben so wundervoll geduftet.«

»Mmm.«

»Wie hast du das hingekriegt? Rosen aus dem Gewächshaus, die duften fast nie.«

»Die haben auch nicht geduftet. Kein bisschen.«

»Kein bisschen? Aber …«

»Ich musste Parfüm benutzen. Eimerweise.«

»Du hast Parfüm benutzt? Das war Parfüm?«

»Mmm.«

Aber Willards »Mmm« bedeutete überhaupt nichts. Er war eingeschlummert, schlief tief und fest. Rosalind schlief nicht. Sie war hellwach. Sie spürte ihren neuen Diamantring riesig an ihrem Finger. Und sie fühlte sich traurig, weil sie wusste, dass mit dreitausend perfekten Rosen um sie geworben worden war, von denen nicht eine geduftet hatte.

84

»Mann, es ist heiß, oder?« Mamie zupfte am Ausschnitt ihres Kleides, wo es feucht über ihre Brust hing.

»Dreißigeinhalb Grad im Schatten, Luftdruck hoch, Luftfeuchtigkeit hoch, Wind sechs Knoten aus Südsüdwest.«

»Sie müssen in Ihrem kleinen Büro ziemlich einsam sein. Geht es Ihnen dort gut?«

»Wunderbar.«

»Das sagen Sie immer. ›Wunderbar‹. Geht es Ihnen jemals nicht wunderbar?«

»Manchmal schon, denke ich.«

Abe griff nach der Tasse mit dem Kaffee, den Suky für ihn gemacht hatte. Suky glaubte, dass der Kaffeesatz so oft wiederverwendet werden konnte, wie er das Wasser noch färbte. Abes Tasse enthielt eine blassgraue Flüssigkeit mit einem öligen Schimmer auf der Oberfläche. Weder Mamie noch Suky gehörten zu der Art von Gesellschaft, die Abe wirklich genoss, aber ihm gefiel die Abwechslung, und auch die Mädchen genossen ihre Plaudereien mit dem berühmten Flieger. Die beiden Mädchen sahen sich an. Nach einem bisschen Schubsen und Augenzwinkern räusperte sich Suky und fing an.

»Haben Sie jemals ... Ich meine ... Nein, tut mir leid, ich sollte nicht fragen.« Suky wurde puterrot und kicherte heftig.

»Was denn? Es ist schon in Ordnung, wenn Sie fragen.«

»Mamie und ich haben uns gefragt, ob Sie jemals ein Mädchen hatten. Ich meine ... Ich will damit nicht sagen ... Wissen Sie ... Wir haben uns das einfach gefragt. Das ist alles.«

»Wenn Sie meinen, habe ich jemals, dann ja. Wenn Sie meinen, im Augenblick, dann nein.«

Es war ziemlich offensichtlich, dass eine Menge über Abes Beziehung zu Pen Hamilton spekuliert wurde. Doch Sukys Erröten wurde jetzt noch stärker.

»Und Miss Hamilton? Ist sie ...? Tut sie ...? Ich glaube ... ich habe noch nie zuvor von einer Lady gehört, die Flugzeuge fliegen möchte.«

»Es gibt heutzutage aber doch ein paar Ladys, die fliegen. Miss Hamilton ist nur zufällig besonders gut darin.«

Suky platzte beinahe und wollte am liebsten fragen, ob Pen einen Freund hatte – oder besser noch, eine Folge von supergut aussehenden, fabelhaft verwegenen, millionenschweren Flieger-Freunden –, aber Abes Kiefer waren fest verschlossen. Das war etwas, worüber er nicht gerne sprach. Verdammt, in diesen Tagen fühlte er sich schon bei dem Gedanken daran unbehaglich. Er blieb schweigsam, und die junge Frau stotterte weiter, bis sie die Frage schließlich aufgab. Abe trank seinen Kaffee aus und stand auf.

Mamie und Suky waren verantwortlich für das Tippen und die Bearbeitung der meisten Schriftstücke, die in Marion ankamen. Wenn ein Frachter seine Waren entlud, wurde handschriftlich rasch ein Frachtpapier geschrieben und zu ihnen ins Büro geschickt. Ihre Aufgabe war es, das Papier mit der Maschine abzuschreiben und von jedem Original zwei Durchschläge zu machen. Das Original wurde in der Akte abgelegt, die beiden Kohledurchschläge gingen an Mason. Auf diese Weise lief es immer. Irgendwo weiter den Flur hinab verarbeitete ein Buchhalter Masons sämtliche finanziellen Transaktionen zu einer Reihe von standardisierten Buchungen. Jede Woche gab er seine neuesten Buchhaltungsbögen Mamie und Suky zum Abtippen. Die Lohnliste: dasselbe. Von irgendwoher tauchte ein Angestellter mit der wöchentlichen Wer-kriegt-was-Liste auf. Mamie und Suky tippten sie ab und ordneten sie in die Akten ein.

Und die beiden Mädchen hatten ein System. Die eingehenden Papiere wanderten sofort in einen Drahtkorb, der auf dem Aktenschrank direkt neben der Tür stand. Wenn sie so weit waren – und sie gehörten nicht zu denjenigen, die sich gerne abhetzten –, entluden sie den Korb und machten sich an die Arbeit. Und Abe hatte bald auch ein System. Jedes Mal, wenn er den Raum betrat, legte er, was auch immer er gerade bei sich trug, oben auf den Korb. Wenn er ging, nahm er seine Sachen wieder mit.

»Ich sollte jetzt lieber weitermachen«, sagte er.

»Sicher.«

»Danke für den Kaffee.«

»Gern geschehen.«

»Also dann ...«

Abe nahm seine Papiere vom Korb. Nicht nur seine, sondern auch die darunter. Er tat dies ohne jede Heimlichkeit, er tat es einfach.

Er ging zu seinem Büro zurück und ließ die Tür weit offen, sodass jeder einfach hereinkommen konnte. Er begann, seine Fluglogbücher zu bearbeiten. Die Papiere, die er bei Mamie und Suky mitgenommen hatte, lagen vor ihm auf dem Tisch. Es waren die wöchentlichen Lohnlisten, die sauber mit schwarzer Tinte geschrieben waren. Die Papiere lagen dicht genug bei Abe, dass er sie sehen konnte, aber er kopierte sie nicht. Wenn jemand zufällig in diesem Augenblick in sein Büro gekommen wäre, hätte er ein Bild der Unschuld geboten: ein Mann, der über seine Arbeit gebeugt war, ein Mann, der zufällig ein paar langweilige Papiere mitgenommen hatte, die ihm nicht gehörten.

Und das war alles, was sie sehen würden. Selbst wenn sie das Büro durchwühlten, jeden Fetzen Papier untersuchten, wenn sie Abe selbst filzten und sein Flugzeug, seine Besitztümer, sein Hotelzimmer und alles andere in kleine Teile zerlegten, würden sie nicht einmal auf ein Komma stoßen, das zu den belastenden Buchungsunterlagen gehörte.

Die Chancen standen gut, dass sie an den falschen Plätzen nach den falschen Dingen suchen würden. Sie würden nicht einmal wissen, nach was sie wirklich hätten Ausschau halten sollen. Dinge, wie zum Beispiel ein Baumwollfaden, etwa fünf Fuß lang, der von

Abes Hand wie zufällig seitlich an seinem Stuhl vorbei zum Fenster nach draußen verlief.

Eine verbogene Büroklammer, die an das Ende des Fadens gebunden war, aber nur locker, sodass ein kurzes, scharfes Reißen von Abes Hand die Klammer lösen und auf den Boden fallen lassen würde.

Ein paar lose Drähte, die alle ein kleines Stückchen nacktes Kupfer aufwiesen, als Teil eines Bündels von Leitungen, die vom Dach herunterkamen. Die Büroklammer war um eine der Leitungen gebogen, sodass jedes Mal, wenn Abes Hand auf den Draht klopfte, der Draht den anderen berührte und den Stromkreis schloss.

Ein Stück Abflussrohr auf dem Dach, das vom Boden aus nicht zu sehen war und wie ein Artilleriegeschütz auf den Hügel in Richtung Independence zielte.

Und schließlich dies: eine elektrische Glühbirne, die in dem Regenrohr verborgen war und nur leuchtete, wenn der Stromkreis geschlossen war. Wegen der Länge des Rohres, das sie abschirmte, war das Leuchten für jeden, der in die Nähe kam, vollkommen unsichtbar.

Wenn die Leute, die es sahen, beinahe übermenschlich schlau gewesen wären, dann hätten sie den letzten Teil des Puzzles natürlich erraten können: ein schlaksiger Ladenbesitzer oben in Independence, der mit einem Teleskop am Fenster seines Schlafzimmers saß, das ständig auf das blinkende Licht unten auf einem Dach in Marion gerichtet war. Und Hennessey war inzwischen gut in diesem Spiel. *Die Grundlagen des Morse-Codes* wurden nicht mehr benötigt. Die rechte Hand des Ladenbesitzers gab Abes Nachrichten ebenso fließend wieder, als würde er eine Seite aus der Zeitung abschreiben.

Aber es war keine Zeitungsseite, die er kopierte. Er kopierte Marions geheimste Finanzdokumente. Dies waren die Dokumente, die eines Tages für eine strafrechtliche Verfolgung entscheidend sein konnten. Die Dokumente würden beweisen, dass

Marion ein Geschäft war; dass dieses Geschäft hoch profitabel war; dass die Menschen, die Profit aus diesem Geschäft zogen, ohne weiteres genug verdienten, um der Einkommenssteuer zu unterliegen. All die anderen Informationen, die Abe und Pen bis dahin gesammelt hatten, waren nicht halb so viel wert wie diese Unterlagen. Und es wurde ständig weiter kopiert.

Buchstabe für Buchstabe. Zeile für Zeile. Belastende Seite für belastende Seite.

85

Es war spät nachmittags. Willard hatte während des Abendessens eine halbe Flasche Wein getrunken und war schläfrig. Aber der Schlaf würde warten müssen. Er musste Heiratsvorbereitungen treffen, endlose Angelegenheiten im Rahmen der Firmengeschäfte regeln, ein Haus für sich und Rosalind kaufen und sich bereit machen.

Und dann war da noch Rockwell.

Mason ließ den Mann nun ununterbrochen überwachen. Er hatte seine besten Männer darauf angesetzt. Doch bisher hatten sie nichts gefunden. Nicht die kleinste Kleinigkeit. Masons letzter Bericht ließ nichts unerwähnt: Bewegungen, Gespräche, Zeiten, Daten, Durchsuchungen. Wie immer schien der Mann sauber zu sein. Willard studierte den Bericht. Dann rief er Mason für ihre tägliche Besprechung an. Sie gingen verschiedene geschäftliche Angelegenheiten durch, bevor das Gespräch, wie immer, auf Rockwell kam.

»Der Junge ist sauber, Thornton«, klagte Mason seufzend. »Er ist sogar ein netter Kerl. Ich denke, es ist Zeit, dass wir ihn in Ruhe lassen. Es macht mich langsam krank.«

»Ja. Ja.« Willard wollte Mason glauben, aber er spürte auch den Druck durch seinen Vater und sein eigenes brennendes Verlangen, seine Fähigkeiten unter Beweis zu stellen. »Sobald wir sicher sind.«

»Wir *sind* sicher. Er sitzt drei Türen entfernt von den geheimsten Papieren, die wir haben. Er hat keinerlei Versuch unternommen, sie zu kopieren, es sei denn, er schreibt sie mit unsichtbarer Tinte auf unsichtbares Papier. Der Mann macht nicht mal seine Tür zu.«

»Aber er hat um ein Büro gebeten, richtig? Wo er ein ganzes Haus hat, um darin zu arbeiten?«

»Stimmt. Nur ist er nicht der Typ für Luxusvillen. Das wissen Sie doch.«

»Ja. Also warum arbeitet er dann für uns? Wenn ihm das alles scheißegal ist?«

Es war ein Disput, wie sie ihn schon oft geführt hatten. Die beiden Männer schlugen sich vertraute Argumente um die Ohren, wobei sie beide von ihren eigenen Beteuerungen nur halb überzeugt waren. Nur kam Mason diesmal mit etwas Neuem. Als er es sagte, konnte er nur mit Mühe ein Kichern zurückhalten.

»Ha! Nur ist es das gar nicht.«

»Ist es was nicht? Scheißegal?«

»Genau. Er braucht das Geld ziemlich dringend. Wollen Sie mal raten warum?«

»Seine Eltern haben ein Farm, sagten Sie.«

»Ja, aber das ist es nicht.«

»Da ist noch etwas?«

»Was sonst könnte den Mann interessieren? Was würde der Mann mehr wollen als alles andere auf der Welt?«

Willard rieb sich die Stirn und wurde plötzlich von einem ganz unerwarteten Bild überrascht: ein Bild aus der Kriegszeit, von dem einfachen Aerodrom in Frankreich, wo Captain Rockwell seine Piloten mit Informationen versorgt hatte. Auf dem Gesicht des Mannes hatte eine Traurigkeit gelegen, die Willard damals nie aufgefallen war, aber die er sich, da war er sich ziemlich sicher, nicht eingebildet hatte. Was würde Captain Rockwell am meisten wollen? Das war einfach: Er wollte, dass seine Piloten lebend zurückkehrten.

Doch das sagte Willard nicht. Stattdessen sagte er: »Ich weiß nicht. Was?«

»Ein Flugzeug natürlich. Er will ein Flugzeug, das nach Paris fliegen kann.«

»Den Orteig-Preis?« Willard umklammerte den Telefonhörer noch fester. Er spürte eine Erleichterung und ein Glücksgefühl, die sich in seiner Brust ausbreiteten.

»Den Ortiek? Ja, irgend so was. Himmel, Thornton, vielleicht verstehen Sie so etwas. Ich glaube einfach, der Kerl ist verrückt. Er sagt, dass ihm Paris nicht einmal gefällt.«

Aber es konnte tatsächlich so sein. Am meisten hatte Willard immer dies beunruhigt: Welches mögliche Motiv konnte seinen alten Kommandeur zu einem kriminellen Leben bewegen? Wenn die Antwort der Gewinn des Orteig-Preises war, machte das Ganze vielleicht einen Sinn. Aber Willard war zu professionell geworden, um sich so schnell zu entspannen.

»Das ist vielleicht eine Erklärung für Rockwell. Aber es ist keine Erklärung für das Hamilton-Mädchen.«

»Richtig. Nur, wie sie sagen, ist sie ein Mädchen.«

»Und? Ich verstehe ...«

»Sie hat sich in ihn verguckt. Ich wusste es nicht mit Sicherheit, aber jetzt weiß ich es.«

»Sie sind zusammen? Er und sie, sie ...?«

»Nein. Jedenfalls bin ich mir ziemlich sicher, dass sie es nicht sind. Nur ist sie scharf auf ihn. Er hat es mir fast erzählt, aber ich konnte mir den Rest denken. Warum sollte eine Frau sonst so etwas machen?«

Das warme Glücksgefühl breitete sich weiter aus. Rockwell war verrückt nach seinen Plänen, das Mädchen war verrückt nach Rockwell. Alles begann, einen Sinn zu ergeben. Und wenn es so war, dann konnte Willard sich entspannen. Er brauchte nicht zu handeln. Sein alter Kommandeur würde leben, nicht sterben.

»Wir können ihn also in Ruhe lassen?«, fragte Mason.

»Gott, es ist sicher schön, zu wissen ...«

»Ich habe ein paar Jungs nach Miami geschickt, um zu überprüfen, was dieser Mechaniker Hueffer vorhat. Alles, was Rockwell sagt, scheint wahr zu sein. Sie haben eine ganze Reihe von Flugzeugentwürfen getestet, sie haben schon mit ein paar Flugzeugbauern geredet ... Es passt alles zusammen, Kumpel.«

Willard versteifte sich. Mason war nicht in der Position, ihn »Kumpel« zu nennen. Willard spürte ein kleinliches Verlangen, Mason daran zu erinnern, wer der Boss war. Er blätterte durch den letzten Stapel Dokumente, den Mason ihm geschickt hatte, und fand eine Liste mit der Überschrift »Neuankömmlinge in Marion in den letzten vier Monaten«. Mason hatte die Liste auf Willards Wunsch hin aufgestellt. Es waren fünfzehn Namen auf der Liste, und Willard begann, Mason mit einer unnötigen Kombination von Schärfe und Selbstgefälligkeit nach jedem einzelnen zu befragen.

Doch Willards Aufmerksamkeit wurde nur halb von Masons Antworten beansprucht. *Was hatte Captain Rockwell am meisten gewollt? Er wollte, dass seine Piloten lebend zurückkehrten. Er wollte, dass Willard lebend zurückkehrte.* Diese Erkenntnis löste eine merkwürdige Mischung von Gefühlen in ihm aus: Glück, Stolz, Nostalgie, Sehnsucht, Trauer. Seine Aufmerksamkeit war nur halb auf das Gespräch gerichtet, während er und Mason sich durch die Liste arbeiteten. Sie erreichten den letzten Namen: »(Lundmark, Bradley??)«

»Warum die Fragezeichen? Warum die Klammern?«

»Ich war mir nicht sicher über seinen Familiennamen. Es ist nur ein Junge. Ein Jugendlicher aus Brunswick, der kleinere Arbeiten für uns erledigt. Er ist eigentlich kein Einwohner, aber wir halten ihn ziemlich auf Trab, und so hängt er viel bei uns herum.«

Willard rutschte verärgert in seinem Sessel herum. »Warum? Warum tun Sie das? Das ist ein Sicherheitsrisiko. Wir sollten nur Leute in der Stadt haben, die ...«

Willard hielt ihm eine Standpauke, bis sogar er selbst seiner Stimme überdrüssig wurde.

»Ja, sicher, Sie haben Recht. Wir schicken ihn zurück. Aber er ist nur ein Junge. Ich würde mir keine Sorgen machen.«

Irgendwo in Willards Hinterkopf tauchte blitzartig ein Gedanke auf.

»Ein Junge? Wie alt?«

»Ich weiß nicht. Fünfzehn vielleicht.«

»Und der Familienname? Der ist nicht so häufig. Hieß nicht einer Ihrer Nachbarn auf dem Hügel so?«

»Was? Lundmark?« Plötzlich klang Masons Stimme angespannt. Willard bemerkte diese Spannung mit Schadenfreude. Er hatte Mason erwischt und würde es genießen, seinen Vorteil auszunutzen.

»Das ist der Name, über den wir reden«, sagte er übertrieben korrekt.

»Scheiße, ja, lassen Sie mich nachdenken ... das ist schon eine Weile her ... nur, ja, wir mussten ein paar Typen umlegen. Ich denke, einer davon könnte ein Lundmark gewesen sein, ja.«

»Könnte gewesen sein?«

»War. War ein Lundmark.«

»Einer, der alt genug war, um einen sechzehnjährigen Jungen zu haben?«

»Ich denke, schon. Ja. Scheiße.«

»Sie haben den Vater getötet, und Sie haben den Jungen angeheuert, um Besorgungen für Sie zu erledigen?«

Willards Stimme war eisig. Masons hingegen klang unnatürlich leise und unterwürfig, als er antwortete. Etwas in ihren Worten nahm plötzlich eine tödliche Schärfe an. Beide Männer wussten, was zu tun war.

VIERTER TEIL

KONTROLLE

Das Problem MIT DEM *Fahrradfahren ist, dass es im Sommer ein Spaß, im Winter jedoch eine Qual ist.*

Und so stellten Wilbur und Orville Wright, zwei Fahrrad-Hersteller aus Ohio, als der Herbst kam, fest, dass sie sich langweilten. Die Fliegerei erregte ihre Aufmerksamkeit – warum auch nicht? Die Wissenschaft der Gleitflieger war gut vorangeschritten, und der Verbrennungsmotor schien das Problem des Schubs gelöst zu haben. Die beiden verschafften sich die erhältliche Literatur und lasen sie aufmerksam. Und je mehr sie lasen, umso mehr wurde ihnen klar, dass das ganze Problem nun bei der Kontrolle lag: Wie manövriert man ein Flugzeug während des Fluges?

Die meisten vor ihnen hatten daran gedacht, eine bewegliche Höhenflosse zu benutzen, ähnlich so wie das Ruder eines Schiffes. Aber die Gebrüder Wright kannten sich mit Fahrrädern aus, und diese hängen von einer anderen Bewegung ab: Sie legen sich in die Kurve. Vielleicht mussten Flugzeuge dasselbe tun? Und vielleicht konnte das erreicht werden, wenn man es wie die Vögel machte: indem man die Spitze des einen Flügels nach oben und die Spitze des anderen nach unten drehte …

Es war eine gute Idee. Aber eine gute Idee zu haben machte noch kein Flugzeug. Obwohl die Gebrüder Wright einen Anfang durch die Literatur fanden, die George Cayley angeregt hatte, mussten sie dennoch jedes einzelne Problem lösen, als ob es gerade erst auftauchte. Wie machte man das Flugzeug leicht genug? Wie machte man es stark genug? Wie musste der Propeller geformt sein? Wie wurde der Schub erzeugt?

Aber sie waren brillante Mechaniker – visionär und praktisch; krea-

tiv und ausdauernd. Ein Problem nach dem anderen wurde gelöst. Am 17. Dezember 1903 machten die Gebrüder Wright den ersten echten Flug der Welt: bemannt, mit eigenem Antrieb und kontrolliert. Im Laufe der nächsten beiden Jahre führten sie eine Reihe von Verbesserungen ein, die in einem Nonstopflug von nicht weniger als vierundzwanzig Meilen gipfelte.

Und wie reagierte die Welt auf diese Eroberung des Himmels? Die erstaunliche Antwort ist einfach: Sie reagierte überhaupt nicht. An dem Tag, an dem die Wrights die Presse eingeladen hatten, um ihre Leistung zu bezeugen – hatte der Motor ein Problem, und Flieger Nr. 2 flog nicht. Am folgenden Tag erlebte die Presse einen stotternden Gleitflug von zwanzig Yards. Und danach war sie einfach nicht mehr interessiert. Drei Jahre, nachdem die Wrights den Luftraum erobert hatten, gab es weltweit nur ein einziges funktionierendes Flugzeug.

Und so wurde das Flugzeug unvermeidlich noch einmal erfunden. Diesmal in Frankreich, von einem eleganten kleinen Brasilianer, Santos-Dumont. Das Flugzeug des Brasilianers war weniger gut geplant als das der Gebrüder Wright, aber es bewältigte die vierte und endgültige Herausforderung des Fliegens: irgendwo in die Luft zu gehen, wo es Presse und Kameras gab. Im Jahr 1906 hatte das Zeitalter der Luftfahrt tatsächlich begonnen. Die Welt, angeführt von den Franzosen, wurde flugverrückt. Viele der Wörter, die das »Aeroplan« im Englischen beschreiben, kommen aus dem Französischen, daher: fuselage *für den Rumpf,* aileron *für das Querruder und* aerodrome *für den Flugplatz.*

Und was war die dauerhafteste Errungenschaft der Gebrüder Wright? Die Erkenntnis, dass sich ein Flugzeug in die Kurve legen muss wie ein Fahrrad und nicht gesteuert wird wie ein Schiff. Die »Flügelbiegetechnik« der Wrights selbst hatte nicht lange Bestand. Querruder erledigten die Aufgabe besser und sicherer. Dennoch war Cayleys magisches Trio endlich vollendet. Auftrieb, Schub, Kontrolle.

Nun musste man nur noch Menschen finden, die bereit waren, ihren Hals zu riskieren und zu fliegen.

86

Das Hotel war eine schäbige kleine Absteige an der Golfküste, ein paar Meilen nördlich von Naples. Irgendwann einmal war das Gebäude blassgrün gestrichen gewesen, in der Farbe der Seekrankheit auf einem Mädchengesicht. Aber das war lange her. Seitdem hatten Sonne und Regen sich damit vergnügt, Farbteile von dem vergammelnden Holz abblättern zu lassen und die nachgebenden Dielen der Veranda splitterig und rissig zu machen. Ein paar zähe Wildkräuter hatten in den Ecken des mit roten Ziegeln gedeckten Daches Halt gefunden. Die Sonne versuchte, die Kräuter zu verbrennen. Als Hotel war der Ort mehr als furchtbar. Als Versteck war es ausgezeichnet.

Jim Bosse und Haggerty McBride sahen aus – nun ja, sie sahen aus wie das, was sie waren: Bürohengste aus Washington. Seriöse Männer. Dunkle Anzüge, weiße Hemden, marineblaue Krawatten. Etwas Gewichtiges in ihren Gesichtern, etwas Todernstes, Geschäftsmäßiges und Zähes. Der Blick des Farmerjungen in Bosses Gesicht war kaum noch zu erkennen.

Die beiden Männer saßen in einem Privatzimmer abseits der Hotellobby. Sie standen auf, als Abe, Pen und Hennessey hereinkamen. Auf dem Tisch vor ihnen langweilten sich ein Teller mit Keksen und ein Krug laues Wasser. Alle setzten sich.

Bosse sprach als Erster. »Miss Hamilton, Mr. Hennessey, Sie haben meinen Kollegen Haggerty McBride noch nicht kennen gelernt. Er arbeitet bei diesem Fall mit mir zusammen. Er ist der Einzige im IRS, der genauso viel darüber weiß wie ich selbst. Fast alle anderen wissen fast gar nichts.«

McBride schüttelte ihre Hände – starke, aber nicht warme –,

setzte sich dann wieder und schob ein paar leuchtend weiße Visitenkarten über den Tisch. Niemand sah sie an.

Inzwischen hatte Bosse seine Aktentasche geöffnet. Fotos und Dokumente quollen heraus. Es war alles, was das Team im Verlauf der letzten drei Monate zusammengetragen hatte. Frachter beim Be- und Entladen, die den Alkohol brachten, der durch ganz Amerika floss und im Schlepptau eine ganze Flut von Geld anspülte, Geld und Gewalt, Geld und Blut.

»Also, Leute – Ma'am –, Sie haben Ihre Sache gut gemacht. Nein. Mehr als gut. Sie haben alles gekriegt, was wir brauchten. All das und noch mehr.«

»Sie haben die Bücher? Die Lohnlisten?«

Abe leckte sich die Lippen. Er hatte weniger bekommen, als Bosse verlangt hatte, aber mehr, als er selbst sich erhofft hatte. Sie hatten Lohnlisten von acht Wochen in Folge. Sie hatten einen Satz von Management-Daten über die letzten sechs Monate.

»Ja. Kopien. Deren Echtheit Sie, wie ich weiß, mit Vergnügen beschwören werden.«

»Richtig.«

»Natürlich ist es fraglich, ob die Gerichte sie anerkennen werden. Die Gangster werden versuchen, sie als Fälschung ausschließen zu lassen. Aber dennoch, Captain, Sie sind ein ausgezeichneter Zeuge. Nicht jeder Zeuge hat eine Schublade voller Medaillen und eine lobende Erwähnung durch den Kongress vorzuweisen.«

»Ich nehme an, wir müssen einen Zeugen präsentieren, der die Echtheit bestätigt?« Es war Pen, die das feststellte. Bosse und McBride drehten die Köpfe, um sie anzusehen.

»Einen Zeugen? Wen? Alles hängt davon ab. Das Gericht müsste diese Person für glaubwürdig halten.«

»Wie wäre es mit dem Chefeinkäufer der Organisation? Ich würde sagen, der war glaubwürdig. Und eine Laus noch dazu. Ich hoffe, dass Sie sie zertreten.«

Sie schob einen dicken braunen Umschlag über den Tisch. Der Umschlag quoll fast über. Bosse öffnete ihn, begann zu lesen und gab jedes Blatt, mit dem er fertig war, an seinen Partner weiter. »Himmel«, sagte er nach einer Weile. »Himmel.« So, wie er es sagte, klang es weniger wie ein Fluch, sondern eher wie Dank für erhörte Gebete.

Er legte den Packen hin.

»Sie haben sein Telefon angezapft?«

»M-hm. Ich habe in Havanna eine zweisprachige Sekretärin eingestellt, die alles protokolliert.«

»Und diese Gespräche ... Er nimmt direkt von seinen Alkohollieferanten Schmiergelder. Er muss sechs-, vielleicht siebentausend Dollar pro Monat einnehmen.«

»Mindestens. Meistens macht er seine Geschäfte persönlich, und wir kriegen nichts davon am Telefon mit.«

Bosses Grinsen wurde langsam breiter, wie eine Sonnenblume, die sich öffnet. »Woher zum Teufel wissen Sie das? Was ließ Sie denken, dass es eine gute Idee ist, sein Telefon anzuzapfen?«

Pen zuckte mit den Achseln. »Verschiedenes. Seine Lebensweise ... Ich wusste, dass es Havanna war. Sein reguläres Gehalt würde schon ganz nett sein. Trotzdem ... die Autos, die goldenen Uhren, die Mädchen. Das konnte ich mir nicht vorstellen.«

»Und?«

»Und ich fand einen Brief, in dem die Sicherheitsmaßnahmen für Marions Einkaufskonto in Havanna geändert wurden. Es sah so aus, als ob Bob Mason denselben Verdacht hatte wie ich. Es schien einen Versuch wert.«

Bosse legte besitzergreifend eine Hand auf die Dokumente. »Weiß er schon von diesem Material?«

Pen schüttelte den Kopf. »Nein. Wir dachten, das würden Sie ihm gerne selbst erzählen.«

»Aber sicher ... Ich gehe allein hin und stelle ihn vor die Wahl. Er arbeitet mit uns zusammen, oder wir händigen all dieses Material Onkel Bob Mason aus, und Ihr Kumpel Lambaugh muss versuchen, ihm das zu erklären ... M-hm, er wird kooperieren, ich denke, er wird kooperieren.«

Er blickte zu McBride hinüber, der ebenfalls nickte. Nun war Bosse an der Reihe, einige Dokumente zu präsentieren. Er verteilte sie auf drei Stapel und schob diese über den Tisch. Abe blickte auf seinen. Die Dokumente waren alle mit dem Wappen des IRS gestempelt.

»Was zum Teufel ...?«

Bosse kicherte. »Tut mir leid, Leute. Wir haben nur in unsere Unterlagen geschaut, und es sieht so aus, als ob niemand von Ihnen eine Steuererklärung ausgefüllt hat. Wir würden nicht gerne alle und jeden in Marion verhaften und uns dann von irgendeinem oberschlauen Anwalt darauf hinweisen lassen müssen, dass wir nicht alle Verhaftungen vorgenommen haben, die wir hätten vornehmen müssen.«

Abe und Pen sahen sich an, ungläubig, aber lächelnd. Hennessey sagte nichts, sondern legte nur seine Fingerspitzen auf die Steuerdokumente und schob sie weg. Mit Masons Geld hatten Abe und Pen in jenem Jahr eine Menge verdient, mit Leichtigkeit genug, um eine Steuererklärung abgeben zu müssen. Aber das Schimmern auf dem Anzug des Ladenbesitzers erzählte seine eigene Geschichte, und Bosse nahm den dritten Stapel schweigend zurück. Während der nächsten fünfzehn Minuten saßen Abe und Pen Seite an Seite, und ihre Füller kratzten über die schwarzweißen Formulare. Sie füllten die Papiere aus und gaben sie Jim Bosse zurück, der grinste. »Sind diese Steuermenschen nicht schrecklich?« Er faltete die Formulare und steckte sie ein. Im Raum war es still geworden.

Abe spürte aus drei Fuß Entfernung, wie Pens Liebe an ihm zog. Er fühlte sich merkwürdig. Wenn Bosse zu dem Schluss kam, dass ihre Aufgabe erfüllt war, dann gab es keinen Grund mehr für das Team, noch länger zusammenzubleiben. Abe hatte sein Flugzeug zu bauen und zu fliegen. Aber weil seine Gedanken weit weg waren, brauchte er einen Augenblick oder zwei, um zu begreifen, dass Bosse noch nicht gesagt hatte, was er sagen musste. Er hatte nicht gesagt: »Gute Arbeit, gut gemacht, wir haben alles, was wir brauchen, jetzt gibt es für Sie nichts mehr zu tun.« Mit plötzlicher Besorgnis blickte Abe zu den beiden Männern von der Steuer hinüber.

»Und?«

»Ja, gut«, sagte McBride, der bislang kaum etwas gesagt hatte.

»Und das bedeutet?«

»Das bedeutet, dass wir alles haben, was wir brauchen, wenn wir uns an diesem Punkt entschließen weiterzumachen. Vielen Dank.«

Und da war es. Ein zweites *Wenn*. Ein *Wenn*, für das es keinen Platz in diesem Raum gab. Nicht jetzt. Niemals.

»Wenn?«, fragte Abe nach, und seine Stimme versagte beinahe, so trocken war seine Kehle plötzlich. »Was zum Teufel reden Sie da von *wenn?*«

87

Brad Lundmark aß unten am Okefenokee River ein Sandwich. Das Wasser des Flusses war schmutzig grün, wie Teichwasser gemischt mit altem Tee. Brad saß auf dem Betonkai, lehnte an einem der stählernen Poller und spürte dessen Wärme an seinem Rücken. Es war sein Lieblingssandwich: geräucherter Schinken und Essiggurke. Das war eine der guten Seiten von Marion. Im Gegensatz zu seinem armen Cousin auf dem Hügel hatte Marion Geld. Leicht verdientes Geld, haufenweise Geld. Die Pension, in der Lundmark wohnte, hatte Dinge auf der Speisekarte, von denen er in Independence noch nicht einmal etwas gehört hatte. Also experimentierte er mit neuen Sachen. Geräucherter Schinken und Dillgurken; alle Arten von Sodadrinks; Süßigkeiten, wie er sie noch nie gesehen hatte.

Unten am Kai bewegte sich etwas. Bob Mason war dort, den Hut in der Hand, und schirmte seine Augen gegen die Sonne ab. Er sah Lundmark und kam näher.

»Hallo, Junge.«

»Hallo.«

»Du bist Lundmark, richtig?«

»Richtig.«

»Du kommst gut zurecht?«

»Ja.«

»Gut. Du hattest keine Probleme mit irgendjemandem?«

»Nein. Die Leute waren wirklich nett zu mir, Sir.«

Brad wusste, wer der Mann war – jeder in Marion wusste es –, aber er verstand nicht, warum der Mann nach ihm gesucht hatte oder was all diese Fragen sollten. Er änderte seine Position, wobei er den Rücken am Poller ließ, rutschte jedoch so weit herum, dass er Mason besser sehen konnte.

»Gut, das ist gut.«

Lundmark nickte. Er wusste nicht, was er sagen sollte, also sagte er: »Danke.«

Es entstand eine Pause.

Mason steckte die Hände in die Taschen und sagte: »Hey, willst du ein Kaugummi?«

»Ich habe schon welches.«

»Willst du mehr? Was habe ich denn da? Pfefferminz. Ich hasse Pfefferminz. Magst du es?«

»Sicher.« Lundmark nahm das Kaugummi. Er hatte noch das halbe Sandwich aufzuessen, daher legte er es neben sich auf den heißen Beton. »Ich esse es später. Danke.«

»Wie du willst.« Mason wischte sich den Schweiß von der Stirn und setzte den Hut auf. »Du passt auf dich auf, ja? Wenn du irgendwelche Probleme hast, dann kommst du zu mir und sagst es mir.«

»Sicher. Danke sehr, Sir.«

Mason nickte. Lundmark drehte sich wieder zurück, sodass er Mason den Rücken zuwandte, und starrte über das schmutzige grüne Wasser hinweg. Dieser Mason war ein merkwürdiger Typ, dachte Brad. Natürlich war er ein Mörder, aber er war auch ein netter Kerl. In der Welt, in der Brad aufgewachsen war, hatte die Moral sich in einfacheren Farben dargestellt. Er hätte nie gedacht, dass ein Gangster wie Mason auch ein angenehmer Mensch sein konnte, eins zu eins. Nachdenklich biss er in sein Sandwich.

In diesem Augenblick drückte Mason den Abzug durch. Der Schuss löste sich mit einem Knall, aber der Junge hörte ihn nicht mehr. Die Kugel trat in seinen Hinterkopf ein, direkt oberhalb der Stelle, wo sich der Schädel am weitesten vorwölbte. Die Kugel bewegte sich weiter und trat aus Brads Stirn in einer blutigen Masse wieder aus. Der tote Junge, der noch immer das Sandwich hielt, fiel mit dem Gesicht voran in das schmuddelige Wasser. Es gab ein kurzes, glucksendes Geräusch, dann schloss sich das Wasser über der Stelle.

Das einzige Zeichen, dass dort jemals jemand auf dem Kai gesessen hatte, war das Päckchen Kaugummi, das neben dem Poller in der glühenden Sonne lag. Mason brachte es nicht übers Herz, es aufzuheben.

88

Es war Haggerty McBride gewesen, der das Wort *wenn* benutzt hatte, aber es war Jim Bosse, der antwortete, wenn auch indirekt. Er klopfte auf den Stapel Dokumente.

»Diese Dokumente. Sie beschreiben detailliert ein Geschäftsunternehmen in großem Stil. Die Einnahmen übersteigen die Kosten ganz beträchtlich. Allein die Lohnlisten bieten Grund genug für die Strafverfolgung. Wir haben keine Unterlagen, dass irgendjemand in Marion jemals eine Steuererklärung abgegeben hätte. Die

Dokumente, die Sie gesammelt haben, sind unserer Meinung nach Beweis genug für systematische Steuerhinterziehung – ganz zu schweigen von den zahlreichen anderen Anklagepunkten, wenn wir sie wasserdicht machen können. Auf der Grundlage dieser Beweise habe ich keinerlei Zweifel, dass wir eine große Zahl von Verurteilungen erzielen würden.«

»Gut. Das ist es, was wir erreichen wollten. Das ist alles, was wir erreichen wollten.«

»Wirklich, Captain? Sind Sie sicher?«

»Verdammt richtig, ich bin sicher.«

Bosse nickte und lehnte sich zurück, als ob er mit Abes Antwort zufrieden wäre. Nur blieb McBride vorn auf der Stuhlkante sitzen. Plötzlich wurde Abe klar, dass er sich geirrt hatte, als er annahm, dass Bosse die Leitung hatte. Nicht dieser, sondern der jünger aussehende McBride war es, der die Show leitete. Wenn er sich die Mühe gemacht hätte, sie früher anzusehen, hätte ihm McBrides Visitenkarte Folgendes verraten: Haggerty N. McBride, Direktor, Sonderermittlungseinheit. Die plötzliche Verschiebung der Machtverhältnisse war beunruhigend, ebenso wie das immer noch nicht aufgelöste Wörtchen *wenn*.

Draußen hinter dem Fenster kreischte plötzlich laut eine Möwe.

»Captain, lassen Sie mich Ihnen eine Frage stellen«, sagte McBride. »Ist Robert Mason Ihrer Meinung nach der Kopf einer ganzen Organisation oder nur der Kopf einer wichtigen Unterabteilung?«

Abe schwieg. So seltsam es war, dies zuzugeben, es war eine Frage, über die Abe und die anderen noch nie wirklich nachgedacht hatten. Hennessey hatte Abe gebeten, Marion zu zerstören. Diese Aufgabe hatten Abe und die anderen mehr oder weniger erfüllt. Was hinter Marion steckte, war eine Frage, der Abe nie viel Bedeutung zugemessen hatte. Aber seine Antwort kam ohne Zögern, als sie schließlich kam.

»Die Alkoholmenge, die wir bewegen, ist riesig. Es ist genug, um ganze Städte damit zu versorgen. Große Städte. Wenn Mason unabhängig handelt, dann hat er ein paar ziemlich gute Kumpel in dem Geschäft ... Aber nein, alles in allem – nein, ich glaube nicht, dass er unabhängig ist. Ich nehme an, dass er seine Anweisungen von woanders bekommt.«

McBride nickte.

»Das glauben wir auch.«

Abe warf einen Seitenblick zu Pen und Hennessey. Ihre Gesichter waren bemüht teilnahmslos, aber er nahm an, dass ihre Gefühle genauso aufgewühlt sein mussten wie seine eigenen.

»Ich fürchte, das ist nicht mehr meine Sache, McBride. Hennessey hat mich um Hilfe gebeten, Independence von einem unangenehmen Nachbarn zu befreien. Das hatten wir uns vorgenommen. Und nur das.«

McBride machte eine höfliche unverbindliche Geste mit den Händen. »Wie ich sagte, das ist wunderbar. Wenn Sie möchten, dass wir mit dem, was wir haben, losschlagen, dann bringen wir sofort alles auf den Weg.«

Wieder dieses *Wenn*. Durch die Wiederholung klang das Wort nicht besser.

»Und warum sollte ich nicht wollen, dass Sie losschlagen?«

McBride lehnte sich zurück.

»Aus unserer Sicht sind Sie in eine der wichtigsten kriminellen Organisationen des Landes eingedrungen. Vielleicht die größte und wichtigste. Sie haben eine der wichtigsten Routen offen gelegt. Aber diese Dokumente lassen darauf schließen, dass es da noch eine ganze Menge mehr zu tun gibt. Nehmen wir einmal an, wir zerschlagen Marion. Wir treffen es so stark, dass es sich nie wieder erholt. Mr. Hennessey, Sie würden Ihre Stadt zurückbekommen. Captain, Miss Hamilton, Sie würden Ihr Leben in dem Bewusstsein leben können, dass Sie eine große und mutige Tat vollbracht haben. Aber Sie würden wissen, Sie alle, dass irgendwo anders ein neues Marion aufgebaut werden würde. Eine Organisation wie diese gibt nicht einfach auf. Es würde mehr Gangster geben. Mehr Waffen. Mehr Alkohol. Mehr Gewalt. Am Ende hätten wir das Problem nur verschoben, nicht beseitigt. Deshalb sage ich *wenn*. Aber es ist Ihre Entscheidung. Nur wenige Menschen hätten so viel erreichen können. Vielleicht würde sich niemand dafür entscheiden, noch mehr zu tun.«

Draußen schlugen die Wellen an den weißen Strand von Naples. Die Möwen flogen Kunststücke in der Luft. Das alte Holz des Hotels knarrte und quietschte.

McBride sprach weiter. »Ich habe mich nicht ganz genau ausgedrückt. Wir bitten Sie, uns die gesamte Organisation zu liefern. Nicht nur die rechte Hand, sondern Kopf und Herz. Wir wollen nicht nur eine Unterabteilung der Organisation zerschlagen, sondern die Organisation selbst. Dafür müssen wir Marion mit dem Hauptquartier in Verbindung bringen. Wir brauchen genug Beweise, um Durchsuchungs- und Haftbefehle zu bekommen. Diese Befehle werden uns genug weitere Beweise liefern, um den Rest zu erledigen.«

»Sie sagen, Sie wollen Marion mit dem Zentrum in Verbindung bringen ...?«

»Durch das Geld. Wir müssen die Geldflüsse verfolgen. Banküberweisungen zwischen Geschäftseinheiten. Und wir würden die Dokumente selbst brauchen. Wir können selbst beglaubigte Kopien machen und Ihnen die Originale zurückgeben, aber keine Morse-Zeichen, keine Glühbirnen, keine handgeschriebenen Kopien, keine Zeugen, die ein Geständnis unter Zwang ablegen.«

Abe dachte an sein kleines Team. Gibson Hennessey, Pen Hamilton, Arnie Hueffer, Brad Lundmark. Hennessey hatte nur darum gebeten, Independence von den Gangstern zu befreien. Er wollte, dass Frieden und Ruhe in die Stadt zurückkehrten, vielleicht auch ein wenig Wohlstand. Er hatte nicht vorgehabt, Amerika zu säubern. Und er hatte Abe nicht darum gebeten, es zu tun.

Gleichzeitig tauchte Abes atlantischer Traum mit erneuerter

Kraft wieder vor ihm auf. Er konnte beinahe das Beben eines Metallflügels spüren, der durch die nordatlantischen Winde strich. Er konnte das schlechte Wetter sehen und wie Regen gegen die Windschutzscheibe prasselte, konnte das Aufheulen eines Motors im brüllenden Sturm hören. Er konnte nicht länger darauf warten, sich diesem Traum zu erfüllen! Er konnte es nicht länger ertragen, sich einem Vorhaben zu verschreiben, das nicht wirklich das Seine war.

Er schüttelte den Kopf, nur ein Mal, aber mit absoluter Entschlossenheit.

»Es tut mir Leid, McBride. Ich habe getan, worum man mich gebeten hat. Und das war's. Ich höre auf. Ich habe meine Grenze erreicht.«

Pen hörte diese Worte wie durch einen Nebel.

Er gab auf. Er zog weiter. Nachdem er etwas brillant erledigt hatte, gab er es unvollendet auf. Mit Ausnahme seiner Kriegskarriere tat er, was er immer tat: Er lief weg. Und es war in diesem Augenblick, dass Pen auch noch etwas anderes wusste: dass es zwecklos war, dass sie ihn liebte. Er würde ihr nie geben, was sie wollte. Der größte Mann, den sie je kennen gelernt hatte, war – und es war seltsam, dies zu sagen – ein Feigling.

Ihr Blick verschwamm vor Tränen. Er würde sie nie lieben, das war ihr nun klar, nicht, weil sie nicht die richtige Frau für ihn war, sondern weil er zu feige war, um sich einer Sache ganz hinzugeben. Ihr Schmerz war so stark, dass sie kaum sprechen konnte.

89

Die Portweinkaraffe funkelte matt im Kerzenlicht.

Es war spät abends. Die Frauen, einschließlich Rosalind, hatten sich schon ins Wohnzimmer zurückgezogen, ganz nach englischer Sitte. Ein paar Hausgäste waren da, die übers Wochenende blieben.

Ein oder zwei waren bereits zu Bett gegangen, und ein weiteres Trio hatte sich zum Billardzimmer aufgemacht. Es waren nur vier Männer am Tisch zurückgeblieben: Willard, sein Vater und zwei junge Männer, die Gäste von Willards beiden mittleren Schwestern waren. Junius Thornton trank nicht viel und wurde nie betrunken. Willard hatte viel getrunken, besaß jedoch genug Praxis, um sich im Griff zu haben. Die beiden anderen Männer hatten unmäßig viel getrunken und waren in sich zusammengesunken, starrten auf die Kerzenständer auf dem langen Mahagonitisch und versuchten, die zwei Dutzend Kerzenflammen davon abzuhalten, sich zu vier oder gar sechs Dutzend zu vervielfältigen.

Junius Thornton betrachtete die beiden Jünglinge mit Verachtung und stand dann schwerfällig auf, um ein paar Zigarren vom Sideboard zu holen. Eine gab er Willard, und die beiden Männer, Vater und Sohn, führten gemeinsam das Ritual des Vorbereitens und Anzündens aus. Sie inhalierten, öffneten ihre Dinnerjackets lehnten sich zurück und streckten sich.

»Der Krieg«, sagte Junius.

»Ja, Vater?«

»Dieses Gespräch beim Dinner. Ich habe dich nicht gefragt, was du darüber denkst.«

»Nein.«

Die Diskussion hatte Seltenheitswert gehabt. In diesen Tagen des Friedens schien es beinahe so, als hätte der Krieg in einem vergangenen Jahrhundert oder einem anderen Land stattgefunden. Er wurde nur selten erwähnt, seltener noch diskutiert.

Trotzdem war es passiert. Abby, eine Freundin von Willards jüngster Schwester, hatte über den ausgehandelten Waffenstillstand vom November 1918 gesprochen, den viele in der amerikanischen Armee vehement abgelehnt hatten. »Wie konnte irgendjemand wollen, dass dieser schreckliche Krieg auch nur eine Sekunde länger dauerte?«, hatte sie gefragt. »Jeden Tag wurden junge Männer getötet. Denkt doch an sie! Denkt an ihre Familien!«

Auf ihre Rede folgte eine halbe Sekunde Stille. Dann hatte Junius gesprochen, und sein Tonfall beendete das Gespräch ebenso entschlossen, wie es seine Worte taten.

»Die Folgen des Angriffs müssen dem Angreifer vor Augen geführt werden. Deutschland musste die Schmerzen der Invasion und der Niederlage auf eigenem Boden spüren. Obwohl den Engländern und Franzosen die Courage fehlte weiterzumachen, werden sie ihre Ängstlichkeit vielleicht noch bereuen.«

Willard nickte, um anzudeuten, dass er sich an das Gespräch erinnerte. Sein Vater fragte: »Und? Was ist deine Meinung zu der Frage?«

»Nun ja, ich kann verstehen, was Abby meinte. Das Army Air Corps war das eine. Es war schon gefährlich, aber dennoch irgendwie zivilisiert. Für die armen Soldaten am Boden war es etwas ganz anderes. Die haben unter der Erde gelebt, eigentlich kaum besser als Ratten, ganz zu schweigen von der Gefahr und dem Blutvergießen. Der endlose Schlamm, die Waffen, die die ganze Zeit abgefeuert wurden ... aber andererseits, Vater, denke ich, dass du Recht hast. Wenn jemand etwas anfängt, dann muss er es auch zu Ende bringen. Und zwar richtig zu Ende bringen. Ich bin mir nicht sicher, ob wir das wirklich getan haben.«

Damit schloss er, zufrieden mit sich selbst. Seitdem er bei Powell Lambert eingetreten war – und besonders, seitdem man ihn ins Investmentbüro befördert hatte –, war er entschiedener und zielstrebiger geworden. Obwohl er bei seinem Vater manchmal immer noch kein Wort herausbekam oder zu schwatzhaft wurde, war dieses Problem nun lange nicht mehr so schlimm, wie es einmal gewesen war. Sein Vater schien der gleichen Ansicht zu sein, denn er nickte zwei Mal knapp, um seine Zustimmung auszudrücken.

»Die Firma – das heißt, Thornton Ordnance; Powell Lambert existierte damals noch nicht – die Firma hat fünfeinhalb Millionen Dollar ausgegeben, um die Menschen davon zu überzeugen, dass das einzige akzeptable Ergebnis die bedingungslose Kapitulation der Deutschen ist. Fünfeinhalb Millionen Dollar. Wenn wir eine Wirkung hätten erreichen können, indem wir mehr Geld ausgegeben hätten, dann hätten wir es sicherlich getan.«

»Mein Gott, Vater! Fünfeinhalb Millionen Dollar!«

Willard verbrachte einen Augenblick damit, sich vorzustellen, wie diese riesige Summe ausgegeben worden war. Wer hatte sie bekommen? Und im Austausch für welche Versprechungen? Doch es gelang ihm nicht, sich ein Bild davon zu machen.

»Das war nicht viel. Zu der Zeit machte die Firma achtzehn Millionen Dollar Profit im Monat, netto. Jeder weitere Kampftag war ungefähr eine halbe Million Dollar wert. Die Rechnung war nicht schwierig.«

Willard versuchte, so zu denken wie sein Vater, und versagte – dann versuchte er es noch einmal, und es gelang ihm; oder es gelang ihm beinahe; oder er erreichte etwas, was sich so anfühlte, als ob es ihm gelang. Willard dachte an die bedingungslose Hingabe seines Vaters, an den Erfolg, seine unverblümte Inkaufnahme von Gewalt. »Und vielleicht hat er Recht«, dachte er. »Vielleicht wären Europa und Amerika heute sicherer, wenn der Sieg klarer gewesen wäre. Vielleicht bedeutet Powell Lamberts Skrupellosigkeit tatsächlich eine klarere, besser organisierte, weniger anarchische Industrie.«

In jedem Fall war ihm plötzlich etwas klar geworden. In Marion war er bestimmt gewesen, aber noch nicht bestimmt genug. Es hatte keinen Zweck, abzuwarten und zu sehen, ob Rockwell eine Gefahr war oder nicht. Der Mann musste aus der Reserve gelockt werden. Er musste dazu gezwungen werden, seine Absichten zu enthüllen. Und Willard wurde klar, dass er wusste, wie das zu machen war. Abrupt stand er auf.

»Es tut mir leid, Vater. Mir ist gerade eingefallen, dass ich noch einen Anruf machen muss. Gleich jetzt. Geschäftlich.«

Der Ältere nickte. Der Hauch eines Lächelns lag auf seinen groben Zügen und sah dort so passend aus wie ein Spitzentaschentuch auf einem Granitpfeiler. »Guter Junge. Ich sehe dich morgen.«

Willard tätigte seinen Anruf. Er weckte Mason auf, aber das war ihm gleich. Willard sagte, was er zu sagen hatte. Mason verstand den ersten Teil davon, den zweiten nicht, stimmte jedoch zu, auf jeden Fall beiden Forderungen nachzukommen. Willard legte auf und ging langsam zum Wohnzimmer. Er freute sich darauf, nach der schwarzweißen Trübseligkeit der ausschließlich männlichen Gesellschaft Rosalinds schlanke, graugoldene Schönheit wiederzusehen.

Zwei weitere Stunden dieses Abends amüsierte er sich blendend, war lebhaft, der Mittelpunkt einer Familie, die ihn anbetete. Und erst, als er nach oben ging, um sich für die Nacht fertig zu machen, schoss ihm ein Gedanke durch den Kopf.

Sein Vater hatte fünfeinhalb Millionen Dollar für den Versuch ausgegeben, den Krieg zu verlängern Wenn er das Geld nützlicher hätte ausgeben können, dann hätte er es getan. Aber sein Sohn, Willard, war als Jagdpilot in einer Kampfeinheit an der Front geflogen. Und von all den blutigen und gefährlichen Beschäftigungen in einem blutigen und gefährlichen Krieg hatten die Jagdpiloten vielleicht die blutigste und gefährlichste Aufgabe. Auf den Punkt gebracht hatte jeder weitere Kriegstag nicht unerheblich das Risiko vergrößert, dass Willard getötet worden würde. Es war anzunehmen, dass sein Vater über die Sache nachgedacht und sich dann entschieden hatte.

Und wie er es gesagt hatte, war die Rechnung nicht schwierig.

90

Sam Skeddings war ein ganzer Kerl.

Er trug Seidenhemden in leuchtenden Farben. Er hatte eine ganze Reihe von passenden Krawatten. Er war über sechs Fuß groß, und seine Hände waren so groß, dass er mit ihnen den Hals eines fetten Mannes ganz umfassen konnte. Er trug eine Waffe in einem

Schulterhalfter und dreihundert Dollar in bar in seiner Hosentasche. Wenn er ein Mädchen haben wollte, bekam er es. Wenn er am Anfang eines Abends eine Flasche Whisky öffnete, warf er sie am Ende des Abends leer weg. Wenn er eine Waffe abfeuerte, fiel jemand tot um. Das war Sam Skeddings. Er war ein ganzer Kerl, und sowohl er selbst als auch sein Arbeitgeber, Robert Mason, wussten das.

Der erste Teil seiner Aufgabe war das Übliche: Fahr mit einem großen Wagen den Hügel hinauf nach Independence. Schieß ein bisschen herum, aber besonders auf das Haus des Ladenbesitzers. Die Instruktionen waren ziemlich genau. Niemand durfte getötet werden, aber der Ladenbesitzer sollte mächtig Angst bekommen. Und so tat Skedding, was man ihm gesagt hatte. Er sammelte eine kleine Gruppe von Männern, fuhr dann auf den Hügel und schoss den Ort zusammen. Sie schossen die Fenster kaputt, beschädigten die Holzkonstruktionen der Häuser, drangen in den Gemischtwarenladen ein und verwüsteten ihn. Dann beendeten sie ihren Besuch, indem sie ihre Maschinenpistolen auf die zerschmetterten Fenster richteten und nonstop so lange feuerten, bis ihre Zündbolzen nur noch auf Luft klickten.

Aber das war nicht alles, nicht der merkwürdige Teil ihrer Aufgabe.

Skeddings war angewiesen worden, nach der Schießerei wieder in den Ort zu gehen. Nicht in einem großen schwarzen Wagen, aus dessen Fenstern Maschinenpistolen lugten. Sondern ganz ruhig. Zur Mittagszeit. Zu Fuß. Und er wurde gebeten herauszufinden – man stelle sich vor –, welche Wäsche die Frau des Ladenbesitzers gewaschen hatte.

»Sie wollen, dass ich mir ihre Unterwäsche ansehe?«, hatte er Mason entrüstet gefragt.

»Junge, du sollst die Rüschen zählen.«

Skeddings mochte so etwas überhaupt nicht. Einen Kerl zu erschießen war eine Sache zwischen Männern. Es war nicht immer angenehm, aber zum Teufel, so wie die Welt geworden war, musste so etwas von Zeit zu Zeit passieren. Aber in der Wäsche von einem anderen Kerl herumwühlen! Von einem verheirateten Kerl! Mit Töchtern! Das war nicht in Ordnung. Das war überhaupt nicht in Ordnung. Aber dennoch, Befehl war Befehl, und Skeddings war ein Mann, der tat, was man ihm sagte.

91

Abe hatte gemeint, was er gesagt hatte.

Eine kalte, ruhige Entschlossenheit war über ihn gekommen. Er wusste genau, was er tun musste, und konnte sofort die exakte Abfolge von Schritten erkennen, die notwendig waren, es zu tun.

Er gab Pen und Arnie seine Anweisungen. Für den Moment würden sie sich genau an ihre bestehende Routine halten müssen. Sie würden Bob Mason keinen Grund geben, Verdacht zu schöpfen. Inzwischen würden Bosse und McBride in Washington daran arbeiten, die Mühlen des Gesetzes für eine Serie von Verhaftungen überall in Marion vorzubereiten. Sobald die beiden Männer hatten, was sie brauchten, würden sie den Flugplatz in Miami anrufen und sich nach den Charterbedingungen für ein Flugzeug erkundigen. Dieser Anruf würde das Signal für die drei Verschwörer – und Hennessey oben in Independence – sein zu verschwinden. Keiner von ihnen würde nach Hause kommen, sondern sie würden sich irgendwo auf dem Land verstecken. Nach vier Wochen würden sie sich mit Haggerty McBride und Jim Bosse in Washington treffen.

In der Zwischenzeit würde Abe weiter an seinem Plan arbeiten. Abe hatte einen Freund oben in Ohio mit einem Feld, das groß genug für Flugzeuge war, und einem gut ausgestatteten Werkzeugschuppen. Er würde mit Arnie dort hingehen, ihren Flugzeugentwurf so weit vorantreiben, wie sie selbst es konnten, und dann die Profis einschalten. Innerhalb von ein paar Monaten, so hoffte Abe, würde er sein Flugzeug haben. Er würde es kurz testen, dann würde er seinen Flug machen. Der Orteig-Preis war im Augenblick die strahlendste Trophäe in der Welt der Fliegerei. In Amerika, Großbritannien und Frankreich entwickelten konkurrierende Teams bereits Entwürfe und gaben Flugzeuge in Auftrag. Dass der Preis innerhalb eines oder zweier Jahre gewonnen werden würde, daran hatte Abe keine Zweifel. Die einzige Frage war, wer ihn gewinnen würde.

Inzwischen folgte er buchstabengetreu seinen eigenen Instruktionen und kehrte zum Flugdienst nach Marion zurück. Die Menge des Alkohols schien von Woche zu Woche größer zu werden. Alle ein, zwei Tage fuhr ein Frachter voller Alkohol in den Fluss ein. Die Aktivitäten der Küstenwache wurden intensiver und hartnäckiger. Aber es war nicht die Arbeitsbelastung, die ihn beunruhigte.

Das Erste war eine gruselige Szene, die speziell für ihn unten am Kai arrangiert worden war. Nachdem er sein Flugzeug gelandet hatte, suchte er normalerweise Mason auf, um sich über die neuesten Ankunftspläne der Frachtschiffe zu informieren. Als er in Masons Büro nachfragte, wurde er zu dem Verladekai hinter dem Lagerhaus geschickt.

Dort fand er tatsächlich Mason, zusammen mit vier seiner Männer. Zwei der Männer saßen in einem Ruderboot mit flachem Boden und zogen in einem Netz etwas aus dem Fluss. Die anderen beiden standen auf dem Kai und hielten sich vor dem Gestank des verrottenden Fluss-Schlammes die Nase zu. Im Netz war Brad Lundmark, aufgedunsen und tot. Seine Stirn war nur noch Brei: mit Sicherheit die Folgen einer Schusswunde.

»He, Captain«, sagte Mason. »Sind Sie okay? Eine Schande. Der Junge ist in den Fluss gefallen und ertrunken. Jammerschade.«

Seine Stimme verriet, dass er überhaupt kein Mitgefühl hatte. Abe spürte Masons Blick hart auf seinem Gesicht und wusste, dass er nach seiner Reaktion suchte. Abe sah den toten Jungen an.

Irgendetwas in dem grünen Wasser hatte etwas mit seinem Haar gemacht. Anstatt in dem Schmuddelwasser stumpf und dunkel zu werden, hatte das Wasser es tatsächlich aufgehellt. Das Haar des Jungen glänzte leuchtend rot wie poliertes Kupfer. Abe sah den Jungen an und sah sich selbst. Nun wusste Abe, dass er seine Mission nicht aufgeben würde, bis er jedes einzelne Element der Organisation, die dies getan hatte, zerstört hatte – Kopf, Herz und Hand.

Aber er zeigte nichts davon auf seinem Gesicht. Seine Stimme war fest, als er antwortete: »Wirklich, Mason? Für mich sieht es so aus, als ob jemand den Jungen erschossen hätte. Ihre Kumpel sollten mit ihren Feuerwaffen vorsichtiger sein.«

Er zuckte mit den Schultern und drehte sich um. Die Wut reduzierte sich zu einem kalten, dunklen Fleck in seinem Herzen, und er fühlte sich wie eingeschlossen in der Dunkelheit. Doch es war eine Dunkelheit, die ihn vorantreiben würde.

Aber jene Szene am Kai war nur die erste Überraschung an diesem Tag. Die zweite erwartete ihn am Nachmittag, als er eine Patrouille fliegen wollte. Er hob von der Startbahn in Marion ab und flog hoch oben eine Kurve über Independence, wie er es immer tat. Er blickte nach unten, wie immer. Und er sah sie.

Rote Laken.

Sie leuchteten im Sonnenlicht wie vergossenes Blut. Sie leuchteten im Sonnenlicht wie eine zweite Leiche. Abe sah die Laken von weit oben, und sein ohnehin grimmiger Gesichtsausdruck wurde noch härter. Lundmark war tot. Und nun dies: Hennesseys rote Laken, das Notsignal, auf das sie sich vor langer Zeit in einem Restaurant in Atlanta geeinigt hatten.

Wieder, und stärker als zuvor, hatte Abe das Gefühl, dass die finale Entscheidung näher rückte und ein Anderer das Tempo bestimmte. Im Luftkampf hätte er nun die Luft über und hinter sich abgesucht. Er hätte die toten Winkel unter seiner Flugzeugnase und hinter seinen Flügeln überprüft. Er wäre Kurven geflogen, um sicherzugehen, dass im Auge der Sonne kein Raubtier lauerte. Aber dies war kein Luftkampf. Da war kein Himmel abzusuchen, und so sehr Abe sich auch bemühte, er konnte nicht erraten, was schiefging und warum.

Aber in der Zwischenzeit war da Hennesseys Notsignal, um das er sich kümmern musste. Unter Abes Instrumententafel befand sich ein Hebel mit schwarzem Griff. Der Hebel war außer Sicht, nicht näher gekennzeichnet, schwer zu finden. Nur zwei Flugzeuge auf der Welt besaßen solch einen Hebel. Abe flog eines davon, Pen das andere. Abe griff nach dem Hebel und zog ihn. Acht Fuß vor Abes Sitz glitt ein Lappen aus schwarzem Gummi sanft über den heißesten Teil des Motors. Zwanzig Sekunden lang geschah gar nichts, dann zog ein dünner Rauchfaden seitlich von der Motorhaube weg.

Zuerst ein Faden. Dann ein Streifen. Dann ein dichter Strom.

92

Pen stand nackt in ihrem Apartment und blickte über die tosende Brandung. Es war ein schöner, aber dunstiger Tag. Der Ozean schien einfach in den Himmel überzugehen. Sie war gerade aus Havanna zurückgekehrt, hatte geduscht und etwas Wasser getrunken.

Später an diesem Tag hatte sie eine Verabredung mit Freunden, aber sie hatte keine Lust darauf. Sie hätte anrufen und absagen müssen, nur war ihr nicht danach, mit irgendjemandem zu sprechen. In dem langen Türspiegel betrachtete sie ihren Körper. Sie war immer schlank gewesen, aber das tägliche Fliegen in der DH-4, einem ausgesprochen maskulinen Flugzeug, hatte sie zäher gemacht, ihre Arme kräftiger und ihre Schultern breiter. Und sie hatte nun mehr Fältchen. Sie hatte eigentlich eine glatte Haut, aber nichts strapazierte diese so sehr wie das Fliegen in großer Höhe.

Winzige Krähenfüße tanzten in ihren Augenwinkeln. Es machte ihr nichts aus. Sie mochte sie.

Sie schlüpfte in ihre Unterwäsche, dachte kurz daran, ein Kleid anzuziehen, hatte aber eigentlich anderes im Kopf. Sie lag auf ihrem Bett, streckte die Füße in die Luft und nahm ein Stück Obst aus der Schale.

Das war das Ende. McBride und Bosse würden benutzen, was sie hatten, um eine endgültige Attacke gegen Marion zu reiten. Die Stadt würde zerstört werden. Independence konnte mit dem Wiederaufbau beginnen. Die Organisation, die Marion betrieben hatte, würde furchtbar verärgert sein, aber irgendwo anders wieder von vorn anfangen. Sie würde mehr Menschen umbringen, mehr Eigentum verbrennen, mehr Existenzen ruinieren, mehr Leben zerstören.

Und auch auf andere Weise war es das Ende.

Es war das Ende von Pens einzigem Ausflug in eine Welt der Disziplin, in der die Menschen jeden Morgen aufstanden, weil sie eine Aufgabe zu erledigen hatten, in der sie jeden Tag dieselben Arbeitskollegen sahen, in der das Fliegen nicht nur ein Vergnügen, sondern eine Pflicht war. Pen nahm an, dass sie zu dem Leben zurückkehren würde, das sie vorher geführt hatte. Sie würde die guten Dinge, die es bot, zu schätzen wissen. Sie würde einige der Dinge vermissen, die es nie bieten konnte. Sie würde sich wieder eingewöhnen.

Denn eines war endgültig zu Ende.

Sie hatte Abe aufgegeben. Sie würde ihn lieben, für immer, aber sie wusste nun, dass die Männer, die sie am leichtesten lieben konnte, genau jene waren, bei denen es am wenigsten wahrscheinlich war, dass sie sich binden würden. Abe war ein Flieger, ein Abenteurer, ein Mann, der es sich zur Gewohnheit gemacht hatte, Dinge hinter sich zu lassen, sich keiner Sache ganz zu verschreiben, weiterzugehen. Abe zu lieben war so schön und dumm, wie den Wind zu lieben. Und gerade jetzt, obwohl Pen sich bei dem Gedanken, ihn aufzugeben, niedergeschlagen fühlte, sagte ihr ihr Kopf, dass es Zeit war, weiterzugehen.

So viel wusste sie für ihre Zukunft. Doch gerade jetzt war ihr danach, nichts zu tun, zu sagen oder zu fühlen. Ihr Blick ging zu dem rauchigen Dunst weit hinten am Horizont. Sie verlor sich in dem verschwommenen Anblick.

Ihre Trance wurde unterbrochen.

Pens Apartment war ein Penthouse im obersten Stockwerk, das durch einen Aufzug erreichbar war, der sich direkt zum Wohnzimmer hin öffnete. Um den Aufzug bis ganz nach oben zu fahren, benötigte man einen Schlüssel. Pen hatte natürlich ihren eigenen Schlüssel, ebenso wie der Hausmeister am Empfang. Wenn jemand zu ihr wollte, rief der Hausmeister Pen über das Haustelefon an und ließ den Gast nur zu ihr hinauffahren, wenn sie ihr Okay gab. Gerade jetzt begann der Aufzug zu winseln. Er fuhr an den unteren Stockwerken vorbei. Er kam bis ganz nach oben.

Und der Hausmeister hatte nicht angerufen.

Sie erstarrte. Ihr erster Gedanke war, dass McBride und Bosse es vermasselt hatten. Sie hatten versprochen, nicht in Marion zuzuschlagen, bis sie, Abe und Arnie verduftet waren. Aber sie mussten zu früh gehandelt haben, oder es war etwas durchgesickert. Im Aufzug würden ein paar von Masons Männern sein, bewaffnet und tödlich, und würden nach ihr suchen ...

Pen stand an der Tür zu ihrem Schlafzimmer, immer noch in Unterwäsche, und atmete schnell. Sie hatte nur zwei Gedanken, die beide nutzlos waren. Der erste war, dass sie sich wünschte, angezogen zu sein. Der zweite war, dass Abe gewusst hätte, was jetzt zu tun war. Der Aufzug stoppte. Sie hörte das dünne Zischen der Hydraulik, dann war es still. Pen schnappte sich einen gemusterten Hausmantel im japanischen Stil, hatte jedoch keine Zeit, ihn anzuziehen.

Scheppernd öffneten sich die Türen.

Pen konnte nicht direkt in die Aufzugkabine blicken, sondern sah nur die Türen. Einen Augenblick lang herrschte Stille. Pen dachte: *Es ist alles nur ein Irrtum; sie haben niemanden geschickt. Es wird mir gut gehen.* Dann gab es ein Geräusch. Ein Mann bewegte sich und kam dann heraus. Ihre Kehle schnürte sich zu.

Es war Abe.

Aber nicht Abe, wie sie ihn bisher gekannt hatte. Dieser Mann war so anders, dass er beinahe ein Fremder zu sein schien. Sein Gesicht war leer, aber auch mordlüstern, ruhig, aber auch unerbittlich. Es war ein Gesicht, so dachte sie, wie es nur Männer haben konnten – und vielleicht nur jene seltenen Männer, die in irgendeinem Teil ihres Seins schon immer für den Kampf geschaffen waren. Männer, die ein ganz natürliches Talent für das Töten oder Getötetwerden des Krieges hatten, wie andere fürs Kartenspielen oder Singen.

Sein Blick traf sich direkt mit ihrem, als ob er schon immer gewusst hätte, dass sie halbnackt in der Schlafzimmertür stehen würde.

»Sie haben Brad getötet«, sagte er. »Sie haben Brad ermordet.«

93

Pen fühlte zu rasch zu vieles, um hoffen zu können, es in eine logische Abfolge zu bringen. Einige Gedanken, die ihr durch den Kopf schossen, waren diese: Erstens: Sie würde nicht umgebracht werden, jedenfalls nicht unmittelbar.

Zweitens: Wie kam es, dass Abe einen Schlüssel zu ihrem Aufzug hatte?

Drittens: Brad Lundmark tot! Und es war alles ihre Schuld!

Viertens: Sie freute sich, Abe zu sehen. Trotz all ihrer verwirrenden Gefühle war er der Mann, mit dem sie mehr als mit irgendjemandem sonst auf der Welt zusammen sein wollte.

Fünftens: Er konnte sie in Unterwäsche sehen. Sie fühlte sich nackt.

Sechstens: Sein Gesicht war Furcht erregend.

Siebtens: Na gut, der Tod des Jungen war nicht ganz ihre Schuld, aber sie hatte damit zu tun.

Achtens: Wenn Abe hier war, musste etwas schrecklich schiefgegangen sein.

Neuntens: Irgendwie gefiel es ihr, dass er sie in ihrer Unterwäsche sehen konnte.

Zehntens: Es war gut, am Leben zu sein.

Sie musste irgendein Geräusch gemacht haben. Sicherlich war sie vorwärts gestolpert, halb grüßend, halb im Schock. Abes Gesicht veränderte sich. Es wurde aufmerksam, besorgt. Pen spürte, wie ihr in den Hausmantel geholfen wurde. Sie setzte sich. Abe suchte in der Küche herum und kam mit einem Glas Ginger Ale zurück. Sie trank es.

»Es tut mir leid«, sagte er. »Ich habe dich erschreckt, indem ich einfach so gekommen bin. Du musst dir Sorgen gemacht haben.«

»Du hast gar keinen Schlüssel.«

»Arnie hat ihn einmal kopiert. Wir hätten es dir sagen sollen.«

»Ja, das hättet ihr.«

»Bist du in Ordnung?«

»Ich dachte ...«

»Du dachtest, Bob Mason würde mit einer Maschinenpistole da herauskommen. Ja, ich hätte wahrscheinlich dasselbe gedacht. Tut mir leid. Das war dumm von mir.«

»Du sollst doch eigentlich in Marion sein. Ich dachte, dass du die nächsten paar Tage dort sein würdest.«

»War ich auch. Ich habe unseren Notfallhebel benutzt, ein Motorfeuer vorgetäuscht und so eine Art Notlandung in Marion gemacht. Ich habe vorgegeben, das Flugzeug zusammenzuflicken, habe Mason aber erzählt, dass ich für eine richtige Reparatur hierherkommen müsste. Ich denke, er hat mir geglaubt.«

Sie lächelte schwach. »Das Motorfeuer vorgetäuscht. Hat das gut funktioniert?«

»Ja. Eigentlich hat es sogar Spaß gemacht.«

»Und Brad Lundmark. Du hast gesagt ...«

»Sie haben ihn umgebracht. Mason hat mir irgendeinen Blödsinn aufgetischt, aber er wollte, dass ich merke, dass es Blödsinn war. Aber das ist noch nicht alles.« Abe erzählte ihr von Hennesseys Notsignal. »Ich habe mit ihm telefoniert – von Laden zu Laden natürlich. Es geht ihm gut, seiner Familie geht es gut. Sie haben allerdings sein Haus zusammengeschossen. Er glaubt, es war eine Warnung. Ich habe ihm gesagt, dass er abhauen soll. Er geht mit seiner Familie nach Atlanta.«

»Und was wirst du machen?«

Abe lächelte. Oder wenigstens zog er die Mundwinkel auseinander und zeigte seine Zähne. Aber es war kein Lächeln. Ein Lächeln hat mit Wärme und freundlichen Gefühlen zu tun. Dieses Lächeln spiegelte nichts dergleichen wider. Es war ein kurzer Blick auf das Gesicht, das Pen zuerst gesehen hatte: das Gesicht des Kriegers, unerbittlich und gefährlich.

»Ich werde weitermachen«, erklärte er. »McBride hatte Recht. Ich hätte es wissen müssen. Es hat keinen Sinn, einen Teil der Organisation zu erledigen. Es geht um alles oder nichts.«

»Und deine Sicherheit?«

»Pen, ich schulde es dem Jungen. Aus Gründen, die ich dir nicht einmal sagen kann, schulde ich es ihm und seiner Mutter. Um die Wahrheit zu sagen, ist mir meine Sicherheit eigentlich egal. Ich will einfach nur diese Bastarde zerstören. Tut mir leid.«

»Ja, aber ...« Pen wollte ihm gerade sagen, dass ihre eigene Sicherheit ihr keineswegs egal war, als ihr plötzlich klar wurde, dass Abe gerade wieder einen seiner Soloflug-Momente hatte. Es war nicht nur das Gesicht eines Kriegers, das sie eben gesehen hatte, es war das Gesicht eines Mannes, der es eigentlich vorzog, allein zu kämpfen und allein zu sterben. Fassungslos schüttelte sie den Kopf.

»Du bist unglaublich. Weißt du das? Du bist unglaublich.«

»Was? Wovon sprichst du?«

»Sogar jetzt ist dein erster Impuls, allein zu kämpfen. Ist dir überhaupt bewusst, dass du Freunde hast?«

»Natürlich. Das ist es nicht. Ich weiß, du und Arnie ...«

»Wusstest du, dass Arnie und ich geglaubt haben, dass du dich irrst? Das du von vornherein ja zu McBride hättest sagen sollen? Dass wir nicht von einer Aufgabe weglaufen sollten, die wir noch nicht beendet haben?«

Jetzt war Abe an der Reihe, schockiert auszusehen. Sein Gesicht zeigte, dass er offensichtlich keine Ahnung gehabt hatte. Aber Pen war noch nicht fertig. Sie setzte sich hin, beugte sich vor und weinte. Ihre Tränen fielen ohne Anstrengung oder Unterbrechung, fast wie trockener Sand und nicht wie Salzwasser.

»Und weißt du, was noch? Du hast Unrecht. Bei allem, was du zu sein glaubst. Du hast dein ganzes Leben damit verbracht wegzulaufen, und die Person, vor der du wegläufst, bist am Ende du selbst. Weißt du, warum du nie vom Krieg sprichst? Warum du nicht einmal deine Medaillen aufbewahrst, geschweige denn, sich an sie erinnerst oder sie in Ehren hältst? Weil dir diese Medaillen etwas Wahres über dich selbst erzählen und du zu starrköpfig bist, es zu hören.«

Sie blickte zu ihm hoch. Ihre Stimme war ruhig und beherrscht gewesen. Sie hatte nicht geschluchzt oder erstickt geklungen oder hatte auch nur einmal gestockt. Und dennoch fielen diese Tränen, rieselten wie Sand.

»Du bist kein Kriegsheld, du bist einfach nur ein Held, der in Kriegszeiten bekannt wurde. Ich weiß nicht, warum du das nicht siehst, warum du das nicht weißt. Es ist, als ob du dein ganzes Leben lang dein Gesicht vom Spiegel abwendest. Du hast etwas Bemerkenswertes an dir. Hennessey hat das in wenigen Tagen gesehen, nachdem er dich kennen gelernt hat. Und doch vergräbst du es. Das hast du immer getan. Du tust es jetzt. Und ich denke, du wirst es immer tun. Und das tut mir leid, weil ich dieses Besondere auch gesehen habe. Ich wollte es leuchten sehen.«

Es entstand eine lange Stille. Nach solch einer Rede gab es wenig, was man noch sagen konnte. Abe holte ein Handtuch aus der Küche und gab es Pen, die ihre Augen damit trocknete. Ihr Gesicht schien sich durch das Weinen überhaupt nicht verändert zu haben. Ihre Augen waren nicht rot oder geschwollen und ihre Wangen nicht gespannt.

Nach einer langen Pause fragte Abe: »Und du würdest also gerne weitermachen? Willst die Gangster bekämpfen, bis sie endgültig vernichtet sind?«

»Das habe ich dir doch gesagt, oder?«

»Und Arnie auch?«

»Natürlich auch Arnie. Er hasst diese Bastarde.«

Abe nickte, sagte jedoch nichts. Der Raum war still, bis auf die Brandung der See, die durch jedes Fenster zu sehen war. Schließlich schien Abe aus seiner Trance herauszukommen.

»Okay.« Er nickte: halb Frage, halb Feststellung.

»Okay.

»Das Beste ist, wenn ich zu Arnie gehe«, stellte Abe fest. »Ich werde ihn wissen lassen, dass sich die Pläne geändert haben.«

»Sicher.«

»Ich werde auch McBride von einem Drugstore aus anrufen und es ihm sagen.«

»Ja. Das musst du tun.«

»Wir werden weitermachen. Ich habe schon einige Ideen.«

»Ich wette, die hast du.«

»Ideen, die auch beinhalten könnten, dass du einen kleinen Karrierewechsel vornimmst.«

»Wenn du willst.«

»Okay dann.«

»Okay.«

Aber verließ den Raum, so leise, dass er ein Geist hätte sein können.

94

»Es hat gebrannt?«

»Ja, es hat gebrannt. Ich habe es Ihnen doch gesagt.«

»Schlimm?«

»Himmel, Thornton, das Flugzeug sah aus, als ob es als ein Stück Holzkohle herunterkommen würde.«

»Aber es ist wieder gestartet?«

»Sicher. Vorher musste er es allerdings flicken.«

»Wie lange hat das gedauert?«

»Ich weiß nicht. Eine Stunde. Vielleicht anderthalb.«

»Was, hat er gesagt, war nicht in Ordnung?«, bedrängte Willard Mason unablässig.

»Weiß ich nicht. Irgendwas mit dem Öl.«

»*Was* mit dem Öl?«

»Woher zum Teufel soll ich das wissen?«

»Wie weit war er draußen, als das Feuer anfing?«

»Ein paar Meilen. Vielleicht acht, vielleicht zehn.«

»Wie hoch?«

»Hoch?«

»Ja, wie hoch war er?«

»Keine Ahnung. Er war nur ein winzig kleiner Fleck.«

»Wenn Sie unter der Maschine gestanden hätten und er Ihnen zugewinkt hätte, hätten Sie das gesehen?«

»Nein. Das glaube ich nicht.«

»Wenn er mit etwas Großem gewinkt hätte, sagen wir, mit einem Badetuch, hätten Sie ihn dann gesehen?«

»Könnte sein, vielleicht. Ich glaube allerdings nicht, dass er vorhatte, viel Zeit damit zu verbringen, mit Badetüchern zu winken.«

Willard ignorierte Masons Einwand. Grob geschätzt würde er sagen, dass Abe höher als zweitausend Fuß und tiefer als achttausend Fuß geflogen sein musste. Fünftausend erschienen ihm eine angemessene Schätzung.

»Okay, ich möchte wissen, wie er gelandet ist. Alles, woran Sie sich erinnern.«

»Rauchend. Brennend. Wie ein Schwein am Spieß.«

»Aber sein Flug. Beschreiben Sie seinen Flug. Verlief der gleichmäßig oder ungleichmäßig?«

»Ungleichmäßig. Er tauchte runter, dann zog er hoch. Einmal sah es so aus, als ob er auf dem Dach des Lagerhauses runterkommen würde.«

»Ist er geslippt? Hat er das gemacht?«

»Ist das wie beim Foxtrott?«

»Slippen ... das ist, wenn man seitlich durch die Luft rutscht, die Nase im Wind und den führenden Flügel leicht nach unten. Das ist eine Technik, die man benutzen kann, um die Flammen daran zu hindern, von der Maschine ins Cockpit zu schlagen.«

»Ich habe keine Flammen gesehen.«

»Haben Sie das Flugzeug slippen sehen?«

»Ich bin mir nicht sicher. Ich glaube nicht.«

»Was ist mit der Landung? Haben Sie die gesehen?«

»Ich nicht, nein, aber ich habe davon gehört. Er hat fast einen Benzinlaster gerammt.«

»Davon abgesehen, wie ist er gelandet? Ist er gerade und ruhig hereingekommen? War es eine gute Landung?«

Es entstand eine kurze Pause. Willard konnte hören, wie Mason etwas schluckte – sehr wahrscheinlich Whisky – und dann das Glas absetzte. Als er wieder sprach, hatte Masons Stimme einen leicht verärgerten Unterton.

»Hören Sie, Thornton, ich weiß nicht, was Ihnen das für einen Kick verschafft, aber die Art und Weise, wie er das Flugzeug runtergebracht hat, war unglaublich. Er ist fast gehüpft. Er ist seitlich ausgeschwenkt. Er ist praktisch über das Ende der Landebahn geschliddert. Aber er ist in einem Stück runtergekommen, und er schien sich nur darum zu kümmern, das Flugzeug zu flicken und wieder in die Luft zu kommen. Er hat mich gerade angerufen und gesagt, dass er rechtzeitig wieder zurück sein wird, um morgen Vormittag den Frachter hereinzubringen. Das ist nicht nur Pflichtbewusstsein. Das ist weit mehr. Ich habe es satt, dem Mann zu misstrauen. Er ist der beste Mann, den ich habe, basta. Ich sage, lassen wir den armen Kerl in Ruhe.«

»Irgendetwas merkwürdig am Klang der Maschine?«

»Nein. Die Maschine klang ganz normal. Das war ein richtiges Picknick da oben. Nein, warten Sie, ich vergaß. *Sie brannte*, habe ich Ihnen ja gesagt.«

»Ich hatte nach dem Klang gefragt.«

»Himmel ... Der ging rauf und runter, genau wie das Flugzeug.«

»Und er hat gesagt, das Problem wäre die Schmierung? Er hatte keine Probleme mit der Steuerung?«

»Sicher hatte er Probleme mit der Steuerung. Muss er gehabt haben. So wie das Ding runtergekommen ist.«

»Aber er hat Ihnen gesagt, es war das Öl?«

»Soll ich Ihnen alles noch mal erzählen?«

»Okay, danke. Sie haben mir sehr geholfen.«

»Wollen Sie mir nicht sagen, was los ist?«

»Ja, natürlich. Sobald ich es weiß.«

»Hat das irgendwas mit den Waschgewohnheiten von diesem Hennessey zu tun?«

»Vielleicht.«

»Glauben Sie, dass er etwas vorhat?«

Willards Lippen wurden trocken. Nicht nur seine Lippen. Seine Zunge, sein Mund, seine Kehle wurden klebrig und verkrampften sich. Das war die Frage, die er gefürchtet hatte. Und diesmal wich er aus, wohl wissend, dass er nicht mehr lange würde ausweichen können.

»Behalten Sie die Überwachung bei. Lassen Sie ihn nicht aus den Augen.«

Sie verabschiedeten sich und legten auf.

Willard war nicht aufrichtig gewesen. Weil er ein Flieger war, von Rockwell selbst ausgebildet. Willard wusste, dass ein echtes Motorfeuer das Flugzeug zerstört hätte und dass Rockwell Glück gehabt hätte, wenn er lebend herausgekommen wäre. Und Willard wusste, dass Rockwell nicht einmal vor Feuer Angst gehabt hatte, denn wenn er Angst gehabt hätte, wäre er wie verrückt geslippt, um die Flammen auf Abstand zu halten. Und was die ganzen Kunststückchen betraf – das Hoch- und Runterfliegen, die verrückte Landung –, so wusste Willard, was für ein Bockmist das war. Das Flugzeug war gerade mal acht Meilen entfernt und fünf Meilen hoch gewesen. Es hatte zumindest teilweise Maschinenleistung gehabt und eine intakte Steuerung. Wenn Rockwell wirklich in Schwierigkeiten gewesen wäre, dann hätte es nichts gegeben, das ihn daran hinderte, einfach elegant nach Hause zu gleiten.

Und noch ein Letztes. An dem Tag, an dem Hennesseys Laden zusammengeschossen worden war, hatte er rote Laken zum Trocknen in seinen Garten gehängt. Wer tat so etwas? Wer in diesem Teil der Welt besaß rote Laken? Niemand. Absolut niemand. Niemand, der nicht einem Piloten, der darüber hinwegflog, ein Signal geben wollte.

Willard hatte seinen Test gestellt, und Rockwell war durchgefallen.

95

Abe verließ das Apartment, den Kopf immer noch voll von Pens dröhnenden Worten. Sie brüllten in seinem Gehirn wie Meereswellen, die nun auch wirklich zu hören waren, wie sie auf den weißen Sand schlugen, als ob dieser für alle Ewigkeit bestraft werden müsste. Abe ging auf den Strand hinaus, beinahe ohne sich bewusst zu sein, wo er war oder warum er dort war. Die schwache Brise, die wehte, trieb die kleinen Brecher in langen Diagonalen den Strand hinauf. Die rollenden Wellenkämme waren wie ein langes, verächtliches Grinsen, das sich endlos wiederholte. Ein Grinsen, das Abe galt. Für seine Selbsttäuschung. Für seine lange Geschichte des Weglaufens.

Nachdem er eine Stunde lang ziellos herumgelaufen war, kam ihm plötzlich ein neuer Gedanke. Er blieb abrupt stehen. Dann lief er zurück zu Pens hohem Apartmenthaus mit der pinkfarbenen Fassade, durch die marmorne Eingangshalle, in den Aufzug, wo sich der Sand in den Teppichboden drückte. Er schob den Schlüssel in das Schloss und drückte auf den Knopf für das oberste Stockwerk. Er konnte gar nicht schnell genug dorthin kommen. Die Aufzugskabine erreichte das oberste Stockwerk. Die Türen zögerten, dann öffneten sie sich ruckelnd. Abe taumelte beinahe heraus, so eilig hatte er es.

Pen stand acht Fuß von ihm entfernt, in Abendkleid und Schuhen mit hohen Absätzen. Sie trug Perlen um den Hals, und auf ihrem Gesicht lag ein leichtes, ungläubiges Lächeln.

»Schon wieder?«, fragte sie.

»Schon wieder. Ich ...« Ihm fehlten die Worte, bevor er richtig angefangen hatte.

»Ja?«

»Ich ...«

Pen lächelte wieder. Mit hohen Absätzen war sie genauso groß wie er oder sogar ein wenig größer. Sie hatten die gleichen seltsam blauen Augen, dieselbe tief gebräunte Haut. Sie hatten sogar etwas weniger Gewöhnliches gemeinsam als das: die gleiche Art, sich zu bewegen, die gleiche ruhige Wachsamkeit. Manchmal sah es beinahe so aus, als ob sie Spiegelbilder voneinander wären, die männliche und weibliche Version desselben menschlichen Wesens. Jetzt war es so. Irgendetwas ließ Pen für einen Augenblick wegsehen.

Als ihr Blick zu Abe zurückging, hielt er ein Päckchen Karten in der Hand, aufgefächert und mit den Vorderseiten nach unten. Seine Augen luden sie wortlos ein, eine Karte zu ziehen. Pen fühlte sich seltsam und verstand nicht, warum er in ihr Apartment zurückgeeilt war, um ihr Kartentricks vorzuführen, die sie alle schon gesehen hatte. Sie wollte gerade eine Karte ziehen, als Abe von der Unterseite des Blattes eine Karte nach vorn schob und es so aussehen ließ, als ob sie von selbst dorthin gerutscht wäre. Wie in Trance nahm sie die Karte: der Pik-Bube, der schwarze Ritter, eine einäugige Unglückskarte.

Abe nahm die Karte und begann, damit zu spielen. Pen folgte der Karte – oder nicht der Karte, sondern Abes Fingern, und manchmal nicht einmal seinen Fingern. Dann sah sie dorthin, wo sie, wie sie wusste, nicht hinsehen sollte. Sie folgte der Wanderung des Pik-Buben, wie er in der Handfläche verschwand, ausgetauscht, versteckt und dann fallen gelassen wurde. Als Abe einen Trick beendet hatte, blickte er Pen in die Augen. Sie deutete oder blickte auf die Stelle, wo sich, wie sie wusste, die Karte befinden musste. Sie hatte jedes Mal Recht. Aber sie spürte wachsende Enttäuschung. Was bedeutete dieser zweite Besuch? Abes Tricks sahen nun wie Dummheiten aus, die leicht zu durchschauen waren.

Abe stoppte wieder. Traurig deutete Pen nun auf den Jackettärmel. Abe lächelte – ein winziges, angedeutetes Lächeln – und schüttelte den Kopf. Er öffnete den Ärmel und schüttelte ihn: nichts. Er zog die Jacke aus: nichts. Pen war verblüfft. Sie war sich sicher gewesen, dass die Karte in den Ärmel gewandert war. Hatte sie verpasst, wie sie wieder herausgekommen war? Oder hatte sie nicht gesehen, was sie zu sehen geglaubt hatte? Abes Trickserei erschien plötzlich entschlossener, zielgerichteter.

Mit einem kleinen Nicken deutete Abe auf den Papierkorb unter dem Beistelltisch. Pen ging hinüber und blickte hinein. Der Pik-Bube lag offen dort. Er konnte dort nicht sein, aber er war dort. Sie richtete sich wieder auf.

Die beiden Flieger standen sich nun gegenüber, keiner sagte ein Wort. Abe hatte das Kartenspiel hingelegt. Seine Hände waren an seiner Seite und bewegten sich nicht. Sein Gesicht gab Pen keinen

Hinweis, was sie als Nächstes tun oder sehen sollte. Sie befragte ihn mit einem winzigen Schulterzucken. Auf Abes Mund zuckte ein ermutigendes Lächeln. Immer noch verwirrt zuckte Pen erneut mit den Schultern, aber diesmal aufmerksamer. Sie trug ein perlgraues Abendkleid, das gerade so ihre Knie bedeckte. Das Kleid war aus Kunstseide, aber mit zwei Falten aus Chiffon, die über ihren Schultern lagen und sich vor der Brust trafen.

Und als sie mit den Schultern zuckte, bewegte sich das Kleid, aber nicht ganz gleichmäßig. Auf der linken Seite war eine seltsam steife Stelle, über dem Herzen. Mit leicht geöffnetem Mund legte sie ihre Hand auf die Stelle. Eine Spielkarte war dort, die von der Chiffonfalte gehalten wurde. Sie konnte sich nicht einmal daran erinnern, dass er nahe genug an sie herangetreten war, um sie zu berühren, geschweige denn, eine Karte in ihr Kleid zu schieben. Vielleicht als sie sich vorgebeugt hatte, um in den Papierkorb zu blicken …? Aber sie hatte nur einen Schritt gemacht und ihre Augen für kaum eine Sekunde von Abe abgewendet …

Pen entfernte die Spielkarte aus ihrem Kleid und hielt sie fest, ohne sie anzusehen.

Der Pilot öffnete die Hand und strich damit über den Stoff seines Hemdes. Pen sah den Umriss einer Spielkarte in seiner Hemdentasche, die zuvor leer gewesen war. Abe zog die Karte heraus und drehte sie um. Es war der Herz-König.

Pens Herz schlug plötzlich wie wild. Langsam drehte sie die Karte in ihrer Hand um. Es war die Herz-Dame.

Ihr Blick wanderte von der Karte zu dem Mann, der vor ihr stand. Sein Mund und seine Augen waren voller Fragen, voller Hoffnung, voller Liebe. Immer noch ohne Worte fragte er sie, ob sie ihn noch liebte.

Sie nickte.

Er atmete aus. Erleichterung und Freude durchströmten ihn.

Sie nahmen sich in die Arme und küssten sich, und der Kuss war endlos.

96

»Haben Sie schon ein Datum?«

Der Mann in McBrides Büro ging auf die sechzig zu. Er war schwer gebaut und eindeutig übergewichtig, hatte aggressive Augen, die hinter schweren Brillengläsern gefangen waren, und bekam eine Glatze. Ted Carpenter war Commissioner des IRS, der oberste Boss der Finanzbehörde.

»Nein. Kein Datum.«

»Werden Sie nicht zuschlagen?«

»Ich würde zuschlagen, wenn ich müsste. Ich muss aber nicht.«

»Himmel, Sie wissen schon, Erfolge, wir brauchen Erfolge. Wir haben einen Sonderetat für Sie bekommen. Wir haben Ihnen einen großen Titel gegeben, ein nettes Büro. Und jetzt, offen gesagt, jetzt brauchen wir unbedingt Skalps. Der Kongress wird Skalps verlangen. Das Finanzministerium. Die Presse. Bei Gott, ich verlange Skalps.«

»Sie werden sie bekommen.«

Vor dem Fenster wurde Washington von einer Regenwolke niedergedrückt. Ein grauer Himmel hing tief über der Stadt, und in der Ferne regnete es bereits. Carpenter blickte aus dem Fenster, als ob das Wetter ein schlechter Streich wäre, den man ihm ganz persönlich gespielt hätte.

»Ja, und ich habe Sie gefragt wann?«

»Mr. Carpenter, Sir, ich habe eine Quelle in der wahrscheinlich größten kriminellen Organisation in Amerika. Was Umfang, Reichweite, Effektivität und Finanzkraft angeht, wird diese Organisation jede andere Gruppe, die in diesem Land jemals vor Gericht gebracht wurde, zwergenhaft erscheinen lassen. Meine Hauptquelle ist ein Mann von außergewöhnlichem Einfallsreichtum und absoluter Integrität. Wir werden die Dokumente bekommen.«

»Was für Dokumente? Was brauchen wir?«

McBride zögerte, bevor er antwortete. Von Anfang an war diese

Ermittlung absolut vertraulich gewesen. Das bedeutete, dass McBride und Bosse eingeweiht waren, Carpenter hingegen nicht.

»Gegenwärtig, Sir, haben wir genug Beweismaterial, um gegen einen Teil der Organisation vorzugehen, aber nur gegen einen. Wenn wir es richtig machen, dann denke ich, dass wir sie komplett zerschlagen können.«

»Ja, ja, das weiß ich. Das haben Sie mir schon gesagt.«

»Was wir zurzeit suchen sind Finanzdokumente, die die Unterabteilung mit dem Hauptquartier der Organisation verbinden.«

»Finanzdokumente? Sie glauben, dass die Mafia Bücher führt?«

»Das hier ist nicht die Mafia. Und dass sie Bücher führen, darauf können Sie wetten.«

»Also dahinter sind Sie her? Interne Buchhaltung?«

»Nein, Sir. Ich glaube nicht, dass da heranzukommen ist. Aber ich habe meine Quelle gebeten, Überweisungen zu besorgen. Geldüberweisungen zwischen dem Hauptquartier und der Abteilung. Wenn wir die in die Hände bekommen, dann bin ich zuversichtlich, dass wir einen Durchsuchungsbefehl für das Hauptquartier bekommen.«

»Und wenn Sie Ihren Durchsuchungsbefehl haben?«

»Ich glaube, wir würden jedes einzelne Mitglied der Verschwörung an den Haken kriegen.«

»Hah!«

Carpenter machte ein Geräusch, das schwer zu deuten war. Er starrte mit düsterer Miene in den Regen.

»Tennis fällt ins Wasser.«

»Sir?«

»Tennis. Ich wollte heute Nachmittag mit Senator Paulet Tennis spielen. Daraus wird wohl nichts.«

»Nein, Sir.«

Es wurde seltsam still. Das Problem mit modernen Gebäuden und ihren Klimaanlagen war, dass man nicht einfach ein Fenster öffnen und dem Regen zuhören konnte. McBride gefiel das nicht.

Er war ursprünglich ein Junge vom Lande. Knoxtown, Ohio. 863 Einwohner. Es gefiel ihm zu wissen, dass der Regen gut für die Farmer war, und es gefiel ihm, einfach nur dem Regen zuzuhören. Ted Carpenter gefiel es nicht.

»Okay.«

Carpenter bewegte seinen massigen Körper und machte klar, dass er gehen wollte.

»Sie haben also kein Datum?«

»Nein, Sir.«

»Diese Bankunterlagen werden also entweder auftauchen oder nicht. Daran können wir nicht viel ändern, richtig?«

»Das ist korrekt.«

»Sie haben eine merkwürdige Art, die Dinge anzugehen, McBride.«

»Diese Ermittlung ist ein wenig anders als die meisten, Sir.«

»Hah! . . . Diese Abteilung. Was hatten Sie gesagt, wo die ist?«

»Habe ich nicht.«

»Was?«

»Nur die direkt an dieser Ermittlung beteiligten Personen wissen Bescheid, Sir. Ich habe Ihnen nicht gesagt, wo sich diese Abteilung befindet.«

»Nun, ich bin Ihr Boss, und ich muss es wissen. Also wo ist sie?«

»Darf ich fragen, warum Sie diese Information verlangen, Sir?«

»Verdammte Scheiße, McBride!«

Carpenters Kraftausdruck verbreitete sich in der Stille wie ein Ölfleck auf dem Wasser. McBrides Gesicht zeigte keinerlei Gefühlsregung.

»Natürlich, Sie können es gerne wissen, Sir. Ich bitte Sie um Entschuldigung, dass ich Sie nicht eher informiert habe.«

»Also?«

»Die Abteilung ist in Illinois. Unsere Quelle lebt und arbeitet in Chicago.«

»Chicago, was?« Carpenter nickte, zog ein missmutiges Gesicht und starrte in den Regen hinaus. »Chicago.« Dann verließ er den Raum.

McBride hatte eine Menge Arbeit zu erledigen. Sie stand in Stapeln um ihn herum. Er hatte eine Liste von Erinnerungen von seiner Sekretärin und einen Konferenzplan so dick wie die Regenwolke draußen. Aber er rührte seine Arbeit und sein Telefon nicht an und ging auch zu keinem Meeting. Er saß einfach nur an seinem Schreibtisch und fragte sich, warum in drei Teufels Namen er gerade seinen Boss angelogen hatte. Das und der Regen.

Er vermisste es, dem Regen zuzuhören.

97

Willard tat, was er tun musste. Er gab Anweisungen, die Sicherheitsmaßnahmen unverzüglich zu verschärfen.

Die Wachposten wurden verdoppelt, auf der Straße, auf der Bahnlinie, auf dem Fluss.

Alle unwesentlichen Dokumente wurden verbrannt. Wagenladungen von Papier wurden nach draußen gekarrt, mit Benzin übergossen und verbrannt, und dann wurde die Asche mit Rechen zu Staub zerstoßen.

Um das Lagerhaus herum wurden Strohballen und Benzinkanister aufgebaut. Im Falle einer Razzia würde das Stroh mit dem Treibstoff getränkt und dann in Brand gesteckt. Mason rechnete, dass seine Wachposten ihm wenigstens zehn oder fünfzehn Minuten Vorwarnzeit verschaffen würden. In weniger als der Hälfte dieser Zeit konnte das Lagerhaus in Flammen stehen, und der Bundespolizei würde nichts übrig gelassen als brennendes Bauholz und geschmolzenes Glas.

Und soweit es die wesentlichen Dokumente betraf, diejenigen, die Marion für sein tägliches Geschäft unbedingt benötigte, so ließ Mason einen Safe in die Wand seiner Villa einzementieren. Der

Safe war groß, und nur Mason und Willard kannten den Code. Und es gab noch eine Besonderheit. Am Boden des Safes gab es einen Benzinkanister und eine Stange Dynamit. Eine winzige Zündschnur hing aus der Tür und ragte in den Raum wie ein einfacher Faden. Im Falle einer Razzia würde Mason selbst zu seinem Tresor gehen, ein Streichholz an die Zündschnur halten und weggehen.

Aber in einem entscheidenden Punkt zögerte Willard.

Dieser Punkt war Rockwell. Willard wusste, dass er seinen alten Commander hätte töten lassen sollen. Der Ladenbesitzer aus Independence, der Mittelpunkt des Widerstandes in der Stadt, hatte dem Flieger ein Notsignal geschickt. Der Flieger hatte reagiert, indem er ein Motorfeuer vorgetäuscht hatte und aus Marion verschwunden war. Wahrscheinlich hatte er seine Zeit draußen genutzt, um mit Hennessey Kontakt aufzunehmen. Und was noch? Die Wahrheit war, dass in der Welt, in der Willard sich nun bewegte, die bekannten Fakten für ihn leicht ausreichten, um die notwendigen Befehle zu geben.

Aber er zögerte.

Er versuchte, sich selbst einzureden, dass er sich um die Güter sorgte, die nach Marion hereinkamen. Wenn er Rockwell töten ließ, dann müsste er auch das Mädchen und den Mechaniker töten. Das würde die Importroute nach Marion einer entschlossenen Aktion der Küstenwache aussetzen. Und außerdem konnte Willard argumentieren, dass es wichtig war, genau herauszufinden, was Rockwell vorhatte; dass es letztendlich keinen Beweis gab, dass Rockwell bereits irgendetwas erreicht hatte, oder wenn doch, dass keine unmittelbaren Probleme drohten. Aber am Ende liefen diese Argumente nur auf Entschuldigungen hinaus, nicht auf Gründe. In seinem Herzen wusste Willard, dass er es kaum ertragen könnte, Rockwell ermorden zu lassen.

Gerade als er sich selbst zu überreden versuchte, dennoch den notwendigen Befehl zu geben, wurde er aus Marion angerufen. Es war Bob Mason, der ihm sagen sollte, dass das Hamilton-Mädchen gerade gekündigt hatte.

»Sie hat gekündigt? Einfach so?«

»M-hm. Ich denke, sie hat geglaubt, dass sie nicht bei Rockwell landen kann. Der Kerl schien ihr gegenüber immer ziemlich kühl zu sein.«

»Wissen Sie, wohin sie gegangen ist?«

»Nach Hause, nehme ich an. Sie sagte, dass sie Ferien in Europa machen wollte, aber ich denke, sie wird zuerst ihre Leute besuchen wollen.«

Willard legte mit zitternder Hand den Hörer auf. Der Lundmark-Junge war tot. Der Ladenbesitzer war nach Atlanta geflohen. Und nun hatte die Hamilton gekündigt. Bedeutete das, dass Rockwells Plan in die Hose ging? Oder dass er begann, Früchte zu tragen? Er wusste es nicht und konnte es nicht erraten. Aber so viel war ihm klar: dass er Rockwell auf keinen Fall ermorden lassen konnte, wenn der Flieger schon so angeschlagen war, dass er sich ergeben musste. Und wenn der Flieger noch nicht aufgegeben hatte, dann gab es wahrscheinlich irgendwo in den Strafverfolgungsbehörden des Bundes Leute, die wussten, was Rockwell zu erreichen hoffte ...

Willard durchdachte alles, dann ging er zu Powells Büro und bat um einen Termin für ein Treffen. Er bekam ihn sofort. Er begann, indem er Powell berichtete, was er getan hatte, um die Sicherheit in Marion zu verbessern. Der Banker hörte mit großen Augen zu.

»Sie haben *was* getan?«

»Es war Zeit, die Zügel anzuziehen. Marion ist zu wichtig für uns geworden.«

»Gibt es da etwas, wovor wir Angst haben müssten?«

»Nein, jedenfalls nichts Besonderes«, sagte Willard, wobei er ein bisschen log. »Wir haben entdeckt, dass es in der Stadt einen Jungen gab, der Instandhaltungsarbeiten für uns machte und dessen Vater wir vor einer Weile getötet haben. Wir haben die Angelegenheit geregelt, aber es erschien uns als guter Anlass, insgesamt vorsichtiger zu werden.«

Powell lachte leise.

»Was ist so witzig?«

»Was so witzig ist? Sie sind es, Willard, Sie sind es. Sie sind erwachsen geworden, wissen Sie. Der Junge, der diesen Film gedreht hat – wie hieß der noch mal?«

»*Die der Himmel liebt.*«

»Richtig. Das war ein verdammt lausiger Film. Der hat gestunken wie ein Koffer voll toter Katzen. Aber dieser Junge sind Sie nicht mehr. Sie wissen, wer Sie geworden sind?«

»Nein.«

»Der Sohn Ihres Vaters. Und das ist ein Kompliment. Scheiße. Ihr eigener Safe voll Benzin und Dynamit. Ha! Jedenfalls, nehme ich an, Sie sind nicht nur vorbeigekommen, um mich aufzuheitern. Was kann ich für Sie tun?«

»Es ist nur ... Ich weiß nicht. Nur für den Fall, dass es in Marion irgendein Leck gegeben hat, dann müssten wir das wissen. Ich weiß nicht, ob wir irgendeine Möglichkeit haben herauszubekommen, was die Bundespolizei vielleicht denkt. Aber wenn ja, dann würde es sich bestimmt lohnen.«

Powell kicherte. »Vielleicht. Vielleicht können wir das.«

»Sie kümmern sich darum?«

»Sicher.«

»Gut ... gut.« Willard atmete erleichtert aus. Sein Problem erschien plötzlich einfacher. Wenn Rockwell nicht mit den Bundesbehörden gesprochen hatte, dann konnte Willard ihn einfach und mit gutem Gewissen ersetzen. Wenn Rockwell aber sensible Informationen weitergab, dann würde es für ihn eng werden. Willard stand auf. »Danke, Powell.«

Er wollte gerade gehen, als der Banker die Hand hob.

»Eine Minute noch, Will. Wir haben hier eine Regel. Bei jeder Verletzung der Sicherheit, bei jedem Hinweis auf eine mögliche

Verletzung schalten wir unsere Versicherungsleute ein. Nur um sich alles anzusehen, eine Art doppelte Kontrolle.«

Willard wurde eiskalt.

»Ich glaube nicht ...«, begann er, aber Powell hörte ihm nicht zu.

»Wie ich sagte, es ist eine Regel. Haben Sie jemals Roeder kennen gelernt? Sie werden ihn mögen. Jeder mag ihn. Wie sieht es morgen aus?«

Morgen sah es miserabel aus. Willards Tag war verplant mit Konferenzen, Terminen, Telefongesprächen, Arbeit. Aber Powell meinte es nicht als Frage. Seine Frage war eine nette Art, eine Anweisung zu geben.

»Morgen«, sagte Willard und spürte, wie sich in seiner Magengrube ein Rand aus Eis bildete, »morgen sieht es gut aus.«

98

Das neue Mädchen schien in Ordnung zu sein.

Sie trug ihr braunes Haar sehr kurz, aber im Gegensatz zu anderen Mädchen benutzte sie keinerlei Make-up, und ihre Kleidung – flache braune Schuhe, dunkler Rock, dunkle Jacke, weiße Bluse, kein Schmuck – war nicht von der Art, mit der man sich einen Ehemann fängt. Ihre Haut, die sehr stark gebräunt war, erinnerte an ein Bauernmädchen vom Lande, aber ihre kleinen Hände und die schlanke Figur ließen das genaue Gegenteil vermuten. Aber Mr. Rogers, Stellvertretender Direktor der Savings Bank of Northern Florida in Jacksonville, interessierte sich nicht wirklich für die Herkunft der jungen Frau. Es kam nur darauf an, dass sie zuverlässig, kompetent und bereit zu harter Arbeit war und einen geregelten Lebenswandel hatte.

»Gute Abend, Mr. Rogers«, sagte sie und griff nach ihrem Hut.

»Gute Abend, Sarah«, antwortete er und wippte auf den Zehenspitzen, die Daumen in die Seitenschnallen seiner Weste eingehängt. »Morgen zur selben Zeit am selben Ort. Hä? Ha, ha, ha!«

Das Mädchen rückte seinen Hut zurecht, lächelte seinen Boss scheu an und ging in die Nacht hinaus. Sie bog um die Ecke des Blocks und ging zweihundert Schritte weit, ohne anzuhalten oder zurückzublicken. Dann blieb sie stehen, stellte ihren Fuß auf einen Hydranten und begann, einen Schnürsenkel neu zu binden. Nicht zu binden, sondern neu zu binden. Der Schnürsenkel hatte sich nicht gelöst. Er war nicht offen gewesen. Sie band ihn trotzdem neu.

Und während sie dies tat, ließ sie ihren Blick den Weg zurückschweifen, auf dem sie gekommen war. Es waren ein paar Leute auf der Straße, aber niemand beachtete sie. Nachdem sie mit ihrem Schuh fertig war, beobachtete sie alles noch einen Augenblick weiter, dann ging sie auf dem Weg zurück, den sie gekommen war. Niemand schenkte ihr Aufmerksamkeit. Niemand änderte seinen Weg. Niemand sah sie zu lange oder zu kurz an.

Sie lief eine weitere halbe Meile, betrat dann ein Café und bestellte eine Tasse Kaffee, den sie so langsam trank, wie sie konnte. Als sie das Café schließlich verließ, waren nur noch einige Leute draußen, von denen fünfzehn Minuten zuvor niemand da gewesen war. Sie verschwand in einer Seitengasse, lief schnell bis zu ihrem Ende, duckte sich hinter ein paar Mülltonnen und wartete. Niemand folgte ihr. Die Luft war rein.

Weniger vorsichtig ging Pen nun durch die zunehmende Dunkelheit zum Wasser hinunter. Der Strand leuchtete mit all den neuen weißen Hotels, die durch den Immobilienboom in Florida zu Hunderten entstanden waren. Helle Lichter und große Wagen glänzten zwischen den Palmen und Hibiskusbüschen.

Pen ignorierte die Hotels und ging zum Strand hinunter, aus der Stadt heraus, auf den ausgedehnten Lagerplatz, der als Tin Can Field bekannt war, der Konservendosenplatz. Die Tin-Canners waren Leute aus dem Norden, die über Winter in den Süden kamen und ihren Wagen mit Konservendosen vollgepackt hatten, die für den ganzen Winter reichten. Nun, gegen Ende Februar, begann der Platz, sich langsam zu leeren, während sich die Leute nach und nach zum Frühling im Norden aufmachten. Einige Blechhütten, in denen sich Latrinen und Wasseranschlüsse befanden, klapperten in der schwachen Seebrise. Diejenigen, die sich entschlossen, bis in den März zu bleiben, lungerten zwischen alten Autos und fadenscheinigen Segeltuchzelten herum.

Und Abe. Abe war da.

Der Flieger erhob sich unter einer knubbeligen, alten Palme vom Boden, drückte eine Zigarette aus und kam lächelnd auf Pen zu. Sie trafen sich im Dämmerlicht, umarmten sich und küssten sich lange und leidenschaftlich. Abe musste erst bei Tagesanbruch wieder in der Luft sein. Pen – in ihrer Eigenschaft als Bankangestellte Sarah Torrance – musste erst um Viertel vor neun bei der Arbeit erscheinen. Sie hatten die ganze Nacht zusammen.

»Ich habe ein Zelt gekauft«, sagte Abe, als sein Mund schließlich wieder frei war. »Ich weiß nicht warum, es erschien mir sicherer als ein Hotel.«

»Das sehe ich auch so.«

»Sollte für eine Nacht Schlaf reichen.«

»Wer hat etwas von Schlafen gesagt?«

Es war dunkel geworden und die See eine einzige große dunkelgraue Masse. Der Himmel leuchtete an manchen Stellen noch violett. Hand in Hand gingen sie zu Abes Lagerplatz. Er hatte ein sehr einfaches Zelt, zwei Schlafsäcke und Decken, einen Paraffinkocher, eine Petroleumlampe, Essen und Wasser mitgebracht. Er hatte auch eine Flasche französischen Rotwein dabei, einen *Grand Cru*, einen der besten Vorkriegsjahrgänge. Abe deutete mit einem Lächeln darauf.

»Ein Geschenk von Mason.«

»Weiß er, dass er ihn verschenkt hat?«

»Eigentlich nicht«, gab Abe zu, der den Wein gestohlen hatte, »aber er hätte es gerne getan, das ist der Punkt.«

Aber sie ignorierten die Flasche und alles andere. Sie krochen in das Zelt, schlossen die Segeltuchklappen und sahen sich unter den engen Stoffwänden an. Sie nahmen sich in die Arme, küssten sich und zogen sich langsam aus. Er begann mit ihrer Jacke, dann mit den Knöpfen ihrer Bluse. Sie tat dasselbe mit seinem Hemd. Aber es ging zu langsam. Schließlich rissen sie sich selbst die Kleider herunter und fielen, noch bevor sie damit fertig waren, übereinander her. Pens Zunge brannte, als ob sie in Flammen stünde. Abes Hände waren zugleich stark und sanft, drängend und verständnisvoll.

Sie schliefen miteinander.

Es war nicht das erste Mal, aber irgendwie fühlte es sich so an. Abe war lange in ihr, während sie wieder und wieder kam und ihr Stöhnen nur mühsam zurückhalten konnte. Danach hielten sie sich noch lange umschlungen und lauschten dem Wind.

Irgendwann, nach einer kleinen Ewigkeit, fragte sie ihn.

»Willst du gar nicht wissen, wie Sarah Torrance in ihrem neuen Job zurechtkommt?«

»Doch. Doch, das will ich.«

»Sehr gut, denke ich. Die Bank bearbeitet Marions gesamte Geschäfte. Alle Banküberweisungen kommen per Telegraph. Ich habe mir einen Schreibtisch in der Nähe des Telegraphen besorgt. Keines von den anderen Mädchen mag ihn. Sie glauben, dass aus der Maschine Elektrizität austritt.

»Ausgezeichnet.«

»Es tritt doch keine Elektrizität aus, oder?«

»Nein.«

»Ich will nicht zu schnell vorgehen, aber ich glaube, ich kann Kopien von den Banküberweisungen machen, sobald sie eintreffen.«

»Ausgezeichnet.«

»Und sie führen Buch. Jede Geldüberweisung, die jemals über die Bank gelaufen ist. Inland und Ausland. Die Aufzeichnungen reichen Jahre zurück.«

»Ausgezeichnet.«

»Und ich weiß, wo die Bücher aufbewahrt werden. Sie sind in einem abgeschlossenen Schrank im Büro von Mr. Rogers, dem Stellvertretenden Direktor. Soweit ich weiß, ist er der Einzige, der einen Schlüssel hat.«

»Legt er den Schlüssel jemals ab?«

»Nicht, dass ich es gesehen hätte.«

»Gibt es irgendeine Möglichkeit, das Schloss zu knacken?«

»Vielleicht, aber ich bin nicht die beste Schloss-Knackerin der Welt.«

Abe dachte an Pens Inkompetenz als Mechanikerin und musste grinsend zustimmen. Alles, was Pen von seiner Reaktion sehen konnte, war das weiße Leuchten seiner Zähne. Sie küsste ihn sanft.

»Mach dir keine Sorgen. Ich werde schon etwas finden.«

99

»Sie kennen Roeder natürlich«, sagte Powell, der genau wusste, dass Willard ihn keineswegs kennen gelernt hatte.

Nur, in gewisser Weise hatte er es doch.

Dorcan Roeder war ein kleiner Mann mit dem muskelbepackten Oberkörper eines Mannes, der in der Turnhalle hart trainiert hatte. Sein Gesicht war hässlich, aber mit festem Blick; das Gesicht eines Mannes, der an seiner eigenen Wichtigkeit keinen Zweifel hegte. Es war Roeder gewesen, der sich an dem Nachmittag, als Willard die vierzig Akten aus dem Archiv bekommen hatte, vor Powells Büro positioniert hatte, nur um Willard zu sehen.

»Dorcan steht unserer Versicherungsabteilung vor«, fügte Powell beiläufig hinzu.

Die beiden Männer gaben sich die Hand. Willard fragte sich unwillkürlich, wie viele Männer von der Hand, die er gerade geschüttelt hatte, schon getötet worden waren; wie viele Männer in ihren letzten Sekunden auf dieser Welt gesehen hatten, wie eben diese

Hand zuschlug, zur Faust geballt, auf einen Abzug drückend. Es war ein abscheulicher Gedanke, und Willard hätte sich am liebsten die Hand abgewischt. Sie setzten sich.

Von Anfang an verlief das Treffen für Willard ungünstig, ohne dass er etwas dagegen tun konnte.

»Sie haben in Marion aufgeräumt«, stellte Roeder fest.

»Ja.« Willard erläuterte kurz, was er getan hatte.

»Warum?«

»Aus zwei Gründen. Erstens ein allgemeiner Grund. Marion hat angefangen als eine Nachschubroute unter vielen. Es brachte ein bisschen Geld durch Alkohol ein. Ein bisschen durch Schmuggel. Ein bisschen durch Glücksspiel. Die Situation hat sich aber inzwischen verändert. Wir mussten die Sicherheitsmaßnahmen anpassen. Das ist es, was ich getan habe.«

»Und der besondere Grund?«

»Der besondere Grund ist weniger wichtig.« Willard hatte dieses Gespräch im Kopf tausend Mal geprobt. Er kämpfte darum, seine Stimme fest und gleichmäßig und seinen Körper entspannt zu halten. Er sprach über Lundmark und wie sie herausgefunden hatten, dass sie schon seinen Vater getötet hatten. Er sagte nichts davon, dass sie Hennessey eingeschüchtert hatten, nichts von den roten Bettlaken, nichts von seiner Überzeugung, dass Rockwell darauf aus war, sie zu zerstören.

»Sie haben da noch den Laden von jemandem zusammengeschossen. Von einem Einheimischen.«

»Gibson Hennessey, dem Ladenbesitzer aus dem Ort gleich oben auf dem Hügel bei Marion. Er war der Anführer des Widerstandes in der Stadt. Wir wollten diesen Kerl schon lange loswerden. Er ist mit seiner Familie nach Atlanta gegangen. Mason ist entzückt.«

Willard ärgerte sich über sich selbst. Den letzten Teil hatte er zu schnell gesprochen. Wie zum Teufel hatte Roeder erfahren, dass sie Hennessey aufs Korn genommen hatten? Hatte Mason es ihm gesagt? Wenn ja, was hatte Mason sonst noch aufgedeckt? Willard warf einen kurzen Blick auf den Versicherungsmann, aber Roeders Augen waren leer. Oder um genau zu sein, sie waren das genaue Gegenteil, sie waren zu voll. Roeder hatte haselnussbraune Augen, aber seine linke Iris war voller dunkler Flecken. Die Flecken machten es schwierig, in seinen Augen zu lesen, seinen Blick zu halten. Willard blickte weg.

»Gut«, sagte Powell, »das klingt, als ob Sie das gut gemacht hätten. Es ist immer gut aufzuräumen, ohne ein Schlamassel anzurichten. Das ist das Problem mit Leichen. Man kann die Cops einfach nicht raushalten.«

Das war es, was Powell sagte, aber Willard hatte gelernt, nicht zu sehr darauf zu hören, was er sagte. Stattdessen hatte er das Gefühl, stärker denn je, dass die beiden Männer dieses Gespräch bereits abgestimmt hatten. Powell würde als der Gute dastehen. Er würde lächeln, während sein Scharfrichter die Fußtritte austeilte.

»Ihre Flieger«, sagte Roeder.

»Ja?«

»Wer sind die?«

»Captain Abraham Rockwell und, bis vor kurzem, eine Miss Penelope Hamilton.«

»Miss Hamilton?«

»Ja.«

»*Miss?*«

»Ja.«

»Wartungspersonal?«

»Nur einer. Ein Mechaniker aus der Gegend, Arnold Hueffer.«

»Wer hat die Leitung?«

»Captain Rockwell.«

»Was sind seine Qualifikationen?«

»Er ist der beste Pilot, den es gibt. Ohne Ausnahme. Als Beobachter, der beste. Als Anführer, ebenfalls der beste. Was die Instandhaltung betrifft, dasselbe. Wir haben da jemand Außergewöhnlichen angeheuert.«

»Wer war für die Einstellung von Hamilton und Hueffer verantwortlich? Sie oder Rockwell selbst?«

»Captain Rockwell.«

»Die Integrität des Betriebes hängt also von der Integrität von Captain Rockwell ab?«

»Ich denke schon. Ja.«

»Hatten Sie irgendwelche Zweifel hinsichtlich seiner Eignung?«

»Meine einzigen Bedenken betreffen seine Motivation. Ich habe Captain Rockwell während des Krieges kennen gelernt. Er ist ein wahrhaft außergewöhnlicher Mann. Mason ist auf ihn gestoßen, als er kleine Mengen Alkohol von Havanna aus über den Ozean transportierte. Mason wollte ihn auf der Stelle anheuern. Rockwell hat sich geweigert. Er musste dazu gedrängt werden. Als Mason seine Loyalität getestet hat, hat er den Test ohne Probleme bestanden.«

Roeder sah Willard lange an, konnte aber in seinen Augen so wenig lesen wie in denen einer Leiche.

»Ich habe Sie nach Ihren Zweifeln gefragt. Sie haben den Großteil Ihrer Antwort damit verbracht, mir zu erklären, warum Sie keine haben.«

»Ich habe auch keine, nicht viele. Ich frage nicht nur nach den Gründen, aus denen er für uns arbeitet. Braucht er das Geld wirklich? Das ist mein Problem. Er sagt, dass er ein bestimmtes Flugzeug bauen will. Bei Rockwell ist das wahrscheinlich sogar glaubwürdig.«

»Sie glauben, Geld ist nicht seine Motivation?«

»Das habe ich nicht gesagt. Ich habe gesagt, dass ich mir nicht sicher bin.«

»Wenn es nicht Geld ist, was dann? Was wäre schlimmstenfalls denkbar?«

Willard schluckte. Die ehrliche Antwort auf Roeders Frage war: *Ich weiß mit Sicherheit, dass Captain Rockwell darauf aus ist, uns zu zerstören.* Aber er konnte es nicht sagen. Irgendetwas in ihm weigerte sich einfach, es über die Lippen zu bringen.

»Darauf habe ich keine klare Antwort. Ich habe keinen Grund, ihm zu misstrauen.«

»Sie haben mir gerade gesagt, dass Sie einen haben. Sie sagten, dass seine Gründe, für uns zu arbeiten, wahrscheinlich glaubwürdig sind. Nur wahrscheinlich. Das bedeutet, dass Sie seinen Motiven misstrauen. Sie glauben, dass er vielleicht aus irgendeinem anderen Grund arbeitet. Aus welchem?«

»Wir haben ihn beobachten lassen. Wir haben sein Telefon angezapft. Wir öffnen seine Post.«

»Sie beobachten ihn?

»Richtig.«

»Wie viele Männer?«

»So viele wie nötig. Ich habe Mason angewiesen, es mit Priorität zu behandeln.«

»Also misstrauen Sie ihm. Das ist offensichtlich. Erzählen Sie mir von Ihrem anderen Flieger. Ex-Flieger. Hamilton. Sie sagen, es ist eine Frau?«

»Ja.«

»Das ist ungewöhnlich in der Welt der Fliegerei, nicht wahr?«

»Nein.«

»Aber sie brauchte das Geld, richtig?«

Willard schluckte; ihm war unbehaglich zumute. »Ich glaube, dass sie ziemlich vermögend ist.«

Roeder schob ein Foto über den Tisch: ein Bild der Hamilton-Villa in Charleston.

»Ziemlich vermögend?«

»Ich glaube, ihre Eltern sind ziemlich vermögend. Aber nun arbeitet sie sowieso nicht mehr für uns. Es geht jetzt nur noch um Rockwell.«

Roeder schnaubte, wechselte dann allerdings wieder das Thema. »Bitte beschreiben Sie Ihre persönliche Beziehung zu Rockwell.«

»Er hat im Krieg meine Staffel kommandiert. Ich habe ihn respektiert. Ich glaube, er hat auch gut über mich gedacht.«

»Sind Sie zusammen geflogen?«

»Manchmal, ja.«

»In gefährlichen Situationen?«

Natürlich, ja.«

»Und er war ein guter Kommandeur?«

»Nein.«

Powells Blick, der umherschweifte, sprang unverzüglich auf Willards Gesicht.

»Nein?«

»Nein. Nicht gut. Er war der beste. Ich verdanke ihm mein Leben.«

»Hah!« Roeder grinste und lehnte sich in seinen Sessel zurück. »Sie sind also nicht in der Lage, das Risiko durch ihn für die Organisation einzuschätzen.«

Willard öffnete den Mund, um zu protestieren, aber Roeder hatte keine Frage gestellt und auch Powell schien nicht hören zu wollen, was Willard zu sagen hatte. Powell griff sich den Aschenbecher und schnippte etwas Asche in die Schale. Er stellte ihn nicht wieder zurück, sondern hielt ihn fest wie ein Zweijähriger eine Tüte Kekse.

»Also?«, fragte er mit Blick auf Roeder.

»Ich denke, Thornton hatte Recht, in Marion aufzuräumen. Mir gefällt, wie er die Sache angepackt hat. Ich habe noch eine Reihe Ideen, wie man etwas verbessern könnte, aber nichts Wesentliches. Wir müssen ein Ohr auf alles haben, was die Behörden des Staates oder des Bundes vorhaben, aber das ist Routine. Im Großen und Ganzen hat Thornton gute Arbeit geleistet.«

»He, Will, haben Sie das gehört? Roeder sagt, dass jemand gute Arbeit geleistet hat. Das höre ich nicht oft. Na, Roeder?«

Roeder machte nicht den Anschein, an Powells Schauspielerei teilnehmen zu wollen. Willards Gefühl, dass sich Unheil zusammenbraute, wurde immer stärker. Er wusste nun, dass er Rockwell nie hätte töten lassen können. Bei dem Gedanken, dass Roeder es tun könnte, wurde ihm übel.

»Sonst noch etwas?«, fuhr Powell fort. »Oder vielleicht sollte ich nicht alles verderben. Ich sollte einfach das Telefon nehmen und den guten alten Thornton in Washington anrufen und ihm sagen, dass sein Sohn gut gearbeitet hat.«

»Nur eine Sache«, meldete sich Roeder. »Der Pilot. Der gefällt mir nicht. Ich traue ihm nicht. Ich will ihn nicht haben.«

Willard setzte sich kerzengerade auf. »Der ganze Betrieb hängt von ihm ab. Ohne ihn funktioniert es nicht.«

»Genau das ist es, was mir nicht gefällt. Ich will ein paar neue Jungs anheuern. Unsere Jungs.«

»Sie verstehen das nicht. Das ist nicht wie Auto fahren. Fliegen ist schwierig. Und gefährlich. Es erfordert Geschicklichkeit.«

»Ein Boot der Küstenwache auf offener See auszumachen? Das klingt, als ob man dafür nur zwei Augen braucht.«

»Und was ist, wenn sie sich an der Küste verstecken? Es gibt da eine Million Buchten. Eine Million Verstecke.«

»So? Dann fliegen sie zur Küste und sehen nach.«

»So einfach ist das nicht.«

»So schwierig auch nicht.«

»Niedrig fliegen? Mit den Küstenwinden? Turbulenzen? Bei jedem Wetter? In Maschinen mit nur einem Motor? Wo ein einziges Husten in der Benzinleitung bedeutet, dass man mit hundert Meilen pro Stunde in den Wald rauscht?«

Roeder lächelte. »Wie ich schon sagte, Sie sind nicht in der Lage, die Bedrohung einzuschätzen.«

Es entstand eine Pause. Kurz, aber hässlich.

Roeder wandte sich an Powell und sagte: »Dieser Rockwell. Ich brauche die Genehmigung, ihn zu ersetzen.«

Willards Ohren waren sensibler geworden, seitdem er für Powell Lambert arbeitete. Denn er hörte es: Vor dem Wort »ersetzen« hatte Roeder eine winzige Pause gemacht. Ein bedeutungsvoller Blick hatte die Pause begleitet. Und Willard wusste, was Pause und Blick bedeuteten. Roeder hatte nicht vor, Rockwell zu ersetzen, er hatte vor, ihn umzubringen.

»Und ich bin dagegen.« Willard war über seine eigene Eindringlichkeit überrascht. »Der Betrieb hängt von Rockwell ab.«

»Was er nicht sollte«, wandte Roeder ein.

Powell stellte seinen Aschenbecher ab. »Es tut mir leid, Willard, ich weiß, dass Sie den Mann mögen, aber ...«

Willard hatte eine Sekunde, um das Richtige zu sagen. Eine Sekunde, um Rockwells Leben zu retten.

»Wenn Rockwell geht, dann kann ich nicht mehr die Verantwortung für die Sicherheit der Güter übernehmen, die nach Marion geliefert werden. Ich müsste den Nachschub reduzieren. Wir würden unsere Kunden enttäuschen müssen.«

Zum ersten Mal zögerte Powell. Willard wurde klar, dass er den richtigen Ton getroffen hatte. *Kunden*: ein goldenes Wort. Powell wandte sich an Roeder.

»Eigentlich haben Sie nichts gegen den Mann in der Hand.«

»Ich will nicht warten, bis es so weit ist.«

Powells Zögern dauerte noch eine Sekunde, dann war es vorbei.

»Es tut mir leid, Will, in Zweifelsfällen muss ich immer mit Roeder stimmen. Ich möchte, dass Sie ein paar neue Flieger suchen. Männer, denen wir trauen können. Roeder wird dabei helfen. Vielleicht werden sie nicht so gut arbeiten wie Rockwell, aber das ist in Ordnung. Wenn wir ein paar Flugzeuge verlieren, eine Schiffsladung Alkohol oder zwei, dann müssen wir eben die Verluste schlucken. Aber mit der Zeit werden die neuen Piloten es lernen. Und wenn Roeder nicht glücklich ist, dann bin ich es auch nicht. Okay?«

»Okay.« Willard stimmte zu, weil er keine andere Wahl hatte.

»In der Zwischenzeit, Roeder, wünsche ich, dass Sie die Überwachungsaufgaben in Marion übernehmen. Nehmen Sie so viele Männer, wie Sie brauchen. Bleiben Sie Rockwell auf den Fersen. Übersehen Sie nichts. Wenn er etwas vorhat, dann sollten wir sicher gehen, dass wir darüber Bescheid wissen.«

Es gab nichts mehr zu sagen. Willard fühlte Übelkeit aufsteigen.

»Und Roeder. Geben Sie Thornton Zeit, seine Piloten anzuheuern und auszubilden. Wir leiten zu viel Alkohol durch Marion, um die ganze Sache nur wegen einer Ahnung zu blockieren. Okay?«

Roeder nickte.

»Und ich meine es so. Ich will nicht, dass dieser Kerl übermorgen in irgendeinem Autowrack auftaucht und Sie so tun, als ob Sie noch nie so etwas Trauriges gehört hätten. Rockwell wird nicht ersetzt, bevor wir vorbereitet sind.« Er wandte sich wieder an Willard. Ganz ungewöhnlich für ihn, senkte er seine Stimme. Sie wurde ruhig, sogar sensibel. »Es tut mir wirklich leid, Will. Die Firma verlangt Opfer von uns allen.«

Willard nickte. Er tat so, als ob er ein Geschäftsmann wäre, der seine Arbeit erledigte. Er tat so, als ob es ihm nichts ausmachte. Aber das tat es. Captain Rockwell wusste es vielleicht noch nicht, aber sein Todesurteil war bereits unterschrieben.

100

Mr. Rogers, der Deputy Manager der Savings Bank of Northern Florida, war vierundvierzig Jahre alt. Er mochte Grillfleisch, Pommes Frites und alles, was Sahne und Zucker enthielt. Seine Gesichtsfarbe war eine explosive Mischung aus scharlachrot und kalkweiß. Sein Haar ging bereits zurück, und sein Bauch sah aus, als ob er eine Wassermelone am Stück verschluckt hätte.

Und doch war es eine merkwürdige Tatsache, dass Mr. Rogers auf sein Äußeres achtete und sogar ein wenig eitel war. Er kämmte sein Haar drei Mal am Tage. Er benutzte Zahnseide. Er war pingelig, wenn es darum ging, wie seine Hemden gestärkt und gebügelt wurden. Er hatte immer ein Ersatzhemd plus Krawatte in der Schublade seines Schreibtisches.

Und Pen bemerkte es.

Sie bemerkte es, weil sie alles für wichtig hielt, was mit Mr. Rogers zu tun hatte. Sie bemerkte den Kreis aus Schuppen, der wie ein mittelalterlicher Heiligenschein auf Schultern und Kragen seines Jacketts glänzte. Sie bemerkte die Tatsache, dass er regelmäßig wie ein Uhrwerk zur Toilette ging, nach seinem Morgenkaffee, nach dem Mittagessen und nach seiner Tasse Tee am Nachmittag.

Und während sie diese Dinge bemerkte, begann ein Plan in ihr zu keimen. Sie hatte von Arnie bereits eine kleine, rechteckige Dose bekommen, die ein flaches, rechteckiges Stück Modelliermasse enthielt, das unter einem Stück Gaze feucht gehalten wurde. Zu dieser Modelliermasse fügte sie noch zwei Gegenstände hinzu. Erstens ein süßes Gebäck mit einer klebrigen Füllung aus Vanillecreme und einer üppigen Glasur aus weißem Zuckerguss. Zweitens kaufte sie nach einer Anzeige in einem Frauenmagazin »Sally Simpsons *patentiertes* MAGISCHES Kleider-Genie – nur drei Mal reiben, und aus *alt* wird *neu*!!!«. Das Kleider-Genie war im Grunde nur ein kleines Holzblöckchen mit einer feinen Bürste. Die Bürste hatte einen wachsartigen Überzug, der, wie Pen vermutete, nach ein paar Anwendungen vollkommen verkleben würde.

Sie begann, Ausschau zu halten. Von ihrem Schreibtisch im offenen Bereich der Bank aus konnte sie Mr. Rogers' gläserne Bürotür sehen. Der Tee kam um vier Uhr. Als der zweithöchste Manager der Bank war er die zweite Person, die ihren Tee bekam. Er brauchte sechs Minuten, um ihn zu trinken, sein Stück Gebäck zu essen und aufzustehen, um zur Toilette zu gehen.

An einem Dienstag beobachtete sie, wie das Mädchen nachmittags mit dem Tee-Tablett hineinging. Pen nutzte die Wanduhr mit den großen schwarzen Ziffern und zählte die Minuten. Während sie dies tat, holte sie ihren Kuchen aus der Tasche und begann zu essen. Sie aß und kleckerte dabei. Ein Stück des Kuchens fiel herunter und hinterließ einen großen weißen Fleck auf ihrer Bluse. Sie schien es nicht zu merken und blickte weiter zur Uhr. Fünf Minuten.

Sie stand auf. Sie hielt eine Akte in der Hand und hatte eine überflüssige Frage vorbereitet. Sie ging zum Büro ihres Chefs hinüber, klopfte und trat ein. Er hatte seinen Tee noch nicht ausgetrunken, und ein Viertel seines Kuchens lag noch auf dem Teller.

»Oh, Mr. Rogers, Sir!«, sagte Pen mit ihrer unterwürfigen Sarah-Torrance-Stimme. »Es tut mir leid. Sie sind ja noch beim Tee.« Sichtlich zögernd stand sie da.

Rogers runzelte die Stirn. Er mochte es nicht, wenn man ihn während seiner Teepause störte. Andererseits gefiel ihm jede Gelegenheit, bei der er zur Schau stellen konnte, welch ruhmreiche Sache es war, der Stellvertretende Direktor der zweitgrößten Bank in Nordost-Florida zu sein. Er setzte eine großmütige Miene auf und schwenkte den Teller mit seinem Kuchenviertel mit herrschaftlicher, bestimmender Geste.

»Das ist schon in Ordnung, Sarah. Solange Sie nur beim nächsten Mal vorher daran denken.«

»Ja, Mr. Rogers.«

Er aß den Rest des Kuchens und trank seinen Tee aus. »Also, was gibt es denn?«

Sie öffnete die Akte. »Es geht um diese Girokonten. Einige Kunden haben fünfzig Prozent Überziehungskredit, während andere . . .«

Ihre Frage war lang, konfus und wortreich – keine Frage, die sich in einer Minute beantworten ließ.

»Im Moment habe ich keine Zeit«, begann Rogers. Dann fiel sein Blick auf Pens Bluse. Es war nicht das erste Mal, dass er dorthin geblickt hatte, aber es war das erste Mal, dass Pen zeigte, dass sie seinen Blick bemerkte.

»Oh!«

Sie sah nervös und verlegen aus. Sie brachte kein wirkliches Erröten zustande, aber sie tat trotzdem ihr Bestes. Sie klopfte ohne Wirkung auf ihre Bluse, dann holte sie ihr Kleider-Genie hervor.

»Mein Kleider-Genie«, erklärte sie mit entschuldigender Miene.

»Das funktioniert wirklich.« Sie tupfte damit auf den Zuckerguss, der prompt verschwand. Pen blickte auf die Schuppen auf seiner Anzugjacke. »Wenn Sie wollen, könnte ich ...«, begann sie und brach dann ab. Sie ließ ihren Blick wieder zur Seite wandern, als ob sie sich einer Unverschämtheit schuldig gemacht hätte.

Mr. Rogers war hin- und hergerissen zwischen dem dringenden Wunsch, pinkeln zu gehen, und dem Wunsch, seine Schuppen loszuwerden. Er rutschte unbehaglich auf seinem Sessel herum. Der Schlüsselring lag schwer in seiner rechten Jackentasche. Er könnte ihn natürlich mit zur Toilette nehmen, aber das würde ein wenig seltsam aussehen. Mr. Rogers war nicht der Mann, dem es gefiel, wenn man über ihn lachte. Pen beschloss, ihm ein wenig auf die Sprünge zu helfen.

»Es würde nur einen Moment dauern. Es wäre alles erledigt, bis Sie wieder zurück sind.«

Das gab den Ausschlag. Er zog die Jacke aus und gab sie Pen, als ob sie sein Hausmädchen wäre. »Vielen Dank, Sarah. Wir können dann gleich über diese Girokonten sprechen.«

»Ja, Mr. Rogers.«

Er verließ das Büro. Pen hatte nun gut zwei Minuten Zeit. Sie wusste, wie lange, weil sie seine Toilettenbesuche in der Vergangenheit gestoppt hatte. Mit einem kurzen, kräftigen Schütteln entfernte sie die meisten Schuppen von dem Jackett. Dann breitete sie es auf dem Schreibtisch aus. Sie griff nach den Schlüsseln.

Es waren vierzehn Schlüssel an dem Schlüsselring, und sie brauchte nur von zweien Abdrücke: vom Schlüssel zum Büro und vom Schlüssel zu dem Schrank, in dem die Bücher aufbewahrt wurden. Der Büroschlüssel war einfach. Es war ein Zylindersteckschloss, und es gab nur einen Schlüssel, der halbwegs passend aussah. Sie nahm den Schlüssel und drückte das kalte Metall sanft in das Bett aus Modelliermasse. Eins, zwei, erledigt.

Der Schlüssel zum Schrank war schwieriger. Es war ein kleinerer, einfacherer Schlüssel, und Rogers hatte vier mögliche Versionen an seinem Schlüsselring. Pen arbeitete rasch und nahm von drei Schlüsseln saubere und klare Abdrücke, aber sie hatte zu wenig Platz gelassen, um einen vierten Abdruck zu machen. Sie hatte nur noch einen schmalen Rand in der Modelliermasse, was für Arnie vielleicht zu wenig war, um damit zu arbeiten.

Pen drückte die Spitze des vierten Schlüssels in den Rand der Masse. Beim ersten Mal schien es nicht richtig zu funktionieren, und so machte sie einen zweiten Abdruck, dann einen dritten, um ganz sicher zu gehen. Hinten im Flur öffnete sich die Toilettentür, dann fiel sie wieder ins Schloss. Im Korridor erklangen Schritte. Pen schob den Schlüsselring in die Tasche zurück, steckte die Dose mit der Modelliermasse in ihre Tasche und beugte sich mit ihrem Kleider-Genie über die Schuppen. Rogers kam herein, ohne anzuklopfen.

»Ah, Sarah! Immer noch fleißig?«

»Schon fertig, Mr. Rogers.«

Pen hielt die Jacke hoch, in deren Tasche schwer die Schlüssel lagen. Der Kreis aus Schuppen war fast vollständig verschwunden. Mr. Rogers zog die Jacke an, strich den Kragen glatt und zupfte vorn, um seinen Bauch zu kaschieren. Mit einer plötzlichen Woge der Erleichterung wurde Pen bewusst, dass sie es geschafft hatte.

»Also, was war es noch gleich, weshalb Sie mich sprechen wollten?«

»Das ist schon okay, Mr. Rogers. Es ist mir inzwischen von selbst klar geworden.«

101

Willard hatte von Manhattan die Schnauze voll.

Geld! Die ganze Stadt war davon besessen. Vom Wall-Street-Banker bis zum Penner in der Bowery, jeder bahnte sich mit Klauen und Zähnen einen Weg über seinen Nächsten, um einen Cent oder eine Million Dollar zu machen. Es war nicht so, dass Willard Geld nicht mochte. Ganz im Gegenteil. Er liebte es. Aber seine Kindheit hatte ihn einige falsche Lektionen gelehrt. Er hatte geglaubt, dass Geld etwas ist, in das man hineinwächst, wie ein Paar Schuhe oder eine Familienjacht. Die Tatsache, dass man es auf krummen Wegen beschaffen musste, war wie ein Schock gewesen, ein sehr unangenehmer Schock.

Und so – obwohl er sein Geld verdiente, vorankam, sich gut machte – hatte er von Zeit zu Zeit von allem die Schnauze voll. Wie in diesem Augenblick, wenn ein müder Nachmittag verebbte und sich in einen erschöpften, von Neon beleuchteten Abend verwandelte. In Zeiten, wenn die letzten Fetzen von Gewissen in seinem Kopf ein Wehklagen anstimmten, das ihn nie ganz verließ. Dann fiel ein Schatten auf seinen Schreibtisch. Er blickte hoch.

»Hallo, Larry!«

»Ich spreche jetzt als dein Arzt und muss dir sagen, dass du zu viel Arbeit zu dir nimmst und zu wenig Alkohol.«

»Sag das nicht mir, sag es Powell.«

»Was würdest du sagen, wenn wir ausgehen und sehen, ob wir so viel trinken können, dass wir alles vierfach sehen?«

»Ich würde sagen, dass du zu viel trinkst.«

Was die Wahrheit war: Willard hatte inzwischen erkannt, dass Ronson ein Trinker war, ein fähiger, zugegebenermaßen, aber dennoch ein Trinker, und es wurde von Monat zu Monat schlimmer.

»Okay, machen wir einen Kompromiss: Dreifach. Oder dreieinhalbfach.«

»Ich …«

Willard starrte auf seinen Schreibtisch. Er hatte acht Piloten eingestellt und sie zu einem Armeeflugplatz in West Virginia geschickt, um sie in Tiefflug und Luftbeobachtung ausbilden zu lassen. Die Piloten waren von der Art Männer, die Roeder mochte. Die meisten hatten im Gefängnis gesessen. Alle hatten entweder keine Frau und keine Kinder oder mehrere Frauen und zu viele Kinder. Sie alle mochten Alkohol oder Mädchen oder Glücksspiel oder Faustkämpfe, oder alle vier Steckenpferde kombiniert. Die acht Männer würden einen Monat lang ausgebildet werden. Am Ende dieser Zeit würde Willard die besten vier behalten und nach Marion schicken. Irgendwann bis dahin würde Roeder Rockwell umbringen lassen.

»Mein Gott, Larry, hast du denn niemals die Schnauze voll von alledem?«

»Warum sollte ich? Die ersten Zeichen der Zivilisation sind immer dieselben: Beweise, dass der Mensch gelernt hatte, zu gären und zu destillieren. Die Trauben, das Korn, sogar, mein lieber Moralapostel, die bescheidene Kartoffel.«

»Ich meinte nicht das Saufen, Larry, ich meinte ...«

Er brach ab. Die Luft in dem Gebäude schien plötzlich nicht nur abgestanden, sondern geradezu drückend zu sein. Er hatte ein klares Bild von seinem alten Commander vor Augen, wie dieser von einem von Roeders Handlangern kaltblütig ermordet wurde.

»Ich ...«

»Weißt du eigentlich, dass es das dritte Mal ist, dass du einen Satz angefangen hast, ohne ihn zu beenden?«

»Hör zu, Larry. Ich fühle mich nicht gut. Ich muss hier unbedingt raus. Tut mir leid.«

Er schnappte sich Mantel und Hut und eilte nach draußen, um den Aufzug zu nehmen. Der Fahrstuhl ruckelte abwärts und sammelte Angestellte und Sekretärinnen auf ihrem Heimweg ein. Willard trat beiseite, um ein paar Leute hereinzulassen. Eine mausartige kleine Frau mit einem blauen Filzhut. Ein Angestellter in einem dünnen grauen Anzug. Weitere Leute stiegen ein. Niemand stieg aus. Der Fahrstuhl erreichte das Erdgeschoss und begann, sich zu leeren. Willard stand hinten in der Kabine und wartete. Aber die Frau mit dem blauen Hut stieg nicht aus. Zum ersten Mal betrachtete Willard sie genauer und erkannte sie: Annie Hooper.

»Gott, Annie, tut mir leid! Hallo! Ich habe dich mit diesem Hut gar nicht erkannt.«

Annie schob ihren Hut ein wenig nach hinten, als ob sie sich dafür entschuldigen wollte, dass sie ihn trug. »Ich denke, sie lassen dich zu hart arbeiten. Du bist zu beschäftigt.«

Willard, der immer rasch und feinfühlig registrierte, wenn eine Frau sich angezogen fühlte, sah, dass Annie sich wahnsinnig darüber freute und zugleich leicht nervös war, wieder mit ihm zu reden. Ihre Wangen wurden leicht rosa, und ihre Hand bewegte sich zwei Mal zum Kragen ihrer Bluse. Er hörte auch einen winzigen enttäuschten Unterton, als ob ihre letzten Worte der Code waren für »zu wichtig, um deine alten Freunde zu besuchen«.

»Beschäftigt? Na ja, du kennst die Firma, Annie. Sie bringen uns genug zum Schwitzen, oder?«

Während sie redeten, verließen sie das Gebäude. Ein unangenehmer Ostwind brachte kalte und feuchte Luft vom Meer herüber. Die Straßen glänzten vor Nässe und waren voller Menschen. Annie zog ihren Mantelkragen hoch und holte einen kleinen Damenschirm heraus.

»Nein, nein, nein«, rief Willard aus und holte seinen eigenen, viel größeren Schirm hervor, den er mit großer Show aufspannte und über Annies Kopf hielt.

»Danke.« Weil sie unter dem Schirm stehen musste, kam Annie Willard ganz nahe. Sie errötete wieder, stärker diesmal.

»Wohin?«, fragte er.

»Na ja, das kommt darauf an ...«

»Worauf ...?«

»Also, ich gehe jetzt nach Hause, aber ich will dich nicht von deinem Weg abbringen.«

»Nein, überhaupt nicht.«

»Normalerweise nehme ich die U-Bahn.«

Aus reiner Gewohnheit hatte Willard Annie schon in Richtung eines Taxistandes gelenkt, obwohl er eigentlich hätte wissen müssen, dass Annie sich niemals eine teure Taxifahrt leisten würde. Es wäre sinnvoll gewesen, umzukehren und sie zur U-Bahn-Station zu begleiten, nur hätte das bedeutet, mit seiner ersten Richtungswahl einen Fehler zugeben zu müssen.

»Himmel, nein, ich kann dich doch nicht mit der U-Bahn fahren lassen – nicht bei solchem Wetter«, sagte er wider jede Logik. »Erlaube mir, dass ich dich im Taxi nach Hause bringe.«

Einen Augenblick später saßen sie in einem Taxi, das durch den Regen in Richtung Norden fuhr. Annie lächelte ihn an. Willard lächelte zurück.

»Wo wolltest du denn hin?«, fragte sie.

»Hmm. Ich?«

»Geschäfte, nehme ich an? Larry sagt, dass du jetzt schrecklich wichtig bist.«

»Himmel, nein! Ich meine, ich habe genug zu tun, aber ich musste heute einfach mal raus, Annie. Ich konnte es keine Minute mehr aushalten.«

Es entstand eine kurze Pause.

»Herzlichen Glückwunsch übrigens.«

»Bitte?«

»Zu deiner Verlobung, meine ich. Ich habe dich seitdem nicht mehr gesehen.«

»O ja, Rosalind.« Willard nickte.

»Sie ist ein glückliches Mädchen.«

»Ja, nicht wahr? Ich meine, sie ist ein Supermädchen. Das war es doch, was du gesagt hast, glaube ich. Super.«

Die Unterhaltung blieb oberflächlich und stockend, während das Taxi durch den Verkehr rumpelte. Es erreichte Annies Wohnblock und hielt an. Willard stieg aus, bezahlte das Taxi und begleitete Annie zur Tür. Die beiden sahen zu, wie das Taxi durch eine Pfütze spritzte und verschwand.

»Du steigst hier aus?«, fragte Annie überrascht. »Wolltest du nicht …?«

Willard grinste breit. »Ich dachte, ich könnte eine alte Freundin vielleicht um einen Kaffee bitten. Wenn es recht ist.«

»Natürlich, ja.«

Annie schritt durch die Eingangstür ihres Wohnblocks und ging auf dem Weg nach oben voraus. Wenig später saß Willard wieder auf Annies kleinem Sofa, trank Kaffee und sah dem fallenden Regen zu, wie es schon einmal geschehen war. Seitdem er das letzte Mal hier gewesen war, hatte es nur eine Neuerung in Annies Wohnung gegeben. Es war ein Filmplakat von *Als wir Helden waren*. Willards prächtig entschlossenes Stirnrunzeln beherrschte das kleine Zimmer. Da er die leichte Röte unter Annies Sommersprossen bemerkte, erwähnte er das Poster nicht. Und sie auch nicht. Sie tranken Kaffee, tranken ihre Tassen aus, dann kochten sie neuen. Er stand nicht auf, um zu gehen. Er fühlte sich, als ob er aus seinem eigenen Leben herausgefallen wäre. Nicht lange, nur eine Stunde oder zwei. Aber verrückterweise, und nur für diese Stunde, fühlte er etwas, was er nie hätte fühlen sollen. Nicht dort. Nicht mit Annie. Er fühlte sich entspannt. Er fühlte sich zu Hause.

102

Pen hatte allen erzählt, dass sie nach Europa fahren würde. Sie hatte Koffer gepackt, Verabredungen getroffen, Tickets gebucht, war nach New York gefahren – und nicht an Bord gegangen. Zugegeben, auf dem Schiff war jemand mit dem Namen Penelope Hamilton, aber es war nicht sie. Falsche Größe. Falsches Gewicht. Falsche Figur. Alles falsch. Roeder wurde von seinem Mann am Dock angerufen, dann rief er Powell an.

»Diese Hamilton. Die hat uns reingelegt. Sie ist überhaupt nicht nach Europa gefahren.«

»Erzählen Sie mir das, weil Sie Rockwell eher beseitigen wollen? Ich habe gesagt, dass Sie warten sollen.«

»Nein. Das ist es nicht. Ich habe vor, das Mädchen, Rockwell, den Mechaniker und jeden, bei dem ich es für nötig halte, zur gleichen Zeit zu erledigen.«

»Alle zusammen? Sie wissen, dass hier nicht Chicago ist.«

»Wir werden das nett machen. Nichts, was auch nur nach einem Tötungsdelikt aussieht.«

»Haben Sie den jungen Thornton gefragt? Er sollte in der Sache ein Wort mitreden.«

»Der ist hin- und hergerissen. Einerseits macht er gute Arbeit. Andererseits blickt er zu Rockwell auf. Will ihn retten. Es ist am besten, wenn wir uns um alles kümmern, ohne ihn einzubeziehen. Thornton könnte für eine Weile wütend sein. Später wird er sehen, dass wir ihm geholfen haben.«

»Hmm ... Natürlich beobachten Sie Rockwell weiter?«

»Ja.«

»Hat er irgendetwas vor, wovon er besser die Finger lassen sollte?«

»Nicht, dass wir wüssten. Aber sobald er in sein Flugzeug steigt, können wir ihm nicht folgen.«

»Wie werden Sie das Mädchen finden?«

»Das ist meine Sache.«

»Und wenn Sie sie finden ...? Scheiße, Roeder, finden Sie sie erst mal. Wahrscheinlich stellt sich heraus, dass sie sich mit irgendeinem reichen Liebhaber in einem versteckten romantischen Strandhaus vergnügt. Erst finden wir sie, und dann überlegen wir, was zu tun ist. Ich bin sicher, wir werden eine Lösung finden.«

Es gab eine winzige Pause. Roeders blasse Lippen öffneten sich zu einem Lächeln.

»Sicher, wir werden eine Lösung finden.«

Sie legten auf, aber Roeder grinste weiter. Powell hatte ihm nicht befohlen, nicht zu tun, was er tun wollte. Er hatte seine Anweisungen absichtlich vage gehalten. Er machte es so, damit er aus dem Schneider war, wenn der junge Willie Thornton aufwachte und feststellen musste, dass sein Lieblingspilot tot und nur noch Vergangenheit war. Roeder mochte das. Typisch Powell: immer sauber, aber geschäftsmäßig.

Jetzt musste er nur noch das Mädchen finden.

103

Der Tennisball stieg hoch, bis er mitten von der Sonne stand, und fiel dann wieder in einer Kurve nach unten. Senator Paulet schlug ihn. Der Ball knallte aus kürzester Entfernung gegen die Netzkante, rutschte eine Sekunde an ihr entlang und fiel dann auf der falschen Seite zu Boden.

»Verdammt.« Der Senator, ein fotogener Mann von sechsundvierzig, hob den Ball mit seinem Schläger in die Luft und donnerte ihn gegen den Maschendrahtzaun, der den Tennisplatz umgab. »Diese lausigen Bälle sind heute nicht auf meiner Seite.«

Der Senator warf seinen Schläger hin und schnappte sich einen Pullover vom Stuhl. Ted Carpenter murmelte leise zu sich selbst. Paulet spielte ein Match nur zu Ende, wenn er es gewann. Wenn nicht, brach er es immer ab.

»Trinken wir etwas«, sagte Paulet. Es war eine Entscheidung, kein Vorschlag.

Die beiden Männer gingen zu einer Gruppe weißer Metalltische, die unter Sonnenschirmen standen. Auf jedem Tisch lag eine Karte, die die verfügbaren Getränke auflistete: Eiskremlimonade, normale Limonaden, Mineralwässer, Fruchtsäfte, verschiedene Tees, Kaffee. Als einer der beiden Kellner des Tennisclubs sah, dass die beiden Männer sich setzten, verschwand er ohne ein Wort und kehrte zwei Minuten später mit zwei Martinigläsern und einem Krug zurück, in dem Eis klirrte. Der Kellner sagte nichts, schenkte die Drinks ein und entfernte sich.

Paulet, einer der beiden Senatoren von Wisconsin, war mit starker Unterstützung der Anti-Saloon-League gewählt worden. Die ASL, die führende Anti-Alkohol-Gruppe des Landes, wusste, dass Paulet ein chronischer Trinker war, aber das kümmerte sie nicht. Paulet hatte versprochen, so zu stimmen, wie die ASL es wünschte, und das war genug. Im Senat der Vereinigten Staaten zählten die Stimmen von Heuchlern genauso viel wie die Stimmen der Ehrlichen.

Die beiden Männer plauderten eine Weile: über Tennis, über das Wetter, über die neuesten Abenteuer von Paulets wilder Tochter. Ted Carpenter war der Commissioner des IRS, also de facto der oberste Steuereintreiber der Vereinigten Staaten. Senator Paulet als Vorsitzender des Finanzausschusses des Senats war in gewisser Weise Carpenters Boss. Sie tranken ihren ersten Martini und machten sich an den zweiten. Paulet trank auch den zweiten aus und goss sich einen dritten ein.

»Also, Ted, wie geht es denn Ihnen und Ihren Gangsterjägern?«

»Gangsterjäger? Unsere Ermittlungseinheit?«

Paulet nickte.

Carpenter zuckte mit den Schultern. »Okay. Jeden Monat nageln wir ein paar Steuerhinterzieher fest. Gerade haben wir einen Grundstücksmakler in Kalifornien dingfest gemacht. Er hat uns eine Steuererklärung über ein paar tausend Mäuse Einkommen abgegeben. Es stellte sich heraus, dass er eher eine halbe Million gemacht hatte.«

»Hören Sie auf, mir Kleinkram vorzusetzen«, entgegnete Paulet leise. »Ich meinte die Alkoholschmuggler. Sie hatten da so eine Idee, wie Sie die Alkoholschmuggler wegen Steuerhinterziehung festnageln könnten.«

»Ja. Wir arbeiten daran.«

»Richtig. Und das war meine Frage. Wie kommen Sie voran?«

»Okay. Wir graben noch nach Beweisen. Wir wollen eine Anklage aufbauen, die wirklich hieb- und stichfest ist.«

»Scheiße. Darauf wäre ich nie gekommen. Sie sind ein Genie, verdammt.«

Paulets Augenlider neigten dazu, mit zunehmendem Alkoholkonsum zu erschlaffen. Ob es an den zwei Martinis oder der Sonne oder seiner Wut lag, seine Augen sahen aus wie von einer Kapuze beschattet und blickten halb betrunken, halb böswillig. Seine spöttische Bemerkung führte zu einer unbehaglichen Stille.

»Was wollen Sie wissen?«, fragte Carpenter.

»Gegen wen ermitteln Sie?«

»Tut mir leid, Senator, ich bin nicht in der Lage, das zu sagen.« Es war die Wahrheit, dachte Carpenter bitter. McBride war immer noch nicht offen zu ihm, obwohl Carpenter McBride auf Druck von Paulet gedrängt hatte zu reden.

»Verarschen Sie mich nicht. In ein paar Tagen haben wir eine Ausschuss-Sitzung. Auf der Tagesordnung steht auch das Management des IRS. Das Management und Gehaltsfragen.«

»Aha?« Carpenter wurde nervös.

»Der Ausschuss ist sich uneins. Er wird alle Möglichkeiten besprechen. Ich weiß nicht, in welche Richtung er tendieren wird.«

»Und worum genau geht es ...?«

»Na ja, die einen sagen, wir müssten unseren Top-Leuten mehr zahlen. Eine Menge mehr. Die Besten anheuern und dann halten. Das Geheimnis des Erfolgs.«

»M-hm.«

»Die anderen stimmen dieser Gruppe zu.«

Paulet sprach nicht weiter. Carpenter wusste, dass er aufgefordert war, die offensichtliche Frage zu stellen. Da er wusste, dass er sowieso gleich als Dummkopf dastehen würde, tat er Paulet den Gefallen.

»Zwei Gruppen von Leuten, sagten Sie. Wo ist der Unterschied?«

»Die Hälfte des Ausschusses ist mit dem existierenden Management zufrieden. Die andere Hälfte ist es nicht.«

»Aha.« Carpenter wusste, dass Paulet mit ihm spielte, aber er konnte nichts dagegen tun. »Ich nehme nicht an ... Ich meine, da ist doch nichts, oder ...?«

Mit einem plötzlichen Energieausbruch fuhr Paulet auf seinem Sitz herum und riss den Tisch dabei mit.

»Ich schieße gerne direkt. Soll ich offen mit Ihnen sein?«

Carpenter nickte stumm.

»Okay. Es ist so: Ich denke, Sie sind in Ordnung. Manchmal sind Sie ein dummer Bastard, aber so wie ich es sehe, wird jeder andere, den wir einstellen, auch ein dummer Bastard sein. Aber wir brauchen Erfolge. Wir geben hier das Geld der Wähler aus. Wir brauchen etwas, womit wir Eindruck schinden können. Ihr beschissener kleiner kalifornischer Makler ist es nicht. Sie erzählen mir immer wieder, dass Sie ein großes Projekt verfolgen, aber mir setzen Sie nur Hühnerkacke vor, Carpenter. Das akzeptiere ich nicht.«

Carpenter schluckte. »Es ist ein großes Projekt, ehrlich. Mein Ermittler ist ein guter Mann. Er glaubt, dass wir eine gute Chance haben, eines der größten illegalen Unternehmen des Landes zu zerschlagen.«

»Wo? Wo hat das Unternehmen seine Basis?«

»Das ist eine nationale Angelegenheit. Sie betrifft das ganze Land.«

»Und wenn Sie mir nicht die Antwort für Idioten geben würden?«

»Unsere Quelle sitzt in Chicago. Wir haben von dort schon großartige Ergebnisse bekommen.«

»Chicago? Sind Sie sicher?«

Carpenter nickte. Er ärgerte sich über McBride und dessen obsessiver Geheimniskrämerei. Verdammt, der Mann hatte ihn in eine Lage gebracht, in der er nicht einmal an einen US-Senator vernünftige Informationen weitergeben konnte.

»Chicago. Richtig. Gottverdammte Gangster.«

Paulet hatte überrascht geschaut. »Und worauf warten Sie noch?«

Carpenter schluckte. Seine Gefühle für McBride wandelten sich von Ärger in Wut. Vielleicht sollte er die Ermittlungen selbst übernehmen. Er würde es tun, nur wusste er, wie gut McBride als Ermittler war.

»Okay, Senator, ich werde Ihnen sagen, was ich weiß. Aber vergessen Sie nicht, dass ich während der ganzen Ermittlungen streng auf äußerste Vertraulichkeit geachtet habe. Ich verlange nicht einmal von meinem Ermittlungsteam, mir Dinge zu berichten, die ich nicht unbedingt wissen muss.«

»So kann man die Sache nicht handhaben. Das ist einfach nur Feigheit.«

»Natürlich habe ich daran gedacht, mich mehr in die Ermittlungen einzuschalten. Nun spitzt sich die Lage langsam zu.« Carpenter sprach zu schnell, und sein Mund wurde trocken. Die einzige Flüssigkeit auf dem Tisch war in dem Martinikrug. Carpenter trank, um die Klebrigkeit in seinem Mund loszuwerden, und bereute es sofort, denn die Wirkung des Alkohols, die sich durch den Sonnenschein und den Stress verdoppelte, setzte unverzüglich ein.

»Wir haben den lokalen Betrieb weitgehend aufgeklärt und im Griff. Jetzt müssen wir ihn nur noch mit dem Zentrum, mit dem Hauptquartier in Verbindung bringen.«

»Wie wollen Sie das tun?«

»Geld. Dieses Unternehmen ist in fast jeder Hinsicht aalglatt, aber das Geld, das hin- und hergeht, das können sie nicht verstecken. Wir verfolgen den Bankverkehr. Das verschafft uns genügend Beweise, um sie einem Richter vorzulegen. Wir besorgen uns Durchsuchungsbefehle. Dann gehen wir rein und röhren aus allen Feuern – feiern aus allen Röhren, meine ich. Feuern. Aus allen Rohren. Wir feuern aus allen Rohren.«

»Und die Zentrale ist wo?«

Carpenter schluckte. Er wusste es nicht. Er riet ins Blaue. »Chicago.«

»Chicago?«

»Genau.«

»Sind Sie sicher?«

»Sicher. Sicher bin ich sicher. Ha! Das klingt blöd, oder? Sicher-bin-ich-sicher, sicher-bin-ich-sicher.«

Paulet stand auf. Er nahm seinen Pullover und seine Tennistasche. Der Kellner näherte sich mit der Rechnung in der Hand, aber Paulet zeigte kein Interesse, seinen Anteil zu bezahlen.

»Sie sind ein dummer Bastard, Ted. Denken Sie daran, ich brauche Informationen. Fakten, keinen Bockmist. Und ich brauche sie bald. Haben Sie das kapiert?«

»Sicher. Tut mir leid, Tom. Es ist die Sonne. Ja, ich habe das verstanden. Keinen Bockmist. Natürlich.«

»Es ist Ihre Zukunft, über die wir diskutieren werden, vergessen Sie das nicht. Mir ist sie eigentlich scheißegal.«

Paulet blickte auf seinen Tennispartner hinunter, schüttelte den Kopf und ging.

104

Tin Can Field und eine weitere windige Nacht unter den Sternen.

Unten am Strand läuft allein eine Frau entlang und drückt eine dünne Aktentasche aus Leder an sich. Während sie sich dem Lager nähert, wird plötzlich ein zweiter Umriss sichtbar. Es ist ein Mann, entschlossen und zielstrebig. Die beiden sehen sich, fangen zu laufen an und finden sich dann schnell in den Armen des anderen.

»Mein Liebling!«

Die beiden Liebenden sagten dasselbe, auf dieselbe Art, zur selben Zeit. Sie sahen sich in dem schwachen Licht in die Augen und lächelten.

Wieder im Lager war Abes Vorliebe für einfache Haushaltung noch immer unübersehbar. Dort standen noch immer dasselbe fadenscheinige Segeltuchzelt, dasselbe Paar Klappstühle, dieselbe Petroleumlampe, derselbe Primuskocher. Alles war dasselbe geblieben. Dennoch hatte Abe in mehrfacher Hinsicht nachgerüstet. Eine Luftmatratze ergänzte nun die beiden Schlafsäcke, und ein weißer emaillierter Wasserkrug stand gleich hinter der Zeltklappe, und darin stand kerzengerade ein Dutzend gelber Rosen im Lampenlicht.

»Mannomann!«, sagte Pen. »Kein Grund, gleich durchzudrehen.«

Abe lächelte. In den vielen Jahren, in denen er dort geschlafen hatte, wo sich sein Flugzeug zufällig gerade befand, war ihm nie der Gedanke gekommen, sich eine Luftmatratze zu kaufen. Aber langsam fing er an, sein früheres Leben mit den Augen einer Frau zu sehen. Obwohl es hart für ihn war, es zuzugeben, wusste er doch, dass vieles von seinem alten Lebensstil mit seinem neuen Leben mit Pen unvereinbar war.

»Ich habe auch Hummer.«

»Du hast Hummer gekocht?«

Jetzt war Pen wirklich überrascht.

»Nein, nein. Ich habe welchen von einem Restaurant weiter oben an der Straße besorgt. Ich glaube nicht, dass du ihn essen würdest, wenn ich ihn gekocht hätte. Ich habe auch diese Soße besorgt, die sie in Frankreich essen ...«

»Mayonnaise?«

»Genau die. Und – äh ...« Abe wollte gerade den Rest des Abendessens aufzählen, als ihm klar wurde, dass ein Laib Brot, einige hart gekochte Eier, ein Stück Käse und eine Tüte Tomaten Pen wohl nicht als großes Festessen vorkommen würden. »Dann sind da noch ein paar andere Sachen«, ergänzte er halbherzig. »Eine Flasche Wein und Mangos statt Pudding.«

»Ich liebe Mangos.« Nachdem sich der erste Liebestaumel langsam gelegt hatte, hatte Pen begriffen, wie sehr Abe durch seine eigenen Gefühle verunsichert wurde. Sie sah, wie er die Grundannahmen, auf denen er sein Leben aufgebaut hatte, neu bewertete. Ihr war sogar klar geworden, dass ihr eigener Hintergrund – eine Frau, die es sich leisten konnte, ihr ganz privates Curtiss-Jagdflugzeug zu besitzen, ohne sich auch nur die Mühe zu machen, darüber nachzudenken, woher das Geld kam – diesen Prozess für ihn noch schwerer machte. Sie zog Abe an sich, küsste ihn und strich mit ihren Händen über die feinen Stoppeln auf seinem Kopf. »Und ich liebe dich.«

Er wusste, was sie meinte und warum sie es sagte. Er küsste sie. Seine Finger wanderten zu ihrer Taille, wo sich ihr Rock und ihre Bluse trafen. Dort verharrten seine Finger, zögernd, fragend. Pen legte ihre Arme um seine Taille und schob einen Finger in seinen Gürtel.

»Es war heiß heute, nicht? Hast du Lust zu schwimmen?«

»Sicher.«

Normalerweise hielt Abe Schwimmen nicht für eine besonders vergnügliche Aktivität, aber nun tat er es. Sie gingen zum Strand hinunter, zogen sich nackt aus und schwammen in die murmelnde Brandung hinaus. Pen war die bessere Schwimmerin, und geschmeidig glitt sie durch das Wasser wie eine Meerjungfrau mit cremeweißer Haut. Abe musste sich anstrengen, um mit ihr mitzuhalten. Sie schwammen eine Weile, dann kamen sie an den Strand zurück, gingen ins Zelt und liebten sich.

Abe hatte sich als wunderbarer Liebhaber erwiesen. Seine Technik hatte nichts Angeberisches an sich. Tatsächlich hatte er kaum eine besondere Technik, keine ausgefallenen Stellungen der athletischen Kunststücke zu bieten. Aber er war wahrhaftig und konzentriert. Sanft. Und reagierte äußerst sensibel auf winzigste Regungen von Pen. Ihr wurde bewusst – und überraschenderweise fühlte sie sich durch diese Erkenntnis geschmeichelt, nicht beleidigt –, dass für Abe der Liebesakt ein wenig so war wie das Fliegen eines Flugzeugs. Er horchte mit seinen Fingerspitzen und seinen Bauchmuskeln. Er reagierte auf eine Veränderung, noch bevor sein Gehirn bewusst wahrgenommen hatte, dass sich etwas verändert hatte. Pen ließ sich treiben, fühlte sich wie ein Gleitflugzeug im Wind, das in noch höhere Sphären des Gefühls gestreichelt und gestupst und geschoben wurde.

Sie liebten sich lange und langsam, dann lagen sie beieinander, salzig vom Meer und verschwitzt von der Anstrengung. Aber zu ihren Füßen lag eine Aktentasche voller Papiere. Obwohl sie vergessen wollten, wo sie waren, warum sie dort waren, und alles sonst außer dem Körper des anderen, der sich nackt an den eigenen schmiegte, konnten sie es nicht.

Sie standen auf.

Abe drehte die Petroleumlampe auf, so weit es ging. Pen nahm die Papiere und ihre Dose mit Modelliermasse aus der Tasche und gab ihm die Dose. Er öffnete sie, hielt die Modelliermasse ans Licht und begutachtete die Abdrücke, die Pen gemacht hatte.

»Es ist doch in Ordnung, oder?«, fragte Pen ängstlich. »Ich habe sie doch nicht zu tief eingedrückt?«

»Nein. Sieht gut aus.«

»Ich hatte nicht mehr genug Platz. Ich musste auch den Rand benutzen«, erklärte Pen zum vierten Schlüssel, zu den zackigen Eindrücken am Rand des Streifens, zu ihrer Sorge, dass sie es vermasselt hatte.

»Es ist gut. Arnie kann morgen Abgüsse davon machen. Er kann dir die Schlüssel mit der Post schicken. Schließlich kennt ja niemand deinen Namen oder deine Adresse.«

Pen lächelte erleichtert. »Puh«, kommentierte sie leise. In der Hand hielt sie zusammengerollt ein Bündel Papiere. Abe blickte sie fragend an.

Pen hielt die Papiere hoch. »Überweisungen. Nur die letzten paar Wochen. Ich weiß, McBride will Unterlagen, die Monate oder Jahre zurückreichen, aber ich dachte, es könnte nützlich sein, sich inzwischen diese hier anzusehen.«

Abe nickte. »Natürlich.« Freudig erregt streckte er die Hand aus, dann sah er ihr Gesicht. Es sah nicht glücklich aus. Es war sorgenvoll.

»Das ist es doch, was wir wollten, oder?«, fragte er.

»Ja ... Vielleicht ...«

Sie gab ihm die Papiere. Abe hielt sie unter den Schirm der Petroleumlampe, wo das Licht am stärksten war. Pen hatte sie genauso kopiert, wie sie sie vorgefunden hatte, ohne das Layout oder die Zeichensetzung zu verändern.

BUCHUNGSDATUM27.FEBRUAR1926
WERTSTELLUNG27.FEBRUAR1926
EMPFÄNGERBANKFIRST NATL N FLORIDA, JACKS FL
Z HDN MRROGERS
KUNDENKONTOCOSIMO REALTY (FLORIDA) INC
KTONR44500745
ENTSENDENDEBANKGT LAKES GUARANTY,
CHICAGO; ILL
VERANTWORTLICHMRPHELPS
KUNDENKONTO MRGKBARROW
KTONR67701011
SUMMEDOLLAR1320CENT00
SUMME IN WORTENDOLLAR EINTAUSEND DREI-
HUNDERT ZWANZIG CENT NULL
TRANSAKTIONSREFBARROW
KUNDENREFKEINE
BESTÄTIGUNGPHELPS TELEGR UNMITTELBAR

»Bestätigung?«, fragte Abe nach.

»Wir müssen die Geldüberweisungen bestätigen, sobald wir sie ausgeführt haben. Das bedeutet, dass wir mit Phelps Kontakt aufnehmen müssen, und zwar unmittelbar.«

»Und diese Referenzen unten auf der Seite?«

»Auf die meisten Transaktionen wird einfach nur mit dem

Namen der Person, die das Geld schickt, Bezug genommen. Wenn die Kunden irgendeine eigene Referenz hinzufügen wollen, können sie das tun. Die meisten machen es nicht.«

Abe blätterte die nächsten zwei oder drei Blätter durch, die gleichartige Informationen in derselben Anordnung enthielten.

»Das ist perfekt.«

»Das hoffe ich.«

»Warum? Du klingst unsicher.« Er blickte sie scharf an. Dunkle Schatten warfen ein gezacktes Muster auf ihr Gesicht.

»Ich ... Es ist ...«

Abe starrte wieder auf die Blätter. Haggerty McBride hatte ihnen gesagt, dass er schriftliche Beweise für Geldtransfers in beträchtlichem Umfang zwischen Marion und seiner Zentrale brauchte.

»Das hier ist es doch, Pen. Das ist genau das, worum McBride uns gebeten hat.«

»Ich weiß. Aber die Summe. Die Summe ergibt keinen Sinn.«

Abe runzelte die Stirn und sah sich noch einmal die Blätter an. Die meisten der Transaktionen waren klein – tausend Dollar oder weniger –, aber natürlich würden die meisten Überweisungen, die über die Bank liefen, nichts mit Marion zu tun haben. Er blätterte die Seiten durch. Es gab einige größere Transaktionen – fünf-, sieben-, sogar zehntausend Dollar –, aber nichts Riesiges. Abe erreichte das Ende und blickte hoch.

»Korrigiere mich, wenn ich mich irre«, sagte Pen leise, »aber ihr bringt pro Woche wenigstens drei Schiffsladungen Alkohol ins Land. Jede Schiffsladung macht wie viel? Dreißig- oder vierzigtausend Mäuse.«

»Ja. Mindestens so viel.«

»Und Mason zufolge wird das Geld nach Kuba überwiesen, sobald die Ladung überprüft wurde.«

»Sicher. Das ist ihm ganz wichtig.«

»Aber da ist nichts. Nichts in der Art. Wir haben eine einzige Überweisung von zwanzigtausend Mäusen abgewickelt. Davon abgesehen nichts über zehntausend. Kaum mal eine über fünftausend.«

Abe sagte nichts, aber sein Blick traf sich mit ihrem. Sie verstanden beide, worum es ging, sie fühlten beide dasselbe. In den letzten Monaten waren sie tiefer und tiefer in das Herz der feindlichen Abwehr gedrungen. Und nun waren sie im innersten, heiligen Bezirk. Im Allerheiligsten. Der Ort, den McBride selbst als Schlüssel zu einer erfolgreichen Strafverfolgung bezeichnet hatte. Und es sah so aus, als ob McBride sich geirrt hätte. Es sah so aus, als ob sie sich zu einem leeren Schatzgewölbe durchgegraben hätten, zu einem Tresorraum, in dem nichts war.

»Jemand muss doch für diesen Alkohol bezahlen.«

»Ich weiß.«

»Bist du sicher, dass du alle Überweisungen zu sehen bekommst? Wenn uns einige entgehen, dann ...«

»Ich sehe sie alle. Ich bin mir sicher. Es gibt nur einen Telegrafenanschluss in der Bank. Mein Gott, ich sitze praktisch neben ihm.«

»Und die Post?«

»Die landet auch bei mir. Ich würde es wissen, wenn es da noch etwas anderes gäbe, das schwöre ich.«

»Dann muss es hier sein. Es muss einfach.«

Pen sagte nichts, zuckte nicht einmal mit den Schultern. Abe wandte sich wieder den Papieren zu, dem jämmerlichen kleinen Haufen, dessen Ecken leicht im Seewind flatterten. Plötzlich hatte Abe ein starkes Gefühl, dass er die Lösung gerade jetzt in den Händen hielt. Er las jedes Blatt, eins nach dem anderen, und suchte nach dem Schlüssel, der ihnen geben würde, was sie brauchten.

Aber Pen schien Recht zu haben. Obwohl insgesamt eine Menge Geld nach Jacksonville überwiesen wurde, waren die Einzelsummen zu klein, um die Alkoholmengen abzudecken, die ins Land kamen. Er ging die Namen der Kunden und die Ortsnamen durch. Sie waren alle verschieden. Die für die Überweisungen verantwortlichen Banken schienen auch überall verteilt zu sein. Nur ein einziger Name tauchte mehr als einmal auf. »Powell Lambert, NY, NY« erschien immer und immer wieder, auf einer Transaktion nach der anderen. Abe machte Pen darauf aufmerksam, und sie sagte, dass sie diesen Punkt auch bei ihrem Chef angesprochen hatte. »Rogers zufolge ist Powell Lambert eine große Firma an der Wall Street. Die kümmern sich offensichtlich um eine Menge Handelskredite. Wir sind der Korrespondent von Powell Lambert für den Südosten.«

Abe nickte. Er war kein Geldmensch. Er hatte schon lange befürchtet, dass er auf ein Problem stoßen könnte, bei dem ihm einfach die Kenntnisse fehlten, um es zu lösen. Aber er schaute sich noch einmal die Papiere an, und dann sah er es.

Er sah es, und ohne es erklären zu können, wusste er, dass er hatte, was sie gesucht hatten. Auf einer der Transaktionen von Powell Lambert las Abe:

ENTSENDENDEBANKPOWELL LAMBERT; NY; NY
VERANTWORTLICHMRWTTHORNTON

War das Mr. W. T. Thornton wie in Willard T. Thornton? Willard Thornton, den Abe durch seine Kindertage als Flieger geführt hatte? Derselbe Mann, bei dem Abe beobachtet hatte, wie er sich zu einem der besseren Piloten in Amerikas feinster Fliegereinheit entwickelt hatte? Die Wahrscheinlichkeit sprach dagegen. Schließlich war der Name Thornton recht häufig ... und doch erinnerte sich Abe an den kurzen Brief, den Willard ihm über Brad Lundmark geschickt hatte. Er erinnerte sich an Willards Worte. »Ich habe mich entschlossen, das Filmgeschäft in den Wind zu schießen – eigentlich sowieso ein dummes Spiel – und an der Wall Street einen Neuanfang zu machen. Handelsfinanz, Sie würden es nicht glauben!«

Handelsfinanzierung.

Willard Thornton an der Wall Street.

Ein Ozean aus Alkohol, der sich von Kuba aus durch Marion ergoss – und ein Strom von Geld, der in die andere Richtung fließen musste. *Fließen musste.* Und was war letztendlich die Handelsfinanzierung? Sie war die Vermittlerin. Vielleicht war der springende Punkt nicht, dass jedes Schiff Alkohol im Wert von dreißig- oder vierzigtausend Dollar ins Land brachte. Vielleicht war der Punkt, dass sich auf jedem Schiff Lieferungen für fünf, zehn, vielleicht zwanzig verschiedene Kunden überall in den USA befanden. Wenn jede Kundenlieferung einzeln bezahlt wurde, dann belegten Pens Überweisungsunterlagen genau, wie das Geschäft funktionierte. Blitzartig sah Abe das Geschäft, sah den Weg, wie es tatsächlich ablief. Alkohol, der von überall hereinströmte. Kunden, die von überallher kauften. Und Geld, riesige Mengen von Geld, die durch das System strömten, das von seiner Basis Powell Lambert in der Wall Street aus kontrolliert und gesteuert wurde.

Abe hob den Kopf, und sein Blick traf sich mit Pens.

»Du guckst schockiert«, sagte sie. »Hast du …?«

»Ja.« Er nickte. »Ich glaube, ich habe.«

105

Paulet ging nach Hause und rief einen Ortsanschluss in Washington an. Die Person, die er anrief, hörte zu, stellte einige Fragen, dankte Paulet und legte den Hörer auf. Dann führte sie umgehend ein Ferngespräch mit Ted Powell. Auch Ted Powell hörte zu, stellte einige Fragen und legte dann auf. Obwohl es inzwischen spät geworden war, wählte Powell Dorcan Roeders Hausanschluss und bat ihn, sofort nach oben zu kommen.

Weniger als eine Minute später stand der Versicherungsmann in Powells Büro.

»Chicago«, sagte Powell ohne lange Begrüßung. »Nicht Marion.«

»Chicago?«

»Richtig.«

»Sagt wer?«

»Paulet. Der es direkt von Carpenter hat.«

»Wann?«

»Heute. Gerade eben. Vor einer Stunde.«

Roeder runzelte die Stirn. Seine Fingernägel waren abgekaut, aber das hinderte ihn nicht, weiter an ihnen herumzunagen. Er dachte einen Augenblick nach, kaute dabei weiter an den Nägeln. Powell sah ihm dabei zu.

»Ergibt das für Sie einen Sinn? Wie ist die Lage da oben?«

»In Chicago? Gut. Das ist keiner unserer Schwachpunkte.«

»Glauben Sie.«

»Glaube ich, ja.«

»Vielleicht ist diese ganze Marion-Sache ein Ablenkungsmanöver.«

Roeder schüttelte den Kopf. »Nein. Die Sache stinkt. Auf jeden Fall haben wir neue Piloten angeheuert. Das Training läuft gut. Wir sind fast bereit für den Austausch.«

»Haben Sie das Mädchen?«

Roeder schüttelte den Kopf. »Nein. Aber bald.«

»Vielleicht sollten wir ein paar Männer nach Chicago schicken. Die Zügel anziehen.«

Roeder dachte nach. Dann kam er zu einer Entscheidung.

»Nein.«

»Was nein?«

»Es ist nicht Chicago.«

»Wollen Sie damit sagen, dass Paulet lügt?« Powells Stimme stieg vor Ungläubigkeit an.

»Nein.«

»Carpenter?«

»Vielleicht, doch das bezweifle ich. Aber vielleicht wird er angelogen. Oder er konzentriert sich auf die falschen Dinge.«

»Warum glauben Sie das? Immerhin ist Chicago ein ziemlich großes Geschäft für uns.«

»Genau deswegen kann es nicht stimmen. Wir haben wichtige Kunden in Chicago. Die kaufen eine Menge von unserem Zeug. Aber wir bringen da keinen Alkohol über die Grenze. Wir betreiben in der Stadt nicht mal eine Brennerei. Wir machen nichts anderes, als den Alkohol zu verkaufen.«

Powell zuckte mit den Schultern. »Das ist immer noch ein großes Geschäft.«

Aber Roeder hatte sich entschlossen. Wenn er in dieser Stimmung war, ließ er sich nicht leicht umstimmen. »Was hat er noch gesagt? Paulet, meine ich.«

»Nicht viel. Aber diese IRS-Ermittlung ist ernst. Verfolgung wegen Steuerhinterziehung! Du lieber Himmel! Man sollte doch meinen, dass sie etwas anderes finden könnten.«

»Er muss noch etwas anderes gesagt haben. Wir zahlen ihm genug.«

»Sie graben nach Banküberweisungen. Sie wollen das örtliche Unternehmen mit der Zentrale in Verbindung bringen. Das wäre hier in der Wall Street – immer angenommen, dass hier von uns die Rede ist, und das wissen wir nicht.«

»Banküberweisungen?« Roeder stürzte sich begierig auf diese Information. »Banküberweisungen?«

»Ja, und das ist ein weiterer Punkt zu unseren Gunsten. Der junge Will Thornton hat in Marion gründlicher aufgeräumt, als wir jemals irgendwo aufgeräumt haben. Die einzigen wichtigen Papiere liegen in einem Tresor auf einem Haufen Sprengstoff und einem Benzinkanister. Ich sehe nicht, wie Carpenters Leute da irgendwas herausholen sollten.«

Aber Roeder antwortete nicht sofort. Das tat er nie. Ted Powell war sein Boss, nur sah es nicht immer so aus. Roeder grinste und enthüllte dabei gelbe Zähne und blasses Zahnfleisch. »Zwei Dinge. Erstens, halten Sie Thornton aus der Sache raus. Schicken Sie ihn in Urlaub. Werden Sie ihn für ein oder zwei Wochen los.«

Powell nickte. »Okay.«

»Und zweitens nehme ich zurück, was ich Ihnen vor einer Minute gesagt habe.«

»Was? Sie haben mir gar nichts gesagt, verdammt.«

»Das Mädchen«, entgegnete Roeder. »Ich habe das Mädchen.«

106

Das Farbband in Pens Schreibmaschine war verbraucht.

Sie hatte noch nie eine Schreibmaschine benutzt, bevor sie in der Bank gearbeitet hatte, und sie musste immer noch suchen, wenn sie einen der weniger häufigen Buchstaben brauchte: x, z, j oder v. Schlimmer noch, sie hatte noch nie ein Farbband gewechselt. Ihre Finger waren voller Tinte, und sie stand auf, um sich die Hände zu waschen. Auf ihrem Weg vom Schreibtisch zum Waschbecken kam sie an Mr. Rogers Büro vorbei. Während sie vorbeiging, sah er sie an.

Daran war nichts Ungewöhnliches, außer an der *Art*, wie er sie ansah. Er telefonierte gerade und starrte sie an. Starrte durch sie hindurch. Er telefonierte noch immer. Hörte immer noch zu, redete immer noch.

Pen hielt seinen Blick volle drei Sekunden lang. Auge in Auge. Dann sah sie weg und ging den Flur entlang zur Toilette, wo sie sich sorgfältig die Hände wusch.

Rogers hatte am Telefon über sie geredet. Die Gewissheit fuhr ihr wie ein Stromschlag durch den Körper. Und worüber auch immer er geredet hatte, es hatte ihn verändert. Rogers war alarmiert gewesen, nicht gelangweilt. Er war *fasziniert* gewesen. Ängstlich, aber vor allem fasziniert. In Mr. Rogers' langweiliges kleines Leben war plötzlich etwas Gefährliches getreten.

Pen trocknete sich die Hände ab und ging zu Mr. Rogers' Büro zurück.

»War da irgendetwas, weswegen Sie mich sprechen wollten, Mr. Rogers?«

Er war überrascht, beinahe entsetzt. Sein Mund war trocken, aber er bemühte sich, normal zu wirken. »Nein, Sarah. Nein, nein. Nichts dergleichen.«

»Es ist nur, weil Sie mich so streng angesehen haben.«

»Habe ich das? Wahrscheinlich habe ich da an etwas anderes gedacht. Nein, nein, Sarah, wenn ich Sie brauche, muss ich ja nur durchrufen.«

Er deutete fahrig auf sein Telefon, und diese Geste schien ihn aufzuwecken. Die Überzeugung von seiner eigenen Wichtigkeit war wieder da und umhüllte ihn wie ein Lieblingsmantel. Was auch immer es war, das Pen zu entdecken gehofft hatte, es war entwischt.

Aber sie hatte genug gesehen. Es gibt keinen besseren Weg, seine Instinkte zu trainieren, als zu fliegen. In ihrer Zeit als Wettfliegerin war sie mit voller Geschwindigkeit einen Kurs geflogen, der durch dreißig Fuß hohe Stahlpylone markiert war. Sie musste dicht über dem Boden fliegen und ihr Flugzeug um bis zu zweihundertsiebzig Grad wenden, und dies alles bei mehr als zweihundert Meilen pro Stunde. Die Wenden waren so eng, dass ihr buchstäblich das Blut aus dem Kopf sackte. Ein paar Mal hatte sie für einen Moment bei der Drehung das Sehvermögen verloren und es erst wiedererlangt, als das Flugzeug wieder in der Waagerechten war. Was hatte sie dabei auf Kurs gehalten, während sie weiterflog, weiterraste?

Der Instinkt, nur der Instinkt.

Und es war Pens Instinkt, der ihr sagte, was geschehen war. Irgendwie – sie konnte nicht einmal ansatzweise erraten, wie – hatten die Gangster aus Marion ihre neue Identität enthüllt. Oder um genau zu sein: Sie hatten Verdacht geschöpft. Jemand hatte die Bank angerufen, um eine Bestätigung zu bekommen. Hatten sie kürzlich jemanden eingestellt? Ein neues Mädchen, Name unbekannt, kurzes Haar, wahrscheinlich blond, aber möglicherweise gefärbt, schlank, überdurchschnittlich groß, gebräunt?

Einfache Fragen, einfache Antworten. Rogers würde Pen nach wenigen Sätzen identifiziert haben. Und dann noch? Was hatten sie ihm gesagt? Was hatten sie von ihm verlangt? Es war etwas, was ihn schockierte, faszinierte, lügen ließ.

107

Das Filmtheater kündigte einen Film mit Buster Keaton an, aber irgendein einfältiger Vorführer hatte die Filmrollen gegen ein Heizungsrohr gelehnt, und das Zelluloid war teilweise gschmolzen. Das Management suchte nach etwas anderem, das sie stattdessen zeigen konnten, aber alles, was sie fanden, war ein alter Flieger-Film: Willard T. Thornton in *Als wir Helden waren*.

Susan ergriff den Arm ihrer Schwester. »Oh, Ros, sieh mal! Das ist einer von Willards Filmen.«

Mit unbehaglichem Gefühl im Bauch blieb Rosalind stehen. Sie hatte einige von Willards Filmen gesehen, und sie hatten ihr nicht gefallen. Sie wollte nicht noch einen sehen, aber das konnte sie nicht gut sagen. Inzwischen steckte Susan schon die Hand in die Tasche, um das Eintrittsgeld herauszuholen, und fragte Rosalind, ob sie süßes oder salziges Popcorn wollte.

Sie sahen den Film. Willard spielte einen Kriegshelden. Eve Moroney, »die Flamme der Prärie«, spielte seine Freundin. Es gab keine wirkliche Handlung. Das Mädchen wurde ein ums andere Mal entführt. Ein ums andere Mal rettete Willard sie, wurde gefangen genommen, riskierte sein Leben, und dann begann alles wieder von vorn. Der Film war zu Ende. Die Lichter gingen an. Das Theater, das ohnehin nicht voll war, begann sich zu leeren.

»Ros! Kein Wunder, dass du verliebt bist«, sagte Susan. »Hat er nicht wundervoll ausgesehen? Diese Kunststücke! Ist er selbst geflogen? Mir war nicht klar, wie ...«

Sie sprach nicht weiter. Rosalind weinte nicht, aber es fehlte nicht viel. Sie saß vorn auf ihrem Sitz und hatte den Blick starr auf die leere Leinwand gerichtet.

»Ros? Bist du in Ordnung?«

Rosalind nickt.

»Ist es, weil du ihn mit Eve Moroney gesehen hast? Es ist doch nur ein Film.«

»Es war nicht nur ein Film. Sie war schwanger von ihm.«

»Wirklich? Oh, Mann! Aber das ist jetzt doch alles vorbei, weißt du.«

»Es geht nicht um sie. Sie ist mir egal.«

Sie sagte die Wahrheit. Was auch immer zwischen ihrem Verlobten und der für ihre Schönheit berühmten Flamme der Prärie geschehen war, war ihr egal. Ein schwarzer Junge in einer Uniform, die ihm zwei Nummern zu groß war, hatte den Müll von den anderen Sitzen des Theaters zusammengefegt und stand nun auf seinen Besen gelehnt da und wartete darauf, dass die beiden Frauen gingen. Er hatte große, traurige Augen und schien bereit zu sein, dort für immer zu warten.

»Gehen wir.«

Draußen auf der Straße gingen sie einen Block weit schweigend nebeneinanderher, bevor Rosalind ihr Herz ausschüttete.

»Weißt du, Suze, ich habe einmal zu ihm gesagt, dass ich einen Mann liebe, der nicht schauspielern kann.«

»Oh, Ros! Das war ein bisschen hart von dir.«

»Na ja, es ist nicht gerade seine Stärke, oder? Aber der Punkt ist, was ich in dem Film gesehen habe, ist das, was ich immer sehe ...« Sie wollte sagen, im Schlafzimmer, aber die Wahrheit war, dass sie es auch überall sonst sah. »Es ist das, was ich die ganze Zeit sehe. Dieselben Gesten. Dieselben Mienen. Es ist, als ob er immer vor einer Kamera stände.«

»Also, ich denke, so etwas geht einem in Fleisch und Blut über. Es gibt schlimmere Dinge bei einem Mann.«

»Ja.«

Rosalind wusste, dass von ihr erwartet wurde, dass sie etwas Bestätigenderes sagte, aber irgendwie konnte sie nicht. Wenn sie mit Freunden zusammen waren, schienen sie das brillanteste Paar in New York zu sein. Aber wenn sie allein waren, nicht tanzten, nicht zum Essen gingen, sich nicht betranken, einfach nur zusammen allein waren, schien ihre Beziehung sich zu verflüchtigen, bis sich Rosalind manchmal fragte, ob sie sie überhaupt noch sehen konnte.

»Er ist großartig, nicht?«

»Ja. Sehr, denke ich.«

»Clever? Gut aussehend? Charmant?«

»Ach, wahrscheinlich bin ich nur eine Idiotin. Wahrscheinlich ist es nur Panik vor der Hochzeit.«

»Ja, wahrscheinlich.«

»Dann ist also alles in Ordnung.«

Rosalind sprach voll Bitterkeit, und es verging eine halbe Stunde, bevor sie wieder sie selbst zu sein schien. Doch obwohl sich ihre Stimmung besserte, gab es ein Bild aus *Als wir Helden waren*, das sie einfach nicht loswerden konnte.

Als Willard endlich die Bösewichte besiegt, sein Mädchen gerettet und sein Flugzeug gelandet hatte, hatte er für einen langen Augenblick direkt in die Kamera geblickt. Natürlich hatte Susan Recht gehabt. Willards Gesicht sah nicht nur gut aus, es war außergewöhnlich, ein Gesicht wie für den Film gemacht. Aber sein Ausdruck! Kühn – entschlossen – triumphierend – resolut – liebevoll – männlich. An dem Gesichtsausdruck war nichts falsch. Er war genau richtig für den Film, für Willards beste Szene in dem Film.

Aber es war nicht das erste Mal, dass sie diesen Ausdruck gesehen hatte. Sie hatte exakt denselben gesehen, als er aus Kanada zurückgekehrt war und, wie er sagte, die Gangster bei Powell Lambert enttarnt und geschlagen hatte. Es gab keinen Grund, warum er nicht einen solchen Gesichtsausdruck haben sollte. Er hatte eine Zeit der Unsicherheit und Gefahr durchlebt. Er hatte seinen Mut und seine Intelligenz eingesetzt. Er hatte den Tod eines guten Mannes gerächt und eine kriminelle Verschwörung der Gerechtigkeit zugeführt. Aber es war so sehr wie im Film!

Rosalind spielte den Augenblick im Kopf immer wieder durch. Und je öfter sie ihn durchspielte, umso mehr sah sie noch etwas anderes darin. Willards Gesichtsausdruck war vorsichtig, kontrolliert und bewusst gewesen.

Eine Täuschung.

108

Willard war in seinem Leben eine Menge gereist. Manhattan war »seine« Stadt, die Ostküste sein Hinterhof. Er war in Colorado Ski gefahren, hatte sich im Süden in der Sonne gebräunt, Verwandte in Kanada besucht, Augustmonate in England und Schottland verbracht, war in den Westen nach Hollywood und an den blauen Pazifik gereist. Aber seltsamerweise war er noch nie in Washington gewesen, der Hauptstadt seines Landes.

Und nun war er auf dem Weg dorthin. Nicht, weil er es wünschte, sondern weil Powell ihn dazu gedrängt hatte.

»Ein Urlaub, Will. Sie haben ihn sich verdient. Sehen Sie ihn als ein Geschenk der Firma. Und wann haben Sie zuletzt Ihren alten Herrn gesehen? Ich schwöre Ihnen, Ihr Pa verbringt zu viel Zeit damit, an seine Waffen und Bomben zu denken. Fahren Sie hin, und erzählen Sie ihm, wie im Rest von Amerika Geschäfte gemacht werden.«

»Aber hören Sie, Powell, ich habe zu tun.«

»Nein, haben Sie nicht. Wenn ich sage, Sie haben nichts zu tun, dann haben Sie auch nichts zu tun. Ich werde Leute besorgen, die Ihre Arbeit für Sie erledigen.«

»Na gut, aber da ist auch noch Rosalind. Ich werde in Kürze heiraten, Powell. Ich muss ...«

Aber Powell hatte die Hand gehoben. »Schicken Sie ihr eine Postkarte.«

Der Bankier hatte ein Grinsen aufgesetzt, als ob er Reklame für Zahnpasta machen wollte, doch Willard wusste, dass man bei Powell immer auf die Augen achten sollte, und Powells Augen lächelten nicht. Dies war keine Urlaubsreise. Willard wurde fortgeschickt, damit Roeder und Powell in Marion ungestört tun konnten, was zum Teufel sie tun wollten. Er fühlte sich machtlos, dumm und voller Wut.

Aber was konnte er tun? Nichts. Wenn er nicht einverstanden war, nach Washington zu gehen, würde Powell trotzdem dafür sorgen. Also stimmte er zu. Er stimmte zu, aber er tat noch etwas anderes. Er buchte einen Platz auf einem Schiff, das in sechzehn Tagen Los Angeles in Richtung Sydney, Australien, verlassen würde. Er kaufte das Ticket auf den Namen John Jackson und sorgte mit Hilfe eines Kunden der Firma – eines Schnapsverkäufers, der ein profitables Nebengeschäft mit gefälschten Papieren betrieb – dafür, dass auf denselben Namen ein Reisepass vorbereitet wurde. Er steckte den Pass zusammen mit zweitausend Dollar in bar in einen Umschlag. Den Umschlag bewahrte er in der Innentasche seiner Jacke auf, dicht an seiner Haut.

Willard hatte einen Entschluss gefasst. Er würde alles tun, was er konnte, um dieses Päckchen Rockwell zukommen zu lassen. Er würde tun, was er konnte, damit Rockwell zur Vernunft kam und von hier abhaute. Er würde tun, was er konnte, und wenn er scheiterte, dann scheiterte er. Captain Rockwell hatte sich freiwillig auf ein gefährliches Spiel eingelassen.

Am Ende würde er selbst die Konsequenzen tragen müssen.

109

Draußen auf dem Flugplatz in Miami war die Luft totenstill.

Die Tore des Hangars standen offen, aber nicht der kleinste Luftzug drang zwischen seine düsteren Wände. Hueffers Hemd klebte an ihm. Jede Bewegung ließ ihn in Schweiß ausbrechen. Unten am Strand, zweihundert Yards entfernt, war das Meer eine merkwürdige Mischung aus Trägheit und Turbulenz. Die Wellen an der Oberfläche wirkten tot. Wie von Öl bedeckt rollten sie an den Strand, kräuselten sich kaum. Aber die ganze Zeit wuchs die unbehagliche Dünung an. Immer wieder rollten auch große Wellen an den Strand, die nicht hoch, aber sehr lang waren.

Die feuchte Leblosigkeit der Luft konnte nur eines bedeuten, und ein Blick nach Südosten bestätigte es: Draußen auf dem Meer kroch langsam wie auf Rollen eine riesige Wolkenwand vorwärts. Hueffer war bereits hinausgegangen, um sicherzustellen, dass Poll unter ihrer Segeltuchabdeckung stand. Sie war so gut vertäut, wie es irgend möglich war, aber Hueffer ging trotzdem mit ein paar zusätzlichen Seilen und weiteren Stahlheringen hinaus. Er tat, was er konnte; dann dachte er daran, das Dach des Hangars zu kontrollieren. Es hatte keinen Sinn, Poll zu sichern, wenn der Hangar nicht standhielt und in Fetzen davonflog. Aber bevor er etwas tun konnte, klingelte das Telefon. Er hob ab.

»Ja? Hallo?«

»Hallo?« Es war eine Frauenstimme, deren Höhe und Tonfall unbekannt waren und ihn doch an jemanden erinnerten.

»Kann ich etwas für Sie tun?«

»Ich bin Miss Torrance und rufe von der Savings Bank of Northern Florida an. Mit wem spreche ich, bitte?« Die vertraut-unvertraute Stimme ergab plötzlich einen Sinn. Es war Pens Stimme, verschoben und verzerrt, aber doch ihre. Sie sprach so merkwürdig, um irgendwelche Mithörer in der Leitung zu täuschen. Hueffer umklammerte den Hörer fester und antwortete vorsichtig.

»Hier ist Arnie Hueffer. Captain Rockwell ist leider geschäftlich unterwegs. Ich kann ihn per Telefon erreichen, wenn Sie es wünschen.«

»Nein. Ich möchte mit Mr. Anderson sprechen, wenn es möglich ist.«

Sie sprach absichtlich sehr deutlich. Eine falsche Nummer für einen Anruf bei einem Mr. Anderson war der vereinbarte Code, dass Pen unverzüglich Hilfe brauchte und dass Abe eine Rettungsmission mit dem Flugzeug starten musste.

»Hier gibt es keinen Mr. Anderson. Vielleicht haben Sie eine falsche Nummer.«

Es entstand eine Pause. Der Code war benutzt und verstanden worden. Eigentlich hätten sie jetzt beide auflegen müssen, nur wollte es keiner von ihnen. Hueffer wollte fragen, wo das Problem lag, aber er wusste, dass er das nicht konnte.

»Ich denke, so wird es sein. Ich werde das überprüfen«, sagte Pen. Auch sie wollte das Gespräch fortsetzen und mit einer freundlichen Stimme sprechen, einer Stimme, der sie vertraute.

»Hören Sie, wenn Sie einen Anruf machen müssen, sollten Sie ihn bald machen. Es kommt ein schwerer Sturm auf. Ein wirklich schwerer Sturm. Ich würde sagen, wenn der durchgezogen ist, werden nicht mehr viele Telefonmasten stehen.«

Er wollte sagen: »*Es ist auf Gottes Erde unmöglich, dass Abe bei diesem Wetter fliegt.*« Er wollte sagen: »*Sieh zu, dass du von da verschwindest. Wir holen dich später ab, sobald wir können.*«

»Richtig … Ich brauche Mr. Anderson«, sagte Pen dümmlich. »Mr. Anderson.«

Eigentlich sagte sie: »*Ich brauche unbedingt Abe. Mit einem Flugzeug. Sturm oder kein Sturm, ich brauche beides.*«

Code wiederum verstanden. Er würde tun, was er konnte. Er wollte sagen: »*Pass auf dich auf, Pen. Um Himmels willen. Was auch immer passiert, pass auf dich auf.*«

»Okay. Sicher. Ich werde die Nummer überprüfen.«

Vielleicht lag es an der Leitung, aber Pens Stimme klang wie eine Million Meilen entfernt, klein und verloren.

»Tun Sie das.«

Hueffer legte auf. Er dachte nicht mehr daran, den Hangar zu kontrollieren. Lose Blechteile, gebrochene Dachsparren, wen interessierte das noch? Dieser Anruf bedeutete, dass das Spiel in seine letzte, entscheidende Runde gegangen war. Offenbar war ihre Tarnung aufgedeckt worden. Arnie konnte es nicht länger riskieren zu bleiben, wo er war. Er würde flüchten müssen, würde versuchen müssen, in die Weiten Amerikas zu entkommen.

Aber zuerst tätigte er den Anruf, den er machen musste. Er rief Abe in Marion an.

»Mich hat gerade jemand angerufen. Irgendeine Lady wollte einen Mr. Anderson sprechen. Du kennst keinen Anderson, oder?«

»Nein, ich nicht«, antwortete Abe. Zwischen den beiden Männern standen dieselben unausgesprochenen Fragen. Dann wechselte Abe das Thema, oder jedenfalls sah es so aus. Seine Stimme klang wie immer: ohne Eile, entschieden und ruhig. Aber unter der Zuversicht lag noch etwas anderes: Besorgnis wegen Pen und der Wetterbedingungen, unter denen er fliegen sollte. »Das Wetter hier gefällt mir heute gar nicht. Ziemlich weit draußen liegt eine große Wolkenbank, aber vielleicht kannst du an deinem Ende der Leitung mehr erkennen.«

Hueffer warf einen Blick durch das weit geöffnete Hangartor. Der Sturm war nun nicht mehr zu ignorieren. Der Himmel südlich und östlich von Miami wurde von einer riesigen schwarzen Wand aus Gewitterwolken beherrscht. Ein gräulich-gelber Blitz flackerte zwischen den Wolken.

»Es sieht schlimm aus«, sagte er einfach. »So schlimm, wie wir es noch nicht hatten. Kein Flugwetter.«

»Ich nehme an ...«, setzte Abe an, dann ließ er seine Stimme verebben. Aber Hueffer wusste, was Abe fragen wollte.

»Ich habe der Lady gesagt, dass ein Sturm aufzieht. Ich habe ihr gesagt, dass sie diesen Anderson besser erreichen sollte, bevor alle Telefonleitungen weggeblasen werden. Es war ihr mit Sicherheit sehr wichtig.«

»Aha. Okay … Nein Arnie, ich kenne niemanden, der Anderson heißt. Tut mir leid, dass ich da nicht helfen kann.«

»Okay. Mach dir keine Sorgen.«

Eine Pause.

»Pass auf dich auf, Kumpel.«

»Ja, du auch. Pass auf dich auf.«

Kurz bevor er auflegte, sagte Abe: »Ach, Arnie. Ich nehme an … Ich meine, es ist eigentlich nicht wert, sich darum Sorgen zu machen, aber ich hätte gerne, dass du …«

»Du machst dir Sorgen wegen Poll?«

»Keine Sorgen, ich wollte nur wissen … also, ja, verdammt noch mal, ich mache mir Sorgen.«

»Ich bin draußen gewesen, um alles zu überprüfen. Sie ist so sicher verpackt, wie es nur geht. Aber dies wird ein böser Sturm, Kumpel. Ich weiß nicht, ob der Hangar morgen früh noch hier ist.«

»Okay Arnie, jedenfalls vielen Dank. Auf alle Fälle wäre es mir lieber, wenn sie in einem Sturm zerschmettert wird, als einfach nur verrottet.«

»Ich weiß.«

»Okay, du hast noch genug zu tun. Bis dann.«

»Ja, bis dann.«

Hueffer legte auf.

Im Hangar war es still, und kein Lüftchen regte sich. Oben in Jacksonville war Pen in Gefahr und lief um ihr Leben. In Marion würde Abe gleich in den Himmel steigen, in der Hoffnung, sie zu erwischen und mit ihr zu verschwinden. Und hier in Miami war Arnie Hueffers Arbeit erledigt. Er ging an den stillen Werkbänken vorbei, ordnete alles, ersetzte ein paar Werkzeuge, seine geliebten Freunde. Ohne Eile, aber trotzdem rasch, holte er Hut und Mantel, ging zur Tür des Hangars und verschwand unauffällig.

110

Der Zug fuhr um vier Uhr an einem strahlenden Märznachmittag in Washington ein. Während die Sonne immer noch Gold auf die Monumente und Gebäude häufte, fühlte Willard, was jeder patriotische Amerikaner fühlen sollte. Ein Glühen. Eine Erwartung. Ein Gefühl, dass das große Versprechen Amerikas überreichlich erfüllt wurde. In der Eile und Geschäftigkeit Manhattans war es möglich zu vergessen, was das Beste an Amerika war. Aber nicht hier. Nicht in Washington.

Willard wurde von einem freundlichen Angestellten von Thornton Ordnance am Zug abgeholt. Der Mann, Henry Geddes, war nur ein oder zwei Jahre älter als Willard, aber sein Verhalten – das sich zwischen dem eines internationalen Diplomaten und eines leitenden Beamten bewegte – ließ ihn zwanzig Jahre älter erscheinen.

»Sie hatten eine gute Fahrt, hoffe ich?«

»Ja, sehr gut. Danke.«

»Es hängt alles davon ab, mit wem man reisen muss. Ich scheine immer die nervösen alten Damen zu bekommen. Entweder die oder die Schnarcher mit Kugelbauch.«

»Ich hatte Glück. Es war okay.«

»Ausgezeichnet. Ich habe einen Wagen, der auf uns wartet. Sie werden sich sicherlich frisch machen wollen, bevor Sie Ihren Vater treffen.«

»Ja. Wo sind wir ... bin ich ...?«

Geddes ignorierte Willards Frage, während er ihnen durch die Menge einen Weg zu einem silbergrauen Buick bahnte, an dessen Steuer ein Chauffeur in Livree saß. Geddes ließ Willard im Wagen Platz nehmen und stieg dann auf der anderen Seite ein. *Samtig.* Geddes war samtig, und alles, was er tat, auch. Das war in Ordnung, wenn man Samt mochte. Willard tat es nicht.

Er versuchte es wieder. »Sie erwähnten ein Treffen mit meinem Vater. Kommt er ins Hotel oder ...?«

Geddes hatte einen weißen Umschlag aus seiner Tasche gezogen und hielt ihn hoch. »Die Details, die Sie brauchen, sind hier. Der Wagen gehört Ihnen für die Dauer Ihres Aufenthaltes, ebenso wie Gregory ...« Der Chauffeur blickte Willard im Rückspiegel an und deutete ein Kopfnicken an. »Wir haben für Sie eine Suite im Jefferson gefunden. Es war nicht unsere erste Wahl, aber seine Suiten sind erstklassig. Bitte rufen Sie das Büro der Firma an, wenn wir Ihnen irgendwie helfen können. Opernkarten, Ausflüge, Reservierungen zum Abendessen, was auch immer. Die Firma hat eine gute Tradition der Gastlichkeit, also bitte stellen Sie uns auf die Probe.«

Willard nickte und war sich plötzlich nicht sicher, von welcher Firma Geddes sprach. Thornton Ordnance oder Powell Lambert? Willard hatte angenommen, dass Geddes zu Thornton Ordnance' diskreter Lobby-Organisation gehörte, aber plötzlich zweifelte er. Da war etwas in der Art, wie er von »der Firma«, sprach, das Willard irgendwie an Powell Lambert erinnerte. Vielleicht überschnitten sich die beiden Organisationen von Zeit zu Zeit. Willard wollte gerade fragen, als er sah, dass Geddes den Umschlag wieder eingesteckt, sich zurückgelehnt hatte und aus dem Fenster sah. Willard schloss den Mund und tat dasselbe.

Washington!

Der Zauber der Stadt legte sich über ihn. Bruchstücke aus der Geschichte, die er als Schuljunge gelernt hatte, tauchten plötzlich wieder auf. »*Wir halten diese Wahrheiten für offensichtlich, dass alle Menschen gleich erschaffen wurden ...*« Hier in Washington hatten die Worte aus der Unabhängigkeitserklärung einen neuen und tieferen Klang. Tatsächlich bewegten sich Willards Lippen, während er in seinem Kopf weiter zitierte: »*Dass sie von ihrem Schöpfer mit bestimmten unabänderlichen Rechten ausgestattet wurden, dass zu diesen das Leben, die Freiheit und das Streben nach Glück gehören ...*«

Der Chauffeur fuhr sie die Constitution Avenue entlang auf das

Lincoln Memorial zu. Das Denkmal glühte orange-rosa in der späten Nachmittagssonne. Willard reckte den Hals, um es zu betrachten.

»Sie sind natürlich schon in Washington gewesen«, bemerkte Geddes.

»Nein, noch nie.«

»Wirklich?« Theoretisch war Geddes Reaktion höflich, aber sein Ton ließ durchschimmern, dass Willard gerade etwas zugegeben hatte, wofür man sich schämen sollte – wie etwa, Jude zu sein oder einen Onkel zu haben, der in einer Blechhütte in Alabama lebte. Willard fragte sich, wie Geddes wohl klingen würde, wenn er ihm mit voller Kraft in die Schnauze schlagen würde. Nuschelig? Undeutlich? Nicht so verdammt samtig.

Sie waren nun auf gleicher Höhe mit dem Lincoln Memorial. »*Vor vier mal zwanzig und sieben Jahren haben unsere Väter auf diesem Kontinent eine neue Nation hervorgebracht, die in Freiheit gegründet und dem Grundsatz gewidmet wurde, dass alle Menschen gleich erschaffen wurden* ...« Lincolns Rede von Gettysburg dröhnte durch Willards Bewusstsein wie ein halb vergessener Kanonendonner.

»Die Statue ist so jämmerlich, finden Sie nicht auch?«

»Wie bitte?«

»Sie haben gerade auf das Denkmal geblickt«, erklärte Geddes. »Ich denke, Lincoln muss einer der hässlichsten Männer gewesen sein, der je geboren wurde. Ich selbst habe mich mit der Statue abgefunden.«

Das Gespräch verebbte. Der Buick rollte durch den Stadtverkehr, bis sie das Jefferson Hotel erreicht hatten. Geddes ließ Willard aussteigen, dann wünschte er ihm einen angenehmen Aufenthalt und übergab ihm den weißen Umschlag. Es passte zu Geddes, dass er den ziemlich großen Umschlag während einer ziemlich langen Autofahrt in seiner Jackentasche aufbewahren und ihn dann unzerknittert, ungeknickt und blendend weiß wieder hervorholen konnte. Geddes ging. Gregory, der Chauffeur, ließ Willard wissen, wie dieser ihn erreichen konnte, dann glitt auch der Buick davon. Oben in seiner Suite setzte sich Willard auf das Bett und öffnete den Umschlag. Er enthielt nur ein einziges Blatt, einen Briefbogen von Thornton Ordnance mit einer handgeschriebenen Notiz seines Vaters.

»Lieber Sohn, ich freue mich sehr, dich in der Stadt zu treffen. Ich werde ab sieben Uhr in der Bibliothek des Senats sein. Ich lasse die Leute dort wissen, dass du kommst. Dein Vater, Junius.«

Die Senatsbibliothek! Das private Heiligtum der ehrwürdigsten Gesetzgeber des Landes. Das heilige Herz der heiligen Stadt.

111

Pen stand am Fenster und nippte an einer Tasse Kaffee.

Von ihrem Aussichtspunkt aus konnte sie die ganze Straße überblicken, einschließlich eines geparkten Wagens, einer Ford-Limousine, in der ein einzelner Mann saß. Aus der Entfernung konnte sie nicht viel erkennen, aber der Mann war schon seit einer Stunde dort und hatte sich nicht ein einziges Mal bewegt. So verhielt sich niemand. Keiner geht einfach nur an einen Ort, um dort zu sitzen und nichts zu tun. Man hat einen Grund. Vielleicht wartete man auf jemanden. Wartete, um ihn abzuholen, um ihm einen Kuss zu geben, um ihn irgendwohin mitzunehmen. Oder um ihn zu töten.

Pen war übel und schwindelig. Als Pilotin hatte sie ein hohes Risiko akzeptiert. Sie war eine hervorragende Teilnehmerin an einem Zeitvertreib, der nicht wenige seiner Anhänger umbrachte. Aber das waren Risiken, die sie kannte und verstand. Die Bedrohung, die von dem Attentäter ausging, war völlig anderer Natur. Was, wenn er eine sadistische Ader hatte? Was, wenn er Frauen erst vergewaltigte, bevor er sie ermordete? Der Gedanke an das Sterben war schlimm. Der Gedanke, dass die Finger eines fremden Mannes sie mit Wollust und Gewalt berührten, war absolut abstoßend. Sie wich vom Fenster zurück.

Pen musste hier heraus.

Das war sicher. Es gab zwei Ausgänge aus der Bank. Einen an der Vorderseite, der auf die Straße hinaus und zu dem fetten Attentäter führte. An der Rückseite gab es einen zweiten Ausgang, der vielleicht auch beobachtet wurde. Aber es gab noch eine dritte Möglichkeit. Eine Treppe führte zu einer Reihe von Büros und einem Lagerraum für Büromaterial im ersten Stock. Vom Fenster oben an der Treppe konnte Pen auf ein Flachdach hinaus und hatte damit die Möglichkeit zur Flucht gesehen.

Doch es gab da ein Problem.

Wenn sie weglief, würde sie ihre Haut retten, aber alles verlieren, wofür sie und Abe und Arnie und der arme Brad Lundmark gearbeitet hatten. Niemand würde ihr einen Vorwurf machen, aber ihr Scheitern wäre dennoch total. Oder sie konnte Folgendes tun: Sie konnte versuchen, die Bankunterlagen zu stehlen, um die Haggerty McBride gebeten hatte. Sie wusste, wo sie waren. Sie hatte die Schlüssel. Sie war buchstäblich nur ein paar Yards von den Dokumenten entfernt, die Marion mit New York und kubanischen Alkohol mit Powell Lambert in Verbindung bringen würden.

Es war gefährlich, verrückt, aber sie wusste, dass sie es versuchen musste.

Draußen auf der Straße glitzerte das Licht mit ungesunder Intensität. Pen war verschwitzt, und ihr war warm. Doch plötzlich war sie ganz ruhig. Sie ging zu Rogers' Tür, klopfte und trat ein.

»Ah, Miss Torrance, Sarah! Ja?«

»Es tut mir leid, wenn ich Sie störe, Sir, aber es geht um das Konto von Southern Fruit Growers.«

»Ja?«

Die Southern Fruit Growers hatten eines der wichtigsten Konten der Bank, und der Kunde hatte sich in letzter Zeit wegen einiger Zinsforderungen aufgeregt und beschwert.

»Ich hatte sie gerade am Telefon«, log Pen. »Sie schienen sich über ihre letzte Kontoabrechnung sehr aufzuregen.« Pen begann mit einer verwirrenden und schwer nachzuvollziehenden Erklärung über die Natur der Beschwerde.

»Ja. Ja, Sarah, Sie müssen versuchen, die Sache in Ordnung zu bringen. Was genau wollen sie von uns?«

»Das weiß ich nicht genau, Sir. Sie schienen nur ziemlich aufgeregt zu sein. Ich frage mich, ob das vielleicht eine Sache ist, die Sie mit Mr. Ashley besprechen sollten ...« Mr. Ashley war der Präsident der Bank und Mr. Rogers' Chef.

»Ja ... Ja, das geht jetzt lange genug so. Mein Gott! Es kommt auch immer alles auf einmal!« Rogers starrte Pen an, schien sich plötzlich unwohl zu fühlen, dann sprach er mit übertriebener Schärfe. »Danke sehr. Das ist alles. Sie haben noch zu tun.«

»Ja, Sir.«

Pen drehte sich um und ging, allerdings nur den Flur entlang bis zum Trinkbrunnen. Bald nach ihr verließ Rogers sein Büro. Er klopfte an Mr. Ashleys Tür und trat dann ein. Auf der Stelle kehrte Pen um.

Sie war immer noch ruhig, aber ruhig auf die Weise, wie sie es bei Wettflügen gewesen war. Sie hatte nur eine Minute oder zwei, aber – für eine Pilotin, die es gewohnt war, bei zweihundert Meilen in der Stunde mit offenem Cockpit eine Wende zu fliegen – eine Minute oder zwei konnten wie eine Ewigkeit im Zeitraffer erscheinen.

Pen schlich sich in Rogers' Büro. Sie hielt die nachgemachten Schlüssel in der Hand, ohne zu wissen, welcher der richtige war. Sie probierte den ersten Schlüssel aus. Ihre Hand war ruhig. Der Schlüssel zitterte nicht, er rutschte einfach gleichmäßig in das Schloss. Pen drehte ihn. Sie spürte, wie die Zähne einrasteten und sich der Schlüssel zu drehen begann. Und stoppte.

Sie verlor nicht die Nerven, denn sie wusste, dass Abe auch nicht die Nerven verloren hätte, wäre er jetzt hier. Sie spürte seine Gegenwart. Ein Geruch nach Leder und Sonne, Öl und Seife: etwas Stilles, Starkes und Beruhigendes. Aber diese Gedanken bremsten sie nicht. Sie probierte einen zweiten Schlüssel, der nicht einmal ins Schloss hineinpasste, dann einen dritten, der leicht hineinglitt und sich ohne Schwierigkeiten drehen ließ. Mit einem hohlen, metallischen Geräusch glitt die Stahlschublade auf.

Die Schublade war präzise geordnet, präzise beschriftet. Gott sei gedankt für Mr. Rogers! Gott sei gedankt für seine kleinkarierte Eitelkeit, für seine pingelige Ordnung. Die Buchhaltungsunterlagen, die Pen brauchte, befanden sich in der zweiten Schublade von unten, die mit »Geldüberweisungen – Eingänge«, beschriftet war. Pen nahm die Bücher an sich, alle vier. Sie öffnete eines aufs Geratewohl und überzeugte sich, dass sich die Daten, die sie brauchte, darin befanden. Und das taten sie. Geld, das von Powell Lambert kam. Der Name tauchte noch einmal auf, dann noch einmal, dann noch drei weitere Male auf derselben Seite.

Alkohol, der von Havanna nach Marion strömte, von Marion in den hintersten Winkel der Vereinigten Staaten. Und hier war nun das Geld, das in die Gegenrichtung floss, die Spur, die das ganze verrottete Unternehmen vor Gericht und hinter Gittern bringen würde.

Mit den Büchern in der Hand ging sie rasch fort. Verrückterweise spürte sie einen Impuls, zu ihrem Schreibtisch zurückkehren zu wollen und ihre Sachen mitzunehmen, wie sie es immer am Ende eines Arbeitstages tat. Sie verdrängte den Impuls und lief in den ersten Stock hinauf. Das Fenster oben an der Treppe klemmte. Pen packte mit beiden Händen an und zog mit aller Kraft. Mit einem Knall schoss der schwere Rahmen nach oben. Pen ließ das Bündel Bücher auf das mit Teerpappe gedeckte Dach fallen und stieg hinterher.

Die nachmittägliche Hitze hockte auf dem Dach wie ein träges Tier. Die Luft vibrierte. Das grelle Licht war gefährlich intensiv.

Von der Stelle aus, wo Pen sich befand, konnte sie nicht die aufziehenden Sturmwolken sehen, aber sie hatte Arnies Warnung nicht vergessen. In jedem Fall konnte sie als Pilotin das Wetter spüren. Ihre Haut war ein Barometer, ihr Gehirn eine Karte des Himmels über ihr.

Sie lief über das Dach, wobei sie sich duckte. Sie trug ihre Sarah-Torrance-Ausrüstung: eine saubere weiße Sekretärinnenbluse, einen langen blauen Rock, Strümpfe, flache Schuhe. Als Büroverkleidung war das in Ordnung gewesen. Als Kleidung, um darin vor einem bewaffneten und zu allem entschlossenen Killer wegzulaufen, waren der lange Rock und die rutschigen Schuhe schlimmer als schlimm. Sie erreichte den Rand des Daches und schaute hinab. Es ging zehn Fuß tief hinunter auf einen Haufen Bauschutt. Sie warf ihre Bücher hinab, rutschte über den Rand und ließ sich fallen. Sie landete sicher, hatte sich jedoch an der Wand den Bauch aufgescheuert, und kleine rote Blutstropfen sprenkelten ihre Bluse. Es war ihr egal. Sie hob ihre Bücher auf, verlor einen Schuh zwischen zwei Betonblöcken, angelte danach, fand ihn. Sie lief quer über das Grundstück und versuchte, wie eine fleißige Sekretärin auszusehen, nicht wie eine Flüchtige.

Und in einer Sekunde war sie frei: draußen in den Straßen von Jacksonville, im spannungsgeladenen Licht des aufziehenden Sturmes.

112

Willard hatte geduscht, sich umgezogen, gekämmt und rasiert. Er sah aus wie eine Million Dollar. Er sah aus wie ein Flieger-Ass, das ein Filmstar geworden war, der ein Banker geworden war. Er sah so gut aus, dass sich die Frauen nach ihm umdrehten, und er wusste es. Aber er wusste nicht, wie er zur Senatsbibliothek kommen sollte. So beiläufig wie möglich rief er seinen Chauffeur an.

»Gregory, ich werde heute Abend bei der Senatsbibliothek vorbeischauen müssen. So um sieben herum. Ich habe mich gerade gefragt, wie man am besten ...«

»Ich werde Sie zum Nordeingang fahren, Sir. Mr. Thornton wird dafür sorgen, dass Sie dort jemand erwartet und zu ihm bringt. Ich schlage vor, dass Sie etwa um Viertel vor sieben herunterkommen.«

Willard war erleichtert über Gregorys Kompetenz, versuchte jedoch, es nicht zu zeigen. Er musste noch fünfzig Minuten totschlagen. Er wollte einen Drink, wusste aber nicht, wie er einen bekommen konnte. Er rief den Zimmerservice an und bestellte ein Mineralwasser. Als der Kellner kam, nahm Willard das Getränk und nippte mit mürrischem Gesicht.

»Himmel, das schmeckt nicht richtig«, rief er aus und wiederholte damit einen abgedroschenen Prohibitions-Spruch.

»Das Hotel gestattet in seinen Räumlichkeiten keinen Alkohol, Sir«, sagte der Kellner mit unbewegtem Gesicht – und theoretisch war das überflüssig, da Alkohol nirgendwo in den Vereinigten Staaten gestattet war.

»Natürlich nicht.«

Willard und der Kellner taxierten sich.

»Sehen Sie, normalerweise würde ich nicht danach fragen, aber ...«

»Was wünschen Sie? Ich habe alles.«

»Können Sie einen Martini mixen?«

Der Junge, der fünf Jahre zu alt war für seinen mageren Körper, grinste. »Zwei Mäuse pro Glas. Für zehn Mäuse kriegen Sie genug, damit es im Kopf richtig prickelt.«

Willard gab ihm die zehn Dollar. »Und schnell, okay? Ich muss bald gehen. Ein Termin im Senat, um genau zu sein.«

Der Junge nahm das Geld und verschwand. Innerhalb von fünf Minuten kam er mit einer klaren Glasflasche und einem Zettel zurück. Er wedelte mit dem Zettel.

»Dies ist Ihr Rezept. Medizinischer Alkohol. Gehört alles zum Service. Wenn Sie fertig sind, leeren Sie bitte die Flasche und spülen sie. Sie würden nicht glauben, wie viele kranke Leute es in diesem Hotel gibt.«

Der Kellner ging. Willard trank. Er stellte sich sich selbst in einer neuen Karriere vor. Irgendetwas im öffentlichen Dienst. Verteidigungsministerium. Verantwortlich für das Army Air Corps. Er stellte sich sich selbst im Weißen Haus vor. »Mr. President, die Zukunft der Kriegskunst liegt in der Luft. Kann irgendeine Armee Luftangriffen Widerstand leisten? Nein, Sir. Kann es irgendeine Marine? Nein, Sir. Dieses Land muss für seine Sicherheit, für seine Größe in den Himmel sehen.« Er formulierte seine Rede mehrere Male um, bis sie richtig klang, trank noch etwas und ging dann in das Badezimmer, um sich erneut zu kämmen. Er beugte sich zum Spiegel vor. »Hören Sie, Mr. President«, murmelte er. »Wenn ich Sie wäre, Sir ...«

Es war Zeit zu gehen. Er eilte die Treppe hinab, wo Gregory mit dem Buick wartete, der im Leerlauf lief. Willard stieg ein, und der große Wagen glitt davon. Willard spürte das glühende Feuer patriotischer Erregung und Stolz. Sein Vater lebte und arbeitete in dieser Umgebung, mitten unter den großen Männern der Nation. Es war eine Ehre: eine Ehre und ein Privileg. Willard rutschte nach vorn und sah zu, wie die großartige weiße Kuppel des Kapitols langsam näher kam.

»Ein schöner Anblick, was?«, bemerkte Gregory, der stillschweigend das »Sir« fallen ließ.

»Wundervoll.«

»Am Tag ist es noch besser.«

»Darauf wette ich.«

»Ist nur eine Schande, welche Stinktiere da drin hocken, stimmt's?«

Gregorys Kommentar verdarb Willard die Stimmung. Er wusste, was die meisten Menschen über ihre Politiker dachten. Wenn es um dieses Thema ging, wusste er wohl, was er selbst die meiste Zeit seines Lebens über Politiker gesagt hatte. Aber er hatte sich geirrt. Die riesige weiße Kuppel, die schwach in der Nacht leuchtete, schien dies zu beweisen.

»Sie haben einen schweren Job zu erledigen«, entgegnete er kurz angebunden.

Es war das Letzte, woran sich Willard im Detail erinnerte. Der Wagen erreichte den Westeingang. Gregory eskortierte ihn zu einem Schreibtisch im Innern. Willard nannte dem Angestellten seinen Namen, und ein Mann erschien, der ihn durch marmorne Korridore führte. Willard sah weiße Säulen, klassische Büsten, Ölgemälde, dunkle Wandtäfelungen. Das Gebäude hatte eine geschäftsmäßige und zugleich ehrwürdige Atmosphäre. Willard ging einen halben Schritt hinter dem Mann her und fühlte sich wie ein Heide in der Kathedrale. Schließlich blieb der Mann vor einer zweiflügeligen Holztür stehen.

»Die Bibliothek, Sir.«

Der Mann führte ihn hinein. Willard war vor Aufregung ganz atemlos. Die Bibliothek war wie ein Gentleman's Club der besten Sorte eingerichtet. Es gab Reihen ledergebundener Bücher, Tische mit sauber gefalteten Zeitungen vom Tage, einige anheimelnde Holzfeuer in Marmorkaminen. Und überall war das verhaltene Murmeln der großen Männer zu hören, die die Geschäfte der größten Nation der Welt leiteten. »*Wir halten diese Wahrheiten für offensichtlich ...*«

Willard folgte dem Mann längs durch den Raum. Am Ende war ein Teil der Bibliothek durch einen großen roten Samtvorhang abgetrennt. Der Mann ging zum Vorhang, schlug den Rand zurück und bedeutete Willard weiterzugehen. Willard ging allein hindurch.

Dann sah er seinen Vater, mit zerfurchtem, kantigem Gesicht, zu grob für diese feine Umgebung, aber gleichzeitig zu Hause in ihr. Sehr zu Hause.

Um seinen Vater herum befand sich eine kleine Gruppe von Männern, Senatoren der Vereinigten Staaten, einige der wichtigsten Köpfe des Landes.

Und es gab eine lange Bar aus Mahagoni, voll gestellt mit Flaschen, *Alkohol*flaschen, jede Sorte, die man sich denken konnte. Bier, Champagner, Whisky aus Schottland und Irland, amerikanischer Bourbon, weißer Rum, brauner Rum, Gin aus London, französischer Cognac, Port, Madeira, Sherry, Tequila, Wermut, Wodka, Schnaps, Liköre in allen Farben und Geschmacksrichtungen, roter und weißer Wein aus den besten Lagen Europas, kalifornischer Wein, dessen Etiketten die besten Vorkriegsjahrgänge anzeigten, Gläser jeder Art und Größe, Cocktailshaker, Eiskübel, in Scheiben geschnittene Zitronen, Schalen mit Nüssen und Oliven, dumme kleine Schirmchen für dumme kleine Drinks. Alles.

Willard spürte ein Rauschen in seinem Kopf. Er war sich nicht sicher, was er gerade sah. Er sah oder spürte, wie sein Vater auf ihn zukam. Sein Vater mit einem Glas in der Hand. Sein Vater mit einem schiefen Willkommenslächeln. Sein Vater, der etwas sagte.

»Willard, mein Junge, willkommen im Senat der Vereinigten Staaten.«

113

Manchmal ist die Luft, die direkt vor einem großen Sturm liegt, absolut still. So still, dass es sich anfühlen kann, als ob man über einen Friedhof fliege: feierlich, ruhig und in der drohenden Gegenwart von etwas Riesigem. Vor anderen Stürmen ist die Luft unruhig. Es gibt windstille Bereiche, dann plötzliche Ausbrüche von Turbulenzen, wie lange Finger, die aus der zerstörerischen Wand am Himmel herauswirbeln. Dieser Sturm war von der zweiten Art. Er war schwieriger zu fliegen, aber auch spannender und befriedigender. Er musste *durchflogen* werden, nicht einfach durchquert. Abe gefiel es, wie seine DH-4 auf die Winde traf und mit ihnen segelte, ihm gefiel die Stärke ihrer Tragflächen, das Röhren ihres Motors.

Die Meilen zogen an ihm vorbei. Das Grau, Weiß und Rot von Jacksonville kam in Sicht und dann, nördlich der Stadt, Samana Field. Das Flugfeld war ein Streifen aus Dünengras und festgestampfter Erde, der einmal Teil eines Siedlungsprojektes, nun aber verlassen war. Er war groß und eben genug für einen Flugplatz. Abe und Pen hatten ihn als ihren Notflugplatz bestimmt, ihr Geheimnis, ihren Treffpunkt.

Und obwohl Abe sauber flog, die Steuerung sicher im Griff hatte und die üblichen kleinen Kurskorrekturen mit perfekter Genauigkeit durchführte, fühlte er sich, wie er sich noch nie im Leben gefühlt hatte. Pen war für ihn so wichtig wie noch nie etwas in seinem Leben.

Er erinnerte sich, wie schmerzlich er jedes Mal den Verlust gespürt hatte, wenn einer seiner jungen Piloten in Frankreich getötet oder gefangen genommen wurde. Er erinnerte sich, wie inständig er sich gewünscht hatte, dass seine Jungs lebendig zurückkehrten. Aber diese Gefühle hatten nicht wirklich jedem einzelnen der Jungs gegolten. Abe konnte nur nicht diesen allgegenwärtigen, sinnlosen Tod ertragen. Diese Erfahrung hatte ihn gezeichnet. Fortan war er weggelaufen, wenn er sich für etwas mit letzter Konsequenz einsetzen sollte, er war vor Gefühlen geflüchtet.

Das alles hatte sich geändert. Mit Pen fühlte sich Abe frei wie nie zuvor. Er konnte ein Abenteurer sein *und* ein Liebhaber, ein Einzelgänger im Cockpit *und* ein Romantiker auf der Erde. Abe hatte so viele Pläne für sie beide. Er stellte sich vor, wie sie zusammen flogen, zusammen ein Heim gründeten – du liebe Güte, er dachte sogar daran, mit ihr Kinder zu bekommen. Er liebte es, wenn sie redete, und er liebte ihr Schweigen. Er mochte ihr Gesicht, wenn sie sich nicht bewusst war, dass er sie ansah. Er liebte ihren Körper, wenn er ihm nahe war.

Er flog, wie er immer flog, aber sein Herz raste wie noch nie.

Er flog über das Feld. Unter sich konnte er kein Zeichen von Pen sehen. Das bedeutete an sich noch nichts. Sie würde bis zur letzten Minute außer Sicht bleiben. Versteckt in einem Dickicht aus Meereichen waren einige niedrige, dunkle metallische Umrisse. Abe versuchte, sie besser zu erkennen, aber es gelang ihm nicht. Es war nicht wichtig. Die Baufirma hatte mit einigen Bauarbeiten begonnen, bevor sie Pleite gemacht hatte, und hatte einigen Unrat zurückgelassen. Bei den Umrissen handelte es sich wahrscheinlich nur um Blechhütten, die von der Baustelle übrig geblieben waren.

Er setzte zur Landung an.

Der Sturm war in sicherer Entfernung. Die Luft war ruhig. Abe konnte sich seinen Anflug aussuchen und die längste freie Landebahn wählen. Es war eine einfache Landung.

Er setzte auf.

Die Vorderräder trafen sauber auf den Boden, die Heckflosse begann, eine Schleppe aus Staub aufzuwirbeln. Abe ließ seine Hand auf dem Gashebel und drosselte die Treibstoffzufuhr, ohne sie ganz zu unterbrechen. Er richtete weiter den Blick auf die kleine Baumgruppe.

Das Rätsel der metallischen Umrisse löste sich auf: Autos, zwei Reihen, voller Männer. Männer mit Waffen. Gewehre, die bereits aus den Fenstern ragten und schossen. Das Flugzeug rollte auf sie zu. Abe konnte nicht ausweichen, bremsen oder wenden.

Das Flugzeug raste immer noch vorwärts. Wild feuernd kamen die Wagen näher. Abes Hand lag auf dem Gashebel. Er hatte immer noch eine hohe Geschwindigkeit, denn er hatte ohnehin nicht beabsichtigt, jetzt zu landen. Der Touchdown war nur eine Finte gewesen, um alles hervorzulocken, was möglicherweise hier lauerte.

Er schob den Gashebel nach vorn, nahm Geschwindigkeit auf, spürte, wie sich die Tragflächen bei ihm beklagten, dass er sie am Boden hielt; dann zog er den Steuerknüppel zurück und erhob sich in die Lüfte. Er flog in siebzig Fuß Höhe über die Wagen hinweg. Die Kugeln zischten harmlos hinter ihm vorbei. Dicht über dem Boden raste Abe davon, außer Schussweite, außer Sicht.

Und alles, was er denken konnte, war: *Was ist mit Pen geschehen?*

114

Willard wich tatsächlich zurück.

Sein Fuß verfing sich in dem Vorhang, der die Senatsbibliothek teilte, und er musste nach einem weißen Marmorpfeiler greifen, um das Gleichgewicht zu behalten. Sein Vater lächelte milde.

»Ziemlich beeindruckender Anblick, was? Ich glaube, du hast mich einmal gefragt, ob die Firma irgendwelche Flüsterkneipen betreibt, und ich sagte, dass wir das täten. Nur eine einzige.« Mit der Hand machte er eine ausholende Geste. »Das ist sie. Der exklusivste, am vollständigsten versorgte, am besten geführte Club der Welt.«

»Aber …«

»Aber was?« Sein Vater grinste weiter, als ob er Willards Einwand nicht erraten konnte.

»Aber, Vater, *hier?* Von allen Plätzen ausgerechnet *hier?* Wie könnt ihr …? Ich meine, konntet ihr nicht …?«

Junius Thornton legte seinem Sohn die Hand auf den Rücken und schob ihn zur Bar.

»Was willst du trinken?«

»Irgendwas, Vater – oder nein, nichts, Wasser. Ich hatte schon einen Drink, bevor ich gekommen bin. Ich hatte nicht gedacht …«

Das Grinsen seines Vaters begann, plötzlich falsch zu wirken. Manche Menschen haben ein Gesicht, das zum Lächeln bestimmt ist. Andere nicht. Junius Thornton hatte es nicht. Willard wünschte, dass sein Vater zu lächeln aufhören würde.

»Wirklich Wasser?«

Willard nickte. Ein Barmann stand in der Nähe, um Bestellungen entgegenzunehmen. Junius Thornton sagte nichts, sondern nickte nur. Der Barmann verschwand. Thornton hörte auf zu lächeln. Er wandte sich wieder seinem Sohn zu.

»Du fragst dich, wie wir im Herzstück der Vereinigten Staaten eine voll ausgestattete Bar betreiben können?«

Willard nickte.

»Kommt darauf an, was du meinst. Wenn du meinst, wie wir die Bar mit Alkohol versorgen, dann ist die Antwort, dass wir unten ein Versorgungsbüro haben. Wir bekommen jede Nacht Vorräte geliefert. Alle notwendigen Bestellungen werden direkt aufgenommen und telefonisch zur Wall Street durchgegeben. Wir streben an, jede Sorte Alkohol der Welt innerhalb von vierundzwanzig Stunden aus den Beständen liefern zu können. Diesen Herren hier ...« Wieder ließ Thornton seinen Arm kreisen und deutete damit auf ungefähr ein Dutzend Senatoren. »... macht es Vergnügen, uns zu testen. ›Grappa aus Neapel, einen Schuss Blue Curaçao, auf Eis mit einem Spritzer Limettensaft.‹ Wenn wir das nicht auf der Stelle liefern können, dann können wir mit ziemlicher Sicherheit garantieren, dass wir es am nächsten Tag zur selben Zeit vorrätig haben. Heutzutage gibt es nicht viel, was wir nicht auf der Stelle liefern können.«

»Das war es nicht, was ich meinte.«

»Was meintest du dann?«

Das war eine berechtigte Frage. Was meinte Willard wirklich? Er wählte seine Worte sorgfältig.

»Diese Männer sind die wichtigsten Gesetzgeber der Nation. Sie sind dazu da, um ... Zum Teufel, du weißt, was ich sagen will.

Diese Leute hier machen das Gesetz. Sie machen und bewahren es. Und diese Bar ist nicht irgendeine kleine Ordnungswidrigkeit. Diese Bar übertritt die Verfassung ... Vater, ist das nicht falsch?«

Junius Thornton hatte die Angewohnheit, sein Gesicht ausdruckslos erscheinen zu lassen. Seine braunen Augen hörten nie auf, die Lage einzuschätzen, Informationen zu sammeln und zu analysieren, aber weder sein Blick noch sein Mund gaben etwas preis von dem, was er dachte. In diesen Augenblicken sah er wie ein Raubtier aus, das die bevorstehende Tötung kühl einschätzte.

Der Augenblick ging vorbei.

»Falsch? Was ist in diesen Tagen schon richtig und falsch, Will? Weißt du das? Ich will verdammt sein, wenn ich es weiß. Als ich deine Mutter geheiratet habe, hatte sie noch nie einen Mann geküsst. Hatte kaum je einen angesehen. Dieses Zeug, das die Mädchen heutzutage auf ihr Gesicht tun – auch deine Schwestern – Lippenstift, Puder, Farbe –, wenn deine Mutter irgendetwas in der Art getragen hätte, wäre sie für nichts Besseres als ein Mädchen vom Tingeltangel gehalten worden, und ziemlich wahrscheinlich für etwas eindeutig Schlechteres. Deine Freundin – wie heißt sie noch mal?«

»Hmm?«

»Deine Freundin.«

Willard musste selbst einen Augenblick nachdenken, um den Namen zu finden. Natürlich fiel er ihm sofort ein – »Rosalind« –, aber das Merkwürdige war, dass es das sommersprossige Gesicht der kleinen Annie Hooper war, das ihm in den Sinn kam.

»Rosalind, richtig. Also, ich will kein Wort gegen sie sagen, die Zeiten haben sich geändert, aber diese Kleider, die sie trägt ... Deine Mutter wäre lieber gestorben, als so etwas zu tragen. Oder nimm deinen Ausflug nach Hollywood. Da habe ich mich geirrt. Ich habe geglaubt, dass das ein Geschäft ist, auf das sich kein Gentleman einlassen sollte. Aber ich habe darüber gedacht, so wie es früher war, nicht so, wie die Dinge heute sind. Vielleicht war es der Krieg, der alles verändert hat. Vielleicht der Fortschritt. Vielleicht das Geld. Aber auf jeden Fall ändern sich die Dinge, man kann sie nicht auf die alte Weise beurteilen.«

»Aber das Gesetz? Es gibt kein Gesetz darüber, was ein Mädchen anziehen darf. Es gibt kein Gesetz gegen Kinofilme.«

»Nein, nein.«

Junius Antwort schien völlige Zustimmung zu signalisieren, als ob er Willards Einwand nicht verstanden hätte. Willard hakte nach.

»Wenn wir den Gesetzgebern nicht vertrauen können, was bleibt dann noch? Gibt es denn nicht selbst jetzt noch Dinge, die zu heilig sind, als dass man sie anrühren dürfte?«

»Heilig?« Für einen Moment zog der Ältere die Augenbrauen hoch, als ob er Willards Recht in Frage stellen wollte, dieses Wort zu benutzen. »Hmm! Sag mir, ist die Prohibition deiner Meinung nach etwas Gutes oder etwas Schlechtes?«

Die Frage brachte Willard in Verlegenheit. Er hatte nie viel darüber nachgedacht.

»Na ja, also weißt du, Vater, der amerikanische Arbeiter braucht Schutz. Er kommt am Ende eines Tages nach Hause, will einen Drink, trinkt zu viel, und zu was kommt es dann? Krankheit, Unfälle. Die Geschäfte laufen nicht von allein. Und die Frauen und Kinder, was sollen die tun? Ich meine, ich weiß nicht, aber ich würde sagen, im Großen und Ganzen ist sie eine gute Sache.«

Junius Thorntons massiger Kopf nickte langsam. »Ich bin ganz deiner Meinung, mein Junge. Ich stimme dir zu.«

»Tatsächlich?«

»Und nun sieh dich mal um.« Willard sah die Senatoren an, die mit ihren Gläsern in der Hand plauderten und lachten. Der durch den Vorhang abgeteilte Bereich umfasste nur ein Drittel des gesamten Raums der Bibliothek, aber mindestens zwei Drittel der Bibliotheksbenutzer befand sich dort. »Was siehst du? Siehst du irgendwelche Krankheiten? Unfälle? Unglückliche Ehefrauen oder vaterlose Kinder?«

»Nein. Natürlich nicht. Nein.«

»Irgendjemanden, der seiner Aufgabe nicht gewachsen ist?«

»Nein. Ich wollte nicht sagen, dass ...«

»Siehst du, genau das ist es, mein Junge. Urteilskraft und Unterscheidungsvermögen. Manche Menschen haben sie, andere Menschen nicht. Wenn man ein Gesetz macht, kann man nicht versuchen, zwischen den beiden Gruppen zu unterscheiden. Man muss ein Gesetz machen, das für jeden gilt, ohne Ausnahme. Aber das ist das Gesetz. Die Praxis ist eine andere. Diese Männer gehören zu den besten im Lande. Sie sind patriotisch, engagiert, umsichtig und ehrenwert. Und ab und zu möchten einige von ihnen etwas trinken. Kannst du dir auch nur einen einzigen Grund auf Erden denken, der dagegen spricht?«

Willard schüttelte den Kopf. Er war leicht angeheitert und doch völlig klar im Kopf. Kein Wunder, dass sein Vater immer hier in Washington war. »Mr. Lambert« von Powell Lambert war ganz genauso beschäftigt wie sein Partner an der Wall Street. Powells Aufgabe war es, dafür zu sorgen, dass die Nachschublinien so verlässlich funktionierten wie ein Uhrwerk. Die Aufgabe von Willards Vater war es, absolut sicherzustellen, dass die Firma jeden, der wichtig war, geschmiert hatte.

»Die Firma, Vater, wie weit reicht die?«

»Die?«

»Ja, wie weit?«

»Die, Willard, die? So spricht man nicht über einen Familienkonzern.«

»Was? ... Oh, richtig, *wir.* Wie weit reichen wir? Offensichtlich bis in den Senat der Vereinigten Staaten.«

Junius nickte.

»Der Kongress?«

Ein weiteres Nicken.

»Die Strafverfolgungsbehörden? Ich nehme an, die Bundesbehörden ...?«

»Kennen und lieben uns. Wir machen alles ordentlich, sehr geschäftsmäßig. Das mögen sie.«

»Der Zoll?«

Der Ältere zuckte mit den Schultern. »Wir haben mit ihnen gesprochen. Sie hängen ihre Forderungen ein bisschen hoch. Wir betreiben ein Geschäft, kein staatliches Wohlfahrtsprogramm. Also nein. Die Antwort auf deine Frage ist nein.«

»Und was noch?«

»Zum Beispiel?« Sein Vater blickte ungerührt.

»Was noch, Vater? Das Justizministerium? Der Generalstaatsanwalt? Das Weiße Haus?«

Junius Thornton lächelte. Er nahm ein kleines ledernes Notizbuch aus der Tasche und riss ein Blatt heraus. Mit einem schmalen Stift, den er aus einem silbernen Etui nahm, schrieb er einige Namen auf das Blatt. Er zeigte das Blatt Willard, der die Namen las.

»Herr im Himmel!«

»Unter anderen, sollte ich sagen. Unter anderen.«

Willard las die Liste noch einmal. »Herr im Himmel!«

Sein Vater drehte sich um. Auf der Bar lag auf einem silbernen Tablett ein Streichholzbriefchen. Junius Thornton nahm ein Streichholz, zündete das Papier an und ließ es brennen. Er sah schon nicht mehr hin, als das letzte Züngeln der Flamme das Papier in Asche verwandelt hatte. Wortlos wischte ein Barmann die Asche mit einem weißen Tuch fort. Von etwas Rauch abgesehen war es, als ob das Blatt Papier mit den Namen nie existiert hätte.

Neben seiner rechten Hand fand Willard das Glas Wasser, das er bestellt hatte. Es kam ihm vor, als ob das ein halbes Jahrhundert her wäre. Er starrte es benommen an, dann setzte er es an die Lippen. Das Wasser war geschmacklos, kalt und fade. Es war ein dummes Getränk für dumme Leute. Er stellte das Glas ab. Er bemerkte, dass sein Vater ihn beobachtete, aber nicht feindselig, sondern freundlich, sogar liebevoll.

»Himmel, Vater, ich hatte nicht die geringste Ahnung!«

»Nicht deine Schuld, mein Junge. Wir posaunen es nicht gerade heraus.«

Willard zeigte auf sein Wasserglas. Er lächelte. Sein Vater lächelte zurück.

»Sag mal, Pa, weißt du, ob ich hier irgendwo einen Drink kriegen kann?«

115

Am Rand des Feldes bewegte sich etwas zwischen den scharfen, salzigen Blättern des Dünengrases. Eine junge Frau, Mitte zwanzig, konservativ gekleidet, aber voller Staub und Blutspritzer, veränderte ihre Position, während ihr Blick dem Flugzeug folgte, das nach Süden davonflog. Sie hatte die Wagen gesehen, hatte das Gewehrfeuer gesehen und gehört, hatte gewusst, dass Abe das Einzige getan hatte, was er tun konnte.

In einem Sturm der Gefühle sah Pen Abe verschwinden. Sie fühlte eine intensive und wilde Freude, als er entkam. Gleichzeitig sah sie, wie die Wagen um den Rand des Flugfeldes herumkrochen und nach ihr suchten. Und in den Wagen waren nicht nur die Männer aus Marion, sondern wen auch immer Powell Lambert aufbieten konnte – und zusätzlich die Polizeikräfte der Stadt, die vom ersten bis zum letzten Mann gekauft zu sein schienen. Pen hatte eine Heidenangst.

Das Wichtigste zuerst: ihre Füße. Ihre schmalen Büroschuhe mit den Ledersohlen hatten schon ihre Füße wund gescheuert. Zwischen ihren Zehen quoll Blut hervor. Die Schmerzen machten ihr nichts aus, aber jedes Mal, wenn sie sich rasch zu bewegen versuchte, flogen ihr die Schuhe von den Füßen. Auf Sand und

Gras war das nicht wichtig. Auf Kies, Felsen oder den steinigen, ungepflasterten Straßen der Gegend würde sie sich mit bloßen Füßen jedoch sofort verletzen. Sie zog Schuhe und Strümpfe aus; dann zog sie die Schuhe wieder an und band sie mit der dünnen Seide an ihre Füße. Sie zog den Knoten fest und fühlte sich schon besser.

Was würde Abe als Nächstes tun? Er würde sie nicht einfach verlassen, da war sie sich sicher. Es bestand keine Chance, dass er einfach aufgab. Aber was würde er tun? Zum Samana Field konnte er nicht zurückkehren. Das Risiko der Gefangennahme war viel zu hoch. Aber irgendetwas würde er tun. Nur *was?*

In der Zwischenzeit musste sie sich beeilen. Einer der Wagen fuhr weiter um das Feld herum, aber der andere war stehen geblieben, und die Männer waren ausgestiegen. Sechs bewaffnete Männer, von denen drei Cops waren. Eine Sekunde lang sah Pen zu, wie sie näher kamen. Dann, in einem einzigen goldenen Augenblick wurde ihr klar, was Abe tun würde. Sie wusste, wohin sie gehen und was sie tun musste.

Leise rutschte sie eine Sanddüne hinunter, wobei sie außer Sicht blieb. Vierzig Yards weiter duckte sich eine Gruppe verstreuter Büsche unter dem grellen Licht und dem aufziehenden Sturm. Pen drückte ihre Bücher fest an die Brust. Sie war nun verschmutzt, nicht mehr das saubere Mädchen aus der Bank, das an diesem Morgen zur Arbeit erschienen war. Aber nichts davon kümmerte sie jetzt. Alles, was sie in diesem Augenblick brauchte, war Schutz.

Sie hielt den Atem an, sammelte ihre Kräfte, und tief vornübergebeugt lief sie los.

116

Roeder nahm den Telefonhörer ab. Eine halbe Minute lang sprach ein Mann am anderen Ende der Leitung. Roeder stellte ein, zwei

Fragen und hörte schweigend den Antworten zu. Dann sagte er »Machen Sie weiter« und legte auf. Ein paar Sekunden lang war der Raum still. Auf Roeders blassem Gesicht lag konzentrierte Wut. Seine Hände öffneten und schlossen sich, als ob er bereit wäre, jemanden zu erwürgen.

Aber Roeders Zorn war nicht voller Rachsucht, sondern wohl überlegt. Und plötzlich, nach ein paar Sekunden, verschwand er, dieser Zorn, oder es schien zumindest so. Roeder schob seinen Ledersessel zurück und ging zum Hutständer. Der Hut war perlgrau, aus weichem Filz und sehr bequem. Aus seiner Schreibtischschublade holte Roeder eine Waffe. Die Waffe war ein Colt Army Special, Kaliber 38, mattschwarz, kaltes Metall, tödlich.

Unten in Jacksonville würden Roeders Männer Rockwell und Hamilton entweder erwischen oder nicht erwischen. Wenn der schlimmste Fall eintrat, würde die letzte Karte dieses Spiels an einem völlig anderen Ort ausgespielt, und Roeder war ein Mann, der es hasste, ein Finale zu verpassen. Er setzte seinen Hut auf und steckte seine Waffe in die Tasche. Er verließ sein Büro und sagte seiner Sekretärin, dass er eine Reise unternehmen würde.

»Ja, Sir. Soll ich sagen, wo man Sie erreichen kann?«

Er nickte. Lächelte und nickte.

»Washington. Ich fahre nach Washington.«

117

Die Sturmfront war nun ganz nahe, weniger als eine Meile entfernt.

Sie war riesig. Ihre Größe war mit Worten nicht zu fassen. Sturmwolken reichten bis dreißigtausend Fuß hoch. Die Länge der Wetterfront betrug mit Leichtigkeit vierzig Meilen, wahrscheinlich mehr. Abe hatte schwere Stürme gesehen, aber nie einen schlimmeren als diesen. Er war mit Sicherheit noch nie in irgendetwas wie dieses hineingeflogen, und er wusste nicht, ob ein Flugzeug unter diesen Bedingungen überhaupt in der Luft bleiben konnte.

Unten am Strand änderten die langen, gefährlichen Brecher vom Atlantik ihre Melodie. Die Brecher waren noch da, wurden immer noch größer, aber sie begannen, sich zu teilen. Die Wellen rollten in langen weißen Reihen die ganze Küste entlang. Das Weiß hatte einen scheußlichen Nebenton. Dies war kein angenehmes, schaumiges Eiskrem-Weiß. Dies war das wilde Grünweiß eines aufgewühlten, zornigen Ozeans, der mit jeder Woge zorniger wurde.

Und dann war da Tin Can Field.

Es gab keinen Grund, dorthin zu gehen, außer einem: Abe und Pen hatten keinen Ersatzplan. Das heißt, Samana Field war ihr Ausweichplan gewesen. Wohin also sollte Abe gehen? Er sollte dorthin gehen, wo er Pen am wahrscheinlichsten finden würde. Sie würde dorthin gehen, wo sie am wahrscheinlichsten Abe finden würde. Sie hatten nicht darüber gesprochen, hatten nicht daran gedacht. Aber es gab nur eine Wahl. Der Ort, wo sie sich am besten und längsten geliebt hatten. Der Ort, wo sie sich nicht als Kriegsheld und reiches Mädchen begegnet waren, sondern einfach als Mann und Frau. Ihre Nächte allein auf dem Tin Can Field waren wie ein Geschenk des Himmels gewesen, wie Nächte, die mit dem Rest ihres Lebens nichts zu tun hatten. Wenn überhaupt irgendwo, dann würde er Pen dort finden.

Abe flog ganz dicht über der Erde. Er flog so niedrig, dass niemand am Boden seine Flugrichtung feststellen konnte, es sei denn, Abe flog mehr oder weniger direkt über ihn hinweg. Aber es war höllisch gefährlich. Der Wind wurde stärker und böiger. Zwei Mal drückte ihn ein plötzlicher Windstoß nach unten. Nur blitzschnelle Reaktionen bewahrten ihn davor, am Boden zu zerschellen. Beim zweiten Mal spürte er tatsächlich, wie eine Baumkrone an seinem Fahrwerk entlangstreifte und das Flugzeug plötzlich seinen Flug verzögerte.

Er erreichte Tin Can Field. An einem ruhigen Tag wäre er am

Strand gelandet. Der Sand fiel zur See hin leicht ab, aber er war hart und glatt, und es gab genügend Platz.

Aber heute war kein ruhiger Tag. Bei einem starken und böigen Gegenwind zu landen war ein beinahe sicherer Weg zu scheitern. Ein Ungleichgewicht des Winddrucks zwischen dem einen Flügelpaar und dem anderen würde das Flugzeug neigen. In der Luft hatte das nichts zu bedeuten. Doch wenn bei der Landung eine der Flügelspitzen den Boden berührte, dann war ein Flugzeug, das sich neigte, im nächsten Augenblick wahrscheinlich ein Wrack.

Abe betrachtete den Anflug. Er würde gegen die Windrichtung landen müssen. Das verschaffte ihm eine maximale Strecke von zweihundert Fuß, weit weniger, als er normalerweise benötigte. Andererseits würde der Wind, der ihm direkt ins Gesicht blies, dabei helfen, das Flugzeug abzubremsen. Er flog über den Landeplatz und suchte ihn nach Hindernissen ab. Die Wut packte ihn, als er entdeckte, dass quer über den Landeplatz, nach zwei Dritteln seiner angepeilten Landebahn, ein Entwässerungsgraben verlief. Der Graben verkürzte seinen Landeweg auf gerade einmal hundertvierzig Fuß, eine nahezu unmögliche Strecke.

Er saß in der Zwickmühle.

Er wäre keine Hilfe für Pen, wenn er sein Flugzeug zerschmetterte und sich gleich mit ihm. Andererseits wäre er in der Luft auch keine Hilfe für sie. Er zögerte eine Sekunde, dann wusste er, dass er die Landung versuchen musste. Er flog eine Kurve und brachte sein Flugzeug in eine Linie mit dem kleinen Streifen aus Sand und Erde. Der Himmel vor ihm war ein schwarzer Berg. Unter ihm tobte die wütende See. Abe sah, wie eine Bö über das Wasser spritzend auf ihn zukam: ein hastiger Regenschleier, weißer Schaum, der von den Wellenkämmen abriss. Blitzartig wurde Abe klar, dass diese Bö seine Chance war. Je größer die Geschwindigkeit des Gegenwindes, umso kürzer sein Bremsweg. Aber die Bö war nur klein. Er konnte schon durch sie hindurchsehen, wie sie auf dem Wasser dahinter abflaute. Er bewegte sich so schnell, wie er konnte.

Er ließ das Flugzeug schneller sinken, als er wollte, und raste ein oder zwei Sekunden mit voller Kraft auf die Bö zu. Starker Regen prasselte auf ihn ein. Das Licht verschwand. Seine Flugbrille war plötzlich voller Wasser. Es war schwierig, unter sich irgendetwas auszumachen. Aber Abe konnte und wollte jetzt nicht mehr zurück. Seine Hände und Füße handelten automatisch. Er zog den Gashebel zurück, verlor Höhe und spürte, wie das Flugzeug mit den Windstößen kämpfte. Verzweifelt versuchte er, in dem wachsenden Chaos seine Position zu bestimmen. Abe erwischte einen kurzen Blick auf seinen Landeplatz. Er drückte den Steuerknüppel herunter, hielt das Ruder gerade, nahm das Gas ganz zurück. Ein Windstoß drückte ihn hart auf den Boden. Das Flugzeug machte einen Satz – ob durch den Wind oder durch etwas unter seinen Rädern, war schwer zu sagen – und stabilisierte sich dann, bevor Abe reagieren konnte. Er hatte bereits das Höhenruder hochgestellt. Er spürte, wie der Boden zu schnell unter ihm wegraste. Er sah das Ende des Landeweges schrecklich nahe vor sich.

Er wurde langsamer. Die Wucht der Bö tat, was er brauchte. Er verlor schnell an Geschwindigkeit. Er glaubte schon, er hätte es geschafft.

Dann hob sich die Bö. Der Regen hörte auf. Vor ihm lag eine Sekunde strahlenden Sonnenscheins und absoluter Windstille. Langsam, mit nicht mehr als fünf Meilen pro Stunde, aber dennoch unaufhaltsam, rollte die DH-4 vorwärts und seufzte ein wenig, als die Räder sanft in den Entwässerungsgraben rutschten. Das Flugzeug stoppte, neigte sich sanft, steckte fest.

118

Pen würde den Wettlauf verlieren.

Am Anfang war alles gut gegangen. Sie war vom Samana Field entkommen, ohne dass es bemerkt wurde, und da ihre blutigen

Füße für die neuerdings festgebundenen Schuhe dankbar waren, kam sie gut nach Süden voran. Aber als sie die Stadt durchqueren musste, war sie gezwungen, jede Sicherheitsregel zu missachten. Es war noch heller Tag – falls das der richtige Ausdruck war, wenn der Himmel so schwarz war wie ein frischer Bluterguss. Entweder würde sie durch die Stadt gehen oder sich an ihr vorbeischleichen müssen, unten am Meer. Beide Wege waren schlecht, aber der Weg durch die Stadt war schlechter. Als Sarah Torrance war Pen unauffällig gewesen. Sie war die Art von Person gewesen, der man in einer Bar eine halbe Stunde gegenübersitzen konnte, wonach man sich schwer bemühen musste, um sich auch nur an ein einziges Detail von ihr zu erinnern. Aber das war am Morgen gewesen. Nun war sie nicht mehr Sarah Torrance, sondern nur noch Pen Hamilton, die Flüchtige. Aus ihren Schuhen sickerte immer noch Blut. Ihre Seidenstrümpfe waren zerfetzt. Ihr Rock war zerrissen. Ihre Bluse verschwitzt und schmutzig. Ihr Haar hatte den kurzen, aber vertrauten Schritt von gut gekämmt und streng zu ungekämmt und zerzaust gemacht.

Sie verließ sich nicht auf Unauffälligkeit, sondern auf Geschwindigkeit, und entschied sich für das Ufer.

Sie hatte es fast geschafft.

Da das Wetter so schlecht wurde, hatten Spaziergänger und Touristen den Strand verlassen. Die Hoteliers schlossen die Fensterläden, brachten Tische hinein, holten Sonnensegel und Baldachine ein, sicherten, was immer gesichert werden konnte. Am oberen Ende des Strandes hatte Pen zwei uniformierte Polizisten gesehen, die im Schatten einer Hotelveranda lauerten. Hinter ihnen parkte eine Limousine mit einem Mann, der den Strand beobachtete. Pen bog landeinwärts ab, überquerte einen Streifen hohes Gras, erreichte den Versorgungsweg zu einem Hotel und suchte sich dann ihren Weg hinter den Cops und dem geparkten Wagen vorbei. Dann bahnte sie sich einen Pfad durch den üppigen Garten eines Kasinos mit weißen Pfeilern und ging an den Strand zurück, wobei sie sich im stacheligen Dünengras duckte.

Da sie leicht zu erkennen war, war ihre beste Zuflucht die Geschwindigkeit. Sie streifte ihre Schuhe und Strümpfe ab und lief los. Die vier Bankbücher waren schwer und hatten auf ihrem Bauch einen rechteckigen, feuchten Abdruck hinterlassen. Aber sie kam gut voran. Alle hundert Yards, die sie hinter sich ließ, waren hundert Yards, die sie näher zum Tin Can Field brachten.

Doch als sie einen kleinen Landvorsprung erreichte, der das Ende des bebauten Gebietes markierte, lief Pen beinahe einem Gangster aus Marion über den Weg, der auf dem Bauch in dem niedrigen Gras lag. Pen näherte sich ihm bis auf ein Dutzend Yards. Sie bemerkte seine Gegenwart erst, als vor ihr ein Schuss in den Sand peitschte.

Sie war so überrascht, dass sie beinahe stehen blieb. Als sie sich umdrehte, sah sie den Mann – Gott sei Dank ein Fettklops von wenigstens hundert Kilo –, der hinter ihr den Strand entlangkeuchte. Sie hörte noch ein paar Schüsse, konnte aber nicht erkennen, wo sie einschlugen. Während ihre Lunge und Glieder vor Schmerzen brannten, vergrößerte Pen den Abstand zwischen ihnen auf dreißig Yards, auf vierzig, fünfzig, sechzig. Der dicke Mann gab auf und hielt sich um Atem ringend die Seite. Pen, die selbst keuchte, blieb einen Augenblick stehen, und sie verzogen beide das Gesicht, bevor der dicke Mann sich umdrehte und schwerfällig zu einem Restaurant in der Nähe ging. Von dort würde er jemanden um Hilfe rufen. Wenn die Organisation schlau war – und das war sie –, dann würde sie genug Informationen haben, um eins und eins zusammenzuzählen. Pen war auf der Flucht. Abe war da, um ihr dabei zu helfen. Den einen Treffpunkt hatten sie aufgegeben. Sie hasteten, was das Zeug hielt, zum nächsten. Ein Stadtplan würde den Männern der Organisation genügen, um den Rest zu erraten.

Und so lief Pen weiter.

Sie war immer fit gewesen, aber die heutige Herausforderung übertraf alles, was sie bisher erlebt hatte. Füße, Beine, Arme, Lunge, alles brannte vor Anstrengung. Aber sie schaffte es.

Sie schaffte es zum Tin Can Field. Sie sah das Flugzeug, als sie noch vierhundert Yards weit entfernt war. Tränen der Erleichterung stiegen ihr in die Augen. Und da war Abe, der ihr entgegenlief. Sie sah die Ruhe in seinem Gesicht, die Kraft in seinen Armen. Bei diesem Anblick schmolz die Frau in ihr dahin.

Aber dann wurde der Pilotin in ihr vor Schock ganz schwindelig.

Das Flugzeug stand im falschen Winkel da. Es war nur eine Kleinigkeit, aber beim Fliegen ging es immer um Kleinigkeiten. So wie die Dinge gegenwärtig standen, würde das Flugzeug niemals abheben.

119

Willard beugte sich über die Landkarte.

Die Vereinigten Staaten, die sie abbildete, waren eine farblose Angelegenheit: alles sandiges Gelb, trockenes Rosa, steinernes Weiß, düsteres Blau – ein echtes Abbild von Junius Thorntons Amerika. Neben der Karte lag ein Buch. Es war in Leder gebunden und einzigartig. Es gab nur ein einziges Exemplar, und es würde immer nur ein einziges Exemplar davon geben. Das Buch war zu drei Vierteln voll, und auf jeder beschriebenen Seite befand sich dieselbe Handschrift: Junius Thorntons eng stehendes, tintenreiches, schwer zu lesendes Gekritzel.

Willard wusste nun, warum er nach Washington geschickt worden war. Es war der letzte Teil seiner Einweihung. Der Drink in der Senatsbibliothek war ein sorgfältig inszeniertes Theaterstück gewesen. Dieses kleine schwarze Buch war der letzte Akt. Nun gab es kein Theater mehr, nur noch Geschäft.

Und was für ein Geschäft!

In dem Buch wurden das Geld und die Geschenke protokolliert, die Powell Lambert in der ganzen Nation an Bedienstete der Behörden des Bundes und der einzelnen Staaten verteilt hatte. Die Liste verschlug einem die Sprache. Auf jeder Seite stand der Name eines Staates, dann ein Datum, dann eine Liste von Namen, Amtsbezeichnungen und gezahlten Summen. Junius Thorntons Auflistung war äußerst gewissenhaft. Wenn die Ehefrau eines bestimmten Amtsträgers einen Nerzmantel geschenkt bekam, dann wurde das Geschenk zusammen mit einer kurzen Beschreibung (»bodenlang, silberweiß, gute Qual.«) sowie dem Wert in Dollar protokolliert. Namen, Daten, Orte, Bestechungssummen begannen in Willards Kopf zu verschwimmen. Er rutschte auf seinem Stuhl herum und war ganz benommen. Sein Vater bemerkte es und kam zu ihm. Er tippte auf die Karte und zog dann eine Linie, die die gesamten Vereinigten Staaten einschloss, mit Ausnahme von Alaska und Hawaii.

»Wir haben hier achtundvierzig Staaten. Jeder Staat leistet sich einen Prohibitionsdirektor, der damit beauftragt ist, die Prohibition auf dem jeweiligen Staatsgebiet durchzusetzen. Achtundvierzig Staaten. Achtundvierzig Direktoren.«

Willard nickte. Das wusste er. Jeder wusste es.

»Was meinst du, wie viele dieser Beamten von uns Geld angenommen haben?«

»Wie viele?«

Der ältere Mann machte sich nicht einmal die Mühe zu nicken, sondern erwiderte mitleidslos den Blick seines Sohnes. Irgendetwas in der Intensität des Blickes verwirrte Willard und machte es ihm schwer, sich zu konzentrieren.

»Ich weiß nicht, Pa. In den Staaten vielleicht, wo es hätte schwierig werden können? Vielleicht zwölf? Fünfzehn? Zwanzig.« Er änderte ein paar Mal seine Antwort und versuchte so, einen Hinweis in den Augen seines Vaters zu erkennen, doch es gelang ihm nicht. »Zwanzig. Ich schätze zwanzig.«

Junius Thornton ließ die Stille noch einen Augenblick andauern, dann blickte er auf die Karte.

»Sechsundvierzig. Jeder Staat der Union außer Indiana und Kentucky. Die Direktoren in diesen Staaten verdienen 4.600 Dollar in ihren augenblicklichen Positionen. Wir haben ihnen jeweils 150.000 Dollar geboten, um sich einen anderen Job zu suchen. Sie haben unser Angebot zurückgewiesen. Jetzt arbeiten wir daran, die beiden Gentlemen ersetzen zu lassen.« Die Art, wie er sprach, war merkwürdig. Er klang verächtlich, müde. Es klang nicht so, als ob er triumphierte. Es klang, als ob die einzigen Männer, vor denen er Respekt hatte, die beiden Starrköpfe in Indiana und Kentucky waren.

»Nein, Vater, du machst Witze! Nein? Machst du nicht? Wirklich? Ist ja gigantisch!« Willard schüttelte ungläubig den Kopf. »Sechsundvierzig.«

Sein Vater schloss das Buch und legte es weg. Schweigen erfüllte den Raum. Von der Ecke des Büros aus konnte man gerade noch die Kuppel des Kapitols sehen. Es war ein schöner Ort, aber ein verdorbener. Willard spürte nur noch Abscheu. Abscheu und Enttäuschung.

Junius Thornton brach das Schweigen.

»Verstehst du jetzt, Willard?«

»Wie bitte?«

»Ob du verstehst?«

Willard zögerte, bevor er antwortete. Er hatte den Eindruck, jetzt wirklich zu verstehen. Kein Wunder, dass Powell Lambert alle anderen von der Straße vertrieb. Kein Wunder, dass Ted Powell glücklich war, in New York zu sitzen und zu ackern wie ein Pferd – während er wusste, dass sein Partner hier in Washington genau dasselbe tat.

»Nur eines noch, Pa. Thornton Ordnance. Ich nehme an . . .«

Im Allgemeinen hasste Junius Thornton es, wenn sein Sohn seine Sätze nicht beendete, aber diesmal nickte er, bevor Willard fertig war.«

»Ganz richtig, mein Junge. Das Waffengeschäft hat immer

intensive Lobbyarbeit verlangt. Ein guter Teil des Erfolges jeder Rüstungsfirma hängt von ihren Kontakten ab.«

»Und deshalb ...?«

»Ja. Ted Powell hatte die Finanzkraft, aber das reichte nicht aus. Er brauchte mein Netzwerk. Und seien wir offen: Der Sinn der Lobbyarbeit ist es, Freunde zu machen, aber das hier ist Washington, nicht der Schulhof. Hier kauft man sich Freunde. Sonst geht nichts. Wir kaufen unsere Freunde. Wir bestehen auf Loyalität. Wir erwarten sie. Wir bekommen sie. Deswegen hat die Firma Erfolg.«

»Und die Firma. Ich habe immer gedacht, dass es zwei getrennte Unternehmen gäbe, Thornton Ordnance und Powell Lambert. Ich nehme an, da habe ich mich auch geirrt.«

Junius Thornton zuckte mit den Schultern. »Nach dem Gesetz sind die beiden Gesellschaften eigenständig. Aber wir leben jetzt in Zeiten des Friedens. In der Stimmungslage, in der sich unsere Nation befindet, sehe ich nicht, wie wir uns in irgendeinem ernst zu nehmenden Krieg engagieren könnten. Die Verteidigungsausgaben sind niedrig. Wenn du wissen willst, woher die Gewinne der Familie kommen, dann ist es der Alkohol. Achtundneunzig Prozent.«

»Ja, Vater, dann verstehe ich.«

Willard nickte.

Er hätte sich gut fühlen sollen. Dies war seine letzte Taufe gewesen. Wie viele Menschen bei Powell Lambert wussten von dem schwarzen Buch, das er gerade gesehen hatte? Ted Powell, natürlich. Dorcan Roeder, sehr wahrscheinlich. Sonst vermutlich niemand. Willard, der Sohn seines Vaters, war soeben in das innerste Heiligtum des Familienunternehmens eingelassen worden. Aber er fühlte sich nicht gut. Irgendetwas Säuerliches lag in dem Raum. Ein zynischer Geruch, der die Stadt zu erfüllen und das Gute aus der Welt herauszuziehen schien.

Sein Vater nickte. »Gut. Und übrigens, du hattest einen Anruf.

Von deiner Verlobten. Vielleicht solltest du sie zurückrufen«, sagte er dann knapp.

»Ja, natürlich. Hat sie gesagt, warum sie angerufen hat?«

Junius Thornton antwortete nicht. Er stand an der Tür, um sein eigenes Büro zu verlassen, damit sein Sohn ungestört telefonieren konnte. Aber in seiner Haltung, in seinem Gesichtsausdruck lag etwas Merkwürdiges. Es sah beinahe so aus, als ob der ältere Mann sich zurückzöge und dem Jüngeren die Verantwortung überließe. Aber das war es nicht. Er hatte gefragt: *Verstehst du jetzt, Willard?*, und Willard hatte geantwortet: *Ja, Vater, dann verstehe ich.* Aber worüber hatten sie eigentlich gesprochen? Das letzte Geheimnis des Firmenerfolges? Oder ihren gemeinsamen Abscheu vor den Männern, die das Geld nahmen, das die Firma ihnen so großzügig anbot?

Willard wusste es nicht. Er musste es auch nicht wissen. Er wandte sich dem Telefon zu und tätigte seinen Anruf.

120

Abe sah Pen an. Er sah, dass sie müde und voller Schrammen war und wunde Füße hatte, aber im Grunde in Ordnung war. Er sah – tatsächlich hatte er es auf den ersten Blick gesehen –, dass sie vier in Leinen gebundene Hauptbücher an die Brust drückte. Die Dokumente, die McBride haben wollte, waren in Sicherheit, jedenfalls im Augenblick.

Pen ihrerseits starrte Abe an. Es ging ihm offensichtlich gut. Was auch immer er für eine Landung gehabt hatte, er hatte sie unbeschadet überstanden. Aber dann sah sie das Flugzeug an. Seine Räder waren acht Inches tief in einen Graben gerutscht.

Acht Inches. Vielleicht weniger. Vielleicht nur sechs oder sieben. Aber das war nicht der Punkt. An seiner tiefsten Stelle war der Graben etwa 16 Inches tief. Jeder Versuch, das Flugzeug nach vorn über den Graben zu rollen, würde alles nur schlimmer machen. Wenn sie versuchten, es wieder zurückzurollen, riskierten sie, dass die weichen Wände des Grabens einbrachen und in einem einzigen entsetzlichen Augenblick die Räder und all ihre Chancen unter sich begruben. Und überhaupt, wie konnte Pen auch nur daran denken, das Flugzeug zu bewegen? De Havilland baute die DH-4 als Kampfflieger. Es war ein großes Flugzeug, schwer genug, um eine Bombenfracht aufzunehmen. Sie blickte das Flugzeug an. Es war perfekt, aber unbeweglich.

»Sie kommen«, sagte sie. »Sie haben mich bis hierher verfolgt. Es tut mir leid.«

Abe nickte. Er gab ihr keine direkte Antwort, aber sein Blick wanderte zur Seite. Pen sah den umgestürzten Stamm einer Palme. Einen Augenblick lang dachte sie, dass Abe an die Macht des aufkommenden Sturmes denken musste – eines Sturmes, der bald an der ganzen Küste Palmen und vieles andere auseinandernehmen würde. Dann sah sie die Schleifspuren, den Sand, der hinter dem Rumpf aufgewühlt und auseinandergestoben war. Fragend blickte sie Abe an.

Abe zögerte einen Sekundenbruchteil. Er war nie ganz in der Lage, sich vorzustellen, wie wenig Pen tatsächlich von Mechanik verstand. Manchmal erklärte er Dinge nicht, die er für offensichtlich hielt, nur um dann festzustellen, dass sie durch das Problem überfordert war. Ein anderes Mal wählte er den anderen Weg und kam zu dem Schluss, dass man ihr die simpelsten Sachen erklären musste, zum Beispiel, wie man einen Schraubenzieher benutzte.

»Ich werde sie so weit hochhebeln, wie ich kann. Aber zuerst müssen wir etwas Solides unter ihre Räder bringen. Eine Brücke, wenn du so willst.«

»Eine Brücke, natürlich.«

Pen blickte sich um, als ob sie so etwas wie eine Straßen- oder Eisenbahnbrücke zu finden hoffte, die irgendwo auf dem Lagerplatz herumlag. Abe sagte nichts, sondern begann, Sand und Steine in den Graben unter dem Flugzeug zu schaufeln. Sie arbeiteten zügig zusammen und füllten den Graben, sodass schließlich bis ungefähr ein Inch unter den Rädern des Flugzeugs solide Erde lag.

»Okay. Jetzt werde ich versuchen, sie anzuheben.«

Eine Sekunde lang stand Pen unsicher da. Draußen auf dem Meer kroch der riesige Sturm immer dichter heran. Lange, unruhige Böen begannen bereits, die Palmkronen zu peitschen und trieben Wellen mit weißen Schaumkronen und Gischt vor sich her an den Strand. Dann sammelte sich Pen. Sie warf ihre Bücher in das Flugzeug, kickte die Reste ihrer blutdurchtränkten Schuhe von den Füßen und zog die Fliegerstiefel an, die Abe ihr mitgebracht hatte. Ihre Füße fühlten sich in dem schützenden Schaffell sofort behaglicher an. Inzwischen hatte Abe den Palmstamm in Position gebracht und unter die Querachse des Flugzeugs geschoben.

»Ich hebe sie an«, sagte er. »Du schiebst die Steine drunter, sobald du kannst. Ich hebe erst die eine Seite an und dann die andere. Pass auf, dass deine Hände in Sicherheit sind, wenn ich sie wieder runterlasse.«

Pen nickte.

Abe war nicht groß, aber er war stark. Er justierte den Palmstamm unter das rechte Rad und hob an. Er gewann nur ein oder zwei Inches, aber das genügte. Pen schob ein paar Steine unter das angehobene Rad und trat sie fest. Sie wollte nach einem weiteren Stein greifen, als Abe aufstöhnte und den Kopf schüttelte. Sie zog ihre Hand gerade noch rechtzeitig zurück, bevor Abes Kraft nachließ und er den Palmstamm und das Flugzeug zitternd herunterließ. Dann wiederholten sie dieselbe Prozedur mit dem anderen Rad.

Sie hatten zwei Inches gewonnen.

Pen war sich nicht sicher, ob das als Erfolg oder als Misserfolg zählte, aber Abe schien glücklich zu sein. Er ruhte sich einen Augenblick aus, dann bewegte er wieder den Palmstamm.

Sie wiederholten dieselbe Abfolge von Handlungen – gewannen

weitere anderthalb Inches, und Pen dachte schon, dass sie das alte Mädchen tatsächlich aus dem Dreck herausbekamen –, als das Unglück passierte.

Als Abe ein weiteres Mal das Flugzeug anhob, gab es ein lautes Krachen, und der Palmstamm brach drei Fuß vor seinem Ende durch. Mit einem Hebel, der um drei Fuß verkürzt war, gab es keine Hoffnung, das Flugzeug auch nur einen weiteren Inch anzuheben. Aber Abe hatte nicht aufgehört zu arbeiten. Er deutete auf den Sturm und fragte: »Wenn der Sturm zuschlägt, was meinst du, aus welcher Richtung wird der Wind kommen?«

Der Wind war nun schon ziemlich stark, immer noch böig, aber nie ganz ruhig. Aber Abes Frage machte trotzdem Sinn. Die windigen Vorboten eines Sturmes wehten nicht unbedingt aus derselben Richtung wie die Winde, die sich im Inneren des Sturmes selbst verbargen. Pen konzentrierte sich auf die Gewitterwand, die nun nur noch einen Steinwurf entfernt war. Sie konzentrierte sich auf die Frage. Sie war ein Mädchen, das im Süden geboren und aufgewachsen war, und sie war eine Pilotin. Sie kannte Stürme wie diesen.

»Von dort«, sagte sie und streckte den Arm aus.

»Genau von dort?«

Sie dachte noch einmal nach, korrigierte die Richtung um ein winziges Stück, dann nickte sie. Ihr Arm und die Ausrichtung des Flugzeugs gingen etwa fünfzehn Grad auseinander.

»Okay. Drehen wir sie.«

Dann begriff Pen, und als sie es begriff, wurde sie von einer neuen Welle der Liebe überrollt, so stark, dass sie förmlich ihren Druck auf dem Herzen spürte. Ihr Geliebter war nicht nur ein mutiger und guter Mann; in ihm blitzte ein Funken von etwas so Ungewöhnlichem auf, dass es ein Privileg war, in seiner Nähe zu sein.

»Ich verstehe«, sagte sie. »Sag mir, was ich tun soll, und ich tue es.«

»Okay. Ich werde sie drehen. Du gräbst sie ein. Nur die Heckflosse. Mach eine Mulde, eine flache Mulde.«

Pen nickte. Genau dann, in einem plötzlichen, windstillen Augenblick waren Automotoren zu hören. Die beiden Flieger sahen sich an. Sie sagten nichts, weil es nichts zu sagen gab. Es gab nur einen Grund, warum jemand jetzt zum Tin Can Field kommen sollte, und keiner von beiden wollte lange an diesen Grund denken.

Abe zuckte halb mit den Schultern und machte sich wieder an die Arbeit, wie Pen es bereits getan hatte. Sie hob ein großes, flaches Loch im Sand aus. Abe benutzte den Palmstamm, um das Flugzeug anzuheben und zu drehen. Das Flugzeug hatte nun die korrekte Stellung für den Start: Es war gegen den Wind ausgerichtet, der Rumpf waagerecht und die Flügel auf gleicher Höhe.

Natürlich hatte dieses Flugzeug nicht die geringste Chance auf normalem Wege zu starten. Die Vorderräder standen immer noch einige Inches tief in einem Graben. Am hinteren Ende hatte Pen die Heckflosse in ein Loch eingegraben. Ein flaches Loch, sicherlich, aber Flugzeuge mögen eine ebene Startbahn. Sie sind es nicht gewöhnt, aus Fuchsbauten zu klettern.

Abe und Pen hatten alles getan, was sie tun konnten. Sie waren gerade fertig, als der Wind von vierzig Knoten auf null fiel. Abgesehen von den krachenden Brechern des Ozeans wurde die Welt plötzlich seltsam still. Die Autogeräusche waren nun unverkennbar. Wagen, die näher kamen. Wagen, die anhielten. Wagentüren, die geöffnet und dann wieder zugeschlagen wurden.

Inzwischen hatten die riesigen Sturmwolken sie erreicht. Sie ragten zehn- oder fünfzehntausend Fuß weit in den Himmel, und die schiere Unermesslichkeit des Sturmes ließ sie alle – Männer, Frauen, Wagen und Flugzeug – winzig und unbedeutend erscheinen, als ob das Drama, das sich gleich hier abspielen sollte, überhaupt nicht wichtig wäre.

Am oberen Ende des Tin Can Field erschienen die ersten Männer, deren Mäntel und Krawatten im Wind flatterten. Einige der Gauner trugen lächerlicherweise ihre Hüte. Sie kamen näher, während sie in der einen Hand eine Waffe hielten und mit der anderen ihre Hüte auf den Kopf drückten. Am unteren Ende des Platzes glitzerte etwas schwarz und silbern im Unterholz. Cops, nahm Pen an. Diesmal waren die Gangster entschlossen, ihre Feinde nicht noch einmal entkommen zu lassen, und hatten alles genau geplant: Mit den Cops an der Flanke und den Gangstern vor ihnen hatten Abe und Pen kaum eine Chance.

Pen und Abe beobachteten die Situation – zwei Sekunden lang, mehr nicht. Dann nickte Abe und kletterte ins Cockpit. »Kontakt aus! Kontakt ein! Los!« Der große Propeller begann, die Luft zu durchschneiden. Pen lief vom Propeller weg und stieg eilig in das hintere Cockpit. Sarah Torrance' blutige Schuhe lagen unten auf dem Boden, als ob sich das Mädchen, dem sie gehörten, einfach in Luft aufgelöst hätte. Hinter ihnen liefen die Gangster los. Aus ihren Waffen kamen kleine weiße Wölkchen, obwohl in dem stärker werdenden Wind keine Geräusche zu hören waren.

Draußen auf dem Meer glitzerte immer noch ein Streifen Sonnenschein auf dem Wasser, dann rauschte ein dichtes schwarzes Band auf sie zu. Schwärze und Wind. Ein starker Wind, der mehr als Sturmstärke hatte.

Ein Wind, der sie entweder retten oder vernichten würde.

121

»Es tut mir Leid, Willard. Es fällt mir wirklich unglaublich schwer. Ich hasse es, dir das Herz brechen zu müssen.«

Willard stand immer noch im Büro seines Vaters in Washington am Schreibtisch. Rosalind versuchte mit tränenerstickter Stimme, es hinter sich zu bringen.

»Mir das Herz brechen?«, fragte er steif.

Er fühlte sich seltsam. Er war noch nie sitzen gelassen worden, geschweige denn Wochen vor einer sehr großen, sehr öffentlichen Hochzeit. Aber er fühlte sich nicht wie ein Mann mit gebrochenem Herzen. Keineswegs. Es war eher so, als würde Rosalind hoffen, das Drehbuch für ihre Trennung so zu schreiben, wie es ihr in ihrer Beziehung nie ganz gelungen war.

»Oh, Willard, ich weiß, es muss furchtbar hart für dich sein, aber es ist am besten so. Mit der Zeit wirst du das verstehen.«

»Ja.«

Das hatte sie schon gesagt.

Er wunderte sich über seine eigene Reaktion. Er liebte sie doch, oder? Sicherlich mehr als irgendeines seiner Mädchen in Hollywood, mehr als alle, die er in Frankreich oder vor dem Krieg gehabt hatte. Als er daran dachte, wie glamourös sie an seiner Seite ausgesehen hatte, welch strahlendes Paar sie beide abgaben, verspürte er eine Art blinder Wut, dass sie das alles ruinieren sollte. Aber Liebe? Ein gebrochenes Herz? Das ergab für ihn keinen Sinn.

»Danke, dass du es mir gesagt hast. Ich bin ziemlich schockiert, denke ich. Ich glaube, ich sollte das Telefonat jetzt beenden.«

Sie verabschiedeten sich voneinander. Rosalind legte zuerst auf, und die Leitung war tot. Willard fragte sich, ob er stärker hätte protestieren sollen. Plötzlich hatte er das Gefühl, dass sich alles anders ergeben hätte, wenn er mehr Theater gemacht und sich wie ein Mann aufgeführt hätte, dessen Herz wirklich brach. Vielleicht hätte Rosalind nichts weiter gebraucht, als dass ihr Geliebter ihr versicherte, wie stark seine Gefühle für sie waren. Der Schauspieler in Willard ärgerte sich darüber, dass er sich die Chance für diese Szene hatte entgehen lassen. Aber es war noch nicht zu spät. Wenn es das war, was er tun wollte, dann brauchte er sie nur sofort zurückzurufen.

Er starrte das Telefon an. Anrufen oder nicht anrufen? Die Rolle des Liebhabers mit gebrochenem Herzen reizte ihn. Willard wusste bereits, wie er die Zeilen sprechen würde, die sich in seinem Kopf bildeten. Er nahm den Hörer und bat die Vermittlung um ein Ferngespräch.

»Welche Nummer bitte?« Die Stimme am anderen Ende klang spitz.

»Eine New Yorker Nummer, Manhattan. Die Teilnehmerin heißt Hooper. Annabelle Hooper.«

122

Die Gangster rannten vorwärts. Die Cops, die nichts verpassen wollten, rannten ebenfalls herbei. In der ersten Welle sah Abe zwölf Männer, weitere folgten. Jeder Mann war bewaffnet, und alle schossen. Die meisten trugen nur Handfeuerwaffen und schossen dafür aus einer viel zu großen Entfernung. Aber es gab auch ein paar Männer, die Gewehre hatten, und noch andere, die genug Verstand besaßen, um erst zu laufen und später zu schießen.

Der Wind nahm zu. Er war nun stark genug, dass die Männer am Boden Schwierigkeiten hatten, direkt gegen seine Wucht anzulaufen. Die beiden Männer mit Hut hatten den Kampf aufgegeben und ihre Hüte in den Himmel fliegen lassen. Diejenigen, die mit aufgeknöpften Mänteln losgelaufen waren, mussten nun beim Laufen mit einer Hand den Mantel zuhalten. Einer der Männer wollte über einen Holzklotz springen, unterschätzte jedoch den Gegenwind und strauchelte.

Abe blickte zu Pen. Ihre Augen waren nun hinter der Flugbrille verborgen, aber ihr Mund war sichtbar und lächelte. Abe nahm an, dass er auch lächelte. Er hatte sich immer gefragt, ob ein Flugzeug tun konnte, was er gleich von ihm verlangen würde. Nun, in Kürze würde er es wissen. Er war sehr ruhig. Die nächsten Augenblicke würden darüber entscheiden, ob sie Sicherheit oder den Tod fanden, aber er konnte sich jetzt nicht davon ablenken lassen. Selbst Pen, die im Cockpit hinter ihm saß, störte seine Konzentration nicht. Natürlich war ihm bewusst, dass sie die Liebe seines Lebens war und er mit dem bevorstehenden Manöver auch sie töten könnte. Aber diese Tatsachen, wie alle anderen menschlichen Sorgen, waren zu einem winzigen Punkt von der Größe eines Stecknadelkopfes zusammengeschrumpft.

Stattdessen war Abes Aufmerksamkeit vollkommen darauf gerichtet, den Wind richtig einzuschätzen und das Flugzeug richtig zu bedienen. Abe versank in einen Zustand, in dem er hochkonzentriert und zugleich vollkommen intuitiv handelte. Während sein Auge und Verstand den Wind maßen, Kräfte und Winkel kalkulierten, sprachen seine Fingerspitzen mit der Steuerung. Sein Körper spürte das Flugzeug, das Ächzen in den Tragflächen, das Zittern, das die Maschine bis zum Heck durchlief. In diesem Zustand der erweiterten Aufmerksamkeit hatte Abe nicht mehr das Gefühl, das Flugzeug zu kontrollieren, er hatte das Gefühl, dass er das Flugzeug *war*: Sein Hirn und seine Nerven, seine Muskeln und sein Wille.

Der Wind kreischte in den Verstrebungen der Flügel. Die Querdrähte, mit denen die Flügelstreben verspannt waren, erzeugten ein Heulen, einen wimmernden, klagenden Ton, der nicht enden wollte. Abe hatte die Höhenruder voll ausgefahren, sodass die Macht des Windes das Flugzeug an den Boden presste. Er konnte spüren, wie das Holz und das Segeltuch unter der Belastung ächzten.

Ein oder zwei Sekunden verstrichen. Abe spürte, wie der Wind zunahm. Aus dem Muster des aufgepeitschten, kochenden Ozeans vor ihm konnte er den Sturm sogar lesen.

Die Angreifer kamen näher. Es wurde weiter geschossen.

Abe sah, wie im Steuerbordflügel vor ihm ein Einschussloch aufriss. Es war Zeit zu verschwinden: Sicherheit oder Tod.

Er beugte sich über den Steuerknüppel. Unendlich gelassen und zugleich entspannt zog er den Hebel an. Das Flugzeug reagierte. Es setzte sich in Bewegung.

123

Meistens ist der Start eines Flugzeugs einfach. Es rollt ein flaches Stück Erde entlang und nimmt Geschwindigkeit auf. Wenn sich die Luft schnell genug über die Flügel hinwegbewegt, hat das Flugzeug genug Auftrieb, um abzuheben. Zu diesem Zeitpunkt zieht der Pilot den Steuerknüppel zurück und lässt das Flugzeug fliegen.

Aber das ist der normale Start. Das ist keine Methode, die man benutzen kann, wenn das Heck des Flugzeugs in ein Loch eingegraben ist und sein Bug in einem mit Sand gefüllten Graben steckt.

Zum Glück jedoch ist das nicht die einzige Möglichkeit zu starten. Wenn der Wind stark genug bläst, dann kann sich über den Flügeln genug Luftgeschwindigkeit aufbauen, um einen Start zu ermöglichen. Natürlich keinen guten Start. Keinen sicheren Start. Keinen kontrollierten. Tatsächlich kann es die Art von Start sein, bei der das Flugzeug in die Höhe gelupft wird, nur um eine Sekunde später auf dem Boden zu zerschmettern. Doch unter den gegebenen Umständen war wirklich jede Art des Abhebens willkommen.

Abe hielt das Heck weiter fest auf dem Boden und gab der Maschine maximalen Schub. So wie die Flügel ausgerichtet waren, traf der Wind mit einem hohen Angriffswinkel auf sie, und ihre unteren Flächen waren der Kraft der Windstöße ausgesetzt.

Und in einem einzigen Augenblick wurde das große Flugzeug mit seinen zwei Tonnen Gewicht in den Himmel gehoben, genau so, als ob es sich in einen riesigen Drachen verwandelt hätte. Es gab keine Vorwärtsbewegung. Es gab keine Bewegung nach hinten oder zur Seite. In der einen Sekunde stand das Flugzeug auf dem Boden, in der nächsten schien es siebzig Fuß hoch in die Luft katapultiert worden zu sein. Diese Position war natürlich nicht aufrecht zu halten. Abe drückte die Nase des Flugzeugs wieder nach unten. Die Flügel schnitten im normalen Winkel in den Wind. Die große Maschine war kein riesiger Drachen mehr, sie war wieder ein Flugzeug.

Abe lehnte sich aus dem Cockpit und sah, wie seine ehemaligen Angreifer auf der Erde nach oben starrten, überrascht und völlig verblüfft. Einige von ihnen hatten die Waffen gehoben. Abe zählte noch ein paar Schüsse, aber ihm war klar, dass sie bei der rasch größer werdenden Distanz und der unvorhersagbaren Wildheit des Sturmes nur geringe Chancen hatten, Schaden anzurichten.

Doch Pen und er waren der Gefahr entronnen und standen der nächsten gegenüber, die wahrscheinlich viel größer war. Der Sturm war einer der gewaltigsten, die Abe je erlebt hatte. Es war möglich, dass noch kein Pilot in der Geschichte durch einen solchen Sturm geflogen war und überlebt hatte.

Immer noch gelassen, aber höchst aufmerksam zwang Abe das Flugzeug in den Steigflug. Er gab immer noch Vollgas, steuerte die Nase immer noch direkt in den Wind und verschaffte der Maschine jeden Auftrieb, der zu bekommen war.

Es war kein vorhersagbarer Steigflug. Der Wind war immer noch böig, und wenn er nachließ, ließ er plötzlich nach. Sobald er nachließ, verschwand der Auftrieb auf den Tragflächen, und das große Flugzeug sank. Abe tat, was er konnte, um ruhig zu fliegen, aber es war eine nervenaufreibende Reise. In wenigen Sekunden gewannen sie zweihundert Fuß Höhe, dann verloren sie im nächsten Augenblick wieder die Hälfte davon. Es war, als ob sie in einem riesigen Fahrstuhl gefangen wären, der von jemand anderem gesteuert wurde.

Abe brachte das Flugzeug dazu zu steigen. Während die Sekunden vergingen, zwang er es immer weiter in die Höhe. Zweihundert Fuß, vierhundert, sechshundert, tausend. Im Moment befanden sie sich noch in den Außenbereichen des Sturmes. Sie hatten noch nicht die gebirgsartige Wolkenwand erreicht, die sie zu überwältigen drohte.

Abe war versucht, das Flugzeug zu wenden und mit voller Geschwindigkeit davonzufliegen, aber er wagte es nicht. Wenn er das Flugzeug unter solchen Bedingungen durch eine Wende von einhundertachtzig Grad steuerte, würde er die Flügel heftigen und ungleichmäßigen Kräften aussetzen. Zwei Mal hatte er versucht, das Flugzeug vorsichtig um ein paar Grad zu drehen, aber beide Male verrieten ihm die Flügel, dass sie den Stress nicht aushalten würden. Er richtete sich auf.

Er hatte nun fünfzehnhundert Fuß unter sich, aber er brauchte mehr Höhe, bevor er das Manöver versuchen konnte. Bei neunzehnhundert Fuß begann er, sich zu entspannen. Er justierte seine Position, bereit, das Flugzeug zu wenden, als eine gewaltige Bö sie dreihundert Fuß in die Höhe riss und dann fast tausend Fuß tief abstürzen ließ. Abe stabilisierte das Flugzeug. Jetzt gab es keinen Weg mehr zurück. Sie befanden sich schon in den grauen Vorposten des Sturmes. Dann, innerhalb einer Sekunde, waren sie mitten im eigentlichen Sturm.

124

Henry Geddes, der seinen eigenen Wagen fuhr, traf sich mit Roeder, nachdem dieser den Zug aus New York verlassen hatte. Die beiden Männer kannten sich und konnten sich nicht leiden, sodass sie Höflichkeiten vermieden.

»Neuigkeiten?«, fragte Roeder.

»Sie haben sie nicht erwischt. Weder sie noch den Piloten, noch den Mechaniker.«

»Und die Dokumente?«

»Die Frau hat sie. Das einzig Gute ist das Wetter. Sie sind im schlimmsten Sturm des Jahres gestartet. Nach allem, was wir wissen, sind sie schon abgestürzt.«

Roeder sagte nichts, sondern beobachtete nur die Straße vor sich. Geddes fuhr einen Studebaker mit viel PS, und er fuhr ihn schnell, aber irgendwie kraftlos. Seine Hände steckten in braunen Autofahrerhandschuhen, und sie rutschten auf dem Rand des Steuerrades hin und her, anstatt es fest zu umfassen.

Roeder schloss halb die Augen. Seine entspannte Haltung war keine Pose, sie war echt. Und warum auch nicht? Trotz der Rückschläge war alles unter Kontrolle. Die gestohlenen Kontobücher waren bereits wertlos, die flüchtigen Piloten wahrscheinlich tot.

Die Firma würde gewinnen, wie sie immer gewann.

FÜNFTER TEIL

HÖHE UND GESCHWINDIGKEIT

Für die meisten Menschen gibt es zwei Dinge, die ihnen bei Flugzeugen Angst machen: Höhe und Geschwindigkeit. Für Piloten jedoch gibt es nur zwei Dinge, die ein Flugzeug sicher genug machen, um darin einzusteigen: Höhe und Geschwindigkeit.

Geschwindigkeit bedeutet Luft, die rasch über die Tragflächen des Flugzeugs strömt. Geschwindigkeit bedeutet Auftrieb. Sie bedeutet, dass kein Risiko besteht, vom Himmel zu fallen. Sie bedeutet, dass der Pilot eine Menge Spielraum hat. Sie bedeutet, dass er steigen, sinken, Kurven fliegen, manövrieren kann, und das alles ohne Risiko.

Und Höhe.

Nehmen wir einfach einmal an, dass das Schlimmste passiert. Nehmen wir an, die Maschine gibt ihren Geist auf, ein Steuerungsseil reißt, die Benzinpumpe versagt. Wo ist der sicherste Ort, wenn das geschieht? Die Antwort ist offensichtlich: Der einzige sichere Ort ist ganz weit oben. In zwei-, drei-, sogar fünftausend Fuß Höhe gleich die Welt einer Decke, die in der Tiefe ausgebreitet ist. Der Pilot kann zu gleiten beginnen, die Nase ein wenig abwärts geneigt, und langsam kreisen, bis sich alternative Landeplätze bieten. Um sicher zu landen, braucht ein Doppeldecker nur ein relativ großes Feld. Der Pilot muss nichts weiter tun, als einen Platz auszuwählen und dann zu warten. Warum sollte er sich hetzen? Die Aussicht ist grandios, es gibt keinen Grund zur Eile. Wenn das Feld schließlich nahe genug kommt, um zu landen, gleitet der Pilot einfach abwärts.

Felder können etwas holpriger als ein normaler Flugplatz sein, aber wen interessiert schon ein wenig Holpern?

Natürlich läuft nicht immer alles so gut.

Sods Gesetz besagt, dass Probleme niemals auftreten, wenn man da-

rauf vorbereitet ist. Probleme treten auf, wenn man niedrig fliegt, dicht über dem Boden, wenn die Maschine stottert, wenn die Fluggeschwindigkeit niedrig ist.

Nicht genug Geschwindigkeit. Nicht genug Höhe. Kein Platz zum Manövrieren und Treibstoffverluste. Der Albtraum des Piloten. Ein Rezept für den Tod.

125

Die Intensität des Sturmes war buchstäblich atemberaubend. Das Licht ließ sie im Stich. Es war nicht pechschwarz, aber die plötzliche Dunkelheit war dennoch Furcht erregend. Die Erde unter ihnen verschwand. Die Wolke war so dicht, dass Pen die Flügelspitzen nicht mehr klar erkennen konnte. Die blitzende Scheibe des Propellers vor ihr war durch den Nebel kaum sichtbar.

Und der Regen! Der Regen schlug zu mit der Wucht von Hagelkörnern. Pen hatte im Cockpit ihre Montur gefunden und mühte sich, sie so schnell anzuziehen, wie sie nur konnte. Aber selbst so ließ ihre Fliegerkleidung die untere Hälfte ihres Gesichtes ungeschützt, und die frei liegende Haut brannte augenblicklich und war wund. Flugzeuge waren für gutes Wetter ausgelegt. Ein wenig Regen konnten sie vertragen, doch dann wurde es schwierig. Durch den kombinierten Lärm des Sturmes und der Maschine hörte Pen, dass die Flügel in dem Regen eine neue Melodie von sich gaben.

Um sie herum leuchteten Blitze auf. Hier oben in den Gewitterwolken war ein Blitz nicht nur ein einfaches Zucken oder Aufleuchten. In einer Sekunde war alles schwarz. In der nächsten war Pens gesamtes Blickfeld von einem schrecklichen gelblichen Gleißen erfüllt, das einen Augenblick allgegenwärtig war, bis es wieder verschwand. In diesem Chaos am Himmel hielt Pen ihren Blick fest auf das Armaturenbrett gerichtet. Wie viele Flugzeuge ihres Typs hatte die DH-4 einen doppelten Instrumentensatz, sodass sie vom vorderen oder dem hinteren Cockpit aus geflogen werden konnte. Pen las die entscheidenden Werte ab.

Höhe: heftig schwankend, aber nie weniger als zweitausendfünfhundert Fuß. Gut.

Treibstoff: Tank zu drei Vierteln gefüllt. Abe musste vollgetankt haben, bevor er Marion verließ. Wiederum gut.

Umdrehungs- und Neigungsmesser: bewegten sich die ganze Zeit, aber so schnell und unvorhersehbar, dass sie schwer abzulesen waren. Aber während Pen ihre Augen auf die Instrumente richtete, hatte sie das Gefühl, dass vielleicht – ja, ziemlich wahrscheinlich – ein Kurvenflug angezeigt schien.

Pen ließ den Blick zum Kompass schweifen. Als sie fliegen gelernt hatte, war ihr beigebracht worden, den Kompass als eine Kugel und sich selbst als stationär zu sehen, wobei die Nadel stets nach Norden zeigte. Wenn sich die Kompassnadel zu bewegen schien, lag es nicht daran, dass sich die Nadel bewegte, sondern das Flugzeug. In diesem Augenblick schien der Kompass sich im Uhrzeigersinn zu drehen, was bedeutete, dass sich das Flugzeug entgegen dem Uhrzeigersinn bewegte. Langsam, ganz langsam brachte Abe das Flugzeug in nordwestliche Richtung. Auf diesem Kurs würde es der Drehung des Sturmes landeinwärts folgen – und hoffentlich an irgendeiner Stelle aus dem Sturm herausfliegen.

Pen besaß nicht Abes intuitive Wachsamkeit, aber auch sie war ruhig. Sie befand sich in einer höchst gefährlichen Situation, aber sie hatte sich seit langem an die Möglichkeit gewöhnt, bei einem Flugzeugabsturz zu sterben. Der Gedanke, von einem der Gangster aus Marion abgeknallt zu werden, war widerwärtiger gewesen, als sie es beschreiben konnte. Und dann war da noch Abe. Sie wusste, dass vielleicht kein Pilot der Welt besser qualifiziert war, unter solchen Bedingungen zu fliegen, als der Mann im Cockpit vor ihr. Während das Flugzeug auf und ab flog und sich vorankämpfte, spürte sie nur unendliches Vertrauen und eine Art liebevolle Wärme, die sie mit ihm verband.

Sie warf nun kaum einen Blick auf die zerstörerischen Gewalten außerhalb des Cockpits. Es gab dort nichts zu sehen außer den wirbelnden Wolken, und die Aussicht konnte ihr nichts verraten; das Flugzeug konnte sich nach Norden oder Süden bewegen, nach

Osten oder Westen, es konnte richtig herum fliegen oder kopfüber. Es konnte sich direkt auf den offenen Himmel zubewegen oder Richtung Erde rasen. Pen wusste, dass sie in der Schwindel erregenden Achterbahnfahrt des Flugzeugs aufhören musste, den Sinnen ihres Körpers zu trauen. Der menschliche Körper neigt dazu, jede starke Zugkraft als Erdanziehung zu interpretieren. Aber es gab zu viele andere Kräfte, die alles durcheinander brachten. Beschleunigung, Verlangsamung, Zentrifugalkraft fühlten sich alle genauso an wie die Schwerkraft. Und dies galt auch für die abrupten Aufwärts- und Abwärtsbewegungen, die durch plötzliche Aufwinde und Fallwinde verursacht wurden. Jede dieser Kräfte konnte stärker als die Schwerkraft sein und diese einfach außer Kraft setzen.

Pen ignorierte das Blut, das in ihrem Kopf pulsierte, und konzentrierte sich. Die Höhenmessung war gut. Welche Probleme sie sonst auch immer hatten, es war genügend freier Himmel unter ihnen. Die Fluggeschwindigkeit war schlechter. Der böige Wind bedeutete, dass die Geschwindigkeit des Flugzeugs schwer zu kontrollieren war. Es gab Augenblicke, in denen der Wind das Flugzeug plötzlich betrog, die Geschwindigkeit sank, das Flugzeug zu fallen begann. Abe leistete verdammt gute Arbeit, aber die Bedingungen waren abscheulich.

Dann schien das Flugzeug plötzlich von einer Klippe zu stürzen. Pen spürte ein leichtes Zittern, das durch das Flugzeug lief. In wenigen Sekunden verlor das Flugzeug tausend Fuß. Pen schluckte – und konnte nicht verhindern, dass sie das Mittagessen vom Tage erbrach und das Erbrochene über ihre Schulter in der dicken Wolke hinter ihr verschwand. Sie wischte sich den Mund ab, dann ihre Flugbrille. Ein wenig von dem Schmutz auf der Brille stammte auch von kleinen Tröpfchen aus verbranntem Rizinusöl. Aber da war noch etwas anderes, etwas Rotes.

Pen hob noch einmal die Hand und wischte sorgfältig nach. An ihrer Hand fand sie noch mehr Rot, kleine Blutspritzer. Und mit dem Blut kleine rote Steinsplitter. Sie erinnerte sich an das leichte Zittern, das durch das Flugzeug gelaufen war. Hatte etwas das Flugzeug getroffen? Sie massierte sich die Schläfen. Aber ihr Pilotengehirn hatte seine Aufmerksamkeit bereits auf etwas anderes gerichtet. Der Zeiger des Höhenmessers fiel immer noch, nicht mehr so schnell, aber doch Fuß um Fuß. Sie hatten nun weniger als achthundert Fuß unter sich. Unter normalen Umständen war das eine Menge, doch jetzt befanden sie sich in extremer Gefahr. Sie hatten gerade in einem Fallwind tausend Fuß Höhe verloren. Wenn ihnen dasselbe noch einmal passierte, würden sie auf die Erde oder in den Ozean stürzen und mit Sicherheit zerschmettert.

Eine mächtige Wand aus Blitzen erfüllte den Himmel. Das Flugzeug fühlte sich an, als ob es mitten durch die Wand flog. Blitze können einem Flugzeug nichts anhaben, aber sie zu erleben, war unheimlich.

Der Zeiger des Höhenmessers sank immer noch. Sechshundert Fuß.

»Abe? Abe?«

Pen schrie, obwohl sie wusste, dass Abe sie unmöglich hören konnte. Während sie schrie, ahnte sie bereits, was geschehen war. Es war nicht ihr Blut gewesen, das sie gefunden hatte, sondern Abes. Blut und Steine, die vom vorderen Cockpit aus nach hinten gespritzt waren. Irgendein schweres Objekt musste vom Sturm losgerissen worden sein und Abe getroffen haben. War er bewusstlos oder nicht? Tot oder lebendig? Es gab keine Möglichkeit, das festzustellen, aber eines war sicher: Das Flugzeug war nicht mehr unter seiner Kontrolle.

Pen handelte. Die Steuerstange verlief frei unter ihren Füßen hindurch, aber was sie jetzt brauchte, war nicht die Stange, sondern der Steuerknüppel. Die Halterung befand sich direkt vor ihr, aber der Knüppel selbst war aus dem Wege geräumt und an der Seite des Cockpits festgebunden worden. Pen kämpfte mit den fest sitzenden Segeltuchstreifen. Arnie Hueffer war der beste Mechaniker der Welt, aber er war auch ein Mann und hatte die vollkommen unvernünftige Sicht eines Mannes, wie fest man einen Riemen ziehen musste. Pen mühte sich mit der Schließe ab.

Die Flughöhe sank immer noch – und der Kompass drehte sich wie ein Karussell. Zu schnell. Der Blitz hatte den Kompass wahrscheinlich außer Gefecht gesetzt. Sie blickte auf Umdrehungs- und Neigungsmesser, die eine Neigung anzuzeigen schienen – nicht, dass sich Pen unter diesen Bedingungen sicher gewesen wäre, dass sie den Instrumenten trauen konnte.

Pen blickte von den Instrumenten auf. Instinktiv erkannte sie das Problem: Sie waren ins Trudeln geraten. Das Flugzeug war außer Kontrolle und bewegte sich abwärts.

Vierhundert Fuß.

Irgendwie – sie wusste nicht wie – bekam sie den Steuerknüppel frei. Sie stieß ihn in die Halterung. Es gab einen Bolzen, der hineinzustecken war, einen Splint, um ihn zu befestigen, aber dafür hatte Pen keine Zeit. Vierhundert Fuß waren schon unter normalen Bedingungen wenig, um ein Trudeln abzufangen, aber wenn der Steuerknüppel nicht an seinem Platz war und der Pilot einen Blindflug machen musste, kamen sie einem Todesurteil nahe.

Durch jahrelange Übung reagierte sie instinktiv.

Sie drückte den Steuerknüppel ein wenig nach vorn, um die Geschwindigkeit zu erhöhen, dann lenkte sie das Flugzeug nach steuerbord, der Trudelbewegung entgegen. Die große Maschine stabilisierte sich, raste aber weiter auf die Erde zu. Für einen Sekundenbruchteil beließ Pen das Flugzeug auf seinem Kurs, bevor sie den Steuerknüppel zurückzog. Sie hatte keine Sicht voraus. Der Zeiger des Höhenmessers war so dicht bei null, dass sie der Anzeige nach genauso gut auf der Autobahn hätte fahren können. Sie zog den Knüppel noch stärker zurück, und das große Flugzeug rang mit ihr um die Kontrolle. Sie konnte immer noch nichts sehen, nichts außer Wolken.

Und dann konnte sie es.

Bäume. Bäume mit schwarzen Kronen, die wild im Sturm wogten. Bäume, die sie umbringen würden, wenn sie sie berührte. Sie zog den Steuerknüppel bis zum Anschlag zurück und hoffte und betete, dass das Flugzeug reagieren würde.

126

Geddes brachte Roeder nicht zu den Büros der Firma in der K Street, sondern zu denen des Inland Revenue Service, der Finanzbehörde. Senator Paulet traf sich mit ihnen in der Eingangshalle, wo er auf und ab lief und rauchte und die Zigarettenasche in die Töpfe der Palmen schnippte. Geddes hatte sie so kurz wie irgend möglich miteinander bekannt gemacht, bevor die drei Männer im fünften Stock unangekündigt in Ted Carpenters Büro marschiert waren.

Das Gespräch hatte nicht lange gedauert.

»Wir wollen McBride sprechen«, sagte Roeder. »McBride und Bosse.«

»Mr. Geddes, Senator«, sagte Carpenter und erhob sich halb. »Es tut mir leid, ich weiß nicht ...«

»McBride. Wo ist er?«

»Im vierten Stock. Ich lasse ihn holen. Hören Sie, Gentlemen, warum ...?«

»Er ist nicht an seinem Schreibtisch. Er war den ganzen Tag nicht im Büro«, entgegnete Geddes. »Und Bosse auch nicht.«

»Wirklich? Ich weiß nicht, wo sie sonst sein könnten.«

»Warum nicht?«

Es war Roeder, der dies fragte. In Momenten wie diesen hatte er die Angewohnheit, sehr leise zu sprechen. So ruhig, dass man seine Worte kaum verstehen konnte. Das bedeutete, dass die Menschen sich vorbeugen, genau hinhören, sogar leiser atmen mussten, wenn sie ihn hören wollten. Roeders Angewohnheit machte klar, wer die Macht hatte und wer nicht. Und die hatte Roeder, nicht Carpenter.

»Wie bitte? Warum nicht?« Carpenter leckte sich über die Lippen. Er wusste nicht, wer Roeder war, aber Senator Paulet war offensichtlich darauf bedacht, Roeder eine Menge Aufmerksamkeit zu schenken, und Carpenter war nicht geneigt, zu diskutieren. »Ich weiß nicht, warum nicht. Eigentlich müssten sie hier sein.«

»Sie sind Ihnen direkt unterstellt?«

»Ja, McBride schon.«

»Er arbeitet an einem größeren Fall? Einer, der kurz vor seinem Abschluss steht?«

»Ja.«

»Welcher Fall? Um wen geht es?«

»Nun mal langsam. Diese Ermittlung ist vertraulich. Ich kann nicht ...«

Roeder lehnte sich leicht gereizt zurück. Paulet wandte sich vom Fenster ab und Carpenter zu. »Sie sollten besser glauben, dass Sie es können, Carpenter. Wenn Sie Ihren Job behalten wollten, sollten Sie lieber bei einer Ermittlung des Senats kooperieren.«

»Mr. Roeder, meinen Sie? Er arbeitet – Sie arbeiten – im Auftrag des Senats?« Carpenter hatte sich Roeder zugewandt, aber an seiner Stelle antwortete Paulet.

»Ich bin ein Senator, oder? Das hier ist eine Ermittlung, oder?«

»Sicher ...« Carpenters Blick wanderte zwischen den beiden Männern hin und her. Es war irgendwie merkwürdig. Paulet war der Senator, aber nicht er bestimmte, wo es langging.

»Also?«

»Das Ziel der Ermittlung? Tatsache ist, dass McBride seine Karten nicht offen ausgespielt hat. Ich habe immer auf Vertraulichkeit bestanden.«

Roeder beugte sich vor. »Sie wissen es nicht? Sie wollen mir sagen, dass Sie es nicht wissen?«

»Sie dummer Bastard, Carpenter. Wie wird es sich anfühlen, dumm zu sein und gefeuert zu werden?«

Aber Roeder war schon auf dem Weg zur Tür. Wenn McBride nicht hier war, mussten sie ihn suchen.

127

Ein Baumwollfeld in Georgia, umgepflügt und rot unter der ächzenden Sonne.

Ein kleines Stück weiter südöstlich zieht ein Sturm auf, aber vor seinen gewaltigen Wolkenwänden fliegt ein kleines rot und weiß gestrichenes Flugzeug ins Freie.

Es *ist* frei. Der Sturm bewegt sich nun langsam. Das Flugzeug fliegt hundert Meilen pro Stunde. Nach dreißig Minuten qualvollen Fluges, in denen sie nicht sicher war, wohin sie flog, in denen sie darum kämpfte, die Flughöhe zu halten, in denen die Sicht keinen Inch weiter als bis zu ihrem Propeller reichte, hatte Pen eine Lücke gesehen.

Oder genau genommen keine Lücke. Kein Aufreißen der Wolken, aber plötzlich war da ein gewisses Nachlassen der Dunkelheit, die sie umgab. Ihre Reaktion war schneller als ihre Gedanken, und sie tauchte in das Loch. Das große Flugzeug stürzte sich durch die Luft hinab. Für den Bruchteil einer Sekunde hatte sie geglaubt, dass es ihr nicht gelungen war zu entkommen – aber dann erschien die Lücke wieder: ein flüchtiger Blick auf schmutzige Erde weit unter ihr und nur ein dünner grauer Schleier aus rasenden Wolken dazwischen.

Mit dem massiven Sturm über ihrem Kopf flog sie in die schmale Lücke zwischen Himmel und Erde. Nun hatte sie eine Richtung. Sie konnte sehen, wo die Landschaft hinter dem Sturm golden und hell in der Nachmittagssonne glänzte. Sie raste auf das Sonnenlicht zu.

Nachdem sie genug freie Strecke zwischen sich und den Sturm gebracht hatte, hielt Pen nach einem Landeplatz Ausschau und fand ihn. Sie brachte das Flugzeug auf die Erde, sprang aus ihrem Cockpit und lief nach vorn.

»Abe?«, schrie sie. »Abe?«

Der Körper im vorderen Cockpit bewegte sich. Abes Kopf drehte sich zu ihr um.

Die Gläser seiner Flugbrille waren voller Blut, und unter seinem Fliegerhelm sickerte weiteres Blut hervor. Aber er grinste. In seiner Hand hielt er einen roten Dachziegel, der in zwei Teile zerbrochen war. Der Ziegel musste ihn über dem Ohr getroffen und ihm das Bewusstsein geraubt haben.

»Abe, mein Liebling? Bist du okay?«

Er nickte benommen.

»Sauberer Flug, Mädchen.«

128

»Haggerty.«

»Ed, hallo. Das ist mein Kollege, Jim Bosse. Ich glaube, ihr kennt euch noch nicht.«

Die drei Männer – die beiden Steuerfahnder und der Richter – gaben sich kurz die Hand. Sie befanden sich in einem alten dreistöckigen Lagerhaus am Ufer des Potomac. Das Lagerhaus war für den Flusshandel gebaut worden und kaum noch genutzt worden, als die Eisenbahnen kamen. Das Erdgeschoss war noch immer als Tabaklager in Gebrauch, und der Duft der Blätter zog durch das ganze Gebäude. In den oberen Stockwerken gab es nur noch nackte Ziegelmauern, Holzfußböden und hohe Fenster mit eisernen Rahmen. Es sah aus wie ein Ort, an den die Nachmittagssonne zum Sterben kam. Aber das Gebäude war mächtig. Es hatte Platz. Und man war dort ungestört.

Unter einer Reihe nackter Glühbirnen standen mehrere Holztische. Am Ende der Tischreihe stand ein großer Stapel Pappkartons. An den Tischen saßen ein halbes Dutzend Schreibkräfte, vier Rechtsanwälte, ein Buchhalter und Ed Styles, Richter des Distrikts Maryland.

Styles betrachtete die Szene. Seine Augen hatten eine merkwürdige Art, etwas zu fixieren und dann darauf zu ruhen. Im Moment beobachtete er eine Sekretärin, die einen der Kartons leerte und den Inhalt sortierte. Die Sekretärin spürte seinen Blick, und ihre präzisen, geordneten Bewegungen wurden unsicher. McBride kannte Styles seit ihren gemeinsamen Collegetagen, und er ließ dem Richter seine Zeit. Schließlich löste Styles seinen Blick von der Sekretärin und richtete seine Aufmerksamkeit auf McBride und Bosse.

»Was in Gottes Namen habt ihr jetzt vor?«

McBride antwortete nicht direkt. Er hatte Styles schon am Telefon grob informiert.

»Bis hierher war es ein weiter Weg«, sagte er. »Und zum größten Teil nicht meine Arbeit.«

»Steuerhinterziehung, was?«

»Mit irgendwas müssen wir sie schließlich drankriegen, Ed.«

Jim Bosse nickte und murmelte zustimmend.

Der Richter ging zu einem der Pappkartons und nahm den Deckel ab. Wie alle anderen Kartons war auch dieser voller Papiere. Styles nahm das oberste Dokument aus dem Karton. Es war überschrieben mit »Powell Lambert Incorporated, IRS Steuererklärung, 6. März 1922, Ergänzende Unterlagen, Anhang IV«. Rasch blätterte der Richter das Dokument durch. Dann legte er es achtlos zurück, sodass die Ränder nicht ordentlich mit den Papieren darunter abschlossen. McBride, der keine Unordnung ertragen konnte, griff in den Karton und rückte das Dokument zurecht.

Ein Stück entfernt an der Seite des Raumes stand ein kleiner Tisch mit einem Primuskocher und einer Kanne heißen Kaffees. Bosse goss drei Tassen ein, ohne Milch, während McBride drei

Holzstühle mit gebogenen Rückenlehnen holte, die aussahen, als ob sie in ein Klassenzimmer gehörten. Einen davon stellte er vor Styles. Der Richter nahm die Tasse und setzte sich.

»Erzählt mir alles von Anfang an, Leute.«

»Okay, es ist so«, begann McBride. »Wir wussten schon seit einiger Zeit, dass uns große Summen an Einkommenssteuer entgingen. Enorme Summen. Es sind Steuern auf Einkommen aus kriminellen Handlungen, aber das Gesetz macht da keinen Unterschied. Steuern sind Steuern. Und die entgehen uns. Ich rede nicht nur von einzelnen Schwarzbrennereien oder Schmugglern. Ich rede von umfangreichen Geschäftsbetrieben, ja, sogar von großen Unternehmen. Wir wussten davon seit einiger Zeit. Wir haben von überallher Tipps und Hinweise gekriegt.«

Bosse zeigte auf den Karton mit Unterlagen, den Styles sich angesehen hatte.

»Willst du wissen, was das ist? Das sind die Steuererklärungen eines Finanzhauses an der Wall Street namens Powell Lambert. Und jetzt kommt das Seltsame: Der Firma scheint es gut zu gehen. Jedes Jahr steigen ihre Umsätze. Sie hat einigen Grundbesitz. Ihre Lohnliste wird von Jahr zu Jahr länger. Aber sie macht keinen nennenswerten Profit. Keinen Profit, von dem sie meint, ihn versteuern zu müssen. Wir haben schon Buchprüfungen bei Powell Lambert durchgeführt, die Zahlen auf Herz und Nieren geprüft, aber es war alles wasserdicht. Zu der Zeit hatte ich das Gefühl, dass uns etwas fehlte, und es hat sich herausgestellt, dass es so war.«

»Alkohol.« Styles sprach das Wort nicht als Frage aus, sondern als Feststellung.

McBride nickte. »Ja. Vielleicht hätten wir nie die Verbindung gefunden, wäre da nicht dieser Typ gewesen, ein Flieger der mit seinem Flugzeug mitten in einem Provinznest in Georgia notgelandet ist. Die Einwohner dort haben Alkoholschmuggler als Nachbarn und genießen die Erfahrung nicht gerade. Sie bitten diesen Flieger um Hilfe. Er erklärt sich dazu bereit. Also, wie er da hingekommen ist, wo er jetzt ist, ist eine lange Geschichte. Ich glaube, ich kenne nicht mal die Hälfte. Aber der Punkt ist, dass er die Verbindung hergestellt hat, die wir gesucht haben. Er hat einen Berg von Dokumenten, die zeigen, dass das Unternehmen am Ort riesige Summen mit Alkohol einnimmt. Mit Leichtigkeit genug, dass sie darauf Steuern zahlen müssten. Nur tun sie das nicht. Natürlich nicht. Wir haben den Flieger gebeten, einen Schritt weiter zu gehen und uns zu helfen, das Unternehmen vor Ort mit der Zentrale zu verbinden. Er hat tief durchgeatmet, aber dann hat er sich gleich daran gemacht und es getan. Er und noch ein paar andere. Es war auch eine Frau dabei, eine Fliegerin.«

»Eine Frau? Eine Pilotin.«

»So ist es.«

Der Tisch, an dem sie saßen, hatte eine einzelne Schublade auf McBrides Seite. Er öffnete sie und holte vier Bankbücher heraus, die in schwarzes Leinen gebunden waren.

»Heute Morgen wurden mir die hier geliefert. Die Frau hat es geschafft, sie aus einer Bankfiliale vor Ort zu entwenden. Die beiden Piloten sind ganz früh heute Morgen hier angekommen, natürlich mit dem Flugzeug.«

»Bankbelege.«

»Richtig, Bankbelege. Diese Bücher zeigen riesige Geldflüsse von Powell Lambert in New York runter nach Marion in Georgia. Diese Geldflüsse können wir von dort nach Havanna auf Kuba weiterverfolgen. Wir haben eine unterschriebene und beeidete Aussage des Einkäufers in Havanna, der bestätigt, wofür diese Gelder verwendet wurden. Wir haben ein komplettes Bild der Lage aus der Sicht von Marion. Mit diesen Büchern hier können wir zeigen, dass Powell Lambert bis zum Hals und noch tiefer in der Sache drinsteckt.«

Styles hatte seinen Blick nun auf die Bankbücher geheftet. Wenn er blinzelte, senkten sich seine Augenlider langsam und schwer, als ob er gleich einschlafen würde.

»Und ihr wollt jetzt was?«

»Einen Durchsuchungsbefehl, Ed. Genau genommen mehrere davon. Und Haftbefehle. Je eher die Organisation führungslos ist, umso besser sind unsere Chancen, sie komplett zu zerschlagen.«

»Habt ihr eine Liste?«

McBride schob ein paar getippte Blätter über den Tisch. Die Liste begann mit Powell Lambert: sein Büro in der Wall Street, sein Büro in New York, die Hand voll seiner Regionalbüros. Alle Namen und Adressen waren voll ausgeschrieben, genauso wie es Anwälte gern hatten. Aber dann gab es da auch noch andere Namen. Edward »Ted« Powell. Junius H. Thornton. Ihre Adressen. Und noch weitere Namen der leitenden Angestellten der Bank. Der Name Willard T. Thornton, der Sohn des Bosses. Der Name Robert Mason mit einer Adresse in Marion, Georgia. Alles in allem fünfzehn Namen.

»Haftbefehl für jeden von ihnen?«

»M-hm.«

»Das ist keine Kleinigkeit.«

»Na und? Wenn wir die haben, Ed, dann werden wir mehr Material finden, das uns zu weiteren Leuten führt. Und diese Leute werden uns wieder zu anderen führen.«

»Richtig. Ebenso wie zu Leuten, die hier in Washington leben.«

»Richtig.«

»Einschließlich einiger, die in einem großen weißen Gebäude auf einem Hügel arbeiten.«

»Richtig.«

Styles gab einen leisen Pfiff von sich. »Ihr habt alle Beweise hier?«

»Ja.«

»Ich werde Hilfe brauchen. Ich bin kein Buchhalter, Hag. Es ist nicht so, dass ich dir nicht vertrauen würde, aber wir müssen das richtig machen. Es hat keinen Sinn, das Verfahren abzukürzen und dann zusehen zu müssen, wie sich eure Gauner aus einer Anklage herauswinden, nur weil wir nicht ordentlich gearbeitet haben.«

McBride schwieg, und Jim Bosse redete an seiner Stelle weiter. Er deutete auf die Tische und die Männer in Anzügen.

»Wir haben vier Buchhalter zu Ihrer Verfügung, Euer Ehren. Sie sind alle mit den Verfahrensweisen bei Gericht vertraut. Wir haben auch Anwälte und Schreibkräfte zur Unterstützung. Wenn Sie Hilfe brauchen, um etwas zu suchen oder juristische Probleme zu klären, dann werden Sie gleich hier in diesem Raum fündig.«

»Wir werden Zeit brauchen.«

»Die haben wir nicht.«

»Zwei Wochen.«

»Zwei Tage.«

Styles schüttelte den Kopf. Er wandte sich direkt an McBride. »Du hast um fünfzehn Haftbefehle gebeten, Hag. Das sind fünfzehn Fälle, die du beweisen musst.«

»Und ich brauche sie alle gleichzeitig. Wenn wir bei einer Adresse zu früh zuschlagen, werden wir bei den anderen nichts mehr finden.«

»Warum zwei Tage? Warum diese Eile?«

»Wegen dieser Bücher. Wir hatten gehofft, sie heimlich herauszuschaffen, sodass es niemand merkt. Wir sind gescheitert. Sie wissen es.«

»Daher dieser Ort.« Styles deutete mit einer Armbewegung auf das schmuddelige Gebäude, die nackten Glühbirnen, den Primuskocher.

»Richtig.«

»Zwei Tage?«

»Wenn wir es schaffen, weniger.«

Styles schüttelte den Kopf. »Wir sollten uns besser an die Arbeit machen, Hag.«

129

Pen saß in einem Zug, der nach Norden fuhr.

Nach und nach veränderte sich die Landschaft vor ihren Augen. Lange verschwunden waren die roten Äcker und die ausgedörrten Baumwollfelder des Südens. An ihre Stelle waren die Schornsteine und die dunklen Industriegebäude des Nordostens getreten. Das dunkle Grün der Nadelbäume begann, sich unter das hellere Grün und Braun der Laubwälder zu mischen. Pen war auf dem Weg nach Norden, auf dem Weg zur kanadischen Grenze und in Sicherheit.

Sie reiste unter ihrem eigenen Namen, Miss Penelope Hamilton. Sie trug ihren Reisepass bei sich sowie zweitausend Dollar in bar. Sie hatte Freunde in Toronto, aber sie würde nicht bei ihnen bleiben. Sie würde einen Wagen mieten, durchs Land fahren und an keinem Ort lange bleiben.

Doch im Augenblick brauchte sie nicht an die Zukunft zu denken. Sie war glücklich damit, die Meilen unter dem Zug hindurchlaufen zu lassen und nicht allzu viel zu denken. Normalerweise bedrückten Züge sie. Sie hasste die stickige Enge eines Zugabteils im Vergleich zur Unendlichkeit des Himmels. Oft genug hatte sie in der Vergangenheit ihre Familie oder Bedienstete mit ihrem Gepäck mit der Bahn reisen lassen, während sie selbst mit dem Flugzeug vorausgeflogen war.

Aber nun war die Lage anders.

Darüber hinaus war sie zum ersten Mal in ihrem Leben verliebt, verliebt in einen Mann, der für sie so perfekt war wie sie für ihn. Natürlich würde er nie aufhören, zu fliegen. Sie würde ihn auch nie darum bitten, würde es nicht wollen. Aber vielleicht würde sich die Art der Fliegerei ändern, die er betrieb. Arnie Hueffer wollte Flugzeuge entwerfen. Abe wollte ihm helfen und würde der Testpilot für die Flugzeuge sein, die Arnie baute. Darin lag eine Zukunft, eine gute Zukunft. Mit Flugzeugentwürfen war natürlich kein

Geld zu verdienen. Nicht ein Cent. Aber das war kaum von Bedeutung. Pen hatte reichlich Geld.

Der Zug ratterte weiter. Der Norden kam näher. Pen träumte oder döste. Sie reiste allein, weil Abe in Washington war. Er hatte noch eine letzte Aufgabe zu erledigen.

130

»Shawcross?«

»Ja, den haben wir. Der ist auf Angeltour. Scheint zu stimmen.«

»Scheint?«

»Er ist vor zehn Tagen abgereist. War seit langem geplant.«

»Sagt wer?«

»Wir haben eines seiner Hausmädchen befragt. Boss, Shawcross ist es nicht.«

»Okay.«

Roeder nickte. Manchmal schmerzte sein Auge mit der purpurn gefleckten Regenbogenhaut durch zu starkes Licht, und er hatte die Vorhänge in seinem Büro in der K Street zugezogen, sodass der Raum stark abgedunkelt war. Selbst so saß er vom Fenster abgewandt und starrte in die dunklen Schatten des Raumes.

Seine Aufgabe in Washington war einfach. Die beiden Flieger hatten sich zu McBride durchgeschlagen. McBride hatte sich wahrscheinlich in diesem Augenblick mit einem Haufen belastender Dokumente in irgendein Loch zurückgezogen und arbeitete daran, die Durchsuchungsbefehle zu bekommen, die er brauchte, um weiterzumachen. Drüben in New York hatte Ted Powell seine Angestellten angewiesen, eine Bestandsaufnahme ihrer Dokumente zu machen und sich bereitzuhalten, die gefährlichsten zu vernichten. Doch niemand wollte zu solch einer Maßnahme greifen, wenn es sich vermeiden ließ. Jetzt kam es darauf an, McBride aufzuhalten.

Und so clever McBride auch sein mochte, er hatte doch eine Achillesferse. Um die Befehle zu bekommen, brauchte er einen Richter. Wenn Roeder den Richter fand, dann hatte er auch McBride gefunden.

Roeder widmete sich wieder seiner Liste. Thompson, Roeders Statthalter, stand im Schatten und wartete.

»Was ist mit Styles?«, fragte Roeder. »Haben wir den schon im Visier?«

»Er ist nicht zu Hause und nicht bei der Arbeit.«

»Seit wann?«

»Seit dreißig Stunden.«

»Okay. Suchen Sie weiter ...«

»Und das ist noch nicht alles.«

»Was?«

»Wir haben es gerade erst herausgefunden. Er und McBride sind Freunde. Sie haben sich im College die Bude geteilt. Die kennen sich schon lange.«

»Ha! Der ist es!«

»Ja, Boss, der ist es.«

Roeder starrte auf den dämmrigen, rot-violetten Teppichboden. Er stieß mit dem Fuß gegen etwas, was nicht existierte.

»Okay«, sagte er dann, »wir wissen, was wir zu tun haben.«

Thompson nickte und verließ lautlos den Raum. Er wusste es. Natürlich wusste er es.

131

Willard kam sich vor wie die hässliche Schwester beim Tanz.

Washington füllte sich mit Männern aus Roeders Privatarmee. Wo immer Willard war und etwas vor sich ging, war er im Weg. Wo immer er sonst war, wurde er vollkommen ignoriert. In der Zwischenzeit wurde das Büro in der Wall Street auf den Kopf gestellt.

Jeden Tag, zu jeder Stunde wurden Krisensitzungen abgehalten. Die Welt, so schien es, war in Aufruhr, und Willard hatte dabei keine Rolle zu spielen.

Außer dieser: Er hatte die Firma entweder gerettet oder ruiniert.

Er war der Erste gewesen, der vor Rockwell gewarnt hatte. Er hatte Lundmark erledigt, Hennessey verjagt, Marion gesäubert, Piloten angeheuert, Vorsichtsmaßnahmen ergriffen. Er hatte dafür gesorgt, dass die ganze Rockwell-Hamilton-Marion-Sache erst die volle Aufmerksamkeit der Firma bekam. Das war die Liste seiner Leistungen, und es war eine gute Liste, die ihm eine Menge Anerkennung einbringen sollte.

Aber es gab auch negative Punkte, oder genau genommen vor allem einen: Roeder hatte Rockwell sofort umbringen wollen. Willard hatte es abgelehnt.

Vielleicht würde diese Tatsache nicht ausreichen, um ihn zu verdammen. Vielleicht würde die Liste seiner Leistungen diesen einen Negativpunkt auslöschen. Aber vielleicht auch nicht. Willard wusste es nicht. Er konnte seinen Vater nicht erreichen, um mit ihm zu sprechen. Er hatte am Telefon mit Powell gesprochen, aber nur kurz und nicht so, dass es irgendetwas bedeutet hätte. War Willard noch der natürliche Erbe von Powell Lambert? Oder würde sein Vater gnadenlos beschließen, dass sein Sohn die Schuld trug?

Willard wusste es nicht. Er hatte keine Möglichkeit, es herauszufinden. In seiner Tasche trug er immer noch den Umschlag, der das Schiffsticket, den Reisepass und Geld enthielt. Wenn Willard ein Weg eingefallen wäre, ihn seinem alten Commander zukommen zu lassen, hätte er es getan. Aber er fand keinen. Das ganze gefährliche Spiel war in seiner letzten, explosiven Phase, doch Willard fiel einfach keine Möglichkeit ein, wie er Captain Rockwell an einen sicheren Ort bringen konnte.

Und da war auch noch etwas anderes. Willard war von seiner Verlobten verlassen worden. Und keiner wusste es. Keiner interessierte sich genug für Willard, dass es ihm nicht egal gewesen wäre. Es gab buchstäblich nur einen einzigen Menschen auf der Welt, dem sich Willard anvertraut hatte: die kleine Annie Hooper, drüben in New York.

Und sie war ein Schatz gewesen. Sie hatte seinetwegen geweint, spontan und völlig natürlich. Sie hatte Partei für ihn ergriffen. Sie hatte ihn getröstet. In ihrer Stimme lag ein Ton, der Erstaunen ausdrückte, dass irgendeine Frau auf der Welt verrückt genug sein konnte, Willard zu verlassen. Es war nicht viel, dessen er sich rühmen konnte. Doch es gab wenigstens einen Menschen auf der Welt, Annie Hooper, der immer noch dachte, dass Willard ein ziemlich toller Kerl war. Mit der Zeit würde er vielleicht auch von woandersher Trost bekommen. Andere Freunde. Die Familie. Andere Mädchen. Aber in der Zwischenzeit war Annie wichtig für ihn. Er sprach wenigstens ein Mal am Tag mit ihr. Normalerweise zwei oder drei Mal. Sie erzählten sich Dinge, die sie niemandem sonst erzählt hätten. Jedes Mal, wenn er nach einem Gespräch mit ihr den Hörer auflegte, stellte er fest, dass er noch eine ganze Weile an sie dachte.

Und in der Zwischenzeit?

In der Zwischenzeit war er gezwungen, in Washington herumzuhängen wie die hässliche Schwester beim Tanz. Er betrank sich in seiner Suite im Hotel. Er besuchte die Museen. Er ließ sich von Gregory, seinem Chauffeur, aufs Land fahren. Einmal waren sie ins Blaue gefahren. Willard hatte eine Flasche Whisky herausgeholt, die er bei dem Zimmerkellner im Hotel gekauft hatte, und die beiden Männer hatten sich zusammen besoffen. Willard und sein Chauffeur, Herr und Diener. Normalerweise hatte Willard für Männer, die sich so weit gehen ließen, nur Verachtung übrig.

Aber jetzt nicht. Weil nichts normal war. Es war alles, nur das nicht.

132

Richter Styles hielt sein Wort. Er hatte McBride versprochen, in achtundvierzig Stunden fertig zu sein, und das würde er schaffen. Er hatte ein Arbeitspensum bewältigt, das auch einen zwanzig Jahre jüngeren Mann total erschöpft hätte. Er arbeitete hart, schlief wenig, wühlte sich durch das Beweismaterial.

Und das Beweismaterial war Dynamit!

Tief in den Stapeln von Zahlen und Fakten, Steuerrückzahlungen und Buchungen tauchte das Bild einer kriminellen Organisation auf, die so riesig war, dass sogar Bosse und McBride entsetzt waren. In seinem Herzen hatte Styles keinen Zweifel, dass es genug Beweismittel gab, um jeden einzelnen der Durchsuchungsbefehle zu begründen, um den die beiden Steuer-Männer ihn gebeten hatten. Aber beim Gesetz geht es nicht um Herz und Ahnungen. Sie alle wussten, dass die Befehle vor Gericht von ebenso erfahrenen wie rücksichtslosen Anwälten in Frage gestellt werden würden.

Doch Styles war Jurist bis in die Fingerspitzen. Er kannte die Prozeduren. Er wusste, was funktionieren würde und was nicht. Er las die Dokumente, machte Zusammenfassungen, diktierte seine Notizen mit geduldiger, unablässiger juristischer Brillanz.

Und ein Mal, nur ein einziges Mal war er nach Hause gefahren. Er war direkt ins Bett gefallen, hatte drei Stunden geschlafen und war dann erschöpft, aber erfrischt wieder aufgewacht. Er hatte geduscht, sich angezogen und war auf dem Weg zurückgekehrt, auf dem er gekommen war.

McBride hatte den Richter angefleht, nicht zu gehen. Styles hatte darauf bestanden. Dann hatte McBride Styles angefleht, wenigstens bei seiner Rückkehr vorsichtig zu sein. Er hatte dem Richter gesagt, dass er möglicherweise verfolgt würde. Er hatte darauf bestanden, dass Styles Jim Bosse mitnahm, der auf ihn aufpassen sollte. Und Styles hatte zugestimmt.

Die ganze Zeit, die der Richter zu Hause verbracht hatte, auch die drei Stunden, die er schlafend im Bett gelegen hatte, war Jim Bosse – der Steuerfahnder mit dem Lächeln eines Farmerjungen – im dunklen Garten um das Haus des Richters herumpatrouilliert. In einem Halfter an seiner Hüfte hatte dabei ein ehemaliger Armeerevolver gesteckt. Bosse schloss nicht ein einziges Mal seine Augen. Obwohl er genauso sehr unter Schlafmangel litt wie die anderen, blieb er die ganze Zeit über wach und aufmerksam. Und auf dem langen und verschlungenen Weg zurück ins Lagerhaus sagte Bosse dem Richter, wie er fahren sollte, wann er beschleunigen, wann er abbremsen sollte und wann er so tun sollte, als ob er links oder rechts abbiegen wollte. Zwei Mal schien ihnen ein Wagen zu folgen, aber beide Male bog dieser nach kurzer Zeit wieder ab, gerade als Bosse anfing, sich unbehaglich zu fühlen. Davon abgesehen sahen sie nichts Auffälliges. Es war kurz vor Sonnenaufgang, und es waren nicht viele Menschen unterwegs und nicht viele Wagen. Bosse glaubte, dass es gut gegangen war. Er hoffte es.

133

Ein Türklopfen.

Der Tag brach langsam an. Ein dünner grauer Lichtstrahl nagte an den Rändern von Willards Vorhängen. Ein dünner grauer Lichtstrahl nagte an Willards Kater. Er fühlte sich, als hätte ihn ein Muli getreten.

Er setzte sich im Bett auf und war sich nicht sicher, ob er richtig gehört hatte.

Dann noch ein Mal. Ein kurzes Klopfen. Schüchtern. Das zweite Klopfen war eher noch leiser als das erste.

Wer zum Teufel war das?

Willard bewegte sich, und schon holte ihn sein Kater ein. Das war das Problem mit der Prohibition. Man konnte einen Haufen Dollar für seinen Schnaps bezahlen, aber wenn man nicht verdammt sicher war, woher der Alkohol kam, konnte es immer noch passieren, dass man etwas trank, was sich nur um einen Hauch von Gift unterschied. Willard grunzte und rollte sich auf die andere Seite. Er würde das Klopfen ignorieren, von wem auch immer es kam.

Aber die Person draußen musste gehört haben, wie er stöhnte oder sich bewegte.

Willard erkannte es an der Stille, die plötzlich im Raum zu vibrieren schien. Er bekam Angst. Was, wenn McBride Roeder geschlagen hatte? Wenn es so war, konnte die Person draußen vor der Tür leicht ein FBI-Agent sein.

Sein Kopf sagte ihm, dass FBI-Agenten nicht wie Kätzchen anklopften. Wahrscheinlich klopften sie überhaupt nicht. Aber sein Herz war nicht immer mit seinem Kopf verbunden, und gerade jetzt schlug sein Herz mit hundertzwanzig Schlägen pro Minute. Was, wenn es nicht die Cops waren, sondern einer von Roeders Männern mit einer dringenden Botschaft? Oder der Hotelpage, der ihn warnte, dass er schnellstmöglich von hier verschwinden müsste?

Willard rollte sich aus dem Bett, blass vor Angst, und verwünschte sich selbst. Er fand einen Morgenmantel, zog ihn mühsam über und ging zur Tür. Dort stand er mit der Hand auf dem Türgriff und horchte nach der anderen Person vor der Tür. Er erinnerte sich daran, dass er einmal mit Rosalind so dagestanden hatte. Damals, als sie in ihrer Uniform der »Armee der Abstinenz« vor seiner Tür gestanden und mit der Glocke geläutet hatte. Die Erinnerung tat weh. Er drückte den Türgriff fest herunter und riss die Tür auf.

Es waren nicht die Cops. Es war nicht Roeder. Es war nicht der Page. Es war nicht Rosalind.

»Gott, Annie, mein Gott!«

Sie hatte ihre Hand gerade gehoben, um ein drittes Mal zu klopfen. Dann hatte sich die Tür so abrupt geöffnet, dass sie beinahe in den offenen Raum gestolpert wäre. Tatsächlich taumelte sie nach vorn, sodass Willard die Hand ausstreckte, um sie abzustützen. *Sie war so klein,* dachte er, wie das Mitglied einer Spezies, die sich unmerklich, aber eindeutig von der Spezies unterschied, zu der Willard gehörte.

»Tut mir leid.«

Sie trat einen Schritt zurück. Zu ihren Füßen stand eine Reisetasche, klein und billig.

»Annie ...«

»Ach, es tut mir leid, es ist schrecklich früh, nicht? Ich hätte warten sollen, ich weiß. Es gab auf dem Weg hierher irgendein Problem mit der Lok. Ich wollte eigentlich erst später kommen, aber ich war allein und wusste nicht, wo ich hin sollte ...«

Eigentlich war das keine richtige Erklärung. Warum war sie überhaupt gekommen? Das war die Frage, die nach einer Antwort verlangte. Dennoch konnte sich Willard nicht vorstellen, die kleine Annie auf den Straßen Washingtons herumirren zu sehen. Instinktiv zog er sie in den Raum.

»Ist schon gut. Es ist in Ordnung. Mach dir keine Sorgen, ich stehe normalerweise sowieso ungefähr zu dieser Zeit auf.« Das war eine Lüge. »Komm, setz dich doch. Nein, nimm den Stuhl, oder nein, ich bin wirklich dumm, ich habe doch eine Suite, wir können genauso gut nach nebenan gehen.«

Er führte Annie vom Schlafzimmer ins Wohnzimmer. Es gab gerade genug Licht, dass es sich lohnte, die Vorhänge zu öffnen, aber das wollte er nicht, noch nicht. Er fand ein Sofa für Annie und einen Sessel für sich selbst. Sie setzten sich. Annie nahm umständlich ihre kleine Reisemütze ab und legte sie neben sich. Sie lächelte ängstlich. Er lächelte beruhigend zurück.

»Tee? Kaffee?«

»Oh, ich ...«

Sie schaute sich um, ihre Augen suchten nach einer Küche oder wenigstens einem Kessel, fanden aber nichts. Willard vermutete, dass sie wahrscheinlich zum ersten Mal in einem Hotelzimmer war, von einer Suite ganz zu schweigen. Er nahm den Hörer ab und fragte nach dem Zimmerservice.

»Hast du Hunger?«, fragte er sie. »Du musst ja sterben vor Hunger. Beim Reisen kriegt man immer Hunger, ich weiß auch nicht warum.« Er bekam den Zimmerservice an den Apparat. »Frühstück für zwei, bitte, etwas Warmes, viel Kaffee – Obst, Annie? Magst du Obst? – Ja, und etwas Obst, was immer Sie da haben.«

Der Junge am anderen Ende der Leitung kannte Willard ein wenig – jedenfalls hatte er ihm einigen Alkohol verkauft – und erlaubte sich zu grinsen.

»Sie haben Gesellschaft, Sir? Sicher. Wollen Sie etwas zu Ihrem Frühstück? Etwas zu trinken?«

»Nein, nein, nein. Nur Frühstück, möglichst schnell, bitte.«

Willard legte auf. Irgendetwas in ihm wurde bei Annies Anblick ganz weich. Sie liebte ihn, natürlich. Das wusste er. Vielleicht wusste er es schon seit langem, aber während ihrer Telefongespräche in den vergangenen Tagen war es für sie beide offensichtlich geworden. Ein Wissen, das sie teilten, auch wenn es unausgesprochen blieb.

Und es war mehr als Liebe. Sie liebte ihn, aber sie bewunderte ihn auch und tat dies, obwohl sie seine Schwächen ebenso wie seine Stärken kannte, besser, als Rosalind sie je gekannt hatte. Sie kannte seine Ungeduld, seine Wutanfälle, seine Launen, seine Eitelkeit. Sie kannte das dunkle Geheimnis der Menschen, für die er arbeitete. Sie wusste, dass er nicht für Powell Lambert arbeitete, weil er dazu verpflichtet war, sondern weil er sich dafür entschieden hatte. Und dennoch liebte sie ihn. Dennoch bewunderte sie ihn.

Er lächelte sie mit den Augen an. Er würde sanft zu ihr sein. Selbst wenn er mit ihr schlafen würde, würde er danach mit ihren Gefühlen behutsam umgehen.

»Du hast mir noch gar nicht genau gesagt, warum du gekommen bist«, sagte er freundlich.

»Macht es dir nichts aus?«

»Überhaupt nicht. Ich freue mich.«

»Ich bin gekommen, weil ... Ich weiß es nicht. Das Büro, die Wall Street, da geht jetzt alles drunter und drüber. Sie haben alle nach Hause geschickt. Fast alle jedenfalls. Bevor wir gegangen sind, mussten wir unsere Unterlagen abliefern. Eine Menge davon wurde weggebracht. Ich glaube, sie haben vor, sie zu verbrennen.« Sie sah nervös aus. Ihre Hand fand ihren Hut und berührte ihn, wie um sich zu versichern, dass sie rasch gehen konnte, wenn es nötig sein sollte. »Ist es ...? Ich meine, ich nehme an, es ist, weil ...?«

Er nickte. »Ja, Annie. Sie machen sich Sorgen wegen der Bundespolizei. Es besteht die Möglichkeit – eine sehr, sehr kleine –, dass die Firma in Schwierigkeiten gerät. Ted Powell trifft alle nötigen Vorkehrungen, um sicherzugehen, dass das nicht passiert.«

»Ich verstehe.«

Annie blinzelte. In einer Sekunde waren ihre Augen weit und sorgenvoll, aber vollkommen klar, in der nächsten voller Tränen. Sie weinte heftig, aber lautlos. Willard begriff, dass sie sich Sorgen um seine Sicherheit machte, aber nicht nur das. Sie machte sich auch Sorgen um sich selbst. Tatsächlich musste er bei dem Gedanken, dass die Behörden sich für die kleine Annie Hooper interessieren könnten, ein Lächeln unterdrücken. Er wartete, bis ihre Tränen geflossen waren, dann gab er ihr ein Taschentuch.

»Tut mir leid, ich bin dumm. Ich wusste nicht, wo ich hingehen sollte. Ich hatte Angst.«

»Das brauchst du nicht. Aber ich bin froh, dass du gekommen bist.«

Das Frühstück kam. Annie war hungrig, doch vor allem war sie müde. Sie aß etwas Obst, begann mit Eiern und Speck, kam aber nicht weit. Sie gähnte. Das Gähnen ließ die kleinen Sommersprossen auf ihren Wangen zusammenrücken. Ihr hellbraunes Haar war sehr fein und hatte auf der Reise ein wenig gelitten. Sie strich es immer wieder mit den Fingern zurück. Willard stand auf und lächelte. Er küsste sie mitten auf den Kopf. Ihr Haar fühlte sich sehr warm, sehr weich, sehr sauber an.

»Das kannst du später noch essen«, sagte er. »Jetzt bringe ich dich erst mal ins Bett.«

134

Die Scheiben der hohen Fenster waren teilweise durch Metallplatten ersetzt. Als der erste Sonnenschein des Tages über den Potomac hereinkam, zeichnete er diese Platten eine nach der anderen auf die Dielen des Fußbodens, auf die Holztische, die nackte Ziegelmauer. Styles hatte eine Scheibe Brot in der einen Hand und eine Tasse Kaffee in der anderen. Seine Augen lagen tief in den Höhlen, waren beinahe geschlossen, aber seine Stimme und sein Verstand waren so klar wie poliertes Glas.

»An welchem Tag wurden Sie von Robert Mason beauftragt?«

Abe saß zurückgelehnt auf einem der Stühle mit gebogener Rückenlehne und hatte seine Beine auf den beiden anderen ausgestreckt. Auf jenem letzten, verrückten Flug von Jacksonville hatte er nichts mitgebracht außer den Kleidern, die er am Leibe trug. Nun trug er Fliegerstiefel, eine geliehene Flanellhose, sein eigenes weißes Hemd, das am Hals offen stand, und seine geöffnete Fliegerjacke. Styles Untersuchung der Beweismittel ging in ihre letzte Phase: Nun hatte er die Gelegenheit, den Hauptzeugen zu befragen. Styles hatte bereits Abes Identität festgestellt und seine Leistungen während des Krieges abgefragt. Die Fakten waren Styles bereits wohl bekannt, aber durch seine Befragung kam alles ins Protokoll und wurde wortwörtlich von zwei Stenografen an seiner Seite niedergeschrieben.

Abe zündete sich eine Zigarette an und beantwortete Styles' Frage. »Ich wurde am 1. August 1926 beauftragt.«

»Und welcher Art war die Vereinbarung?«

»Mason zahlte mir vierhundert Dollar pro Woche, um Güter für ihn zu transportieren, von Havanna nach Miami, an sechs Tagen pro Woche.«

»Die Art dieser Güter?«

»Vor allem Alkohol, aber auch andere Dinge. Goldene Uhren, Juwelen, Bargeld und Wertpapiere, andere Gegenstände von hohem Wert.«

»Wurde die Einfuhr dieser anderen Gegenstände Ihres Wissens nach jemals bei der Zollbehörde der Vereinigten Staaten deklariert?«

»Ich bin mir sicher, dass nichts deklariert wurde.«

»Und die Menge des Alkohols, den Sie während dieses Zeitraumes transportierten?«

Abe antwortete präzise.

Die beiden Männer spielten eine Art intuitives Doppelspiel. Styles kannte bereits alle Antworten. Abe kannte bereits alle Fragen. Der einzige Zweck des Gesprächs war es, die Fakten zu Protokoll zu bringen; eine weitere Waffe gegen die juristischen Hindernisse, die auf dem Weg vor ihnen liegen würden. McBride stand dicht daneben, und der Ermittler in ihm jubilierte bei der Ansammlung vernichtender Beweise. Jim Bosse stand an der Tür zur Haupttreppe, horchte nach draußen und rauchte.

Genau in diesem Augenblick spannte er sich an.

Mit einer einzigen geschmeidigen Bewegung nahm er die Zigarette aus dem Mund, warf sie auf den Boden und trat sie aus. Für eine kurze Sekunde stand er an der Tür, drückte die Fingerspitzen dagegen, als ob sie eine Art Abhörgerät wären, und trat dann rasch zurück. Er pfiff zwei Mal. Das geschäftige Summen im Raum verstummte augenblicklich. Alle schauten nach oben. Bosse nahm seine Waffe aus dem Halfter und begab sich rasch in eine Position, in der er durch die aufschwingende Tür geschützt war. Er stellte sich mit leicht gebeugten Knien breitbeinig hin und hielt die Waffe mit beiden Händen vor sich.

Eine Sekunde lang war es still.

Dann hörten es alle. Schritte, die hastig die Betonstufen hinaufkamen. Körper, die direkt vor der Tür in Position gingen. Die plötzliche Stille schien mit drohender Gefahr geladen zu sein, als ob sich draußen ein wildes Tier bewegte.

Die einzige Person, die sich bewegte, war Abe.

Er griff sich einen Karton mit Dokumenten – Finanzdokumente von Powell Lambert, über die es an einem Dutzend anderer Stellen Aufzeichnungen gab – und verstreute den Inhalt in einem weiten Halbkreis auf den Boden. McBride und der Richter starrten ihn verständnislos an. Abe verlor keine Sekunde und schnappte sich den kleinen Primuskocher, den sie zum Kaffeekochen benutzt hatten. Der Tank war noch halb voll Kerosin, und es gab noch eine weitere Flasche Brennstoff als Reserve. Abe nahm beides. Während er sich bewegte, sagte er zu dem Steuerfahnder und dem Richter: »Werft alle Papiere aus dem Fenster. Und inzwischen sollen alle hintendurch abhauen. Ruft die Feuerwehr, sobald ihr ein Telefon findet.«

Er deutete mit der Hand auf die Wand, die am weitesten von Jim Bosse entfernt war und wo sich eine kleine, hölzerne Tür befand, die zu einem zweiten Treppenhaus führte. Es gab dort keinen Ausgang aus dem Gebäude, aber es befand sich dort ein Zugang zu dem Haupt-Tabaklager und einer altersschwachen Ansammlung von Büros und Anbauten. Der Komplex war groß genug und voller Menschen, sodass wenigstens einige Verstecke finden konnten. Während die beiden Männer begannen, Kartons voller Papiere aus dem Fenster zu werfen, bellten plötzlich Schusswaffen.

Jim Bosse hatte von seinem Posten an der Tür aus beobachtet, wie sich der Türgriff bewegte. Als dies geschah, war er vorgesprungen und hatte in Brusthöhe drei Kugeln durch die Holztür abgefeuert. Nichts geschah. Es gab keinen Aufschrei. Kein gedämpftes Stöhnen. Kein Geräusch eines Körpers, der zu Boden fiel. Nur eine winzige Pause, bevor ein Kugelhagel aus automatischen Waffen durch das Holz prasselte und die Tür beinahe in zwei Hälften teilte. Jim Bosse war es irgendwie gelungen, rechtzeitig zurückzuspringen, aber von woanders im Raum ertönten Schreie.

Auf Abes dringende Signale hin drängten die meisten der Anwälte und Buchhalter durch die hintere Tür hinaus. Abe nahm an, dass es hauptsächlich Schreie aus Angst und keine Schmerzensschrei waren, aber er hatte keine Zeit, danach zu schauen. Stattdessen lief er nur an dem Halbkreis der verstreuten Papiere entlang und schüttete das Kerosin darüber aus. Hinter ihm schleuderte McBride zusammen mit einigen Helfern weitere Kartons mit Beweismitteln aus dem Fenster. Beim Werfen entleerten sie die Kartons und sorgten so dafür, dass die wertvollen Papiere sich über ein großes Gebiet verteilen konnten. Es war kein windiger Morgen, aber es ging eine leichte Brise, die ausreichte, um die Papiere raschelnd und flatternd über den schmutzigen Asphalt zu wehen. Die ersten paar Seiten fielen in den Potomac, wo sie flach auf der Wasseroberfläche lagen und langsam mit der trüben Strömung flussabwärts trieben.

An der Tür wurde wieder geschossen.

Während Stiefel begannen, die zusammenbrechende Tür einzutreten, feuerte Bosse immer wieder. Wahrscheinlich erzielte er mit jedem Schuss einen Treffer, aber selbst wenn es so war, war es nur ein kleiner Sieg. Ein weiterer zerstörerischer Kugelregen prasselte hernieder. Bosse wurde buchstäblich von den Kugeln angehoben und nach hinten geschleudert. Blutig und zerfetzt lag er auf dem Boden.

Abe hielt ein Streichholz an die Papiere. Flammen rasten den Halbkreis entlang. Rauch und Flammen erfüllten die Luft. Der Raum war nun zweigeteilt. Die Tür und Jim Bosses zerschmetterter Körper waren auf der einen Seite. Der Rest des Raumes lag auf der anderen. Ein Karton mit Dokumenten nach dem anderen flog aus dem Fenster. Abe wollte, dass auch der Richter und McBride abhauten. Er begann, Tische und Stühle in die Flammen zu werfen.

Aber er hatte keine Zeit mehr dazu. Männer drängten nun durch die Tür in den Raum. Etwa die Hälfte von ihnen trug Maschinenpistolen, die anderen hielten irgendeine Handfeuerwaffe. Doch die Feuerwand loderte direkt vor ihren Gesichtern. Ihr hastiges Stürmen durch die Tür hatte sie direkt in den Rauch und die Hitze der Feuersbrunst geführt. Die offenen Fenster am einen Ende des Raumes und die aufgebrochene Tür am anderen Ende sorgten dafür, dass die Hitze und der Rauch direkt auf die Angreifer zutrieb.

Weitere Leute flohen durch die hintere Tür.

Aber wie es Abe vorher klar gewesen war, waren die Flammen nur eine Ablenkung und würden die Angreifer nur kurz aufhalten. Auf der anderen Seite des Feuers schätzte ein kleiner Mann mit der unverkennbaren Autorität eines Führers die Lage ein und machte dann eine Geste nach vorn. Seine Männer sammelten sich und stürmten durch den Rauch vorwärts. Eine Maschinenpistole bohrte sich in Abes Rippen und schleuderte ihn gegen die Wand. Abe blickte sich um, um zu sehen, wer entkommen konnte. Die Antwort war, beinahe jeder. Der Richter hatte es nach draußen geschafft. Es waren nur Abe selbst, Jim McBride und zwei der Buchhalter, die nicht mehr rechtzeitig hinausgekommen waren. Die vier wurden gegen die Fenster neben dem niedrigen Tisch gedrängt, auf dem die Kaffeekanne stand.

Über das Gesicht des kleinen Mannes huschte ein Lächeln. Abe nahm an, dass er der Chef von Powell Lamberts abscheulicher Polizeitruppe war. Er zählte zwei und zwei zusammen und schloss aus den Informationen, die er aus einigen der Finanzunterlagen gezogen hatte, dass es Dorcan Roeder war, der »Vizepräsident der Versicherung«. Roeder schickte ein halbes Dutzend seiner Männer durch die hintere Tür, um im Lager nach den Entflohenen zu suchen. Zwei weitere Männer schickte er nach unten, um damit zu beginnen, die Papiere einzusammeln, die draußen über den Asphalt wehten. Abe verspürte ein winziges, vergängliches Triumphgefühl. Um die Papiere einzusammeln, würde man mehr als zwei Männer brauchen, doch Roeder konnte es sich nicht leisten, noch mehr Männer hinauszuschicken. Die Augen des Versicherungsmannes blinzelten in dem wirbelnden Rauch. Dann steckte er seinen Revolver in die Tasche und näherte sich seinen Gefangenen.

»Judge Styles?«, fragte er und zog die Augenbrauen hoch.

Niemand antwortete.

»Mr. McBride?«

Abe hoffte, dass McBride den Mund halten würde, aber der Steuerfahnder war zu stolz.

»Ich bin McBride. Mein Kollege Jim Bosse liegt tot da drüben. Richter Styles ist nicht mehr hier. Diese beiden Männer ...«, er deutete auf die beiden Buchhalter, »... haben uns bei einigen Details unterstützt. Sie sind nur teilweise über die Ermittlungen gegen Powell Lambert informiert. Ich werde sie bitten, über dies alles Stillschweigen zu bewahren, und fordere Sie daher auf, sie gehen zu lassen.«

»Hübsche Rede. Aber sie können bleiben ...« Roeder ging auf Abe zu, kam bis auf wenige Inches an ihn heran. »Captain Rockwell, wie schön, Sie kennen zu lernen.«

Roeders Worte waren keine Frage oder eine Feststellung oder gar eine Begrüßung. Es war die reine Häme, sonst nichts, die Schadenfreude eines Raubtieres, das mit seiner in die Enge getriebenen Beute spielte. Abe fiel auf, dass die Augen des Mannes merkwürdig aussahen. Ein Auge war entzündet und hatte dunkle Flecken in einer purpurnen Regenbogenhaut. Abe merkte, dass der Mann Schwierigkeiten hatte, direkt ins Sonnenlicht zu sehen, und veränderte vorsichtig und langsam seine Position, sodass ihn schließlich das breite, leere Fenster hinter ihm einrahmte.

Roeder blickte weg. Das Feuer hatte nicht mehr die wütende Kraft des ersten Aufloderns, aber die brennenden Tische und Stühle erzeugten immer noch eine glühende Hitze und Rauch und ließen die Funken sprühen. Abe bemerkte, dass von dem Feuer bereits die Bodendielen aufgezehrt wurden. Roeders schlechtes Auge machte ihm langsam Schwierigkeiten. Er rieb daran, wodurch es noch schlimmer wurde. Die Männer mit den Maschinenpistolen standen schweigend dabei, sahen zu und warteten auf Anweisungen. Abe stupste mit seinem Stiefel gegen McBrides Fuß. Mit seinem nach hinten gedrehten Daumen deutete er auf das Fenster. Es würde ein gewaltiger Sprung, vielleicht einer, bei dem sie sich alle Knochen brachen, aber die Alternativen, die sie in diesem Raum erwarteten, waren kaum besser.

»Nein«, sagte McBride mit lauter, zuversichtlicher Stimme. »Ich nicht, nur Sie.«

Roeders Blick sprang zu dem Steuerfahnder, misstrauisch und abschätzend. Ein Teil von ihm – der sadistische Teil, der sich an Blut ergötzte – wollte sichtbar den Moment seines Triumphs verlängern. Der andere Teil, der professionelle Diener der Firma, entschied, dass es besser war, die Aufgabe schnell und reibungslos zu erledigen. Er zeigte auf die beiden Buchhalter und sagte zu einigen seiner Männer: »Legt sie da auf den Boden, fesselt Hände und Füße, und bewacht sie.«

Die beiden Männer brachten die Buchhalter in eine Ecke des immer noch brennenden Raumes.

Nun blieben nur noch Roeder und vier Bewacher für Abe und McBride übrig. Er hatte ganz klar vor, sie hier und jetzt zu töten.

»Darf ich rauchen?«, fragte Abe und deutete auf seine Tasche.

Roeder sagte weder ja noch nein, sondern ging einen Schritt zurück, da er einen Trick erwartete. Vier Maschinenpistolen zielten nun auf Abes Stirn. Er spürte einen kalten Schauer auf seiner Haut und wusste, dass sein Gesicht gespannt und ausdruckslos war. Er versuchte, sich normal zu verhalten, fischte in seiner Tasche, ohne schnelle oder plötzliche Bewegungen zu machen, und holte Zigaretten und Streichhölzer heraus. Er nahm eine Zigarette aus der Schachtel, zündete sie an und atmete tief ein. Dann, während er die Zigaretten- und Streichholzschachteln wieder zur Tasche führte, zitterte seine Hand kurz, und er ließ beides fallen.

»Tut mir leid«, sagte er.

Abe ging auf die Knie, um sie aufzuheben. Er war der Einzige, der sich in dem stillen Raum bewegte. Dicht über dem Boden war die Luft nicht so sengend heiß, aber sie hatte immer noch den scharfen Geruch unverbrannten Rußes. Abe spürte, wie vier Augenpaare und vier Waffen jede seiner Bewegungen verfolgten.

Und dann machte er es einfach. Die Zaubershow seines Lebens. Er griff nach der Zigarettenschachtel. Er gestattete es seiner rechten Hand, sich über dieser zu schließen – aber nur scheinbar, während er sie in Wirklichkeit mit einer blitzschnellen Bewegung, die von seinem Jackenärmel verborgen wurde, in seinen Schoß fallen ließ. Er streckte seine rechte Hand aus und öffnete sie: nichts.

Er wagte kaum zu atmen. Alle Zauberkünstler, selbst die besten, üben ihre Tricks, bevor sie sie einem Publikum vorführen. Es nützt nichts, eine allgemeine Fingerfertigkeit zu besitzen, man muss das genaue Gewicht des Gegenstandes kennen, den man für den Trick benutzt. Es würde Abe schon Schwierigkeiten machen, wenn er das Kartenspiel, mit dem er geübt hatte, gegen ein anderes austauschte – und sein begrenztes Interesse an der Zauberei hatte ihn immer nur mit Karten herumspielen lassen.

Dennoch sprach etwas für ihn. Ebenso wie Zauberkünstler üben müssen, um ihre Tricks durchzuführen, muss das Publikum üben, um sie zu durchschauen. Das ist nicht einfach. Die Leute sehen vor ihren Augen, wie die Naturgesetze scheinbar außer Kraft gesetzt werden. Sie können kaum etwas anderes tun, als sich davon fesseln zu lassen.

Abe streckte seine linke Hand aus. Die Zigarettenschachtel befand sich jetzt dort – aber sie war leer. Noch Augenblicke zuvor war sie voll gewesen. Abe ließ die Schachtel fallen. Er zeigte die eine Hand, dann die andere: keine Zigaretten. Er stand nun auf, direkt vor Roeders Füßen. Er schüttelte die Zigaretten unbemerkt aus seinem Ärmel in die rechte Hand, die sein Publikum immer noch für leer hielt. Noch während er sich erhob, bewegte er die Finger, und die Zigaretten schienen aus dem Nichts auf den Boden zu fallen.

»Sie Witzbold«, sagte Roeder und wich zurück.

»Ich tue mein Bestes.«

Abe trat einen Schritt zurück.

Ablenkung: die älteste und beste aller Kriegsstrategien. Obwohl Roeders Augen vor Misstrauen praktisch an Abe klebten, hatte er in die falsche Richtung geblickt. Während er und alle anderen auf die purzelnden Zigaretten gesehen hatten, hatte Abe mit der linken Hand die Waffe aus Roeders Tasche stibitzt. Sie steckte nun hinten in Abes Hosenbund. Er wich weiter zurück zu Haggerty McBride und spürte, wie die Finger des Steuerfahnders die Waffe ergriffen. Abe blieb eine Sekunde stehen, um ihm Zeit zu geben.

»Bis dann, Kumpel«, flüsterte er.

Dann bewegte er sich. Er trat bis zum Fensterbrett zurück. McBrides Waffe bellte ein Mal – zwei Mal – ein drittes Mal, aber Abe hörte nichts mehr.

Sein erster Sprung beförderte ihn auf das Fensterbrett, der zweite weit dahinter.

Von innen sah es aus, als ob sein Sprung ihn nur in dem hellen blauen Licht draußen verschwinden ließ. Aber Abe hatte seine Lage richtig eingeschätzt. Fünf Yards unter ihm und etwas seitlich ragte eine alte, verrostete Winde über den Asphalt hinaus. Abe segelte durch die Luft – ein Augenblick Furcht erregender Freiheit –, dann, gerade als er dachte, dass er sich verschätzt hatte, spürten seine Hände die rauhe Oberfläche stumpfen Metalls. Seine Finger schlossen sich darum. Der Schwung seines Körpers drohte, ihn loszureißen, aber er klammerte sich weiter fest, bis er seine Beine über den diagonalen Stützträger haken konnte. Über sich hörte er nun Schüsse: nicht das Knallen von McBrides Revolver, sondern das lange Röhren von Maschinenpistolen. Nun war auch McBride tot: ebenso wie Brad Lundmark und Jim Bosse war er einer der Helden, die gestorben waren, weil sie Abe geholfen hatten.

Ruhig und gleichmäßig und während er zum ersten Mal seine Angst spürte, rutschte Abe auf dem rostigen Stahl zu der roten Ziegelmauer. Er befand sich immer noch sechs Yards über dem Boden, und es gab wenig oder nichts, was ihm auf seinem Weg nach unten helfen würde. Er hängte sich voll ausgestreckt an den Träger, sodass seine Füße immer noch hoch über dem Boden baumelten, und ließ sich fallen. Er landete wie ein Fallschirmspringer – mit gebeugten Beinen und bereit, sich abzurollen – und traf hart auf den Boden, blieb aber unverletzt.

Roeder hatte zwei Männer unten am Uferstreifen zwischen dem Lagerhaus und dem Potomac. Aber sie waren damit beschäftigt, die herumwirbelnden Papiere einzufangen, die der Wind vor sich hertrieb. Beim Lärm der Schüsse hatten sie nach oben geblickt, aber nicht bemerkt, wie Abe sich in den Schatten unter der alten Winde fallen ließ. Unten auf dem Asphalt lagen Glassplitter von dem zerbrochenen Fenster verstreut und immer noch ein Haufen Dokumente.

Abe wusste, wonach er suchte, und er fand es rasch.

Eines des schwarz eingebundenen Bankbücher; dasjenige, das noch nicht ganz voll war. Es gab noch weitere unbezahlbare Beweisstücke, die ganz in der Nähe lagen, aber Abe konnte es sich nicht leisten, noch einen einzigen Augenblick zu bleiben.

Er schnappte sich das Bankbuch und rannte los.

Aus den Fenstern oben drangen laute Befehle, und Kugeln begannen, links von Abe auf dem Boden aufzuschlagen. Das Summen und Sirren von Querschlägern erfüllte die Luft. Aber für die Schützen oben war das Schießen nicht einfach. Der Winkel war schlecht und wurde ständig schlechter.

Ein weiterer Kugelhagel prasselte nieder, dichter diesmal, aber Abe hatte einen Hinterhofgang am Ende des Lagerhauses erreicht. Er lief hinein, und seine Lungen platzten beinahe, aber er war nun fast in Sicherheit. Irgendwo, noch weit entfernt, konnte er das Läuten von Feuerwehrglocken hören. Abe nahm an, dass irgendjemand es geschafft hatte, ein Telefon zu finden und Hilfe herbeizurufen. Die Feuerwehr würde den Gangstern das Leben schwer machen. Die Menschen, die noch im Erdgeschoss des Lagerhauses in der Falle saßen, konnten sich jetzt in Sicherheit bringen. Vielleicht würde die Feuerwehr die herumfliegenden Dokumente einsammeln, bündeln und zur weiteren Bearbeitung in die Stadt bringen.

Aber das waren zweitrangige Gedanken. Abes Priorität lag jetzt woanders.

135

Willard streckte sich in seinem Bademantel auf dem Sofa aus.

Er hatte sein eigenes Frühstück gegessen und angefangen, an Annies zu picken. Sein Kater quälte ihn immer noch. Die Vorhänge waren noch zugezogen, das Licht von draußen noch unwillkommen, der Raum drinnen noch dunkel. Nebenan schlief Annie und würde noch einige Zeit weiterschlafen.

Was war zu tun?

Willard hatte eigentlich nicht genug geschlafen, aber er war jetzt zu wach, um daran zu denken, sich wieder hinzulegen. Sein Kater nervte ihn, aber er fühlte sich noch nicht dazu bereit, die paar Schlucke Whisky zu trinken, die nötig waren, um ihn wieder zu vertreiben. Eigentlich wollte Willard aufstehen, sich nützlich machen, aber sowohl sein Vater als auch Ted Powell wollten ihn immer noch aus der Angelegenheit heraushalten.

Der ganze Schlamassel mit Rosalind rührte sich unbehaglich in seinem Hinterkopf. Selbst jetzt wusste es oder kümmerte es niemand, dass Rosalind ihren Verlobten abserviert hatte. Das Seltsame war, wie merkwürdig unberührt Willard deswegen zu sein schien. Einerseits spürte er sogar plötzliche Freiheit. Er fühlte sich erleichtert. Aber andererseits war da pures Entsetzen. Er erinnerte sich an einige jener alten Angst einflößenden Unterredungen mit seinem Vater – über seine schlechten Ergebnisse in Princeton, über seinen Einstieg in das Filmgeschäft, über das Desaster mit *Die der Himmel liebt*. Und diesmal versprach es, dasselbe zu werden. Junius Thornton würde nicht viel sagen. Aber was er sagte, würde schmerzen.

Was er nicht sagte, würde sogar noch mehr schmerzen. Sein Sohn war sitzen gelassen worden. Die Nachricht würde publik werden. Es gab keine Erklärung.

Willards Lösung für das Problem war alt. Er würde nicht darüber nachdenken. Irgendwann würde er es müssen, aber diese Zeit war noch nicht gekommen. Inzwischen hatte er keine Ahnung, wie es dazu kommen konnte, dass seine frühere Sekretärin nebenan im Schlafzimmer lag, aber es gefiel ihm, dass es so war. Er freute sich auf den Augenblick, wenn sie aufwachte. Natürlich würden sie miteinander schlafen, aber ohne Aufdringlichkeit, ohne Angeberei. Willard würde es genießen, eine andere Art von Beziehung zu haben. Etwas Ruhigeres, Privateres, Vertrauteres.

Er stocherte in dem Rührei auf Annies Teller herum. Das Ei war kalt und hart, wie das Licht draußen. Er nahm mit den Fingern eine Scheibe gebratenen Speck und aß ihn. Dann lehnte er sich auf dem Sofa zurück, eine Tasse Kaffee in Reichweite.

Ein oder zwei Minuten lag Willard so da, dann hatte er plötzlich das Gefühl, dass sich irgendetwas Fremdes im Raum befand. Eine leichte Furcht rieselte kalt durch seinen Körper. Er hielt den Atem an und richtete sich mit einem Ruck auf.

Drüben in der Ecke des Raumes zwischen Tür und Fenster stand ein Mann, nicht mehr als mittelgroß, mit sehr kurzen blonden Haaren, bewegungslos und stumm. Das Fenster war einen Spalt breit geöffnet, und der Vorhang bewegte sich leicht im Luftzug. Einen idiotischen Augenblick lang fragte sich Willard, ob der Mann durch die Tür oder das Fenster gekommen war, direkt aus dem Himmel. Die beiden Männer starrten sich an. Willards Kehle war zu zugeschnürt, um sprechen zu können. Dann bewegte sich der Eindringling.

»Willard, hi!«

Lächelnd trat Abe vor. Viel später würde sich Willard so an ihn erinnern, wie er in diesem ersten Augenblick aussah, lächelnd.

»Mein Gott ... Sir! ... Ich meine, Captain.«

Willard schwang die Beine auf die Erde, stand auf, hob die Hand für etwas wie einen militärischen Gruß, brachte aber nur ein seltsames Winken zustande.

»Als Sie mir diese Botschaft geschickt haben, die Sie dem Kinoplakat beigelegt haben, sagten Sie, ich soll Sie mal besuchen. Ich hoffe, jetzt passt es Ihnen.«

»Mann, Captain, ich habe Sie gar nicht anklopfen hören. Wie sind Sie hereingekommen? Die Tür war doch abgeschlossen, oder nicht?«

Abe lächelte, ließ einen Hauptschlüssel von seiner Hand baumeln und steckte ihn in die Tasche. Das war der Mann, an den Willard sich erinnerte: der Pilot, der immer zur richtigen Zeit an der richtigen Stelle des Himmels auftauchte; der Pilot, dem man nicht folgen, der nicht aufgespürt werden konnte.

»Ist das Kaffee?«, fragte der Flieger.

»Ja, möchten Sie welchen?«

»Bitte.«

»Möchten Sie Milch? Zucker? Die Kanne ist ein bisschen kalt geworden. Wir haben früh gefrühstückt. Wenn Sie wollen, könnte ich den Zimmerservice rufen ...«

»Schwarz. Ist schon gut. Es macht mir nichts aus, wenn er kalt ist.«

Willard goss Kaffee aus der silbernen Hotelkaffeekanne in eine Kaffeetasse aus weißem Porzellan. Er stellte die Tasse auf ihre Untertasse und reichte sie seinem früheren Commander. Während Willard die Untertasse in der Hand hielt, klirrte und tanzte die Tasse darauf nervös. Als Abe sie nahm, wurde die Tasse augenblicklich still.

Abe lächelte wieder.

»Hübsche Suite.«

»Ja, sie ist okay, oder?«, sagte Willard und bereute im selben Augenblick das Wort »okay«. Er wusste, dass sein alter Commander niemals besonders wohlhabend gewesen war und es auch jetzt nicht war. Diese Suite musste ihm unerhört luxuriös erscheinen. »Ich meine, sie ist großartig, wirklich. Fantastisch.«

»Darf ich?«

Abe deutete auf einen kleinen Holzstuhl mit gepolsterter Sitzfläche.

»Oh, ja natürlich.« Willard hatte sich bereits gesetzt, stand nun halb auf und bedeutete Abe mit der Hand, Platz zu nehmen. Dann setzte er sich wieder. »Entschuldigung.«

»Ich komme unerwartet.«

»Nein, das ist in Ordnung ...«

Willard schluckte. In seinem Hirn ging alles drunter und drüber.

Das war die Situation: Abe Rockwell war mit voller Absicht in Willards Raum marschiert. Willard war kräftiger gebaut, stärker, jünger, größer. Abe wäre kaum ein ebenbürtiger Gegner, wenn Willard es wirklich darauf anlegte; er war sich ziemlich sicher, dass er Rockwell im Kampf besiegen konnte. Um es klar zu sagen, Powell Lamberts gefährlichster Feind hatte sich in Willards Gewalt begeben.

Doch das Merkwürdige war, dass Willard keinen Drang verspürte, daraus Vorteil zu ziehen. Aufstehen und Abe Rockwell ins Gesicht schlagen? Das war undenkbar. Es war wahrscheinlicher, dass er seinen eigenen Vater schlug. Und obwohl er wusste, dass er jemanden rufen oder seinen Besucher befragen oder irgendetwas tun sollte, tat er überhaupt nichts. Er saß einfach nur da und brachte kein Wort heraus, war verlegen, nervös.

»An der Wall Street alles in Ordnung?«

»Sicher. Ja. Viel Arbeit, immer viel Arbeit.«

»Es tut mir leid, dass ich nie dazu gekommen bin, mir Ihre Filme anzusehen. Ich kenne allerdings einige, denen sie gefallen haben. Sie haben es gut gemacht.«

»Danke. Einige waren nicht so gut, aber einer oder zwei waren okay, wissen Sie. Aber es sind ja nur Filme. Was kann man da schon erwarten?«

»Dieser Junge, dem Sie das Kinoplakat geschickt haben, der hat sich wahnsinnig gefreut.«

»Großartig, das ist großartig.«

Es entstand eine Pause. Abe blickte in seine Kaffeetasse, trank dann den Rest in einem einzigen Zug und stellte die Tasse ab.

»Der Alkohol, wo ist der hergekommen? Wie sind Sie in all das hineingeraten?«

Willard konnte kaum überrascht sein, dass diese Frage auftauchte, aber sie brachte ihn dennoch aus dem Konzept. In Abes Stimme lag keine Wut, keine Schuldzuweisung, nicht einmal Traurigkeit.

»Der Alkohol? Na ja, wissen Sie, wer hat nicht damit zu tun? Kennen Sie irgendjemanden, der sich nicht ab und zu einen Drink gönnt? Ich nicht.«

»Ich sprach nicht davon, sich ab und zu einen Drink zu gönnen.«

Einen Augenblick lang war Willard wütend. Er war wütend auf seinen Kater, wütend auf Abes Eindringen, wütend auf die Welt. Und dann tat er etwas Seltsames. Er sprach die Wahrheit.

»Ich bin in Schulden geraten. Ich habe einen Film gemacht. Ich habe ihn produziert, Regie geführt, alles. Er war gar nicht so schlecht, nur ... also, nein, ich glaube, wenn ich so zurückblicke, es war ein Scheißfilm. Es ist schwerer, als Sie glauben. Wie auch immer, ich hatte Schulden, die ich nicht begleichen konnte. Eins führte zum anderen. Bevor ich bei ihnen angefangen habe, wusste ich nichts über Powell Lambert.«

Abes ruhige Augen ruhten ein oder zwei Augenblicke auf dem jungen Mann.

»Das tut mir leid, Will, das klingt hart.«

»Das war es auch. Sie würden nicht einmal erraten wie hart.«

Willard blickte hoch, als ob er um Vergebung bitten wollte. Abe nickte, als ob er sie erteilte.

»So etwas passiert nun mal.«

Die Stille kehrte in den Raum zurück. Willard erinnerte sich an die langen Pausen seines alten Commanders. Am Anfang hatten sie ihn beunruhigt. Er hatte versucht, die Lücken mit Geplapper zu füllen. Später hatte er begriffen, dass er das nicht brauchte. Diese Stille war nicht wie das dominierende Schweigen seines Vaters; es war anders, etwas Gemeinsames. Willard konnte reden, wenn er es wollte, er musste es aber nicht. Willard entspannte sich. Er wollte sich gerade noch einen Kaffee eingießen, als mit lärmender Lautstärke das Telefon in den stillen Raum hinein klingelte.

»Entschuldigen Sie mich.«

Er nahm den Hörer. Es war sein Vater.

»Willard, mein Junge, bist du schon auf?«

»Ja, Vater.«

»Gemischte Neuigkeiten, die meisten gute. McBride ist tot. Bosse auch. Wir haben noch nicht den Richter, aber wir wissen, wo seine Familie lebt. Wir sehen nicht, dass er uns Schwierigkeiten machen wird. Es gab noch ein paar andere, die entkommen sind, aber niemand von Bedeutung.«

»Und die Beweise, Pa? Die Papiere?«

»Einige davon haben wir. Die Feuerwehr hat fast den ganzen Rest. Wir werden unsere Freunde bei der Polizei bitten, sie zu gegebener Zeit für uns bei der Feuerwehr abzuholen. Die Polizei wird sie dann an uns weitergeben.«

»Ausgezeichnet. Das ist ausgezeichnet. Habt ihr ...? Gab es ...? Ich meine, war viel Gewalt erforderlich?«

Es entstand eine Pause von einer halben Sekunde, bevor Junius antwortete.

»Es wurde sehr wenig geschossen, wenn es das ist, was du fragen wolltest. Wie es aussieht, haben sich McBride und Bosse praktisch selbst getötet. Auch unter unseren Männern gab es Opfer. Drei Tote, glaube ich. Ein paar Verwundete.«

»Ich verstehe.«

»Und ich wollte dir danken. Du hast die Gefahr erkannt. Du hast uns alarmiert. Du hattest Recht.«

»Wirklich, Vater, mein Gott, ich hatte keine Ahnung. Ich wusste nicht, ob du sauer auf mich bist. Diese ganze Warterei hier in Washington hat mich ganz verrückt gemacht.«

»Tatsächlich? Warum?«

»Na ja, du weißt schon. Nichts zu tun zu haben. Von aller Kommunikation abgeschnitten zu sein. Solche Sachen eben.«

»Das verstehe ich nicht. Du konntest mit jedem sprechen, den du sprechen wolltest, oder nicht? Du konntest kommen und gehen, wann du wolltest, oder?«

»Ja, nur ... es war ein merkwürdiges Gefühl bei all dem, was vor sich ging.«

»Powell meinte, dass du dich vielleicht Rockwell zu nahe fühlst. Wenn das so ist, dann kann ich das verstehen. Aber Gefühle können eindeutigen Geschäftsinteressen im Weg stehen. Es schien sinnvoller zu sein, dich von allem fernzuhalten.«

»Ja Vater, ich verstehe.«

»Ich hatte gehofft, dass du deinen Urlaub genießt. Geddes hat dafür gesorgt, dass du alles bekommst, was du dir wünschst, nehme ich an? Wagen, Fahrer, Verabredungen und so weiter?«

»O ja, das war es nicht.«

»Gut.«

Es entstand eine kurze Pause. Willard spürte Rockwells Blick in seinem Nacken. Gleichzeitig spürte er die Gegenwart seines Vaters durch das Telefon. Er fühlte sich von den beiden Männern wie in einen Schraubstock gequetscht.

»Ich schicke dir jetzt Roeder. Das war der Grund für meinen Anruf.«

»Roeder?«

»Rockwell ist noch auf freiem Fuß. Es ist ihm geglückt zu entkommen. Roeder glaubt, dass du ihm vielleicht bei der Suche helfen kannst.«

»Ich?«

»Ja.«

»Und Roeder kommt hierher?«

»Ja ... Bist du betrunken, Willard?«

»Nein, Vater.«

»Roeder wird in zwanzig Minuten bei dir sein. Und gut gemacht. Ich wollte dir sagen, gut gemacht.«

»Danke.«

Die beiden Männer legten auf. Willard drehte sich zu Abe um und sah ihn an. Dieser nickte fragend in Richtung Telefon.

»Ihr Vater?«

»Ja.«

»Powell Lambert.« Abe sprach die Wörter, als ob er keines von beiden jemals zuvor gehört hätte. »Wissen Sie, mein Kollege – mein verstorbener Kollege – Haggerty McBride hat Mr. Powell ziemlich einfach gefunden. Mr. Lambert hat er nie gefunden.«

»Das war er, mein Vater.«

Abe lächelte, als ob er etwas gefunden hätte, über das es sich zu lächeln lohnte. »Das ergibt einen Sinn. Ich konnte mir nicht vorstellen, dass Sie sich mit Verbrechern einlassen. Ich dachte mir schon, dass es da etwas gibt, was ich nicht gesehen habe, sonst hätte ich Sie falsch eingeschätzt. Nun, Ihr Mr. Lambert gibt der Sache einen Sinn. »

Willard wollte sagen: »Wir sind keine Verbrecher. Wir verkaufen das Zeug nur im Großhandel. Mit all den Gangstern auf den Straßen haben wir nichts zu tun.« Aber er sagte es nicht. Weil es nicht die Wahrheit war. Roeder und Mason und all die anderen. Sie *waren* Verbrecher. Nur weil Willard in der Wall Street arbeitete und einen Anzug nach der neuesten Mode trug, war er darum nicht weniger ein Verbrecher. Stattdessen sagte er etwas, was ihn überraschte.

»Sie glaubten, dass ich mich nicht mit ihnen einlassen könnte? Weil ich so bin, wie ich bin?«

»Ich weiß, dass Sie nicht perfekt sind, Will, bei weitem nicht. Aber ich konnte mir nicht vorstellen, dass Sie da mitmachen. Nicht Sie.«

Willard starrte mürrisch auf den Boden. Er war befriedigt über das, was Abe gerade gesagt hatte, aber er war verdrossen, weil er gleich etwas sagen würde, von dem er wusste, dass er es nicht sagen sollte.

»McBride und Bosse sind tot – aber Sie wussten das?«

Abe nickte.

»Der Richter ist noch frei, aber sie haben seine Familie ...«

»Ich verstehe.«

»Die anderen sind größtenteils entkommen, wie es scheint. Und die Beweise, die Sie und Ihre Leute gesammelt haben, die scheint zum größten Teil die Feuerwehr zu haben. Wir glauben ... das heißt, mein Vater glaubt ...« Willard sprach nicht weiter. Er wollte seinem alten Commander nicht sagen, dass seine letzte Mission komplett gescheitert war.

Aber Abe nickte. »Sie werden ein paar freundliche Cops zur Feuerwache schicken, um sie abzuholen. Die Jungs von der Feuerwehr werden sie ihnen aushändigen, weil sie glauben, dass sie das Richtige tun. Ja, ich hatte mir schon gedacht, dass das passieren könnte. Wir haben unser Bestes versucht.«

Es entstand eine weitere Pause.

»Sie sind jetzt auf dem Weg hierher«, sagte Willard.

»Wie bitte?«

»Roeder.«

»Oh, das tut mir leid, Willard. Ich war hierher gekommen, um Sie aus den Schwierigkeiten zu holen. Doch jetzt glaube ich, dass ich Ihnen gerade welche gemacht habe.«

»Um *mich* aus Schwierigkeiten zu holen?«

Während ihrer ganzen Unterhaltung hatte Abes Hut neben ihm auf einem kleinen Beistelltisch gelegen. Er schob den Hut beiseite und enthüllte ein schwarz gebundenes Bankbuch.

»Wir haben vier Hauptbücher aus der Bank mitgenommen. In dreien davon tauchte Ihr Name nicht auf. In diesem taucht er ziemlich oft auf. Ich wollte, dass Sie es bekommen. Um es zu zerstören oder damit zu machen, was auch immer Sie wollen. Wenn wir da unten im Lagerhaus gewonnen hätten, hätte ich gewollt, dass Sie sich in Sicherheit bringen. Aber wie die Dinge stehen, nehme ich an, dass Roeder bemerken wird, dass ein Buch fehlt. Ich denke, das ist der Grund, warum er einen Besuch hier für lohnend hält.«

Unsicher nahm Willard das Buch in die Hand. Wenn man es nun bei ihm fand, wäre das katastrophal. Gott allein wusste, was sein Vater denken würde, wenn Willard mit Geschenken vom Feind angetroffen wurde. Er schob das Buch unter das Sofa und fragte sich, ob Roeder versuchen würde, die Suite zu durchsuchen. Sein Mund wurde trocken.

Abe sagte: »Tut mir leid. Ich habe versucht, Ihnen etwas Gutes zu tun.«

»Das weiß ich zu schätzen.«

»Haben Sie im Hotel irgendwelche Freunde?«

»Wie bitte?«

»Ich glaube nicht, dass die Couch der beste Platz für so etwas ist. Das Hotel hat bestimmt eine Verbrennungsanlage im Keller. Vielleicht kennen Sie jemanden, der das Buch da hinbringen könnte.«

Immer noch mit trockenem Mund nickte Willard. »Gute Idee.« Er ging zum Telefon, rief in der Lobby an und fragte nach dem Hotelpagen, den er kannte. Der Page war da und versprach, sofort nach oben zu kommen. Willard tigerte unruhig im Zimmer auf und ab, bis der Page kam, dann gab er dem Jungen das Buch und eine Zwanzig-Dollar-Note. Der Junge versprach, dafür zu sorgen, dass das Ding unverzüglich vernichtet wurde.

»Gehen Sie sicher, dass es auch geschieht«, sagte Abe.

»Ja, okay, Mister, sicher.«

Der Junge ging. Willard sah erleichtert, wie sich die Tür schloss. »Gott, ich hoffe, dass es okay ist, ihm zu vertrauen. Vielleicht sollte ich gehen und ihn beobachten. Diese Jungs, da weiß man nie ...«

»Der ist in Ordnung. Sie können ihm trauen.«

»Wirklich. Es ist nur, dass ...«

»Will, Sie wollen doch nicht vom Ofen heraufgelaufen kommen, wenn Roeder an die Tür klopft, oder?«

»Himmel, nein.« Willard blickte Abe einen Augenblick lang an, bevor sich ihm plötzlich der Magen umdrehte. »Aber, du lieber Himmel, Captain, Sie müssen jetzt unbedingt gehen.«

Abe nickte.

»Ich meinte *jetzt sofort.*«

Abe nickte wieder. Er zeigte auf das offene Fenster. »Ich kann immer da hinaussteigen, wenn es nötig ist. Machen Sie sich keine Sorgen. Ich werde nicht zulassen, dass sie mich bei Ihnen finden.«

Willard blickte mit offenem Mund zum Fenster. Wie schon zuvor hatte er das unheimliche Gefühl, dass Abe einfach nach Lust und Laune aus dem Himmel und in ihn hinein steigen konnte. »Aus dem Fenster? Wir sind hier im vierzehnten Stock.«

»Da ist ein Sims. Der läuft bis zur Lobby vor den Fahrstühlen. Wenn ich ihn benutzen muss, werde ich es tun. Ich werde es schon schaffen.«

»Du lieber Gott.«

Wieder entstand eine Pause. Dann fiel Willard etwas ein. Er griff sich sein Jackett, kramte in der Innentasche herum und holte den Umschlag hervor, den er bei sich getragen hatte. Er drückte ihn Abe in die Hand.

»Sehen Sie, ich wollte Ihnen das schon lange geben. Dann ist alles so kompliziert geworden, und ich habe keinen Weg gefunden, mit Ihnen Kontakt aufzunehmen. Das ist Bargeld, ein Reisepass und ein Schiffsticket nach Sydney in Australien. Ich dachte mir, dass Sie da in Sicherheit sind.«

Abe öffnete den Umschlag nicht. Er spielte nicht einmal damit herum. Er sah Willard nur direkt in die Augen.

»Das ist großartig von Ihnen, Will. Das hatte ich nicht erwartet.«

»Sie müssen unbedingt gehen. Jetzt gleich. Keiner weiß etwas von dem Schiff, das schwöre ich. Ich dachte, Australien würde Ihnen gefallen. Viel Himmel.«

»Ja, viel Himmel.«

Willard stand auf. »Bis dann also.«

Abe schüttelte kaum merklich den Kopf und schob den Umschlag zu Willard zurück.

»Ich kann das nicht annehmen, Will.«

»Was? Warum nicht? Machen Sie sich keine Gedanken deswegen. Das ist nicht viel. Wenn Sie es wirklich wollen, können Sie es mir ja irgendwann zurückzahlen. Machen Sie sich nur darüber keine Gedanken. Ehrlich.«

»Ich hatte nicht an das Geld gedacht.«

»Wie bitte?«

»Ich werde nicht gehen. Ich meine, ich werde nicht hier drinnen sein, wenn Roeder eintrifft. Aber ich werde Amerika nicht verlassen. Sie wissen, ich habe eine Aufgabe angefangen.«

»Sie werden nicht aufgeben?«

Abe schüttelte den Kopf.

»Himmel, Captain. Wir haben alles. Wir haben McBride. Wir haben Bosse. Sehr bald werden wir die Papiere haben und den Richter ebenso. Wir haben alles. Wir haben halb Washington.«

Abe lächelte. »Ich weiß. Das ist es ja, weshalb ich nicht aufgeben kann. Sie verstehen schon.«

Es entstand eine Pause. Willard sah auf seine Uhr.

»Wie lange?«, fragte Abe.

»Ungefähr fünfzehn Minuten.«

»Okay. In zehn Minuten bin ich weg.«

Willard nickte. Abe drehte sich um und suchte bei den Frühstückssachen nach einer weiteren Tasse Kaffee und etwas kaltem Toast.

»Darf ich?«

»Natürlich.«

Abe kaute auf dem Toast herum, obwohl die Gefahr mit jeder Minute zunahm. Er blickte hoch.

»Sie erinnern sich an die alten Zeiten?«

»Ja.«

»Vermissen Sie sie? Die Staffel, meine ich.«

»Ja, das tue ich. Ich denke schon.«

»Trotz allem? Trotz der Angst?«

»Ja.«

»Erinnern Sie sich an diese Reden von Präsident Wilson, ganz am Anfang?«

»Himmel, diese Reden!«

In den ersten Monaten nach Amerikas Kriegseintritt wurden die amerikanischen Flieger dazu aufgerufen, über den feindlichen Linien Propagandareden abzuwerfen. Die Propaganda war von einer merkwürdigen Sorte. Keine dünnen Werbezettelchen, sondern stattdessen lange, wortreiche Reden des damaligen Präsidenten Woodrow Wilson. Die Reden waren idealistisch, unschuldig. Sie hielten die deutschen Truppen dazu an, die Kampfhandlungen einzustellen. Die Reden malten das Bild einer Welt in Harmonie, in der alle zusammen für den Frieden arbeiteten. Die Botschaft war von Grund auf gut gemeint und von Grund auf nutzlos.

Und gefährlich.

Nicht für die Deutschen unten, sondern für die amerikanischen Flieger über ihnen. Die Reden hatten ein enormes Gewicht. Die Flugzeuge, die sie abwarfen, waren als Jagdflugzeuge konstruiert oder vielleicht als Beobachter, aber sicher nicht als Bomber. Die unglücklichen Flieger, die angewiesen wurden, diese Schriften auszuliefern, mussten niedrig über die feindlichen Linien fliegen und die plumpen Papierpacken aus dem Cockpit werfen, Hand für Hand. Manchmal wickelten sich die Reden um die Heckflosse und das Steuerruder des Flugzeugs oder verfingen sich in den Steuerkabeln, die unter dem Rumpf entlangliefen. Während die Flieger mit ihren Flugzeugen rangen, amüsierten sich unten die Deutschen damit, jedes Gewehr in der Hoffnung auf einen Glückstreffer nach oben zu richten. Nach Monaten voller Beinahe-Unfälle wurde das Oberkommando schließlich davon überzeugt, das Abenteuer aufzugeben.

»Wir haben den Franzmännern ganz schöne Streiche gespielt, was?«

Willard nickte. Er erinnerte sich.

»Aber, Will, lassen Sie mich Ihnen eine Frage stellen. Was haben Sie gedacht, was ging Ihnen durch den Kopf, als Sie diese Reden abwerfen mussten?«

»Ich dachte, unser Präsident versteht verdammt viel von der Fliegerei.«

»Klar. Was noch?«

»Ich dachte, unser Präsident versteht verdammt viel von den deutschen Kämpfern.«

»Klar. Was noch?«

»Ich dachte ... Scheiße, ich hatte verdammte Angst, es zu tun. Und was hatte das alles überhaupt für einen Sinn?«

»Ja.«

Es gab eine Pause. Abe wollte auf irgendetwas hinaus, aber Willard wusste nicht worauf. Abe versuchte es noch einmal.

»Sie erinnern sich, wie einigen der Franzmänner dieselben Reden zum Abwerfen gegeben wurden? Sie wollten es nicht tun, also haben sie ihre Zuteilung einfach auf einen Laster gepackt und sie zu unserem Aerodrom gebracht.«

»Ja, stimmt. *›C'est votre Président.‹*« Willard lachte. *»Das ist Ihr Präsident.* Ich konnte ihren Standpunkt verstehen.«

»Genau. Und was haben Sie dann gedacht? Als Sie diese Reden von den Franzmännern übernommen haben und genau wussten, dass es Ihre Aufgabe sein würde, sie abzuwerfen?«

»Beim Teufel, ich habe gedacht ... Wissen Sie was, Captain. Genau genommen war ich sogar stolz. Stolz auf mein Land und stolz auf meinen Präsidenten.«

»Ja.«

»Ich meine, die Reden waren nutzlos. Das wusste jeder. Aber sie sagten etwas aus. Sie sagten etwas aus über Amerika. Darüber, dass es unsere Bestimmung ist, anders zu sein. Frieden zu schließen, nicht Krieg zu führen. Freiheit zu bringen. Wissen Sie was? Ich fühlte mich geehrt, dass ich diese Reden abwerfen durfte. Ob gefährlich oder nicht, dumm oder nicht, ich wollte sie abwerfen. Um den Deutschen und den Franzosen und allen anderen zu sagen, seht her, ich bin Amerikaner und ich bin stolz darauf, gottverdammt.«

»Ja.« Abes Blick war ungewöhnlich direkt und intensiv. »Ja. Sie verstehen also.«

»Entschuldigung, ich verstehe was?«

»Will, wie kommt es, dass Sie es vermissen, ein Teil der Staffel zu sein? Es war gefährlich, Furcht erregend, gnadenlos. Aber Sie vermissen es. Ich vermisse es auch. Jeder, der dazu gehört hat, vermisst es. Wie kommt das? Ich werde es Ihnen sagen. Weil Sie für etwas gekämpft haben, woran Sie geglaubt haben. Gekämpft für etwas, was größer war als Sie selbst. Und was ist daraus geworden, Will?«

»Ich kann Ihnen nicht folgen.«

»Was ist mit unserem Land passiert? Freiheit und Demokratie, die haben wir erfunden, Will, oder wenigstens haben wir ihnen unseren Stempel aufgedrückt. Und was ist geschehen? Was zum Teufel haben wir geschehen lassen? Wir haben zugelassen, dass die Alkoholschmuggler das Land kaufen. Wir haben Vollstreckungsbeamte, die Bestechungsgelder nehmen. Wir haben Cops, die korrupt sind. Wir haben ganze Städte, die den Gangstern gehören. Sogar der Kongress ist nicht mehr sauber, Will, sogar der Kongress.«

Willard dachte an die Bar von Powell Lambert, die im Herzen des Senats betrieben wurde. Abe hatte Recht, und dabei wusste er nicht einmal die Hälfte.

Im selben Augenblick bewegte sich leise die Schlafzimmertür. Annie stand dort, nur mit Nachthemd und Morgenmantel bekleidet, das Haar zerzaust, die Augen noch voller Schlaf. Sie sah Willard, sah Abe und blinzelte überrascht. Abe war schon bereit zu gehen, den Hut in der Hand. Er nickte der Frau zu.

»Ich denke, Sie müssen Rosalind sein. Ich bin Abe, ein alter Freund von …«

Ihr Gesicht verriet ihm, dass er einen Fauxpas begangen hatte. Annie blickte Willard Hilfe suchend an. Willard reagierte sofort.

»Annie, eigentlich. Eine Freundin. Rosalind und ich – sie ist nicht – sie wollte nicht …« Willard nahm sich zusammen. Abe war nicht sein Vater. Er brauchte vor Abe nicht herumzustottern. »Rosalind hat die Verlobung gelöst. Annie ist nur eine Freundin, die unerwartet hereingeschaut hat.«

Abe lächelte und nickte. »Freut mich, Sie kennen zu lernen. Es tut mir leid, aber ich muss jetzt gehen.« Er sah die beiden noch einmal rasch an und las in ihren Gesichtern, dass da mit Sicherheit mehr als nur Freundschaft war, selbst wenn noch kein Sex stattgefunden hatte. Er sprach noch einmal zu Annie. »Das ist ein guter Mann, den Sie da haben. Passen Sie auf, dass Sie ihn festhalten.« Er wandte sich Willard zu. »Bis dann, Will. Machen Sie's gut.«

»Bis dann, Captain.«

»Captain?«, fragte Annie überrascht.

»Captain Rockwell, Ma'am, nur behalten Sie das im Moment bitte für sich. Willard kann Ihnen später erklären warum.«

»Captain Rockwell? Wills alter Commander?«

Abe grinste. »So alt nun auch wieder nicht.«

Der Schlaf, der immer noch in Annies Augen saß, machte ihr Gesicht offener, sanfter, unschuldiger als gewöhnlich.

»Sie haben sein Leben gerettet. Sie haben ihn beschützt. Danke.«

»Das hat er Ihnen erzählt?«

»Er spricht über niemanden so wie über Sie.«

Abe setzte seinen Hut auf. Er öffnete die Tür zum Flur und blickte rasch hinaus. Es war niemand zu sehen.

»Er hat mir auch einmal das Leben gerettet, Annie. Hat er Ihnen das auch erzählt?«

Und dann war er verschwunden.

Durch die Tür, den Flur entlang, außer Sicht der Aufzüge, eilte er zu den Betonstufen der Hintertreppe, die ihn bis zum Keller des Hotels und in Sicherheit bringen würde. Und Annie starrte Willard an und Willard Annie.

Nein, das hatte Willard ihr nicht erzählt. Er hatte es noch nie jemandem erzählt.

136

Frankreich, Frontabschnitt Somme, Oktober 1918.

Ein Luftkampf. Zwei amerikanische Flugzeuge – eine Spad und eine Nieuport – kämpften mit vier Deutschen, drei Fokker und ein plumper, zweisitziger Albatros. Willard war einer der amerikanischen Piloten gewesen. Captain Rockwell der andere.

Der Luftkampf entwickelte sich mit der üblichen Furcht erregenden Geschwindigkeit. Willard konnte sich nicht mehr an die Einzelheiten erinnern, nur an den groben Verlauf. Rockwell war gerade dabei, den Albatros zu verfolgen, nutzte seine Verfolgung aber als List, um sich der Fokker zu nähern, die diesen beschützte. Willard hatte gleichzeitig eine heftige Begegnung, bei der es keinem der beiden Piloten gelang, einen entscheidenden Vorteil zu erringen. Dann sah das letzte deutsche Flugzeug eine Gelegenheit, auf Rockwell hinabzutauchen, der nun gegen drei Flugzeuge kämpfte.

Rockwell konnte sich drehen und wenden, wie er wollte, er konnte es nicht vermeiden, dass sein Flugzeug durch das eine oder andere Geschütz in Gefahr geriet. Die erste Fokker hängte sich an sein Heck und begann, näher heranzufliegen. Willard, der immer noch kämpfte, war nicht in der Lage, ihm zu helfen.

Aber er tat es.

Impulsiv wendete er sein Flugzeug. Er flog auf die Fokker zu, die Rockwell gefährdete, gab dadurch aber gleichzeitig sein eigenes

Heck ungeschützt dem Angreifer preis. Drei, vier, fünf, zehn Sekunden lang flog er so und erwartete das plötzliche Aufblitzen von Kugeln, das Brüllen der Flamme, die rotglühende Berührung des Todes.

Sie kam nicht. Es passierte nichts. Die Fokker, die sich Rockwell genähert hatte, sah, dass ihre eigene Position schlechter wurde, und drehte ab. Willard drehte und fand sich seinem eigenen Gegner gegenüber, dessen Geschütz, wie er nun sah, eine Ladehemmung hatte. Durch die Hemmung des deutschen Geschützes hatte sich die Situation geändert: zwei Amerikaner gegen die drei Deutschen, und einer der Deutschen war ein schwerfälliger Zweisitzer. Der Konflikt zog sich noch ein oder zwei Minuten hin, bevor sich die beiden Seiten entschlossen abzudrehen.

Und das war er. Willards einziger Augenblick des perfekten Heldentums. Er hatte Rockwell das Leben gerettet und dabei sein eigenes riskiert. Nachdem sie zum Aerodrom zurückgekehrt waren, hatte Captain Rockwell die Hand auf Willards Schulter gelegt und gesagt: »Ich danke Ihnen. Das war eine noble Tat von Ihnen.«

Und das war alles. Rockwell hatte nie wieder darüber geredet. Und in all den Jahren der Prahlerei hatte Willard es keiner Seele gegenüber je erwähnt.

137

Annie lächelte Willard freundlich an.

Was war sie, eine Freundin, ein Mädchen, mit dem man etwas hatte, oder eine Partnerin fürs Leben? Er wusste es nicht, aber er wusste, dass er sie mehr mochte als all seine anderen Frauen. Mehr als Evie Moroney. Mehr als Rosalind. Mehr als sonst jemanden. Er ging zum Fenster und zog die Vorhänge zurück. Licht flutete den Raum.

»Tut mir leid«, sagte Annie. »Habe ich gestört? Ich wusste nicht, dass du ...«

Das Telefon klingelte. Willard hob ab. Es war die Rezeption, die ihm mitteilte, dass ein Mr. Roeder gekommen war, um ihn zu sehen.

»Schicken Sie ihn nicht hinauf. Ich habe hier noch einen Gast. Ich komme in zwei Minuten herunter.«

Willard sah Annie an. Er fühlte sich leicht benommen, aber glücklich. Freude durchströmte ihn, als ob er sie noch nie zuvor verspürt hätte.

»Wie schnell kannst du dich anziehen?«

»Schon?« Ihre Stimme klang bestürzt, als ob sie glaubte, dass er sie wegschicken wollte.

Er küsste sie sanft auf die Lippen.

»Ich komme auch.«

Sie gingen ins Schlafzimmer und begannen, sich rasch anzuziehen. Annie wollte ins Badezimmer gehen, um nach ihrem Make-up zu sehen, aber Willard sagte ihr, dass sie sich darum keine Gedanken machen sollte.

»Annie, hör mir gut zu, ich muss dich etwas fragen. Ich will etwas ziemlich Gefährliches tun, das es aber wert ist. Es könnte auch für dich ein bisschen gefährlich werden, obwohl ich das nicht hoffe. Ich erwarte, dass ich für eine Weile ins Gefängnis muss. Wirst du ... wirst du immer noch für mich da sein, wenn ich rauskomme?«

»Oh, Willard, es ist die Firma, nicht? Musst du ...?«

Er schüttelte den Kopf. »Es hat mit der Firma zu tun, aber nicht so, wie du denkst. Annie, bist du glücklich, Alkohol zu verkaufen? Ich meine, Alkohol an sich ist in Ordnung, wir beide genießen ihn. Aber bist du glücklich mit der Art, wie wir ihn verkaufen? Die Gewalt und die Korruption und das alles?«

»Nein. Nein, das hasse ich.«

»Ich auch. Es ist Zeit, Schluss damit zu machen.«

Willard wusste, dass Washington halb verrottet war – aber trotzdem, das ließ noch eine gute Hälfte übrig. Er erinnerte sich daran, wie er durch die Senatsbibliothek gegangen war. Auf der richtigen Seite des Vorhangs waren einige Männer gewesen, Männer ohne Drinks in der Hand, Männer die sich gegen die Korruption ausgesprochen und es wirklich gemeint hatten. Er würde ihre Hilfe gewinnen, Senatoren der Vereinigten Staaten, Männer, die so ehrenwert wie die Ämter waren, die sie innehatten. Willard würde zu ihnen gehen, ihren Schutz suchen, den Fall wieder aufrollen.

Und was die materiellen Beweise betraf, die vielleicht gerade jetzt ihren Weg in die Hände der Firma fanden, wer brauchte sie? Willard *war* der Beweis. Was er wusste – Namen, Daten, Papiere, Akten – was er wusste war genug, um Powell Lambert zu erledigen. Das Telefon klingelte wieder.

»Der Gentleman, den sie erwarteten, wollte nicht länger warten, Sir. Er ist auf dem Weg nach oben.«

»Okay. Danke.«

Willard war ruhig, so ruhig wie noch nie.

»Zeit zu gehen.«

Er führte Annie aus dem Zimmer, den Flur entlang, außer Sicht der Aufzüge, zur Treppe für die Bediensteten, die sie bis zum Keller des Hotels und in Sicherheit bringen würde. Annie klammerte sich fest an seinen Arm und stimmte je zwei ihrer kleinen Trippelschritte auf jeden seiner langen, entschlossenen Schritte ab.

Er liebte sie, und sie liebte ihn. Und sie würden heiraten. Eines Tages. Nicht zu früh. Willard wusste nicht, ob er das Gefängnis umgehen konnte, aber der Gedanke machte ihm keine Sorgen. Annie, die süße kleine Annie, die ihn bewunderte, würde danach für ihn da sein. Und er würde wieder seinem Land dienen.

Immerhin gab es verschiedene Wege, dies zu tun. Verschiedene Arten von Helden. Nicht jeder konnte ein Abe Rockwell sein. Die meisten Menschen konnten das nicht. Aber Willard konnte hoffen, die beste Version seiner selbst zu werden. Besser als jede Version, die sein Vater ihm je gezeigt hatte. Und die beste Version war gut. Nicht nur gut, sie war heldenhaft.

Als sie schließlich das Treppenhaus verließen und unten in der Ladebucht auf den asphaltierten Hof hinter dem Hotel hinaustraten, lächelte Willard nicht nur. Er lachte, lachte tatsächlich.

NACHWORT

Ganz egal, wo er sich befinden mag, jeder Flugplatz der Welt vermittelt dasselbe Gefühl wie alle anderen. Und so sollte es auch sein. Weil eine Startbahn nur ein Absprung für den Himmel ist, und der ist immer gleich und immer verschieden, ganz egal, welchen Teil der Welt er überspannen mag.

Der Wind raschelte im trockenen Gras und erzeugte ein tiefes, klagendes Geräusch über den Metalltragflächen des Flugzeugs. Metall, weil Abes neues Flugzeug ein Eindecker ganz aus Metall war. Es war eine Maschine mit einem einzelnen Motor und hohen Flügeln. Es hatte eine Form, die zuerst nach Abes und Arnies Experimenten mit der Wasserrinne entworfen worden war. Als die Ingenieure das Flugzeug in ein lebensgroßes Modell umgesetzt hatten, hatte das Flugzeug sämtliche vorherigen Windkanal-Rekorde für Flugzeuge seiner Größe gebrochen.

Arnie Hueffer fummelte an dem Flugzeug herum. Ein Tankfahrzeug hatte zufällig Dreck auf die Nase des Flugzeugs gespritzt. Winzige Spritzer, um die sich niemand auf der Welt kümmern würde. Arnie schon. Weil jeder Dreckspritzer eine kleine Unvollkommenheit während des Fluges der Maschine darstellte. Und dieses Flugzeug war gegenwärtig in New York und sollte nonstop direkt von dort nach Paris fliegen. Der Flug würde über eine Strecke von dreitausendsechshundert Meilen gehen und, wenn er erfolgreich war, einen neuen Weltrekord setzen.

Aber es war mehr als das.

Bei dem Flug ging es nicht um Rekorde; es ging darum zu zeigen, dass es in der Fliegerei keine Grenzen gab für das, was möglich war. Ozeane konnten überquert und Kontinente miteinander verbunden werden. Der Handel konnte Länder verknüpfen. Die Welt konnte zu einem sichereren, wohlhabenderen, besseren Ort gemacht werden.

Pen trampelte in der Kälte mit den Füßen.

Ihre Füße waren nicht so beschuht, steckten nicht in Fliegerstiefeln, wie sie es sein sollten. Sie mussten für die wartenden Kameras hübsch und feminin aussehen. Ihre Füße mussten in Amerika auf dem Boden bleiben, während ihr frischgebackener Ehemann alles riskierte, um einen Ozean zu überqueren, der bis dahin praktisch nicht zu überqueren gewesen war.

Es gab so vieles, was schiefgehen konnte. Das Flugzeug war ein fliegender Treibstofftank. Abe sollte mehr als genug Treibstoff für die Reise haben. Aber was war, wenn die Gegenwinde stärker als erwartet waren? Was, wenn er um ein oder zwei Grad vom Kurs abkam? Was, wenn er einschlief? Was, wenn ihn ein Sturm erfasste und Abe sich beim Kampf dagegen völlig verausgabte? Was, wenn das Flugzeug vereiste? Was, wenn?

Abe war nun bereit. Er trug seine Fliegermontur. Im Cockpit hatte er einen Stapel Sandwiches und eine Flasche Kaffee, zusammen mit seinen Karten und Navigationsinstrumenten. Der Wind stand günstig. Der Horizont war klar. Die Wetterberichte aus Neufundland, Cork, London und Paris waren alle gut.

Pen wollte nicht, dass er flog. Mit aller Leidenschaft wollte sie es nicht. Sie kannte die Risiken. Abe hatte ein aufblasbares Rettungsboot bei sich, aber wenn er das Flugzeug notwassern musste, waren seine tatsächlichen Überlebenschancen gering. Und niemand wusste, ob ein Flugzeug so weit fliegen konnte. In der Zeit, die er benötigte, um den Ozean zu überqueren, würde sein Motor mehr als vierzehn Millionen Mal zünden müssen: vierzehn Millionen Möglichkeiten, dass etwas schiefgehen konnte. Niemand wusste, ob der Motor das aushalten würde. Niemand wusste, ob ein einzelner Mann der Aufgabe gewachsen sein konnte.

Aber sie wollte auch, dass er flog.

Sie liebte Abe, weil er einer dieser Männer war, die solche Dinge tun mussten. Einer, der fliegen musste, reisen musste, hart an die Grenzen des Himmels stoßen musste.

Abe umarmte sie. Sie umarmte ihn. Sie küssten sich. Blitzbirnen explodierten. Sie boten den Kameras einen zweiten Kuss, dann drehten sie sich um und küssten sich privat und sehnsuchtsvoll, nur für sich allein.

»Hals- und Beinbruch«, flüsterte sie ihm die alte Glücksformel aus dem Krieg ins Ohr.

»Wir schaffen das schon.«

Pen nickte.

Sie küssten sich noch einmal. Vor ihrer Hochzeit, die sie in dem luxuriösen Anwesen von Pens Familie gefeiert hatten, waren sie »Amerikas schneidigstes Paar« getauft worden. Dieser Flug über den Ozean enthielt alle Zutaten für eine riesige Pressestory. Abe wollte das nicht, aber er konnte es nicht verhindern. Sie verharrten in ihrem Kuss, dann spürte Pen, wie sich die Muskelspannung in Abes Rücken änderte. Er verwandelte sich vom Ehemann zum Piloten, vom Mann, den sie anbetete, zu dem Mann, den sie vielleicht nie wiedersehen würde. Sie wusste, dass es Zeit war, ihn loszulassen, ihn gehen zu lassen, aber sie zögerte.

Zum Teil war es der Abschiedsschmerz. Aber da war auch noch etwas anderes. Während der letzten drei Monate hatte Pen ein Geheimnis bewahrt. Ein Geheimnis, das ihr morgendliche Übelkeit bereitete und seltsame Essgelüste. Ein Geheimnis, das in ihrem Schoß heranwuchs, ein Geheimnis, das in sechs Monaten zappelnd und schreiend zur Welt kommen würde. Aber wie gerne Pen Abe auch die gute Neuigkeit erzählen wollte, sie hatte geschwiegen. Sie befürchtete, dass Abe es nicht mehr für gerechtfertigt hielt, das Risiko einzugehen, das er auf sich nahm, wenn er wusste, dass er bald Vater werden würde. Und wenn Abe nicht das richtige Gefühl hatte, würde er es nicht tun.

Er las das Zögern in ihrem Gesicht.

»Ja?«

Sie schüttelte den Kopf. »Nichts. Nur viel Glück. Das ist alles.«

Abe nickte. Es gab nicht mehr viel zu sagen, und Abe war ohnehin kein großer Redner. Sie traten einen Schritt voneinander zurück und sahen sich an.

Er sah die Frau, die er liebte: groß, jungenhaft, ruhig, in sich gekehrt, aber auch lebendig, immer ein Lächeln auf den Lippen, jung.

Und sie sah ihn: den Mann, den sie liebte. Mittlere Größe. Nicht sehr stark gebaut. Eine zurückgehaltene Sportlichkeit. Erstaunlich blaue Augen. Sein schon von Falten durchzogenes, aber immer noch irgendwie junges Gesicht. Oder genau genommen nicht jung, sondern wach, aufmerksam. Und lächelnd. So würde sie immer an ihn denken.

Lächelnd.

* * *

Willard sah zu, wie Annie ging.

Sie trug ein schlichtes graues Kostüm und einen dazu passenden Hut mit blauer Seidenblume. Sie war dünner geworden als damals zu den Zeiten in der Wall Street, und selbst damals hatte sie kein Gramm zu viel gewogen. Sie ging rasch, nicht, weil sie froh war zu gehen, sondern weil sie es kaum ertragen konnte. Sie würde sich nicht umdrehen, um Willard zuzuwinken, weil sie nicht wollte, dass er die Tränen in ihren Augen sah. Sie erreichte das Ende des Flurs und bog rechts ab. Willard hatte den Eindruck, dass er immer noch ihre Schritte hörte, die auf dem Betonfußboden klapperten, aber das war wahrscheinlich nur Einbildung.

Der große irische Wächter, der mitfühlend gewartet hatte, klopfte auf den Tisch.

»Okay, Kumpel«, sagte er.

Er meinte: Zeit, in die Zelle zurückzukehren. Zeit, vor dem nächsten Besuch eine weitere Woche abzusitzen.

Denn Willard hatte es gemacht. Er war in die Bibliothek des Senats gegangen und hatte zwei Senatoren gefunden, von denen er wusste, dass sie nicht tranken, keine Heuchler und nicht korrupt waren. Er hatte ihnen einen Vorschlag gemacht, und sie hatten mitgespielt. Willard, die beiden Senatoren und acht von den beiden Senatoren ausgewählte Polizisten gingen in das Büro der Firma in der K Street. Das Bürogebäude hatte nur einen einzigen Eingang. Die elf Männer gingen direkt hinauf zu Junius Thorntons Büro. Willard trat zuerst ein, dann die beiden Senatoren, dann zwei der Cops.

Der schwer gebaute Geschäftsmann trank gerade Kaffee, als seine Besucher hereinkamen. Er hatte die Tasse halb bis zum Mund geführt – zögerte – trank dann langsam, bevor er die Tasse wieder auf den Tisch stellte.

»Willard«, sagte er vorsichtig, als ob es nur sein Sohn wäre, der hereingekommen war.

»Es tut mir leid, Vater.«

»Leid? Was tut dir leid?«

Willard sagte nichts. Junius Thornton starrte seinen Sohn mit einem Gesicht an so düster wie Gewitterwolken über dem Ozean. Auch er sagte nichts. Als die Cops mit den Handschellen vortraten, streckte er wortlos seine Hände aus, den Blick unverwandt auf Willards Gesicht gerichtet.

Es war ein seltsamer Blick. Nichts von dem, was Willard dort zu sehen erwartet hatte – Wut, Verachtung, Furcht, Zorn, sogar Brutalität –, nichts davon fand er dort. Zum Teil war es nur die Angewohnheit des alten Mannes, sich jeder sichtbaren Gefühlsregung zu enthalten. Zum Teil war es Willards uraltes Problem, mit seinem Vater irgendeine wirkliche Verbindung aufzunehmen. Aber in den Wochen und Monaten, die folgten, war Willard zu dem Schluss gekommen, dass er in den Augen seines Vaters auch etwas anderes gesehen hatte; etwas, das ein wenig wie Respekt aussah.

Aber das war nur ein Augenblick. Die Handschellen schnappten um die Handgelenke des großen Mannes, und er wurde aus dem Raum geführt. Willard bat den einen noch verbliebenen Polizisten, das Zimmer ebenfalls zu verlassen, sodass nur er und die beiden Senatoren zurückblieben. Wortlos ging Willard zum Schreibtisch seines Vaters und nahm das kleine schwarze Buch heraus mit der Liste von Namen und Geschenken, die außer ihm fast niemand auf der Welt je gesehen hatte. Er gab sie dem älteren der beiden Senatoren.

»Was Sie damit anfangen, liegt bei Ihnen, Senator. Ich hoffe, Sie verwenden es gut.«

Danach hatten sich die Ereignisse überschlagen.

Jeder in dem Gebäude wurde entweder unter Arrest gestellt oder in einen bestimmten Raum gebracht und dort zusammen mit anderen bewacht. Dann warteten sie nur noch. Nach ungefähr einer Stunde kam Roeder mit einigen seiner Männer zurück. Diese erwarteten in ihren eigenen Büros keine Schwierigkeiten, und so liefen sie den Polizisten direkt in die Arme. Auch sie wurden festgenommen. Danach kamen weitere von Roeders Männern und wurden verhaftet. Dann einige Cops, die die Beweispapiere mitbrachten, die sie bei der Feuerwehr abgeholt hatten. Auch sie wurden gebeten zu bleiben. Dann gelangten die Neuigkeiten irgendwie nach draußen, und es bildete sich eine Traube von Zeitungsleuten. Einer der Senatoren ging vor das Gebäude vor die platzenden Blitzlichtbirnen und hielt eine Ansprache. Die Radiowellen begannen, sich mit der Story zu füllen.

Aber Willard vermied das öffentliche Geschrei. Er kehrte in den Senat zurück, wo er ganze vier Tage verbrachte und alles berichtete, was er wusste. Die ganze Zeit über waren wenigstens drei Polizisten anwesend sowie zwei Senatoren, manchmal auch mehr. Die Senatoren, die hereingelassen wurden, waren gute Männer, alle aufrichtig, alle strenge Verfechter der Verfassung. Von Willards Aussagen wurden zwei Niederschriften angefertigt. Eine war für die Polizei, die andere wurde vom ältesten der Senatoren unter Verschluss genommen. Willard berichtete ausnahmslos alles. Er berichtete genug, um seinen Vater, Ted Powell, Bob Mason, Dorcan Roeder sowie viele seiner früheren Kollegen schwer zu belasten.

Und sich selbst. Er belastete sich mehr als ein Dutzend Mal. Später sagte ihm sein Anwalt, dass er sich Schutz vor Strafverfolgung hätte zusichern lassen sollen, bevor er auch nur ein Wort sagte. Aber Willard hatte bereits zwei ganze Tage lang geredet, bevor er überhaupt daran dachte, sich einen Anwalt zu nehmen, und da war es bereits zu spät. Aber das machte ihm nichts aus. Ganz und gar nicht. Als das Strafverfahren unter Geschrei und Gebrüll der Öffentlichkeit begann, fühlte sich Willard auf merkwürdige Weise mit seinem Vater verbunden, zum ersten und vielleicht zum letzten Mal. Sie hatten beide Unrecht begangen. Sie würden beide ins Gefängnis kommen.

Und im Gegensatz zu seinem Vater oder Ted Powell oder Dorcan Roeder oder irgendeinem der anderen wusste Willard, dass er milde behandelt werden würde. Natürlich hatte er gesündigt, aber es war keine Frage, dass er gleichzeitig ein Held war. Weder Rockwell noch Hamilton wollten die Aufmerksamkeit in dieser Angelegenheit auf sich ziehen. McBride und Bosse waren tot, Richter Styles spielte kaum eine Rolle. Und so war Willard der Held. Sein gut aussehendes Gesicht war wieder eines der bekanntesten in Amerika. Nun, da er berühmter war als jemals zuvor, würde kein Gericht des Landes ihn zur Höchststrafe verurteilen. Er war zu zweieinhalb Jahren verurteilt worden, und man erwartete, dass er nur sechzehn Monate verbüßen musste. Das Gefängnis war schlimm, aber Willard musste feststellen, dass er selbst dort einen kuriosen Respekt und eine gewisse Popularität genoss.

Und er war mit Annie verlobt.

Wenn er aus dem Gefängnis kam, würden sie heiraten. Obwohl seine Familie immer noch sehr reich war, würde er nun nichts von dem Geld bekommen. Seine Mutter hatte sich geweigert, ihn im

Gefängnis zu besuchen. Von seinen vier Schwestern hatten ihn bisher nur zwei besucht und die halbe Zeit mit Beschuldigungen verbracht. Wenn Willard entlassen wurde, würde er also ein ganz normaler Mann sein: natürlich berühmt, eine Figur, über der die Nation ihr Lob ausgeschüttet hatte, aber nicht reich. Wie viel Geld auch immer er brauchte, er würde es selbst verdienen müssen, Dollar für Dollar.

Manchmal während der langen und einsamen Nächte im Gefängnis spürte Willard Bedauern. Aber in den meisten Nächten nicht. Und auch nicht am Tage. Die meiste Zeit war Willard mit sich zufrieden, stolz und glücklich.

* * *

Am 21. Mai 1927 überquerte ein einsamer amerikanischer Flieger in einem Eindecker ganz aus Metall und mit hohen Flügeln den Atlantik von New York nach Paris. Der Flug über dreitausendsechshundert Meilen hatte dreiunddreißigeinhalb Stunden gedauert. Der Flieger wurde auf der Stelle zum Helden. Nicht nur in Amerika, sondern auch in Frankreich und dem restlichen Europa.

Aber es war nicht Abe. Es war ein junger Mann namens Charles Lindbergh. Abes Flug war nur fünf Tage zuvor gestartet. Er hatte es ohne Probleme die amerikanische Küste entlang bis nach Neufundland geschafft. Aber dann, nur vier Stunden weit über dem Ozean, traf er auf so schlechtes Wetter, wie er es selten erlebt hatte: ein Eissturm, der so schwer war, dass die Tragflächen sich mit Eis zu überziehen begannen und die Windschutzscheibe zu einer gefrorenen weißen Masse zu werden drohte. Abes Geschwindigkeitsmesser funktionierte nicht mehr. Nachdem die Blitze eines Gewittersturms mit der Nadel Katz und Maus gespielt hatten, traute Abe seinem Kompass nicht mehr. In dem Maße, wie das Eis dicker wurde, wurde die Steuerung schwerfälliger.

Und so kämpfte Abe nicht mehr um den Sieg, sondern nur noch

um seine Sicherheit. Auf der Suche nach warmer Luft, die seine Tragflächen entlasten sollte, flog er sein Flugzeug so niedrig, wie er sich traute. Er flog südwärts. Langsam flaute der Eissturm ab, und die Flügel reagierten wieder. Aber Abe war nun über dem Ozean verloren mit zu wenig Treibstoff, um die Küste zu erreichen, und bei anbrechender Dunkelheit.

Abe tat, was er konnte. Er bestimmte seine Position, indem er nautische Messungen, die Position der Sonne und die Zeitangabe seiner Uhr miteinander korrelierte. Als der Tag der Nacht wich, ersetzte er die Sonne durch den Polarstern und navigierte mit dessen Hilfe. Als der Motor aus Treibstoffmangel zu stottern begann, ließ Abe sein Flugzeug sanft auf dem Wasser niedergehen, blies sein Floß auf und paddelte davon, während das Flugzeug langsam in den Wellen versank.

Er trieb.

Ihm wurde kalt, er bekam Hunger, war durstig. Er verlor das Bewusstsein. Volle neun Tage, nachdem er in New York gestartet war, wurde er entdeckt und von einem Frachtschiff aus Liverpool aufgenommen.

»Sie haben Ihr Schiff verloren?«, fragte der Schiffskapitän, der ihn gerettet hatte.

»Nein, nicht mein Schiff. Mein Flugzeug.«

»Ihr Flugzeug?«

»M-hm.«

»Also, dann nehme ich an, dass Sie es noch nicht gehört haben.«

»Was gehört?«

Der Kapitän berichtete ihm die Neuigkeiten von Charles Lindbergh und dem Empfang, den man ihm bereitet hatte. Er beobachtete Abes Gesicht, denn er erwartete, dort Enttäuschung zu sehen. Er fand nichts dergleichen.

»Er hat es geschafft, ja?«

»Ja.«

»Es ist also möglich.«

»So sieht es aus.« Der Schiffskapitän betrachtete Abes immer noch geisterhafte Erscheinung: Es schien nicht wahrscheinlich, dass der Schiffsverkehr eingestellt würde, jedenfalls noch nicht in Kürze.

»Das ist gut.«

Abe war immer noch erschöpft, und seine Augen fielen ihm beinahe zu. Der Kapitän stand auf, um zu gehen. Aber bevor er ging, blickte der Flieger hoch und hob die Hand.

»In welche Richtung fahren wir?«, fragte er.

»In welche Richtung? Hat Ihnen das keiner gesagt? Unser Ziel ist Norfolk, Virginia. Wir werden da zwei Tage im Hafen liegen.«

»Haben Sie ein Funkgerät an Bord?«

»Nein.«

»Schon gut. Danke.«

Norfolk, Virginia: nur ein paar Stunden mit der Bahn von Charleston entfernt. Pen würde dort sein und auf ihn warten. Sie würde inzwischen mit dem Schlimmsten rechnen, hatte aber vielleicht die Hoffnung noch nicht ganz aufgegeben. Er musste irgendwie mit ihr Kontakt aufnehmen, um ihr zu sagen, dass sie sich keine Sorgen machen sollte. Er war auf dem Weg nach Charleston, auf dem Weg nach Hause.

ENDE

»Kai Meyer ist einer der großen deutschen Erzähler.« *Der Spiegel*

Kai Meyer
FAUSTUS
Historischer Roman
ca. 700 Seiten
ISBN 978-3-404-15633-7

1515: Der getreue Christof Wagner hat von vielen Merkwürdigkeiten und Abenteuern zu berichten, denn sein Meister ist der sagenumwobene Doktor Johannes Faustus, der berühmteste Schwarzkünstler des 16. Jahrhunderts. Dieser Sammelband enthält die Romane »Der Engelspakt«, in dem von dem Kampf der beiden Helden gegen die Inquisition berichtet wird, »Der Traumvater«, in dem die beiden ins Land der Sorben reisen und in einem Schloss im Spreewald einen Mord aufklären, sowie »Die Engelskrieger«, in dem sie gegen Rom ziehen, um die Engelskriegerin Angelina zu befreien und das Rätsel der verschwundenen Kinder zu lösen.

Bastei Lübbe Taschenbuch

»Derzeit schreibt niemand spannender als Patterson.« *San Francisco Chronicle*

James Patterson,
Andrew Gross
DIE RACHE DES
KREUZFAHRERS
Historischer Roman
464 Seiten
ISBN 978-3-404-15623-8

Frankreich, 11. Jahrhundert. Die Zeit des Ersten Kreuzzuges. Hugo de Luc flüchtet vom Schlachtfeld zurück nach Frankreich. Eine dramatische Rückkehr: Sein Dorf ist verwüstet, sein Sohn ermordet und seine Frau von geheimnisvollen Reitern verschleppt worden. Woher kamen sie? Haben sie im Auftrag seines Lehnsherrn gehandelt? De Luc beschließt, seine Frau zu befreien, auch wenn er sich dabei buchstäblich zum Narren machen muss...

Bastei Lübbe Taschenbuch